SF・シリーズ

5063

メアリ・ジキルと
囚われのシャーロック・ホームズ

THE SINISTER
MYSTERY OF THE
MESMERIZING GIRL
BY
THEODORA GOSS

シオドラ・ゴス
鈴木 潤訳

TOKYO
HAYAKAWA
BOOKS

A HAYAKAWA
SCIENCE FICTION SERIES

THE SINISTER MYSTERY
OF THE MESMERIZING GIRL
by
THEODORA GOSS

Translated by
JUN SUZUKI
First published 2023 in Japan by
HAYAKAWA PUBLISHING, INC.
This book is published in Japan by
arrangement with
BAROR INTERNATIONAL, INC.
Armonk, New York, U.S.A.
through TUTTLE-MORI AGENCY, INC., TOKYO.

カバーイラスト　シライシユウコ
カバーデザイン　川名 潤

怪物《モンスター》たちの母、メアリ・シェリーへ

ついに、彼女たちは自分が怪物《モンスター》であることを悟った。

メアリ　わたしを怒らせたいだけなんでしょ。

キャサリン　効果あった？

メアリ　いいえ、そうでもないわ。だって、わたしたちがモンスターだってことはもう十分に承知しているから。このわたしでさえもね。ずっと認めたくなかったけれど、否定できないじゃない？　結局のところ、それほど悪いことでもないし。

キャサリン　だから言ったじゃない。

目次

II ミイラ

メアリ・ジキルと囚われのシャーロック・ホームズ

おもな登場人物

メアリ・ジキル……………………ロンドンに住む令嬢。父親はヘンリー・ジキル博士
ダイアナ・ハイド…………………メアリの異母妹。父親はエドワード・ハイド
ベアトリーチェ・ラパチーニ……〈毒をもつ娘〉。父親はジャコモ・ラパチーニ
キャサリン・モロー………………〈猫娘〉。父親はモロー博士
ジュスティーヌ・フランケンシュタイン…………〈アダム・フランケンシュタインの花嫁〉。父親はヴィクター・フランケンシュタイン
ルシンダ・ヴァン・ヘルシング……………吸血鬼。父親はエイブラハム・ヴァン・ヘルシング
アリス………………………………ジキル家のメイド
ミセス・プール……………………ジキル家の家政婦
シャーロック・ホームズ…………ロンドンの名探偵
ドクター・ワトスン………………ホームズの相棒
アッシャ……………………………錬金術師協会の会長。もとイシスの女祭司
マーガレット・トレローニー……エジプト学者の娘
ヘレン・レイモンド………………もと聖マグダレン協会院長
モリアーティ………………………ホームズの宿敵
テラ…………………………………かつてのエジプトの女王

I
催眠術師

1　イシスの神殿

　アッシャ王女は睡蓮《スイレン》の咲く池をじっと見下ろした。オレンジ色の魚が一枚の葉の下に身を隠していた。睡蓮の花は空を見上げるように黄色い花びらを円錐状に広げ、夏の午後の暑い空気のなかで微動だにしなかった。トンボが花びらにとまり、虹色に輝く翅《はね》を広げた。オレンジ色の魚も虹色にきらめき、池の水は太陽の光を浴びてきらきらとゆらめいていた。この場所では、何もかもがきらめいているようだ。すべてのものが不安定で、何ひとつふつうではない――まるで幻影のように。そのうちぜんぶ消えてしまうのだろうか？　気がついたら砂漠の砂に座りこんでいるのだろうか？　乳母はそう教えてくれた。旅行者たちが河の両岸に青々と茂る草地に足を踏み入れ、棗椰子《ナツメヤシ》の果樹園と大麦の畑の向こうにいくと、そんなことが起こると。

「いらっしゃい」メロペ女王が言った。「高位女祭司がわれらにお会いくださります」

　アッシャは女王を見上げた。母はアッシャがこれまで会ったことのある誰よりも美しい女性だった――すらりと背が高く、首は朱鷺《トキ》のように細長く、華奢な手はちょうど若かりし頃のしなやかさを失いはじめたところだった。肌は光沢のある褐色――女王はヘリオポリスの生まれで、大昔にエジプトを支配していた王族の子孫だと言われていた。アレクサンドロス大王が世界を征服し、配下の将軍だったプトレマイオスをその地の支配者に据える、ずっと前のことだ。アッシャはもっと色の黒い父親似だった。父は母よりさらに歴史ある血統を継いでいた。アッシャは顔に片手をかざした——太陽がちょうど母の肩の上に差しかかったのだ。

アッシャは口を開いて問いかけようとした。

母が首を傾け、コールで黒く縁取られた目をこちらに向けた——いつだってメロペ女王が何を考えているのかを推し量ることはできなかった。剃り上げた頭にかぶった黒い鬘《かつら》は、編みこまれた髪の房一本一本の先に小さな鈴が縫いつけられており、女王が動くたびに優しく鳴り響いた。「そう」と女王は言った。「あなたはここにとどまるのです。いいえ、話し合いは無用です」女王は片手を差し出した。

アッシャは口を閉じ、差し伸べられた手をとって立ち上がった。まだ母ほど背丈は高くないが、すぐにそうなるだろう。考えてみれば、これでいいのかもしれない。もしアッシャが神殿に入ることを許されなければ、父は結婚の段取りをつけてしまうだろう。自分は結婚なんてしたいだろうか？　兄弟や異母兄弟たちを見ていると、男の子というものはつくづく退屈な生き物だと思う。暇さえあれば自慢話をするか、狩りに出かけるか、蜂蜜酒を飲んで酔っ払うかだ。だから結局のところ、ここフィラエで女神に仕えるのがいちばんなのかもしれない。アッシャはすでに、鮮やかな色に塗られた巨大な石壁や、獰猛とはいえ人懐こそうなライオンの石像のある神殿が好きになっていた。それに、この庭園も気に入った。静かな水面いっぱいに睡蓮の花を咲かせた池、小さな噴水、タマリンドの木々のある庭。

女祭司たちはいくぶん生真面目すぎた——父の宮廷の廷臣や召使と違って、誰ひとりとして笑顔を浮かべたりはしない。たとえば、アッシャと母を迎えにきた女祭司——母の数歩うしろに立っている。エジプト人には見えない——アッシリア人だろうか？　女祭司たちはフィラエで仕えるために世界じゅうから集まってきていた。その女祭司は白い亜麻布のローブを着て身じろぎもせずに立っていて、頭には布を巻きつけていた——女祭司たちは鬘をつけないのだ。目のまわりにコールも塗らなければ、くちびるにカーマインの染料も塗らない、耳に金のリングもつけない。女祭司であることは、あきらかに深刻な仕事らしい。アッシャもイシスの女祭司になったあかつきには、これくらい厳粛な気持ちになるのだろうか？

メロペ女王に手をぐいっと引っぱられ、アッシャは母のあとについて日当たりのいい庭園を出ると、建物が立ち並ぶ、日陰が多くて涼しい一画に足を踏み入れた。

「くれぐれもお行儀よくなさい」女王が小さな声で言った。「高位女祭司がかつてはエジプト全土に君臨する女王であったことを忘れてはなりません。当時の王が崩御されると、その息子、最初の妻の息子が即位しました——そして彼女は女神に仕えるべく、ここに送りこまれたのです」

「もう彼女にアレクサンドリアにいてほしくなかったから？」アッシャが訊ねた。

女王はちらりと鋭い視線をこちらに投げかけた。「イシスに仕えることはこの上なく光栄なことなのですよ」そうは言ったものの女王の口元はほころび、まるで意に反して笑いがこみあげてきたように見えた。わたくしの娘は賢い子だわ——そう思っているようだった。「いずれにしても、王の後継のあいだに諍《いさか》いが起こったときは、身をかわすのが得策なのです。それも終結を見たことでしょうし、エジプトはふたたび繁栄のときを迎えています——北方の国境が不安定なのは好ましくありませんが。とはいえローマ人が——まあ、政治の話をする場所ではないわね。そなたは父上のお母様に接するように、高位女祭司に敬意を払わなければなりません。いいですね？」

「はい、お母様」アッシャは半ばうわの空で答えた。わたしはいつだってナナ・アマキシャケテに敬意を払っているわよね？　無礼なのはいちばん下の弟のネテカマニだ。あの子ったらおばあちゃん《ナナ》のローブをひっぱって胡麻のケーキをねだったりするんだから。イシスの神殿は父の宮殿ほどの広さがあった。住んでいるのは女祭司たちだけだと聞いていた――礼拝者の出入りが許されるのは祝祭日のみで、ふだんは立ち入ることができず、内部にある聖所に入ることができるのは女祭司たちだけなのだそうだ。いったいどんなところなんだろう？　それももうすぐわかる。

　三人はペタペタとサンダルが踵《かかと》にあたる音を背後に響かせながら、むき出しの石造りの廊下を通り抜けていった。三人が謁見室の入口にたどり着くと、案内役の女祭司は彼女の背丈の倍ほどもある、彩色がほどこされた檜造りの両開きの扉を開けた。謁見室は広々としていて、影が満ちていた。細長い高窓から陽射しが差しこんでいたが、中央にある玉座までは届かない。玉座の両脇に一人ずつ白い亜麻布のローブを纏《まと》った女祭司が控え、ぴくりとも動かずに黙したまま立っていた。玉座は石造りの椅子で、神殿の壁に彫られたイシスの頭上にあるエジプトの王座とおなじく、簡素なものだった。その玉座には、ナナ・アマキシャケテとほぼおなじくらいの年の女性が座っていた。長い白髪を一本に編み、片方の肩から垂らしている。アッシャは思わずその髪をじっと見た――知っている人はみんな、母でさえも、短い巻き毛なのに。もっとも、ふつうは剃り上げられているけれど。召使たちはそこに色とりどりのスカーフを巻きつけ、宮廷のお洒落な人びとは金やガラス製のビーズを編みこんだ、凝った造りの鬘をつけていた。玉座の女性はアッシャの母よりもさらに色が白かった――エジプト人とギリシャ人の血が混じり合う、北方の出身に違いない。だけど、れっきとしたアレクサンドリアの民にも見えない――アッシャはかつてその都市からやってきた外交使節たちを見て、彼らの奇妙な青白い肌に驚いたものだ。その色は菜園の瓜の葉っぱを食べるナメクジを思い出させた。女性の膝の上には見たこともないほど大きな黒猫が座っていて、黄色い目を瞠《みは》ってこちらを見ていた。

アッシャと母の前にいた女祭司が玉座の前でお辞儀をし、脇に退いた。

「ヘドゥアナよ、ご苦労だった」高位女祭司が案内役の女祭司に向かってうなずきながら言った。「前に出なさい、子どもよ」

アッシャは右の肩甲骨に手があたるのを感じた。母は儀式をおこなうのにふさわしい位置までアッシャを玉座のほうに押していくと、そこでお辞儀をした。メロペ女王がお辞儀をするのを見たことがあるだろうか？　アッシャは思い出せなかった。アッシャは大きくて静まり返った謁見室と、石の椅子に座った皺だらけの小柄な女性に恐れおののくあまり、何をすべきかを忘れかけたが、もういちど母の手に押されるのを感じると、ひざまずいて石の床に額がつくまで頭を垂れた。

「みずから娘を連れてきた厚意に神殿の栄誉を、メロエの女王よ」高位女祭司は言った。外国の訛りがあった——ギリシャ語ではないが、それに近い訛りだ。

「わが娘を迎えてくださったご厚意にメロエの栄誉を、千の名を持ち、光と豊穣をもたらし、大地の実りを生み出す女神の祭司」メロペ女王が言った。「ふつつか者ですが、もしお眼鏡にかないましたら、どうか神殿に迎え入れて天の女王に仕えさせてくださいませ」

「立つのだ、子どもよ」高位女祭司が言った。アッシャは石の床から頭を持ち上げた。立ち上がっていいのよね？　横目で母のほうを見ると、母はほんのかすかにうなずいてみせた。アッシャは頭がくらくらしていたので、おそるおそる立ち上がった。一瞬、神殿そのものもまた幻影であるかのように、自分のまわりできらきらとゆらめいているような感覚に襲われた。だめよ——アッシャは自分に言い聞かせた。自分はメロエの王女なのだ。この状況に、あるいはいかなる状況にも、ひるむことはできない。

高位女祭司は黒猫を石の椅子に置いて立ち上がり、玉座から降りた。猫は抗議するような鳴き声をあげたが、やがてバステトの像のように尻尾を脚に巻きつけて座りこんだ。高位女祭司が左手を伸ばしてきたとき、アッシャはびっくりしてうろたえ、思わずあとずさりしそうになった。高位女祭司の左手には指が七本もある！　しかしアッシャは母とナナ・アマキシャケテによく躾《しつ》けられていた。高位女祭司に顎を持ち上げられてもたじろがず、敬意を表するために伏せていた目が、高位女祭司の黒い眼をまっすぐに見据えることになった。相手はほとんどなんの感慨もなくアッシャを見つめ、むしろおもしろい昆虫でも眺めているかのようだった。

「おまえはほんとうにこの偉大なるイシスに仕えたいのか、心と精神と魂の底から？　彼女に身を捧げ、父と母、姉妹と兄弟、わが家と故郷を離れ、ふつうの女の人生をあきらめ、われわれの仲間となりたいのか、今から死の時が訪れる時間《とき》まで？」

「はい、高位女祭司様」アッシャはできるだけ落ち着いた声で答えた。

「わたしの名はテラ。この神殿では、わたしの命《めい》は女神の言葉に等しい。女神に従うがごとく、このわたしに従わねばならぬ。学ぶことは多くあるが、それが最初に肝に銘じておくことだ」高位女祭司は手を引っこめた——アッシャは高位女祭司が七本の指で触れていた顎がひりひりするのを感じた。高位女祭司はメロペ女王のほうに向き直り、言った。「そなたの娘を修錬者としてこの神殿に迎え入れよう。ヘドゥアナが見習いが寝起きしてわれわれの秩序を学ぶ宿舎に案内する。一年間、女神によく仕えたら、氾濫の祝祭で晴れて女祭司となろう。娘に別れを告げるがよい。この子はこれからイシスの娘となり、女祭司たちが家族となる。そなたが持参した貢ぎ物が門の外の荷馬車に積んであると見受けたが、運び入れるがよい」

　メロペ女王はふたたび高位女祭司にお辞儀をすると、アッシャのほうを見た。「女神様によく仕えるのですよ、わが娘よ」

　アッシャは母を抱きしめたいと思った。もういちど母のにおいを嗅ぎたい——鬘につけた香油と肌の温かさが混じり合った母のにおいを。でも、ここにいる人たちの前でそんな威厳に欠けたことをするわけにはいかない。

　メロペ女王は体を前に傾けてアッシャの額にくちづけをすると、くるりとうしろを向いて謁見室を出て、娘を置き去りにした。アッシャは震えながら母のうしろ姿を見た。自分はほんとうにこの新しい生活を望んでいるのだろうか？　イシスの女祭司となる心の準備はできているのだろうか？　アッシャにはわからなかった。

メアリ　いったいどうしてアッシャの話から始めるの？　これはわたしたちの本なのに。
キャサリン　アッシャのことを説明しておかなきゃ、読者はそのあとに起こったことを理解できないもの——アッシャが女祭司になったこととか、神殿での暮らしのことを。どっちにしても、エジプトは最近の流行よ。誰もかれもがエジプト風の家具や服や宝石を欲しがっているじゃない。本だって流行《はや》りに乗ってもいいでしょ？
メアリ　でも、これはエジプトについての本じゃないわ。この本は——そう、イングランドについての本よ。それにさっきも言ったように、わたしたちについての本。
キャサリン　いいわ。あたしたちのことから始めるから。でも、たいしておもしろくならないわよ。

　メアリ・ジキルは列車の窓の外を眺めた。旅にはほとほと疲れた！　三日前、メアリと友人のジュスティーヌ・フランケンシュタインと妹のダイアナ・ハイドは、ブダペストでオリエント急行に乗りこんだ。パリ東駅に降り立つと、そこからパリ北駅に向かって、パリからカレー行きの列車に乗った。その列車は急行ではなかった——メアリには耐えがたく遅く感じられた。その日の午後のうちにカレーに到着したら、今度は英仏海峡を渡る連絡船に乗らなければいけない。それからまたドーバーからロンドンのチャリング・クロス駅に向かう列車に乗る。そのあとは辻馬車を拾う。そして——ついに、ついにわが家に到着だ。メアリは旅のあいだ何度かパーク・テラス十一番地のジキル邸を心から恋しく思うことがあった。今、メアリの脳裏にはジキル邸の細部がよみがえってきていた。暗い色の羽目板張りの玄関、帽子がまっすぐかぶれているか確認するための鏡、炉棚の真上に母の肖像画がかけられた応接室、かつて父が実験の計画を立てていた図書室、ミセス・プールが取り仕切っている厨房、そして自分の寝室、柔らかくてひんやりとした自分のベッド。今夜はその自分のベッドで寝るのだ……

「心ここにあらずね」ジュスティーヌがほほえみを浮かべながら言った。ダイアナはジュスティーヌの隣で座席に寝そべって、頭を女巨人の膝にのせて眠っていた。少なくともいびきはかいていない！

「家に帰ることができてほんとうにうれしいなって考えていたの」メアリが言った。「でもあなたはどう？　ヨーロッパが恋しい？」一世紀以上イングランドに住んでいるとはいえ、結局のところジュスティーヌはイングランド人ではない——ジュスティーヌはスイスの生まれだ。ロンドンに戻ったら、フランス語やドイツ語を話せる環境が恋しくなるのかしら？

「恋しくなるでしょうね——少しは」とジュスティーヌ。「わたしはけっして食い道楽《グルマン》ではないけれど、きっとオーストリアのペストリーが恋しくなると思う。

でも、それよりも友人たちのことのほうが恋しくなるんじゃないかしら」ウィーンに住むアイリーン・ノートン、彼女のメイドのハンナとグレータ。シュタイアーマルクに住むカーミラ・カルンスタインにローラ・ジェニングス。それにもちろん、ブダペストに住んでいる、メアリの家庭教師だったミナ・マリーとドラキュラ伯爵。みんなの助けがなければ、アテナ・クラブはルシンダ・ヴァン・ヘルシングを、卑劣な父親エイブラハム・ヴァン・ヘルシング教授のもとから救い出すことはできなかっただろう。数々の実験をおこない、みずからの娘を恐ろしいもの——吸血鬼！——に変えてしまったヴァン・ヘルシング教授のもとから。

ルシンダ　キャサリン、口を挟んで申し訳ないけれど、吸血鬼であることはそんなに恐ろしいことでもないのよ。みんなと食生活が違うって、ただそれだけ。

キャサリン　みんな邪魔しないであたしにこの本を書かせてくれない？

ダイアナ　あんたが間違ったことを書きさえしなければね！　それにルシンダにはもっと親切にしといたほうが身のためだよ。なんたってルシンダは血を吸う闇のいきものなんだから。

キャサリン　あんた、今度はいったいどんなくだらないもの読んでるわけ？

ルシンダ　闇の？　でもわたしは闇なんて必要ないけど。

ダイアナはいつのまにかいびきをかいていた。まあ、少なくとも眠ってくれている！　オリエント急行に乗っている最中、メアリはダイアナにほとほと手を焼いた——どうして女物の服を着なきゃいけないのさ？　男の子の恰好をして旅をしたほうがずっと楽なのに。ジュスティーヌは旅のあいだ男の子、というか男性になりすましてるのに、どうしてあたしはいけないの？　どうしてドラキュラ伯爵の子犬を一匹連れてくるのを許してくれなかったの？　あんなにうじゃうじゃ子犬がいたのに。それにどうしてお金を持たせてくれないのさ？　うん、たしかにこのあいだはメアリの財布から何フランか盗んで賭け事に使ったけど、でもエカルテ（カジノゲームの一種）でお金を増やしたじゃん。ともかく、列車に乗ってるのは退屈で仕方ないよ。退屈すぎて死にそう。

「ジュスティーヌは背丈が六フィート以上あるから、女性の姿で旅をすると目立ってしまうでしょう」メアリはダイアナに言ったものだ。「あなたは六フィートも身長がないじゃない――五フィートすらない――それにわたしとおなじ客室に乗らなきゃいけないもの。アルファとオメガは伯爵の白い狼犬を歓迎しないと思うわ。それに、ミセス・プールがきっとかんかんに怒るわ。そんなことになったらどうするわけ？」だが、メアリはついに折れてダイアナに五フランを渡した。とにかくおしゃべりをやめてどこかに行ってほしかったのだ。夕方になると、ダイアナは赤帽相手のカードゲームで勝ったらしく、十五フラン巻き上げて帰ってきた。メアリは妹のおこないを心から恥じ、半分をチップとして彼らに返した。

「わたしもみんなのことが恋しくなると思う」メアリはジュスティーヌに言った。「でもミセス・プールにまた会えることも、わが家の応接間に座ることも、リージェンツ・パークを散歩できることも、とってもうれしいわ。アリスとホームズさんの心配事さえなかったら！　それにドクター・ワトスンのこともね。ミセス・プールが電報でほのめかしていたとおり、彼も姿を消してしまったのなら。たぶん、ドクター・ワトスンはホームズさんがよく言うように、たんに捜査中なのかもしれないわね？　ホームズさんの行方を追って、彼が陥っている窮地から救い出そうとしているのかも。

ミセス・プールはああ言ってきたけど、ドクター・ワトスンまで失踪したのでなければいいわ」

「もしそうなら、ミセス・ハドスンが居場所を知っているんじゃないの？」ジュスティーヌが訊ねた。

「そうともかぎらないわ。ドクター・ワトスンとホームズさんのことをよく知っているでしょう——そう、あの二人のことは好きだし尊敬もしているけれど、彼らはつねに思慮深いとは言いがたいもの。誰にも行き先や目的を告げないこともしばしばある」

「そうかもね」ジュスティーヌは納得していない様子だった。やがて付け加えた。「わたしたちで居場所を突き止めましょう、メアリ。わたしたちはアテナ・クラブなんだから」しかし、ジュスティーヌもまた心配そうな顔をしていた——眉間に少し皺が寄っている。

無理もないわ、とメアリは思った。わたしたちのどちらも心配する理由があるんですもの！　メアリはハンガリー科学アカデミーの地下にある記録保管所にいた午後のことを思い出した——あれはたった四日前の出来事なの？　メアリとジュスティーヌとベアトリーチェが錬金術師協会の論文や書類を調べていると、キャサリンが息を切らして駆けこんできて、「ミセス・プールから電報よ！」と叫んだ。その電報にはメアリの家の厨房メイドのアリスが誘拐されたと書いてあった。するとフラウ・ゴットリープ——かつてメアリの母の看護婦としてジキル家に仕えていたが、その正体は錬金術師協会のスパイだった——が、じつはアリスにもまた、みんなの知らない正体があるのだと告げた。アリス自身は知らないけれど、彼女の本名はリディア・レイモンドといって、ホワイトチャペルの連続殺人に関わっていた悪名高きヘレン・レイモンドの娘だというのだ。

メアリ　いったいどうやって頭のなかで整理しているの？　こんがらかった糸の塊みたいに複雑なの

に。ブダペスト旅行で何よりつらかったのは、誰もがわたしの思っていたような人ではなかったとわかったことね――長いあいだ母を看てくれていたアダムズ看護婦はじつはイーヴァ・ゴットリープだった。家庭教師だと思っていたミナは、王立協会の書誌引用形式小委員会のためにわたしをスパイしていた。そしてミセス・レイモンドはただの聖メアリ・マグダレン協会の院長ではなく、錬金術師協会のイングランド支部の支部長だったレイモンド博士の生物的変成突然変異の実験が生み出したものだった……

キャサリン　もちろんメモを取っているのよ。日付とか列車の時間とかはときどき頭から抜け落ちちゃうんだけどね。そういう類《たぐい》のことはあんたのほうが得意だから。

アリスが姿を消したと知るとすぐ、メアリとジュスティーヌは荷造りに取りかかった――メアリはダイアナの分の荷物もまとめた。あの子がこっそり狼犬を旅行鞄に忍びこませたりしないように！　その翌日には帰路についた。キャサリンとベアトリーチェは〈ロレンゾの驚異《マーヴェルズ》と《・アンド・》歓喜《ディライツ》のサーカス〉の契約を履行するために残った。サーカスはブダペストにある満員の会場の数々で公演をしていたが、公演期間が終わったらすぐに発つことになっていた。メアリは全員がふたたびロンドンに戻ってくる日が待ち遠しかった！　アリスとホームズさんとドクター・ワトスンはどこにいるのだろう？　ジュスティーヌと一緒にパーク・テラス十一番地に到着したら、すぐに捜査してみることにしよう。ミセス・レイモンドも何らかのかたちで関わっているのかもしれない――メアリは今でもマグダレン協会の恐るべき院長のことをよく覚えていた。彼女の銀灰色の髪、冷ややかな鋭い目つき。謎多きレイモンド博士もまた関わっているのだろうか？　冒険が終わったと思いきや、またすぐにつぎなる冒険が始まりそうだった――冒険とはそういうもののようだ。休む暇も与えてくれない。ロンドンにどんな危険が待ち受けているかわからないけれど、アテナ・クラブの全員の力を合わせる必要がある。

メアリ　読者はアテナ・クラブが何なのかわかるかしら？

キャサリン　最初の二巻を読んでたらね！　そうあってほしいけど、この本を読んでいる人が最初の二巻を読んでいなかったら、すぐにでも買って読んでほしいものだわね。一冊二シリング、お買い得なお値段よ！

　メアリが車窓の外を流れるこぎれいな庭つきのカレーの家々を眺め、連絡船の乗船券に何フラン支払わなければいけないのか頭のなかで計算しているあいだ、ジュスティーヌもまたヨーロッパでの冒険の数々を思い出していた。ヴィクター・フランケンシュタインに生き返らせられてから初めて、ジュスティーヌは故郷の――正確な意味では違うけれど、故郷のようなところの土を踏んだ。フランス語やドイツ語を耳にし、子ども時代に慣れ親しんだ味の食べ物を口にしていると、イングランドにいるときよりもずっと故郷の近くにいるような気がした。卑劣なエドワード・ハイドが仕掛けた罠にはまりにいくところだったとはいえ、四輪馬車《コーチ》に乗ってシュタイアーマルクの山中を駆けているときには、その地の空気と高度に喜びを覚えたものだ。そしてアダムとの再会！　フランケンシュタインの最初の創造物、もしあれほど残酷で絶望的なものが愛と呼べるものならば、ジュスティーヌを愛し、そして苦しめた相手。ハイドはメアリ宛の手紙に、アダムは死んだと書いていた。ジュスティーヌはハイドを信じていいものか迷った――かつてアダムが火のなかで死ぬのをしっかりとこの目で見たはずなのに、シュタイアーマルクでひどい怪我を負った彼にふたたび会ったのだから。しかし、理性は今度こそアダムは死んだのだとジュスティーヌに語りかけていた。あの怪我では、そう長く生き延びることはできない。ハイドの手紙を読んだとき、ジュスティーヌは二度目の人生のなかで初めて、束縛から解放されたような感覚をおぼえた。聖書が言うところの、人知を超えた平穏の感覚を。アダムの死を喜ぶのはいけないことかもしれないが、それでもジュスティーヌはそう感じずにはいられなかった。まあ、聖ジェイムズ教会で祈ることにしよう。ジュスティーヌとベアトリーチェが通っている、スパニッシュ・プレイスの向かいにある教会で。またオブライエン牧師と話せたらどんなにいいだろう！

必要なものすべてを持っているわたしはなんて幸運なのだろうか。わたしを愛してくれる友人たち、帰ることのできる家。心から恋しいのは、自分のアトリエだ。青い花瓶に活けてある花の習作が、未完成でイーゼルにのったままだ。家に戻ったら完成させる時間があるだろうか？　たぶん、アリスを捜し出したあとなら。可哀想なアリス……いったいどこにいるのだろう？　やがてジュスティーヌはメアリとおなじく、厨房メイドとホームズ氏とドクター・ワトスンのことを心配しはじめた。そろって忽然と姿を消してしまった三人のことを。

メアリとジュスティーヌを乗せた列車がカレーの駅に着いた頃、キャサリンは――

ダイアナ　あたしは？　あたしのことなんにも言ってないじゃん。あたしだってその列車に乗ってたんだからね。

ダイアナは眠りながらいびきをかき続けていた。列車が大きく揺れたときだけ目を覚まし、ジュスティーヌの膝から床に転げ落ちそうになった。真っ先にダイアナの口をついて出た言葉は、「こんちくしょう！」だった。旅のあいだじゅうずっと眠っていたので、取り立てて報告するようなことは何も言わなかったし考えなかった。

キャサリン　さ、これで満足？　ちょっと、やめてよ！　もういちど蹴ったら思いっきり嚙みついてやるから……

一方その頃キャサリンは、ブダペストにあるドラキュラ伯爵邸の食堂で、赤唐辛子の効いたじつに美味しいソーセージを食べていた。ちょうど蛇使いのマダム・ゾーラがミナに礼を言ったところだった。サーカスの公演期間中、市街地にある伯爵邸に滞在するよう招いてくれたことに感謝したのだ。

「わたしに礼を言わなくていいのよ」ミナはほほえみながら言った。「わたしはここの女主人じゃないもの。誰がとどまるべきで誰が去るべきかを決めているのは伯爵よ——それもときどき唐突にね！　だけど、あの人はあなたがた女性陣がここにいることを喜んでるわ——古い陰気な家がいきいきするって言って——どうぞお好きなだけ滞在してちょうだい」

「サーカスの公演が木曜日まで延長にならなければ、ベアトリーチェとあたしはもう出発してたのに！」とキャサリン。「でもロレンゾはずいぶん儲けてるわ——彼が言うには、ちょうど今、皇帝の訪問を控えて重要人物がブダペストに集まっているらしいの。毎晩劇場は満員よ。ロレンゾはこんな恩恵を受けてしかるべきね——何年も荷馬車を連ねて地方を巡業してた日々を思えば。当時は手品に使う子馬や芸当をする犬に満足に餌もあげられなかったんだから！」

「ロレンゾは倍の賃金を払ってくれているわ」ゾーラが満足そうに言った。「やっぱりお礼を言わせてちょうだい、ミナ。何匹もの毒蛇を家に入れるのを許してくれる人なんてそうそういないもの。そのうちの一匹が逃げ出してホテルを追い出されたときはどうしたらいいかわからなかった。毒蛇じゃなくて、ただのかわいいバターカップだったのに！　あの子はとても目を引く蛇でね――たいていの人はアルビノのニシキヘビなんて見たことないもの――でも、基本的には誰にも危害を加えたりしないのよ。つまり、あの子を怖がらせないかぎりは」ゾーラはステージの上ではミステリアスな東洋訛りで話したが、今朝の話しぶりを聞いていると、彼女の出身は東《イースト》は東でもロンドンのイーストエンドのハックニーだということがありありとわかった。ゾーラはオムレツの最後のひと口をありがたそうに食べた。

そのとき、応接間付きのメイドのカティが銀製のトレイを持って食堂に入ってきた。カティはミナにハンガリー語で何か言った――キャサリンはいまだにその言語を理解することができなかった！　ミナはトレイの上の紙片を取り上げると、じっくりと眺めた。背後からでも、それが電報であることはあきらかだった。

「アイリーン・ノートンからよ」ミナは電報を食卓の上に置くと言った。「ウィーンでヴァン・ヘルシングが吸血鬼を創り出して催眠状態にしている倉庫を突き止めたんですって。彼らはまだそこをアジトに使っているらしいわ。アイリーンは一緒に吸血鬼狩りに行かないかって訊いてるの。あなたとベアトリーチェはロンドンに戻らなきゃいけないのよね？　でもわたしは行ける。なにしろ、もう吸血鬼の専門家みたいなものですもの！」

「ヴァン・ヘルシングの吸血鬼たちに同情するよ。二人の手強い敵を相手にしなければいけないとはな！」ドラキュラ伯爵がいつものように物音も立てずに部屋に入ってきていた。キャサリンは満足げに伯爵を眺めた。これほどロマンチックなヒーローにぴったりの人がいるだろうか！　たぶん背はそれほど高くないけれど、貴族や軍人のように背筋がしゃんと伸びている。高い頬骨、鷲鼻、知性を感じさせる秀でた額、興味をそそる蒼白い肌、ミセス・ラドクリフが喜びそうな、長めの黒っぽい髪。それに、たいてい黒い服を着ている。よし、どうにかしてあたしの本に彼を登場させられないものか、試してみよう！

　ミナは眉をしかめて伯爵のほうに振り返った。怒っているわけではなく、考えこんでいるようだった。

「行ったほうがいいでしょう？　アイリーンは頼みにできるものをわたしよりも持っているけれど、それでも吸血鬼と闘った経験はほぼないもの。その点、わたしは――そう、可哀想なルーシーが吸血鬼に変身してしまって以来、吸血鬼についてたくさんのことを学んだもの。あなたは来られないわね、ヴラド？　今週、皇帝が公式訪問されるんですものね？」

　伯爵はかぶりを振った。「ハンガリーがオーストリアの影響下から抜け出すのを見たいところだが――目的が達成されなかったとはいえ、コシュートを支持したことを誇りに思っているし、これからもそのつもりだ――わたしには公務がある。ここにとどまってわが国の代表を務めなければならない。しかしカーミラに訊ねてみるがいい。館《シュロス》からウィーンへは車で一日とかからず行けるし、カーミラは狩りが大好きだからな――同族とはいえ、危害を加えるような者たちであるとわかったのなら」

　ミナはうなずいた。「今日じゅうに電報を打つわ。きっとアイリーンにはあらゆる手助けが必要だもの」ミナはキャサリンとゾーラのほうに向き直った。「あなたたちとベアトリーチェは、わたしがいなくても大丈夫かしら？　付添婦をつけるような歳ではないものね」

　キャサリンは笑った。「もちろんよ！　どっちみちビーとわたしは金曜の朝には発つから。できるだけ早くロンドンに戻らなきゃ」
「ロレンゾのサーカスもそろそろ出発するわ」ゾーラが言った。「コンスタンティノープルまでずっと公演が予定されているの！」
　キャサリンは羨《うらや》ましくてしかたがなかった。サーカスにとどまって〈アンデスの豹女《ラ・ファム・パンテール》〉を演じ、伝説の都市まで一緒に行けたらいいのに。だけどアテナ・クラブがわたしを必要としている。わたしの助けなしにどうやってアリスを救い出すっていうの？

ダイアナ　あんたがいなくてもどうってことないんだからね！

ジュスティーヌ　そんなことないわよ！　あなたが必要よ、キャサリン。わたしたちはあなたなしではやっていけないわ。

ダイアナ　この部分、編集する気ないんでしょ？　自分が偉そうに描かれてるところはぜったい削除しないんだ。

　ところで、伯爵とメイドは何を話しているのだろう？　カティは伯爵に向かって何ごとかをハンガリー語でまくしたてている。伯爵はカティと言い争っているようだ——両手を上げていらいらしたように髪をかきむしり、そのせいでさらに完璧なウェーヴができた。カティは会釈をすると銀のトレイを持って食堂を出ていってしまった。「カティ！」伯爵はうしろ姿に向かって叫んだ。と、キャサリンが驚いたことに、まだ説き伏せるような様子でカティのあとを追って食堂を出ていった。
「いったいどうしたの？」ゾーラが訊いた。
　ミナは驚いているようでもあり、おもしろがっているようでもあった。「どうやら若いカティはアッシャのもとで働くことに決めたようね！　アッシャの助手のことは覚えてる？——たしかイボヤという名前だったわ。そう、その子とカティはおなじ学校に通っていた仲なんだけど、今度イボヤが医学の勉強のためチューリヒに行くことになったの。だから錬金術師協会の会長は新しい助手が必要となったわけ――そこでカティがその仕事を引き受けることにしたのよ！　アッシャはカティにたった二週間しか猶予を与えなかった。ヴラドがアッシャのことをどう思っているか知ってるでしょう――正直なところ、ヴラドはアッシャのことを愛していたんじゃないかと思うわ。アッシャに錬金術師協会から追放されるまで。アッシャのことを責める気はないわ、ヴラドが選挙で不正な戦略を使ったことを考えればね！　ヴラドのことは大好きだけれど、中世のハンガリー貴族は規則どおりに闘わないんだもの」ミナは電報の上に手を置き、一瞬、思いに耽《ふけ》るようにそれをじっと見た。「ときどき、なんだかんだ言ってもヴラドはまだ心のどこかでアッシャのことを愛してるんじゃないかって思うことがあるの。もちろん、アッシャがカティを引き抜いたのはヴラドを困らせるためよ――アッシャはまだ怒っているし、こうなってはヴラドも彼女に腹を立てるでしょう。メイドをめぐってね！　もちろん、カティは並外れて有能なメイドだけれど。いずれにしても、ヴラドは今日一日はどうすることもできないわね。さてと、昼食は終わり。アイリーンとカーミラに電報を打って、ウィーン行きの乗車券を買わなくては。二人は今夜の公演の準備があるのよね。ベアトリーチェはどこに行っちゃったのかしらね。コックが彼女のために美味しいどろどろを用意していたのに、無駄になっちゃうわね」

「ベアトリーチェなら、たぶんどこかでクラレンスと会ってる」とキャサリン。「ここのところ、まるで起きているあいだはずっと彼と一緒にいるみたいなんだから」

ベアトリーチェ　そんなの言いがかりだわ、キャット！　しかもあのときわたしはクラレンスと一緒に過ごさないように必死になっていたっていうのに。彼にはわたしのことを忘れて、誰か——いいえ、誰かほかの人というわけじゃなく、有毒な女と会話する以外の何かを見つけてほしいと思っていたのよ。

キャサリンが推測したとおり、ベアトリーチェはまさにそのときクラレンス・ジェファーソンと一緒にいた。ベアトリーチェはツェントラル・カーヴェーハーズの羽目板張りの壁に囲まれた薄暗い店内を見まわした。二人はリハーサルのあとで一緒にこのカフェに来るのが習慣になっていた。ベアトリーチェはニワトコの花のハーブティーを飲み、クラレンスは濃くて香りのいいエスプレッソを飲んでいた。だが、この日の朝はベアトリーチェが錬金術的実験の倫理審査委員会の一回目の会合に参加するためにハンガリー科学アカデミーに行っていたので、二人は昼食の時間にこのカフェで落ち合って、ともにリハーサルに向かうことにしていた。ベアトリーチェはパリでウォルト氏本人から贈られた緑色のドレスを着ていた。特別な理由があったわけではない——今朝はなんとなくこのドレスを着たい気分だっただけだ。クラレンスのためにおめかししてきたなんてとんでもない！　けれども、どのみちクラレンスはベアトリーチェが着ているものに気づいていない様子だった。彼はいつだって全体としてのベアトリーチェに注意を払っていた——もっとも、今のところ注意力の一部はコーヒーをかきまわすことに向けられていたが。

クラレンスも着るものに気を遣っているようだったが、それはいつものことだった。アトラスや軽業師のカミンスキー兄弟が舞台装置の設営や撤収をするのを手伝うとき以外は。ベアトリーチェはクラレンスのなかに、かつての彼の職業だった弁護士の面影を見ることができた。殺人容疑で裁判にかけられ、無罪放免になるまでの話だ――白人の警官を撃ち殺したアメリカの黒人にしては奇跡的な判決だった。正当防衛だったと証言してくれた目撃者が大勢いたにしてもだ。夕方になれば、クラレンスは〈ズールー族の王子〉に扮し、目の肥えた観客のために土着のダンスを踊る――〈ロレンゾの驚異と歓喜のサーカス〉の出し物の一つだ。

ベアトリーチェはまたしても、クラレンスとこうして一緒に座っていることに深い罪悪感を覚えた。その気になれば彼はいくらでも無毒な女性たちと一緒にいられるし、彼女たちとふつうの関係を築けるというのに。ベアトリーチェはクラレンスにそう言ったことがあった――クラレンスは指先に火ぶくれができない程度にほんの一瞬だけベアトリーチェの頬に触れ、こう答えた。「ふつうなんていらないよ、ビー。ぼくが欲しいのはきみなんだ」

今、クラレンスはテーブルの向こうから手を伸ばし、手袋をはめたベアトリーチェの手を取った。「ハニー、心が遥か遠くにあるみたいだね。何を考えてるんだい？」

「この場所が恋しくなるだろうなって。もうすぐキャサリンとわたしはロンドンに戻らなきゃいけないから。そしてあなたはサーカスと一緒に――つぎはどこに行くの？」

「ブカレスト、その次はヴァルナ、そしてコンスタンティノープルだ。そのあとは……たぶんアテネかな？このあいだロレンゾと話したんだけど、よくわかっていないようだった。きみも一緒に来られたらいいのに。ぼくらには〈毒をもつ娘〉が必要だ。ところで、委員会の会合はどうだった？」

「それなりにうまくいったと思うわ。フラウ・ゴットリープとホリー教授がソシエテ・デザルキミストには錬金術的研究の指針となる倫理規程が必要だということに賛成してくれたの。まずわたしが草稿を作って、彼らがそれに注釈や修正を入れることになったわ。第二稿で意見がまとまったらアッシャに提出するの。アッシャがそれをどう思うかは神のみぞ知るよ！」

「そのアッシャという人に会ってみたいな」クラレンスが言った。

ベアトリーチェははっとして彼を見た。「なぜ？　どうしてあなたが錬金術師協会の会長に？」

「とくに理由はないと思うけど」クラレンスは怪訝《けげん》そうな面持ちで、まるでベアトリーチェの反応の意味を探るように彼女を見た。クラレンスは手を引っこめた。「きみの話では、その人は黒人女性ということだったね——エジプト人だったっけ？　そしてこの錬金術師協会のトップときた。なんだかすごい人のようだし、会ってみたい気がするって、ただそれだけさ」

どうしてクラレンスがアッシャに会うことを考えたら突然胸に痛みが走ったのだろう？　まるでアッシャが放った稲妻に心臓を射抜かれたみたいだ。ベアトリーチェは無意識に痛みを感じた場所に手を添えた。たしかにアッシャは美しい女性だけれど、だからって男という男がみんな恋に落ちてしまうわけじゃないわよね？　クラレンスが誰かほかの人に恋をするのはいいことだろうけれど……アッシャだけはだめ。アッシャのような相手には到底太刀打ちできないもの。

クラレンスはチキンをパプリカの出汁で煮込んだスープを飲み終え、ボウルに残った香辛料の効いた赤い液体をパンのかけらでぬぐい取った。ベアトリーチェはすでにキュウリのサラダを食べ終えていた。彼女にしてはお腹にたまる食事だった——液状のもの以外を口にすることはめったになかったから——でも、クラレンスが食べているあいだ、ただ液体を飲んでいるだけなのは気が引けたのだ。ベアトリーチェはなんと言っていいかわからず、フォークをいじくっていた。

「とにかく、アリスを救い出さなくては。あの子がほんとうに誘拐されたのならば」ベアトリーチェはやっと口を開いた。「わたしは——わたしたちみんなは——心からあの子のことを心配しているの。サーカスはわたしがいなくてもうまくやっていけるけれど、アテナ・クラブは——そう、仲間を見捨てるようなことはしたくないもの」

「もちろんそうだ。ぼくは何もそんなことは頼んでないよ」クラレンスはパンの最後のかけらを食べてしまうと、ウェイターに合図を送った。「アテナ・クラブがどれだけ大切なものかわかってる、きみにとって——いや、きみたちみんなにとって。キャットも含めてね。ぼくはただ、きみともっと一緒にいられたらいいのにと思っただけさ」

「でも、わたしたちはこれ以上一緒に過ごすべきじゃないわ」とベアトリーチェ。「あなたがこれ以上わたしの毒を吸いこんだら——」

「わかってる、わかってるよ。もうおなじことを言わなくてもいい」クラレンスはうんざりした様子で言った。それでも、わたしは警告しつづけなければいけないわよね？　ベアトリーチェはクラレンスに初恋の人の二の舞を踏ませたくなかった。ジョヴァンニは父の庭園でわたしと一緒に過ごしすぎたせいで、有毒な体になってしまった。もとの自然な体に戻れると信じて飲んだ解毒剤のせいで死んでしまったのだ。だめ、クラレンスをおなじ目に遭わせるわけにはいかない。もうじきお別れして彼がコンスタンティノープルに行ってしまうのは都合がいいのだ。コンスタンティノープルにはアッシャがいないし……

キャサリン　じゃあロレンゾのサーカスがアルハンブラ劇場で長期公演の契約を取り付けたのは都合のいいこと、悪いこと？　あんたは好きなだけクラレンスに会えるようになったわけだけど——

ベアトリーチェ　彼はもっと会いたがってるわ！　ほんとうに、わたしたちがもっと一緒に過ごすのがいいことなのか悪いことなのか、わたしにはわからないのよ。あなたは非難するでしょうけれど、キャット――

キャサリン　非難なんてしない。ただクラレンスには毒にやられて死んでほしくないだけ。まあともかく、クラレンスはアッシャのことを好きにはならなかった。そうなってたらもっと悪いことになってたわ！

ベアトリーチェ　好きになったわよ、ほんの少しだけ。好きにならないのは難しいんじゃないかしら。

クラレンスが食事代を払った。初めてツェントラル・カーヴェーハーズに来たとき、ベアトリーチェは自分の食事代は自分で払おうとしたのだが、クラレンスは言った。「ハニー、せめてこれくらいはさせてくれ」だからベアトリーチェは無理強いしなかった。

二人が席を立つと、クラレンスはベアトリーチェの椅子の背からマントを取り上げ、彼女の肩にかけてくれた。ともに過ごすようになったばかりの頃、ベアトリーチェはクラレンスのこういった仕草に戸惑いを覚えた。父はこんなことをしてくれなかったし、ジョヴァンニだってしなかった。ベアトリーチェは少しずつ、こういう仕草は男性が相手の女性に対して礼儀正しく、あるいはロマンチックに、またあるいはその両方でありたいがためにするのだと悟った。それにクラレンスはいかなるときでも女性に対して礼儀正しかった。たとえ怒っているときでさえも。たとえば、ゾーラがホテルで蛇を一匹逃がしてしまったときだってそうだった。サーカス団ごと追い出されるところだったのだが、ゾーラが自分だけ蛇たちを連れてドラキュラ伯爵の住まいに移ると約束すると、なんとかとどまることを許してもらえたのだ。

ときどきベアトリーチェはクラレンスの振る舞いが

引き起こす矛盾が可笑しくなることがあった。クラレンスは通り過ぎる馬車に泥を跳ね上げられてベアトリーチェのスカートが汚れないように、彼女に車道側を歩かせまいとした。けれど、そうすると歩道を歩く人びとに有毒な吐息がかかってしまうのだ！　それでも、ベアトリーチェはこんなふうに気を配ってもらえることをうれしく思わずにはいられなかった――自分はこれまでずっと気を配る側だったから。父や父の庭園の毒性の植物にしろ、あるいは、彼女が注意深く薬の調合をしてあげている患者たちにしろ。

二人はカーロイ・ミハーイ通りに出て、ブダペストの陽射しを浴びた。そう、きっとこの街が恋しくなるだろう。ここは少しだけ生まれ故郷のパドゥアを思い出させるから。バッキリオーネ川に沿って建物が並んでいるパドゥアのように、ブダペストはドナウ川に沿って街並みがつくられていた。ブダペストの通りにはいつもの昼間とおなじように、軽馬車や荷馬車がせわしなく行き交っていた。クラレンスがベアトリーチェのほうに腕を伸ばしてきた。いつものように、ベアトリーチェはその腕を取らなかった。かわりに首を小さく横に振ると、劇場に向かって通りを下りはじめた。腕も手もしっかりと覆っていたので、クラレンスがたとえうっかりでもベアトリーチェの肌に触れることはありえなかったけれど、彼に自分の近くに寄ることに慣れてほしくなかった。それは彼にとってよくないことだ――あるいは、自分にとっても。ベアトリーチェの心はかつて粉々に砕けてしまった――またおなじような思いはしたくない。ベアトリーチェはこの新しい生活のなかに多くのものを発見した。自由、友情、そして目的。愛は必要ではない。

メアリ　ほんとうにそうなの？　愛が必要不可欠だとは言わないけれど――でも、それがあるのとないのとじゃ人生はまったくおなじとは言えないでしょう？　わたしたちは誰しも愛されることを必要としてるのよ、どういう形であれ。
ダイアナ　あたしは必要ない。
メアリ　わたしの知るかぎり、あなたほど愛されることを必要としている人はいないわ！　やめなさい――ペチコートの上から蹴っても痛くないわよ。ほらね？　もしわたしがあなたを愛していなければ、そういう振る舞いに到底耐えられないのよ。もちろん、つねにあなたのことがすごく好きだというわけではないけれど。
ベアトリーチェ　それでも、わたしが有毒だってことは変わらないもの。どんな男性であれ、一緒にいればかならず相手の命を危険にさらしてしまうの。ルシンダならわかってくれるでしょう――彼女は有毒ではないけれど、血を吸わずにはいられないというのは、ふつうの人間とは一線を画しているもの。
メアリ　そういえばルシンダはどこに行ったの？
キャサリン　ピアノを弾いてるよ。聞こえないの？　まったくもう、あの音が聞こえないってのに、霊長類はなんで耳なんてついてるんだろ？

その頃、ルシンダ・ヴァン・ヘルシングは兎を食べていた。あるいはもっと正確に言うなら、兎の血を吸っていた――死骸はあとでカルンスタイン女伯爵が飼っている白い狼犬、ペルセフォネーとハデスが食べるだろう。森のなかの空き地でマグダはルシンダの傍らに立ち、満足げに彼女を見下ろしていた。

「ヨー、ヨー」マグダが言った。ルシンダはそれがハンガリー語で「よし、よし」という意味だということを学んでいた。

「うまくできたわね」ローラが言った。彼女はいつもこうした狩りの遠出についてきた――「翻訳するとそういう意味よ」けれどルシンダはすぐに、その言葉は慰めて安心させるためのものでもあると気づいた。初めてこの手で兎を殺したとき、ルシンダは泣きじゃくって、もう少しで吸った血をすべて吐いてしまいそうになった。ローラはルシンダを抱きしめ、髪を撫でながら言った。「シーッ、シーッ、いい子ね。いつか慣れるから」

「殺したくないわ」ルシンダはしゃくりあげながら言い、息絶えた兎の血まみれの体を、子どもの頃の人形のように撫でた。

「でも、学ばなくてはだめ」ローラは言った。「このシュロスにいるうちは、あなたが望むならグラスに入った血を持ってきてあげることもできます――自分で狩りをする術を学ぶ必要もないし、あなたが栄養を摂るための方法とは切り離すことのできない死に直面する必要もない。だけど、それは不誠実だし軽率なことです。他人に依存したくはないでしょう。それにあなたは捕食者なの――その事実を理解して受け止めることが大事よ。カーミラがここにいたら、おなじことを言ったと思いますわ」

しかしカーミラはそこにいなかった。カルンスタイン城にいたのだ。カーミラはその最初の一週間のほとんどを先祖から受け継いだ城で過ごし、ハイドが残していった混乱に対処することに費やしていた。あきらかに、ハイドは化学薬品もアダム・フランケンシュタインの死体も処分せずに立ち去ったのだ。アダムの死体は彼が最期の日々を過ごした狭く暗い部屋のなかで、シーツの下に横たえられたままになっていた。「少なくとも、これでジュスティーヌにアダムは完全に死んだと教えてやれるよ」カーミラは城から一時的に帰ってきて数日間滞在しているあいだに二人にそう言った。カーミラはアダムを城の裏手の墓地に正式に埋葬するよう手配していた。ハイドはまた、支払うべきものも支払わずに立ち去っていた。ハイドが城を借りているあいだ彼に忠実に仕えたフェレンツ一家にまだ金を払っていなかった。「ミクローシュとデーネシュは、ハイドの命令でメアリとジュスティーヌとダイアナを誘拐したかどでお仕置きを受けるべきだな」カーミラは腹立たしげに付け加えた。「だけど、デーネシュが大学の授業料を払えるようにしてやりたいし、アンナ・フェレンツには薬が必要だし。フェレンツ家は二百年前からカルンスタイン家の借家人なんだ——彼らを飢え死にさせるわけにはいかない。ごめんよ、ローラ。でもしばらく家計が苦しくなるかもしれない」

それを聞いてローラはただため息をついた——家計が苦しいのには慣れっこだった。一つには、カーミラの浪費癖のせいもあった。ローラは今、ふたたびため息をついた。でもそれは、ルシンダが兎を手際よく仕留めたことに安心して出たため息のようだった。ルシンダは何も言わずにうなずいた。何が言えただろう？ ルシンダは全力を尽くしてこの新しい生活を生きようとしていた。父が実験を通して彼女に押しつけた新しい生活を。ルシンダは吸血鬼だ——これからずっと吸血鬼として生きるのだ。背の高い草の合間を縫って兎を追いかけているあいだ、獲物の鼓動を聞き取ることもできるようになるだろうし、どんな高い木だって、リスのように両手でたぐって登ることができるようになる。年も取らなければ、人間がかかりやすい病気にかかることもない。首を完全に切断されるか、自己再生しないように体を焼かれないかぎり死ぬこともない。これからずっと血を飲んで生きていかなければならないのだ。

みずから命を絶つことも考えた——今でもときどき、夜遅くまで起きているときにそのことを考える。もう睡眠はたいして必要ないようだった。どうにかして自分に火をつけ、灰になるまで燃えつきることを考えた。ローラにそんな考えを打ち明けたことはなかったし、カーミラに話すこともできなかった。女伯爵はあまりに近寄りがたかった——老練で超然としているようだが、見かけはルシンダとおない年くらいだった。それでも、カーミラに自分の胸の内を打ち明けることはできなかった。

ルシンダはローラのあとについてシュロスに向かった。マグダが兎の死骸を手にぶら下げてあとに続いた。ペルセフォネーと彼女の兄弟のハデスの餌になるのだろう。

三人が長いテラスのあるシュロスの裏手に着くと、カーミラがフランス窓から出てきた。「電報だ！」カーミラの片手には紙片が握られていた。

「誰からですの？」ローラが訊ねた。「それに、いつ戻ってきましたの？　自動車の音なんて聞こえませんでしたけど。でも、わたくしたちは森のずっと奥にいましたから……ありがとう《ケセネム》、マグダ」ローラはそう言ってマグダに――マグダのことをいったいどう形容すればいいのだろう？　馭者《ぎょしゃ》、狩猟番人、一家の護衛者。彼女はさまざまな役割を果たしているようだ。それにもちろん、吸血鬼でもある――ドラキュラ伯爵がかろうじて創り出した、唯一の正気を保った、あるいは正気の大部分を保った吸血鬼。いまだにときどき、マグダは自分が戦場にいると想像することがあって、そんなときの彼女の気を鎮めて抑えつけられるのはカーミラだけだった。最初のうちルシンダはマグダのことを怖がっていたが、マグダはとても親切だった――みんなとても親切にしてくれる。ルシンダはそのことに感謝していた。

それにしても、ルシンダはとても疲れていたし、まだ血のにおいがしていた。自室に戻ることにしよう。かつてローラの父親の部屋だった場所だ。ルシンダは自分の父親がジェニングス大佐のような人だったら、人生はどうなっていただろうかと考えることがあった――ジェニングス大佐はふつうの人で、本とパイプを愛し、今も衣装戸棚に吊るされたままの狩猟用の上着を着て、その下に並べてあるスリッパを履くような人だ。でも違う。ルシンダの父親は高名なヴァン・ヘルシング教授だ。ヨーロッパのいくつかの大学で役職に就き、生命そのものの境界を破壊し、自分自身と自分のような人間を不死身にしようという野望を抱いていた人物だ。ある理屈をもって――思い出すといまだに怒りのあまり拳を握りしめずにはいられない――父はまず母を実験台にした。ルシンダは母のことをなるべく考えないようにしていた――記憶があまりに痛々しかったからだ。母は父の手下からルシンダを救うために死んだ。いつの日か、二人は天国で再会できるだろう。吸血鬼が天国に行けるものならば。もし行けないのなら、地獄で再会するのだ。その日が来るまで、ルシンダはどうにか生きていかなければならない。少なくとも、母が精神科病院に収容されて以来初めて、ルシンダは友人たちとともに過ごしていた。

　そのうちの二人が今、喧嘩をしている。

「でも、家に戻ってきたばかりですのに！」ローラが言った。「それにあなたときたら、週のうち大半は家を空けて、あのうらぶれた城で――」

「ミナをそんな状況に一人で行かせられないだろう？」カーミラが言った。「伯爵は皇帝の訪問が終わるまでブダペストを離れられないから、ミナは一人でウィーンに行くことになる。彼女を援軍もなしにヴァン・ヘルシングの吸血鬼と対峙《たいじ》させたいのかい？」

「まず最初に、ミナは一人で行くわけじゃありませんわ」とローラ。「アイリーン・ノートンが一緒です。それにアイリーンには――そう、メアリの話では支援組織のようなものがついているって言うじゃありませんの。二つめに、それは言い訳にすぎませんし、あなたは自分でもわかっているはずです。あなたはあの忌まわしい自動車に乗って一人で出かけたいだけなのでしょう。正義の復讐に燃える一匹狼ぶって吸血鬼と闘うために。どうしてそんなに大袈裟にならなければいけませんの？　正直言って、ときどきあなたは自覚しているよりずっと伯爵に似ていると思いますわ」

「一人じゃない。マグダを連れていこうと思ってる。彼女は同族のにおいを嗅ぎつけるのが得意だからね。いとしいひと《ケドヴェシェム》、あなたがわたくしに腹を立ててるのはわかってる。否定しないで――」

「誰が否定しているというの？　もちろん腹を立てていますわ」ローラが自分の主張を強調するように、怒りを含んだ口調で言った。「それにマグダを連れていくなんてだめです。ルシンダには彼女が必要です。とくに、あなたが吸血鬼狩りに出かけてしまうのでしたらね」

「――だけど、あなたはわたくしが正しいってわかっているはずだろう。ほんとうにミナとアイリーンと女の子たちの集団だけで行かせたいのかい？　とても有能かもしれないけれど、ああいう怪物と闘った経験のない人たちだけで、わたくしたちの助けもなしに吸血鬼の巣窟に立ち向かわせたいのかい？　いいだろう、マグダはここに置いていく。でも少なくともわたくしは行かなければ」

カーミラはローラの手を握った。ルシンダはそんな親密な雰囲気の邪魔をしたくなかった――見ているだけでも少し照れてしまう。自室に上がってラベンダー水で口をよくゆすごう。それからしばらく休憩しよう。ルシンダはまだ血を吸ったことに気まずさと恥ずかしさを覚えていた。吸血鬼としての新しい生活に慣れることができるのだろうか？

ルシンダはフランス窓を抜けて音楽室に入った。上階に上がる前に、少しだけピアノを弾こうかしら。ルシンダは自分の背丈に合わせて調節してあるスツールに腰をかけた――このピアノで曲らしい曲を弾くのはルシンダだけだった。十分後、ルシンダはローラが彼女の邪魔をしないように爪先立ちで音楽室に入ってきたことに気づきもしなかった。シューベルトのメロディに完全に没頭していたのだ。

メアリ　今もそのようね！

ジュスティーヌ　ごめんなさい、メアリ。でもあれはショパンよ。

メアリ　あら。何か違いがある？

ジュスティーヌ　だって、ぜんぜん似てないじゃない！　アングルとルノアールの違いを訊いているようなものよ。ドラクロワとムッシュ・モネの違いを……

キャサリン　作曲家のことで言い争ってあたしの語りの邪魔をするって本気なわけ？「ルシンダはピアノで〝なんとかかんとか〟の曲を弾いた」さ、直したわ。これで満足？

辻馬車がパーク・テラス十一番地に近づくと、メアリはきょろきょろと窓の外を眺めまわさずにいられなかった——雨に濡れたロンドンの灰色の街路、通りの両側に建ったジョージ王朝風の家々、屋根の向こうで揺れている樹々。それを見ると、リージェンツ・パークはまだそこにあって、こうして戻ってきたからには、いつでも好きなときに歩いていけるのだという実感が湧いてきた。

「押さないでよ！」メアリとジュスティーヌのあいだに座っていたダイアナが言った。目覚めてはいたものの疲れていたので、とりわけ機嫌が悪かった。

馬がジキル邸の前で止まった。「止まれ、シーザー！」馭者が叫んだ。ロンドン訛りをまた聞けるなんてうれしい！

チャリング・クロス駅に降り立ったとき、三人はティー・ショップに立ち寄ってお茶と干し葡萄《ブドウ》入りの菓子パンを食べた——ヨーロッパに旅立って以来、初めてちゃんとした英国式のお茶を注文できた。まるでおかえりなさいと言われているような懐かしい味がした。もっとも、ダイアナはパンが干からびていると文句を言っていたが。それから三人は辻馬車を拾った。そしてとうとう旅立ってから一ヵ月ぶりにたどり着いたのだ、パーク・テラス十一番地に。このひと月のあいだに、メアリはほんとうにたくさんのことを経験した！ときにすばらしい経験もしたし、ときに恐ろしい目にも遭ったし、ときに退屈な思いもした。きっとまたそんな冒険をすることになるのだろう。メアリはそう確信していた。でもここはメアリがいるべき場所——たとえどんなに遠くに旅をしても、いつでも帰ってこられる家なのだ。

メアリは馭者に運賃を払った。間違えてフランで支払いそうになったので、なるべく早くイングランド銀行で両替をしなければいけないのだと思い出した。ジュスティーヌはミスター・ジャスティン・フランクに扮していたので、馭者を手伝ってトランクを玄関前の階段まで運んだ。ダイアナが無駄に何度も呼び鈴を鳴らした。呼び鈴の真上には真鍮製の表札がかかっていて、「アテナ・クラブ」と記されていた。ミセス・プールはきっと待ちかねているだろう——メアリはカレーから電報を打っていたから。

ところが、ドアを開けたのはミセス・プールではなかった。

「いったいどういうこと？」ダイアナが言った。

戸口に立っているのは少年だった——赤毛で背が低く、奇妙に角ばった顔をしている。上着の袖から手首が突き出ているところを見ると、妙に腕が長いらしい。

「お呼びで、お嬢さん？」その男は外国訛りのようなアクセントで話した。

メアリははっとしてその男が誰かを悟った。キャサリンがソーホーにある錬金術師協会のイングランド支部から救い出したオランウータン男だ。名前はなんと言ったかしら？アルキメデス？アーチ——

「メアリお嬢様！おかえりなさいまし！」ああ、ミセス・プールだ。男の背後の廊下を早足でやってくる。

いつものように黒い家政婦のドレスに白いエプロンを掛けている。「ジュスティーヌさん！　またお目にかかれてうれしいですよ。それにあなた、ミス・やんちゃ娘さえもね！」ミセス・プールはいつものミセス・プールだった。それを見ると心からほっとした。メアリの人生にはいつだってミセス・プールがいて、導き、教え、ときにはたしなめてくれるのだ。その存在はこの家にあるどんなものよりも――ジキル博士の蔵書やジキル夫人の肖像画よりも――ジキル邸をわが家だと感じさせるものだった。メアリはふと、もしミセス・プールにキスをしたら、この家政婦はどんな反応をするだろうと思った。ミセス・プールはきっとそんなことを許すはずがない。

ミセス・プール　もちろんですとも。わたしは自分の立場をわきまえていますからね。それにメアリお嬢様もご自分のお立場をわきまえていらっしゃると信じていますよ。

メアリはキスのかわりに心を込めて言った。「ミセス・プール、また会えてほんとうに、ほんとうにうれしいわ。わが家はなんていいところなんでしょう」しかしそう言いながらも、メアリはこの家が自分がジキル家の令嬢として育ってきた家とはがらりと変わってしまったことに気づいていた。玄関に立っているメアリのそばには妹のダイアナがいて、オランウータン男をうさん臭そうに睨んでいる。その脇にはジュスティーヌがいて、あと何日かすればキャサリンとベアトリーチェも帰ってくる。彼女たちがこの家をすっかり変えてしまった――良い方向に。ジキル邸はアテナ・クラブとなっていたのだ。

そしてメアリ自身も、ほぼひと月を大陸で過ごして戻ってきた今、もとのメアリ・ジキルではなくなっていた。いくつもの外国語を耳にし、異国の味を口にし、異なる通貨を使った——フロイト博士やドラキュラ伯爵のような男性たちと出会い、アッシャやミセス・ノートンのような女性たちと知り合った。ウィーンやブダペストの通りを歩きまわった。自分が変わったと思うのも無理はない。たぶん、旅が及ぼした影響なのだろう。メアリはわが家に戻ってきたが、以前とおなじメアリではなくなっていた——まるっきりおなじではなくなっていたのだ。

でも、今は夢想に浸っている時間はない。外套と帽子を脱がなければいけないし、荷ほどきもしなければいけない。そして友人たちを捜し出さなければいけない——あるいは、ミセス・プールの懸念が正しければ、彼らを救い出さねばならない。

メアリ　この巻から読みはじめた読者はわたししたちが何者なのか、どうやってアテナ・クラブを結成したのか、どうしてアリスを救い出すことがそんなに重要なのか、理解できないんじゃないかしら。キャット、あなたがこの小説を物事の核心《イン・メディアス・レス》から書きはじめる必要があるのはわかっているけど、これじゃあまりに核心《イン・メディアス》すぎて、物事《レス》の部分が十分ではないんじゃない？

作者の註記　読者のみなさん、もしあなたがアテナ・クラブの冒険の最初の二巻、『メアリ・ジキルとマッド・サイエンティストの娘たち』と『メアリ・ジキルと怪物淑女たちの欧州旅行（ウィーン篇・ブダペスト篇）』をまだ読んでいなかったら、ここから先を読み進める前に、その二巻をお読みいただくことをおすすめします。しかしながら、そうはできない事情もあるだろうと思います。たとえば、財産を失ってしまって家庭教師として働かねばならず、最初の二巻を買うお金の余裕がないとか。あるいは悪党どもに誘拐されて、奴らが持っていたのがこの第三巻だけだったとか。きっと鑑識眼があって文学の趣味がいいどこかの誰かから奴らが盗んだものでしょうね。そのような状況にある読者のみなさんのために、以前の冒険についてかいつまんでご説明します。母の死後、財政的困難に陥ってしまったメアリ・ジキルは、父親である尊敬すべきジキル博士が、自分自身をいかがわしいハイド氏に変身させる実験をおこなっていたことを発見します。殺人の容疑をかけられイングランドを逃れたハイドは、娘のダイアナ・ハイドをあとに残していきました。ダイアナはミセス・レイモンドが恐るべき院長として取り仕切っている、聖メアリ・マグダレン協会という施設で育てられていました。メアリはその施設から、哀れで無力な少女を家に引き取ったのです。

ダイアナ　無力だって？　嘘つくな！

しかしメアリの捜査はそれで終わりませんでした。なぜなら父親が秘密めいた錬金術師協会の一員であり、その協会のメンバーがほかにも怪物めいた子孫を残していたからです。美しくも有毒なベアトリーチェ・ラパチーニ、たいていの男性より長身で力のあるジュスティーヌ・フランケンシュタイン、そしてこの本の作者、ピューマから造り出され、いまだ猫科のすばしこさと狡猾さを備えた女性、キャサリン・モロー。これら卓越した若い女性たちがアテナ・クラブを結成したのです。それらの出来事については『メアリ・ジキルとマッド・サイエンティストの娘たち』に描かれています。そこでは、われらがヒロインたちがホワイトチャペルの連続殺人事件を、ホームズさんとドクター・ワトスンの手を借りながら解決します。スリリングな続篇『メアリ・ジキルと怪物淑女たちの欧州旅行』では、アテナ・クラブのメンバーがルシンダ・ヴァン・ヘルシングを救い出し、数々の罪を犯した錬金術師協会に対峙します。侮りがたい女性会長、アッシャは生物的変成突然変異の実験の禁止に賛成しませんでしたが、それらの実験を審査する委員会の設立を容認し、ベアトリーチェがそのメンバーになりました。

ベアトリーチェ　そんなふうに書かれるとたいしたことがないように思えるけれど、委員会はとても有益な仕事をしたのよ。わたしが草案を作った研究の規則が協会に採用されて、きっとそのような実験のあり方が変わったはず。たとえばレイモンド博士がおこなった実験――現体制の下ではあんなことはできないはずよ。

これらの冒険の数々をはじめとする物語が、最初の二巻でお楽しみいただけます。一巻につき二シリングというお手頃なお値段で、すてきな緑色の布製の表紙で売られています。ほとんどの優良書店でお求めいただけます。

メアリ　あらすじのはずでしょう、宣伝じゃなくて！

キャサリン　でもさ、あらすじで印税は稼げないでしょ。あたしたちはお金が必要だもの、とくにルシンダが一緒に暮らすようになったことだし。

ミセス・プール　ルシンダさんは驚くほどお金がかからないですよ、あなたがたとくらべて！　食事も自分で獲りにいくようになりましたし、すっかりコツをつかんだようです。

メアリ　その話はしないほうが得策ね。

2 ベイカー街に戻って

「お入りください、さあさあ」ミセス・プールが言った。「外はじめじめしていますし、夜は冷えこむようになってきました。みなさんがこうして無事に帰っていらしてどんなにうれしいことか！　アーチボルド、扉を閉めてしっかり鍵をかけて。彼はすばらしい従僕なんですよ、お嬢様」ミセス・プールはメアリに言った。「でも鍵のようなもののことになると、ときどき忘れっぽくて。オランウータンは鍵なんて使わないんでしょうね！　お嬢様がたの帽子を受け取って、外套はわたしにまかせて――ほら、上手にできるでしょう？　さあ、食堂に火をおこしてありますし、すぐにお食事をお持ちしますよ。ポークチョップをこしらえたんです。それに芽キャベツのクリーム煮とジャム・ローリー・ポーリー（ジャムを入れてロールケーキ状に焼き上げたプディング）も。オーヴンで温めなくては。お嬢様たちが何時にお戻りになるかわからなかったもので」

「ジャム・ローリー・ポーリー！」ダイアナが言った。「あたしの大好物だ。ま、ブダペストのケーキが一番だけど。あたしのために作ってくれたんでしょ？　認めなさいよ」

「なんてばかばかしい」とミセス・プール。「アーチボルドの大好物でもあるんですからね。それにヨーロッパのケーキだなんて、あんなにこってりしているのに気分が悪くならないのが不思議です！」

「ミセス・プール、アリスのことで何か新しい情報はあった？」ジュスティーヌが手袋を外しながら訊いた。メアリはその声に心配そうな様子を感じ取った。

「あるいは、ホームズさんのことは？」メアリが付け加えた。「それにもちろんドクター・ワトスンのことも」メアリもまた不安そうな声を出さずにはいられなかった。ウェストバッグを外すと廊下のテーブルの上に置いた。あとで拳銃を取り出して、居間のデスクにきちんとしまうのを忘れないようにしなくては。「新しいニュースはなさそうね」

「まったくありません」ミセス・プールは悲しげに首を横に振った。「アリスが姿を消してから一週間になります。それにドクター・ワトスンも。ミセス・ハドスンによれば、ドクター・ワトスンはアリスとおなじ日にいなくなったそうです、書き置きも何も残さないで。あの二人の殿方は以前にも捜査のためにいなくなったことがあるそうです――ですが、ホームズさんほど長いこと行方が知れなかったことはないと言っていました。なにしろ、もう一カ月ほどになりますからね！　ミセス・ハドスンはたいそう心配していますよ。このわたしもです――可哀想なアリス、あの子が子どもの頃から仕事を仕込んだのはこのわたしですからね！　お嬢様、お帰りになったからにはあの子を見つけ出してくれますね？」

「もちろんよ、わたしたちで見つけ出すわ」メアリは声に自信がみなぎっているといいけれどと思った。きっとわたしたちで見つけ出す、そうでしょう？　なんたって、わたしたちはルシンダ・ヴァン・ヘルシングを見つけ出したんだから。ロンドンのように人口六百万人の都市とはいえ、アリスとシャーロック・ホームズ、そしてドクター・ワトスンが跡形もなく姿を消すなんてありえない！

「カードゲームは好き？」ダイアナがオランウータン男に訊いた。「エカルテと二十一《ヴァン・テ・アン》を教えてあげよっか。フランス語なんだ。あんた、フランス語は話せんの？」

ジュスティーヌはメアリの手を握ったが、いささか力がこもり過ぎていた――ジュスティーヌはいつもうまく自分の力を加減することができない。「わたしたちで三人を見つけ出すから、見てて」とジュスティーヌ。「わたしたちはアテナ・クラブですもの、そうでしょう?」

メアリはほほえみながらうなずいたが、心のなかには冷たく不吉な予感がよぎっていた。錬金術師協会はアリスの失踪には無関係だ――アッシャはブダペストでその点をはっきりさせていた。「わたしが会長になる前に、S・Aはヘレン・レイモンドの消息を見失っていた」アッシャはミセス・プールからの電報を受け取った日に、メアリにそう言った。「フラウ・ゴットリープがリディア・レイモンド、つまりそなたの厨房メイドのアリスの居場所を突き止めたとき、協会はそなたとリディアを見張るためにフラウ・ゴットリープをジキル家に派遣したのだ。わたしたちはリディアが大地のエネルギーを利用する母親の能力――いわゆる催眠術――を受け継いでいるかもしれないと危惧していた。そなたの話を聞くかぎり、リディアは成長してその力を使えるようになったようだ。不謹慎な男たち――あるいはヘレンのような女たち――が意志の力で幻影を創り出すことのできる子どもを欲しがる理由はいくらでもある。そなたたちが最善を尽くしてリディアを見つけ出し、彼女の居場所を突き止め次第、わたしに知らせてくれると信じている」

アッシャに知らせるですって! メアリはできるものならアッシャにしてやりたいことがいくつかあったが、そこには彼女に知らせるなんてことは含まれていなかった。けれど、二千歳のエジプト人の女王のまわりでは慎重に行動する必要があった。なんといっても、触れるだけで人を感電死させることができるのだから。

アッシャがほのめかしたとおり、アリスの母親は不謹慎な目的で娘を見つけ出し誘拐したのだろうか? もちろん、アリスがほんとうに誘拐されたのだとしたらの話だ。「ミセス・プール、詳しいことをまだ聞かせてもらってないわ。どうしてあなたは誘拐だってわかったの？　なぜあの子がただ誰かと一緒にいなくなったのではないとわかったの？」
「ついてきてください、お嬢様」ミセス・プールは険しい顔をした。「お見せいたします」
　家政婦はどこに行くつもりなのだろう？　厨房と石炭庫に通じる狭い裏階段に向かっている。メアリはミセス・プールが何を見せようとしているのかわからなかった。ミセス・プールのあとに続きながら不安がこみあげてきて、背筋に冷たいものが走るのを感じた。ジュスティーヌとダイアナのブーツが階段にあたる音が、こつこつと背後に響いた。

メアリ　たしかに不安がこみあげてきたけど、背筋に冷たいものなんて走らなかったわよ。そもそもそれってどういう感覚なの？　まるでゴシック・スリラーか何かみたいに書くのね、キャット。まったく、ときどきあなたの書くものについての

ダイアナの評価に賛成したくなることがあるわ。

キャサリン　読者のなかには、どうして物語の語り部であるこのあたしがこういう邪魔が入るのを許しているのか不思議に思っている人もいるわ。彼らはたびたびこういうことが起こるのが不愉快だと言ってくるけれど、それはあたしもおなじで、メアリやジュスティーヌやベアトリーチェやダイアナがひっきりなしにあたしの時間と空間に侵入してくるのを迷惑に思ってるんだから。ルシンダが一緒に暮らすようになって、書斎で執筆をしなければいけなくなってからはとくにね。やめて、ダイアナ、ここでオメガと遊ばないの！　ジュスティーヌがアトリエにいるから、そっちに行きなさいよ。
　親愛なる読者のみなさん、もしそんな疑問をお持ちなら、それはあなたが六人の女性たちと一つ屋根の下に暮らした経験がないからよ――ミセス

・プールを入れれば七人ね。でもあなたのことを言ってるんじゃないのよ、ミセス・プール。あなたならいつだって邪魔していいわ。それと、昨日の残り物のハムを持ってきてくれない？　ミルクも一杯お願いしてもいい？　フォークは必要ないから。

ほんとうの話、読者のみなさん、メアリとほかのみんなにはページの上だけじゃなくて日常生活でもおなじようにうんざりさせられるんだから。もしあたしの書き方がお気に召さないのだとしたら、このあたしだっておなじようにこうした邪魔が入ることにいらいらしてるってことを言っておくわ。でも、あの人たちみんなが言いたいことがあるあるって譲らないのに、どうすることができる？　ときどきアンデスの静まりかえった稜線が恋しくなるわ。モローがあたしを女に造り変える以前にピューマとして歩きまわっていたあの山々が。でもそうすると、あたしはあなたがたの作者ではなくなってしまうし、物語も成立しなくなるものね。

ダイアナ　それもいいかもよ。あんたが書くろくでもないもののことを考えると。

厨房の向こうには、家政婦用の続き部屋とアリスが使っていた小部屋があった――三階にあるそのほかの使用人部屋は、すべてジュスティーヌのアトリエに改装されていた。ミセス・プールはエプロンのポケットから鍵を取り出すと、アリスの部屋の扉を開けた。部屋のなかに足を踏み入れてあたりを見まわして言った。

「このありさまになっているのを発見してから、誰ひとりとしてなかには入れていません。ホームズさんがつねづね言っていらしたとおり、証拠を残しておくことがいかに重要かを心得ていますからね。お見えになりますか？　暗くなってきましたけど――ランプをお持ちしましょうか？」

だがメアリにはよく見えた。狭い寝台が壁から引き離され、その横にある椅子がひっくり返っていて、床一面にアリスの服が散らばっていた。洗面器と水差しが床で粉々に砕けていて、脇にもつれた寝台の掛布が落ちていた。

「厨房からランプを持ってきますのでお待ちください な」ミセス・プールが言った。「ほかにもご覧いただきたいものがあるんですが、こう暗くては……すぐ戻りますから」

厨房のあたりでミセス・プールの足音が響くのが聞こえた。ジュスティーヌが小部屋に入ってメアリの横に立つと、二人を押しわけてダイアナがなかに入った。

「あたしにも見せてよ。いつもあたしには見せてくれないんだから。ふうん、少なくとも抵抗はしたようだね。いいぞ、アリス」

ジュスティーヌはホームズ氏がするように注意深く部屋じゅうを見まわしていたが、メアリはダイアナが床に散らばった服を蹴飛ばして下に何かあるかたしかめようとするのを止めなければいけなかった。この娘が一度でも自分を抑えたり先を見越して行動してくればいいのに！

メアリ　ま、いまだにそういうことはないわね。

ダイアナ　あたし、今朝は卵を二個しか食べなかったよ。

メアリ　それのどこが自分を抑えたことになるっていうの？

ダイアナ　食べようと思えば三個食べられたんだ、ジュスティーヌが自分のぶんを残したから。でもあたしはオメガに一個あげたの。だって、がりがりに痩せてるみたいだったから。そのおかげであの子は太れたと思うよ。

ミセス・プール　あのいまいましい猫が厨房の床

に吐いたのはそういうわけだったんですね！　黄色いものなんていったい何を食べたんだろうと思っていましたよ。おちびさん、わたしはいつかあなたのせいで命を落とすことになるでしょうね。
ダイアナ　そしたら誰がプディングを作ってくれるのさ。メアリの料理は食べられたもんじゃないんだから。

　ミセス・プールは小部屋に戻ってくると、腰をかがめてランプを下のほうにかざし、入口の近くの床を照らした。「お見えになりますか？」ミセス・プールは言った。「ホームズさんならきっとここから何か導き出されますよ」

「ブーツの足跡の半分」メアリが言った。「男性の足跡ね、大きさと爪先の形から察するに。ほかにも足跡はあるの？」

「この一つだけです、しかも消えかけの。あいにく、わたしは朝一番に厨房と廊下の掃き掃除をしてしまったんです。あのいまいましい猫たちが得体の知れないものを運びこんでくるようになってからそれが習慣になってしまって！　先週なんかはネズミを踏んづけたんですよ、しかもまだ生きている。アリスがいなくなったと気づく前に、ほかの足跡はわたしが掃き掃除で消してしまったのだと思います。でも、ほかにもあります」ミセス・プールは片手で腰をおさえながら身を起こした。「アリスはきびきびした子だってご存じでしょう。あの子が朝食の席に現れなかったので、わたしは小部屋の扉をノックしました。返事がないので、部屋に入りました。そしたらこのありさまで、さらにアーチボルドが床で眠りこけていたんです。アーチボルド、腕をお見せして」

　オランウータン男はメアリたちに続いて階段を降りてそっとあとをつけてきていたらしく、ミセス・プールに言われて袖をまくりあげた。そこには、メアリが以前にも見たことのある傷痕があった。感電で火傷したらしく、ピンク色の水膨れになっている。傷のまわりの赤毛が焦げている。メアリは驚いてあとずさった。

「アッシャが大地のエネルギーで殺した吸血鬼たちにもおなじ傷痕があったわ」ジュスティーヌが言い、ひざまずいてアーチボルドの腕にそっと触れた。「痛かったでしょうね」

「とても痛かった」アーチボルドは言った。「かわいいアリス、いなくなった」

「少なくとも、犯人たちはアーチボルドを連れていかなかったんです」ミセス・プールが言った。「それはありがたいことです。可哀想なアーチボルドまで失いたくはなかったですからね。彼はとても穏やかな心の持ち主なんです」

「だけど、アッシャの場合は触れただけで死に至るのよ」メアリが言った。「これは――もちろん痛かったでしょうけれど、それでもアーチボルドはこうしてぴんぴんしている」メアリはオランウータン男のほうを向いた。「アリスを連れていった人たちを見た?」彼は実際に誘拐を目撃したのだろうか? きっと見たはずだ。アリスの誘拐犯に怪我を負わされたのなら。

アーチボルドは首を横に振ると、両腕で頭を抱えこんだ。まるで危害から身を守るように。

「ひどいトラウマになっていて、目撃したことを話せないんじゃないかしら」ジュスティーヌが言った。

「犯人たちが頭に何かをかぶせたって言ってるんだよ」ダイアナが言った。「だけどさ、話し声は聞こえたでしょ? それににおいも嗅いだでしょ? 猿は鼻がいいから」

「オランウータンは猿じゃなくて類人猿だと思うわ」とジュスティーヌ。「見て、枕カバーがびりびりに破けてる。たぶん犯人たちはこれをアーチボルドの頭にかぶせたのよ」ジュスティーヌは枕カバーを拾い上げた――メアリはカバーの片方の端が破け、ずたずたの長い紐状になっているのを見てショックを受けた。「オランウータンが猿か類人猿かなんて誰がかまうっての？」とダイアナ。「誘拐犯は何人いた？　大事なことを訊いてるんだよ」

アーチボルドは指を二本立てた。「男と、女。女はズボンを穿いてた、おれとおなじように。いいにおいがした、花みたいな。ベアトリーチェみたいな。男のほうは薬みたいなにおいがした。そいつ、おれの鼻に薬をつけた」

「薬を嗅がせたのね」とメアリ。「男と女が一人ずつ――いったい誰かしら？　ミセス・レイモンドと共犯者？　それともぜんぜん違う誰か？」いったい誰がアリスを連れ去りたがるのだろう、それにどうして？おそらく、あの子の催眠術の力のため――でもどうやってその力のことを知ったのだろうか？　あの子が力を持ってることを知ってるのは、キャサリンの友人で〈驚異と歓喜のサーカス〉の催眠術師のマーティンだけだ。まあ、少なくとも二人は容疑者のリストに入れられるだろう！「ミセス・プール、警察に通報しようとは思わなかったの？」

「警察だなんて！」ミセス・プールが言った。「紳士の家に警察？　考えませんでしたよ、お嬢様。それにお嬢様の許可なしにするはずがありません。もちろん、お嬢様から電報で通報するように指示を出されたのなら、すぐにでもしました。もしそうお望みなら――」

警察に相談すべきだろうか？　けれど、それはつまりスコットランド・ヤードと、おそらくはレストレード警部に知らせることになるのだ。メアリはホワイトチャペルの連続殺人事件の捜査中、レストレード警部がどんなに自分に失礼な態度をとったかを思い出した。あの人にまた会いたくないし、彼の同業者にも会いたくない。

「いいえ、あなたは正しかったと思うわ。第一、わたしたちはアテナ・クラブですもの。きっと自分たちの力でこの事件に対処できるわ」メアリはもういちど部屋のなかを見渡した。ホームズ氏なら気づきそうなことを見落としてはいないだろうか？　「ミセス・プール、あなたが夕食を温めているあいだ、もう一度この部屋を調べてみたいの。ランプを置いていってもらってもかまわない？」

ミセス・プールが部屋を出ていくと、アーチボルドとダイアナがそのあとに続いた。ダイアナはジャム・ローリー・ポーリーがうまく焼き上がっているか、十分にジャムが入っているかをたしかめたいのだと言った。三人が行ってしまうと、メアリはジュスティーヌのほうを向いて言った。「扉から始めて、部屋全体を順番にひとつひとつ調べていきましょう。ホームズさんならその方法を取るはず。何か――そうね、何かはわからないけれど、とにかく見つけ出すのよ。ふつうでないものを。そうしたら夕食のあいだに計画を立てましょう。手始めに何をするか、ちょっと考えがあるの」

ジュスティーヌはうなずき、扉の右側の床と壁を調べはじめた。旅行中にジュスティーヌについて学んだことがあるとすれば、彼女はいつだって頼りになるということだった。なんて頼もしいんだろう！　一方のダイアナときたら、言うまでもなくまったく頼りにできない。目下のところ、あの子がミセス・プールのプディングに夢中になっていてくれてありがたい！

ダイアナ　あたしだって頼りになるよ！　ワトスンの部屋にあったリストが何を意味しているかを突き止めたのは誰だと思ってんの？　このあたしだよ。もしあたしがいなかったら――

メアリ　あなたがいなかったら、ソーホーで捕まることもなかったわ！

キャサリン　読者にこれから先の行動を予測させるようなことは言わないでって、何度警告すればわかるの？

壁にはなんの痕跡もなかったし、屋敷とかつてジキル博士の実験室だった建物を隔てている中庭に面した小窓にも何もなかった。部屋の床にも外の通路にも、一つの足跡のほかには何も見当たらなかった。煙草の吸い殻でも見つけられたらよかったのに！　ホームズ氏はいつだって吸い殻を見つけ出して、そこから容疑者を割り出しているようだった。まるでロンドンの犯罪者がそれぞれ違った煙草の吸い方をしているみたいに。メアリは床に散らばった服を一枚一枚調べては、きちんと畳みなおして寝台の上に置いた。「アリスの制服よ」

「アリスの外出着は？」ジュスティーヌが寝台の下から言った。長い両脚を突き出して、まるで蜘蛛のように見えた。メアリはふと笑い出したくなった。この状況で笑ってしまうなんて、不謹慎きわまりない。

「外出着は簞笥のなかに入ったまま、寝間着が見当たらないんだけど、寝間着姿でさらわれたのかもしれないわ。犯人はそのとき着ていたもの以外は何も持ち去らなかったようね」

ジュスティーヌが寝台の下から這い出してきた。

「見て」とジュスティーヌ。「シーツに絡まっていたの」

白いリネンのハンカチで、あきらかに男物だった。ジュスティーヌがメアリのほうにそれを差し出したとたん、クロロフォルム特有のにおいが鼻をついた。ハンカチには黒い糸でMの文字が刺繡されていた。

「夕食の用意ができましたよ！」ミセス・プールが戸口から言った。「どうかお二人とも床を這いつくばるのをやめて何かお腹に入れてくださいな。ヨーロッパを巡り歩いてきたあとですから、きっと美味しい英国式のディナーに飢えてらっしゃることでしょう」

メアリはそれどころか、体のなかが空っぽのような気がしていた。最後に何か食べたり、夜にぐっすり眠ったりしたのはいつだろう？　オリエント急行の豪華な客室のなかでさえ、上の寝台からダイアナのいびきが聞こえてくるものだから、横になってまんじりともせずにアリスとホームズ氏とドクター・ワトスンのことを心配していた。そして無力感を覚えていた——ありがたいことに、こうして今、やっと何か手を打つことができた。心配事に対する唯一の対抗手段は行動することだ。きっとホームズ氏のように謎を解いてみせる。

「Mは驚異《マーヴェラス》のマーティンの頭文字だとは考えられない？」数分後、食堂のテーブルに座ってまさしく英国式のディナーをとっている最中、メアリはジュスティーヌに訊ねた。「キャットの話では、マーティンはアリスに力の使い方を教えていたということだし、彼の名前はMで始まっているわ。アリスの人生のなかでMの頭文字を持つ人はほかにいないし——わたしをのぞいては」ジュスティーヌはミセス・プールがとくに彼女のために作ったロースト・ポテトを食べているところだった。

「野菜だけでは生きていけませんからね」ミセス・プールは女巨人に言っていた。「ここを発たれてからお二人ともお痩せになられたこと。いわゆるヨーロッパの料理《キュイジーヌ》のせいでしょうね。美味しい英国式のお食事ですぐ元に戻れますよ！」ダイアナはこの数週間ですっかり成長したアルファとオメガと遊ぶために、アーチボルドと一緒に厨房で夕食をとると言ってその場にはいなかった。メアリがヨーロッパに発つ前には、二匹の猫はまだほんの子猫だった——大きな緑色の目がついたふわふわした小さいボールのようだったが、すでにネズミには容赦なかった。いまや二匹は青年期を迎えたようで、ひょろっとした体つきになっていた。

「マーティンのわけがないわ」ジュスティーヌが言い、芽キャベツのおかわりを取った。きっとジュスティーヌも体のなかが空っぽのような感覚をおぼえていたに違いない――彼女はふだんけっしておかわりなんてしなかったから。「マーティンは心の優しい人よ。長年サーカスで彼のことを知っているもの。蠅も殺せないような人だし、それにキャサリンの話によれば、アリスはマーティンのことをよく知っていて、信用していたそうじゃない。わざわざ夜中にあの子の寝室に押し入って誘拐する必要なんてないでしょう。連れ出したいなら一緒にどこかに行こうって誘えば済む話だわ。マーティンに話を聞いてみてもいいけど――キャサリンがヨーロッパ・ツアーについていかなかったメンバーが滞在している下宿屋の住所を教えてくれたから――でも彼が関わっているなんて信じられないわ」

「それじゃあ、こういう計画ではどうかしら」メアリが言った。「明日の朝、ベイカー街を訪れて、ホームズさんとドクター・ワトスンから何か連絡があったかどうか、ミセス・ハドスンにたしかめましょう。それから二人のフラットを調べてみるの――もしかしたら、居場所に関して何か手がかりを残しているかもしれないじゃない？　そのあと、これを提案するのは気が引けるんだけど、避けては通れないと思うから言うわ。聖メアリ・マグダレン協会に行ってミセス・レイモンドに面会を申し込むのよ。彼女がフラウ・ゴットリープの言うとおりの女性なら――レイモンド博士が大地のエネルギーを探求する過程で創り出した女性なら――彼女には自分の娘を誘拐する動機があることになる。おそらくミセス・レイモンドとマーティンが――そうね、あなたがマーティンじゃないと思ってるのはわかってる――何らかの目的で結託したんじゃないかしら？　だけどどうしてそんな女性が娼婦の救済のための協会の院長なんかになったのか、わたしには想像もつかないわ。もしかしたら、ぜんぜんべつのミセス・レイモンドかもしれないわね――珍しい名前じゃないもの。出発前にフラウ・ゴットリープからレイモンド博士と彼の実験のことをもっと訊いておくべきだったわ。でも時間がなかったんですもの」なんとしても時間を作るべきだった——メアリは心のなかで自分を責めた。アリスのこととジキル邸の状況を心配するあまり、必要な情報を集めることを怠ってしまったのだ。ホームズ氏ならそんな過ちは犯さないだろう。

「それが終わったら、マーティンにあたってみるのね？」ジュスティーヌが言った。「不当に彼を疑ったりしたくないわ。きっとマーティンだってアリスがいなくなったって聞いたらショックを受けると思う。この状況に彼が関係しているはずがないわ」

キャサリン　マーティンを疑っただなんて、まだ信じられない！　マーティンは想像できるかぎりもっとも優しい人だし、誰かにクロロフォルムを嗅がせるような真似ができる人じゃないわ。いずれにしても、彼は自分の娘のようにアリスに接しているんだから。思うにアリスは、マーティンが出会った人のなかで、彼よりもさらに強力な力を持っている唯一の人間だからね。

アリス　マーティンはいつもとても優しくしてくれました。でも、マーティンにも彼なりに少しだけ責任があったんです。

ダイアナを寝かしつけたあと、メアリがベッドに入ろうと廊下を歩いていくと、ちょうど寝室からミセス・プールが出てきた。

「ベッドの上掛けを下げておきましたよ、お嬢様」ミセス・プールが言った。「足元に湯たんぽも用意しておきました。お疲れのところこんな話を持ち出して申し訳ないのですが、お耳に入れておいたほうがよいかと。お嬢様とキャサリンさんがヨーロッパに発つ前に預けてくださったお金が残りわずかなんです。食料品はつけで買っていましたが、支払い期限が迫っていまして。お嬢様をわずらわせたくはないのですが――」

メアリは深く恥じ入った――ほんとうにそんなにわずかな金額しか預けないでミセス・プールを置き去りにしたのだろうか？　でもキャサリンとベアトリーチェが大陸で自分とジュスティーヌに合流するとは予想していなかった――きっと二人がここに残って、家計の面倒を見てくれると思っていたのだ。ところが二人はミセス・プールとアリスを置き去りにしてしまった――その結果がこれだ！　「話してくれてうれしいわ」メアリは言った。「もちろん、わずらわせるようなことではないわ。わたしのウェストバッグにきっと――どうしましょう、頭のなかで換算しないといくらかわからない。フランとクローネがいくらか入っています――最後のポンドとシリングは家に帰るために使ってしまったの。それから拳銃と銃弾も入ってるわ。明日、スレッドニードル街に行って外貨を両替してきてくれないかしら？　それからミナに電報を打って、わたしたちが無事に家に着いたと知らせてくれる？　ごめんなさいね、ミセス・プール。もっとうまく取り仕切るべきだったわ」そのお金でしばらくは持ちこたえられるだろう――まあ、いつまで持つかはわからないけれど。みんなそれぞれの仕事を再開しなければならない、すぐにでも。でも、まずはこの謎を解くのが先決だ。メアリは胸に痛みを感じながら、明日の朝はまたホームズ氏のところに働きにいくのではなく、ロンドンの迷宮のなかで行方が知れなくなった彼の居場所を探りにいくのだという事実に思い至った。自分は仕事のことを心配しているのだろうか、それともあの人のことを心配しているのだろうか？　いまはそんな区別をつけている場合ではない。あの人イコール仕事だ――片方を見つけ出せば、もう片方も戻ってくるのだから。

「いいんですよ、お嬢様。いちどきにすべてを考えることはできませんでしょう？　だいたい、お嬢様がたはミス・ヴァン・ヘルシングを救い出したのですし、それが重要なことです。ミス・マリーの電報では詳しいことまではわかりませんでしたけれど?」

そしてミセス・プール、家政婦の鑑《かがみ》のような彼女は、けっしてみんなに訊ねたりはしないのだ! それでもメアリは、みんながパーク・テラス十一番地を旅立ったあとでどんなことをしていたのか、ミセス・プールが知りたがっていることがありありとわかった。つまるところ、ミセス・プールも人間なのだ——好奇心があるということを認めようとはしないだろうが、それでもたしかに感じているはずだ! 「詳しいことは明日話すわ。ダイアナのお手柄だったの、ほんとうに。でもあの子にわたしがそう言ったって言わないでね。ああそうだ、あの子ったらその途中で精神科病院を全焼させるところだったのよ!」

ダイアナ でもさせなかった、でしょ? それにあんただって言ってたじゃん——このあたしがルシンダを救い出したんだから。もしあたしがいなかったら——

ルシンダ そのことはとても感謝しているわ、ほんとうよ。

ダイアナ おっと。ま、なんてことないよ。つまり、なんてことなくはなかったけど——とくにあのシーツに火をつけたとき、みんなが建物から逃げ出して、消防隊を呼んでさ! ありゃ最高だった。

翌朝、ジュスティーヌは中庭をよこぎって、かつてのジキル博士の実験室で、いまはベアトリーチェの有毒植物の温室に改装されている建物に向かった。ブダペストを発つ前、ベアトリーチェに頼まれていた。「ロンドンに戻ったら、わたしの植物たちの様子をちょっとのぞいてほしいの。ドクター・ワトスンの独創的なゴム管の装置がきちんと作動しているかわからないから。あの子たちが生きているといいけど——でも心配なのよ。ときどき、あの子たちはわたしの子どもたちのような気がするわ。わたしが生涯で持ちうる唯一の子どもたち」

　ジュスティーヌが中庭を歩いていると、オメガがあとをついてきて、踵にまとわりついて鳴き声をあげた。ジュスティーヌは子猫を抱き上げた。「ついてきちゃだめよ」叱るような声で言った。「あそこは有毒なの。あなたみたいな小さな猫《アン・プティ・シャトン》なんて一分ともたないわ」ジュスティーヌはオメガの頭にくちづけをして、地面におろした。「しっしっ《シュー》！　って、いつもミセス・プールに追い払われているでしょ。もっとも、どうして靴《シュー》のことなんて言うのかわからないけれど。ミセス・プールのところに戻りなさい、おちびちゃん《モン・プティ》。今朝はあなたと遊んでいる暇はないの」オメガは尻尾をぴんと立てて軽蔑したように歩き去った。そんなふうに拒まれたからには、こっちだっておまえにかまってられない、というように。

　温室の扉がぎしぎしと音をたてながら開いた。室内の湿度のせいで、蝶番が錆びついているのだ。温室はかつて公開手術室であったがために、採光用の高いドーム状の天窓があった。

　なかは暖かくて湿っていた——そして緑色だった。ジュスティーヌはほっと安堵のため息をついた。あちこちに茶色いものが見える——ジギタリス・プルプレアは丈夫な個体もあったが生き残っていなかったし、ヒヨスもしおれていた。だが、かつて学生たちがノートを取っていた半円形の木の机に並べられた植物のほとんどは青々と繁っていた。

　ジュスティーヌはゴム管をひとつひとつたしかめ、必要があれば調整し、ジギタリスをもっと陰の多い場所に移したが、それが役に立つかどうかはわからなかった。ベアトリーチェのほうがもっとこうした植物に詳しいが、とはいえジュスティーヌだってコーンウォールで暮らした百年のあいだに、自分で食べるための野菜作りを十分に経験していた。

これらの植物はほんとうにベアトリーチェが持ちうる唯一の子どもたちなのだろうか？　ジュスティーヌ自身は子どもを身ごもることができない。ヴィクター・フランケンシュタインが、彼女を創り出すときにそういう体にしたのだ。アダムがオークニー諸島の小さなコテージにジュスティーヌを拘束し、彼女に妻のように振る舞うよう無理強いしていたとき、ジュスティーヌは子どもを産めない体であることをありがたく思っていた。でも今はどうだろう？　自分はジュスティーヌ・モーリッツが送ったかもしれないような人生、ふつうの女の人生を送ることはできない。自分のことを愛しているのかもしれない男がいる——少なくとも、彼女はその男がこちらに注意を払っているようなしるしに気づいていた。数々の親切なおこない、それに詩……〈ロレンゾの驚異と歓喜のサーカス〉の怪力男、アトラスだ。彼はジュスティーヌとおなじくらい背が高いが、彼女ほど強くはない。自分はアトラスのことをどう思っているのだろう？　ジュスティーヌはわからなかった。アダムの死によって何かが変わったが、それがなんなのかははっきりとしなかった——けれど、ジュスティーヌはヴィクター・フランケンシュタインが亡くなって以来初めて、未来について考えられるようになった気がしていた。自分にはどんな未来が待ち受けているのだろうか？　ジュスティーヌには見当もつかなかった。

ともかく、ここで確信のもてないことや判断のつかないことに思いを巡らして立ちつくしていても仕方ない。みんなに合流しなくては——今日はやることがたくさんあるのだから！

ジュスティーヌがベアトリーチェの温室から配達人用の勝手口に向かっているとき、メアリは応接間でダイアナと彼女を待っていた。メアリはそわそわと部屋のなかを行ったり来たりしていたが、やがて立ち止まり、暖炉の真上にかかった母の肖像画を見上げた。昨日の夜はこの部屋には入らなかった——火をおこしていなかったせいで、冷たく暗い洞窟のようだったから。でも今は、窓から朝の陽射しが差しこんで、ベアトリーチェが花柄の布を張り直したソファや肘掛け椅子、彼女が教会のバザーで買ってきたトルコ製のラグを照らし出している。メアリは炉棚の上の母の肖像画を見上げた。肖像画の両脇に一つずつ中国製の壺が置かれている。そう、これもベアトリーチェが選んだものだ。〈毒をもつ娘〉は住み込みの美術愛好家であり室内装飾家といったところだった。金色の髪に矢車草の青色の瞳のジキル夫人は、ロマンチックでちょっとばかげた一世代前のファッションに身を包んでいる。メアリは暖炉のほうに歩いていって、肖像画の真下に立った。

お母様、もしお母様があそこにいたら、とメアリは思った。シュタイアーマルクの城で、メアリの父親——そう、エドワード・ハイドのことだ——は彼の恐ろしい実験のことを彼女に話して聞かせた。より優れた自己を手に入れようと試みたこと、より下等な衝動に負けてしまったこと。そして、化学実験によって高等な人間、より理性的で進化した人間になろうと試みる一方で、父は妻に何かを、自身の実験によって作られた薬物を与え、その結果、妻は長年望んでいた子どもを授かることができた。お父様はお母様にも実験をほどこしていたのよ。そしてこのわたしがその実験の成果物なの。もし母がここにいたら、メアリは母になんと言っただろう？　わからない。たぶん、アーネスティン・ジキルがメリルボーン教会の墓地に眠っていることはいいことなのかもしれない。メアリはジキルとしての父親からどんな特性を受け継いだのだろうか？　父の下等な自己、より獣欲的な自己から生み出されたダイアナと自分がこんなにも違っているのも無理はない。だけど、高等な人間だって――下等な人間とおなじく非人間的である可能性はないだろうか？　メアリもまた、おそらくは妹とおなじくらい怪物《モンスター》なのだ。

ダイアナ　ちょっと！　どっちにしろ、あんたはあたしよりひどい人間だよ。少なくともあたしは、聖人ぶったやかまし屋じゃないもん。

「メアリ、準備はできた？」ジュスティーヌが訊いた。ジュスティーヌとダイアナが男物の服――ダイアナは少年の服――に身を包んで戸口に立っていた。

「どうしてもその恰好をしなきゃいけない？」メアリが言った。「そもそもどこからその服を仕入れてきたの？　チャーリーから？　まるでベイカー街遊撃隊《イレギュラーズ》のメンバーみたい。第一、あなたが一緒にくる必要はないのよ。家に残ってアーチボルドと一緒に何かしてればいいじゃない」

「いつも仲間はずれにするんだ！」ダイアナは両手をポケットに突っこみ、足を大きく開いて床を踏みしめた。チャーリー・サットンやほかのベイカー街の男の子たちのように。「ふん、あたしは行くからね――ぜ、い、んぜん」

「その言葉があなたの意図したとおりの意味なのか、わたしにはわからないわ」とジュスティーヌ。

「言葉ってのはね、自分が望むものならなんでも意味することができるの」とダイアナ。「割に合うようにしてやればいいだけ。だいたい、あんたに英語の何がわかるのさ？　スイス人のくせに」

メアリはそんな無意味なおしゃべりに付き合っている暇はなかった。「じゃあ来なさい。ほんとうのことを言うとね、あなたを連れていく理由の半分は、あなたを置いていくほうが面倒だからなのよ！」

メアリはきびきびした足取りでパーク・テラス十一番地の玄関を出て、やがてリージェンツ・パークをよこぎった。ダイアナにいらいらしつつ、ベイカー街で何を発見するのだろうと不安を抱いていた。公園では、ウィーンに発つ前にはまだ青々としていた木々や低木がすっかり秋の装いをまとっていた。すでに黄色やオレンジ色の葉っぱがちらほらと地面に落ちていた。夏咲きのバラは赤いバラの実に変わり、川にいる鴨や雁《ガン》はより暖かい季節をもとめて旅立つ用意をしているようだった。

ベアトリーチェ　すてきな表現だわ、キャット。

キャサリン　ありがとう。三回考え直した末にたどり着いたの。「季候」って言葉はどうかなって思ったんだけど――あまりにもワーズワース風すぎるかしら？　でも「気候」じゃあふつうすぎるものね。どうしても、ほら、詩的に描きたかったのよ。

ベイカー街221Bに到着すると、ミセス・ハドスンが喜んで饒舌に迎えてくれた。「まあまあ、ミス・ジキル、こうしてご無事に帰っていらしてほんとうによかったですよ！」ミセス・ハドスンは言った。「いいえ、残念ながらご報告するようなことは何もありません。ミセス・プールと話したときから、ホームズさんやドクター・ワトスンについてなんの手がかりも得られていないんです。お二人はこれまでも長いあいだ留守にすることがありましたけど、ふだんは行き先を知らせてくれるんですよ。もっとも、ホームズさんはたしかに秘密主義なところがありますけどね。ええ、もちろん部屋を調べてもらって結構です――お二人はあなたがそうしても気になさらないと思いますよ。それにこちらがミス・フランケンシュタインですね！　そんな恰好をされているんですもの、知らなければ女性だとは思わなかったでしょう――どこからどう見ても紳士のようです。でも、ミセス・プールからあなたのお話を聞いていたんですよ。ミセス・プールのお休みの日にとても楽しいひとときを過ごしたんです――エアレイテッド・ブレッド・カンパニーに行ってお茶を飲んで、それからハロッズに寄ってピカデリーまで歩いてお店をまわって。それと、こちらがミス・ハイドですね、もちろん。あなたのお話も聞いていますよ！」ミセス・ハドスンは感心しないというようにダイアナを見た。「上に行ってもお行儀よくね！　いたずらはなしですよ」ミセス・ハドスンはエプロンのポケットから大きな鍵束を取り出した。「ではフラットの鍵を開けましょうかね？　大陸への旅行はいかがでしたか？」

「おかげさまで楽しかったです」メアリが言った。ということは、ミセス・ハドスンとミセス・プールは一緒に出かけてお茶とショッピングを楽しんだのね！　店の壁にとまっている蠅になって、二人の会話を盗み聞きしてみたかったものだ。ベイカー街とパーク・テラスの生活について、二人はおたがいにどんなことを話したのだろう。「ウィーンからブダペストに行ったんです。それはもう――そう、冒険でした」

「わたしはヨーロッパに行ったことがないんですよ」とミセス・ハドスン。「とはいえ主人が女王陛下の軍隊にいるときには一緒に旅をしたものですけれど。しばらくラホールにいたんですが、そのあと主人がゴアに派遣されて。ああ、あのときは二人ともとっても若かった！　若い時分は旅をするのもたやすいものですね。不便があまり気にならないですから」

221Bにあるホームズ氏の住まいは、メアリが最後に見たときとまったくおなじ様子だった。いたるところに本が散らばっていた。いろいろな科学機器が載った長机があり、三脚に据えられた写真機はシルクハットをかぶっていて、棚にはいくつものガラス瓶が――メアリはすばやくそれらに目をやった――そう、ガラス瓶のほとんどには耳が入っていた。メアリはホームズ氏が最後に会ったときに彼女に書き取らせた研究論文のことを思い出した。それは耳の特徴の数々と、それらの犯罪捜査への活用法に焦点をあてたものだった。

「何を探すの？」ダイアナが言った。

「わからないわ。ホームズさんの居場所を示唆する何かかしら。もしホームズさんが捜査中なら、覚え書きか何かを残しているかもしれない。ふだんは自分でメモを書き留めていたから。わたしはデスクから始めるわ。ジュスティーヌ、あなたは――うーん、正直言って、どこから始めてもおなじようね。それからダイアナ、あなたはしばらく邪魔しないでいてくれる？　ソファにでも座って――あら、本に埋もれてるわね。まあ、どこか座る場所を探してちょうだい」

メアリは畳み込み式の蓋のついたデスクの前に腰をおろした。書類があふれている。ホームズ氏の助手として働くときにはいつもこのデスクを使っていたが、もっとずっときれいにしていたのに！　しかしながら、書類はいずれも研究論文のためのメモと、タイプ打ちの原稿にすぎなかった。しばらくするとメアリはダイアナを呼んで、隠し引き出しの鍵を開けるよう頼んだ。

「ちょろいもんだね」ダイアナは薄い金属製の道具のようなものを、似たような道具がいっぱい入った革製のケースにしまった。「ほらね？　邪魔しないでって言ったっていずれあたしが必要になるんだ。あたしがいなかったらどうなってたのさ？」

「そのケースはどこで手に入れたの？」メアリは引き出しを開けながら訊いた。

「アイリーンがくれたんだ。なんで？」

「初めて見たから、ただそれだけ。あなたが鍵をこじ開けるのは見たことがあるけど、そんなふうに道具を揃えてるのは見たことがなかったから。まるで悪辣《あくらつ》なマニキュア・セットみたい！」

「あたしは見せたいものしか見せないもん。どっちにしろ、いつもは必要なものしか持ち歩かないんだけど、今日は何が必要になるかわからなかったからね。それと、あくらつってどういう意味？」

メアリはため息をついた。ダイアナがもう少しうっとうしくなければ！　この子はときどきとても役に立つことがある――だけどそのことをかならず強調するし、けっして忘れさせまいとするんだから！

隠し引き出しにはアイリーン・ノートン――当時はアイリーン・アドラー――の写真が入っていた。ホームズ氏がヨーロッパ旅行の前にメアリに見せてくれた写真だ。それから、ウィーンの消印がついていて、ベイカー街の住所が菫《スミレ》色のインクで書かれた手紙の束。きっとアイリーンからの手紙に違いない。引き出しに入っているのはそれだけだった。メアリはミナから電報を受け取った日、ドクター・ワトスンと一緒にジキル邸に向かってリージェンツ・パークを急いでよこぎっているときに彼が言った言葉を思い出した――アイリーンは彼の人生で最愛の人だったに違いありません――でも一方のアイリーンは、シャーロックと自分は根本的に相容《あいい》れないのだと言っていた。ホームズ氏はアイリーンの言葉に同意するだろうか？　そもそも、それは重要なことなのだろうか？　メアリはまだホームズ氏のことを自分が望むほど知っているわけではなかったが、それでも彼は何年も一方的な情熱を抱くことができる人ではないかと思った。地下深くに流れる川のように、存在を感じさせることのないもの――しかし、たしかにそこにあるものを。

「ホームズという人を見誤ってはいけません」ドクター・ワトスンはかつて言った。ホームズ氏が残忍な殺人に冷静沈着に取り組む様子について、メアリが感想を述べたときだ。「考える機械のように見えるかもしれませんが、深い感情をたたえることのできる男です。わたしの妻が亡くなったことを知ったその日――ライヘンバッハの滝で死んだと言われていたホームズが、魔術師のトリックのようにふたたびわたしの前に現れたのです――彼の親切心と思いやりの深さは、想像をはるかに超えるものですよ、ミス・ジキル。たしかに、あの男は表面上に見えているもの以上のものを持っているのです」だけど、メアリはその表面の下を見ることができるのだろうか？

「ちょっとしたものを見つけたわ」メアリが振り向くと、ジュスティーヌがドクター・ワトスンの部屋の戸口に立っていた。「来て」

応接間と違って、ドクター・ワトスンの寝室はこざっぱりとしていた。部屋の片隅に置かれた狭い折り畳み式ベッド、衣装戸棚と簞笥、そして窓の下の机。何もかもがきちんと畳まれてしまってあった。ウールの毛布はベッドの足側で、ブーツは扉の近くに揃えて置かれ、持ち主に必要とされるときを待っていた。なるほど、ドクター・ワトスンは元兵士だけある。こうして身のまわりを整理整頓しているのにも納得がいく。

「こっちよ、机の上」ジュスティーヌが言い、革製の吸い取り紙の台を指さした――平たくて机の上を覆うタイプのもので、手持ち用のものではない。いちばん上にある吸い取り紙は比較的新しいもののようだ――跡はほとんど残っていなかった。ところが、片隅に住所のリストのようなものが見えた。ワトスンの手書き文字は几帳面で、裏面からでも何が書いてあるか判読できた。

「いちばん上に日付があるわね」メアリが言った。「九月二十一日、一週間ほど前ね。ドクター・ワトスンがホームズさんの事件を几帳面に記録するのに慣れていてありがたいわ。どうやら姿を消す直前にこれを書いたようね。ジュスティーヌ、これを書き写してくれない？　わたしはホームズさんの寝室も調べてみたいから」

ホームズの寝室！　言うのはたやすかったが、メアリは彼の部屋の扉におそるおそる手をかけた。もちろん、これまで二人の寝室に入ったことなどなかった。ドクター・ワトスンの部屋は無味乾燥だったのでなかに入っても良心の呵責を覚えなかった。しかしシャーロックの寝室となると……

メアリが心配するのも当然だった。部屋じゅうのものが――窓際の肘掛け椅子に立てかけられたヴァイオリン、ベッド脇のテーブルに置かれたパイプ、ベッドの下にある踵のすり減った室内履き――ホームズ氏を物語っていた。寝室は混沌としていた。地獄のように混沌としていた、とミセス・ハドスンなら言ったかもしれない。

ホームズ氏の個人的な持ち物を調べるなんてとても奇妙な気がする！　ベッド脇のテーブルの引き出しのなかを探り、ドクター・ワトスンの部屋にあったものとおなじ衣装戸棚を開け、ベストや上着のポケットのなかを調べる。メアリはホームズ氏のプライバシーを侵害しているような気がした。再会したら、ホームズ氏は腹を立てるだろうか？　だけど、まずは再会できるようにしなければいけないし、それには彼を捜し出すことだ。つまり、思いつくかぎりの場所を探って、彼の居場所の手がかりを見つけ出さなければいけないのだ。

この部屋にも机があったが、ひらめきを与えてくれるようなものは何も置いてなかった。吸い取り紙はとぎれとぎれの文章が十字形に交差していて、いずれもこの事件とは関係がなさそうだった。机の片隅に一枚の紙があり、「メアリへのメモ」と題字があったが、書かれているのは耳に関することばかりだった。つまるところ、ホームズさんにとってメアリはその程度の存在なのだろうか？　書き起こしの機械ほどの価値しかないのだろうか？　メアリはどっと疲れて気落ちした。しっかりするのよ、とメアリは思った。もうじき昼食の時間だから、お腹が空いてきてるのよ。ただそれだけのこと。そんなふうに考えてる暇はないわ、今は。この混沌のなかで、何か役立つものを見つけ出すことができるのだろうか？

ようやくメアリは役に立ちそうなものを見つけた——椅子に投げ出してあったロングコートのポケットに入っていた名刺だ。そこには「ミスター・マイクロフト・ホームズ、ディオゲネス・クラブ」と印刷してあり、裏面にはホームズ氏の筆跡でメモが書き留めてあった——メアリはしょっちゅう見ているので、たとえ百通りの筆跡のなかからでも彼のものを判別できるようになっていた。ちょうど、人混みのなかでも彼の顔をすぐに見つけ出せるように。メモは「午前十時。緊急」というものだった。ドクター・ワトスンは、ホームズ氏が姿を消す直前に、彼が兄のマイクロフトに会いにいった話をしていた。「緊急」——ということは、ホームズ氏は何らかの理由で呼び出されたのかもしれない。

「何か見つけた？」ジュスティーヌが戸口から言った。

「これだけよ」メアリは名刺をジュスティーヌのほうに差し出した。「このディオゲネス・クラブに行ってみるべきだと思うわ。それからあなたが書き写した住所にも。リストは持った？」

ジュスティーヌは上着のポケットをぽんと叩いた。

「よかった、それじゃあ、ここでできることはやりつくしたようね。心配なのは、ホームズさんがどうやら着替えを持っていっていないってこと。わたしにわかるかぎりだけど」メアリはホームズ氏の衣服を調べ上げていた——靴下がつまった簞笥の引き出しを開けたときには、気恥ずかしさに頰が赤く染まるのを感じた。そして下着類の引き出し……やれやれ。

メアリ　世間の人びとに向かってわたしがシャーロックの下着を探ったことを言わないでくれない？

キャサリン　心配しないで、刊行前に削除するから。

メアリ　前巻のときもずっとそう言ってたけれど、約束していた箇所を一つも削除しなかったわよ。

キャサリン　そうだった？　きっと見落としちゃったんだ。今度はちゃんと削除するから。神に誓って。

メアリ　ありがとう、キャサリン。約束よ。

ダイアナ　あんたってほんと騙されやすいんだから。

三人はパーク・テラス十一番地への帰路についた。ジュスティーヌのリストと名刺をメアリのハンドバッグにしまい、ミセス・ハドスンからミセス・プールへのお土産として、焼き立てのスコーンが入ったバスケットを持って。調査は思ったよりも時間がかかった。家に着いたときには、すでにミセス・プールが昼食の用意を整えていた。「居間がいちばんいいかと思いましてね、お三方しかおりませんし」ミセス・プールが言った。「ミセス・ハドスンのスコーン！　ほんとうに、アデラインは思いやりにあふれた人ですね。軍人と結婚する前は、もともとコックとして修業していたんですよ。何か見つかりましたか――お嬢様たちのいう手がかりのようなものが？」

昼食をとりながら、メアリはミセス・プールにその午前中に見つけた住所のリストと名刺を見せた。

「お嬢様たちがロンドンの通りをうろつきまわって、護衛のようなものもなくあちらこちらに行かれるべきではないと思いますね」ミセス・プールは住所のリストを見ながらいぶかしそうに首を振った。「〈ジャマイカの庭〉〈魚屋の隠れ家〉〈牡蠣の小道〉。いったいこれはどんな場所の名前なんです？　どこにあるのか見当もつきません。たぶん、町のいかがわしい界隈でしょうね、殺人者や泥棒が住んでいる」

「だけど、いかにも誘拐犯がいそうな場所のようだわ」メアリが言った。「だいたい、わたしたちは日曜学校の先生を相手にしているわけじゃないでしょう？」

　ミセス・プールはそれ以上何も言わなかったが、まだ心配そうな顔をしていた。

「さてと」メアリはウェルシュ・レアビット（ウェールズ風のチーズトースト）を食べ終えると言った。「午後の予定を言うわね。まずはマグダレン協会に行って、ミセス・レイモンドがなんらかのかたちでアリスの誘拐に関わっているかどうかをたしかめる。そのあと、マーティンにあたってみる。このリストの住所を探すのは明日にしたほうがいいかもね。どこにあるのか探り当てなければいけないし、変装して行ったほうがよさそうだもの。賛成？」

　ジュスティーヌはうなずいたが、ダイアナは椅子にふんぞりかえって言った。「あたしはメアリ・くそったれ・マグダレン協会なんかには行かないから。ロンドンのどこにでも行くつもりだけど、あそこだけはやだ。二人で楽しんできたらいいよ。あたしはもっと大切な用事があるから」

「どんな用事？」メアリが怪訝そうに訊いた。べつにどうしてもダイアナに来てもらいたかったわけではない——マグダレン協会で鍵をこじ開ける必要はなさそうだし、ダイアナとミセス・レイモンドのあいだに一悶着あったら厄介だ。二人は友好的に別れたわけではないのだ。それでも、ダイアナを残していくのは心配だった。今度はどんないたずらをするつもりなんだろう？

ダイアナ　なにが友好的だ！　あのクソババア——

アリス　あたしのお母さんだってこと、忘れないでくださいね。

「アーチーに新しいカードゲームを教えるんだ」ダイアナが言った。そしてジュスティーヌの皿に目をやった。「それ、食べるの？　それとも貰っていい？」

「彼はアーチーなんて呼ばれるのは好きじゃないと思うわよ」ジュスティーヌが言った。ナイフとフォークを皿の脇にきちんと戻すと、テーブルの上にナプキンを置いた。昼食を半分しか食べていなかった。「メアリ、じゃあ着替えてくるわね。この恰好じゃマグダレン協会に入れてもらえないでしょうから！　もういちど異様に背の高い女に戻らなきゃ」ジュスティーヌは弱々しくほほえんだ。まるで冗談でも言ったかのように——たぶんそのつもりだったのだろう。ジュスティーヌの冗談で笑えることはめったになかった。

「だからそう呼ぶんだってば」ダイアナがにやっと笑った。「あいつをいやがらせるためにね！　ねえ、もしもう食べないならさ……」

メアリはため息だけついて立ち上がった。まあ、今日の午後はミセス・プールがダイアナの相手をしなければいけないというわけだ。しばらくのあいだその役目を放棄することをまったく残念には思わなかった。マグダレン協会で何を発見するのだろう？　陰気な建物と、マグダレンたち——改心した娼婦たち——が灰色の制服に白い帽子《キャップ》をかぶり、整列して黙々と裕福な後援者のためにリネンを縫っている光景をいまでもよく覚えている。あの冷たい灰色の玄関広間にもういちど入りたいとは思わなかったし、ミセス・レイモンドとふたたび会うのもまったく気が進まなかった。

3 ソーホーでの冒険

メアリは灰色の石壁にある呼び鈴を鳴らした。ベルの音がマグダレン協会の陰気な中庭に響き渡った。最後にここに来たときから何も変わっていない――あれからどれくらい経つだろうか？　四カ月？　いいえ、五カ月。まだ六カ月は経っていない。ダイアナを見つけ、それからベアトリーチェ、キャサリン、ジュスティーヌと出会ったのは、ほんとうにそんなに最近のことなのだろうか？　もっと前からみんなのことを知っている気がする。門の外から見る中庭はあいかわらず殺風景で、建物の石壁に沿って並んでいる深緑色のイチイの木くらいしか目に入るものはなく、建物自体もウォルター・スコット卿の小説から出てきたような雰囲気だった。

「もういちど呼び鈴を鳴らしてみる？」ジュスティーヌが訊いた。一カ月ぶりに、ジュスティーヌは女性の恰好をしていた。なんだか変な感じだった――着心地がよくないわけではないけれど、それでも自由に気安く振る舞えないような気がする。締めつけられ、制約されていることを意識してしまう。たぶんベアトリーチェの言うとおりで、衣服は人の考えや感情に影響するのだろう。それでも、女性の衣服には現代的な男物の服にはない美しさが備わっている。ジュスティーヌは画家だからそれがわかる。まったく混乱するばかりだった。

メアリがふたたび呼び鈴のほうに手を伸ばしかけたそのとき、一人の女性が――というより、十五歳か十六歳にしか見えないから、少女と言ったほうがいいかもしれない――日陰になっているアーチ状の戸口から駆け出してきた。門に向かってくる途中、白いキャップが頭から落ち、敷石の上を転がりはじめた。少女は慌てふためいたように急いでキャップを拾い上げて頭にのせると、それが落ちないように片手で頭のてっぺんを押さえ、もう一方の手で顎の下のリボンをつかんで門まで走りつづけた。いったん立ち止まってリボンを結んだほうが理にかなっているのではないだろうか？　メアリは目鼻立ちがくっきりして辛辣な口をきくシスター・マーガレットのことを思い出した。最後にここを訪れたときに門を開けたのは彼女だった。あのときとくらべると、今回はずいぶん違った出迎え方だ！

「ほんとにすみません」少女は息を切らし、片手で脇腹を押さえながら言った。「今日は玄関番の当番なんですけど、お手洗いにいってたもんで、仲間が叫んで教えてくれるまでベルの音に気づかなかったんです、できるだけ早く来ました。持ち場を離れていたことを知られたら、マクタヴィッシュに大目玉を食らいます！　そちらさんは――リネン類をお求めにいらしたんですか？　それとも寄付をなさりたいとか？」少女は二人をまじまじと見つめた。まるで二人の淑女《レディ》がこんなところで何をしているのかというように。メアリとジュスティーヌはとくに着飾っていたわけではないが、それでもあきらかにレディだったし、慈善事業に携わるような若い女性たちがどれだけ裕福なのかは、服装からは判断がつかないものである。

「ええ、そのとおりです」メアリが言った。「寄付を検討しているのですが、おたくの協会がその価値のあるものかどうか確認しに参りましたの。ミス・ジェンクスとミス・フランクがお目にかかりたいと申していると院長に伝えていただけますか？」

メアリはどうやって協会のなかに入ってミセス・レイモンドとの面会にこぎつけるか頭を悩ませていた。よし、これはいい方法のようだ！　もちろん嘘はつきたくなかったけれど、この状況では仕方のないことだ。

「こちらにどうぞ」少女は言い、門の錠を開けた。「あたしはドリスっていいます。ここに来て半年になります。協会は第二のわが家のようになりました。最初はひどく陰気なところだとか、食べ物はかさはあるけど味気ないと思ってたんですけど、この数週間でずいぶん陽気な雰囲気になったんですよ」

メアリはジュスティーヌのほうを見て肩をすくめた。マグダレン協会をどうして陽気だなんて言えるのか、メアリには理解できなかった！

二人がドリスのあとについて中庭をよこぎると、蔦《ツタ》に覆われた壁が見えてきた。ダイアナがよくよじ登っていた壁だ。かつてここの居住者だったとき――

ダイアナ　四人だってば！

そして、キャサリンがホワイトチャペルの連続殺人事件にハイドが関わっていると知った夜につたい降りた壁でもある。あの晩、アリスはミセス・レイモンドに薬を盛られて初めて誘拐され、ハイドにテムズ川の近くの倉庫に連れていかれたのだ。

キャサリン　誘拐されるのが癖になってるみたいね？

アリス　誘拐されたのはこの二回だけです！　それは癖とは言いません。それに初めてのときはたんなる偶然だったんです――あなたのあとをつけて誰なのか探ろうとしたんです。あなたがあきらかに素性を偽っていたから。あたしは関係なかったんです。

キャサリン　ま、もう二度と誘拐されないようにね、できるものなら。

ふたたび、メアリたちはゴシック風の建物の恐ろしげな戸口に足を踏み入れた。なかに入って耳にしたものにメアリは驚いた……あれは、笑い声？

「いったいどういうこと？」メアリは言った。

「ああ、作業室の女の子たちですよ」ドリスが言った。

「ご存じのとおり、あたしたちはいろんなリネン類を縫ってるんです——ベッド・リネンにキッチン用のリネン、それに子ども服、少なくとも、スモックのような簡単なもの。こちらです。院長室は階段を上がって二階になります」

「この協会はとても厳しいところだって言ってなかった？」二人がドリスのあとについて階段を上っているとき、ジュスティーヌがささやいた。

たしかに言ったし、実際そうだった。最後にメアリがここにきたときには。ところが、二人は階段に座りこんでいる女性たちを目にした——のんきそうに、ただ座っておしゃべりをしているのだ。そのうちの何人かは規則どおりに白いキャップをかぶっていたが、残りはそれを脱いでいた。

「あんたたちがここに座りこんで作業もしないでおしゃべりしてるってわかったら、院長が怒るわよ」ドリスは顔をしかめて言った。

「じゃああのお偉いさんを怒らせておけばいいさ！」そのうちの一人が言い、頭をのけぞらせて笑った。まだ若い娘できれいな金色の巻き毛をしていたが、歯が何本か抜けていた。

ドリスは首を横に振った。「もっとあの人に敬意を払うべきなのに。だいたい、この場所を運営して、寄付を集めて、あたしたちの作ったものを売る手筈を整えてくれる人が必要なんだから。院長は厳しくしているつもりなんですけど、あの子たちはどこ吹く風なんですよ、ご覧のとおり。でも、根はいい子たちだし、そんなに規則を破るわけでもありません。殿方をこっそり忍びこませたりとか、そんなことはけっしてしません！　ときどきジンをちょこっと飲んだり煙草を吸ったり、カードゲームをやって何ペニーか賭けたりするだけ――ぜんぶお遊びですよ。お二人を驚かせてないといいんですけど。寄付を取りやめるほどでもないですよ、いずれにしても。人は誘惑に弱いものですし、みんな何かしらの意味で罪人でしょう？　あたしたちは心から昔の職業を悔いてますし、通りに立つくらいならここにいたいと願ってるんです！」

メアリはそう言われてなんと答えていいかわからなかったが、そうこうするうちに三人は院長室の前にたどり着いていた。メアリはミセス・レイモンドにふたたび対峙する覚悟をした。

ノックすると、「お入り！」と声がしたので、ドリスは扉を押し開けた。

「ミス・ジェンクスとミス・フランクがお見えになっています」ドリスは言った。「協会に寄付をなさりたいそうです」ドリスはメアリとジュスティーヌをなかに通すと、二人の背後で扉を閉めた。

院長は笑みを浮かべて鷹揚《おうよう》に立ち上がると、机の向こうから二人のほうに歩み寄った。「ミス・ジェンクスにミス・フランクですね？　お座りになっていただければ――あなた！」ボトルからコルク栓が外れるような悲鳴が響いた。「これはたまげた――つまり、いったい今度は何をしにきたんです？」

院長はミセス・レイモンドのように地味な灰色のメリノを身にまとい、腰に帯飾りの鎖をつけていた。髪は後頭部で上品なお団子にまとめられていて、きつく結わえてあるものだから肌が少し引きつっていた。しかし彼女はミセス・レイモンドではなかった。

「シスター・マーガレット！」メアリが言った。「あなたは――」

「マクタヴィッシュ寮母とお呼びください」シスター・マーガレットだった女性は言った。「わたしの前任者のミセス・レイモンドは一カ月前に突然職を辞し、わたしは多大な迷惑と膨大な面倒をこうむることになったのです。理事会は新しい院長が見つかるまで一時的にわたしに彼女の地位に就くよう命じました。もちろん、わたしはできることはなんでも協力すると言いました」ミス・マクタヴィッシュ、これからはそう呼ばなければいけないようだが、彼女は不満そうでもあり、うれしそうでもあった。まるで迷惑をこうむっていることを喜んでいるようだ。「でもあなたの名前はジェンクスではありませんね」マクタヴィッシュは怪訝そうにメアリを見た。「どういうことです？」

「ドリスがわたしたちの名前を聞き違えたんですわ」とメアリ。「わたしはメアリ・ジキル。そしてこちらはジュスティーヌ・フランケンシュタインです」やれやれ、こんなに嘘ばかりつくなんて、ダイアナ並みにたちが悪い！「わたしたちはどうしてもミセス・レイモンドとお話ししたいんです。もし彼女がどこに行ったのかご存じでしたら――」

「まったく存じません」ミス・マクタヴィッシュは冷たく言い放った。「ミセス・レイモンドは事前通告もなく、行き先も告げずに去りました。ですから、いっさいお力にはなれません」ミス・マクタヴィッシュはくちびるをきゅっと引き結んで笑みを浮かべた。まるで力になれないことで今日いちばんの喜びを得たかのように。「それでは、やらなければいけない仕事がたくさんありますので」

「ありがとうございます」とメアリは言ったが、心のなかで「なんにもしてくれなくて」と付け加えた。

「行きましょう、ジュスティーヌ。マクタヴィッシュ寮母をこれ以上わずらわせてはいけないわ」

院長室を出るとすぐ、二人は廊下の途中でドリスがまたべつのマグダレンと話しているのを見かけた――小柄で華奢な少女で、灰色の制服を着ている。メアリが近づくと、その少女がこちらを振り向いた。

「ミス・ジキル？　あたしを覚えてます？」

それは少女ではなかった――顔には小皺が寄っていたし、かつて天然痘にかかったとみられる痕が残っていた。だが彼女は鋭く利口そうな茶色の目をしていた。

「ケイト・ブライト・アイズ！」メアリが言った。

「いったいここで何をしているの？　こちらは友人のジュスティーヌよ」メアリはジュスティーヌのほうを向いて続けた。「ケイトはモリー・キーンの友達なの。覚えているでしょう、キャサリンがこっそり忍びこむために――そう、この場所に――扮装するのを手伝ってくれた人。わたしたちがホワイトチャペルの連続殺人の捜査をしていたときにね」ケイトは最後に会ったときからほとんど変わっていなかった。もちろん、口紅はつけていなかったし、ある種の――ケイトとおなじ職業の――女性たちが睫毛を黒くするために使うものもつけていなかった。それがないと、ケイトの目は鳥の目のように見えた。

「お会いできてうれしいです、ミス・ブライト・アイズ」ジュスティーヌが言い、片手を差し出した。

ケイトはその手を握って元気よく振った。「ホワイトチャペルの連続殺人が解決しなかったのは残念でしたよね。だけどきっとあなたとホームズさんは精一杯のことをしたんだと思います。責めてるわけじゃないんですよ」

「でもあの事件はじつは解決したのよ」メアリが言った。「つまり――誰のしわざだったのかを突き止めたんだけれど、その男は――そう、大陸に逃亡してしまって、だから法の裁きを受けることはなかったの。でも彼はあちらで死んだ――痛々しい死に方だったわ、ほんとうよ。彼が手にかけた哀れな女性たちが味わった痛みにひけをとらないくらいの」メアリはアダム・フランケンシュタインがあの殺風景な部屋の狭いベッドに横たわり、熱傷に苦しんで死んでいったことを思い出した。もちろん、ハイドは罰を受けていない――まだ自由の身でどこかにいて、非道な仕事を続けているのだ。そう、もし世界に正義というものがあるのなら、いつかハイドも当然の報いを受けることだろう。

「新聞には載りませんでしたよね？」ケイトが言った。

「へえ、なんの騒ぎにもならなかったなんて、きっとお偉いさんだったんでしょうね。王室とつながりがあるとか？　でもそれが誰であれ、報いを受けたんならよかった。モリーにあんなことをした奴は、地獄で朽ち果てて当然です。お偉いさんといえば、ドリスにあなたがミセス・レイモンドを探してるって聞いたんですけど」

メアリは驚いてケイトを見つめた。「どうしてそのことを――」

「鍵穴ですよ」ドリスが言った。「褒められたことじゃないってわかってますし、うちの母さんが聞いたらかんかんに怒るでしょうけど、ここで何が起こってるか知っとくのはあたしたちにとって重要なことなんで、交代で盗み聞きをしてるんです。ミセス・レイモンドがいたときには誰もそんなことしようとはしなかったんですけど――どういうわけかあの人はいつだってあたしたちがしてることをなんでもお見通しみたいなところがあったから。頭のうしろに目でもついてたに違いないですよ。ところがマクタヴィッシュときたら、まわりで起こっていることの半分も気づきやしないんで」

「それは必要不可欠で理にかなった習慣ね」メアリが言った。「そうなの、ミセス・レイモンドに関する情報を探しているの。もし何か知っていたら――」

「廊下じゃまずいです」ケイトが言った。「こっちです、ついてきて」

ケイトはみんなを狭い部屋に連れこんだ。どうやらそこはマグダレン協会で作られた品物を保管しておく場所らしく、ティータオルやエプロン、子ども用のスモックなどが収められた棚があった。細長い窓から外を見下ろすと、イボタノキとぼさぼさの芝生が生えた、建物の裏手の陰気な庭が見えた。

「あたしが知ってるのはこれだけです」ケイトが言っ

た。「ドリスならもっといろいろ知ってるかもしれません――この子はここにあたしより長くいるから。あたしがここに来たのはインフルエンザに罹《かか》ったからなんです。聖バーソロミュー病院を退院したとき、あんまりにも具合が悪いし疲れてて働くことができなかったんです――ここはなんと言ってもただで温かい食事にありつけるのが魅力ですからね！　ともかく、ミセス・レイモンドがあたしをここに入れてくれてから一週間後、彼女が辞めたって話を聞かされて、シスター・マーガレットが――マクタヴィッシュ寮母って呼ばれたがってますけど――代理を務めることになったんです。そりゃあいろんな噂が飛び交いましたよ――あの人はそもそもミセス・レイモンドなんかじゃなくて、ミセス・ハーバートなんだとか。ハーバート殺人事件のことは覚えてます？　十年以上前になりますけど――ミセス・ハーバートが夫殺しの容疑で告発されたんですけど、結局警察は彼女がどうやって殺したのか突き止めることができなくて、証拠不十分で無罪になったんです。なんでも彼女は愛人と共謀して夫を殺したんだとか！」

「理事たちがそのことを知って――これはあたしたちの考えですけど――ミセス・レイモンドは辞めざるをえなくなったんじゃないかって」ドリスが言った。「アグネスはミセス・レイモンドが姿を消す一週間前の夜に、院長室に男の人がいたって言い張ってるんです。背が高くて黒髪の男が。もしかしたら彼女の愛人が戻ってきたとか？　それか彼女を脅迫したのに、彼女がそれに応じなかったとか？　それでその男が理事会にばらしたのかも……」

「アグネスは想像力がたくましいからね」ケイトが首を横に振った。「帽子掛けの影でも見たんじゃないの――ほんとに何か見たんだとしてもね！　ともかく、ミセス・レイモンドのほうから辞めたがったという話もあるんです――理事会はとどまるように頼みこんだって。どっちにしても、ある朝姿を消して、それっきり消息がつかめないんです」

「それはいつのこと？」メアリが訊いた。「いつ姿を消したの？」

「八月の終わり頃です」ドリスが言った。「すみませんね、もっといろいろ情報をお耳に入れられたらと思うんですけど。ほんとのところ、誰もミセス・レイモンドがどこに行ったのか、どうなったのかを知らないんです」

メアリはため息をついた。どれも噂と憶測にすぎない。まあ、少なくとも何も得られなかったわけではない！　ミセス・レイモンドはアリスが誘拐される一カ月前に姿を消したのだ。二つの失踪は関係があるのだろうか？　わからない。

「二人とも、ありがとう」メアリが言った。「それにケイト、もし助けが必要なときは、わたしたちを頼ってきてちょうだい。メリルボーン通りのパーク・テラス十一番地に。わたしたちが留守のときはミセス・プールにあなたが誰なのか告げてくれれば、家に入れてくれるわ」メアリは一シリング硬貨を握った手を差し出した。

「どうもご親切に」ケイトは硬貨を受け取り、手を握った。

「とくに薬が必要なときはね」ジュスティーヌが言った。「ベアトリーチェはインフルエンザは治せないけれど、彼女の植物は少しでも早く回復するのに役立つから。今は留守にしているけれど、数日中に帰ってくるわ。彼女の薬は聖バーソロミュー病院でもらえる薬とおなじくらい効果があるのよ」

ベアトリーチェ　ドクター・ワトスンが考えたゴム管システムのおかげだわ。あれがなければきっとわたしの植物たちは留守のあいだに全滅していたでしょうね。とりわけ心配していた朝鮮朝顔《チョウセンアサガオ》でさえ立派に生き延びていたんですもの。アテナ・クラブの活動も大事だけれど、わたしの薬草類を病院に提供するのも大事なことだから。

キャサリン　あたしが冒険物語を繰り広げようとしているときに、あんたは水やりシステムの話をするわけ？

ドリスにもシリング硬貨を渡すと、メアリは二人に別れを告げ、情報を提供してくれた礼を言った。もっとも、それらがほんとうに役に立つかどうかはわからなかったが。ジュスティーヌと連れ立って聖メアリ・マグダレン協会を出てソーホーの通りを歩きはじめると、メアリは言った。「もしミセス・レイモンドがミセス・ハーバートだとしたら、わたしたちが探している人物とは別人ということになるわね。レイモンドがなりすましの名義だとしたら、彼女はレイモンド博士とも彼の実験とも関係がないのかもしれない。たまたま名前がおなじなだけで……だって、ロンドンには数え切れないほどレイモンドがいるもの！」

「その殺人事件についてもっと詳しく知ることはできないの？」ジュスティーヌが訊いた。「フラウ・ゴットリープは偶然を信じないと言っていたわ。人間の関わりに偶然が果たしている役割を軽く見るわけではないけれど――それでも、これだけ込み入った状況となると……」

「ホームズさんのファイルに詳しい情報があるはずよ」メアリが言った。「あの人が探偵になってからロンドンで起こった殺人事件の詳細を目録にしてあるの――それ以前の事件もたくさんね！　もし目録になければ、レストレード警部に訊ねてみるしかないわね」

メアリは身震いした。

「これからどこに行くの？」ジュスティーヌが訊ねた。「ロレンゾのサーカスの演者たちが泊まっている下宿屋に向かう？　でも前にも言ったように、わたしはマーティンがアリスを傷つけたり怖がらせたりするなんて信じられないけれど」

メアリはうなずいた。ジュスティーヌは〈驚異の催眠術師〉に信頼を置いているが、メアリはそうではなかった。

二人とも疲れていたので無言で歩いた。家に帰ってきたのはほんとうに昨日のことだろうか？　メアリは霧の立ちこめる薄汚れたロンドンの街を片時も離れなかったような気がしていた。ウィーンの明るい陽射しや、ブダペストのピンクと緑と黄土色の建物が、この目で見てきたものではなく夢に見たもののように思えた。人間の心はなんてすばやく新しい環境に順応するものなんだろう！　この場合は、古い環境に。帰ってきたのはうれしかったが、少し休息の時間がほしかった。次なる冒険に乗り出す前に、しばらくパーク・テラスの屋敷で過ごせていたら。友人たちが危機に瀕してさえいなければ……


ホワイトチャペル・ハイ・ストリートに出ると、二人は乗合馬車に乗ってクラーケンウェルに向かった。下宿屋はすぐに見つかったが、ジュスティーヌがマーティンを呼ぶように頼むと、キャベツのにおいをさせた女主人は、彼は十日ほど前に出ていったと答えた。サーカスの演者たちはまだその下宿屋に滞在していたが、詳しいことは知らなかった。裸馬乗りのメイジーはジュスティーヌに、マーティンはろくに行き先も告げずにいなくなったのだと話した。「もっといい居場所を見つけたし、もうサーカスの催眠術師でいたくないからって言ってたわ。それでいなくなっちゃったの、突然に」メイジーは指をパチンと鳴らした。「ロレンゾについてのニュースはある？　なんでもサーカスはヨーロッパ大陸大巡業に出てがっぽり稼いでるそうじゃない」

「そうそう。みんなどうしてる？」メイジーの妹でおなじく裸馬乗りのデイジーが訊いた。「一緒に行けたらよかったのに——でも馬を連れてちゃ大陸大巡業はできないものね」

ジュスティーヌは二人に知っているだけのことを話し、メイジーはロンドン居残り組の演者たちのゴシップをジュスティーヌに聞かせた。メイジーとデイジーは一時雇いでアルハンブラ劇場の乗馬ショウに出演していた——払いはあまりよくないけど、それでも仕事は仕事だから、とくにこの不況下ではね。メアリは下宿屋の応接室のソファに座って思案に暮れていた。一度だけ三人のおしゃべりをさえぎって、マーティンは背が高くて黒髪かどうか訊ねた。ミセス・レイモンドの院長室で長身で黒髪の男が目撃されたのだ。それが催眠術師だった可能性はないだろうか？　ジュスティーヌが仲間の演者が悪いことに関わっていると信じたくないのは百も承知だが、マーティンはメアリにとって第一容疑者であることに変わりはなかった。

「すごく背が高くて髪は真っ黒ですよ」デイジーが答えた。「あら、マーティンを知ってるんですか？」

メアリは何も言わずに意味ありげな視線をジュスティーヌに投げかけ、ジュスティーヌは首を横に振った。そう、ジュスティーヌは認めたがらないだろうが、彼が姿を消したとなると怪しい。アリス、ミセス・レイモンド、〈驚異《マーヴェラス》のマーティン〉の三人ともが姿を消した。何か裏があるはずでは？

三十分後、メアリとジュスティーヌはふたたびロンドンの通りに出て、パーク・テラスへの帰路についた。

「ABCに寄って午後のお茶をいただきましょうよ」メアリが言った。「あなたはどうか知らないけど、わたしはお腹がぺこぺこ。まあ、少なくともダイアナにとっては静かで穏やかな一日になったでしょう。きっとミセス・プールをかんかんに怒らせているでしょうけれどね。ジャムをせがんだり、アーチボルドに賭け事を教えたりして！」けれど、少なくともダイアナはいたずらなしの一日を過ごしたのだ。

ベアトリーチェ　A　B　C《エアレイテッド・ブレッド・カンパニー》のような店がもっとあればいいのに。食事をしたり友達と会ったりするのに女性だけで入れるような店が！　パブみたいに、絡まれたり侮辱されたりしない場所が。

キャサリン　もしも誰かがあんたに絡んだり侮辱したりしたら、そいつは当然の報いを受けることになるでしょうね！

ベアトリーチェ　でもキャット、すべての女性が自然の防御力を備えているわけじゃないのよ。女性は有毒じゃなくても公共の場で安心だと感じられるようになるべきだわ。

キャサリン　それじゃ、有毒なのは得だって認めるわけ？

ベアトリーチェ　そうね、ときには……

メアリとジュスティーヌは家に着くと——

ダイアナ　ちょっと待った！　あたしがしたことには触れないつもり？　くそったれマグダレン協会に行ったことなんかよりずっと重要なことなのに。首を振らないでよ！　最高におもしろい場面を省くってんなら、あんたはたいした作家じゃないってことだね。『ヴァンパイアのヴァーニー』を書いた奴のほうがよっぽどましだよ。

キャサリン　わかった、あんたのことを書くから。そしたら午後はどこかよそへ行ってくれる？　午後じゅうずっとね。それから出てくときはドアをバタンと閉めないで。

ソーホーのなかでもとくにいかがわしい界隈で、ダイアナはみすぼらしい家の扉をトントン・トトン、と独特のリズムでノックした。

「ノックしたのは誰だ?」家のなかから荒々しい声が聞こえた。

「チャーリーだ」ダイアナの少しうしろに立っていたチャーリーが答えた。「ウィギンズに会わなきゃいけないんだ」扉が開き、小さくてほっそりした顔がのぞいた。その顔の主はダイアナより少し年下の少年だった。少年の顔にはあちこちに苺ジャムがついていた。

「こりゃいったい――」ダイアナを見ると少年は言った。

「こちらはダイアナだ」とチャーリー。「ダイアナ、こいつはバートン・マイナー。兄貴のバートン・メジャーが何週間か前に連れてきたんだ」チャーリーは不服そうにバートン・マイナーを見た。「おまえ、顔を拭けよ。そんな面《つら》でいったいどんな見張り番のつもりだ?」

「おまえ、ほんとにダイアナか?」バートン・マイナーは目を大きく見開いて訊いた。まるでネス湖の怪獣かフィジーの人魚でもたしかめるみたいに。

「どう思う?」ダイアナはつっけんどんに言った。今日は下っ端の相手をしている暇はない。「いかにも、ミス・ダイアナ・ハイドさ。ウィギンズに会いたいって伝えて。今すぐ」ダイアナは敷居をまたいで壁紙の剝がれかけた広い部屋に入った。バートン・マイナーはあとずさりした。

「奴はきみにたいそうご立腹だぜ」バートン・マイナーがまわれ右して階段を駆け上がっていくと、チャーリーがいぶかしげに言った。「挨拶もなしにいなくなったって」

「まあ、こうして戻ってきたわけだし、あいつも気を鎮めたほうがいいね」ダイアナが言った。だが、顔をほころばせ、ウィギンズが自分が突然旅に出たことを怒っていると聞いて内心喜んだ。ダイアナは人を怒らせるのが好きだった――少なくとも、怒るってことは鈍くないってことだから! ウィギンズが鈍いというわけではない。実際、彼はダイアナが知っている誰よりも鈍さとはかけ離れた男だ。それでも、彼を怒らせたことは愉快だった。

しばらくダイアナはみすぼらしい部屋のなかをぶらついた。向こう側の壁際に壊れたソファが置いてあって、破けた張り布から馬の毛が飛び出している。部屋の一角にボウリングのピンとボールが置いてある。どうやら誰かが床の上でボウリングに興じていたらしく、床板は擦れていたし、ちょうどボールが当たるところの幅木はへこんでいた。部屋はあちこち傷んではいたが、埃ひとつないし、四隅にも塵は溜まっていなかった。通行人がのぞきこめないように窓にかけられたカーテンはずたずたに裂けていたが、きれいに洗ってあった。穴だらけのカーテンからバートン・マイナーと仲間たちが通りを見張るのは簡単なことだっただろう。

バートン・マイナーがドタバタと階段を降りてきた。

「いいよ。ウィギンズさんが会うってさ。上がってこいって言ってる」

ダイアナはうなずいた。もちろん会うにきまってる！　もしウィギンズが拒んだら、ダイアナはすぐにでも彼に怒りをぶつけたことだろう。

ダイアナはバートン・マイナーのあとについて狭い階段を上った。二階に上がると廊下沿いに二つの部屋の扉があった。一方の部屋の扉には、つぎのような文字がきれいに塗装されていた。

ミスター・ウィギンズ
執務室

もう一方の部屋は倉庫のような場所だった。チャーリーに連れられて初めてここを訪れたとき、ウィギンズ本人が家じゅうを案内してくれたのだ。「ウィギンズがきみに会いたがってるんだ」あのときチャーリーは言った。「それに連中と知り合いになっておいたほうがいいと思うよ」

ダイアナは初めて訪れた日のことを思い出した――あのとき自分を見た少年たちの目つきといったら。いぶかしげな顔で、あるいは信じられないといった表情を浮かべて。いったいチャーリーはあたしのことをどんなふうに話していたんだろう？　チャーリーは教えてくれなかった。

ウィギンズの執務室には九歳から――入隊を許可される最年少だ――十五歳までの少年たちがひしめきあっていた。当のウィギンズは大きな机の向こうに座っていた。彼は小馬鹿にしたような様子で椅子から立ち上がると、わざとらしくお辞儀をしてみせた。チャーリーがとんでもなく偉い貴族にでも話しかけるように丁寧に言った。「ミス・ハイド、ミスター・ビル・ウィギンズをご紹介します。ウィギンズさん、こちらはミス・ダイアナ・ハイドです」

トントントン・トトトン。おなじみのノックの音が響いた。バートン・マイナーの拳が執務室の扉を叩いたのだ。

扉が内側から開いた。

「こんちは、デニス」ダイアナはなかに入りながら、扉を開けて支えているそばかすだらけの少年に声をかけた。少年は純真そうな大きな青い目をダイアナに向け、虫も殺せないような表情を浮かべた。かつて少年はこの青い目のおかげで、すりの罪を逃れたことがあるのだ。

――少年を見咎めた食料品店の未亡人が、彼を物を知らないが仕込み甲斐のある孤児だと判断し、オーストラリアに島流しにするかわりに養子に取ることにしたのだ。以来、少年の表の顔は食料品店の店員ということになった。裏の顔は、ウィギンズの右腕だ。

となると、バスターはウィギンズの左腕ということになるのだろうか？　バスターはウィギンズの背後に控え、窓枠に寄りかかっていた。痩せていて金髪で活発なデニスと違って、バスターは大柄で十四歳なのに大人並みに成熟していた。見た目には動きが鈍くてあまり頭が良くなさそうだが、実際は動作にしても頭の回転にしても驚くほど機敏だった。ダイアナはあらためて、見かけと本性が違っているのは得なものだと思った。女であることの利点はそこにある。女物の服を着てそれらしく伏し目がちにしていれば、誰にも疑われることはないのだ。

ここに初めて来た日、ダイアナはそれを実践した。「失礼だが、ミス・ハイド、どうしてわれわれがきみに注意を払わなきゃいけないんだ？」ウィギンズは薄ら笑いを浮かべて訊ねたものだ。「チャーリーの話しぶりからして、背丈が六フィートあって雄牛のようにたくましい強者を予想していたんだが。ただのお嬢ちゃんじゃないか」

五分後、ダイアナはウィギンズの背後に立って彼の喉笛にナイフを押し当てていた。部屋にひしめきあっていたベイカー街遊撃隊の面々は、恐れとおびえの入り混じった表情でダイアナを見つめた。これでわかったか！　それ以来、少年たちはダイアナに敬意をもって接するようになった。

今、部屋にはウィギンズと彼の二人の補佐官しかいなかった。ウィギンズ本人は椅子に腰かけて足を机の上に載せ、足首を交差させていた。むっつりした表情を浮かべ、眉間に皺を寄せている。父親は元水兵のインド人海賊で、母親は彼に恋をして駆け落ちした住み込みの家庭教師だというのはほんとうだろうか？　あるいは、それはビル・ウィギンズの伝説にすぎないのだろうか？　生粋のイングランド人のようには見えない――むしろ、イーストエンドに住むさまざまな国籍の人びとの血筋をすべて引いているように見えた。ウィギンズはベイカー街遊撃隊の最年長者であり、隊長だった。どの隊員もウィギンズを失望させるくらいなら彼のために命を落としてもいいと思っていた。バスターほど背も高くないし、デニスほどハンサムでもないが、ウィギンズにはどこかしら人を引きつけ、忠誠心を駆り立てるところがあった。もちろん、ダイアナは違う！　ダイアナは忠誠心なんてものを持ち合わせていなかった。もっとも、アテナ・クラブとそのメンバーたちに対してはべつだ。ジュスティーヌは最高だし、キャサリンもいくつか賞賛すべき資質を備えている。ベアトリーチェにはうんざりさせられるけど、彼女にはなんといっても人を毒で負かすことができる。そしてメアリ――うん、メアリは退屈だし不愉快、ただそれだけ。でも、少なくとも二人は家族だから。

ウィギンズはダイアナを睨みつけ、しばらく椅子から動くそぶりを見せなかった。

ダイアナは机のほうに歩いていって真正面に立つと、両足を広げて床を踏みしめ、両手をズボンのポケットに突っこんだ。「こんちは、ビル」ダイアナが言った。

ウィギンズはダイアナに一瞥《いちべつ》をくれると、足を床に下ろして椅子から立ち上がった。「戻ってきたんだな？」

「そう、そしてあんたの助けが必要なの」

ウィギンズは腕組みをした。またあの薄ら笑いだ！「おやおや、ミス・ハイド！　われわれの助けが必要だと認めるわけか？」

ダイアナは肩をすくめた。「いけない？」

ウィギンズはまた顔をしかめて床を見つめた。「きみは単独行動がお好みなんだろ、おれはそう思っていたが」

ダイアナは眉をひそめた。おっと、ウィギンズはこう出るつもりだったのか。まるでダイアナに腹を立てる権利でもあるみたいな態度だ。あいにく、彼にそんな権利はない。ダイアナはビル・ウィギンズの問いに答えなかった。「わかった。あんたはあたしが黙ってヨーロッパに行ったことを怒ってる。あのね、あたしは大急ぎで計画を立てなきゃいけなかったんだ――荷造りする暇さえなかったんだから！　そもそも、なんであんたに報告しなきゃいけないわけ？　あたしはバスターみたいにあんたが指図したところに行くわけでもないし、デニスみたいにあんたに情報を運んでくるわけでもない。いったい何様のつもり――」

「おまえたち、外に出ろ」ウィギンズが言い、出ていけというように部屋にいる少年たちに手を振ってみせた。「これはおれとダイアナだけの話だ」チャーリーやほかの少年たちはがっかりしたようにぞろぞろと部屋を出た。チャーリーは扉を閉める直前に、心配そうな目でダイアナをちらっと見た。

「どうするつもり？」ダイアナはウィギンズを睨みつけた。「あたしに説教しようってんなら、ビル・ウィギンズ、あんたを思いっきりぶっ叩いて……」

「わかった！　わかった！」ウィギンズは打撃を払いのけるみたいに両手を顔の前にかざした。「言いたいことはわかった。そんなふうにおれを見るな――」

「どんなふうによ？」ダイアナは両手を腰にあてた。

いったいどんな目つきのことを言っているんだろう？

「目でおれを殺そうとしているみたいだ」ウィギンズは悲しげにダイアナを見た。「おれはきみのことを心配していただけなんだ。チャーリーからきみがいなくなって行き先が知れないと聞いたもんだから――結局、奴がきみの家の家政婦から行き先はヨーロッパだと聞いてきたんだが。おれが――おれたちがつかんだ情報はたったそれだけだった。心配したことでおれを責めるのか？」

「そうだよ」ダイアナは両手をポケットに戻し、部屋のなかを歩きまわった。話しながら足音をいくぶん大きく響かせた。「だって、それってあたしが自分で自分の面倒を見れないと思ってる証拠だもん。あたしは自分のことはしっかり自分でやれるんだから、ビル・ウィギンズ、あんたも知ってるはずでしょ。あたしの心配をすることを禁じる！」禁じる――ダイアナはその口ぶりが気に入った。なんだか堂々として聞こえる。

「禁じるだと！　きみはおれに対していかなることも

禁じられない」ウィギンズは眉を下げてダイアナを見た。おお、怒っているようだ！　まるで雷雲みたいだ。ダイアナはウィギンズを怒らせるのが愉快だった。「あんたもあたしに対していかなることも禁じられないよ。あたしはあんたのベイカー街遊撃隊の隊員じゃないんだから。あんたは遊撃隊のお偉いさんかもしれないけど、あたしにとっては何者でもないんだ！」「何者でもないのか、ダイアナ？」ウィギンズは傷ついた様子だった。「ほんとにおれはきみにとって何者でもないのか？」

もしメアリだったら罪悪感を覚えたことだろう。もしベアトリーチェだったら彼を慰めようとしたことだろう。でもダイアナは違う。ダイアナは深い満足感を覚えた。

「ま、何者でもなくはないね。こうして助けを求めにきてるわけだし。それにしても、あたしがあんたに告げずにいなくなったことを、当然あんたに報告するべきだったみたいに言いつづけるんだね――あたしは誰にも報告なんてしないから、覚えといて！」

ウィギンズは決まり悪そうに床を見下ろした。「わかった、ダイアナ。もうくどくど言わなくていい。どんな助けが必要なんだ？　できることならどんなことでも協力するつもりだ、わかってるだろ」

「言ってくれなきゃわかんないよ！　あたしはフロイト博士じゃないんだから。ここに――」ダイアナは上着の内ポケットをまさぐって紙片を取り出した。「ここに書いてあるのがなんなのか知りたいんだ」

それはメアリが朝のうちに念入りに鍵をかけて母の机にしまっておいたリストだった。

メアリ　なんにでも手を出さずにはいられないの？

ダイアナ　手を出されたくなかったら、鍵をかけた机なんかにしまっておかないことだね。そんなの、あたしに取ってくださいと言ってるようなもんだもん！

ウィギンズはしばらくそれを見ていた。「ライムハウスにある場所だと思うが、カートライトのほうが確実なことを知っているだろう」ウィギンズはそれまでより穏やかな目つきでダイアナを見た。「おれたち友達に戻れたかな、ダイアナ？」

「何言ってんの。あたしは友達じゃないなんて少しも思ってなかったよ。あんたが勝手に怒ってわめいてたんじゃない」ダイアナは一瞬、軽蔑したようにウィギンズを見た。まったく、男の子たちはどうしちゃったっていうんだろう？ もし選択肢があるのなら、ダイアナは男の子になりたかった。男の子でいるほうがずっと人生は楽だから！ 誰にもお行儀よくしなさいなんて言われないし、夜中に外出することや、木登りすることや、いろんないたずらをすることを禁じられることもない。それに、世の中のちょっとした楽しいことは、何もかもいたずらに数えられているような気がするのだ。それなのに、男の子というのはすごく感情的なんだから！ このウィギンズでさえも、ダイアナが旅に出たくらいで騒ぎまくって……

「わかった、悪かった。もう二度としない。謝罪を受け入れるかい？」ウィギンズは片手を差し出した。

ダイアナはその手を取っていささか乱暴に振った。まだ彼に腹を立てていることを示すために。冗談抜きで、こんなことをしている暇はないのだ！ 「受け入れた。で、このリストの住所は？ メアリが帰ってくる前に家に戻りたいんだ」ウィギンズの怒りにもうんざりだったが、メアリの怒りはその十倍はひどいだろう。ダイアナは今日はとくにメアリの激怒に向き合いたくない気分だった。

メアリ　わたしの激怒だなんて！ わたしが激怒

したことがある？

キャサリン　あんた特有の激怒ね。わめいたりはしないけど——口やかましくて冷淡になる。

メアリ　それは激怒とは言わないわよ。激怒のうちには入らない。

ダイアナ　メアリの激怒だよ。キャサリンが言ったように、あんた特有の。それが怖いわけじゃないからね、言っとくけど。でも、わめかれるよりたちが悪い。

メアリ　あなたたち二人の言ってる意味がわからないわ。アリス、わたしが激怒したことがあって？

アリス　えっとその、はい。こう言っては失礼ですけど。お嬢様が〈黄金の夜明け団〉があたしとホームズさんにしたことを知ったとき——

キャサリン　ちょっと、よしてよ！　そのことに触れる前にまだ章立てがあるんだから。ほんとにもう、あんたたちは誰ひとりとして語りのタイミングってものを理解してないのね。

メアリ　それに、もうわたしのことをお嬢様って呼ばなくていいのよ、アリス。

アリス　あ、はい。ときどき忘れちゃって。すみません、お嬢様——いえ、メアリ。

ウィギンズが扉を開けた。「バスター、カートライトに下に降りてくるように言ってくれるか？　奴に見てほしいものがあるんだ」

扉の隙間から、バスターとデニスとチャーリーがおずおずと部屋のなかをのぞきこんでいるのが見えた。彼らはダイアナとウィギンズが殴り合いでもすると思っていたんだろうか？　ウィギンズがそんなばかなことをするわけないのに！

しばらくすると、カートライトがバタバタと三階から降りてきた。眼鏡をかけた頭がもじゃもじゃの小柄な少年だった。

「カートライト！　鼻にジャムがついてるぞ。いったい何をしてたんだ？　まるでサーカスのピエロじゃないか」ウィギンズは咎めるような口調で言った。

カートライトは袖口で鼻を拭った。「すみません、ウィギンズさん」少年はおろおろしたように言った。

「三階にいる仲間たちとお茶を飲んでいたんです」

「さあ、ここにある住所を特定してほしいんだ。なんなら三階に持っていって地図を調べてもいいぞ」

カートライトはちらっとリストを見下ろした。「その必要はありません。よく知ってるところです。ライムハウスの波止場のそばですよ。どれもアヘン窟です。あ、そんなことは看板に出しちゃいませんけど——いくつかは倉庫やふつうの店のような見かけで営業してます。でもなかに入れば間違いなくアヘン窟です」

ダイアナはにんまりした。「おやまあ。するとドクター・ワトスンはそんなところに偉大な探偵さんを捜しにいったってわけだ！　いつも取り澄まして礼儀正しいあの人をね。きっとこの場所のどこかであの人がアヘンのパイプを吸ってるのを見つけ出すことになるよ。メアリに言いつけてやるから！」

ウィギンズははっとしたようにダイアナを見た。

「そのためだったのか？　もしホームズさんを捜しているのだと聞いていたら、リストを見るなり破り捨ててたぞ。ホームズさんはしばらく姿を消すが捜さないようにとおれたちに指示を出していたんだ。たとえ誰に訊ねられようと——たとえドクター・ワトスンであっても！　なんでも、とても重要で、ひどく危険なことだという話だった。ダイアナ、そのリストをよこせ！」

「やなこった」ダイアナは紙片を丸めて口のなかに入れた。「取り上げようとするんならね、ビル・ウィギンズ、あんたが豚みたいに悲鳴をあげるまで串刺しにしてやるから、見てな！」ダイアナはすでに小ぶりのナイフを握っていた。壁を背にして、取り上げられるくらいなら自分が死ぬか、いっそのこと相手を殺す覚悟でいた。もちろん、リストの住所はまだ吸い取り紙に残っているのだから、ジュスティーヌがもういちど書き写すこともできる——だけどこれは物の道理というものだ。ウィギンズがダイアナに何をすべきか指示することはないのだ、絶対に！

ジュスティーヌ　ああ、だからそのあとリストを見せてくれたときに紙がぐしょぐしょに濡れていたのね！　インクじゃなくて鉛筆で書き写しておいてよかったわ。

メアリ　どうしていつもあなたはとても考えつかないような嫌なやり方でしか物事を運べないの？

十五分後、ダイアナはチャーリーを傍らにともなってソーホーの通りを歩いていた。ポケットのなかには住所のリストと、カートライトが手書きしてくれたそれぞれの道案内、それから彼が赤い×印をつけてくれた地図が入っていた。ダイアナはウィギンズのような強情な相手に対しても、やろうと思えば十分に物をわからせることができる。メアリはホームズ氏の個人秘書なんだから——ベイカー街遊撃隊にどんな規則が課されようと、メアリには関係ないはずでしょ？　ウィギンズがついに折れたように、ホームズ氏は少年たちには行方を追うなと言ったものの、アテナ・クラブについては何も言っていなかったのだ——というわけで、ダイアナ、もうナイフを下ろしてくれる？　ダイアナのナイフはウィギンズの喉仏をくすぐっていた。

メアリはきっと感心するだろう！　もちろん、メアリはけっしてダイアナの賢さに十分に感じ入ることはなかった。

「あたしがルシンダ・ヴァン・ヘルシングをどうやって精神科病院から救い出したか聞きたい？」ダイアナ

はチャーリーに言った。

チャーリーの賞賛のまなざしと、「えっ、ほんとかい?」という即答、それがダイアナが求められるすべてだった。

ダイアナは知らなかった。知る由《よし》もなかった。今いる場所からそう遠くないところ、ソーホーの入り組んだ通りのどこかで、アリスが地下室の床に座ってパンの皮をかじり、薄いお茶を飲んでいることを。手提げランプの薄明かりが、足首につけられた足枷と壁に固定された足枷の鎖を照らし出していた。

あの音はなんだろう? 廊下に響く足音がこちらにやってくる! アリスはパンを口のなかに押しこんで、味を感じなくていいようにできるだけ早く嚙み、お茶を飲み干した。それから寝床にしていた薄いマットレスの横の壁に這っていくと、膝を両腕で抱えこんだ。壁を背にしたからといって守られるわけではないが、なんとなく安心できた。

足音はアリスが閉じこめられている部屋の前で止まった――またあいつらがやってきたんだ。アリスはすでに二度、協力することを断っていた。鍵がまわる音がする。三度目も断ったら奴らにどんなことをされるのだろう、とアリスは思った。

4

〈黄金の夜明け団〉

地下室の扉がいつものようにぎしぎしと音を立てて開いた。ミセス・レイモンドがなかに入ってきた。アリスは続いてモリアーティ教授と名乗った男が入ってくるものと思った。その男を初めて見たのは自分の寝室で物音と明かりに気づいて目覚めた夜だった。刺激臭のする液体を染みこませた布切れで鼻をふさがれ、意識を失った夜だ。

アリスはこの地下室で寝間着姿のまま意識を取り戻したが、すでに鎖につながれていた。床には横になるためのマットレスが敷かれ、体をくるむためのちくちくする毛布があり、鎖がぎりぎり届く部屋の片隅に尿瓶が置かれていた。室内の明かりは壁にかけられた手提げランプだけで、食事を運んでくる女がときどき灯油を補給した。部屋の壁と裸足の足の裏に煤《すす》の筋がついていることから察するに、この地下室は石炭庫だったようだ。いったいどれくらいこの地下室にいたのかはっきりとはわからなかった。窓がないので夜なのか昼なのかもわからなかったのだ。

女が定期的に朝食と思われるお粥《ポリッジ》とお茶を、やがて夕食と思われるパンと屑肉が浮かんだ水っぽいシチュー、そしてまたお茶を運んできた。薄いお茶でミルクも砂糖もなかったけれど、アリスは待ちかねたように飲んだ。一度、女がリンゴのタルトを一切れ持ってきたときには泣きそうになった——ミセス・プールの作るリンゴのタルトの味がしたのだ。もっとも、女が持ってきたタルトには胡桃《クルミ》が入っていて、ミセス・プールは胡桃を使ったことはなかったのだけれど。そのタルトを食べてどんなにパーク・テラスの家が恋しくなったことか！　厨房メイドにすぎないけれど、それでも家は家だ。

アリスは何度か女に話しかけようとしてみた。女はちゃんとした召使の恰好をしていて、おそらくは家政婦かメイド頭のようだった。だが女は首を横に振るだけだった。一度、彼女は申し訳なさそうな笑みを浮かべてこう言った。「英語、だめ《ノー・アングリッヒ》」あきらかに外国人のようだった。食事を置いてしまうと、いつも逃げるように部屋を出ていった。おびえたような目をしていた。

ほかに地下室を訪れてくるのはミセス・レイモンドとモリアーティ教授だけだった。二人はこれまでに二度、ここに来た。二度とも教授はおなじことを言った。

「きみがわれわれの企てに協力するのなら、リディア、すぐにここから出す――上の階でわれわれに加わり、われわれの仲間として扱おう。きみの母親の娘だというところを見せてくれ」ミセス・レイモンドは彼女がそう言っているとおり、ほんとうに自分の母親なのだろうか？　ミセス・レイモンドは実際に彼女自身の催眠能力を使ってみせて、アリスの創り上げた幻影を煙のようにかき消してしまった。でも、母親ならば娘にこんな扱いをするだろうか？

リディア・レイモンド。どうやらそれが自分の名前らしい――その名前で洗礼を受けたのだ。彼らはアリスにリディアであることを望んでいる。でも、自分はリディア・レイモンドじゃなかったし、断じてリディア・レイモンドなんかになるつもりはない。たとえどんな拷問を受けようとも――もっとも今のところ、実際の拷問はされていないけれど。ただ何時間も退屈な時間を強いられ、足に重い鎖をつながれているだけだ。

アリスが好んで読むような本、安っぽい紙に印刷されて新聞の売店で一ペニーで売っているような本では、若く美しい乙女がしょっちゅう囚われの身となっていた。ミセス・プールにはよくそんなばかげた本を読むのはやめるようにと言われていた。「現実とはかけ離れた話ですよ」アリスはミセス・プールが正しかったと認めざるをえなかった。誘拐されるのは、ああいう本に書いてあるようなわくわくすることでもなければ恐ろしいことでもなく、ただ退屈でつらいだけのことだ。一日じゅう座っているのにも、鎖が許す範囲をぐるぐる歩きまわるのにも、もううんざりだ！　体だってどこもかしこも汚れている。それににおいもする。

自分を慰めるために、小さな幻影を創り出してみることもあった——ときには小川の流れる森の木立のなかに座っていた。風が頭上の木々をそよがせる音が聞こえ、鳥のさえずりが雨粒のようにふりそそいできた。そうしていると、リージェンツ・パークを散歩しているときのことが思い出された。ときにはおとぎばなしに出てくる宮殿のなかに座り、庭園を望む窓や、あちこちに置かれた繊細な着色がほどこされた家具、百本の蠟燭《ろうそく》を灯した天井のシャンデリアを眺めた。その幻影はミセス・プールがウェストエンドの劇場に連れていって観せてくれた舞台版〈シンデレラ、または小さなガラスの靴〉から着想を得たものだった。「基本的に演劇というものには賛成しかねますけどね」ミセス・プールは言ったものだ。「シェイクスピアかおとぎばなしだったら、アリス、あなたのような女の子にも害はないでしょうから」一度、パーク・テラス十一番地の厨房の幻影を創り出そうとしたこともあった。黒い鋼鉄製のコンロ、ミセス・プールがペストリーの生地を延ばす長テーブル、広々とした流し台……ところがそれらの光景を目にするとどうしようもなく悲しくなって、催眠波がかき消されてしまった。家のことはあまり考えないに越したことはないのだ。

ミセス・プールはアリスが姿を消したことをどう思っているだろう？　アリスが姿を消したのはこれが初めてではなかった——ミセス・プールはアリスが逃げ出したと思うだろうか？　それに遥か遠くヨーロッパにいるメアリお嬢様はどうだろう？　なんの予告もなしにいなくなったことで腹を立てるだろうか？

この点においても、一ペニーの本は見当外れだった。ハンサムな若いヒーローが救い出しにきてくれることなんてないのだから！　自分で自分を救い出す方法を考えなくてはいけない。

つぎにモリアーティ教授がやってきたら、彼の企てがどんなものにしろ、協力すると言うつもりでいた。もちろんそれは嘘だ――彼を手伝うつもりなどない。でも少なくともこの地下室から抜け出すことはできるだろうし、そうすれば何がどうなっているのか、どうして彼らが自分を誘拐したのか、もっとよく知ることができるだろう。メアリならきっとそうするはずでは？

ところが今日、部屋に入ってきたのは教授ではなかった。ミセス・レイモンドと一緒にやってきたのは女性だった――背が高くてとても美しい人で、色白の顔に豊かな黒髪を最先端のスタイルで頭のてっぺんに結い上げている。黒いウォーキング・スーツを着て、帽子がまだ髪にピンで留めてあった。到着したばかりで脱ぐ暇もなかったようだ。羽根飾りが顔まで垂れ下がり、頰に触れそうになっていた。片手にまだ手袋を握りしめている。

「まあ、なんてことでしょう！」その女性が言った。「あなたたち二人は何を考えているの？　この種のことはいかにもモリアーティが考えつきそうだけれど、あなたはもっと分別があるはずでしょう、ヘレン。実の娘なのに！」

女性は地下室に入るとアリスのもとに歩いてきた。アリスは思わず背後の壁にあとずさりした――怖かったというより、驚いたのだ。

「愛しいリディア、心からお詫びするわ。わたしがここにいれば、こんな恥ずべき扱いを受けずに済んだのに。いらっしゃい、足首を見せて。足枷だなんて！　こんなのばかげてるし不必要だもの。さあ、錠を外してあげるわ」

女性は手入れされた華奢な手に持っていた鍵を使ってアリスの足首から足枷を外した。

　ああ、あの重さから解放されてどんなに心地いいことだろう！　足首がひどくむず痒《がゆ》かった。足枷が嵌められていたところは赤くなっていて、皮膚がこすれて剝けていた。

「掻いちゃだめよ」女性が言った。「コールドクリームを塗ってあげますからね。さあいらっしゃい。立てる？　体がこわばってしまったでしょう！」

　ミセス・レイモンドは眉をひそめた。「ほんとうよ、マーガレット、この子に危害を加えるつもりはなかったわ。ただこの子を説得しようとして――」

「こんなやり方でうまくいくと思ったの？」マーガレットという名前らしい女性が信じられないというように首を横に振った。

　ミセス・レイモンドは不満そうな顔をした。「リディア、こちらマーガレット・トレローニーよ。どうやら彼女はわたしがあなたを虐待していたと思いこんでいるようよ。それでは、マーガレットが言うようにしてみましょう。わたしは行動を指図されることに慣れていないけれど、彼女が間違ったやり方だというなら、彼女の方法を試してみましょう。さあ、マーガレット――あなたに従うわ。わたしよりいい結果が出せるかどうか見てみようじゃないの！」

　ミス・トレローニーは笑みを浮かべた。「あなたはムチが過ぎるのよ、ヘレン。わたしはアメの賢い使い方を心得ているわ」

　アリスは二人の女性をじっと見た――ミセス・レイモンドは白髪まじりの髪をネットにまとめ、いつものようにいかめしい顔をしている。一方、マーガレット・トレローニーと紹介された女性はまるでファッション誌から抜け出してきたようだ。この女性は何者なのだろう、なぜミセス・レイモンドやあの教授と関わっているのだろう？　でも今はそんな質問をしている暇はない。ミス・トレローニーはアリスの手を取って言った。「いらっしゃい。足首を診てあげるわ。それから上に行きましょう」

石炭庫で意識を取り戻したので、アリスは自分がどこにいるのかわからなかった。たぶん、まだロンドンのどこかだろう――どうしてミセス・レイモンドとあの教授が自分をどこかよそに移すわけがあるだろう？　でも、もちろんはっきりとはわからない。

ミス・トレローニーに手を引かれて監禁されていた部屋の外へ出るとすぐ、アリスは前に来たことのある場所だわと思った。入口と突き当たりにそれぞれ半月形の窓がある長い廊下には見覚えがあった。どちらか一方には広い厨房があり、もう一方には執事が使う配膳室があるはずだ。厨房には階上の部屋に通じる給仕用エレベーターが二機あるはずだ。キャサリンと一緒にそのエレベーターを使ってセワード医師と彼の仲間のレイモンド博士、そしてミスター・プレンディックの会話を盗み聞きしたから知っている。あのとき彼らは錬金術師協会のイングランド支部の再建について話し合っていた。ここはおなじ屋敷なのだろうか？　とは言っても、ロンドンの特定の地区にある家々はよく似通っているのだ。

ミス・トレローニーはアリスを連れて廊下を進むと厨房に入った。アリスに食事を運んでくる女が調理中だったが、はっとしたように顔を上げた。スーツ姿の男がテーブルに座ってパンとチーズを食べていたが、立ち上がって何か言った――何語を話しているのだろう？　アリスには理解できなかったが、男の身なりと物腰から察するに、彼が執事であることはあきらかだった。それに例の女が家政婦兼調理人であることもわかった。「お座りなさい《ゼッツェン・ズィー・ズィッヒ》、マンデルバウム、お座りなさい《ゼッツェン・ズィー・ズィッヒ》」ミス・トレローニーが言った。男はうなずくと、椅子に腰かけて食事を再開し、濃い眉の下から物珍しそうに三人を見つめた。

「ここに座って」ミス・トレローニーがアリスに言い、厨房の椅子を引き出した。「ミセス・マンデルバウムに救急箱を持ってきてもらうわ」そう言うと家政婦にさっきの外国語とおなじように聞こえる言葉で何かを言ったが、ミセス・マンデルバウムは理解できていないようだった。男が家政婦のほうを向き、何事か説明した——おなじ外国語なのか、べつの外国語なのか？　男の名前もたしかマンデルバウムだった。ということは、二人は夫婦なのだろうか？　なんだかとても込み入ってきた。ミス・トレローニーはかがみこんでアリスの足首をつかんで持ち上げ、家政婦に足枷のせいでできた痣を見せた。ミス・トレローニーは足首に何かをつける仕草をしてみせた。

家政婦はうなずき、戸棚の一つに歩いていくと、大きなブリキ缶を引っぱり出した。ミス・トレローニーはそのなかからアルコールの瓶と巻かれたリネン、そしてコールドクリームの瓶を取り出した。ミセス・レイモンドは眉をひそめて見下ろしていた。

アルコールがひどく足首の皮膚にしみたが、コールドクリームを塗られるとやわらいでいくような気がした。足首にしっかりと包帯を巻くと、ミス・トレローニーは言った。「さあ、これでいいわ。いらっしゃい。あなたの部屋に案内するわ」アリスは少し足を引きずりながらミス・トレローニーのあとについて階段を上り、一階に行った。ミセス・レイモンドは二人のあとを歩いてきたが、まだむっつりとして不服そうだった。

そうだ、ここはたしかに錬金術師協会のイングランド支部だ。アリスはいまや確信を持っていた。でも、最後に来たときからすっかり様変わりしたようだ。あのときは薄明かりが窓に貼られた板の隙間から差しこんでいた。何もかもがうっすらと埃をかぶっていた。あきらかに、この建物は長いあいだ使われていないようだった。ところが今は、レースのカーテンを通して陽射しが差しこみ、ダマスク織の厚いカーテンはきれいに洗ってあった。何もかもが埃を払われていた——木製のテーブルはぴかぴかだし、金メッキの絵の額縁はかすかに光沢を放っている。どれも醜い絵だ、とアリスはミス・トレローニーのあとについて玄関広間を歩きながら思った。たいていは鬘をつけた男の絵で、おそらくは前世紀の錬金術師協会の会員たちだと思われた。イングランド支部はそのくらい古くからあったのだろう。

屋敷にはあいかわらずひと気《け》がなく、静けさがすみずみまで広がっているようだったが、玄関から広い談話室の前を通りかかったとき、葉巻のにおいがして、男たちのくぐもった話し声が聞こえた。

三人が部屋の前を通ると、一人の男の声がなかから呼びかけた。「ミス・トレローニー、きみかい？」

ミス・トレローニーが急に立ち止まったので、アリスは危うく彼女にぶつかりそうになった。「なんの用かしら？」ミス・トレローニーがミセス・レイモンドに、かろうじて聞き取れるくらいの小さい声で言った。

「調子を合わせておくのがいちばんよ」ミセス・レイモンドも小声で答えた。

ミセス・トレローニーはいらいらしたようにため息をついた。「いらっしゃい」アリスに言った。「長くはかからないわ。終わったらあなたの部屋に行って、あなたがお風呂に入れるように手配しましょう」

ミセス・トレローニーはアリスの手を引いて談話室に入った。ミセス・レイモンドが二人に続いた。暖炉のまわりに置かれた肘掛け椅子から三人の男が立ち上がった。もっとも、暖炉には火がおこされていなかったが。一人の男がミス・トレローニーのほうにやってきた。

「まあ、ドクター・セワード」ミス・トレローニーは片手を伸ばし、相手が差し出した手を握って振った。ミス・トレローニーの声は甘ったるく、朗々として優しげだった。アリスは驚いて彼女のほうを見た。その顔には笑みが浮かび、相手の男に会えたことを喜んでいるかのようだった。すると、この男がセワード医師らしい。パーフリート精神科病院の院長であり、ヴァン・ヘルシング教授が娘のルシンダを使って実験をおこなうのを手助けした男！　そしてアーチボルドをアリスが閉じこめられていたのとおなじ石炭庫に監禁していたのもこの男だ。アリスは怪訝そうにセワード医師を見た。いたってふつうの男だ――平均的な身長で、濃くも薄くもない茶色の髪は生え際が後退しつつある。そしてこれといって特徴のない顔。悪魔のような男がこんな平凡な見た目だなんて、なんだか不思議だ。

「またお目にかかれるなんてすてきですわ」ミス・トレローニーはほかの二人の男のほうを向いて言った。「ゴダルミング卿、今日もお会いできてうれしゅうございます。こちらがお友達のミスター・モリスですね。アメリカの冒険家だとすぐわかりましたわ」ゴダルミング卿が会釈をした。ハンサムな男で、こめかみに白いものが混じりはじめた金髪に、爪ブラシを思わせる口髭を生やしている。一緒にいるのがミスター・モリスなのだろう。すると、アメリカ人というのはこういう人たちなのだ！　濃い茶色の巻き毛は肩まで伸び、『鏡の国のアリス』に出てくるセイウチを思わせる長い口髭を生やしている。上着とズボンは革製で、革の房飾り《フリンジ》がついている。腰には長い鞘《さや》をぶらさげている――鞘の先からナイフの柄《え》が突き出ているのが見えた。すごく大きなナイフに違いない！　ずいぶんと芝居がかった恰好で、アリスは思わず笑いそうになった。ロンドンを歩きまわるのに適した服装とは言えない。顔は日に焼けて、青い目の端には皺が寄っている。この男が葉巻を吸っていたようで、今は灰皿に置かれている。

「ごきげんよう、お嬢ちゃん」ミスター・モリスがアリスに言った。アリスは何も言わずに相手をじっと見た。

「こちらはわたしの娘のリディアです」ミセス・レイモンドが言った。

アリスは驚いてミセス・レイモンドのほうを向いた。誰かの娘だと紹介されたのは生まれて初めてだ！　だが、アリスはミセス・レイモンドの身なりを見てさらに驚いた。白髪混じりの髪は消えていた――かわりに真っ黒な髪を上品なまとめ髪にしていて、地味な灰色のドレスは波紋のある絹のアフタヌーン・ドレスに変わっていた。おなじ灰色ではあるが、腰まわりと袖口にレースの飾りがついている。ミス・トレローニーと姉妹だと言っても通じそうだ！

アリスが寝間着姿であることを恥じてうつむくと、自分の服装も奇跡のように変わっていることに気づいた。青い絹地のドレスに白いローン地のエプロンをつけ、足元にはボタン留めのブーツを履いている。こんな服を身につけるのは生まれて初めてだ！　厨房メイドにはもったいないドレスだし、こんなエプロンをつけて何ができるだろう？　これをつけて日々の仕事をこなしたら、たちまち破けてしまうだろう。でも、どれもほんものではない――裸足の足の裏にまだ床板の感触があった。

「お会いできて光栄です、ミス・レイモンド」ゴダルミング卿がアリスに向かってお辞儀をした。アリスはばかにされているのかどうかわからなかった――真剣そうに見えるけど？　紳士はリディア・レイモンドのような年若い淑女にはお辞儀をするものなのだ。「あなたがたは午後に開かれる会合のためにここにそろっていると見受けましたが？」

「もちろんですわ」とミス・トレローニー。「ほかにどなたがお見えになりますの？」

「あとはハーカーとレイモンドだけです」セワードが言った。「のちほど散策する時間はありませんか？　この地区は感じがいいとは言えませんが、公園がありまして……」

アリスは思わずびっくりした顔つきでセワードを見た。彼が言ったレイモンド博士とは、レイモンド博士に違いない！　つまり、レイモンド博士はミセス・レイモンドやモリアーティと関わりがあるのだ。どうやらほんとうに危険な場所にいるようだ。幸運にも、いまこの瞬間は、誰もアリスに関心を払っていないようだった。

「残念ですけれど」ミス・トレローニーが言った。「ミセス・レイモンドとわたしはやることがたくさんありまして――おわかりのことと思いますが」そう言うとまたセワードにほほえみかけた。だがアリスはその笑みにはいくらか軽蔑がこめられていると思った。セワード医師は気づいただろうか？　そうは思えない。

ミス・トレローニーがもう一方の手をミスター・モリスに差し出すと、彼は褐色の大きな手でその手を握った。「地球の隅々まで旅をしてきた方にお会いできるなんて、とてもうれしいですわ。ディナーのときにもっと旅のお話を聞かせていただけますかしら。相席になるように手配しますわね？」

ミスター・モリスはミス・トレローニーの手の真上でお辞儀をし、このうえなくうれしそうな顔をした。セワード医師はそんな彼を睨みつけていた。

「いらっしゃい、リディア」ミセス・レイモンドがアリスの片手をつかんで引っぱり、廊下に下がった。もはやミセス・レイモンドのようには見えない。まだ彼女のことをミセス・レイモンドだと思うべきなのだろうか？　でも、母親だとも思えない。

アリスは二人の女性に両脇から引っぱられているような気がした。うっかりして、ミス・トレローニーのことを廊下に引っぱり出してしまった。

「彼らを挑発しなければいけないの？」三人が廊下に出ると、ミセス・レイモンドが訊ねた。ミス・トレローニーはひとりで笑っているようだった。

「分断攻略というものよ、ヘレン」と、笑みを浮かべながら答えた。セワード医師に向けたのとおなじ媚びるようなほほえみだったが、今度はちょっと不吉な影が差していた。いったいこの屋敷では何が起こっているのだろう？　また錬金術師協会が動き出しているのだろうか？　きっとそうだ――つまるところ、ここは協会のイングランド支部なわけだし、遅れてやってくるというレイモンド博士はイングランド支部の支部長だったのだから。でも、モリアーティ教授は錬金術師協会とどんな関係があるのだろう？　それにほかの男たち――ゴダルミング卿、ミスター・モリス、それから彼らがミスター・ハーカーと言っていた男は何者なのだろう？　彼らも錬金術師なのだろうか？

アリスはおびえていた。そうはいっても、アリスの人生におびえはつきものだった――孤児院ではお腹がぺこぺこだからといって小さな女の子たちから食べ物を盗む年長の女の子たちにおびえた。ミセス・プールに自分が田舎の家庭で育ったちゃんとした女の子ではなく、ただの孤児だとばれるのではないかとおびえた。メアリが使用人を解雇したときには、ロンドンの通りで飢え死にするのではないかとおびえた。あの倉庫ではベアトリーチェの毒で死ぬのではないかとおびえた。アリスにとって恐怖はおなじみのもので、着古した外套のようにしっくりなじんでいると言ってもよかった。それに、恐怖にくわえて心から好奇心を覚えてもいた。ここで何がおこなわれているのだろう？　どうして自分は誘拐されたのだろう？

アリスはミス・トレローニーに続いて階段を上った。上階の廊下には陽射しがふりそそいでいた――正午近くに違いない。三人は両脇に閉じた扉が並ぶ廊下を歩いた――これらは寝室のはずだ。アリスは最後にここに来たときのことを思い出した。すると、ある部屋からかすかにうめき声が聞こえてきた。どの部屋だろう？

「歩きなさい、リディア」ミセス・レイモンドが冷ややかな声で言った。一瞬、アリスは足を止めていて、ミセス・レイモンドが危うく彼女にぶつかりそうになったのだ。

アリスは素直に従い——心のなかで、自分はけっしてリディアではないと固く思っていた——足を踏み出すと、ミス・トレローニーのあとについて廊下の突き当たりまで歩いていった。そこにくると、ミス・トレローニーが最後の部屋の扉を開けた。

「あなたの部屋はわたしの部屋の隣よ。何か必要なものがあったら壁を叩きなさい。もしわたしが部屋にいたら、すぐにあなたのところに行きますからね」ミス・トレローニーは元気づけるようにアリスにほほえんだ。そしてアリスの手を引いて部屋に足を踏み入れた。

広い部屋ではないが明るくて風通しがよく、白いレースのカーテンが引いてあった。アリスが最後に見たときにはどの部屋も殺風景だったのに、今は真新しいリネンがベッドの上に用意してあり、本が詰まった本棚の上には花が活けられ、本棚の横には座り心地のよさそうな読書用の肘掛け椅子が置かれていた。衣装戸棚、整理簞笥、それから洗面台と、部屋には家具がそろっていた。

ミセス・レイモンドはアリスに続いて部屋のなかに入ると、衣装戸棚のほうに歩いていって扉を開けた。なかにはドレスがずらりと並んでいた。ミセス・レイモンドはそのなかから、ちょうど先ほどエネルギー波でアリスのために呼び起こしたのとおなじような青いドレスを取り出した。

「今日はこれがいいわ」ミセス・レイモンドが言った。「会合のために、きちんと身なりを整えなくては」

アリスは自分の服を見下ろした。汚れた寝間着姿に戻っている。だがミセス・レイモンドはまだ灰色の絹地のドレス姿で、髪も豊かな黒髪のままだった。どちらがほんもののミセス・レイモンドなのだろう？　アリスにはミセス・レイモンドの頭上にエネルギー波が渦巻いているのが見えた――マーティンがその見方を教えてくれたのだ。ミス・トレローニーの頭上にも見えたが、ほんのかすかなものだった――たいていの人、つまり催眠術師ではない人たちは、その程度のエネルギー波しか持っていないのだ。ところがミセス・レイモンドは――そう、地下室で初めて会ったときから彼女が催眠術師であり、マーティンより強いエネルギーの持ち主であることはあきらかだった。ミセス・レイモンドを幻影でごまかすことはできない。

「廊下の突き当たりに浴室があるわ」ミス・トレローニーが言った。「ギトラにお湯とタオルを持ってこさせますからね。あなたがお風呂に入れるように彼女が案内してくれるわ。お風呂に入ったら、ヘレンが――あなたのお母さんが――選んだすてきなドレスに着替えるのよ。いいこと、できるわね？」

「はい、ミス」アリスが言った。それはアリスがひさしぶりに――いったい何日ぶりだろう？――口にした言葉だった。錆びついた蝶番のような声だった。

「マーガレットと呼んでちょうだい。あなたとはいいお友達になれると思うわ。さあ、あなたのお母さんとわたしはいくつかやることがあるの。二時間ほどしたらまた会いましょう」

「わかったの、リディア？」とミセス・レイモンド。「お風呂に入って着替えを済ませるのよ。あなたの出席が必要になったら迎えにきます」

「はい、わかりました」アリスは答えた。ミス・トレローニー――マーガレット――はもっと親切な言い方をしたのに！　少なくともこちらに命令しているようなそぶりは見せないで、何かの会合のために支度をするよう頼んだのに。いったいどんな会合だろう？　それにどうして自分が出席しなければいけないのだろう？

ミセス・レイモンドは何も言わずにうなずいた。やがて、背後で鍵がかけられる音がした。またもやアリスはひとりぼっちで閉じこめられたわけだが、少なくともずっとましな環境だった！　さてどうしよう？　アリスがほんとうにしたかったのは、ベッドに横になってカバーにくるまり、泣くことだった。でも、そんなことをして何になる？　最後に誘拐されたときには、メアリが助けにきてくれた――そう、実際にはジュスティーヌとベアトリーチェを助けにきたのだけれど、結局はアリスのことも助けてくれた。今回は誰も来てはくれない。メアリとアテナ・クラブのメンバーたちは遥か遠くヨーロッパにいる。地球の裏側にいるのも同然だ。ホームズ氏は捜査中で出かけている――もう戻っているだろうか？　でもたとえ戻っていても、きっと厨房メイドの行方を追うより時間を割くべき重要なことがあるはずだ！　名探偵が自分を探してくれるとは思えない。アリスはいつも自分が取るに足りない存在であることに居心地のよさを感じていた。ただの厨房メイドでいるかぎり、安全でいられる。誰にもわずらわされることはないし、多くを求められることもない。そう、こうしてリディア・レイモンドになってみると、あるいはあの人たちにそうだと言われてみると、まったく安全ではなくなってしまった。ミセス・プールが何かしてくれるだろうか？　でも、ミセス・プールに何ができるというのだろう？　スコットランド・ヤードに行って厨房メイドが誘拐されたと相談したところで、きっと厨房メイドが雇い主のもとから逃げ出すことなど日常茶飯事で、新しいメイドを探せば済む話だと言われるだけだろう。そもそも、いったい誰が厨房メイドを誘拐するというのだろう？　誰が厨房メイドなんかを欲しがるだろう？　ロンドンにはアリスのような少女がごまんといて、床や流しや皿を磨くこともできるし、スープをかきまぜ、ケーキが焦げないように見張っていることもできる。アリスにはこれといって個性がない――催眠術の能力をのぞけば。どうやらその能力のおかげでこんなトラブルに巻きこまれているのだ！

アリスは結局ベッドに横たわり、ほんの少しのあいだ思いきり泣くことにした。

それは一分以上続いた。こんなに激しく泣いたのは、ジキル夫人のお葬式の夜、メアリが使用人たちに解雇を言い渡した夜以来だった。あのときアリスは、これから自分は通りで暮らすことになるか、孤児院に戻ることになるかのいずれかになるとわかっていた。あれほどひとりぼっちだと感じたことはなかった。そして今、アリスはあの夜とおなじくらいひとりぼっちだった。でも違う。自分は完全にひとりぼっちではない。遠くにいるとはいえ、友達がいる。それに、あのときの自分ほど道を見失ってもいないし、自信がないわけでもない。なんと言っても、些細な役割ではあるけれど、あの倉庫からの脱出劇に関わっていたのだ。それにキャサリンがアーチボルドを救い出すのを手伝いもしたではないか？　二月が来れば十四歳、ダイアナとおない年になる。ダイアナのしたあれこれを考えてみれば！　もちろん、ダイアナのようになりたいわけではない。ダイアナはみんなをうんざりさせているから。それでも、今の今、鍵をこじ開ける技術があったらどんなに役立つだろう！

ううん、アリスがほんとうになりたいのはメアリのような人だ。

ダイアナ　いったい誰がメアリのようになりたいなんて思うわけ？　メアリはとんでもなく退屈だよ。

メアリは合理的だ。メアリは問題を構成している要素を分解して、ひとつずつ解決できる。じゃあ、中心となる問題とはなんだろう？　まずはここを脱出することだ。それは窓か扉からだろう。アリスは立ち上がって窓のほうに歩いていった。窓から地面までは壁が切り立っているだけで、足がかりになりそうなものは何ひとつない。蔦が生えているわけでもないし、自分はダイアナみたいな猿娘《モンキー・ガール》でもない。扉のほうを試してみたが、がっちりと鍵がかかっている。鍵は鍵穴に差さっていない――ミセス・レイモンドが持ち去ったのだろう。

扉の近くに立っていると、またうめき声が聞こえてきた――かすかではあるがはっきりと、廊下の向こうから聞こえてくる。何かほかの物音もする――ブーツの足音だ！ ミセス・レイモンドかマーガレット・トレローニーが戻ってきたのだろうか？ しばらくして鍵がまわる音がしたとき、アリスはベッドの上に足を折りたたんで座りこみ、両手で顔を覆って泣いていた――でも、今回は嘘泣きだった。誰が入ってこようと、こちらが取り乱していると思わせれば、脱出しやすくなると考えたのだ。

扉が開いたとき、アリスは指のあいだから少女の姿を見とめた。年は自分とさほど変わらないようで――たぶん、十五歳か十六歳くらいだろうか？――メイドの制服を着ていた。アリスは洟をすすり、存在しない涙を拭った。メイドの前で泣き真似をしても時間の無駄だ。それにアリスの経験上、メイドというものはほかの人にくらべて察しが速いのだ。この少女はアリスがほんとうは泣いていないことを見破ることができるかもしれない。

「こんにちは」アリスはおそるおそる言った。

「こんにちは」メイドが気さくな笑みを浮かべて返事をした。彼女の「こんにちは」はだいぶ訛っていた。濃い茶色の髪に横に張った頬骨が、石炭庫に食事を運んできた女を思い出させた。この子はあの人の娘なのだろうか？

「わたしの名前はアリスよ」アリスは急いでベッドの縁に行くと、裸足で床に降りた。「わたしも使用人なの、あなたとおなじ」

少女は首を横に振って、何やらちんぷんかんぷんなことを言った——でももちろん、どこかよその国の言葉なのだろう。まるで英語のようには聞こえなかった。

「わたし、英語だめ《ノー・アングリッヒ》」少女はもっとゆっくりとくりかえした。

「英語が話せないのね？」アリスが言った。

少女はうなずき、また笑みを浮かべた。この子と話をして同情を引くのはあきらめるしかない！

メイドは自分を指さした。「ギトラ」少女は言った。「ギトラ・マンデルバウム」なるほど、じゃあこの子はマンデルバウム夫妻の娘なのだ。母親が家政婦で父親が執事、そして娘がメイド——一家総出で使用人を務めるときによくあることだった。

それじゃ、身ぶり手ぶりをまじえてみれば——「アリスよ」アリスは自分を指さして言った。

ギトラはうなずき、外国語で何かを言うと、自分についてくるように身ぶりで伝えた。浴室に連れていくつもりなのだろうか？

案の定、ギトラはアリスを廊下の突き当たりにある浴室に案内した。浴槽にはすでにお湯が溜めてあった。その横にはギトラがお湯を運ぶのに使ったバケツが置いてあった——お湯がたっぷり溜まっているところを見ると、何往復かしたのだろう。浴槽の隣にあるスツールの上にはタオルとローブが置かれていた。ギトラは浴槽のほうを指さすと、会釈をしてから廊下に出て、背後で扉を閉めた。

アリスは耳をそばだてて聞いていたが、足音が遠のいていく気配はなかった。抜き足差し足で扉に向かい、鍵穴から外をのぞいた。やっぱりギトラはまだ外にいて、壁に寄りかかって立っていた。つまり彼女はただのメイドではない——見張り番でもあるのだ！　今のところお風呂に入る以外のことはできそうにない。そしてアリスはお風呂に入る必要があった！　こんなに汚れて、そう、それににおいまでさせていることをミセス・プールが知ったら、きっとショックを受けるだろう。

アリスはお湯に浸かった。まだ熱くて気持ちがよかった。それからタオルの上に置いてあったカスティール石鹸で体をこすった。さらに髪も洗った。すすぎのための酢はなかったけれど、水道の冷たい水でできるだけよく髪をすすいだ。

ローブを着ると汚れた寝間着をきちんと畳んで椅子の上に置き、外に向かって呼びかけた。「終わったわ！」

ギトラが扉を開け、外に出てくるよう手招きをしながら、何か理解できない言葉を発した。人と言葉が通じないというのは奇妙なことだ！　誰もかれもが異なる言葉を話しているヨーロッパで、メアリもきっとおなじ思いをしていることだろう。でもメアリには通訳してくれるジュスティーヌや仲間たちがいる。一方のアリスは通訳なしでできるだけのことをしなければならない。身ぶり手ぶりでどうにか言いたいことを伝えながら、ギトラはアリスを部屋に連れ戻し、彼女の髪をとかしてミセス・レイモンドが選んだ青いドレスに着替えさせた。ドレスに合わせたストッキングも用意されていた――なんと、縫い取り飾りのついた絹のストッキングだ！　そして、ギトラはとても立派なボタン留めのブーツを、ブーツフックを使ってアリスにしっかりと履かせた。

それが済む頃には、アリスの髪はほとんど乾いていた。ギトラはもういちど髪をタオルで軽く叩くと、三つ編みに結って先のほうを青い絹のリボンで結んだ。アリスはこんな立派な服装をするのは生まれて初めてだった。あきらかに、リディア・レイモンドは厨房メイドではないようだ！　アリスは自分がとんだ詐欺師になったような気がした。

「とてもよくお似合いですよ《シリチニエ・パンナ・ウ・ティム・ヴィグロンダ》」ギトラはアリスを眺め、自分の仕事ぶりに満足したように言った。

それからアリスはまた一人になった。ギトラは申し訳なさそうな笑みを浮かべながら扉に鍵をかけた。さてどうしよう？　ミセス・レイモンドとミス・トレローニーが呼びにくるまで、できることはなさそうだ。だからアリスは本棚を眺めた――ミセス・モールズワースの『かっこう時計』、ミスター・キングスレーの『水の子どもたち』、ミス・ミューロックの『足の悪い王子』……どれも孤児院で読んだことのある本だった。子どものためになる文学として置かれていたのだ。この部屋は子どものために用意されたものらしい。でも、子どもって誰？　しばらくすると答えがアリスの頭に浮かんできた。自分こそがその子どもなのだ。地下の石炭庫に閉じこめられているあいだ、アリスにはちょっと大きすぎる服や、アリスにはちょっと幼すぎる本を用意したこの部屋が、彼女をずっと待っていたのだ。誰がそんな計画を立てていたの？　ミセス・レイモンド？　アリスはミセス・レイモンドがこんなことを計画するとは思えなかった。でも、それじゃあほかに誰が？　孤児院にいた頃、アリスは自分がほんとうは孤児でなくて、いつかお母さんが迎えにくるのだと想像してみたことがあった。お母さんはどんな人だろう？　困窮して娘を育てられなくなった軍人の未亡人？　不名誉な事態になったことを隠そうとした堕落した住み込み家庭教師？　夢想のなかのお母さんは娘をずっと愛していて、一緒に暮らしたいと思っていたが、不運な境遇のために仕方なく離ればなれになるしかなかった。アリスは成長するにしたがい、そうした夢想を脇に追いやるようになった。そして今、そのお母さんが自分のもとにやってきた――自分を誘拐し、監禁し、モリアーティのような男に協力することを求めていた。アリスはモリアーティが、ミセス・プールが言うところの「卑劣な悪党」だということに勘づいていた。こんな状況をどう考えればいいのかわからなかった。

鍵がまわる音がしたときには、お腹がぺこぺこになっていた。やって来たのはマーガレット・トレローニーだった。黒いウォーキング・スーツ姿ではなくなっていた。身に纏《まと》っているのはとても魅力的な黒いアフタヌーン・ドレスで、アリスが思うに喪服にしては胸元がいくぶん開きすぎていた――きっと喪に服しているに違いない。そうでなければどうして黒い服を着るのだろう？　首に巻いた豪華な金のネックレスのペンダント部分には、カブトムシの形に彫られた大きなルビーのようなものがぶら下がっていた。これも不適切じゃないだろうか？　喪に服している人は、漆黒のビーズの首飾りか、亡くなった愛する人の髪を入れたロケットを身につけるものだ。だけど、そのネックレスが黒い襟元に囲まれた白い首筋に映えることはたしかだ。

「まあリディア、可愛らしいこと！」ミス・トレローニーが言った。「下に行きましょう。もうじき会合が始まるし、お茶も出るわよ――きっとあなたもお茶にしたいでしょう。ミセス・マンデルバウムにお手製の小さなケーキを出すように頼んでおいたの。少なくとも、わたしはそう伝えたわ。マンデルバウム一家はまったく英語を話せないの――まあ、ギトラはいくつか単語を知っているけれど、彼らは最近移住してきたばかりなのよ。それにわたしもポーランド語はからきしだし。でもアブラム・マンデルバウムは少しだけドイツ語ができるの――母国では学校の教師をしていたのよ――わたしは研究の手助けになるようにと父にドイツ語を仕込まれたから。いずれにしても、何か食べるものがあるわ。いいこと、あなたにしてほしいことを言うわね……」

アリスはうなずいた。ミス・トレローニーのあとについて廊下を歩きながら、アリスはマーガレットが言ったことを心のなかでくりかえした。話しかけられるまで口を開かないこと。話しかけられたら、はっきりと、でも簡潔に答えること――訊ねられた以上の情報を自分から提供する必要はない。会話を注意深く聞いて、わかったことをしっかり覚えておくこと。体力が落ちないようにちゃんと食べて飲むこと。アリスはミス・トレローニーのことを好きになるべきなのかどうかわからなかった。たしかに、彼女はミセス・レイモンドやモリアーティ教授よりはずっと親切だ――そもそも、石炭庫から救い出してくれたのは彼女なのだ。でも、ミス・トレローニーはあの二人の仲間だ。どんな仲間？　アリスには見当もつかなかった。まあ、とりあえずはマーガレット・トレローニーの指示に従って、よく聞いて学ぶことにしよう。

階段に一歩足を踏み出したとき、アリスはまた聞いた――うめき声だ。今度は背後から聞こえる。長く引き伸ばされた声。誰かが苦しんでいるようだ。ミス・トレローニーに訊ねてみるべきだろうか？　でも、マーガレット・トレローニーはすでに階段のなかほどまで降りていた。よく聞いて学べ――アリスは思い出した。聞いて学ぶことで、これまでも好ましくない状況から抜け出したことがあった。たとえば孤児院でもそうだった。誰があの哀れなうめき声をもらしているのか、あとで突き止めなければならない。

階段を降りると、ミス・トレローニーはアリスを連れて談話室に入った。フラシ天張りの椅子、暗い色の羽目板、錦織《ブロケード》のカーテン。壁には真面目くさった顔つきの年老いた紳士の肖像画が何枚かかけられてこちらを見下ろしている。火がおこしてある暖炉のまわりに集められた肘掛け椅子に座っているのは、肖像画の紳士たちよりもずっと若い紳士の一団だ。そのなかで、暖炉にいちばん近い肘掛け椅子にミセス・レイモンドが座っていた。まだ柔らかな灰色のドレス姿で、肩と腕にレースを垂らし、黒髪はモダンな髪型に結い上げてある。社交界雑誌に載っている公爵夫人のように、とてもロマンチックな雰囲気だ。

二人が部屋に入ると、男たちがいっせいに立ち上がった——アリスは男性の礼儀が表された光景にすっかり圧倒されてしまった。できることなら縮こまって小さな青い塊になり、ネズミのように部屋を抜け出してしまいたかった。ゴダルミング卿が言った。「ミス・トレローニー、よろしければこちらに」そして自分が座っていた肘掛け椅子を指さした。

「ありがとうございます」マーガレット・トレローニーはとびきり魅力的な笑みを浮かべて言った。アリスをその肘掛け椅子のほうにうながすと、隣同士になるように腰をおろした。肘掛け椅子にはちょうど二人が座れるだけの広さがあった。二人が腰を落ち着けると、男たちも腰をおろした——一人の男をのぞいて。その男はこれから演説でもぶつみたいに、暖炉の前に立っていた。

それはモリアーティ教授だった。教授は片手をミセス・レイモンドが座っている肘掛け椅子の背のカバーの脇に置いた。アリスのほうを眉をひそめて見た——あるいは、たんにこちらの方角を向いて顔をしかめているだけなのだろうか。アリスのことを見ているようには思えなかった。アリスは少したじろいだ。そう、アリスは教授におびえていた——どうしておびえずにいられる？　石炭庫で意識を取り戻し、すでに鎖につながれていたとき、そこに教授がいた。アリスに催眠能力を使ってみせるように言い、自分の指示どおりにその能力を使うことに同意するならばここを出してやると言った。マーガレット・トレローニーの手によって解放される前に、アリスは二度、協力を断った。こうしてここにいることを見られた今、教授はあの地下牢に戻るように命令するだろうか？

ところが、教授はほとんどアリスの存在に気づいていない様子だった。「レイモンドはどこだ？」教授は誰に言うでもなく言った。「四時に開始だときみが伝えたと思っていたが」今度はとくにミセス・レイモンドに向かって言った。

ミセス・レイモンドは眉を上げ、冷たく言い放った。

「伝えました。でもわたしはあの方の看守ではありませんから。あの方はここにいる誰よりも遠方からやってくるのですからね、ミスター・ハーカーをのぞいて」そう言うと一人の男に向かってうなずいてみせた——たぶん、ミスター・ハーカー？ その男は若く、ちょっと間が抜けている感じがした。「でも、はるばるエセックスからやってきたのですから、ミスター・ハーカーはきっと会合に間に合わせるために早朝の列車に乗ってこられたのでしょう。レイモンド博士はたぶんいちばん遅い列車に乗ったはずですわ——あの方はいつもそうですから」

「ここにおる」戸口から声が聞こえた。年老いた男、部屋にいる誰よりも年老いた男が部屋のなかに入ってきた。痩せていて猫背ぎみだった。禿げあがって皺の寄った額を白髪が後光のように取り囲み、凝った装飾の杖をついていた。足を引きずって歩いているところを見ると、装飾用というより実用的な杖らしかった。

「やあ、ヘレン。ゴダルミング卿。それにセワード——パーフリートから一緒にやってくるべきだったな。ところで、これはいったいなんの騒ぎだ？ ゴダルミングにおまえの目的の一部を聞いたぞ、モリアーティ。おまえの目指すところにおおむね賛成はしておる。さもなくば、わしはこの建物を貸し出したりはせん——というより、錬金術師協会はおまえに貸し出したりはせん。目下のところ、錬金術師協会の公式のイングランド支部は存在せんのだから、このわしが事実上の代表ということになる。しかしここにおる紳士たちは何者だ——そしてこの淑女たちは？」年老いた男はそこで三人の女性にお辞儀をし、アリスの顔をまじまじとのぞきこんだ。「お近づきの光栄に浴しておらんが」

年老いた男の声を聞いて、アリスはキャサリンと一緒に階下の厨房に身を潜め、レイモンドとセワードがヴァン・ヘルシングの示した錬金術師協会の乗っ取り計画について話し合っているのを聞いた日のことを思い出した。ここにいる全員が錬金術師協会の会員で、新たな悪だくみを企てているのだろうか？　ヴァン・ヘルシングはついに権力を得たのだろうか、それともメアリお嬢様とみんなで彼の計画を阻止したのだろうか？　アリスには知る由もなかった。もしこれが協会の新たな計画だとしたら、どうして自分の母親が――というよりも、この人を母親なんて呼びたくないから ミセス・レイモンドが――関わっているのだろう？

「こちらの面々はわたしの組織のメンバーです」モリアーティが言った。「ようこそ、紳士……そして淑女のみなさん」――モリアーティはミセス・レイモンドとミス・トレローニーにお辞儀をした。「〈黄金の夜明け団〉の新しい本部へ」

5　うめき声の主

「まずは紹介から始めよう」モリアーティ教授が言った。

よく聞いて学ぶ、アリスは心のなかでくりかえした。メアリみたいになろう。ちょうどメアリがホームズ氏みたいであるように。よく観察して覚えておこう。ここを抜け出したら――ここを抜け出してみせる、と固く決意していた――メアリとホームズ氏にすべてを報告できるように。アリスはわずかに身を乗り出し、談話室にいるすべての男たちの姿が見えるようにした。

モリアーティ教授が彼らを紹介している最中だった。名前を覚えておかなければ。メアリに彼らのことをどうやって説明する？

男たちを見ていると、アリスはよく読む三文小説を思い出した。その類の小説にはいつだって怪物と戦い王国を守ろうとする男たちの一団が登場するのだ。アリスは心のなかで男たちに役割を振ってみた。ゴダルミング卿は王国の貴族だ。ハンサムで、もう若くはなく、髪と口髭には白いものが混じっているとはいえ、どこか少年のような雰囲気がある。とても青い目をしている。ミスター・クインシー・モリスはアメリカ人で、アメリカ訛りだと思われるアクセントで話す。アリスは不安と戸惑いを覚えつつも、彼のフリンジのついた革製の衣装と、ベルトから下げられた大きなナイフが可笑しくてたまらなかった。アメリカ人というのはいつもこういう恰好をしているのだろうか、それとも開拓中の西部でだけだろうか？ ジョナサン・ハーカー、彼はいったい何者だろう？ 物静かでうやうやしく、髭はさっぱりと剃られている。ほかの男たちより若く、何が起こっているのか事態をよく飲みこめていない様子だ。役割を振るのはあとまわし。ゴダルミング卿のもう一方の隣に座っているのは体格のいい男で、モリアーティは彼をモラン大佐と紹介した。モリアーティに名前を呼ばれると、彼は立ち上がって暖炉のそばの主人のもとに行き、炉棚にもたれかかった。さしずめ用心棒といったところだ。上着が体になじんでいない。彼が動いたとき、上着のなかに何かが入っているのが見えた。だいたいの形と大きさから見て、拳銃のようだった。セワード医師はもちろん錬金術師で、錬金術師協会の会員にして、パーフリート精神科病院の院長だ。そしてモリアーティは首謀者。あきらかに場を取り仕切り、どう見てもこの一団の指導者だ。レイモンド博士は――うーん、彼をどう形容したらいいのだろう。セワード医師のような錬金術師だろうか？

「こちらはミス・トレローニー。亡くなられたエジプト学者のトレローニー教授の令嬢だ」モリアーティが言った。「きっとその名前に聞き覚えがあるだろう」

「いかにも」レイモンド博士が言い、ミス・トレローニーのいる方向にお辞儀をした。「お悔やみを、ミス・トレローニー、お父上の早すぎる死に。《タイムズ》で訃報を見たときには衝撃を受けましたぞ、心の底から。あのような才気あふれるお方が早逝されるとは。これでエジプト研究が大きく後退することになるでしょうな。テラ女王の墓室の埋蔵品が大英博物館で展示される予定らしいですな」

「ありがとうございます」とミス・トレローニー。「そう言っていただけて慰められましたわ、レイモンド博士」ミス・トレローニーはいつものように朗らかで上品な口調で言ったが、アリスは彼女のほうをちらっと見て不思議に思った。どういうわけか、ほんとうらしく聞こえなかったのだ。頭のまわりに見えるエネルギー波も乱れている。

「そしてこちらが」ミス・トレローニーが続けた。「あなたのお孫さんのリディアです」

孫だなんて！　突然、みんなの視線がアリスに集まった。ああ、クッションのなかに沈みこめたらいいのに。それか、ミス・トレローニーのドレスのひだのなかに身を隠せたら！　アリスは自分に注目が集まるのが嫌だった。とくに、こんな事実が明らかになったあとでは。それでも、好奇心に駆られてレイモンド博士の顔を見ずにはいられなかった。これがわたしのおじいちゃんなの？　アーチボルドを暗闇に閉じこめておくのを許していたような、残酷で無慈悲な男が？　ミセス・レイモンドが母親で、レイモンド博士が祖父……

……

「いかにも」レイモンド博士がアリスの顔をのぞきこんだ。上着のポケットから眼鏡を取り出すと――蔓がなく、ただ鼻の上に置くだけの眼鏡だ――興味深い昆虫でも観察するみたいにアリスのことをじっくり見つめた。「つまりおまえは長い年月のあと、とうとうこの子を探し当てたのだな。そしてこの子は――」

「わたしとほとんど肩を並べるくらい催眠波を操るのに長けていますし、きっといつかわたしの能力をしのぐでしょうね」ミセス・レイモンドが冷ややかな声で言った。二人が親子なら、きっと仲の悪い親子なのだろう！　ミセス・レイモンドはレイモンド博士に会ってもとくにうれしそうなそぶりは見せなかったし、父親のために立ち上がろうともせず、なんの挨拶もしなかった。するとこの二人がわたしの家族なのね、とアリスは思った。むしろミセス・プールの親戚だったらよかったのに。

ミセス・プール　そう、あなたが孤児院からこの家に来て以来、あなたを育てて訓練したのはこのわたしですからね、アリス。わたしのことを家族だと思ってくれてかまいませんよ。

アリス　ありがとうございます、ミセス・プール。わたしにとってそれがどんなに大切なことか。

ダイアナ　あたしたちだって家族だよ！　あたしたちのこと忘れないでよね。あんたはうっとうしいしおもしろくないけど、それを言ったらメアリだっておんなじだし、でもメアリはあたしの姉さんなんだから。

「ためしにこの子の能力を少しでも見せてもらえれば……」レイモンド博士はそう言ってこちらを見たが、アリスはその目つきが好きになれなかった。嬉々とした目つき？　欲深い目つき？　キャサリンだったらぴったりの言葉を知っているのに。

「今はその時でもないし、ここはその場でもありませんから」ミセス・レイモンドが眉をひそめて言った。声にはどこか軽蔑したような響きがあった。「あなたの実験の成果を観察する機会はこれからいくらでもあるでしょう。これはビジネスの会合なんです」

「しかし、どのようなビジネスです？」ジョナサン・ハーカーが訊いた。「もちろん、ゴダルミング卿がこの計画にぼくを参加させてくれたことには感謝しています。でもこれまでのところ、何を目指しているのか、それをどうやって達成するのか、ぼくにはおぼろげにしかわからないのです。もしご教示いただければ——」

「もちろんだ、ミスター・ハーカー」モリアーティが言った。「われわれが今日この会合を開いたのはまさしくそのためだ。ゴダルミング卿とわたしは諸君がわれわれの大義をしっかりと理解し、同意してくれることを確認したいのだ。これまでもいくつか手がかりを与えてはきたが——今日はすべてを説明しよう。できれば——ああ、マンデルバウムが来た」

アリスは執事が肘掛け椅子の輪の外で、ティートレイを持って立っていることに気づかなかった。でも、それこそが優秀な執事の特徴だ——気づかれないように立ち振る舞うことが。そうだ、マーガレット・トレローニーは食べるものが出ると言っていた。不安でうろたえていたので、ほとんど忘れていた。

「誰かテーブルを動かしてくれれば——」とモリアーティ。

「こちらにお願いします」とミス・トレローニー。

「わたしがお茶を注ぎますわ」

ハーカー氏が小ぶりのテーブルをミス・トレローニーの椅子の横に移動させ、彼女の手が届きやすいようにした。執事がやってきてそのテーブルの上にティートレイを置くと、給仕用エレベーターのある壁のほうに行って階下の厨房から上がってきたものを取り出した——ティーカップにソーサー、そして二つのトレイ。一つにはペストリーが載っていて、もう一つにはいろんな種類の小さなサンドウィッチが載っている。アリスは空腹を覚えながらトレイを見た。最後にまともな食事をとってからどれくらい経っただろう？

ほかのみんなはペストリーにもサンドウィッチにもとくに興味がないようだった。執事が下がって男たちとミセス・レイモンドにティーカップが行き渡ると――モリス氏はお茶を断って内ポケットから取り出したフラスコ瓶から何かを飲んでいた――ミス・トレローニーがアリスのために食べ物をお皿に盛ってくれた。アリスはなるべくゆっくり食べるようにした。ここ数日、粗末な食事しかとっていなかったから、具合が悪くなってしまうかもしれないと心配したのだ。それでも、サンドウィッチをがつがつ食べずにはいられなかった。とても美味しいサンドウィッチだった。エビのペースト入り！　エビのペーストはアリスの好物だ。それにクリームチーズとキュウリの入ったサンドウィッチもある。ペストリーは見分けがつかなかった。ミセス・プールが作るものとはだいぶ違った種類のペストリーだ。チョコレート入りのものもあるし、アプリコット・ジャム入りのものもある。

「それで」モリアーティが言った。「話はどこまでいったかな？　ああそうだ、きみたちを今日ここに集めた理由だ。ここにいる九人はそれぞれまったく異なる分野から参加している。ミセス・レイモンドとモラン大佐は何年もわたしの組織に属してきた。言うなれば、営利目的の事業のようなものだ。内々の取引で高く売れるさまざまな物を輸出入してきた。言うなれば、保守的な会社が提供できないようなサービスを提供してきたのだ。そして優秀な博士たちは」――ここでモリアーティはレイモンドとセワードに向かってうなずいてみせた――「錬金術師協会の会員で、親切にもかつてのイングランド支部の建物をわれわれに貸してくれた。ゴダルミング卿も一時期会員だったが、イングランド支部の解散にあたり、抗議のために退会した。ミスター・ハーカーはゴダルミング卿の事務弁護士で、信頼できる代理人だ。ミスター・モリスは著名な冒険家だ――彼のアマゾン探訪やアフリカへの狩猟探検についてはきみたちも耳にしているだろう。そしてミス・トレローニーは亡くなったお父上の代理として参加している。お父上はフィラエにあるテラ女王の墓を発見し、われわれの中心となる目的を達成するために必要なものをもたらしてくれた」

「それはなんです？」ハーカーが言った。まだ何が起こっているのか理解できていない様子だ。まあ、アリスも理解できていなかったが。

モリアーティはほほえんだ。アリスはモリアーティの笑みが好きになれなかった——ミセス・レイモンドの笑い方とそっくりだ。どんなに口元に陽気さをたたえていようと、それが目元には届いていないのだ。

「ミスター・ハーカー、わたしはきみとレイモンド博士、そしてミスター・モリスに〈黄金の夜明け団〉の一員になってほしいと思っているのだ。ここにいる残りの面々はすでに団員だ。ドイツ支部はわれわれを認めていないが——さよう、ちょうど今朝、われわれの組織にその名を使用するなという手紙を受け取った。しかしかまうものか。われらが一団は黄金の夜明けであり、これからもそうあり続ける。なぜならそれこそがわれわれがイングランドにもたらそうとしているものなのだから。この国と、正真正銘のイングランド男性、ならびにイングランド女性に輝かしい新たな夜明けをもたらすのだ」

モリアーティは炉棚にティーカップを置くと、うしろで手を組み、少し前かがみになった——講堂の演壇にいる男の姿勢だ。

「われわれはこの壮大な都市ロンドン、世界最大の都市、古代ローマの繁栄に匹敵する現代の都市に集まっているからには、強力な帝国の中枢にいると思うかもしれない。ところが諸君、ご存じのとおり——どなたもわかっていると思うが——われわれは侵略されているのだ。船着場を見たまえ！　ヨーロッパをはじめとする世界各地のはみだし者たちにあふれている。なんと、この都市には英語が通じない場所があるのだ！　市場には種々雑多な言語が飛び交い、種々雑多な国籍が寄り集まっている。この国を偉大な国家たらしめた純粋なアングロサクソンの血統は、もはや一部の上流階級以外のどこにあろう？　同時に、この国の若者はインドやアフリカに派兵され、異国の大地を彼らの血で濡らしているのだ。その結果どうなるか？　無論、帝国は保たれようが、その代償としてわれらが人種の純度、われらが国家の安定が損なわれている。われらが伝統が損なわれ——思うに、われらが魂が損なわれているのだ！　われわれが目指すもの——この集団の目的——はイングランドを復興させることにほかならない。英国男性——そしてもちろん英国女性のために」モリアーティはミセス・レイモンドに向かっておに辞儀をした。「諸君はゴルトンの『遺伝的天才』とのちに著した諸論文のなかで、彼が〝優生学〟と呼ぶ考えを説いていることをご存じだろう——優秀で純粋で高貴な血統のことだ。イングランドの社会はその逆方向に向かっている。つまり〝劣生学〟だ。貧乏人たちがネズミのごとく子どもを産み、移民たちがわれわれの都市を幾多の岸辺のごみ屑で満たし、イングランドの男性と女性の最良の部分はその潮流に飲まれているのだ。われわれは国境を規制しこれ以上移民や難民を受け入れないようにすべきであるし、出生を規制し優秀な者、最高の知性を持つ者だけが種族を永続させるようにすべきである——もっとも、一定数の下層階級の者には繁殖を続けさせなければいけないが。さもなくば使用人不足の問題が生じようからな！」ここでモリアーティは何かおもしろいことでも言ったように笑みを浮かべた。「われわれに必要なのは、この国がどうあるべきかという展望のために闘うことを恐れない男性の集団、生粋のイングランド人の集団だ。適切な資質を意のままに使える少数の献身的な集団が、大衆にはできないことを成し遂げることができる。スパルタ人がテルモピュライの戦いでペルシア人を撃退したように、われわれもまた、われわれを圧倒しつつある潮流を止めなければいけない。そしてここにいるわれわれはそれぞれに有益な資質を備えている――ゴダルミングは貴族院での地位と、少なからぬ財産をわれわれにもたらしてくれる。レイモンドとセワードは科学の知識を。モランはときにロンドンの裏社会と呼ばれるところに人脈があり、その人脈はすでにわれわれによく仕えてくれている。そしてモリスもまた、言うなればある一定の戦力をもたらしてくれる。そしてきみ、ミスター・ハーカー――きみの法律に関する知識もわれわれの武器の一つとなる。われわれが〈黄金の夜明け団〉の中核となるのだ。こちらの淑女たちもまた、おおいに貢献してくれよう。ヘレンよ、そろそろ実演してみせるときではないか?」

　みんながミセス・レイモンドのほうを見た。座っているミセス・レイモンドは中年の美しい女性で、黒髪にはまだ白いものも混じっておらず、白いレースが真っ白な肩から灰色のシルクのドレスの身ごろに垂れ落ちていた。ミセス・レイモンドはかすかに冷ややかな笑みを浮かべた――そして突然、姿を消した。かわりに彼女の肘掛け椅子に座っているのは――

「なんてこった!」モリスが言った。

　ハーカーは跳ねるように立ち上がり、椅子につまずきかけた。「陛下……」

　アリスはびっくりして声をあげそうになった。だが、ミス・トレローニーが警告するようにアリスの腕をつかんだ。

　ミセス・レイモンドが座っていた席から立ち上がった女性は、鏡に映った自分とおなじくらいよく見覚えのある人物だった。アリスはこれまでずっと、その顔を硬貨や切手、新聞の写真で見てきた。そこにいるのは女王陛下本人で、小柄な体を黒いクレープのドレスに包み、頭にレースのキャップをかぶり、決意と覚悟に満ちた表情を浮かべていた。歴史上もっとも偉大な帝国を支配している女性だ。

しかし——頭の上に渦巻いている催眠波を見ると、すぐにミセス・レイモンドのものだとわかった。幻影は完璧だったが、催眠術師の目は騙せなかった。

「安心したまえ、女王陛下をバッキンガム宮殿からこの部屋に連れ去ってきたわけではない」モリアーティは乾いた笑い声をもらした。「ヘレン、幻影の正体を明かしてはどうだ？」

みんなの目の前で、ヴィクトリア女王が煙のように渦巻いていくように見えた——煙は黒と灰色と白の柱となり、やがてミセス・レイモンドの姿に変身していった。

「みなさん、これが催眠術の力です」ミセス・レイモンドが言った。「わたしはつかの間、あなたがたに女王本人を見ていると信じこませることができるのです。それはもちろん、錯覚の一種にすぎません。もういちど実演してほしいというのなら——」

「とんでもない！」とハーカー。「そのような力がほんとうに存在するのですか？　催眠術師というのはペテン師にすぎないと思っていました」

「たいていの場合はそうです」とミセス・レイモンド。「でもなかには実際に催眠波を操れる者もいます。催眠波は見えない海のようにわたしたちを取り囲んでいるものです。その催眠波を操ることで、わたしはあなたがたが目にするものを決めることができるのです——つかの間ですが」

「それじゃ、あなたは実際に女王陛下になったわけではないんですか？」ハーカーはまだ信じられない様子だった。

ミセス・レイモンドはハーカーの質問にうんざりしたようにため息をもらした。「催眠術は物理的な世界を変えるものではありません——ただ世界の見え方を変えるにすぎません。物質的な現実を変えることは理論上は可能ですが、それにはわたしが今持っている能力以上のものが必要です。それに、わたしが創り出せる幻影には限界があります。この部屋にいる九人の前ならまだしも、何百人という人びとが見ているところでは、この幻影を持続することはできないのです」

「もちろんそれが問題だ」とモリアーティ。「この十年、わたしの組織は最高レベルの政府機関に潜入してきた。モラン大佐とわたしは内閣の半数を失脚させるほどの人物調査書を集めてきた。一定の有力者にわれわれが摑んでいる情報を伝えれば、彼らはわれわれの命令を乞い、進んでわれわれの言うことを聞くようになるだろう。しかし女王本人は、日々の政争の高みに座しているにもかかわらず、鋭い観察眼を持っている。国務につねに目を光らせ、女王陛下にのみ忠誠を誓う、いわば彼女自身の影の内閣を持っているのだ。女王の役目は儀式的なものにすぎないように見えるが、実際のところ彼女は傀儡《かいらい》にはほど遠い。もしわれわれがこの国に真の変革をもたらそうとするのならば、女王をより従順なべつの女王に置き換えなければならない——それが今お目にかけたものだ！　われわれの団員を政府に参入させるあいだ、この女王が君臨することになる。ゴダルミング卿がわれわれの新しい首相となる。そのあと女王はエドワード王子のために退位することになろう。信頼できる情報筋によれば、王子はわれわれの大義により共感を覚えているそうだ。ここにいる全員が王位に忠誠を誓っている——それは言うまでもない。しかし王位に就くのはかならずしも女王でなくともいい。女王に危害が加えられることはない、それは保証する。しかし彼女は高齢であるし、そろそろ息子に王座を譲るべきときだ。王子はもうすぐ訪れる新世紀の問題を理解してくれるだろう。どう思うね、紳士諸君？　〈黄金の夜明け団〉に加わる覚悟はあるか？」

「反逆罪にはあたらないのですか？」ハーカーが訊い

た。「そのあいだ女王陛下は──あなたが言う空位期間のあいだ、女王はどうなるのです？」

「パーフリート精神科病院に収容される」セワード医師が言った。「女王が安全で快適な生活を送ることは請け合おう。もしそこで自分がイングランドの女王だと言い張っても、正気を失った患者の一人とみなされるだけだろう。王位に戻るときがきて、自分が誘拐され監禁されていたと言えば、痴呆の兆しが訪れた証拠だとみなされるだろう。いずれにしても、誰も女王の言うことは信じない」

「ジョナサン、考えてもみたまえ」ゴダルミングが事務弁護士のほうを向いて言った。「きみとは誰かが事態を掌握すべきだと話してきたはずだ。この国は落ちぶれている──不況にくわえ、ペルメル街にさえも物乞いがうろつき、フィニアン同盟が好き放題に爆破事件を起こす始末だ。インドで反乱が起こり、アフリカで戦争が勃発しかけ……誰かが何かをする必要があるのだ。その誰かがわたしたちではいけないのか？ わたしたちが女王を誘拐するのだとしたら──そう、モリアーティが提案したとおりだが、そのことに幻想を抱かぬようにしよう。女王は十分な世話を受け、年齢と身分に見合った快適さをもって処遇されるだろうが、それでも誘拐は誘拐だ。わたしたちがそれを実行するとしたら、より崇高な目的、より偉大な善のためにおこなうのだ。たとえ誰にも知られることがなくても、国や民族のために尽くすこと、それが真の愛国心というものではないか？ たとえわたしたちのおこないが賞賛を得ることもなく、栄誉を授かることもなかろうとも？ 権力を握ったら、国境を封鎖し、この都市を汚染している下層階級の民を締め出そう。イングランド人のためのイングランドを！ わたしたちはこの帝国をより強硬な手段で司《つかさど》っていくのだ──もう反乱は許すまい、少なくとも罰を逃れるようなことはさせまい。自分たちにとって何がいいことなのかもわからない国民にもはや譲歩することはない。社会秩序において慈悲は過大評価された美徳なのだ。どうだね、きみは自分の国を救いたくはないのか？」

アリスはまだ手つかずのサンドウィッチが載っている皿を脇にどけた。ここにいる男たちが企《たくら》んでいることに衝撃を受けていた。女王陛下を誘拐する？　精神科病院に閉じこめて誰にも耳を傾けても信じてももらえないようにして、そのあいだに自分たちの目的に見合うように政府を作り変える？　〝優生学〟がどんなシステムか知らないけれど、イングランドの人びとにそのシステムを押しつける？　アリスは彼らの計画の詳しいことまでは理解できなかったが、理解できたことだけでも恐ろしくなった。

ハーカーはまだ決めかねているようだったが、モリスが言った。「おれは乗ったぜ、諸君。ローデシアでのライオン狩りとおなじくらい危ないことじゃないか。次にどうするのか教えてくれ」

「おわかりのとおり」モリアーティが言った。「ヘレンは並々ならぬ力を持っている――しかしわれわれの目的を達成するにはまだ十分ではない。当初はイングランドじゅうにいる強力な催眠能力の持ち主たちを見つければ、言うなればヘレンの力を増強できると考えたのだが――ところが結局、お粗末な奴らだということがわかったのだ。そのうちの一人がヘレンの娘の居所を知っていて、わたしも彼女の能力をこの目でたしかめることができた。ヘレン、リディアに何ができるか見せてやってくれ」

モリアーティは今なんて言った？　アリスにこの男たちの前で何かをさせようとしているのだろうか？　アリスは肘掛け椅子のクッションにさらに深く沈みこんだ。

「今？　ここで？」ミセス・レイモンドが言った。驚き、腹を立てているようだ。「あとでリディアがもう少し回復してからのほうが――」

「さよう、今ここでだ」とモリアーティ。「われわれの大義にこの娘がどのような能力をもたらしうるのか、確認する必要がある。それともなにか、きみはこの大義に関与するつもりだという前言を翻《ひるがえ》すのか？」

ミセス・レイモンドはモリアーティを睨みつけた。

モリアーティは平然とミセス・レイモンドを見た。

「わかったわ」ややあってミセス・レイモンドが言った。「リディア、こちらにいらっしゃい」

いったい何をさせられるのだろう？　アリスはアフロディーテが息を吹きこむ前のガラテイアのような気分になった——まるで身動きのとれない彫像になったみたいだ。

「お行きなさい」マーガレット・トレローニーがささやき、アリスを肘掛け椅子の縁まで優しく押しやった。「お母さんのところに行くのよ」

アリスは頭が真っ白になったまま立ち上がり、ミセス・レイモンドのそばに歩いていった。いったい何をするのだろう。ミセス・レイモンドはアリスの手首をつかむと、やたらと乱暴にアリスを引き寄せた。「心を開くだけでいいから」ミセス・レイモンドがささやいた。「あなたがわたしに心を開かないとできないのよ。わかる？」

どうやって心を開くというのだろう？　アリスは心が閉じていることすら知らなかった。だが、やがて感じた——頭のなかに自分とはべつの存在が入ってきて意識を引っぱり、アリスは身体的にではなく精神的に引き寄せられていった。アリスは驚いて両腕を見下ろした。催眠波だ——アリスはそれが自分からミセス・レイモンドに流れこんでいくのを見た。二人の催眠波が混じり合う。と、もはやここは錬金術師協会の談話室ではなくなっていた。みんなを取り囲むように円柱が立ち上がり、組み合わさって尖ったアーチとなり、それらの両脇に聖人たちが彫られた壁龕《へきがん》のある白い石壁が広がった。やがてステンドグラスの嵌まった窓が現れ、色とりどりの光が差しこんだかと思うと、さらに幻影が高く編み上げられ、金メッキと着色がほどこされたドーム型の高い天井が現れた。アリスは生まれてこのかた、こんな立派なものを見たことがなかった。

「セントポール大聖堂のドームだ！」ハーカーがびっくりした声で言った。まるで田舎から来て初めて大聖堂を訪れた観光客のようだ。「どうしてこんなことが？」

「こいつはたまげたな」モリス氏が言った。「たいしたもんだ」

すると、幻影はヴィクトリア女王の幻影のように消えていって、大聖堂や彫像やステンドグラスは煙のように渦巻きながら見えなくなった。ふたたびみんなは談話室のなかに立っていた。アリスはミセス・レイモンドにつかまれた腕に痛みを感じた。

レイモンド博士が愉快そうに両手をこすりあわせた。

「おみごと、おみごと」博士は言った。「ヘレンよ、これぞわたしがずっと求めてきたものだ。このためにわたしは苦しみ、犠牲を払ってきたのだ。おまえと小さなリディアがともに成し遂げたことを見たか。これでモリアーティ教授の計画を実行に移すことができるに違いない」

「いいえ」ミセス・レイモンドは冷たく言った。「まだです。リディアの力を利用しても、わたしはこうした幻影をかぎられた時間しか保っておくことができません。わたしたちは何百人という人びとを何週間も騙さなければいけないのです」

「そしてそのために、われわれにはもっと必要なものがある」とモリアーティ。「われわれが必要とするもの、紳士諸君、それはパンの大神を召喚することだ！」モリアーティはその言葉が何か重大な意味を持っているかのように大げさな口調で言った。しかしながら反応はなく、レイモンド博士がはっと息を呑み、そしてハーカーがこう訊ねただけだった。「理解できないな。古い神話がどう関係するんです？」

「レイモンド博士、説明してもらえますかな？」モリアーティはじれったそうに言った。

レイモンド博士は深く息を吸いこむと言った。「きみが意味するところのものはよくわからないが、モリアーティ――わたしが考えているような意味なのかどうか。しかしそれは錬金術的な手段のことであって、このわたしが……うむ。もちろんそれは比喩《メタファー》だ。錬金術的科学は言葉で言い表せないことを表現するのにメタファーを使ってきた。あるいは、実際的な目的のために無知な大衆から隠さなければいけないことを表現するのにな。ご存じのとおり、パンの大神は自然界を司るギリシャの神だ。パンを召喚することはすなわち、大地のエネルギーを召喚し、受け手のなかに収容することを意味する。それはわたしが大昔にある少女――若く美しい娘、わたしの妻にしてヘレンの母親だ――に対して試みたことだ。残念なことに、その娘の精神はかようなエネルギーの流入に耐えられず、娘は正気を失ってしまった。そのとき、わたしの知らないうちに、娘は子どもを宿していた。その結果はご覧のとおりだ」レイモンド博士はミセス・レイモンドのほうにうなずいてみせた。「わたしの妻は精神科病院で亡くなり、そこでわたしはヘレンを田舎で育てさせることにした。そのほうが彼女の健康にいいと考えたのだ。それに、大切な故人を思い出したくなかったせいでもある。実験が望むような成果を上げなかったので、わたしはそれに見切りをつけて、べつの研究に打ちこんだ。そして何年か経って、疎遠になっていたヘレンから連絡を受けた。長いあいだ話をしなかったことを申し訳なく思っている」レイモンド博士はミセス・レイモンドに言った。「そしておまえがこのようなすばらしい女性に成長したことを喜ばしく思っている。おまえの目は母親そっくりだ、ヘレンよ」

ミセス・レイモンドは答えなかった。

「さて」レイモンド博士はしばらくして言った。「ヘレンが連絡してきたとき、わたしは彼女から耳を疑うようなことを知らされた。今なお彼女の言うことを真に受けていいものかわからんのだが……」

「でも、それは何もかもほんとうのことですわ、レイモンド博士」ミス・トレローニーが言った。「《タイムズ》で大々的に取り上げられたので、みなさんもご存じのことと思います。六カ月前、わたしの父はテラ女王の墓室を発見しました。驚くようなことではありません——フリンダーズ・ピートリーのようなエジプト学者たちがいて、エジプト探査協会の支援がある今、毎年のようにそのような発見がなされていますから。驚くべきは、その墓室が一度も略奪を受けていない完璧な状態で発掘されたこと、そして壁にあった数々の描画です。テラ女王はフィラエにあるイシス神殿の高位の女祭司でした。女王の墓室の壁には消えかけた象形文字《ヒエログリフ》で、大地のエネルギーを呼び出し、そのようなエネルギーを高位の女祭司の身に染みこませる儀式が描かれていたのです。エジプトの歴史になじみのない方のために説明しますと、テラはプトレマイオス・アウレテスの二番目の妻で、シェイクスピアでおなじみのクレオパトラの母でした。プトレマイオスが亡くなると、テラはアレクサンドリアからできるだけ遠方に送られました——ナイル川の最初の瀑布《ばくふ》の近くにあり、エジプトとヌビアの国境にあるフィラエへ。そこでテラはイシス神殿の高位の女祭司になりました。亡くなったのは紀元前三十年、アウグストゥスがエジプトを侵略したときです。アウグストゥスはアレクサンドリアを確保したあと、兵士を南下させ、フィラエを攻撃しました——おそらくはそこにテラがいたからでしょう。クレオパトラはすでにアウグストゥスの捕虜となっていました——彼はクレオパトラを連れてローマの街をパレードする計画を立てていたのです。母である前王妃をエジプトに残し、その地で王位に就いてローマ軍に対抗しようとするのは、無分別なことだったでしょう」

ミス・トレローニーは身を乗り出し、直接語りかけるように部屋にいる一人ひとりを見つめた。

「フィラエで起こったことがわかっているのは、生き残った者たちがテラの墓の壁に記録を残していたからです。女祭司たちは神殿を防御し、その多くが殺されました。テラは防御の先頭に立ち、命を落としました。生き残った者たちはテラ女王のための墓を建設することを命じました。その墓の石壁には一面に彫刻画が刻まれていました。わたしの父はそのなかに儀式とレシピ——文明から長く忘れられていた薬の数々、外科手術の方法——そしてアウグストゥスの軍との最後の戦の物語が刻まれているのを発見したのです。それらの彫刻画はテラの左手から稲妻が放たれる様子を描き出していました。さらに大地のエネルギーを召喚し、生きた受け手のなかに溜めこむ儀式が描かれていたのです。受け手に高位の女祭司本人を想定したものでした。そのエネルギーが溜めこまれると、受け手はエネルギーの方向を変えて利用することができます——受け手が望むどんな目的にでも使うことができるのです。父は自分が受け手となってこの儀式をおこなおうと試みました。その場には父の助手のユージーン・コーベックと、わたしの婚約者のマルコム・ロスも立ち会っていました——マルコムはあなたとおなじ弁護士でしたのよ、ハーカーさん。みなさんはきっと父とロスとコーベックの命を奪った恐ろしい事故のことをご存じでしょう。でもあれは事故ではありませんでした。父が蒐集品を保管していた部屋で爆発が起こったのはたしかですが、新聞で報じられたように瀝青《ビチユメン》による爆発ではなかったのです。むしろ三人を殺したのは儀式そのものでした。ご存じでしょう、儀式には生贄《いけにえ》が求められるのです——エネルギーは受け手を満たしてしまうと、ほかの者に流れこみます。誰かが死ななければならないのです。父はそのことに気づいていませんでした——父はそもそものヒエログリフを注意深く読んでいなかったのです。残念ながら、わたくしは父の死後にそのことに気づきましたが、遅すぎました。この儀式によってあなたがた紳士はエネルギーを手に入れることができるでしょう——でも、ほんとうに試みたいのですか？　わたしがこの世でもっとも愛した二人が、知識の探求のために命を落としました。あなたがたもエネルギーと古代エジプトの知恵のために命を危険にさらしてもいいのですか？」

ミス・トレローニーは部屋にいる男たちを見渡した。アリスもミセス・レイモンドにつかまれた腕をさすりながら、男たち一人ひとりの顔を見た。ハーカー氏は心配そうな顔をしていたが、残りの男たちはやる気に満ち、貪欲そうにさえ見えた。レイモンド博士は痩せて乾燥した両手を揉みあわせている。ミス・トレローニーが彼らを思いとどまらせるためにこの話をしたのだとしたら、それは失敗に終わったようだ。

「それで、われわれの受け手は誰が務めるのだ？」セワードが言った。「エネルギーを使うのは誰になる？　きみかね、モリアーティ？」

「わたしです」ミセス・レイモンドが言った。「エネルギーの操り方はすでに心得ていますし、この試みのために命を危険にさらしてもかまいません」

「この儀式の危険は、おもにヘレンが負うことになろう」モリアーティはミセス・レイモンドの肩に片手を置いた。「しかしながら、ヘレンはわれわれの大義を前進させるためにその危険を進んで引き受けるつもりでいる」モリアーティとミセス・レイモンドはいったいどんな関係なのだろうか？　あきらかに、ミセス・レイモンドはモリアーティの配下にある——モリアーティが何をすべきかを指図し、ミセス・レイモンドはそれに従っている。でもそういう関係にしては、モリアーティのミセス・レイモンドに対する態度はもっと親密なものに見える。どんな関係にせよ、アリスはいくぶん気分が悪くなった。ミセス・レイモンドのことをとくに気にかけていたわけではない――どうしてそんな必要がある？　この人がどんな母親だというのだろう？　けれど、モリアーティは知性の証である広く白い額とは裏腹に、人間の形をした悪魔を思い出せるのだ。アリスは気づかないうちにマーガレット・トレローニーの隣に戻っていた。できるだけモリアーティから離れていたかった。ありがたいことに、誰もアリスに注意を払っていないようだった。

「さて、紳士諸君？」モリアーティは男たちを見渡しながら言った。「この計画に加わるかね？」

「もちろんだとも」とゴダルミング。「このような挑戦から引き下がる男がいようか？」ゴダルミング卿は魅力的な心からの笑みを浮かべた。アリスはその笑みが信用できなくなってきた。ゴダルミング卿の偽りの優しさより、ミセス・レイモンドのような冷ややかな笑みのほうがよっぽどましだ！　ハーカーはまだ半信半疑のようだったが、ほかの男たちはうなずいていた。

「結構」とモリアーティ。「レイモンド博士とハーカー氏がわれわれに加わった今、儀式に必要なものはすべてそろった」

「あの、ぼくはまだ……」ハーカーは口を開きかけたが、ゴダルミング卿が意味ありげに彼のほうをちらりと見やったので、最後まで言うことができなかった。

「というと？」セワードが言った。「必要なものとは何だ？　それにトレローニーと助手たちに起こったことがふたたび起こらないという保証はあるのか？」

ミセス・レイモンドが立ち上がり、ミス・トレローニーの肘掛け椅子のほうに歩いていった。すると男たちもいっせいに立ち上がり、ミセス・レイモンドが椅子の肘掛けに腰をおろすまで座らなかった。アリスは隣にやってきたミセス・レイモンドを居心地悪そうに見上げた。もういちど催眠術を見せてみろと言われたりしなければいいがと願っていた。アリスの母とミス・トレローニーは姉妹のように見えた。ミセス・レイモンドが姉だ。二人のあいだにいるアリスは自分がとても小さいもののように思えた。

「この儀式はイシスの女祭司によって執りおこなわれるよう意図されたものです」ミセス・レイモンドが言った。「彼女たちは大地のエネルギーを操るのに慣れていました。だからこそ、このわたしが娘を助手にしてこの儀式をおこなうのです」ミセス・レイモンドはアリスの肩に手を置いた。と、みんなの視線がふたたびアリスに集まった。アリスはクッションに埋もれてしまいたかった——深く、深く、詰め物のなかに沈みこみ、談話室の床を突き抜けて、閉じこめられていた地下室にまで戻りたかった。「もちろん、ミス・トレローニーの指示に従って執りおこないます」

「そしてあなたがた七人にはランプを灯していただきます」とミス・トレローニー。「ハトホル女神の七つの化身が彫刻された七つのランプが墓で発見されました。父はそれらをひとつひとつ灯しました——儀式の効力を発揮させるには、それらは正しい瞬間に同時に灯されなければならないと思うのです。そして父が儀式をおこなったときには、父は大地のエネルギーを召喚するにはエネルギーの源が必要であることを知りませんでした——呼び水が必要なように。父をエネルギーで満たすのではなく、むしろ父からエネルギーを引き出すものです。エネルギーを引き出す源となる存在が必要なのです——電池《バッテリー》と呼んでもいいでしょう。お望みなら、モリアーティ教授言うところの生贄と呼ぶこともできるでしょう。いいですか、わたしたちは慎重に計画を立てなければいけません。父の犯した過ちをくりかえすわけにはいきません。展示は月曜日から始まります——儀式は日曜日に執りおこなう予定です。大英博物館の閉館日、テラ女王の遺物がわたしたちだけのものであるうちに」

「その生贄というのは……」とハーカー。「人間のことを言っているのですか？」

「わたしの長年の敵だ」モリアーティが満足そうに言った。「何年も消し去ろうとしてきた相手、もう少しでライヘンバッハの滝で消し去ることができたはずの相手だ！　どうして奴があの激流を生き延びたのかわからん――モランが滝壺から引き上げてくれなければ、このわたしも溺れ死んでいたことだろう。奴はこの世にはいないほうがいい人間だ。奴のような人間を消し去ることはじつに情け深いことなのだ。あのような出しゃばりで聖人ぶった男――そう。紳士諸君、これで満足かね？　そうときたら、ゴダルミング卿とレイモンド博士はわたしの執務室でこの話を続けようではないか。いくつか実務的なことを話し合っておきたいのだ。残りのみなさんは葉巻でもやってくれたまえ――ヘレンとマーガレットは気にしないはずだ。そして子どもは元の場所に――どこでも元いたところに戻すがいい」

「いらっしゃい」マーガレット・トレローニーがアリスの手を取った。「あなたの部屋に行きましょう。いくつかペストリーをポケットに入れて持っていきなさい――栄養をつけなくてはね。干からびたパンの皮しか食べていなかったんですから！」

　アリスはペストリーを三つ取ってエプロンのポケットに入れると、ミス・トレローニーのあとについて紳士たちをかわして歩きはじめた。彼らは談話室を歩きまわり、おたがいの会話に夢中で、もうアリスに関心を払っていなかった。廊下に出ると、ミス・トレローニーが声をあげた。「ギトラ、待って！　ちょっと《アイネン・》待って《モメント》！」メイドは階段を半分まで上りかけたところで、手には水差しを持っていた。「リディアを部屋まで連れていってくれる？」ミス・トレローニーはアリスを指さし、それから二階を指さした。

「はい《ヤヴォール》、マダム」ギトラはうなずいた。そしてアリスに向かってついてくるよう身ぶりで示した——両手がふさがっていたので、頭をかしげて。

「ミセス・マンデルバウムが食事を届けるよう手配しますからね」ミス・トレローニーが言った。「大丈夫ね？　わたしがここに来た以上、誰もあなたをいじめたりしないわ。それにヘレンのこと——あなたのお母さんのことをあまり考えすぎないようにね。あの人の人生はあなたが想像もできないほど過酷なものだったの。さあ、お行きなさい。今夜はもう会えないけれど、明日はやることがたくさんあるわ」

ミス・トレローニーは身をかがめてアリスの頰にキスをした。アリスはびっくりしたので、うなずくことしかできなかった。階段を駆け上がってギトラに追いついた。

二人で二階の廊下を歩いていくと、途中でギトラが何か理解できないことを言い、アリスの部屋ではない部屋の前で立ち止まった。床に水差しをおろすと鍵を開け、アリスのほうを向いて片手をあげてみせた——どうやら外で待つように言っているらしい——やがて扉を開け、水差しをなかに運びこんだ。

開いた扉の隙間から、アリスは自分の部屋とおなじような部屋のなかを見ることができた。午後の陽射しが窓からふりそそいでいる。誰かがベッドに横たわり、毛布にくるまっている。ギトラがなかに入っていくと、毛布が動いて彼女のほうに向き、弱々しい声で言った。

「ワトスン、きみか？　ワトスン……」

枕のうえに、蒼白く、じっとりと汗ばんだ熱っぽい顔が見えた。シャーロック・ホームズの顔だった。

6　アヘン常用者のなかに

「一緒に行かないってどういうこと？」メアリが言った。「いつだって一緒に来たがるじゃない。それに行き先はアヘン窟なのよ」

「うん、でもその前にどこに行くのさ？」ダイアナが訊いた。ソファのクッションにもたれて、びくとも動きそうになかった。アルファがダイアナの隣でソファの上に丸くなっている。ミセス・プールはつねづね猫たちは家具に上がってはいけないと言っていた。あきらかに、猫はダイアナとおなじくミセス・プールの言いつけを無視しているようだ。

二人は応接間にいて、ジュスティーヌがやってくるのを待っていた。ジュスティーヌはベアトリーチェの温室へ行って、ある植物がジュスティーヌが置いた場所でちゃんと繋っているかをたしかめてくると言っていた。メアリはその植物の名前をちゃんと覚えていなかったが、たしか指《ジギタル》を連想させる名前だった。

ベアトリーチェ　ジギタリス・プルプレアよ。狐《キツネ》の手袋《ノテブクロ》とも言うわ。留守にしているあいだに枯れてしまうところだったの。

キャサリン　読者はそんなこと知りたがらないと思うけど。これは園芸の手引き書じゃないんだから。

ベアトリーチェ　でもどんなことも正確を期しておいたほうがいいわ、とくに毒に関しては。

「ケイト・ブライト・アイズに会いにいくと言ってたでしょう」とメアリ。「アヘン窟に行くのは初めてだけど、マグダレン協会の誰かなら行ったことがあるはずよ。どんなところか教えてもらえるし、ケイトは変装するのを手伝ってくれるわ。アヘン常用者のように見せかけたいのだけれど、それがどんな恰好か見当もつかないから」

「あのいまいましい協会に近づくつもりはないからね」とダイアナ。「二度とごめんだよ。あたし抜きで行けっての。あのリストの住所がアヘン窟だって教えてやったのはあたしだし、行き方だって教えてあげたじゃん？　あたしの役目は果たしたから。どっちみち、偉大な名探偵さんが見つかるかどうかなんて誰が気にかける？　自分の身も自分で守れないなら、いてもいなくてもおなじじゃないの？」

メアリは妹をひっぱたいてやりたい衝動をこらえた。「じゃあ、わたしたちが出かけているあいだ、一日じゅう何をして過ごすの？」メアリは疑わしそうに訊ねた。ダイアナは今度はどんな悪さをするつもりなのだろう？　このあいだは家にいるはずだったのにソーホーに行っていた。今回は一緒に行く機会を与えられたのに、それを拒んでいる。我慢のならない娘だ。

「ミセス・プールを手伝って厨房のコンロを磨くかな」とダイアナ。「ほら、すごく汚れてるでしょ」そばかすだらけの顔と、純真そうに澄んだ瞳をこちらに向けた。

ほんとうにそれで誰かを騙せるとでも思っているのだろうか？　メアリは腕組みをして待った。しばらく応接間はしんと静まり返った。ダイアナは沈黙が嫌いだ——メアリはダイアナの口を割らせるにはただ待てばいいということを経験から学んでいた。

「わかったよ、どうしても知りたいんなら」ダイアナがこらえきれずに言った。「ベイカー街の男の子たちはホームズの行方を探しちゃいけないことになってるけど、ミセス・レイモンドについては何も指図を受けていないでしょ。チャーリーがみんなで彼女を捜すのを手伝ってくれるって言ってるんだ。あいつらはロンドンの街の隅々まで知りつくしてるから、彼女を捜し出すならあいつらしかいないよ。それにウィギンズがあたしにその捜索の指揮を執っていいって言ってる。ミセス・レイモンドの居場所を突き止めたら、きっとアリスも見つけ出せるし、そしたらあたしがあの子を救い出せる。ルシンダを救い出したようにね。またあたしが救い主になるんだ！　そしたらミセス・レイモンドをニューゲート監獄に送りこんでやる。そこで縛り首になるといいな」

ダイアナはまるでもう手柄を立てたかのように悦に入った様子だった。

ダイアナはロンドンのスラム街でわんぱく小僧やいたずら小僧と一緒にミセス・レイモンドを捜そうとするべきなのだろうか？　でも、ベイカー街の男の子たちといればアヘン窟に行くのとおなじくらい安全だろうし、たぶん捜査しても何も見つけられずに終わるだろう。メアリはむしろ捜査が空振りに終わることを望んだ。ダイアナが一人でミセス・レイモンドに立ち向かうよりましだ。きっとこの子はそうするだろうから！　ダイアナの心のなかでは、ミセス・レイモンドは人間の姿をした悪魔のような存在だった。

「そう、わかったわ！」メアリは言った。「どうしてもって言うならチャーリーと行きなさい。少なくとも今回はチャーリーと一緒にいるってわかってるから。誰にも行き先を告げずにいなくなるよりましだわ。あなたがミセス・プールが厨房のコンロを磨くのを手伝ってくれたらいいんだけどね！　ミセス・プールはアリスのことをとても恋しがっているわ」

「アーチーが手伝うよ」とダイアナ。「でしょ、アーチー？」

オランウータン男が応接間の戸口に立っていた。

「呼び鈴、鳴らした、お嬢様？」

鳴らしただろうか？　ああそうだ、ちょっと前に鳴らした。ダイアナと言い争いをしているうちに忘れてしまっていた。
「ええ、外套と帽子を持ってきてくれる？　それから ハンドバッグも――黒いのを」あのハンドバッグは拳銃が入る大きさだ。メアリは武器も持たないでアヘン窟に行きたくなかった。

　オランウータン男はぎこちない歩き方で下がった。半ば類人猿らしい大股でゆっくりとした足取りで、半ばふつうの人間の足取りで。それでもメアリは彼が優秀な下僕だと認めざるをえなかった――それにメイドとしても優秀だ。イーニッドがやるような仕事を、マントルピースの上の置物を一度も壊すことなくこなしている。

「メアリ、準備ができたわ」ジュスティーヌが戸口に現れた。

　メアリはその姿をしげしげと眺めた。「ええ、そのようね。なんと言っていいかわからないけれど――だらけた紫のベレー帽と、おなじ色のクラヴァット――でも、《パンチ》が考えるような堕落した芸術家そのものといった感じね」

「ありがとう」とジュスティーヌ。「ベアトリーチェのものよ。このクラヴァットは彼女のベルトなの。ちょっと女性らしいけど、紳士が身につけないほどではないわ」

ベアトリーチェ　あれは新しい女性《ニュー・ウーマン》のための衣服よ。女性らしさではなく、実用性を目的として作られているの。

キャサリン　女性が着ると男性っぽい服になり、男性が着ると女性っぽい服になる。ニュー・ウーマンとダンディの出会いね。

ベアトリーチェ　どうしてそんなふうに人びとを分類する必要があるの？　どうしてわたしたちは好きなものや役立つもの、美しいものを身につけてはいけないの？　いつかわたしたちみんなが軽くて心地よい手触りのもの、脱ぎ着しやすいものを着る日が来ると思うわ。同時に、精神の願望を表現しているような衣服を。ギリシャ人の衣服のように、優雅で機能的な衣服よ。今そういう恰好をしてはいけない理由があるの？

ミセス・プール　なぜならここはイングランドで、そんな恰好をしたらひどい風邪をひいてしまうからですよ。

ジャスティン・フランク氏は通りの向こう側にあるごくふつうの建物を見つめた。そこはじつはアヘン窟なのだ。「一緒に来なくてもいいわよ。なんなら、わたし一人で行ってもいいから」

「いえ、心配は無用よ」メアリは不機嫌そうに言った。「わたしは大丈夫。こんな恰好をしているから落ち着かないだけよ。いったいミセス・プールはどう思うかしら？」メアリは自分の服を見下ろした。着古した安っぽいドレスで、襟ぐりが慎み深さの定義を超えて開いていた。もっとも、メアリは肩にショールを巻いていたが。マグダレン協会の保管室にしまわれていたドレスで、最近入所した悔悟者が粗末な制服に着替える前に着ていたものだった。ケイト・ブライト・アイズがメアリのためにそのドレスを選び、髪型を直し、口紅を頬とくちびるに塗り、そして睫毛に少しランプの油煙をつけてくれた。メアリは——そう、娼婦だ、そのほかに呼びようがない——フランク氏の連れとしてアヘン窟にいくことになっていた。「職業婦人でいたいでしょうけれどね、ミス・ジキル」ケイトは言った。「職業婦人にはパイプをくゆらせて甘い夢に浸るよりほかにもっと大切なことがありますから。商売女は——つまりあたしの商売ですけど——お金をもらえれば紳士の付き添いでそういう場所にいくこともあります。目立たないようにフランクさんについていくには、お金で雇われた付き添いのふりをすることですよ」ケイトはフランク氏のボタンの穴にまで造花を差して、変装を完成させた。

いったいどうしたら娼婦のように振る舞えるのだろう？　メアリには見当もつかなかった。これまで会った娼婦たちは、ケイトやドリスのように、援助してくれる家族もなく、手を差し伸べてくれる友人もなく、もっとちゃんとした職業に就くだけの訓練も受けておらず、なんとか生きていこうとしているごくふつうの女性たちだった。でもメアリは彼女たちが、言うなればいかがわしい商売に精を出しているところを見たことがなかった。まあ、できるだけのことをするしかない。

迎えに出たのは見たところごくふつうの女で、おそらくは店主の妻のようだった。二人は女に用件を訊ねられたが、フランク氏が小声で薬のためにきたと告げ、女の手にカチャカチャ音がするものを握らせると、伝説と幻想の東洋を舞台にした演劇のために装飾されたような部屋に通された。長い顎鬚《あごひげ》を生やし、刺繍のあるローブを羽織った〝中国人《チャイナマン》〟が両手を合わせてお辞儀をしながら二人に挨拶をし、二番目の部屋に案内してくれた。床のあちらこちらに低いソファとクッションが置かれ、アヘンの国の夢見人たちがそこに座ったり寝そべったりしていた。多くは紳士だったが、なかには水兵や堅気らしくない風貌の男もいたし、何人か女もいて、メアリの目には堕ちるところまで堕ちた女たちのように見えた。その先にもう一つ夢見人の部屋があって、さらにもう一つ、合わせて三つの部屋があった。ドクター・ワトスンの姿はどこにも見当たらなかった。

「さてと」二人が外に出て通りに戻ると、メアリが言った。「いい経験になったわ」まだアヘンのパイプの甘ったるいにおいがしていた。メアリはちょっと気分が悪くなった。「ダイアナのリストの二番目の住所をあたりましょう」

二番目の住所は何本か先の通りの先にあり、そこもおなじようなところだった――異国情緒あふれる部屋があり、一番目の住所にいた男と兄弟だとしてもおかしくないチャイナマンがお辞儀をし、男たちと何人かの女たちがアヘンのパイプを吸って夢に浸っている。

三番目の住所に行くと、入口に物乞いが座っていた。その男の姿を見て、メアリは叫んだ。「プア・リチャード！」そう、ホワイトチャペル連続殺人事件の三番目の犠牲者であるモリー・キーンの死体のそばで一夜を過ごした物乞いだ。メアリが最後に会ったときとおなじようにぼろを纏い、色とりどりの長いスカーフを首のまわりに巻いていた。

キャサリン　プア・リチャードをお忘れの方は、《アテナ・クラブの驚くべき冒険》シリーズの第一巻、『メアリ・ジキルとマッド・サイエンティストの娘たち』を参照してください。あの傑作をまだお読みでない方は、書店や駅の売店で二シリングで買えますし、出版社から直接取り寄せることもできますのでぜひ。

メアリ　もうやめてくれない？

「どこかで会ったような気がするな、お嬢ちゃん」プア・リチャードはメアリを見上げて言った。「だがどこでかは思い出せん。ここんとこ物覚えがてんでだめでな」

「ホームズさんとドクター・ワトスンと一緒にいた者です」とメアリ。「あのときはこんな恰好していなかったし、自己紹介もしてなかったから――メアリ・ジキルといいます」メアリは前かがみになって手を差し出した。プア・リチャードはその手をとって振ると、メアリの顔を探るように見た。飲んだくれの生活につきものの涙目とふくらんで脈の浮き出た鼻をしていたが、優しそうな笑顔を浮かべ、子どものようなすきっ歯をのぞかせていた。

「おお、あの朝はひどい思いをしたもんだ。気がつけば一晩じゅう死体の隣で寝てたんだからな！　また会えてうれしいよ、お嬢さん。ということは、ドクター・ワトスンを探しているのかね？」

「ドクター・ワトスンのことをご存じなんですか？」ジュスティーヌが言った。「彼の居場所を知っている――」

「ああそうだ」とプア・リチャード。「ドクターはここにいるさ。この罪業の巣穴にな。それとも、安楽の夢の家とでも言うかな。ホームズさんはおいらに言ったんだ――リチャード、奴らに正体を見破られたようだ。もしそうなら、おそらく今夜にでもわたしのもとにやってくるだろう。ドクター・ワトスンのところに行ってわたしと会った場所を伝え、わたしを連れ去ったのは、てっきり死んだと思っていたわれわれの宿敵だと言ってくれ。と、そんなようなことを――あの旦那の言葉を正確に覚えちゃいないんだがね。メモを渡してはくれなかったんだ。奴らにおいらがメモを持ってると知れちゃいけないってんで。それで頭で覚えておくよう言われたんだが、さっきも言ったようにおいらの物覚えは頼りにならないもんで。それでおいらはドクター・ワトスンに会いにいこうとしたんだが、その前に景気づけに一杯やったんだ。そしたらベイカー街の途中でおまわりに物乞いと浮浪の罪でしょっぴかれて、牢屋に放りこまれちまった。一週間後に刑務所長がやっとおいらの件に手をつけにきて、おいらに気づいたんだ――所長とは友達でね。所長はおいらは無害だと言って、それにどのみちほかの奴を入れる牢屋が必要だってんで、裁判にかけるかわりに放免してくれたんだ。それからおいらはベイカー街に向かってドクター・ワトスンにホームズの旦那の言葉を伝えたんだが、旦那に会ったのがどこだったか、この辺にあるアヘン窟の一つだったということ以外ははっきり思い出せなかったんだ。それでおいらは罪滅ぼしに、ドクター・ワトスンをここに案内すると申し出たのさ。牢屋に入れられてたんだから、おいらのせいではないがね。それが——昨日のことだったか、おとついのことだったか——よく覚えちゃいないんだよ」

「一週間以上前のことよ」メアリが言った。プア・リチャードはあきらかに時間の感覚があやふやになっているようだ。ドクター・ワトスンが姿を消したのがそのときだとしたら——それ以来、ホームズ氏に関する手がかりを求めてアヘン窟からアヘン窟へと訪ねまわっているに違いない。メアリはプア・リチャードの言っているとおり、ワトスンがこの建物のなかにいるといいがと思った。この物乞いに悪気はないのだろうが、彼の記憶力は信用できない。「てっきり死んだと思っていたわれわれの宿敵——ホームズさんは誰のことを言っているのかしら？」メアリが訊いた。「アヘンの取引と関係があるのかしら？　どのアヘン窟もチャイナマンが経営しているようだけど……」

「ああ、あれは見せかけだけだよ」とプア・リチャード。「壁に描かれた金色のドラゴンや中国風の家具と一緒だ。客がチャイナマンを期待してるんで、経営者がそれに応えてるってわけだ。印象づけの一つだよ。でもここいらの通りのアヘン窟の持ち主はイングランド人だ——モラン大佐って呼ばれている。図体がでかくて、骨もへし折りそうな男だ。上流階級らしくて——豪華な箱馬車《ブロアム》から降りてきたのを見かけたことがある。いちど何ペニーか恵んでもらえないかと思って『閣下』と呼びかけてみたんだがね。奴《やっこ》さんは『邪魔だ』って、おいらを通りに吹かれてるゴミ屑みたいに言うだけで、おいらは奴さんの手下にどつかれて泥んなかに転んじまった始末だ」プア・リチャードは根っから気のよさそうな顔に嘲《あざけ》りの表情を浮かべてみせた。「あの男はアヘン窟の経営でがっぽり儲けてるに違いねえ。われを忘れたり悲しみを忘れたりするためにここを訪ねてくる紳士が引きも切らねえからね」

「それで、ドクター・ワトスンはこの建物のなかにいると言ったわね？」とジュスティーヌ。

「そうさ、じかに話をするのがいちばんだよ——おいらにわかっていることはすべて話した。ホームズの旦那とは、ドクター・ワトスンへの言づてを頼まれた日以来会っていないよ」

メアリはお金を持っていなかった——すべてジャスティン・フランク氏に預けていた。フランク氏がメアリ・マリガン——それがメアリが選んだ名前だった——よりもお金がいっぱい入った財布を持っているほうが自然だと考えたのだ。「彼に一シリングあげてくれる？」メアリはジュスティーヌにささやいた。この調子で情報提供者にチップを渡していたら、そのうち財布が空っぽになってしまう！　探偵業はお金のかかる職業だ。「行きましょう。ドクター・ワトスンを捜さなきゃ」

ミセス・プール　お二人がそんな場所に足を踏み入れていただなんて信じられません！　男たちが床やら何やらに寝そべっているような場所に。

メアリ　紳士のクラブとたいして変わらないところだったわよ、ミセス・プール。床に寝そべっている以外は。でもね、床にというより、たいていはクッションとか、足載せ台《オットマン》みたいなものを使っていたわ。でもアヘンのにおいがして——濃厚でまとわりつくようなにおいが。

ミセス・プール　ジキルの奥様が聞いたらどう思われるでしょうね。

ここでもまた二人はチャイナマンに迎え入れられた。ただし今回の男は黙ってお辞儀をするのではなく、こう言った。「ようこそ、ご立派なお客様がた、この慎ましい家へ」異国風に話しているつもりだろうが、はっきりとロンドン訛りが聞き取れた。

このアヘン窟もほかのアヘン窟と似たり寄ったりで、東洋を思わせる細部をしっかりと再現するよう命じられた同一人物が飾り付けをしたように見えた。ただし、ほかにくらべてずっと豪華な飾り付けだった。金メッキをほどこされたドラゴンの像が戸口を見張り、ドラゴンが描かれた間仕切りが部屋を仕切り、ドラゴンが刺繍されたクッションが置いてあった。明かりは薄暗く、贅沢に装飾された室内は、アヘンのきついにおいのする空気が充満していた。メアリは何度も低いテーブルにつまずきそうになった。テーブルの上にはアヘンのパイプ、持ち手のないティーカップ、ビスケットや甘いものがそろった皿が置いてあった。客は立派な身なりをしていた。大半は紳士と見受けられた。もちろん、労働者階級の者たちにはこのような場所に出入りしたり、アヘンがもたらしてくれる解放を楽しんだりするお金の余裕があるはずもない。

「ここには見当たらないわ」ジュスティーヌが最初の部屋を見渡し、間仕切りの裏をたしかめながら言った。「もっと奥へ行ってみないと」

ドクター・ワトスンは二番目の部屋にもいなかった。だが三番目の部屋に行くと――ドクター・ワトスンが気落ちした様子で、指先からアヘンのパイプを垂らした金髪の男の隣に座っていた。メアリはその姿を認めるとすっかり安心して、変装していることを忘れそうになった。でもだめ、少なくとも今はメアリ・マリガンでいなければ。呼びかけても無駄だろうし、ドクター・ワトスンはこちらを見ていない――床をじっと見つめて、金髪の男に小声で話しかけている。

メアリは部屋をよこぎってワトスンの隣に置いてあったオットマンに腰かけた。「こんにちは、旦那さん」願わくばホワイトチャペルの訛りに聞こえているといいと思ったが、たぶん失敗しているだろう――われらがメアリは訛りがあまり得意ではない。

メアリ　最善を尽くしたわよ！　ダイアナみたいな演技ができなくて悪かったわね。わたしは自分を偽るのに慣れていないの。

ドクター・ワトスンはメアリを見上げ、驚いた顔をした。しかし彼女の顔を見て、それが口紅と油煙を塗ったパーク・テラス十一番地のメアリ・ジキル嬢だとわかるとさらに驚いたようだった。

「あたし、メアリ・マリガンよ」メアリはワトスンが騒ぎ出す前にあわてて言った。「そしてこちらがミスター・ジャスティン・フランク。あたしをここに連れてきてくれたの。彼とはお友達でしょ、覚えてる？」

「もちろん、もちろん」ドクター・ワトスンはジュスティーヌを見上げて言った。「こちらはミスター・グレイだ」ワトスンは隣で二人を興味深そうに見上げている金髪の男のほうを指して言った。メアリはその男の若さと美しさに驚いた。まるで邪《よこしま》な考えや恥ずべき考えをけっして抱いたことのないような無垢《むく》な顔をしている。いったいこんな場所で何をしているのだろう？　「彼は情報を提供してくれていたんです。わたしは麻薬を吸っていませんよ、誓って。しばらく行方がわからなくなっているホームズの居場所を突き止めようとここに来たのです。いくつかこうした場所をあたったんですがね――ここに来て初めて彼についての手がかりを聞くことができたのです。しかしあなたがたは旅から戻っていったい何を――まあ、今はそのときではありませんな。ミスター・グレイ、こちらはミス・メアリ・マリガンです。彼女もホームズ氏と知り合いなのですよ」

「そうなんですか？」ミスター・グレイはメアリを物珍しそうに見上げた。なぜホームズが彼女のような女と知り合いなのかいぶかしんでいるようだった。ジュスティーヌをちらっと見ると、ミスター・グレイは驚いたようにほんの少し目を見開いた。

「どんな情報ですの？」メアリが訊いた。周囲を見渡した――誰もこちらに注意を払っていない。ここでは自由に話をしていいのだろうか？　よくわからない。それにミスター・グレイはいったい何者だろう？　この件に何か関わりがあるのだろうか？

「どうぞ、お座りください」ミスター・グレイがジュスティーヌに言い、自分の隣にあるオットマンを指さした。ミスター・グレイはほほえみを浮かべ――とりわけ魅力的な笑みだ――その目にはあからさまな賞賛の表情が浮かんでいた。なるほど、ジュスティーヌはひどくハンサムな男を創り出したようだ！　メアリは自分が無視されたことを少し腹立たしく思いながら、ワトスンの横に腰かけた。

「いろいろありますが、ミスター・グレイによるとホームズは一週間以上前にここにいたそうで、この家の持ち主と一緒にいなくなったそうなんです――しかも自分から進んで行ったわけではないとかで」

「持ち主と？」とメアリ。「その男の正体を知っていますか？　プア・リチャードによれば、持ち主は戸口で迎え入れてくれたチャイナマンではなく、イングランド人だそうですわ――モラン大佐という」

ミスター・グレイが低い笑い声をもらした。「あのチャイナマンは中国人ですらないですよ。嬉々として演じてますがね。ミスター・ビンタンはスマトラの出身ですが、二十年来ロンドンに住んでいます。ボビーという名で通っていて、休日にはクリケットに興じている。それに、モランはもっと上の、もっと邪悪な権力者の代理人にすぎません。持ち主の名はモリアーティといって、自分で教授と名乗っている有害な男です。モランは彼の子分の筆頭にすぎません。ぼくはみずからここに来たわけじゃないんです――でもロンドンでいまだにぼくを歓迎してくれる数少ない場所の一つなんです」

「モリアーティ——その名前、前に聞いたことがある」とジュスティーヌ。「でもどこで聞いたかは思い出せない」

「フランス人なのか！」ミスター・グレイはジュスティーヌを好奇と賞賛のまじったまなざしで見つめた。「どの地方の訛りか特定できないな。ぼくはフランス語が大好きなんだよ——彼らのファッション、小説、そして機知に富んだ言葉《ジュー・デスプリ》。アンティーブには行ったことがあるかい？　そこに家を持ってるんだ。もし訪ねてきたかったら……」

「わたしはスイス人です」ジュスティーヌはうれしそうでもあり、やや困惑しているようでもあった。「南フランスへは行ったことがありません。とても気持ちがよくて、絵を描くにはもってこいの場所だそうですね」

　まったくもう！　アヘン窟に座ってどうやら誘拐された らしい友人二人を捜し出そうとしているというのに！　いちゃついている場合ではないのだ。

　メアリは身を乗り出した。「その名前に聞き覚えがあるのは、キャサリンが《ストランド》に載っていたドクター・ワトスンの事件簿を読んでくれたからよ、覚えてる？　そのときわたしはミセス・プールに編み物を習っていて、ベアトリーチェは複雑な刺繍のようなことをしていたわ。あなたは——何をしていたか覚えていないけれど。でもモリアーティ教授はライヘンバッハの滝で死んだはずよ。少なくとも、ドクター・ワトスンはそう書いていたわ」メアリはほとんど咎めるような目つきでワトスンを見た。

「あれはホームズ自身が教えてくれた話なのです」とワトスン。「あのときはホームズも死んだとばかり思っていました。彼が滝壺の水中で溺れ死んだのではなく、足をかける小さな岩棚を見つけたのだと明かしたときには驚きました。どうやらモリアーティ教授も激流を生き延びて、しばらくここロンドンで悪辣な事業を指揮してきたようですな。ミス――マリガン、あなたとご友人を家にお送りしたほうがよさそうです。わたしはホームズが最後にこういった場所の一つで目撃されたと聞いたのでここにやってきたのです――物乞いのプア・リチャードがその情報を届けてくれました。ミスター・グレイはホームズがこの施設でかなり長い時間を過ごしていたことを裏付けてくれました――彼はホームズが二週間ほど前にここに一人でいるのを目撃していたのです。しかし三日間ここに通いつめましたが、それ以上の手がかりはつかめませんでした。もっとも、ミスター・グレイにはたいへん助けられましたがね――なかでもモリアーティ教授がまだ生きているということを教えてくれたのですから。これでホームズの宿敵のモリアーティと彼の右腕のモランがホームズの失踪に関わっていると推測できます。あなたがたがブダペストからお戻りになっているとは驚きました。しかしお戻りになったからには、われわれはまた結束してともに調査にあたったほうがよさそうですな。おわかりのとおり、わたしはあなたがたをこんな危険な仕事に関わらせたくはないのですが、これにはホームズの命がかかっていますから。お力をお借りできればありがたいです」

「こちらこそお力をお借りしたいですわ」とメアリ。

アリスのことを話すべきだろうか？　いいえ、ここではだめだ――ミスター・グレイが信用できるかどうかわからないし、いずれにしてもアリスの誘拐がホームズ氏の失踪と関係しているのかどうかもまだ定かではない。その二つはまったく無関係の可能性もある。

「ぼくを訪ねてきてくれるね？」ミスター・グレイがジュスティーヌに言っていた。「グローブナー・スクエアに住んでいて、きみに見せたい美術品があるんだ――すてきな作品だ。彫刻もあるし、タペストリーも……ぼくは蒐集家なんだよ。それにアンティーブの家でも、いつでもきみを歓迎するよ」

「ありがとう」ジュスティーヌは目を伏せて言った。なんてばかげているんだろう――ジュスティーヌはミスター・グレイの口説きに応じているのだ！　だが、メアリはもしミスター・グレイの魅力がこちらに向けられていたら、自分もおなじような振る舞いをするだろうと認めざるをえなかった。

メアリ　絶対にそんなわけないわ！　ミスター・グレイはわたしの好みじゃないもの。それにいったい何者なの？　アヘン窟で出会ったような男よ！　どんな自堕落な生活を送っているか想像してごらんなさいよ。もっとも、ああいう場所で会うとは思わないような人に見えるのはたしかだけれど。まるで聖歌隊の一員のような雰囲気よ。日曜学校のピクニックで会いそうな。

ベアトリーチェ　ほんとうに彼が誰だか知らないの？　ミスター・ドリアン・グレイはミスター・

オスカー・ワイルドの恋人よ、レディング監獄に送られた――その、社会が容認できないような意見の持ち主だからという罪で！　美と芸術と愛を信仰しているがために。さぞかし罪悪感と悔恨に駆られたでしょうね、当世一の劇作家の破滅の原因となったんですもの！　ミスター・グレイの放埒《ほうらつ》なパーティーと彼の快楽主義者の友人たちのふざけた振る舞いのせいで、ミスター・ワイルドは醜聞と不名誉をこうむることになったの。麻薬に溺れるのも無理もないわ。

メアリ　それか、たんにアヘンが好きなのかも。とくに後悔しているようには見えなかったわよ、ビー。

ジュスティーヌ　ミスター・グレイは社会が思っているような人じゃないわ。彼はひどく誤解されているの。ミスター・ワイルドに害を及ぼすつもりはなかったと断言していたもの。

メアリ　そりゃあそう言うでしょうね。

キャサリン　あたしの本の途中でワイルドの醜聞について議論するのはやめない？　ボストンで禁書にされちゃうわ。ほかの清教徒的な場所でも。

ベアトリーチェ　わたしたちは正しいと信じていることのために立ち上がるべきだと思うわ。まさか、ミスター・ワイルドがあんな野蛮な方法で監禁されるべきだとは思わないでしょう？　しかも些細な理由で？　なんでもすっかり健康を損なったらしいわ。誰を愛するかは自分で決められるものではないのよ。

ジュスティーヌ　ミスター・ワイルドの話をしてるの？　それともあなた自身とクラレンスの話？

メアリ　それで、これはあなたの本というわけね？　わたしたちの本だと言っていた気がするけれど。どうして何かを省きたいときはあなたの本で、わたしたちに貢献してほしいときだけわたしたちの本になるわけ？

「ありがとう、友よ」ドクター・ワトスンはミスター・グレイの手を握った。「もし何かほかにホームズについて耳にしたら、わたしに連絡をくれますか？　そしてベイカー街221Bの住人はいつでもあなたのご用件を承ると覚えておいてください」

「そうしますよ、ドクター・ワトスン」とミスター・グレイ。「そしてありがとう——この数日、話し相手になってくれて——あなたの友情は——ぼくにとって大きな意味を持つものです。イングランドにはあなたのように親切に話しかけてくれる人があまりいないんです。ぼくはこの国でのけ者だから——少しのあいだ、あなたのおかげでふつうのイングランド人のような気分になれました。またお会いしましょう、ここよりいい場所で」

「われわれと一緒に来ませんか？」とワトスン。「ランチでもどうです——それともディナーになるのだろうか？　ここにいると時間の感覚がおかしくなる。新鮮な空気を吸って体を動かし、ミセス・ハドスンの料理を食べれば気分もよくなりますよ」

「ご親切に」ミスター・グレイは哀愁を帯びた笑みを浮かべた。「でももう少しここにいようと思います。ぼくにはたくさん——ふつうの人よりも——忘れたいことがあるんです。そしてミスター・フランク、きっと訪ねてきてくださいよ」

ドクター・ワトスンは首を横に振ったが、ミスター・グレイに別れを告げた。メアリとジュスティーヌがワトスンのあとについてアヘン窟の部屋を出て入口に戻った。そこでチャイナマン——クリケットのプレーヤーでロンドン訛りを話すボビー——がワトスンからかなりの額のお金を受け取ると、大げさなお辞儀をしながら三人を見送った。通りに戻って煙から解放されると、メアリはずっと気分がよくなった。あの煙のせいで頭痛がしていたのだ！

ベイカー街に着いた頃には、すでに午後も半ばになっていた。ミセス・ハドスンはドクター・ワトスンの姿を見ると安堵のため息をもらし、そして三人の服装を見て叫び声をあげた——一人としてまともな恰好をしておらず、なかでもメアリの身なりはひどいものだった！「上にお茶をお持ちしますからね」ミセス・ハドスンが言った。「きっとみなさんお茶が必要でしょう、どんな冒険をしてきたにせよ」ミセス・ハドスンはもう一度メアリをひそかに見た。メアリは借り物のドレスの上にショールをさらにしっかり巻きつけた。

「ホームズさんと謎めいた任務について、ご存じのことを教えてください」三人が応接間に腰を落ち着け、ミセス・ハドスンのお茶とサンドウィッチを待っているあいだ、メアリが言った。

「残念ながら、ごくわずかです」ワトスンは髪のあいだに指を走らせた。メアリはドクター・ワトスンがこんなに当惑し、心を乱しているのを見たことがなかった。「ホームズはあなたがたがヨーロッパに旅立たれたあとすぐに姿を消しました。兄のマイクロフトから使いがきて、わたしにすら知らせてくれないような秘密で緊急の用件を彼に伝えました。そのあと、ホームズからはなんの連絡もなく、やがてプア・リチャードが伝言を届けにきたのです。ひどく心配しましたが、ホームズの行方を追って彼の信頼を裏切るようなことはしたくなかった――彼はわたしが干渉するのを歓迎しないでしょうから。しかしながら、プア・リチャードからホームズがわたしの助けを求めていると聞いたとき、わたしは行動を起こすべきだと思ったのです。ところでミス・ジキル、ミス・フランケンシュタイン、ヨーロッパから帰ってきて何をしているのです？　どうして不道徳の巣窟のようなところに来たのです？」

メアリはなるべく簡潔に電報を受け取ったこと、アリスが失踪したこと、そして現時点でつかんでいる情報を話した――まだほとんど何もわかっていない。アリスの居場所についてはごくわずかな手がかりしかつかめていないのだから。

「というわけで」とメアリ。「わたしたちは持っている手がかり――あなたの机の吸い取り紙にあった住所――を追っていたんです。ホームズさんならそうしたでしょうから」メアリはドクター・ワトスンの私室に立ち入ったことを詫びなかった。きっとホームズもおなじことをしたのではないだろうか？「でも、ミセス・レイモンドの居場所に関しても手がかりを探らなければいけません。あるいは、ミセス・ハーバートの居場所を。もし同一人物なら。覚えておいでですか――」

「ハーバート殺人事件ですか？」とワトスン。「ええ、おぼろげに。きっとホームズがファイルを持っていますよ――彼は過去二十年間にロンドンで起こったすべての殺人事件を記録していますから。ミセス・レイモンドがミセス・ハーバートかもしれないとはな！　まあ、彼女の悪評を考えれば、この国を離れるかべつの名前で身を隠していてもおかしくないですね。ロンドンの人間の半分は彼女が無罪だと考えていますが、あとの半分は彼女を責め立てています。でも事件のファイルを見つけられるかやってみましょう」

「わたしにやらせてください」とメアリ。ファイルの管理はわたしの仕事でしょう？　なんと言ってもホームズ氏の助手なのだから。その事件のファイルを見た覚えはなかったが、どこにあるかは見当がついていた――ホームズの部屋にメアリがまだ整理していない書類の入った箱がある。そこを探してみよう。

ミセス・ハドスンがお茶とサンドウィッチを持って上がってきた頃には、三人はすでにハーバート殺人事件のファイルを詳しく調べていた。やはりあの箱のなかにあったのだ。メアリが見たことがなかったのも不思議ではない。そうでなければ名前くらいは覚えていただろう。

「ポール街の近辺で三人目の紳士が死体で発見された」メアリは《タイムズ》の切り抜きを見下ろした。「一八八三年六月三日のことです。《デイリー・メール》は男が前の二人とおなじく強い恐怖のあまり死んだようだと書いています――でもどちらも扇情的な新聞です。真に受けるわけにはいきませんわ！」

「八月十七日、ハーバート本人の死体が発見された。ご覧ください――」ドクター・ワトスンは几帳面に切り抜かれ整理された記事を指さした。「《ヘラルド》の記事には犠牲者のむごたらしい描写が含まれています――あきらかにその表情は恐怖に凍りついていた。まるであまりにも恐ろしいものでも見てしまったかのように。これが《ヘラルド》ですよ――客観的な説明だけでは不十分なのです。ゴシック調のあらゆる装飾がほどこされていなければ。この記事によれば、男の未亡人が保険金目当てに夫を亡き者にしたということです。《タイムズ》に戻って十月七日の記事、『ミセス・ハーバートはポール街に住む夫のミスター・チャールズ・ハーバート殺害に関して先ごろ無罪放免となったが、伝えられるところによると失踪したとのことである。ロンドン警視庁は彼女が身ごもっていることから、なんとしてもその行方を突き止めようとしている』これから何かわかるとは思えませんがね、ミス・ジキル。ミセス・レイモンドに後ろ暗い過去があったとして――ミセス・ハーバートとして夫とほか三人の男を殺したのだとして――あの小さなアリスの失踪と何の関係があるのです？」

「すみません、ドクター・ワトスン、でもアリスはリディア・レイモンドでもあることを思い出してください」とジュスティーヌ。「あるいはわたしたちはフラウ・ゴットリープにそう聞いていますし、彼女を信じない理由はありません。ミセス・レイモンドが身ごもっていたのだとしたら、その子はアリスでしょうか？

たぶんミセス・レイモンドは娘に再会したくてアリスを誘拐したのではないでしょうか」

「ミセス・レイモンドが母性本能にあふれているとは思えないけれど」とメアリ。ミセス・ハドスンはどんなサンドウィッチを持ってきてくれたのだろう？　ハムとキュウリだ。メアリはハムが必要な気がした。まだ完全にはアヘン窟の瘴気《しょうき》から回復していなかった。ハムのサンドウィッチととても濃いお茶――それがメアリには必要だった。幸運にも、ミセス・ハドスンのお茶はいつも濃くて熱かった。メアリは元気を取り戻すためにいつもは入れない砂糖を入れ、レモンも一切れ入れた。「もしミセス・レイモンドがアリスを誘拐したのだとしたら、アッシャがほのめかしていたように、アリスの催眠術の能力のためじゃないでしょうか。フラウ・ゴットリープによれば、ミセス・レイモンドもそのような能力の持ち主だそうです、レイモンド博士の実験の結果そうなったとか」

「しかし何の目的で？」とワトスン。膝の上のファイル入れを見下ろし、もういちど中身を探っている。「幻影を創り出す能力にどんな使い道があるのです？ その能力で経験的現実を変えられるわけでもないのに」

「それでも、男を死ぬほど怖がらせることはできます」とメアリ。「犠牲者が強い恐怖のために死に至ったという新聞の記事が、たんに扇情的な効果を狙ったものではないとしたら？ 虎が襲ってきたらと想像してください――あるいは巨大な蛇や、何かもっと恐ろしいものが。もしかしたら、これらの事件ではそういうことが起こったのではないでしょうか？ この紳士たちを怖がらせて死に至らしめたのが何だったのか知ることはできませんが、ミセス・レイモンドはそのような幻影を創り出せることはたしかです」

「可哀想なアリス！」とジュスティーヌ。「ミセス・レイモンドのような女性の支配のもとにいるとしたら、きっとひどく怖い思いをしているでしょうね。どうやったらあの子を見つけ出せるかしら？ それにもちろんホームズさんのことも。アリスの失踪はホームズさんと何か関係があるのかしら？ そうは思えないけど――二人のあいだに接点が見つからないもの」

「それじゃあ、二つの線から捜査をする必要があるわね」とメアリ。「もっとミセス・レイモンドに関する情報を集めなくては――彼女を見つければ、アリスの居場所もわかるわ。ダイアナが何かを見つけているかどうかわからないし――ベイカー街の男の子たちは機転が利くけれど、この捜査はあの子たちの手には負えないわ。つまるところ、ただの男の子たちですもの」

ダイアナ　ただの男の子だって！ ベイカー街の男の子たちがただの男の子？ ああ、ウィギンズが聞いたら……

メアリ　ずっと前のことよ。あれからわたしはあの子たちが勇敢で機転が利く若い男性だということをこの目でたしかめたわ。ウィギンズさんはわたしが彼と彼の組織をどれだけ尊敬しているかわかってる。

ダイアナ　ふうん、それならいいけど。

「こんなこと提案したくはないのですけれど」メアリが続けた。「でも、そろそろレストレード警部のところに行くべきでしょうか？　正直なところ、警部がわたしたちの質問に答えてくれるかはわかりませんが、スコットランド・ヤードはホワイトチャペルの連続殺人事件の捜査のためにミセス・レイモンドを監視しているでしょうから。彼女がミセス・ハーバートでもあると伝えれば、警部はミセス・レイモンドがどこへ行ったか、あるいはどこへ行きそうかを教えてくれるかもしれません」

「それにモリアーティのことも訊いてみたいですな」とワトスン。「モリアーティは生前――いや、死んではいないということがわかったのですが――ロンドンの犯罪社会の首謀者でした。どうやら奴は違法行為を再開しているらしい。奴がいま何をしているのか、もっとよく知りたいものです。しかしながら、スコットランド・ヤードに行く前に、もう一度ディオゲネス・クラブを訪ねてみるのはどうでしょう。もしかしたらマイクロフトがこの一週間どこに行っていたにせよ、戻ってきているかもしれない。マイクロフトに相談してみたいのです――というより、彼に対峙しなければ。なにせホームズを危険にさらしたのはマイクロフトであることはあきらかなのですから。せめてどんな危険なのかを教えてくれてもいいだろう！」

「ええ、それでは明日の朝にお会いしましょう」とメアリ。「ドクター・ワトスン、このドレスを隠す外套か上着を貸していただけませんか？　この恰好でパーク・テラスに帰ったら、ミセス・プールが卒倒してしまうわ」

ミセス・プール　わたしがいつ卒倒しました？　お嬢さんがたはいろんな恰好をします――聖職者の恰好、サーカスの演者の恰好に、不運な境遇にある女性の恰好……いつかひょっとすると煙突掃除人の恰好でお出かけになるかもしれませんね！　わたしは卒倒したことなどありませんよ、あなたがたがどんな恰好をしようと。

キャサリン　そのとおりよ、ミセス・プール。あたしたちはあなたのことを十分に評価していないわ。

メアリ　ほんとうにそうだわ、ミセス・プール。あなたがいなければ、アテナ・クラブは機能しないもの――それに誰も朝食にありつけないわ！　わたしたちは感謝しています、ほんとうよ。

ダイアナ　勝手に決めないでよ！　〝ミセス・世話焼き〟がいなくてもあたしたちはやってけるよ。食事を取れだの風呂に入れだの寝る時間が過ぎてるからベッドに入れだのうるさく言われなくても……だいたい、寝る時間なんていったい誰が発明したのさ？

ミセス・プール　ちょうどそのときですよ――寝る時間を過ぎています。さっさとお行きなさい！　そんな顔してみせないの、お嬢さん！　果てしない文句を言いはじめるのもなしですよ。文句を言われてもわたしが気にしたことがありましたか？　気にしたことなどありませんとも。

7　スカラベの首飾り

アリスは今まで何をしていたのだろう？　囚われの身であることの問題は、それがひどく退屈なものだということだ。アリスの毎日は、夜明けから夕食までやることでいっぱいだった。火をおこし、朝食の用意をし、洗い物をし、昼食までに埃を払って掃除をし、それからミセス・プールと一緒に座って家計簿をつける――ミセス・プールがやり方を教えてくれていた――そして二人で午後の計画を立てる。食料品店、肉屋、パン屋、ときどき魚屋や青果店に行く――いつだってやることや、見て覚えなければいけないことがたくさんあった。今やれることといえば、ベッドに腰かけて『水の子どもたち』を読み――これ以上退屈な本があるだろうか？――呼び出されるのを待つことくらいだった。ほんとうに、髪の毛をかきむしりたくなりそうだ！

一時間後にギトラがやってきて、扉の鍵を開け、何かを食べるような身ぶりをしてみせた。やっと朝食にありつけるのだ！　まったく、もう十時ちかくになるに違いないのに。パーク・テラスでは朝食は八時きっかりに出された。この家の人たちはみんなひどくだらしないに違いない。アリスはもう何時間も前に起きて着替えを済ませていた。衣装戸棚にあった立派なドレスで、今日は緑と青の格子柄のものだった。

ギトラのあとについて廊下を歩きながら、アリスは自分に言い聞かせた――あなたには計画がある。何が起ころうとも計画どおりにやるのよ。怖がらないで、それか、少なくとも怖がっていることを悟られないように。ホームズさんを助けなければ。ホームズさんは病気なのだろうか、それとも強力な睡眠薬のようなものを飲んでいるのだろうか？　アリスは後者だと思った。さもなければモリアーティがあの探偵を監禁しておくことなどできるわけがあるだろうか？　もし薬がどこに保管されているか、どんなふうに投与されているかがわかれば、たぶん何か打つ手はあるはず……とはいえ、今この瞬間はどうすればいいのかわからなかった。

アリスはふたたびあの男たちと一緒に食事を取るのに耐えなければいけないのだろうかと心配した――もう彼らのことを紳士だとは思っていなかった。アリスは判断する立場にはないかもしれないけれど――そう、考えが揺らぐことはないとはいえ、厨房メイドが判断することではないけれど――彼らは無礼で薄気味悪い男たちだと思っていた。とくにモリアーティがそうだ。ゴダルミング卿はハンサムな顔立ちをしているけれど、アリスはこれっぽっちも彼を信用していなかった。モリス氏はアメリカ風の身なりが滑稽だと思った。つねに他人の前で気取った態度を取るような男だとわかった。セワード医師は万聖節に飾られる彫られたカブに似ていたし、レイモンド博士を見ていると干からびたスモモを思い出した。二人はごたいそうな肩書きを持っているかもしれないけれど、アリスは彼らの本性を知っていた――無力な獣人を監禁しておくような男たちだ。モラン大佐はたんなるいじめっ子だ。アリスはあの手合いを孤児院にいた頃から知っていた。女院長の息子がちょうどあんな感じだった。歳のわりに図体が大きくて、小さい子どもたちにいばりちらしていた。ハーカー氏は小物だった――アリスでさえも、ハーカーが取るに足らない存在であり、彼らが計画している儀式とやらに七人の男が必要だから駆り出されたにすぎないとわかった。そしてモリアーティ教授――あの男のことを考えると背筋が冷たくなった。モリアーティの目には、孤児院にやってきて地獄の業火の苦しみを説いた説教師の目に宿っていたのとおなじ光が見えた。その説教師は無一文の女の子たちを前に、ほとんどの者は地獄に落ちるだろうと言った。穴の開いた靴下を穿き、ポケットには何一つ入っていない孤児院の女の子たちは、石のように沈黙したまま説教師を見つめた。やがて小さな女の子が声を出して泣きはじめ、寮母に連れ出されていった。それにモリアーティのイングランドのための計画――アリスは彼が言ったことをすべて理解したわけではなかった。モリアーティの演説には外国語が使われていた――ギリシャ語のようだったが、アリスはギリシャ語をほとんど知らなかった。それでも、アリスにはそれが間違ったことだとわかった。あの男たちとまた食事をともにしなければいけないのだろうか？

ところが、ギトラが一階の通路の突き当たりにある部屋の扉を開けたとき、そこにはミセス・レイモンドとミス・トレローニーの姿しか見えなかった。二人はこの家のほかの部屋とはまったく雰囲気の違う、心地よさそうな部屋のなかに腰かけていた。壁には花柄の壁紙が貼られていた。片隅に机とソファが置かれ、暖炉の前には座り心地のよさそうな読書用の椅子が置かれていた。窓の正面に朝食が用意された丸テーブルがあり、ありがたいことに、そのテーブルに座っているのは二人の女性だけだった。

「おはよう、リディア」ミス・トレローニーが言った。「朝食を取ろうと思っていたところよ。一緒にどうかしら。よく眠れた？」

「はい、ありがとうございます」とアリス。計画を実行するときだ。できるだろうか？　アリスはこれまでの人生でもっとも難しいことを成し遂げる覚悟を決めた。ミセス・レイモンドのほうに歩いていくと、身をかがめて「おはよう、お母さん」と言い、彼女の頬にキスをした。

ミセス・レイモンドははっとして振り向き、驚いたようにアリスを見つめた。

「昨日から考えていたんです、部屋に一人きりでいるあいだに」アリスは続けた。「それで……その、あなたに協力することに決めました、ミス・トレローニー。催眠能力を使って。モリアーティ教授とあたしの……お母さんが望んでいるように」

「あら？」とミス・トレローニー。「昨日のモリアーティの長口舌――つまり、議論に――説得されたのかしら？」

ミス・トレローニーはほほえみを浮かべていたが、その表情には何か含みがあった……頭のまわりに見えるエネルギー波がいつもより暗かった。なんと返事をすべきだろう？　イングランド人のためのイングランドという考えはどこまでもばかげているし、これまで聞いたこともないような恐ろしい考えではあるけれど、それでもモリアーティの言うことに納得したと言えばいいのだろうか？　肉屋のバイルズさんはたしかにイングランド人だけれど、ミセス・プールがほかの店に行かないようにいつもいちばんいい野菜をとっておいてくれる食料品店のパテルさんや、メリルボーンでいちばん美味しいパンを焼くミセス・ジャブロンスキはどうなのだろう？　それにリージェンツ・パークの管理人で、アリスがおつかいで公園を通るたびに親切に挨拶してくれるノーランさんは？　ノーランさんはアイルランド人だ。アイルランドもモリアーティの言うイングランドの一部に数えられるのだろうか？　アリスはそうは思わなかった。それにモリアーティが女王陛下について言ったこと――そう、あれは神への冒瀆《ぼうとく》だ！　ミセス・プールが聞いたらいったいどうするだろう？　きっとのし棒でモリアーティを打ちのめすに違いないし、モリアーティはそうされて当然だ。あの愚かな計画がすばらしい考えだと思っていると、ミス・トレローニーにもっともらしく言えるだろうか？

「いいえ、あれは何もかもばかげた話です」アリスは言った。「でもあたしはもっとお母さんと一緒に過ごしたいんです。だって、赤ん坊のとき以来、ずっと会ってなかったんですもの。お母さんはあたしを捨てて孤児院に入れたかもしれませんが」――ここでアリスはミセス・レイモンドを咎めるような目つきで見た――「それでもお母さんであることに変わりはありません。あるいは、お母さんがそう言っています」

「あなたはわかってないのよ」ミセス・レイモンドは眉をひそめて言った――でも、怒っているというより も、大昔の出来事を蒸し返されたことを不愉快に思っているようだった。「あのときわたしは夫殺しの容疑をかけられていた――あなたの父親よ。証拠不十分で無罪放免になったけれど。警察はあきらめなかった――わたしが有罪だと確信している若い巡査部長がいてね。わたしはロンドンを離れなければいけなかった。子どもを――赤ん坊を連れてそんなことができるわけがないわ。あなたはまだ生後三カ月だった。あなたのことも危険にさらすことになったでしょう。それに、あのときのわたしは母親には向かない性分だった――たぶん今もね。母親になるべく生まれついた女もいれば、そうでない女もいる。わたしは後者なのよ」

「向いていようがいまいが、あなたはお母さんです――あたしの」とアリス。「だからもっとよくおたがいにわかりあいたいんです。それと、お腹が空いたわ」

ミス・トレローニーが笑った。「お座りなさい、リディア」そう言って隣の椅子を軽く叩いた。「ミセス・マンデルバウムは英語は話せないかもしれないけれど、英国式の朝食を作れることはたしかよ！　トーストにマーマレード、卵にソーセージ――」ミス・トレローニーは話しながら皿に朝食を盛りつけた。「お茶にミルクとお砂糖は入れる？　あなたは入れるタイプのように見えるわ。それからわたしのことはマーガレットと呼んでちょうだい。お友達でしょ？　わたしたちのあいだで肩肘張る必要はないわ」

朝食はたしかにとても美味しく、それにアリスは正しかった――とてもお腹が空いていた。ソーセージと卵とトーストが載った皿を鼻先に差し出されるまで、こんなに空腹だったとは気づかなかった。なるべく淑女らしく振る舞おうと努力はしたけれど――おなじ状況にメアリがいたら振る舞うように――それでも控えめではあるががつがつと食べはじめた。

「儀式に必要なものはすべてちゃんと据えつけたの？」ミセス・レイモンドがミス・トレローニー――マーガレットと呼ぶべきだろうか――のほうを向いて訊ね、アリスが来る前の会話を再開した。

「そう思うわ」とマーガレット。「昨日の朝はあそこにいたの。そうでなければ、もっと早く来られたわ。自分で祭壇と石棺《サルコファガス》のあいだの距離を測ったの」

「彼女に指示されたとおり？」とミセス・レイモンド。この際、彼女のことをヘレンと呼んでもいいかもしれない。彼女はもはやメアリがマグダレン協会で会ったような女性ではなかった。もっと若く、物腰もいくらか柔らかかった――それに彼女はアリスの母親なのだ。「エネルギー波が彼らに流れこむように正確な位置に置かなくては」

「もちろんよ」マーガレットが喉元のルビーのカブトムシを片手で触った。「保証するわ、正確に指示に従った。午後になったらまた行ってみるつもりよ。ハトホル女神のランプをもういちど確認しておきたいから。儀式がその部分まで進んだら――」

「子どもの前で秘密の話は禁物よ」ヘレンが警告するように言った。

「え――ああ、リディアのこと？　この子は聞いていないと思うわよ。リディア？」

アリスは美味しそうな半熟卵をトーストのかけらに載せようとしていた途中で顔を上げた。「はい、マダム？」

「マダムなんて呼ぶ必要はないわ。あなたはヘレンに賛成？」

アリスは不意を衝かれたふりをした。「えっと、はい、もちろん」

「モリアーティ教授が魚に似てるって？」

「ああ、はい」アリスはほっとしたように見せるため、ため息をついてみせた。「ちょっと似てると思います。たぶんヒラメに。そんなにたくさんヒラメを見たことはないですけど、魚屋で売ってるもの以外は」よく聞いて観察すること。そしてそうしていることを悟られないようにすること――アリスは孤児院でその貴重な訓練を受けていた。

「ほら、わかったでしょう？　リディアはあなたに賛成ですって」とマーガレット。「お茶をもう一杯いかが、リディア？　残さずおあがりなさい、いい子だから。わたしは正午になったら大英博物館に戻らなければいけないの。来週には展示が始まるのに、まだ開けていない箱や陳列していない遺物品があるから。テラ女王の墓を正確に再現したいのよ、訪問客がわたしたちが墓を開けたときに見たものをそのまま見られるように」

「あなたもお父様と一緒にエジプトに行ったんですか？」アリスは驚いて訊ねた。もちろんエジプトは実在する国だということはわかっていた――聖書にだって出てくるのだから。でも、実際にそこに行くことは、月に行くのとたいして変わりない現実離れしたことのように思えた。

「もちろんですとも！」マーガレットはほほえんだ。「わたしは父の非公式の助手だったの――父の筆記者だったのよ。父のために調査をおこない、父が発見したものをすべて書き記していた――それに、父の論文の草稿を書くこともたびたびだったわ。もちろん父が手直しをして、わたしの知らない専門用語を書き足していたけれど。自分では大学に行くかもしれないと思っていたのよ――第一志望はガートンだったわ――でも父は大学教育が女性に向いているとは考えていなかった。『おまえはいずれ結婚して子どもを産むだろう』と父は言ったわ。『そうなればおまえの時間とわたしの財産の無駄遣いということになる』って。でもテラ女王の墓に足を踏み入れたとき、壁に描かれたヒエログリフを読み解いたのはこのわたしだったの。記されていたのは古代エジプトのヒエログリフとプトレマイオス朝のアレクサンドリアで使われていたギリシャ語だった。プトレマイオス朝について何か知ってる、リディア？　どこまで教わったか知らないけれど——」

アリスはただ首を横に振った。ベアトリーチェは自然科学とほんの少しラテン語とギリシャ語を教えてくれた。メアリは歴史と地理を教えてくれた。ジュスティーヌは哲学を教えてくれて、アリスはとくにこれが理解できなかった。キャサリンは文学を教えてくれ、そしてミセス・プールが算術を教えてくれた。でも、誰も古代エジプトの王朝については教えてくれなかった。

「そうなのね」マーガレットはあきらかにうれしそうだった——このことをまるで知らない相手に説明するのを楽しんでいるようだ。「プトレマイオスという王が何人もいて、わたしたちは通り名で呼んで区別しています。テラはイシス神殿の女祭司になる前は女王で、プトレマイオス・アウレテスの二番目の妻でした。最初の妻はプトレマイオスの姉妹でもあり、彼とのあいだに娘のベレニケをもうけましたが、そのあととても病弱になって、もう一人子どもを産むことができなくなりました。そこでプトレマイオスは彼女を退け、メンフィスのプタハの司祭長の娘、テラと結婚しました。それまで何世代にもわたって、プトレマイオス朝は血族内の結婚をくりかえしてきました。兄が妹と結婚したり、伯父が姪と結婚したり、そして恐ろしい結果になりました——家系に奇形と狂気が生まれることになったのです。テラが選ばれたことは大衆にも支持されました――エジプト人はマケドニア人の統治に反抗していて、その点テラは生粋のエジプト人だったからです。テラはプトレマイオスとのあいだに三人の健康な子どもをもうけました――クレオパトラ、アルシノエ、そして息子のプトレマイオス。彼はフィロパトルと呼ばれました。夫がローマに国外追放されているあいだ、テラは何年かエジプトを統治し、夫が帰ってくるとふたたび王位を譲りました。夫が亡くなると、息子のフィロパトルと娘のクレオパトラが王位に就きました。クレオパトラはイシスの女神が夢に出てきて、テラはフィラエのイシス神殿の高位の女祭司になるべきだと告げたと言いました。それはもちろん、テラをアレクサンドリアから追放して、彼女をふたたび王位に就かせまいとしてのことでした。テラならばきっと娘よりも優れた統治者になったでしょう！」

ミス・トレローニーの話しぶりは大学の教授のようだった。アリスは一度ミセス・プールに連れられて、職業婦人協会でおこなわれた〈ワーズワース――われらがイングランドの吟遊詩人〉という文学教授の講演を聞きにいったことがあったが、ちょうどそのときの教授がおなじような話し方をしていた。マーガレットは教授になりたかったのだろうか？　女性が教授になれるのだとしたら――その点はアリスにはわからなかった。

「この続きはシェイクスピアでご存じのとおりです」マーガレットが続けた。「クレオパトラはアウグストゥスの軍勢にローマを奪われました。アウグストゥスはアレクサンドリアを攻略したあと、兵士の分遣隊をフィラエのイシス神殿に送りこみました。高位女祭司を捕らえようとしたのです。なぜなら彼女がふたたび王位に就くことを主張して、ローマの支配に対する反乱を主導することを恐れたからです。女祭司たちは彼の兵団に対抗し、多くが殺されました。テラもその一人です。墓はすでにナイル川沿いにある岩だらけの丘陵の側面に用意されていました。エジプト人は来世に備えて慎重に計画を立てるものなのです。残った女祭司たちはその墓にテラを埋葬し、入口を塞いで砂漠の砂で覆いました。わたしの父が一年前に発見するまで、墓は手つかずのまま残っていたのです」

「あなたの父親ですって！　まるで彼が発見に関係があるみたいな言い方ね」ヘレンは鼻先で笑った。「あの墓を発見したのはあなたよ――彼はあなたに功績があると認めた？　もちろんしなかったわ」

「そうね、わたしがたまたま見つけたとも言えるわ」とマーガレット。「あのときわたしはナイル川の日の出を見に外に出たの――わたしたちが雇っていたアラブ人の運搬人たちは日に五回、祈りの呼びかけをするのだけれど、その朝も呼びかけのせいで早く目覚めていたから。砂の崖を登っているときに足を滑らせて、砂の下に何か固いものがあることに気づいた。わたしはなんとなく興味をそそられて、身をかがめて素手で掘り返しはじめた。それがその下にある岩に嵌めこまれた扉だとわかると、わたしは父とユージーン・コーベックを呼びにいったわ。コーベックはイタチのような小男で、カイロの市場でほんものの埋蔵物を探すために父が雇っていた人よ。市場ではよく墓荒らしが埋蔵品を売っていたから。わたしたち三人でその扉を最初に開けたわ――やがてコーベックが墓の砂を取り除くのを手伝わせるために運搬人を呼びにいった。墓は崖に直接掘られていた。入口の砂を取り除いてしまうと、わたしは父のあとについて長い通路を降りていった。明かりはわたしたちが持っているランタンの光だけだった。もちろんわたしたちは興奮していた――どうやら墓荒らしの手にかかっていない新しい墓のようだったから。どんなエジプト学者でもそのような発見には興奮するものよ。でもその通路の突き当たりにあったものは、わたしたちの予想を超えていた」マーガレットはそこで言葉を止め、何かを思い出すように片手で喉元のカブトムシを触った。

「なんだったんですか?」アリスが訊いた。目に浮かぶようだった――砂漠の砂、エジプトのまぶしい陽射し、そしてランタンだけが照らす暗い通路。アリスは人生で初めて、遠い国を旅し、そのような景色を眺めるのはどんなものだろうと想像した。そう、わたしは厨房メイドのアリスにすぎない。それでも、この目でエジプトかギリシャ、あるいは聖書に出てくる国々を見てみたい。もしかしたらいつの日か……

ヘレンは笑みを浮かべ、左手をあげた。オーケストラに演奏を始めさせる指揮者のように、その手を振った。と、三人のまわりに石壁が立ち現れた。そこにはアリスが見たことのある絵とは似ても似つかない絵が一面に描かれていた――古代エジプトの生活の様子らしき光景が描かれ、それ自体が小さな絵のようなヒエログリフがずらりと並んでいた。部屋が薄暗くなった。三人は何かの脇に立っていた――なんだろう? 石でできた大きな長方形の箱で、石板で覆われ、彫刻と彩色がほどこされている。それを取り囲むように、壁には灯のともった七つのランプが嵌めこまれている。壁際にはさまざまな種類の家具が置かれている。葦で編んだ台座のある狭いベッド、折り畳み式の椅子とテーブルがいくつか、引き出し付きの戸棚、ゲームボードのように見えるもの。どれも美しい彫刻がほどこされ、絵が描かれている。一方の壁際に細長いテーブルが据えられ、その上には凝った装飾がほどこされた箱がいくつも置かれている。その隣にミイラにされた猫がいて、包み布にはアーモンド型の目とヒゲのある笑顔が描かれている。

「正しくできたかしら?」ヘレンがマーガレットを見ながら訊いた。「あなたが描写してくれたとおりよ、最初に計画を立てたとき……わかるでしょう」

「近いわね」マーガレットはテラ女王の墓をうれしそうに見まわしながら言った。戻ってこられたことを喜んでいるようだった。「もっと暗かったわ、もちろん。あのときはランプに灯がともっていなかったから、手持ちのランタンの明かりではよく見えなかったのよ。絵は色あせていたし、漆喰《しっくい》はところどころ剝がれていた。でも、リディアにわたしたちがサルコファガスを開けたときに見たものを見せてあげなくては」

ヘレンが手を振った。すると長方形の箱の蓋がなくなった。箱のなかにはもう一つ蓋のされていない箱があって、そのなかに女性が横たわっていた。年老いた女性だ——顔じゅうに皺が刻まれている——でも生きているときはきっととても美しかったに違いない。薄い褐色の肌で頬骨が高く、繊細な顔立ちをしている。肩の下まで垂れている白髪は、アザミの冠毛のように細い。

その女は白い亜麻布に包まれていたが、左手だけが包み布から出て胸に置かれ、心臓がある場所にあてられていた。その手にはエジプトで生命の象徴とされているエジプト十字《アンク》が握られている。アリスが驚いたことに、指が七本あった！　首には金色の首飾りがかけられ、マーガレットのものとおなじく、カブトムシの形をしたルビーのペンダントがついていた。

「とても美しいわ」とマーガレット。「でも、わたしたちはこのような状態で彼女を見つけたわけではないの」

突然、女を包んでいる布が茶色に変色した。整った顔立ちが萎《しぼ》み、どう見ても古代のものに映った。白髪が抜け落ちて、いくつかの毛束が絡まるだけになった。七本指の手は鉤爪《かぎづめ》のように丸まって、アンクを握りしめていた。カブトムシのペンダントのついた首飾りだけが変わらず、女の胸元で輝いていた。

「より正確になったわ」とマーガレット。「すばらしい再現ね。展示を見に博物館に押し寄せる訪問客にも見せてあげられたらいいのに。そのかわり、訪問客は埋蔵品そのものを見て想像をふくらませることになるでしょうね」

「これはあなたがつけている首飾りですか？」アリスはミイラ化された女王の皺の寄った茶色い首元を見下ろして言った。

「そうよ」とマーガレット。「一時的にね、もちろん。テラ女王はいつか取り戻したがるでしょうからね！」マーガレットは冗談でも言うようにほほえんだ。「これはスカラベというの――エジプト人に神聖視されていた甲虫よ。スカラベは自分の糞を球のように丸めるの。太陽神ラーが毎日夜明けから日没まで太陽を空に転がすようにね――だから、スカラベはよみがえりの象徴とされていた。その二つを同一視するなんて、わたしたちには奇妙に思えるわよね――糞の球を太陽にたとえる習慣なんてないもの！　けれどエジプト人は甲虫のような慎ましいものも、あるいはその糞のことも嘲ったりしなかった。スカラベの糞はエジプトの畑を肥沃《ひよく》にするものだったから」マーガレットは腕時計を見下ろした。「あらまあ、もうこんな時間！　長話がすぎたようね。テラ女王の実物を確認しに行ったほうがよさそうだわ！　失礼するわ、ヘレン――」

幻影がテレビン油の瓶のなかの絵の具のように三人のまわりで渦巻き、床に溶けこんでいった。三人は不快な〈黄金の夜明け団〉の本部のなかにある快適な部屋に戻り、朝食の残りを前にしていた。

「さあ行きなさい、リディア」とマーガレット。「自分で部屋に戻れるわね？　わたしたちの大義に加わることになった以上、あなたを監禁しておく必要はないわ」

「本気なの？」ヘレンが驚いたように言った。「もちろん、リディアがこの家を離れようとすればわたしは気づくけれど――この子のエネルギー波を感じ取れるから、あなたのエネルギー波とおなじように。それにモリアーティの見張り番を出し抜くことはないでしょうし。でも、この子の部屋には鍵をかけておいたほうがいいと思うわよ」

つまり、あたしの母親はあたしのことをいまだにそう考えているわけだ——脱走するかもしれない囚人だと。あたしのエネルギー波を感じ取れるってどういう意味？　とアリスは不思議に思った。その能力はどれくらいの範囲まで及ぶのだろう？　家全体？　それ以上？　まあ、それはどうでもいい。アリスはもはや脱走するつもりはなかったから。今は自分の身の安全よりも大切なことがある。まずは、ホームズ氏を助けて、この場所から脱出させなければいけない。そのあと、モリアーティを止めなければいけない、どうにかして。アリスはそれが自分の肩にかかってくるとは想像もしていなかった。厨房メイドのアリスが女王陛下を救うなんて。でもほかに誰がいる？　だから自分がやらなければいけない。もし母親がこちらのエネルギー波を感じ取れるのだとしたら——試してみれば、あたしもあの人のエネルギー波を感じ取れるのかしら？　アリスには母親の頭のまわりに渦巻いているエネルギー波が見えた。離れていてもそれを感じることができるのだろうか？

「そう、本気よ」とマーガレット。「自分の娘を閉じこめておくだなんて。あなただってわかっているでしょう！　リディアはわたしたちの味方だと言っているじゃないの。わたしはこの子を信じるわ——あなたは信じないの？」

「この子の身の安全のためよ」ヘレンが眉をひそめて言った。「リディア、気をつけなさい！　ぼんやりしているようね。ハーカーは害のない愚か者よ。ゴダルミングとセワードはあなたに関心を持ちそうにない。でもわたしの目の届かないところにいるときのモリアーティは信用していないわ。モランはモリアーティに言われたことはなんでもする男よ。そしてわたしの父は——そう、あの人は自分の昔の実験を再開させることにとてつもない関心を寄せている。モリアーティはわたしたちが居場所を突き止めた催眠術師の一人があなたのことを話したとき、とても喜んでいたの。あの男はすぐにあなたが何者か察知した。わたしは半信半疑だったわ——あなたのことをこの目で見るまでは。そのあとはもちろん、わたしは理解した。わたしたちの能力、わたしたちのエネルギーの特徴が似ていることは見間違えようがないもの。残念なのはマグダレン協会でのあの晩に気づけなかったことよ——気づいていればもっと早く知り合えたのに。でもわたしはあなたに注意を払っていなかった。ハイドにばかり気を取られていたから。わたしはモリアーティの代理としてハイドの要求に応えていたの。モリアーティはいろいろな事業に手を染めているけれど、若い女性を提供することもその一つだった——なんの目的か訊きもせずにね。それからあなたをもういちど見つけられてうれしかったわ」——ヘレンはとくにうれしそうに見えなかった。でも、これが彼女が見せられる唯一のうれしそうな顔なのだろうか？——「あの人たちがわたしの知らないところであなたについて計画を練っているのではないかと心配してるのよ。モリアーティはすべてをわたしに話すわけじゃない——あの男は秘密主義だし、とても危険な男よ。この儀式が成功を収めてくれたらうれしいわ」

「あなたが見つけた催眠術師の一人があたしのことを話したんですか？」とアリス。マーティン以外に考えられない。マーティンは自分を裏切ったのだろうか？友達であり先生だと思っていたのに！

「そうよ、たしかマーヴィンという名前だったわ。サーカスの出演者か何かだったとか」ヘレンの声は軽蔑に満ちていた。「あの催眠術師たちはお粗末な連中だったわ——ロンドンで見つけたいわゆる催眠術の実行者たちのなかで、催眠能力を少しでも持っているのは五人だけだった。マーヴィンがもっとも強力な能力の持ち主だったの。その彼が自分より強い能力を持っている人間を知っていると話したのよ。若い女の子で、訓練もろくに受けていないのに天賦《てんぷ》の才能を持った子だと。もちろん、彼はわたしたちが何のために催眠術師を必要としているかは知らなかった——ショウか何かをやるためだと思っていたようね——〈催眠術の神秘！〉とね」

「その催眠術師たちは今どこにいるんですか？」とアリス。「その人たちを傷つけていませんよね？」マーティンが自分を裏切ったのだとしても、少なくとも彼は自分がそうしていることに気づいていなかったのだ！

「当然よ、あとであの連中をちょっとしたことに利用するつもりだから。彼らは言ってみれば、保管されているのよ、逃げられない場所に。わたしたちのために彼らを見つけてくれた男が彼らを監視しているわ——ペトロニウス教授と名乗っているペテン師の芸人よ」

ヘレンは椅子をテーブルから離した。「質問はもうたくさん。わたしもマーガレットとおなじように、すべきことがたくさんあるの。いいわ、彼女の言うとおりにしましょう——自分で部屋を見つけてそこにいなさい。厄介ごとに巻きこまれないように！」

ベアトリーチェ　いやね、あのペトロニウス教授が出てくるなんて！　あんな扱いを受けたんですもの、もう二度と彼に会いたくもないし名前も聞きたくなかったわ。でもうれしかったわ、だってサザークでの闘いのとき、わたしは彼を——

キャサリン　ちょっと、やめてよ！　この前の本のときもあんたたちはおなじことをしたよね。あのとき警告したけど、もういちど言っとくわ。大切な出来事についてはその場面にいくまで話さないでちょうだい！

アリスはしばらく部屋で待ってから、こっそり抜け出した。こっそり抜け出したわけではないのでは？　今は家のなかを歩きまわることを許されているのだから。でもモリアーティやほかの男たちにばったり出くわしたくなかった。母の警告がなくても、アリスは十分に彼らのことを恐れていた。

廊下には誰もいなかったので、アリスはシャーロック・ホームズがいる部屋の扉を開けようと試してみた。鍵がかかっている。アリスはふたたびダイアナのように鍵をこじ開けられればいいのにと思った。

ダイアナ　ほらね？　あんたたちはあたしがほんとに必要になるまであたしのことを必要としないんだ。そんときになってあたしがいないと、手も足も出ないんだから！

ほかに何ができるだろう？　ホームズ氏がどんな薬を与えられているにせよ、それは彼の部屋のなかに保管されているはず——そうだろうか？　彼のそばに置いておきたくないと思ったら？　その場合はどこにあるだろう？　浴室だ！　アリスは廊下の突き当たりまで戻って、お風呂に入った部屋に入った。うん、戸棚がある。戸棚のなかには浴室によくあるものがそろっていた。ドクター・ライアンの歯磨き粉、ロイド社の歯痛止めドロップ、ダルトン社の神経強壮剤、ブルースライン社の育毛剤——これはモリアーティのためのものに違いない。生え際が後退していたから！　ピンセット、小さな鋏、口髭用の櫛。戸棚のいちばん上にあるのはなんだろう？　茶色の瓶だ——〈バイエル社塩酸ヘロイン〉と書いてある。アリスは蓋をまわして開けてみた——やっぱり、瓶の半分まで白い粉が入っている。瓶の隣に革製のケースが置かれている。アリスはそれをおろして開けてみた——皮下注射器だ。誰が薬を投与しているにせよ、おそらく薬を何かの容器に入れて水に溶かしているのだろう——歯磨き用のグラスだろうか？　瓶ごと隠してしまおうか？　ううん、どうせ近くの薬局で簡単に買えてしまう。じゃあ、どうにかして薬を薄めることはできないだろうか？　すり替えても安全なものはなんだろう？　アリスはミセス・プールに教わったことを思い出した。女性は家庭の看護婦であり医者です、とミセス・プールは言っていた。妻であれ、母であれ、家政婦であれ、怪我や病気への対処法を知っておくべきです。いつ何時、医者がつかまらなかったり、間に合わなかったりするかわかりません。いいですか、アリス、子どもに黄疸《おうだん》が出たら、何を与えますか？――この場合、ミセス・プールだったらどうするだろう？

塩だ。ヘロインの粉と見分けがつかない塩をかわりに入れておけばいい。水に溶かせば、ただの塩水になる。それじゃあ、塩はどこで手に入れる？　もちろん厨房だ。階下に行って、マンデルバウム一家に立ち向かわなければならない。

アリスは皮下注射器のケースを戸棚のなかに元通りにしまい、ヘロインの瓶の蓋をしっかりと閉めた。それから廊下を静かに誰の注意も引かないよう、メイドとして教わったような歩き方で進んでいった。この困難な状況で、あの訓練がいかに役立ったことか！

昼下がりだった。錬金術師協会の――そして今は〈黄金の夜明け団〉の――イングランド支部の本拠地はしんと静まり返ってひと気がなかった。二階では、部屋の一つから誰かのいびきが聞こえてきた。一階に降りると、閉じた扉の向こうから二人の男が言い争っている声が聞こえてきた。通りがかりに一瞬だけ鍵穴に耳をあててみたけれど、何について言い争っているのかはわからなかった。

アリスは裏階段を降り、厨房に向かった。ミセス・マンデルバウムが大きな黒いコンロに向かっていて、ギトラは中央のテーブルに座ってジャガイモの皮を剝いていた。夕食の支度だろうか？　どうやら誰もアリスの昼食のことは考えていないようだ！　でもまあ、しばらく忘れられているのはありがたい。アリスの姿を見ると、ギトラは立ち上がってお辞儀をし、ミセス・マンデルバウムは親しげでいて申し訳なさそうな笑顔を浮かべてみせながら手招きをした。「レディを座《ニェフ・バンナ・ウシ》らせて《オンジェ》」と言うと、小さなペストリーが載った皿をアリスの前に置いた。昨日、談話室でモリアーティがばかげた会合を開いたときに出されたものとおなじ種類のペストリーだった。アリスは会合のことを思い出して身震いした――もうあのことは考えたくなかった。でもペストリーを見ると生唾が湧いてきた。お腹が空いているに違いない。

　アリスは食べながらマンデルバウム母娘が働いている姿を観察した。こうしてただ座って、自分がジャガイモの皮を剥いていないのは変な感じがした。もう少しでギトラに手伝いを申し出そうになったが、思いとどまった。まずギトラはこちらの言っていることを理解できないだろうし、それに今の自分は厨房メイドのアリスではなく、リディア・レイモンドなのだ。ミセス・マンデルバウムがコンロからポットを取り上げ、濃い茶色の液体をカップに注いだ――ああ、コーヒーを沸かしていたのか。アリスは気づきもしなかった！　すっかりジャガイモに気を取られていた。きっともうすぐ待ち望んでいる機会が訪れるはず……

　ミセス・マンデルバウムは砂糖とミルクを入れると、コーヒーカップをソーサーに載せてアリスの前に置いた。アリスはそれを注意深くすすった。ジキル邸ではコーヒーは来客用の飲み物だった――アリスとミセス・プールが飲むのは英国式のお茶だった。思ったよりも美味しかったが、砂糖とミルクを入れてもらったわりにとても濃かった。

「ありがとう」ミセス・マンデルバウムが理解できるかどうかわからなかったが、家政婦はにっこり笑ってうなずいた。どうやら石炭庫にいるアリスに干からびたパンと水を運ばずに済んでほっとしているようだ！　ミセス・マンデルバウムはまだどこかおびえている様子だった――こんな家に住んでいるのだから無理もない！　けれどアリスが最後に厨房で見たときよりはいくらかくつろいだ感じに見えた。

ギトラはジャガイモをすすぎ、大きな塩入れから塩をまぶした――厨房用の塩入れで、ディナー・テーブルに置いてあるような上品な銀製のものではない。大きすぎるだろうか？　アリスはわからなかった。まったく、このエプロンのポケットがもっと大きかったらいいのに！　このばかげたエプロンはどんな労働にも不向きだった。ほんもののエプロンというのは深いポケットが二つついているもので、こんな飾りポケットが一つしかないような代物ではない――でも、これでどうにかしなければ。いよいよそのときが来た……あ、こんなことしたくないのに！　ミセス・プールのもとで受けてきたすべての訓練が、アリスの考えに反対していた。でも、アリスは考えこむ前にすばやく席を立ち、コーヒーカップとソーサーをミセス・マンデルバウムに渡そうとしているかのように持ち上げた。突然、アリスは何にもつまずいていないのに前につんのめった。カップとソーサーが手から落ち、タイルの上で音を立てて砕けた。ペストリーの食べかすが散らばり、コーヒーの滴が一面にこぼれ落ちた。陶器のかけらが宙を舞い、厨房の床一面に散った。

アリスは小さな悲鳴をあげ、それから手で口を塞ぐと泣きはじめた。じつを言うと、その日は朝じゅう泣きたい気分だった。昨日のように泣きじゃくりたいわけではなかったけれど。今回は、囚われの身であることについてではなかった。朝食の席でのこと――母に自分を孤児院に置いていったときの話を聞かされたこととと関係があるだろうか？　でも、泣いてなんになるというのだろう？　メアリは泣いたりしない。だからアリスも泣きたい気持ちをこらえ、見事に成功していた。それが今になって、ダムが決壊するように涙があふれ出した。この状況では好都合だ——今なら泣くことができる。

ミセス・マンデルバウムは何か理解できないことを言ったが、きっと、大丈夫、壊れたカップのことで泣くことはない、と言っているのだろう。ギトラはすばやく立ち上がって箒《ほうき》とちりとりを取りにいった。ミセス・マンデルバウムが何かを探して振り向くが早いか、アリスは塩入れをエプロンのポケットに滑りこませた。よし、ポケットにおさまった。次の瞬間、ミセス・マンデルバウムが涙を拭くためのきれいな布巾をアリスに手渡し、ギトラが戻ってきてめちゃくちゃになった床を掃きはじめた。アリスは厨房にとどまって不自然に思われないくらい泣きつづけ、やがて泣き終わると目を拭いながら二人に礼を言い、廊下に出た。さあ、上階にあがって浴室に向かわなければ！

でも待って、これはなんだろう？　煙草のにおいがする……それは廊下の突き当たりの窓からにおってきた。地下のすべての窓とおなじく、その窓も壁の上方にある半月形の窓だった。ガラス板が一枚開いている。モリアーティの見張り番の一人が煙草を吸っているのだろうか？　窓越しに、アリスは見た——まさか、そんなわけはない——ううん、そうだ。痩せこけた弓なりの脚だ。土埃まみれになっている。

アリスはすばやく静かに窓のほうに歩いていくと、声をひそめて言った。「ねえ！　こっちに来て！」一か八《ばち》かだった——でも、人生ではチャンスをつかむことが大切なのではないだろうか？　少なくとも、キャサリンはいつもそう言っていた。

すると、脚が膝のところで曲がり、ひざまずいた。びっくりした様子のひどく汚れた顔が窓のところに現れた。それはアリスが予想したとおり、彼女とおなじくらいの年齢の少年だった。こっそり安煙草を吸っていたのだ。

「うわっ、たまげたな！」少年は言った。「おどかすから心臓が止まるかと思ったよ！」

「気をつけて」アリスはなるべく小さな声で言った。ミセス・マンデルバウムとギトラは廊下の反対側の突き当たりの厨房にいるけれど、二人に聞かれたくなかった。「家のまわりに見張りがいるでしょう。どうやってここまで来たの？」

「ああ、見張りは二人しかいなかったよ。それにポーカーをやってた。あいつらのことはどうでもいいさ。母ちゃんにおれが煙草を吸ってたことを言わないでくれよな？　もしばれたら打ちのめされちまう！」

「もちろん言わないわ」とアリス。「あたしは告げ口なんかしない。もっと煙草が欲しくない？　もっといい煙草が？　紳士用の煙草よ。お願いを聞いてくれたら手に入れてあげるわ」

「お願いってなんだよ？」少年は疑わしそうにアリスを見た。無理もない――リディア・レイモンドのようなドレスを着た少女が彼のような少年の相手をするわけがないし、頼みごとのために煙草をくれるなんて！　でも、あたしはリディア・レイモンドじゃないもの、とアリスは思った。したたかな生粋のロンドンっ子なんだから。

「ベイカー街遊撃隊の居場所を知ってる？」

「もちろんさ。このへんのもんはみんな奴らのことを知ってるよ！　ウィギンズが入れてくれるって言うなら、おれだって一員になりたいところさ。でも頼むだけじゃ隊員にはなれないんだ。奴らは誰と組むかについてはひどくうるさいんでね、おれの言ってる意味がわかれば」

「彼らにあたしの伝言を届けてくれない？　シャーロック・ホームズさんがこの家に囚われているって伝えて。ヘロイン漬けにされてて逃げ出せないんだって。あなたを送りこんだのはメアリ・ジキルの厨房メイドのアリスだって。ぜんぶ覚えてくれた？」もしこの少年がベイカー街遊撃隊に伝えてくれたら、彼らはドクター・ワトスンに話すはずだ。それにもしかしたらレストレード警部にも。そうしたらきっと救い出しにきてくれる――あるいは、少なくともアリスはそう期待した。

「たまげたね！　ホームズさんが？　《ボーイズ・オウン》の冒険物語みてえだ。ウィギンズ本人に会えるか訊いてみるよ……」

「そうね、でも急いで。それに見張り番に見つからないようにね」アリスはせかすように言った。

「わかった。行くぜ！」少年は安煙草をブーツの踵で揉み消し、まもなく靴下を穿いていない脚が駆け出すのが見えた。やがて少年の姿が見えなくなった。

一瞬、アリスは自分も逃げ出したいという誘惑に駆られた。見張り番がほんとうにポーカーをやっているなら……でも母親はアリスが逃げ出そうとすればわかると言っていたし、アリスはその言葉を信じた。見張り番より母親のほうがずっと怖かった！　いずれにしても、これからヘロインの瓶に小細工をしなければいけない。ヘロインを流しに捨ててかわりに塩を入れておけば、ホームズ氏の静脈に薬を打っている誰かは、無害な塩水を注射することになる。ホームズ氏はゆっくりと、だが着実に、薬の影響から回復していく――はずではないだろうか？　それに、女王陛下に危険が及ぼうとしているというのに逃げ出すことはできない。どんな結果になろうとも、ここにとどまってこの状況で最善を尽くすことがイングランド人女性としての務めだ。

マンデルバウム母娘の注意を引きたくなかったので、アリスはなるべく静かに廊下を歩いて戻った。伝言はベイカー街遊撃隊に届くだろうか？　ドクター・ワトスンはホームズ氏を――そして自分のことも――救い出しにくるだろうか？　手遅れにならないうちに来てくれるだろうか？　わからない。偉大な探偵が薬漬け

にされ隔離されている二階に戻りながら、アリスはは
かない望みを抱いた。誰かが自分とホームズ氏を助け
にきてくれるかもしれない――まもなく。

8　アッシャの物語

「どうしてクラレンスを連れてきたのよ？」キャサリンがベアトリーチェに小声で訊いた。一行はハンガリー科学アカデミーのアッシャの会長室の外に立っていた。クラレンスに聞かれたくなかった――彼はフラウ・ゴットリープに何か話しかけているところだった。

「クラレンスがアッシャに会わせてくれって言ったから」ベアトリーチェはどうしようもないというように片手をあげた。もう一方の手には法律関係者が使うような紙挟みを抱えていた。「いやだと言ったらきっと――おかしいでしょう？　どんな理由で断れるっていうの？　それにわたしたちがツェントラル・カーヴェーハーズで一緒に食事をしていることを話したら、ア

ッシャがクラレンスに会ってみたいと言ったの」

「理由なんてないわ。アッシャが絶世の美女で、古代エジプトの生活の様子を実体験にもとづいて話して聞かせてくれるってこと以外に。それに、どんな男も――それにたぶん女も――そうなるみたいに、クラレンスがアッシャに恋してしまうことをあなたがいやがるってこと以外には」

「あなたったらぜんぜん役に立たないんだから！」ベアトリーチェがささやいた。

ちょうどそのとき扉が開き、「お入りください」とレオ・ヴィンシィが言った。いつものように不機嫌そうで、しぶしぶ迎え入れているような声だった。顔にはルシンダにやられた四本の赤い引っ掻き傷が残っていたが、ずいぶんよくなったようだ。ヴィンシィはあきらかにキャサリンのことをよく思っていなかった――キャサリンのほうも、とくに彼のことが好きではなかった。だけど、少なくとも礼儀正しく接してくれたらいいのに！　キャサリンとメアリはヴィンシィとホリー教授にヴァン・ヘルシングが錬金術師協会を攻撃するつもりでいることを警告したが、彼は聞く耳を持たなかった。アッシャはたぶん彼に腹を立てたのだろうが、それはキャサリンのせいではない。彼にしてみれば、自分を責めるよりもキャサリンを嫌うほうがたやすいだろう――キャサリンは理解できた。人間とはそういうもの――その点、猫はもっと理性的だ！

アッシャの会長室はこのまえ見たときからまるで変わりなかった――今日は木製の机の上に書類が散らばっている。質素な木製の椅子が何脚か、既刊のソシエテ・デザルキミストの機関誌がつまった本棚。実用的な空間だったが、机に向かっているアッシャの背後には、ドナウ川とブダ山地の壮大な景色が広がっていた。

三人が部屋に入るとアッシャが立ち上がった。「ようこそ、ベアトリーチェ。それにキャサリン――また会えてうれしい。お入り」今日のアッシャはいつもどおりの様子で、ベアトリーチェには残念なことだった。

けれど、アッシャの魅力に抗《あらが》える者がいるとすれば、それはクラレンスだ！　アッシャは錬金術師協会の会合の開会時の会長あいさつで着ていたのとおなじドレスを着ていた。金色のガウンはハウス・オブ・ウォルトの秋物コレクションのモデルだとベアトリーチェが言っていたが、それがどういう意味なのか——キャサリンはファッションのことはさっぱりだった。アッシャはクラレンスとほぼおなじくらい背が高く、黒髪を何百本もの三つ編みに編んで垂らしている。目はコールで黒く縁取られている。書類が積み重ねられた机のまわりには、アッシャのほかにホーレス・ホリー教授と、ドラキュラ伯爵のメイドだったカティがいた。カティはこちらに向かってほほえみ、お辞儀をした。ホリー教授はしかめ面をしていたが、どうやらそれがおなじみの表情らしい——いつもよりは歓迎するようなしかめ面だ。

「機関誌に応募してきた論文を整理していたのだ」とアッシャ。「会員の多くが郵便代を浮かそうとして直接会合に論文を持ちこんできたのだ。ここへきたのは何か理由があるのか。それともただ立ち寄っただけか？」アッシャは丁重な声で言ったが、あきらかに三人は彼女の邪魔をしたようだ。

「委員会のための研究規約をお持ちしたのです」ベアトリーチェが言い、携えていた紙挟みを差し出した。なるほど、ベアトリーチェがミナの書斎で懸命にタイプしていたのはこれだったのか！「そこには委員会が生物的変成突然変異の研究を承認するための基準が含まれています。フラウ・ゴットリープが、そのような研究をおこなおうとする会員が前もって委員会が承認を下すために何を求めているかを知ることができるように、基準を明確にしたほうがいいと考えたのです」

「イーヴァが？」アッシャがフラウ・ゴットリープの

ほうを疑わしげに見た。

「あなたはわたしを委員長に任命しました」フラウ・ゴットリープがきついドイツ語訛りで言った。「わたしがその役目を真剣に果たさないとお考えでしたか？　ベアトリーチェがすばらしい提案を思いついてくれたのです。ご存じのとおり、わたしはつねにそのような実験を削減したほうが——少なくとも制御したほうが——いいと思っておりました」

アッシャは紙挟みを開き、念入りにタイプされた書類を取り出すと目を通した。やがて首を横に振ってため息をついた。「そなたたち現代の若い人間の良心ときたら！　ところで、そやつは何者だ？」アッシャはクラレンスを見た。

「クラレンス・ジェファーソンと申します、会長殿、何なりとお申しつけください」クラレンスがお辞儀をした。

「今のところそなたに用はない、ミスター・ジェファーソン」アッシャははっきりと言った。「だが、もしものときは頼もう。そなたはベアトリーチェが話していたサーカスの〈ズールー族の王子〉だな？　ベアトリーチェがそなたのことを聞かせてくれた。宗主国に暮らすアフリカの同志に会ってみたかったのだ」

「はい、そのとおりです」とクラレンス。「少なくとも、それがわたしのしていることですが、わたしの素顔ではありません。ただの仕事です」

「たしかにそなたはズールー族ではない。そなたを見ているとコールの民のことを思い出す——アマハッガー族だ。彼らも長身で屈強で器量がよかった。わたしの父の民、ヌビア人のように。彼らもまた、ジャングルの下に栄えていた偉大な文明を失ったのだ。わたしがコールに行き着いたときには、すでに死した都となっていた。アマハッガーは国家ではなく部族となり果てていたのだ。そなたの祖先は東アフリカ人と見受けたが？」

「わかりません」とクラレンス。「母が教えてくれたのは、母の一族はヴァージニアの出身だということだけでした。祖母はヴァージニアのプランテーションの奴隷だったのです。祖父は解放奴隷の鍛冶屋で、祖母と結婚するために彼女を買わなければなりませんでした。それに父方の一族については何も知りません。父はわたしが生まれる前に腸チフスで亡くなりました。コロラドの鉄道会社で働き、鉄道建設の仕事をして家に十分な仕送りをしようとしていましたが、そこで病気にかかって亡くなったのです。父は母に自分の一族がどこから来たかを話していませんでした。だから、わたしが知っているのはそれだけです」

アッシャは怒りに眉をひそめた。キャサリンは一瞬、彼女が誰かを瞬殺しはじめたらどうしようと心配になった。「この世紀はどうして進歩したなどと自負できるのであろうか、過去の野蛮な制度をさらに卑劣な形で永続させせながら？　いつの日か、ヨーロッパの国々による略奪行為が終わり、ザンベジ川の上流の土地がふたたび自由になるときがくるであろう。そなたが生きているあいだにそれが起これば、そなたの祖先の土地を見せてやろう、ミスター・ジェファーソン。悲しいかな、わたしは解放を導く者とはなれなかった！わたしはイギリス東アフリカ会社とその兵士たちに対して一人の女でしかなかった」

「ベアトリーチェがあなたはエジプトの女祭司だったと話してくれました。訪れてみたい国です」とクラレンス。「どうしてブダペストにやってきたのですか、もし訊ねても差し支えなければ？」

アッシャはほほえんだ。キャサリンは彼女の心からの笑みを——そう——初めて見た。「わたしの話を聞きたいか、ミスター・ジェファーソン？　そう呼んでかまわなければ、クラレンス？　ちょうど一時間後にコーヒーを飲もうと思っていたところだ。だが今がそのときかもしれん。皆の者、座ってくれ。カティ、コーヒーを運んでくれるか？　それからキフリも一緒に」

「わたしも手伝います」とフラウ・ゴットリープ。

「その話は前にも聞きました。もういちど聞くよりほかに大切なことがありますから」

「感謝する、イーヴァ。残りの者は座ってくれるか？　もしもっと急ぐ用がなければ」

　そうね、荷造りしなくちゃいけないけど！　明日の朝にはパリ行きのオリエント急行に乗らなければいけないのに、キャサリンはまだ荷造りに手をつけていなかった。キャサリンはぎりぎりまで荷造りを先延ばしする癖があるようだ。もうすぐメアリとジュスティーヌ――それにもちろんダイアナと再会できる。メアリとジュスティーヌがもうアリスを見つけ出してくれていたらいいけど！　でも一時間くらい余裕はあるし、それにいずれにせよクラレンスはもう腰を下ろしていた。アッシャを見つめるまなざしから察するに、彼女の話を聞かずに帰るつもりはないようだし、ベアトリーチェは彼をここに残して立ち去りたくはないだろう。キャサリンはベアトリーチェが嫉妬しているのが可笑しかった。もちろんベアトリーチェがうぬぼれ屋だというわけではないけれど、彼女はその場でいちばん美しい女性だということに慣れてしまっているのだ。

ベアトリーチェ　嫉妬なんてしてないわ！　わたしはただクラレンスがアッシャに夢中になって、危険に身をさらすことになるのを心配していただけよ。誤解しないでちょうだい――わたしはわたしたちの女性会長《マダム・プレジデント》に深い尊敬の念を抱いているわ。でも彼女はあまりに長く生きているから、人間の倫理観を理解しなくなっているの。彼女のまわりにいる人たちは彼女に共感と思いやりというものを思い出させるべきよ。

キャサリン　あら、じゃあ「心配」は「嫉妬」の同義語になったわけだ？　それに彼女はあたしのマダム・プレジデントじゃないもの。

アッシャ、メロエの王女にしてイシス神殿の女祭司、コールの女王にして錬金術師協会の会長は、机の端に腰かけ、遠い目をしながら語りはじめた。

「母がわたしをフィラエのイシス神殿に残していってからというもの、わたしは女神に仕える一介の聖職志願者――英語ではこの言葉がいちばん近いであろうな――となった。父の宮廷には、わたしやわたしの姉妹に仕える召使がいた――だが神殿では、わたしたちはみな女神の召使だった。少女たちはエジプト全土、その他の国からやってきた――アレクサンドリアの洗練されたサロンから来た少女、メンフィスの寺院から来た少女、ダマスクスやテュロスの商家から来た少女。アテネやカルタゴ、バビロンから来た少女もいた。イシスは地中海世界で崇められていたからだ。わたしたちは平等だった――つまり、女神の家の召使だ――そして女祭司たちはそれを忘れさせなかった！　むろん、わたしはいくらか覚えが悪くて年を食っているとみなされていた。わたしが神殿に入ったのは十二の誕生日だったが、見習いのなかには七つのときから来ていた者もいたから。わたしたちは夜明けに起床し、冷たい水を浴び、それから肌と髪に油を塗った。朝食の一時間前に掃除をし、一日ごとに神殿を清めた。バターと蜂蜜を塗った大麦のパンと一杯のビールの朝食を取ると、昼まで学んだ。わたしは母や姉妹や兄弟が恋しかった――だが、日々学ぶことから学んだのだ！　今はもう、イシス神殿で教わったようなことを教える学校は存在しない。

なかでも優れていた教師は、今でもなお心のなかにその面影をとどめているが、ヘドゥアナという名のアッシリア人であった。わたし自身が新参者だったときに、見習いの指導役を務めていた女祭司だ。祖国では王女だったが、神殿ではそのような世俗的な地位は意味をなさなかった。みなが女神のもとで平等であり、ただし神殿のなかで定められた階級があった――見習い、下級女祭司、上級女祭司、そしてもちろん、高位女祭司がいた。高位女祭司でさえ、その権力にかかわらず、ただテラと呼ばれていた。

存じているであろう――あるいは、そなたたちのような現代の赤子は知らぬかもしれない――イシスの物語を。イシスの夫のオシリスは弟のセトによって殺され、体をばらばらに切断されてエジプトじゅうにばらまかれた。イシスは夫の体の一部一部を捜し出し、悲しんでハヤブサのように泣き叫んだ。その涙はナイル川をあふれさせ、かくしてその日、ナイル川が氾濫した。イシスは夫の体のすべての部分を見つけ出すと、それらを集めて薬草と呪文でオシリスを生き返らせた。イシスは、ある意味で最初の医師だった。わたしは成長して女祭司となり神殿の神秘に触れたとき、神々は比喩《メタファー》であり、エネルギーの名なのだと学んだ――星々から岩石に隠された原石まで、すべての世界はそれらのエネルギーに満ちているということ、そしてわたしたちはそれらを癒しのために使うことができるということを。見習いのとき、わたしたちは神殿の庭にあるすべての植物を研究し、それらの名前と特性、薬としての効能を学んだ。女祭司が神殿にやってくる病人や貧乏人を手当てするのを手伝った。

わたしはヘドゥアナ、そしてテラ本人の指導のもと、そのような場所で成長した。テラはかつて女王だった――夫は愚かなプトレマイオス、友人からはアウレテスと呼ばれ、敵からはノソス、つまり私生児と呼ばれていた男だ。彼は非嫡出子だったゆえに。テラは災いを招くクレオパトラの母でもあった。夫が亡くなると、テラは高位女祭司として仕えるよう神殿に送りこまれた。クレオパトラが実の母を、王座をめぐる敵だとみなしたからだ。テラには奇妙な身体的特徴があった――

—左手に七本の指があったのだ。今なら奇形、先天性異常とみなされるであろう。しかし当時はイシスの証だと思われていた。イシスの神聖な数が七であったためた。テラは厳格ではあったが、有能な高位女祭司だった。かつて夫が追放されているあいだにエジプトを統治していたがごとく神殿を支配した。見習いたちはテラを恐れたが、女祭司たちは彼女に尊敬をもって接した。ヘドゥアナはいつも、テラはわたしたちのような取るに足らない者たちにそう映るほど恐ろしくはないのだと言っていた。しかしほほえみを浮かべながらそう言った。彼女はわたしたちを愛してくれたし、わたしたちも彼女を敬愛していたからだ。ヘドゥアナはわたしたちの指導者であり案内役だった。わたしたちが勉学を怠ることも、神殿にやってくる病人への責任から逃れることもけっして許さなかった。『あなたたちは女神に仕えているのです』とヘドゥアナは言ったものだ。『よく仕えるよう努めなさい』一度、見習いの一人がエネルギーを使ってネズミを殺したことがあった。夜中に部屋で耳障りな鳴き声をもらして彼女をわずらわしていたのだ。あくる日、彼女はテーベの実家へと戻された。見習いたち全員が集められ、彼女が獅子の門をくぐって去るのを見届けた。女神の白い亜麻布ではなく、神殿にやってきたときの服を着て。これはわたしたちの能力をけっして乱用してはならないという教訓なのだ、とヘドゥアナは言った」

「でも、あなたは吸血鬼を殺すのにその力を使いました」ベアトリーチェが当惑しつつも非難するような口ぶりで言った。

アッシャはベアトリーチェのほうを向いた。「わたしは当時のような少女ではない。長い歳月を生き、多くのことを学んできて、かつてのようには命に価値を置いていないのだ。ヘドゥアナは今のわたしをどう思うであろう？　わからない」アッシャの表情が曇った。

ちょうどそのとき、扉が開いた。カティがコーヒーのトレイを持って入ってきて、それに続いてレディ・クロウが三日月型のペストリーの載った皿を運び入れた。「こんにちは、キャサリン、ベアトリーチェ」とレディ・クロウ。「またお目にかかれてうれしいですよ。メアリとジュスティーヌに会ったらよろしく伝えてくださいね。それにもちろんかわいい《リトル》ダイアナにも。アッシャ、ちょっとカティをお借りしてもいいでしょうか？　会議の受領書を整理するのに手伝いが必要なのです。象のための会議を開いたかと思うほど、たくさん食べられましたよ！」
「カティがいいのなら、わたしはかまわない」とアッシャ。「見てのとおり、休憩を取っていたのだ。カティ、レディ・クロウを手伝ってくれるか《トゥーヂュ・シェギテニ》？」
「まあ、時間がおありになる方もいますから」レディ・クロウはそう言ったが、顔には笑みが浮かんでいた。「行きましょう《ヂェレ》、カティ。暇人たちには休憩を取らせておきましょう」

ダイアナ　かわいい《リトル》ダイアナだって！　あの婆さんめ、かわいがってやるから……

　キャサリンは自分のぶんのコーヒーを注ぎ、問いかけるようにベアトリーチェのほうを見た。ベアトリーチェが指を二本立てたので、もう二杯コーヒーを注いだ。キャサリンは驚いた——ベアトリーチェはふだんコーヒーなんか飲まないで、もっぱら緑色のどろどろを飲んでいるのに。でも、コーヒー豆も植物だって思っているのだろうか？　ベアトリーチェはクリームも砂糖もいらないと言い、クラレンスは砂糖を入れてくれと言い、キャサリンは自分のカップにたっぷりとクリームを入れた。三人分の準備ができると、ベアトリーチェにカップを二つ手渡した。そうこれだ、美味しくなった！　ペストリーに関しては、ピューマはそんなものは食べない。ホリー教授はペストリーをいくつから、自分のカップにコーヒーを注いだが、レオはただ首を横に振っただけだった。

メアリ　家じゃコーヒーなんて飲まないのに！　お茶すら飲まないじゃない。どろどろした緑のハーブティーはべつだけど。
ベアトリーチェ　味が好きになれないのよ。でもあの日はどういうわけだかもっとふつうに、ふつうの女性のように見られたいと思ったのよ。そうね、キャサリン、わたしはちょっと嫉妬していたのかもしれないわ。クラレンスはアッシャの物語にとても夢中になっているようだった。そしてアッシャそのものにも。
キャサリン　レオ・ヴィンシィが突き刺すようなまなざしでクラレンスを見ていたわね！　もし身体的にそんなことができるなら、彼はクラレンスを目で殺していたかもしれない。
メアリ　でもね、ビー、わかってると思うけどクラレンスはあなたを愛しているのよ。困難な状況でもあんなに一途で忠実な人はいないわ。
ベアトリーチェ　悲しいことに、わたし自身がその困難な状況なのよ。

「そのテラがクレオパトラの母親なのですか？」クラレンスがベアトリーチェからカップを受け取りながら訊いた。「それでは、あなたはエジプトがアウグストゥスに征服されたときそこにいたんですね」

「アウグストゥス！」アッシャは軽蔑を込めてその名前を口にした。「オクタウィアヌスのような思い上がった男がアウグストゥスと名乗り、みずからを神と宣言するのも無理はない！　あやつはエジプトを嫌い、そしてローマを破壊した。最初のうち、わたしたちは戦《いくさ》とは無関係だと思っていた。わたしたちはフィラエにいて、アレクサンドリアの騒乱から遠く離れていたからな。だが、兵士たちが高位女祭司のもとにやってきた――テラがかつて女王として尊敬されていたせいか、彼女がイシス神殿の高位女祭司として有していた知識のせいか、誰にわかろう？　兵士たちは神殿を急襲し、わたしたちは持てる力を使いつくして応戦した。ただし、唯一違いをもたらすはずのエネルギーの力を使うことはしなかった。もっとも、それを何かを害することに使う方法は教わっていなかったが。そのときわたしは下級女祭司になっており、八歳から十四歳の見習いの世話役を務めていた。ヘドゥアナが上級女祭司に昇進し、後継にわたしを推薦してくれたのだ。戦が始まる前に、わたしは女祭司しか知らない川へと続く通路から見習いたちを外に連れ出すことができた。見習いたちを葦船に乗せるとわたしの父の家に逃げこんだ。母が彼女らの世話をして、それぞれを実家に帰す手筈を整えてくれた。それゆえ、わたしは戦に関わることはなく、あとから話を聞いたにすぎない。

戦に負けそうだとわかったとき、テラは女祭司たちにエネルギーの力を使って応戦するよう命じた。ヘドゥアナはそれに反論し、女神への誓いを破るくらいなら死んだほうがましだと言った。上級女祭司の多く、とくにテラの側近たちは高位女祭司に従ったが、平の女祭司たちはヘドゥアナに従った。誓いを破ることなど想像もつかず、いずれにしても力を戦闘に使う方法を知らなかったのだ。もし全員がテラに従って応戦していたら、ローマ勢に打ち勝てたのか？　わからない。実際は、神殿そのものが破壊され、生き残った女祭司たち、逃げ出した者、降伏した者、生きることを許された者たちは散りぢりになった――ほかの神殿に移り、あるいは祖国へ帰った。そのうちの一人が話してくれたところによると、テラは捕らえられることを嫌い、イシスの祭壇の前で毒をあおったそうだ。つまりは、ヘドゥアナの理想主義の代償として、わたしたちの神殿の秩序が破壊されたのかもしれぬ。ベアトリーチェよ、こうしてわたしは現実主義者、あるいはいわゆる冷笑家となったのだ。

　突如として神殿に入ったときからわたしを取り囲んでいた世界が失われた。父は夫を見つけてやると言った――そのときわたしは十八歳で、多くの王女が結婚する歳を超えていたが、メロエの王家の娘であり、わたしを娶《めと》って父と同盟を結びたいと願う男たちはいたはずだ。とくに、ローマ勢が力を誇示しはじめてからというものは。しかし、イシスの女祭司であったこのわたしが、夫に何を望むというのだろう？　否、わたしは学びたかった。学ぶことだけがわたしの悲しみと怒りをやわらげてくれた。ゆえにわたしはメロエを離れ、旅を始めた――薬の知識と引き換えに食料と宿を得ながらエジプトを縦断し、やがて船でギリシャに渡った。スパルタ、アテネ、コリントスでは、医師とともに研究して新しい薬と新しい療法を学んだ。イタケーで、わたしはギリシャ人のカリクラテスと出会った。

わたしたちは恋仲になった」

　キャサリンはレオ・ヴィンシィのほうを見た。レオは一心にアッシャを見つめ、奇妙な表情を浮かべていた。何の表情だろう？　キャサリンが予想していた嫉妬の表情ではない。そうじゃなくて、恋焦がれているような表情だ。

「カリクラテスはわたしが出会ったなかでもっとも優秀な医師であった。イタケーの丘で医学の学校を営み、そこで若い男、それに数人の女にみずからの手法を教えていた。教え子たちは世界各地から集まってきていた。わたしはカリクラテスに彼が知っているすべてを教えてほしいと頼み、わたしがフィラエのイシス神殿から来たと知ると、彼のほうからも教えを乞われた。わたしは彼の学校の教師の一人となり、やがて次第に彼と惹かれあっていった。わたしはそれまで一度も恋に落ちたことがなかった。それは新鮮で喜ばしい経験だった。カリクラテスはわが人生で最愛の人だ――」

アッシャはしばらく口をつぐんだ。「もちろん、レオに会うまでの話だが」

キャサリンはもう一度レオのほうを見た。レオは両手を見下ろしていた。

「しかしわたしたちの目的は異なっていた。カリクラテスはただ癒すことを追求していた。わたしは神殿の女祭司たちから教わったことを学びつづけたいと願っていた――大地のエネルギーの操り方を。もし十分な力が得られれば、触れるだけ、思うだけで身体を癒すことができると考えていた――骨を接合し、腫瘍を健康な組織に戻し、病で衰弱した患者に活力を取り戻させることができると。死さえも打ち負かすことができると！　カリクラテスはそのような野心は抱いていなかった。『死は生の自然な結末だ』と彼はわたしに言った。『われわれはよき生を、そしていずれはよき死をもたらすために医術をほどこすのだ――それが医術の神アスクレピオスに対するわれわれの義務なのだ、アッシャ。しかしアスクレピオスの傍らにはタナトスが寄り添っている。われわれはいずれの神をも否定することも軽視することもしてはならない。死のない生とはなんであろう？　それは生ではない』

わたしは彼の言葉に耳を貸さなかった。ある夏、彼の医学学校のまわりの丘陵地にオリーヴの花が咲き乱れた頃、わたしはエジプトへ戻り、アレクサンドリアの図書館へ赴いて、エネルギーの力に関する古代の巻物をすべて調べた。何世紀も前に哲学者たちがそれらについてメタファーや神話のかたちで書き記していた。それからわたしはニネヴェに旅をし、アッシュルバニパルの図書館、あるいはその残骸に足を運んだ。図書館の大部分は廃墟のなかに建っていたのだ。やがてアラビア砂漠へと下り、アラブ人の部族と旅をしながら彼らの治療者や長老たちに指導を求めた。キャラバンとともに遥かカンダハルまで旅をし、つねに知恵と知識を求めていた。

イタケーに戻った頃には二年の月日が流れていた。わたしはまだ若かった——神殿が破壊されたにもかかわらず、わたしは生の喪失を、時が取り戻せないものであるということをほとんど知らなかった。エネルギーの力についてのわれわれの理解が、わたしの理解よりもはるかに大きくなるまでは。わたしは時間そのものがエネルギーにすぎないと確信している……しかし、そなたたちは科学の理論ではなくわたしの話を聞きたいのだろう。イタケーに戻ると、わたしはカリクラテスが癌で死にかけていることを知った。すでにひどく進行しており、彼の教え子の誰一人として治療することはできなかった。

『試させてほしい』わたしは彼の藁布団の傍らにひざまずいて言った。『わたしはそなたのもとを離れてから多くのことを学んだ！　新しい力と能力、わたしが得た知識を使ってそなたを癒させてくれ』わたしは泣いたりするような人間ではないが、彼のやつれはてた体を見ると、涙がナイル川のようにあふれた。

『だめだ、愛する人よ』彼はわたしに言った。『タナトスの翼が宙を打っているのがわかる——聞こえないか？　タナトスはわたしのもとへやってくるのだ。わたしの時が来たのだ。これ以上の時を望むのは恩知らずというものだ——わたしの誕生を見守ってくれたヘラにとっても、すべての者が行く場所でわたしを迎え入れようと待っているハデスにとっても。わたしの舌と目の上にオボルス銀貨を置いてくれ、カロンに支払えるように。手にビスケットを握らせてくれ、ケルベロスを懐柔できるように。もう一方の手にオリーヴの花の小枝を握らせてくれ、ペルセフォネー女王に贈れるように。そして行かせてくれ』

三日三晩、わたしは彼のそばを離れなかった。歌を聞かせ、彼の傍らで眠った。三日目の夜、彼は死すべき運命の者が戻ってくることのできない川を渡った。わたしは愛する者を失ったのだ」

アッシャは黙りこんだ。部屋は静まりかえっていたが、キャサリンは洟をすする音を聞いた。音の主はベアトリーチェで、目に涙をいっぱい溜めていた。ベアトリーチェは上品なリネンのハンカチを取り出すと、洟を拭いた。クラレンスが彼女のほうに手を伸ばし、手袋をはめた手を握った。ヴィンシィはまだ床を見下ろしていた。ホリーは三日月型のペストリーをもう一つ取り、二杯目のコーヒーを注いだ。彼はほとんど注意を払っていなかった。この話が初耳ではない様子だった——きっとそうなのだろう。

しばらくすると、アッシャが続けた。「勉学のほかにわたしに何が残されただろう？　わたしは勉学に戻った。そうしてついにデルポイにたどり着き、古代のアポロン神殿の遺跡のなかに完全なかたちで残っていた保管庫で、ピタゴラスの師であったテミストクレアという女祭司が書いた文書を見つけたのだ。テミストクレアの文書によって、わたしは延長された——あるいは永遠の——命についての謎を解くことができたのだ。わたしはその文書を持ち出し、安全に保管されるようにと願ってアレクサンドリアの図書館に収めた。しかしアウレリアヌスが図書館に火を放った。ゼノビア女王を負かし、今いちどローマの勢力を拡大するために。やがてコンスタンティヌスがやってきて新たな宗教に改宗させようとし、そしてテオドシウスが古い神々の神殿を破壊した。その頃には、わたしはおよそ五百歳になっていた。さすらい人、ローマ帝国の村々を渡り歩く治療者として暮らし、技術を活かし、機会があれば教師になった。しかしわたしを取り巻く世界は変わりつつあった。ローマの政府はいっそう腐敗していった。信仰と狂信が哲学と科学に取ってかわった。文明世界全体に無知と迷信がはびこった——わたしが癒すと、村人たちはわたしを魔女と呼んだ。その外では、ゲルマン民族が門を破って侵入しようと待ちかまえていた。わたしはそれに耐えられなくなり、今やローマ帝国の属州の一つとなっていたエジプトへと戻った。そこでさえも、それまであったものすべてが崩壊しているのを目《ま》の当たりにした。イシス神殿は荒廃していた——もうあのような場所で治療をおこなう者はいなかった。神殿の猫の子孫だけが残っていた。かつてテラ女王が黒猫を膝に載せて座っていた石の椅子の上に一匹の猫が眠っていて、わたしを神殿に迎え入れてくれた。自分でも癒せないほどの心の痛みを感じながら、わたしは南に向かった。父の家を離れてから初めて、メロエの実家に戻った。都はアクスムのエザナ王によって破壊されており、以前の面影が残るだけとなっていた。そのときわたしはもう人間たちのあいだで生きるのはやめようと決心したのだ。

南方に旅をつづけ、アクスムの王国に入り、やがて諸王国を通り抜けた。そしてついにザンベジ川の岸にたどり着いた。ザンベジ川は懐かしのナイル川を思い出させた。川岸に住む部族たちから、わたしは内陸の山国に栄えていた古代文明の話を聞いた。それらの話をたどりながら、部族から部族へと渡り歩いた。そしてとうとうアマハッガーの部族地域に行き着いた。山のなかにある王国の入口まで案内してくれたのは、族長本人であった。『われわれはもうこのなかには行きませぬ』族長は言った。『祖先の霊をわずらわせたくはないのです。しかしあなた様、川の女神にとっては』——というのも、彼らはわたしが聞かせたイシス神殿を、ザンベジ川の女神と似ていると考えたからだ——『探し求めていた家となるでしょう』そのとおりだった。わたしが見つけた静かな堂のなかにはパピルスの巻物こそなかったが、古代の知恵がつまった石板があった。コール人は彼ら自身の哲学を持ち、彼ら自身の錬金術を持っていたからだ。彼らは偉大な鉱夫であり、わたしは大地や鉱物や岩石に関する彼らの知識を学んだ。大地の石こそが彼らのエネルギーの力であり、現代文明はそのエネルギーについて理解しつつあった。だからこそ、千年の時が流れたあと、イギリス人、ベルギー人、ドイツ人がやってきた――野蛮な民族であるガリア人、フランク人、ゴート族が、アフリカの地に入り、自分たちに理解のできぬ古代世界を破壊することになったのだ。そしてある日、彼らはわたしのもとにレオとホリーを連れてきた」

「わたしはイギリス東アフリカ会社の依頼で赴いたのです」ホリー教授は低い声で言った。何か大切なものでも入っているみたいにコーヒーカップのなかをじっと見下ろしていたが、キャサリンにはカップのなかにはコーヒーかす以外何も入っていないのが見えた。

「彼らは偶然、山麓の丘にあるコールの遺跡の一部を発見したのです。そこにはコール国の女王の墓もありました。女王の頭には金の王冠がかぶせられ、その王冠には南アフリカの鉱山で採れるような大きな未加工のダイヤモンドがいくつか嵌められていました。彼らは墓に記された文字のいくつかを翻訳できれば、古代の鉱山――とくに金とダイヤモンドの鉱山について情報を得られるのではないかと考えたのです。わたしは言語学者です――彼らはわたしが古代世界の言語を解読した実績を聞きつけました。そして、ケンブリッジの研究職を離れてアフリカへ旅するための費用を出してくれました。わたしは子どもの頃からわたしの被後見人だったレオを連れていきました。彼はわたしの親友の息子で、その親友は悲しいかな、若くして亡くなっていたのです。レオは学者肌ではありません――実際、わたしが学問に向かうようつねに彼の背中を押さなければ、きっと大半の時間をクリケット場で過ごすか、カム川でボートを漕いでいたことでしょう」

レオ・ヴィンシィがほほえみを浮かべた――キャサリンは彼のほんものの笑みを初めて見た。カフェ・ニューヨークで会い、キャサリンとメアリが彼とホーレス・ホリーにヴァン・ヘルシング教授の卑劣な計画のことを警告したとき以来初めて、彼が人間らしく、好感が持てるように見えた。

「気の毒なホーレスおじさん」レオが言った。「ぼくには心から失望したでしょうね。ぼくはギリシャ語の語形変化を学ぶことにさっぱり集中できなかった――それにおじさんがサンスクリット語を勉強しろと言ったときなんて！　いいや、大学時代にスポーツ以外で興味を持ったものは一つしかないんです……」

「それはなんですの、ヴィンシィさん？」ベアトリーチェが訊いた。

女の子よ、とキャサリンは思った。きっとそう答えるに違いないわ。どう見たってそういうタイプだもん。

「地質学です、ミス・ラパチーニ。少年の頃からすでにチャールズ・ライエルの理論に夢中になっていました。ケンブリッジ周辺のあらゆる岩石層に登っては、地層について研究していました。うちの家政婦はぼくの収集した岩石のまわりの埃を払わなければなりませんでした。ぼくは地質学の学位を取りましたが、ホーレスおじさんにとっては悔しいことだったでしょうね。おじさんはぼくに、おじさんとおなじように腰を据えるタイプの学者になってほしがっていましたが、ぼくはあちこちによじ登るほうが好きだったのです。おじさんが東アフリカに旅をする話を持ちかけてくれたとき、ぼくはウェールズにある採掘会社で働いていました。ぼくは一も二もなく仕事を辞めて、おじさんについていくと返事をしました。アマハッガー族に捕まったのはぼくのせいですが、ぼくは鉱脈探査にしか興味のない東アフリカ会社の担当者に邪魔されずにコールの洞窟を探検したかったのです。その担当者は金かダイヤモンドが関係しないかぎり、その地域の歴史にも地質学にもまるで関心を示しませんでした。だから、ぼくの強い希望で、丈夫な小型馬《ポニー》を二頭連れて自分たちだけで丘陵地帯に乗りこむことにしたのです――危険のまっただなかに！」

「アマハッガー族は初めのうちは大英帝国を歓迎して

いた」アッシャが眉をひそめてレオを見た――けれど
キャサリンは、それは愛情のこもった表情だと思った。
「彼らは古代からもてなしの伝統を持っていた。しか
し自分たちの森林がコーヒーのプランテーションのた
めに焼かれ、自分たちの食糧である動物が大物狙いの
ハンターたちに撃たれ、彼らが獲物の肉を地面で腐ら
せておくがままにしていることに気づいたとき、彼ら
は著しく歓迎の気持ちを失った。そして反抗を始めた
のだ。そなたたちは彼らに捕らえられて当然だった」
アッシャは言った。「そなたたちは彼らの土地に侵入
したのだから」
「そのことはずっと前に認めたじゃないか、愛しい
人」とレオ。「それに覚えているだろう、きみがぼく
たちの命を救ってくれたことに感謝もした」
「彼らにそなたたちを槍で突き刺させておけばよかっ
た」アッシャは首を横に振りながら、くちびるを結ん
だままほほえんだ。「ただし、彼らはそのようなこと
はしなかっただろう。アマハッガー族は戦においてし
か殺すことをしない伝統を持っているのだ。罪人は死
刑にされるのではなく、追放される。彼らはこの二人
をどう処すればいいのかわからず、大地の奥深くにあ
る洞窟へと連れてきた。わたしが暮らし、コールの古
代の教えを研究していた洞窟へ。そしてわたしはレオ
に会った……」
　アッシャがレオを見た。一瞬、部屋のなかには二人
のほかに誰もいないような空気が流れた。あまりにも
親密な雰囲気だったので、キャサリンは顔をそむけた
ほうがいいのだろうかと思った。
「レオはカリクラテスに生き写しだった――まるで愛
する人が生き返ったようだった。死後に精神がどうな
るのかは知らぬ。わたしたちを構成するエネルギーは
その源に還ることはわかっている。数千年の時を超え
て、それが具現化することがありうるのだろうか？
ピタゴラスはそう考えていた。わたしが老いと疲れを

感じはじめ、この大地での生に終止符を打とうかと考えていた矢先に、カリクラテスが死からよみがえってきたようだった」

「どう思われます、ヴィンシィさん？」クラレンスが訊いた。二人をじっと見つめていた。まあ、彼自身が解明すべき複雑なロマンスを抱えているのだから——この話に興味を持つのも無理はない！　クラレンスもまた、美しく、そして危険な女性に恋をしているのだ。

「きみを見たとき」レオがアッシャに言った。「前にも会ったことのあるような感覚に陥った。夢のなかか、べつの人生で。見たとたんにぼくが愛した女性であることがわかり、ぼくが死ぬまで愛することになる女性であることがわかったんだ」

これは……情熱的になってきた。キャサリンはいくぶん居心地が悪くなってきた。ほんとうに聞いていていてもいいのだろうか？

「それで彼とともにブダペストに戻ってきたのですか？」クラレンスがアッシャに訊いた。

「ウィーンにだ。当時、ソシエテ・デザルキミストの本部がそこにあった。アマハッガー族は彼らの伝統的な狩場から、内陸の山地に追われつつあった。わたしはたとえわたしたちが団結しようとも、大英帝国に打ち勝つことができぬとわかっていた——イギリス東アフリカ会社の銃と爆薬に対して、わたしたちはほとんどなす術がなかったのだ。去る前に、わたしは族長と彼の助言者たちに北方のエチオピアに向かうように告げた。そこにはまだヨーロッパの統治が及んでいなかったのだ。わたしはそこでコールの末裔がヨーロッパ勢の略奪行為を生き延びてくれることを願った。そしてわたしはホリーが聞かせてくれた前世紀の科学の進歩に興味をそそられていた。暗黒の時代が過ぎ去り、人類はふたたび実証的に世界を研究しているように思えたのだ。古代世界の知識が取り戻され、イシスの女祭司でさえ知らぬような発見がなされつつあった。ホリーがソシエテ・デザルキミストの年に一度の会合にコールの古代科学についての研究論文を提出することになっていたので、レオとわたしは彼に同行した。錬金術師協会の前会長は任期を終えつつあった。彼は年老いており、再任を望んでいなかった。ドラキュラ伯爵がつぎの会長を目指していた。わたしは彼の対抗馬として立候補することに決めた——そして勝った。というわけで、こうしてここにいるのだ。わたしの知る世界は遥か昔に消え去った——わたしの母、父、兄弟姉妹たち。イシス神殿の女祭司たち、ヘドゥアナやテラ。メロエの都、ヌビアの王国、そしてエジプト。わたしの神々でさえも世界から去った。しかしわたしにはレオとホリーがいる。レディ・クロウ、フラウ・ゴットリープ、そして今はカティが一緒にいてくれる。それソシエテ・デザルキミストの会長の仕事もある。それで十分だ」

ほんとうに？　とキャサリンは不思議に思った。アッシャの髪には白いものが一筋もなく、顔には皺の一本もない——生きた女というより彫像のように、永遠に若いままのようだ。でもその瞬間の彼女は、地球そのものとおなじくらい年老いているように見えた。キャサリンは初めて、老いも死もけっして経験することのない人生は恐ろしいものに違いないと思った。

「それにエネルギーの力」ベアトリーチェが言った。「それはなんなのですか？　あなたは固体に見えるもの、テーブルやこの椅子やこの建物の石はエネルギーでできているとおっしゃいました。でもそのエネルギーをどうやって利用するのですか？」

「見よ」アッシャが片手をあげると、その瞬間一同は庭のなかにいて、テーブルがあったところに丸い池が現れた。睡蓮の花が池いっぱいに咲いていて、トンボがその上を軽やかに飛んでいる。一同は池のまわりの舗装された部分に立っていた。庭は三方を石壁に囲まれ、その向こうに椰子の木が見える。石壁の下方には木や低木や花が生い茂る花壇がある。残る一方には黄土色や黄色や青のあざやかな塗装がなされた大きな石造りの建物があり、支柱の根元には睡蓮が咲いている。頭上の空は青く、白い雲が散らばっている。暖かな陽射しが顔にあたっている。

「フィラエのイシス神殿」とアッシャ。「わたしの長年の住処《すみか》だ。手を伸ばしてみよ――何かに触れてみるがいい」

ベアトリーチェが腰をかがめ、池のなかの睡蓮の花を摘み取ろうとした。手袋をはめた手が虚空を掻いた。

「幻影だ」アッシャが言った。と、一同はふたたび会長室にいた。「サーカスの催眠術師が使いたがるような隠し芸だ」

「でも――どうやってこんなことを?」クラレンスが訊いた。

「意識は脳のなかにだけあるのではない」とアッシャ。「意識は肉体と、肉体を超えたところにある。そなたたちは自分たちが作り出すエネルギー波に囲まれているのだ。わたしは自分の意識でそこに接触し、それらのエネルギー波を変化させる。それらはそなたたちの身体的な視覚が見ているものではなく、わたしが指示したものを伝達させるのだ。しかし、今のは真の力ではない。これが真の力だ」

アッシャはテーブルのほうに歩いていって片手を伸ばし、原稿の山の上に置いた。「これらはそなたが却下したものだな?」アッシャはホリーに訊ねた。

「そうですが、どうしてもこんなことをしなければいけないのですか?」ホリーは椅子を少しうしろに押しやった。椅子の脚が床にこすれて耳障りな音を立てた。

「いずれにせよ破棄するものだろう。実演に使ってもよかろう? 見よ」アッシャは一同に言った。一瞬ののち、彼女の片手の下で、原稿の山が炎に包まれた。

テーブルの上に灰が積もった。

「ちくしょう、なんてこった!」クラレンスが叫んだ。

そしてすぐに罵声をあげたことを悔やむような顔をした。「失礼、レディのみなさん。そんなつもりじゃ――」

「それですら」アッシャが続けた。「真の力ではない。これが真の力だ」アッシャは椅子をうしろに引いていなかったレオのほうに手を伸ばし、ルシンダの爪の引っ掻き傷が残っている頬に触れた。「一日か二日もたてば、この引っ掻き傷は完全に治り、ふたたび傷のない頬に戻るであろう。もしわたしが癒さなければ、レオは死ぬときまでこの傷を背負っていたであろう」アッシャはレオの頬を撫でた。レオは彼女の手に自分の手を重ねた。この二人がこんなふうに優しげにしているのを見るのは妙な感じだった。

「さて」アッシャはいつものきびきびした口調で言い、向きを変えてテーブルから離れた。「休憩は終わりだ。ホリーとレオとわたしはやることがある。きっとそなたたちもそうであろう。ベアトリーチェ、ソシエテ・デザルキミストの会員として、リディア・レイモンドの居場所の捜索と彼女の母親への対処の進捗を報告するように。これも協会が世に放った実験の一つだ。そなたとアテナ・クラブの仲間たちには対処できる力があると信じておる――わたしはそなたたちの能力に深い信頼を寄せている――しかし協会の助けが必要なときは、わたしに連絡してくれれば、最善を尽くして支援する。レイモンド博士はかつて、そしておそらくは今もなお、危険な男だ――そなたたちの世界はまだ彼の追求する力への準備ができていない。フィラエの女祭司たちは子どもの時分から大地のエネルギーを使う訓練を受けていた。彼女たちは知的な枠組みと霊的な目的の範囲内で力を使ってきた。レイモンド博士はそのような訓練も用意もなく、外科手術でおなじ結果を作り出そうとした。実験台が正気を失ったのも無理はない。わたしは彼と彼の実験の成果物を確実に止めたいのだ。ミスター・ジェファーソン、会えてうれしかった。そなたは古代の世界にとりわけ興味を抱いているようだが、その話をまた聞きたければ会いにきてくれ。レオ、客人たちを見送ってくれるか？　キフリがもっと欲しければ、持っていってかまわぬ。まだたくさん残っているのだ」

キャサリン、ベアトリーチェ、クラレンスは素直にレオ・ヴィンシィのあとについて部屋を出た。クラレンスはキフリをいくつか取ると、手を添えてパン屑を受け止めながら一つに齧《かじ》りついた。廊下を歩いている途中、キャサリンはクラレンスがベアトリーチェに向かって言うのを聞いた。「きみは彼女のことを話してはくれたけど、ほんとうの意味で話してくれたわけじゃなかった」

科学アカデミーの正面玄関に来ると、キャサリンはレオのほうを向いて訊いた。「永遠に生きつづけたいと思ったことはないの？」

レオはほほえみを浮かべた――今日二度目のほんものの笑みだ！　どこかさみしそうな笑みだった。「アッシャはぼくを不死の身にすると言ってくれたことはないし、ぼくも彼女に頼んだことはありません。カリクラテスも頼みませんでした。よくわかってるんです、ミス・モロー、彼女は永遠に若いままだけれど、ぼくは年老いていくと。ぼくはいずれ死ぬけれど、彼女は望むだけ長く生きつづけていくのです。だけどたぶん、ピタゴラスが正しければ、いつかぼくの魂は戻ってきて、彼女の魂とふたたび寄り添う。少なくとも、ぼくはそう考えようとしているんです」

キャサリンはレオの手を取って振った。「さようなら、ヴィンシィさん。あなたは思っていたほど思い上がったクズ男じゃなかったわ」

レオは美しい金髪の頭をのけぞらせて笑った。「ありがとう、ミス・モロー。こんなに気持ちよいほど率直な言葉を言われたことはないかもしれません。思い上がったクズ男にならないように全力を尽くしますよ、これからもあなたに認めてもらえるように、少なくともあなたの近くでは」

キャサリンはからかわれているのだろうかと思って、レオをいぶかしげに見た。でも彼はどう見ても真剣そうだった。

メアリ　だけどあの人は思い上がったクズ男よ、たいていの場合は。アッシャが彼のどこがいいと思っているのかよくわからないわ。

キャサリン　でも、少なくとも彼はそのことを素直に認めてるわ。

ツェントラル・カーヴェーハーズに立ち寄ろうと決めたのはキャサリンだった。「今日がブダペストで過ごす最後の日よ」とキャサリン。「劇場に行くまであと二時間ある――あたしたちの最後のショウまで！　昼食を取る時間が十分にあるわ。クラレンスと違って、あたしはお腹に何も入れてないもの――あれはなんて言ったっけ？　キフリだ。それにベアトリーチェと違ってあたしは何か食べる必要があるし。あなたたちがいつも行ってる店はどこ？」

三人は嫌になるほど礼儀正しいウェイターが注文の品を運んでくるのを待っていた――キャサリンはローストしたガチョウ、クラレンスはロールキャベツ、ベアトリーチェはコーヒーで気分が悪くなっていたので菩提樹《ボダイジュ》の葉のハーブティー――ちょうどその頃、ルシンダは血の入ったカップを見下ろしていた。ときどき、食べ物の味が恋しくなることがあった。ローラの昼食のにおいが漂ってくる――オムレツにグリルしたトマト、濃いコーヒー。ルシンダはそのにおいを嗅いで、美味しそうだと思うと同時に吐き気も覚えた。ルシンダ自身はおなじみになった液体の食事をとっていた。今日は近所の農場で屠《ほふ》られた豚の血だったので、ローラは狩りに出かけなかった。濃くて豊かな味わいだった――この豚は残飯だけで育てられた豚ではなく、森のなかで餌をあさっていた豚なのだ。

「カーミラがウィーンに行ってしまったなんてまだ信じられませんわ」ローラはナイフとフォークでオムレツを荒々しくつつきながら言った。「家にいたのは七日間よ！　七日間！　アイリーン・ノートンとミナがカーミラの助けを必要としているのはわかっています――理解していますわ。でも最後に静かな夕べを一緒に過ごしたのはいつのこと？　吸血鬼狩りや正気でない錬金術師との闘いに邪魔されずに？　明日はわたくしたちの十回目の記念日だってご存じでした？」

ルシンダは首を横に振って血をすすった。

ローラは強調するようにフォークでオムレツをもう一切れつついた。「十年間一緒にいて、興奮と冒険に満ちたすばらしい時を過ごしましたわ。それでも、一度でいいから家で静かな夕べを過ごしたいのです。あれはいったい何かしら？」

耳障りな吠え声が聞こえた。

「ペルセフォネー！　ハデス！　すぐにやめなさい！　まったくもう、あの子たちったらどうしてしまったのかしら？」

「自動車の音がするわ」ルシンダが言った。

「自動車！　カーミラが思い直してくれたんですわ」ローラは食べかけのオムレツを残したまま跳ね上がるように席を立ち、そそくさと部屋を出ていった。ルシンダがカーミラの自動車の音ではないと告げる暇もなかった。轟音《ごうおん》がまったく違ったものだったのだ。

ここにとどまっているべきだろうか、それとも何が起こったのか見にいくべきだろうか？　ルシンダは最近どの日にどんなドレスを着るかなど、些細なことで迷うようになっていたが、今もまた迷いながらしぶしぶ席を立ち、ローラのあとについて廊下に出て、シュロスの玄関を出た。円形の車道に自動車が停まっていた――カーミラの自動車と似ているが、まったくおなじではない。自動車の横に風変わりな恰好をした女性が立っている——ぴったりとした革製の帽子をかぶり、足首まで丈のあるキャンバス地のコートを着て、革製のブーツを履いている。手には分厚い革手袋をはめ、目元にカエルみたいな丸いゴーグルをつけている。女性は手袋を外して自動車の座席に置くと、ゴーグルを上げて帽子の上から額にのせた。

「親愛《リーベ》なるローラ！」女性が言った。「会えてうれしいわ！　どう思って？　彼女、美しいでしょう？　でもあなたは自動車ぎらいだって覚えてるわ。カーミラはどこ？　彼女にわたしの最新作を見せなきゃ」ドイツ語訛りのあるこの女性は誰なのだろう？　田舎道を一人で自動車を運転してくるなんて何者だろう？

「あのね、それはできませんのよ、カーミラは留守だから。彼女はあなたの前回の作品に乗ってウィーンに行ってしまいましたの」ローラは不機嫌そうに言った。

そして女性の両頬にキスをした。「会えてうれしいですわ、ベルタ。でも彼女はまた出かけてしまって、いつ戻ってくるかわかりませんのよ」ローラはルシンダに向かって手招きをした。「ルシンダ、こちらはわたくしたちの友人のベルタ・ベンツよ。ベルタ、こちらはルシンダ。ここに滞在してますの——ええと、しばらくのあいだ。ベルタはご主人が経営する自動車会社、ベンツ・アンド・コンパニ・ガスモトーレン・ファブリークのブレーンですの」

「やめてちょうだい、カールを——なんて言うのかしら——過小評価するのは」ベルタはほほえみながら言った。「彼もブレーンだわ。お金のことにはちょっと疎いけれど、自動車のこととなるとすばらしいんだから。カーミラが留守だなんて残念だわ！　彼女に最新のフェートンを見せたかったのに——ずいぶん改良をほどこしたのよ。それに、彼女に同伴してもらおうと思っていたの。わたしたちの会社に投資したがらない臆病な紳士たちに自動車は未来の乗り物だって見せに行くつもりなの。でもそうするには長い道のりを運転しなければいけないから――じつはね、イギリスまで行こうと思っているの！　カーミラ以上の旅のお供はいないわ――彼女は腕のいい機械工ですもの。それにあなたも歓迎するわ、ローラ。もっとも、この種の旅行はあなたの好みじゃないってわかっているけれど」

「イギリスまで！」とローラ。「いったいどうやって？　つまり、途中に海がありますけれど……」

「そうよ、だからこそ恰好の見ものになると思って。見出しを想像してみて――ベンツの自動車、英仏海峡を渡る！　カレーで自動車のまま船に乗れるよう手配したの。イギリスからフランスへ競走馬を輸送したり、フランスの四輪馬車をイギリスの貴族に届けたりできるのなら、ブリュンヒルデを乗せるなんてわけないでしょう？」ベルタは片手を自動車の座席に置いた。

「ブリュンヒルデがこの新しい珍妙な機械の名前なのですね？」ローラが言い、自動車の反対側へまわり、そして後部にまわって車体を眺めた。

「そうよ、ベンツ・フェートンⅢ、わたしの仕様書に従って組み立てられたの」とベルタ。「彼女、美しいでしょう？」

ローラは自動車のまわりをぐるっと一周しおえていた。「ルシンダ」とローラ。「イギリスへ行きたくありませんこと？　わたくしはずっと行きたいと思っていましたの。もちろんこんな方法ではないですが――ウィーンからカレーまで快適な列車の旅をして、船で海峡を渡ることを想像していたのですけれど！　でもまたいつ機会があるかわからないじゃありません？　それにカーミラが突然出ていったことへの報いになりますわ！　彼女が戻ってきたとき、わたくしたちがいなくなっていたら……」ローラはベルタのほうを向いた。「わたくしはカーミラじゃありませんけれど――たしかに機械工としての腕は劣りますわ。でも、カーミラが来られなくてもわたくしを連れていくことを考えてみてくれません？　それにもしルシンダも一緒に来たければ――」

「もちろんよ」とベルタ。「旅のお供は大歓迎よ。出かけられるかしら――そうね、一時間かそれくらいで？　そのあいだにミセス・マダールの美味しいコーヒーをいただけるわね」

ルシンダは目を丸くして二人を見つめた。「つまり、イギリスへ出発するってこと――今日？　あと一時間で？」

「そう、今日よ！　カーミラはいつだってこんなふうに行動するじゃありませんの――衝動的に。一度くらいわたくしだってそうしてもいいでしょう？　あなたが一緒に来たいならの話ですけれど。もちろん、ここにとどまっても快適に過ごせますわ。わたくしがいなくてもマグダが面倒を見てくれますから。彼女がカーミラと一緒に行かなくてよかったですわ」ローラはベルタ・ベンツのほうを見た。ベルタは帽子を脱いでいるところだった。きつく編まれた茶色の髪が頭のまわりに巻きつけてあった。「いらっしゃって、居間にコーヒーがありますわ、それにもしよかったら朝食も。スーツケースに着るものをいくつか放りこんできますから。収める場所はあります？」

たっぷりある、とベルタは見せてくれた。閉じられた座席のうしろにはトランクがあって、そこにスーツケースや小さな旅行鞄をくくりつけられるようになっている。

ルシンダがベルタのあとについてシュロスのなかに戻ろうとしたとき、ローラが彼女の腕をつかんだ。

「ねえ、突然こんなことになってしまってごめんなさいね。来なくてもいいのよ。疲れるし旅は不安定ですもの、無理することはありませんわ。ただね、置いてきぼりにされたって思いをさせたくないから誘いましたの。こんなことするなんて愚か者だとか、カーミラが帰ってくるまでおとなしく刺繍でもして家で待つべきだって言われても仕方ありませんわ。こういう冒険をするのはわたくしよりカーミラのほうが得意ですものね——たぶん、だからこそわたくしは一度でも自分の冒険に繰り出したいのですわ！　ひと言いってくれればもう二度とこのことは持ち出しませんわ。でもシュロスならミセス・マダールが行き届いた世話をしてくれるでしょうし、マグダにあなたの面倒を見てくれるよう特別な指示を出していきますわ」

安全なこの場所にとどまりたいだろうか？　ルシンダはここ最近で多くの変化を経験してきた。母を失い、ある意味では父を失い、まったく異なる意味で自分自身も失った。今の自分は誰なのだろう？　白いドレスに身を包み、まだピアノは弾くけれど、血は飲むし、壁もよじ登れるし、野兎の胸の鼓動を聞くことのできるこの少女は何者なのだろう？　わからない。ルシンダにわかることは一つだけだった——置いていかれたくない。「行きたいわ」ルシンダはローラに言った。

口に出してすぐ、恐ろしい間違いを犯してしまったかもしれないと思った。

三時間後、いつものごとく思ったより荷造りに時間がかかったが、ルシンダはブリュンヒルデの後部座席に座ってシュタイアーマルクの田園地帯を自動車で駆け抜けていた。土埃とガソリンの煙に包まれながら、いったい自分は何をしてしまったのだろうかと考えていた。

ルシンダ　愚かで考えなしの行動だったわ。マグダとミセス・マダールと一緒にシュタイアーマルクにとどまっているべきだったかも……

キャサリン　もしあなたがそうしてたら、わたしたちは今日ここにこうしていられなかったかもしれないし、あたしはこの本を書いていなかったかもしれないのよ。

ルシンダ　ありがとう、キャット。でもわたしのしたことなんて——最後に重要な役目を果たしたのはローラだわ。

ダイアナ　それにあたし！　あたしがしたことを忘れないでよね。

キャサリン　忘れさせてくれないじゃない……

　あくる日の朝、キャサリンとベアトリーチェはオリエント急行に乗りこんだ。キャサリンは切符の値段を聞いて蒼ざめそうになった——ベアトリーチェとはべつべつの客室で旅をしなければならない。〈美し《ラ・ベル・》き毒《トクシーク》〉の有毒な息を吸って夜を過ごすことはできないからだ。ある場所からべつの場所に移動するのにこんなにお金がかかるなんて、いったいどういうことだろう？　幸い、二人は〈ロレンゾの驚異と歓喜のサーカス〉で稼いだお金があったし、それに出かける前に、ドラキュラ伯爵が財布を渡してくれた。「ミナはきみたちに十分な資金を提供することを望むだろうと思ってね」ドラキュラ伯爵は言った。「安全な旅行を。そしてこの家ではいつでもきみたちを歓迎するということを覚えておいてくれ」伯爵はそう言うと四百歳のハンガリー人貴族の礼儀をもって二人にお辞儀をし、そのとき髪の毛がはらりと顔にかかった。またしてもキャサリンは彼が何か細工をしたのか、それとも自然にそうなったのだろうかと考えた。

　クラレンスはブダペスト西駅まで二人を見送りに来て、出発寸前までプラットフォームで待っていた。ベアトリーチェは通路に出て窓をいちばん下までおろしてクラレンスと話していたが、そのとき汽笛が響き、出発の時間を告げた。キャサリンはクラレンスが言うのを聞いた。「アッシャとヴィンシィさんがうまくやれるのなら、ぼくらだってうまくやれるさ、きっとやれる」その瞬間、列車が動き出したので、ベアトリーチェの答えは聞こえなかった。二人はロンドンに向けて出発した。メアリ、ジュスティーヌ、ダイアナ——

そして願わくばアリスと再会するために。みんなはもうアリスを見つけ出しただろうか？　もちろん、まだ数日しか経っていない。メアリとジュスティーヌでさえ、いくら有能だとはいえそんなに早くアリスの失踪の謎を解けるはずがない！　けれど、キャサリンは自分が到着したときにまだアリスが見つかっていなかったら、ロンドンじゅうをくまなく探してみるつもりだった。そしてアリスを誘拐した犯人を見つけ出したら、そいつの喉を切り裂いてやるつもりだった。

オリエント急行が駅を出たとき、この世に一台しかないベンツ・フェートンⅢはオーストリアの田舎道を轟音をたてながら疾走していた。道端のニワトリは驚き、農場のおかみさんたちはこの世の終わりを告げに終末の獣《けだもの》がやってきたのだと思った。自動車が通り過ぎるときに十字を切って、聖母マリアへの祈りをつぶやいた。自動車のなかでは、ルシンダが絶え間ない振動で気分が悪くなりはじめていて、ふたたびどうしてこんなことをしてしまったのだろうと考えていた。いったい何が自分を待ちかまえているのだろう、イギリスで——アテナ・クラブで。

9　ディオゲネス・クラブを訪ねて

「ホームズ様はここ数週間お見えになっておりません」ディオゲネス・クラブの玄関番が言った。ふさふさした白い髪と頬髯《ほおひげ》をたくわえた、威厳のある風貌の男だった。通りを歩いているところを見たら、公爵かと思ってしまうかもしれない。

「ありがとう、ご苦労だったね」ワトスンが言い、振り向いて気を落としたような顔をした。「マイクロフトは何か重要かつ極秘の用件で出かけているのでしょう」メアリとジュスティーヌに向かって言った。「つぎはどうします？　スコットランド・ヤードに行ってレストレード警部にあたってみますか？」

「わたしが辻馬車を拾ったほうがよければ……」とジュスティーヌ。おそらく長身だから、三人のうちでいちばん馭者の注意を引くのが早かった。

「そうしていただければ」とワトスン。

メアリはワトスンをよそに眉をひそめた。ホームズ氏は——つまりシャーロック・ホームズ氏は——直感はあてにならないと言っていた。つねに理性的な思考を応用して直感を確認し、正さなければいけないと。だがメアリは何かが間違っているという直感を抱いた。

ハンドバッグのなかに手を入れ、玄関番のほうを振り向いた。「もういちど確認してくださって」メアリは手を差し出しながら言った。玄関番が手を伸ばしてくると、彼の手のひらに一ギニー金貨を落とした。ほら、さりげないでしょう？　生まれてこのかたずっと玄関番に賄賂を贈ってきたみたい！「万一、ホームズさんがやっぱりここにいらしたら、メアリ・ジキルがお目にかかりたいと申しているとお伝えいただけます？」

一ギニーはばかにならない額だし、玄関番相手に無駄遣いすることになるかもしれないが、アイリーン・ノートンならこの種のことをするだろう。メアリは少しでもアイリーンのようになりたかった――より賢く、より大胆に、より勇敢に。

「承知いたしました」玄関番は口の堅い召使らしく、何の感情も表さずに言った。「ホームズ様のお姿を見逃していないかどうか確認してまいります。もっとも、見逃しがたいお方ではありますが」

十分後、玄関番が戻ってきた。「申し訳ございません、ミス・ジキル。ホームズ様はクラブにおられました。会話の許されている来賓室でお目にかかるとのことです。こちらへどうぞ」落ち着き払った青い目でまっすぐにこちらを見てくるものだから、メアリは彼がほんとうにマイクロフト・ホームズがクラブにいることを知らなかったのだと信じてしまいそうになった。

メアリは玄関番のあとについて正面入口を通り、ディオゲネス・クラブのなかに足を踏み入れた。ロンドンでもっとも秘密めいた紳士クラブだ。メアリとジュスティーヌとワトスンが玄関広間に入ると、大きな木製の扉が背後で閉まった。なかはしんと静まり返って、ロンドンの通りの喧騒さえ聞こえてこなかった。三人は玄関番に案内されて豪華な調度品がしつらえてある広々とした部屋を通りかかった。何人もの紳士が真紅のフラシ天張りの肘掛け椅子に腰かけていた。椅子の側面が張り出していて、隣の席の紳士が《パンチ》を読んでいるのか、アンソニー・トロロープの小説を読んでいるのかわからないようになっている。少なくともメアリには彼らが何を読んでいるのか見えなかったが、紳士が赤いフラシ天張りの肘掛け椅子で読むものといったらそんなところだろう。椅子はそれぞれがばらばらの方向を向いており、会話はいっさいなかった。

玄関番が右手にある扉の前で立ち止まった。扉を開けてなかに足を踏み入れると、三人のために扉を押さえてくれた。「ミス・ジキルがお見えです」玄関番は室内でとりわけ大きくて座り心地のよさそうな肘掛け椅子に座っている男に向かって言った。大きいのも無理はない、座っているのは体格のいい男だった。広い額と尖った鼻だけを頼りに、メアリはこの男がシャーロックの兄だと察した。

「ミス・ジキル」男が言った。「お入りください、お連れの方も一緒に。おお、ワトスン。元気かね？」男は玄関番に居留守を使うよう頼んだことに、これっぽっちも罪悪感を抱いていないようだった。「あなたはミス・フランケンシュタインですね」男はジュスティーヌに向かって言った。「いや、弟があなたがたやアテナ・クラブ、それにソシエテ・デザルキミストのことを話してくれていたのですよ。ジャクスンからあなたがたがわたしに会いたいと言っていると聞いて興味をそそられたので、案内するように申しつけたのです」

「そう言うわりには会ってくれようとしませんでしたね」ワトスンが苦々しく言った。「弟さんのことをひどく心配しているのですよ。いったい彼にどんな使いを命じたのです？　モリアーティ教授がまだ生きているという情報は得ました。そうだとしたら、あの男はかならずシャーロックの命を狙うはずだ。あなたが何か知っているのなら――」

「わたしが何か知っているとしても、打ち明けるわけにはいかない」マイクロフトは平然と言った。「事の重大さを理解していないようだな。これは国民には完全に秘密にしておかなければならない国家に関わる問題なのだ。大きくて無知で、容易に恐慌をきたす国家の胴体が、その頭部に危険が及んでいると知ったら、四肢が悶えはじめてしまうだろう――」

「頭部というのは、国家の頭部ということですか？　女王のことを言っているのですか？」ジュスティーヌが訊いた。

「女王陛下に危険が及んでいるですって！」とメアリ。

「そんなことありえますの？」

「ほら、すでに多くを語りすぎてしまった。女王陛下は万全の体制で保護されていると保証しますよ。しかしながら、危険は現実のものです。ロンドンという巨大で汚れた人間の大通りには、政府の安定を揺るがそうという勢力が存在しているのです。われわれは全力を尽くして彼らの動きを追っています。モリアーティを取り押さえられるほどの情報はまだ得ていませんし、彼の配下の者を逮捕すれば、彼がわれわれの存在に勘づくだけです。モリアーティ自身はあまりに強力なので、生半可な根拠で逮捕するわけにはいかないのです。彼は貴族院のメンバーから経済的支援を受けているとわれわれは確信しています」

「いったいどんな貴族が女王を裏切っているというのです？」ワトスンは驚いたように言った。

「きみが人間に置いている信頼はすがすがしいが、ばかばかしくもある」とマイクロフト。「ミス・ジキル、あなたは分別のあるお嬢さんだとお見受けしました。シャーロックがどこにいようと、わたしは彼を救い出すことはできません――するつもりもありません。そんなことをすればこの件におけるわたしの立場を早々に裏切ることになる。わたしの立場はわたしの力であると同時に弱みでもあります。わたしはほかの者が立ち入れないところに立ち入ることができますが、ほかの者――あるいは若い淑女――が立ち入れるところに立ち入れないのです。あなたの能力に関するシャーロックの言葉にはあまり信用を置いていません――彼はあきらかにあなたへの愛情で偏っていますから。しかしアイリーン・ノートンはあなたのことを非常に高く評価していますから、わたしはあなたに頼みます。弟を見つけてください。シャーロックとわたしはまったく似ていません――弟はあまりに感情的だ。子どもの頃からずっとそうでした。わたしたちの父親はある種の哲学者で、蔵書室で日々を過ごすようなどこまでも思索的な学者でした。わたしは父親に似たのです。母親は、往々にして女性がそうであるように、熱情と感情でできた生き物でした。美しく知性的でいながら、直感と感情に突き動かされる女性でした。シャーロックは母親を深く愛し、彼女が亡くなったときには大きな打撃を受けました。当時彼はまだ十四歳で、少年らしく感じやすい年頃でした。そのせいで弟は独身を貫き、私立探偵ごっこなぞを続けているのだと思います。弟は世界の混沌に秩序をもたらしたいと願い、人生を一連の手がかり、解くべきパズルだと捉えています。自分の性分ではない合理性を目指しているのです。弟は、結局のところ、あの母親の息子です。さあ、わたしはあなたが弟を見つけ出し、この状況から抜け出させてくれることを願っています――生きたまま。わたし自身は感情的な人間ではありませんが、シャーロックはわたしに残されたたった一人の家族です。さて、わたしにはやることがたくさんあります。どうかお行きになって、できることならシャーロックを救い出してください。そして二度とわたしのもとを訪ねてこないように。わたしは関わりません」

「弟さんの居場所についてなんの情報もくださらないのですか？」とメアリ。「どこにいるのかもわからないのに救い出せとおっしゃるのですか？」

マイクロフト・ホームズは無表情でメアリを見た。

「ご自分で見つけ出せないのなら、あなたはミセス・ノートンが言っていたほど有能ではないということですし、わたしにとってもシャーロックにとっても益のない存在だということになる。わたしがこの件についてあなたに話せば話すほど、万一あなたがモリアーティと彼の一味に捕まったとき、彼らに白状することが増えるだけです。わたしが与えたいと思うだけの、あるいはあなたが必要とするだけの情報は与えました。あなたは知的な若い女性だと評されているのですよ、ミス・ジキル。あなたが捜査に成功するかどうか見届けるのを楽しみにしています」
三人がふたたび通りに出ると、メアリが言った。
「興味深い？」とジュスティーヌ。
「そうね、今のは――」
「ひどく不快ですよ」とワトスン。「どうして弟を危険にさらしておけるのですかね、自分で彼を窮地に立たせておいて？　マイクロフトは人間の同情心という考えを持ち合わせていないんだ」
「持ち合わせるわけにはいかないのかもしれません」とメアリ。「彼が政府のためにどんな仕事をしているのか知りませんが、アイリーン・ノートンは彼女とおなじような種類の仕事だと言っていました。アイリーンはアメリカのスパイですもの」
「アイリーンがですか？」ワトスンはびっくりしたような顔をした。「シャーロックは知っているのだろうか。彼はつねにアイリーンに多大な敬意を払っていました。あの美しい女性が、豊かな鳶色《とびいろ》の長髪の……」

メアリ　ドクター・ワトスンがいちども恋に落ちない女性はこの世にいないのかしら？

ジュスティーヌ　ミセス・ハドスン、とか。

メアリ　もう、わたしの言っていることとわかるでしょ。年頃の女性でよ。アイリーンにベアトリーチェ……

キャサリン　それにあなた。でもワトスンはホームズに忠実だからすぐその恋は見限ったけど。

メアリ　ベアトリーチェが現れたからだと思うわ。ベアトリーチェが現れると、すべての男性の関心が彼女に移るの。それが便利なときもあるわ。

ベアトリーチェ　そんなわけはないわ！　それにわたしが有毒だとわかると、彼らは興味をなくすもの。

キャサリン　そのとおり。あんたが吐息で相手を殺せるという事実を完全に無視するのは、クラレンスのような向こう見ずな男だけよね。
ベアトリーチェ　ああ……

マイクロフト・ホームズは弟のメアリへの愛情と言っていたけれど、それはどういう意味だろう？　メアリはパーク・テラス十一番地の玄関広間で手袋を脱いだ。ワトスンとジュスティーヌはすでに応接間にいる。二人は外さなければいけない装身具が少ないのだ——帽子はピンなんか引っこ抜かなくてもすぐに脱げるし！

「ずいぶん長く出かけてたね」ダイアナが男の子の恰好をして階段のいちばん上に立っていた。まったくもう、どうしてこの子は髪にブラシをかけないのだろう？　真っ赤な鳥の巣みたいに見える。それにどうしてちゃんとした服装をしないのだろう？　若いレディなのに——あるいは、そうあるべきなのに。

「今朝はベイカー街の男の子たちと一緒になって悪さをしてないといいんだけど」とメアリ。

「遅ればせながらこんにちは、姉さん」とダイアナ。「まだ本部には行ってないもん。出かける用意をしてたらチャーリーが伝言を届けにやってきたんだ」

「あなただってこんにちはって言わなかったじゃない」メアリは今の今まで腹を立てていなかったのに、ダイアナはいつだってこちらを苛立たせる力を持っている。

「大切なことを教えてあげようと思って」とダイアナ。「聞きたい、聞きたくない？」

「わかった、聞きたいわ、何なの？　応接間にいらっしゃい、ジュスティーヌとドクター・ワトスンにも聞いてもらえるから」ダイアナが話したがっていることは、アリスかホームズ氏に関わることだろうか。

ダイアナは階段を降りてきて、最後の数段を飛ばしてジャンプすると、ドサッと音を立てて着地した。メアリはうんざりした――どういうわけか、ダイアナのブーツの音はほかの人の音よりも大きく聞こえる気がするのだ。二人が応接間に入ると、ワトスンは怪訝そうに二人を見て、ジュスティーヌは「こんにちは、ダイアナ。今朝のごきげんはいかが?」と言った。するとダイアナが言った。「シャーロック・ホームズは薬漬けにされて錬金術師の奴らが会合に使ってた家に閉じこめられてる。ほら、ソーホーにある家。アリスがそこにいて――ベイカー街の男の子たちを通じて伝言をよこしたんだ」

「それはほんとうにたしかなの?」メアリが訊いた。

「チャーリーがウィギンズから聞いたって教えてくれたんだ。ウィギンズはあたしの知らない男の子から聞いて、その男の子はアリス本人から聞いたんだって。アリスはその男の子にワトスンが煙草をくれるって約束したらしいよ。チャーリーはそのへんにいるはず――ミセス・プールに何か食べるものをもらってるんじゃないかな。あいつの食欲ってほんと底なしなんだから」

誰かがダイアナについて言いそうな言葉だ! 「とても信用できる話には思えないわ」メアリは眉をひそめた。「その男の子は何者なの? その子がほんとうのことを言ってるって信用できるの? もっとも、アリス本人と話したと言ってるなら……」

「初めて得た手がかりですよ」とワトスン。「たぐってみないわけにはいきません」

「もちろんたぐってみるわ」とジュスティーヌ。「メアリ、わたしたち――」

「ソーホーにあるソシエテ・デザルキミストのイングランド支部の本拠地に行くべきだって? もちろんよ」とメアリ。「この話がほんとうかどうかたしかめなくては。スコットランド・ヤードにレストレード警部を訪ねていくのは延期するしかないわね」メアリはそれについて残念だともなんとも思わなかった。「ジュスティーヌ、あなたとわたしで偵察に行くとして——

「あたしも行くよ」とダイアナ。

「それにわたしも」とワトスン。

「それはいい考えとは思えませんわ、ドクター・ワトスン」とメアリ。「もしモリアーティ教授かモラン大佐が関わっているのだとしたら、以前ホームズさんが彼らに立ち向かったときにあなたの姿を見ているのではないでしょうか？　わたしとジュスティーヌ——わかったわ、それにダイアナ、足首を蹴るのはやめて。そんなことしてもペチコートの上からじゃ届かないわよ——で行けば、こちらの正体を知られることなく偵察できます」

「わたしはどうすれば？」とワトスン。「レストレードに会いにいってロンドン警視庁の支援を求めましょうか？　しかしレストレードにそこらへんの腕白小僧が言ったことを話しても信じてもらえないでしょうな。ホームズが錬金術師協会の本拠地に囚われているという確固とした証拠が必要です」

「ならばわたしたちがその証拠をつかんできます」メアリは深刻な決意を胸にして言った。

「そのあいだ、おいらと一緒にくればいいよ、旦那」チャーリーが応接間の戸口から頭を突き出していた——まだ帽子をかぶったままで、口のまわりにはジャムがついている。「ウィギンズが救出部隊を組織してるんだ。合図を出したんだよ——全員が今日の午後までに本部に集まるはずさ」

メアリは警戒するように二人を見た。「チャーリー、どんな救出行動も起こしちゃだめよ——わたしとジュスティーヌ——それとそう、ダイアナ、睨みつけてるのが見えてるわよ——がレストレード警部を納得させて助けを求められるだけの証拠をもって帰るまでは。ドクター・ワトスン、チャーリーと一緒に行ってベイカー街の男の子たちが無謀な真似をするのを止めてください！　まだアリスとホームズさんが囚われているのか、誰にそうされているのか、よくわかっていないんですから。どんな行動を起こすにしても、もっと情報が必要です。ベイカー街遊撃隊の本部の場所はダイアナが知っています。ソーホーにあるんでしたよね？　ダイアナとジュスティーヌとわたしで、あなたに会いにそこに行きます、そうね――」メアリは腕時計に目をやった。「あらまあ、もうすぐお昼ご飯の時間だわ。何か口にしたほうがいいわね、じゃなきゃお腹が空いて倒れてしまうわ。ミセス・プールがサンドウィッチを作ってくれるでしょうから、持っていきましょうか？　時間を無駄にしたくないもの。あなたの分もあるわよ、チャーリー」

「ありがとさん、でもおれは仲間たちと食うから」とチャーリー。「フィッシュ・アンド・チップスが注文されるはずなんだ、大人数が集まるからね。ミセス・プールの料理が嫌いなわけじゃない――十一時のお茶の時間に出すジャム・タルトを一つくれたよ――でもフィッシュ・アンド・チップスじゃないからな。行こうぜ、ワトスンの旦那。旦那もおれたちと一緒に食えばいい。ウィギンズはもう襲撃の計画を立てはじめてるけど、旦那は兵士だもんな――おれたちに教えてくれることが一つや二つあるはずだろ！」

「まあその、わたしは軍医だったが、しかしそうだな、ときには戦闘のまっただなかにいたこともある」とワトスン。「わたしの協力が必要ならば、いつでも力になるよ」

「襲撃だなんて！」とメアリ。「ドクター・ワトスン、わたしはこの場を統括する立場としてあなたを頼っているんです。わたしたちがもっと情報を得て戻ってくるのを待っていてください。それからみんなでどんな行動を起こすかを決めてスコットランド・ヤードに連絡しましょう」

「もちろん、もちろん」とワトスン。「モリアーティは危険な男なんだ、チャーリー。きみたちは勇敢で有能な少年だし、これまでもいろいろとホームズの力になってきた。しかし今は状況が違う。ベイカー街遊撃隊の隊員が怪我を負うようなことはさせたくないんだ」

メアリ　そしてもちろん、結局はドクター・ワトスンが怪我を負ったのよ。

キャサリン　あの人っていつも怪我を負ってるわよね？　撃たれたり刺されたり噛まれたり。誰かあの人に銃弾や獣人からは逃げろって教えてあげないと。向かっていくんじゃなくて！

ベアトリーチェ　二人ともドクター・ワトスンに公平じゃないわ。あの人は善良で親切で、つねに忠実よ。

メアリ　あら、わかってるわよ。わたしはあの人の判断を疑問視してるの、人柄じゃなくて。わたしの言うことを聞いていれば、病院に担ぎこまれずに済んだのに！

ダイアナ　なぜならあんたはいつも何がいちばん正しいか知ってるから。

メアリ　いつもじゃないわ。たいていの場合はってだけ。

昼下がりにメアリとジュスティーヌとダイアナはソーホーのポッターズ・レーンに到着し、七番地を調べた。どうやら空き家になっている様子だった。

「どういうことかしら」とメアリ。「ここには誰も住んでないみたい。だってこんな状態ですもの」玄関の扉の塗装は剝がれかけ、建物のレンガは煤に覆われていた。扉の番地表示はとうの昔に外れていた――そこが七番地だということは、両脇の建物がそれぞれ五番地と九番地だったからわかったのだ。

「いいえ」とジュスティーヌ。「誰かが住んでいるわ。

見て、窓が掃除してある。外からだと荒れ果てて見えるけれど、室内は誰かが手入れをしているのよ」

「あら、あなたの言うとおりだわ」とメアリ。「なぜ気づかなかったのかしら？」

「覚えているでしょう、わたしはかつてメイドだったの」とジュスティーヌ。「お屋敷のお嬢様が気づく類のことではないわ。こんなこと言ってはなんだけれど、メアリ――あなたは一度も窓掃除なんてしたことがないもの」

「ないさ。メアリは人に向かって威張りちらすほうが得意だもん」とダイアナ。「何もしないいつもり？」

メアリはため息をついた。ダイアナを家に置いてこられればよかったのに！　メアリはウェストバッグに触れた。ヨーロッパではこれがおおいに役立ってくれて、ハンドバッグを持ち歩くよりずっと便利だとわかった。なかに入っている拳銃のかたちが感じられた。メアリは安心した。


「まずは家の外を調べてみましょうよ」とジュスティーヌ。「アリスとホームズさんが監禁されている場所のしるしが見つかるかもしれない。二人ともモリアーティ教授に囚われているのでしょう？　もしかしたら地下室かどこかにいるのかもしれない。キャサリンがアーチボルドが監禁されていた石炭庫のことを話してくれたから」

以前は、ジュスティーヌはこんな提案をするようなタイプではなかった――最初にアテナ・クラブに加わったときは、もっと臆病で内気だった。ジャスティン・フランクに扮することで、もっと大胆になれているようだ。メアリはこの新しいジュスティーヌが好きだった。自分もヨーロッパを旅して変わっただろうか？もう以前のメアリではないような気がする。拳銃を取り出すべきだろうか？　ううん、まだ早い――それは危険の兆候が現れてからだ。それまでは、三人は建物の裏手に通じる路地をうろついているただの男と女と少年でいなければ。

裏手には雑草が生い茂っている一画があった。表とおなじようにレンガ造りの外壁がそびえている。地上すれすれのところには半月形の窓がいくつかあり、一階、二階に窓が並んでいる。「変わったものは見当たらないけれど」とジュスティーヌ。「でも――あれは何かしら？」

二階の窓の一つから垂れ下がっているのはハンカチだった。窓枠にくくりつけられているようだ。

「あれ？　ああ、ただの布切れだよ」とダイアナ。

「永遠にあそこにあるんだ」

「いいえ、まだ白いわ」とメアリ。「数日以上あそこに吊り下げられているのなら、きっと煤だらけになっているはずよ。ジュスティーヌは窓のことを知っているかもしれないけれど、わたしはハンカチのことを知っている。あれは誰かが合図として吊るしたものに違いないわ。合図を探していない人の目にはただ偶然下がっているものに見えるように意図して。ダイアナ、あの窓まで登れる？」

「ああ、やっとあたしの出番だ！」ダイアナは壁を見上げた。「レンガの壁をよじ登ることはできないな。あたしはカーミラじゃないもん。でもあっちに排水管があるし、その上に窓がある。きっと浴室だよ。排水管を伝ってあの窓から入って、べつの部屋に忍びこめばいい」

「あの小さな窓を開けられるの？」メアリが訊いた。

「掛け金がかかっているかもしれないわよ」

ダイアナは哀れむような目つきでメアリを見た。排水管はところどころに草の生えている地面に通じていて、途中でレンガ造りの外壁のなかに埋まっていた。ダイアナは排水管のほうに歩いていくと、靴を脱いで登りはじめた。

「ほんとうに、あの子は爪先にも手の指が生えているんじゃないかと思うわよね！」とメアリ。ダイアナはたしかにハイドの娘だ。だけど、メアリだってジキルの娘だ。それはましなことなのだろうか？　メアリはふと、シュタイアーマルクの城で父親に自分もダイアナとおなじく実験の成果物なのだと明かされたときのことを思い出した。が、毅然としてその考えを脇に押し退けた。今はそんなことを考えている場合ではない。

「ダイアナがなかに入ったわ」とジュスティーヌ。

たしかにダイアナの足が窓のなかに消えていくところだった。あの子はアリスとホームズ氏の居場所を突き止められるだろうか？　五分が過ぎ、十分が過ぎ、十五分が過ぎた。

「心配だわ」メアリは腕時計を見た。「あと五分待ってあの子が合図を送ってこなかったら、わたしたちがなかに入っていくしかないわね」

と、ハンカチが吊り下げられている窓からひょっこり顔が現れた。ダイアナだ。

「ああよかった」メアリはほっと息をもらした。

しかしダイアナの顔の上に、べつの顔が現れた。二階の窓だというのに、メアリはその顔の主が誰だかすぐにわかった――あのいかめしい顔は見間違えようがない。ダイアナの腕をつかんでいるのはミセス・レイモンドだった。聖メアリ・マグダレン協会で会ったときとおなじ顔だ。

「そんな！」メアリは叫んだ。拳銃を取り出しかけたそのとき――でも、そんなことをして何の役に立つだろう？――背後でカチャッと聞き覚えのある音が聞こえた。振り向くと、そこにはメアリの拳銃よりも大きな拳銃を持った体格のいい男がいた。手下を二人連れている――その二人が手下で、大男が親分であることはすぐにわかった。手下たちのほうはジュスティーヌに拳銃を突きつけていた。

「なかに入れ」大男がとげとげしい声で言った。「正面玄関だよ、そこから入れ、姐《ねえ》ちゃん！」

メアリは仕方なく路地を引き返して正面玄関に向か

いながら、小声で罵《ののし》った。ジュスティーヌもあとに続いて歩いてきた。

ダイアナ　ほんとに罵ったの？

メアリ　認めたくないけれど、でもそう。罵ったわ！

ダイアナ　あんたってときどき捨てたもんじゃないよね。

「まあ、計画どおりにはいかなかったわね」一時間後、メアリが言った。メアリは両手首を見下ろした。体の前で縛られている。石炭庫と思われる窓のない部屋の床に敷かれたマットレスの上に腰かけていた。照明は壁の高いところに吊るされたランタンの明かりだけだ。ウェストバッグはもちろんない——男たちに真っ先に取り上げられたのだ。拳銃を持っていたからといって、この状況では役に立ちそうにはないけれど。

「あたしはネズミみたいに静かにしてたんだ」ダイアナが言い訳するように言った。「わかんないな、どうしてあの——あの——」ミセス・レイモンドをこきおろすのにふさわしい蔑称を探しているようだ。「あの女があたしがいることに気づいたのか。振り向いたら突然そこにいたんだから。捕まる前に思いっきり噛みついてやった！　もしナイフに手が届いてさえいれば——」

「もしもの話をしても仕方がないわ」とメアリ。「これからどうするか決めなくては。ジュスティーヌが無事だといいけれど」

ダイアナも両手首を縛られていた。マットレスの反対側の端っこに座りこんでいる。ジュスティーヌはその脇の床に横たわり、意識を失っていた。彼らがジュスティーヌに薬さえ嗅がせなければ！　手下たちにモラン大佐と呼ばれていた大男は、ジュスティーヌが意識を失うまで彼女の口元を布切れで覆った。十五分もかかったが、そのあいだずっと手下たちがメアリとダイアナの頭に銃口を向けていた。ミセス・レイモンドは戸口に立って一部始終を見ていた。

「彼女の両手も縛って、足首に足枷を嵌めなさい」ミセス・レイモンドは言った。「彼女はヴィクター・フランケンシュタインの創造物の女性版よ。お仲間を脅していなければ、あんたたちは八つ裂きにされていたでしょうね」そういうわけで、メアリやダイアナとおなじく両手首を縛ったうえに、モランの手下たちは石壁の固定具につながれた足枷をジュスティーヌの右足首に嵌めたのだった。おそらくはセワード医師がアーチボルドを監禁したときに使ったものとおなじ足枷だろうとメアリは推測した。

ジュスティーヌ　わたしは誰のことも八つ裂きになんてしないわ。どうしてもやむをえない場合以外、人を殺したことなんてない。それもそんな残酷なやり方で。わたしは獣じゃないもの。

ダイアナ　ふん、やってやればよかったのに。あいつらはそうされて当然だよ！

「ミス・ジキル」ジュスティーヌが意識を失って床に横たわると、ミセス・レイモンドが言った。「また訪ねてきてくれるなんてうれしい驚きだこと。聖メアリ・マグダレン協会で最後にお目にかかったときのことはよく覚えています。あのときわたしの娘のリディアがあなたの屋敷で皿洗いをさせられていると知っていたら、すぐにあの子を取り戻したでしょうね。あの子は今、わたしたちと一緒にいます。もうあなたから不当な扱いを受けることはないでしょう」

「不当な扱い？」とメアリ。「わたしがいつリディア――つまりアリスを不当に扱ったというんです？　それにあの子に何をしたんですか？」

「そうさ、あんたはあの子のことも閉じこめてるに違いないよ！」とダイアナ。「あたしたちのアリスを傷つけるような真似をしたら、このクソババア、思いっきり噛みついて――」

「これよりひどく？」ミセス・レイモンドは片腕を上げてみせた。手首にちょうどダイアナの歯型とおなじような半円形の痕が一対ついていた。メアリはその痕に見覚えがあった――アテナ・クラブのメンバー全員がその痕を負ったことがあった。とはいえ、たいていはミセス・レイモンドの手首についた痕よりも浅いものだったけれど！　相手を傷つけるつもりはなくても、ダイアナは一度や二度はそれぞれのメンバーに噛みついてその痕を残していた――ただし、ベアトリーチェは例外だった。さすがのダイアナも、〈毒をもつ娘〉に噛みつく気にはなれないようだった。ベアトリーチェはいつも傷の手当てを任された。ミセス・レイモンドはダイアナの錠前破りの道具一式を手にしていた。

「残念だけれど、これを使う機会はなさそうね。わたしに居場所を気づかれずにこの家に忍びこめると本気で思ったのですか？　わたしはあなたの存在を感じ取りました――あなた特有のエネルギー波を――あなたがあの窓までよじ登ってきたときすぐに。どこにいようとそれがわかるのです。マグダレン協会であなたが窓から抜け出そうとするたび、あなたに何か不幸なことが起こればいいのにと願ったものです。そうすればハイドにあなたが不運な最期を遂げたと報告できるのにと。どうやらミス・ジキルと暮らしても行儀作法を身につけられなかったようですね。シスター・マーガレットがここにいたら、すぐさま鞭打ち用の小枝を持ってくるよう命じていたところだわ！」

「わたしたちをどうするつもりですか？」ダイアナがまた口を開く前に、メアリはすかさず訊いた。ミセス・レイモンドを侮辱したところで、自分たちのためにも、アリスのためにもホームズ氏のためにもならない。

ミセス・レイモンドはほほえんだ。冷酷な笑みだった。「わたしがそれを教えると思っているのですか？　わたしの知るかぎり、あなたがたにふさわしいのは今いる場所です――ここにいればあなたがたは手出しができない。行きましょう、大佐。お客様とおしゃべりするより大切なことがあるのですから。くつろいでくださいな、ミス・ジキル。しばらくはここにいてもらいます」

ミセス・レイモンドが背中を向けて扉を開けると、ダイアナが叫んだ。「地獄へ落ちやがれ、このクソババア！」

すると突然、石炭庫の床が生きた蛇の群れになった。メアリは叫び声をあげ、あわててうしろに下がった。ダイアナは蛇を蹴りつけ、一匹を踏み潰し、つぎの一匹を踏み潰した。

「どういうことだよ？」とダイアナ。彼女のブーツは石炭庫の床を踏み鳴らすだけだった。蛇の肉が潰れる音はしない。

「幻影だわ」メアリはまだ胸をどきどきさせながら言った。「ただの幻影――催眠術よ。ほんものじゃないわ」

「ほんものにしか見えないよ」とダイアナ。ふたたび何もない床が現れ、扉が閉まり、三人だけで取り残された。「あのババア。クソババア。一度でいいからあの女がおっかながるところを見てみたいよ。あたしがおっかながったって意味じゃないからね。蛇の群れなんか！　つぎはどうなるの？」

ダイアナは怖がっていないと言ったけれど、メアリは彼女がこんなに取り乱すのを見たことがなかった。メアリは手を伸ばして妹の手を握りしめた。一瞬、ダイアナは手を握り返してきたけれど、すぐに払いのけた。メアリは剝き出しで煤に汚れた壁を見まわし、それからジュスティーヌを見た。まだ意識を失っている。

「わからないわ」

ダイアナ　あたしは怖がってなんかないもん。あの女を殺してやりたかっただけ。もし持ってたのが錠前破りの道具じゃなくてナイフだったらやってたのに。あの女にひっぱたかれる前に思いっきり嚙みついてやったんだ！　もっと強く嚙みつけたらよかったのに。

アリス　あたしのお母さんだってこと、忘れないでくださいね。

ダイアナ　あーら、ごめんなさい！　あんたたちみんな、あたしの父さんのことはこっぴどく言うじゃんか。あたしがそれに腹を立てたことある？

メアリ　いつも立ててるわよ。

永遠にも感じられる時間が過ぎたが、何も起こらなかった。ランタンの明かりがちかちかと部屋を照らした。メアリはマットレスに腰かけ、壁に背をもたせかけながら、絶望を感じていた。シュタイアーマルクでハイド氏に囚われたときよりも深い絶望感だった。あのときは少なくとも石炭庫なんかではなかったし、縛られたりもしなかった！　そう、でも助けはすぐそばにある——ソーホーのどこかで、ワトスンとベイカー街の男の子たちがメアリの連絡を待っている。もしメアリが連絡しなければ、ワトスンはレストレード警部のところへ助けを求めにいくかもしれない。そして願わくば、レストレードはワトスンの話を信用するかもしれない。レストレード警部がホームズのことを疎ましく思っているように、メアリやダイアナのことも好いていないのはわかっているけれど、三人の若い女性が失踪したとなれば、捜査に乗り出さないわけにはいかないのではないだろうか？　メアリはロンドン警視庁が石炭庫の扉を破って、三人を安全な場所に移してくれるところを想像して心を慰めた。

一方、状況を憂えることに使っていない頭の一部を使って、メアリはダイアナが名付けた〈何考えてるか当てっこ〉というゲームをしていた。

「それはパン入れよりも大きい？」ダイアナが訊ねた。

「イエス」

「それは人間？」

「イエス」

「それはシャーロック・ホームズ？」

「イエス」

「んもう、あんたってなんでそんなにわかりやすいわけ？　あたしにあと一シリング。もう十三シリング貸しだからね。つぎはあたしの番」

「いいわ。それは象？」

「ノー。ばかみたいな始め方。ヒントをあげる。それは象より大きい」

「それはアルプス山脈？　つまり、アルプス山脈より小さい？」

「イエス、アルプス山脈より小さい」

「それは生きている？」

「イエスとノー」

「イエスとノーで答えるなんてだめよ。イエスかノーで答えなきゃ」

「だって正しくなきゃ答えられないもん」

「誰か助けにきてくれないかしら。そうすればこんなくだらないゲームをしなくて済むのに！」

メアリはあと三十七個の質問をしてやっと正解の「オリエント急行」を当てた。

「ね？」とダイアナ。「列車だから生きてないけど、なかに人間が乗ってるから生きてるんだよ。これはあんたの負けだと思うよ——当てるのにこんなに長くかかったんだから！」

「でも降参しなかったわよ」とメアリ。「負けなのは降参したときだけじゃないの？」

とうとう、ありがたいことに、ダイアナが寝ついてくれた。メアリは眠りたくなかった——何かが起きた場合に備えて、誰かが起きていなければ。ミセス・レイモンドがまたやってくるかもしれないし、ロンドン警視庁が三人の救出にきてくれるかもしれない……メアリはとても疲れていた！　それにお腹も空いてきた。誰も食べ物や水を持ってきてくれなかった。このまま起きていよう、メアリはそう決意した。ハイド氏が自分たちをシュタイアーマルクで囚われの身にしておくのを許すわけにはいかない。ルシンダが死にかけている――彼女をブダペストに連れていかなければ。ジュスティーヌとダイアナはどこだろう？　二人が見つからない。街燈だけに照らされたカルンスタイン城の石の通路を歩きつづける。ソーホーの街はとても暗い――真夜中過ぎに違いない。ホームズさんはまだ来ない。腕時計を見下ろし、そわそわしながらその場を行ったり来たりする。今のは何？　銃声だ、どこか遠くから。音がしたほうへ歩いていくけれど、少しも近づけない。ああ、とメアリは思った。わたしは『鏡の国のアリス』の世界にいるんだ。ついにすべての謎が解けて、ほっとため息をついた。

メアリ　ドクター・ワトスンがあんなに愚かなことをするなんて、いまだに信じられないわ。どうしてレストレード警部のところに行かなかったのかしら？

キャサリン　レストレードがワトスンの話を信じたと思うわけ？　いずれにしても責任の一端はウィギンズにあるわ。襲撃したがってて、実行したんですもの。大人の男と少年たち――正直、その二つに大差はないと思うわ、ズボンの丈が違うだけで。どっちも兵隊ごっこが大好きなんだから。

ダイアナ　ウィギンズのことを悪く言うのはやめな！

キャサリン　どうして？　あんたはいつも言ってるじゃない。

ダイアナ　それとこれとは違うの。

「わたしの手を握りなさい、リディア」ヘレンが言った。「あいつらにあなたのことを連れていかせはしないわ」

アリスは母とモリアーティ教授と一緒に〈黄金の夜明け団〉の談話室の窓辺に立っていた。外で何が起こっているのかはよくわからなかった。

「ドクター・ワトスンと薄汚い小僧どもとはな！」モリアーティ教授があきれたような声で言った。「本気でここに侵入できると思っているのかね、モランと奴の手下をかいくぐって？ ヘレン、わたしはこんなことに関わっている暇はない。連中を片付けてくれ」

アリスは心配そうに母を見上げた。ベイカー街遊撃隊への伝言を頼み、誰かに気づいてもらえるかもしれないと思って窓にハンカチを吊るして以来、アリスは希望を抱いていた。たぶん、みんなはあれが合図だとわかったのだろう。昨日の晩、アリスがマーガレット・トレローニーと一緒に座って、マーガレットから渡されたリストと展示会の目録とを照合させていると、ヘレンが部屋に入ってきた。「さあ、リディア」とヘレン。「いい知らせを持ってきたわよ。メアリ・ジキルと悪魔の子ダイアナ、それに二人の共謀者の怪物、ジュスティーヌ・フランケンシュタインを捕まえたの。あの怪物女はシェリー夫人が書いているように破壊されたものとばかり思っていたのに、どうやらそうではなかったようね。いずれは彼女を分解して、どんなふうに組み立てられているか見てみたらすっきりするでしょうね。でも今はそんな時間はないわ。ほかにもっと重要なことがあるから」アリスは母とマーガレットの前で取り乱して泣き崩れないようにするのに精一杯の努力をした。

「あまりうれしくなさそうね」とヘレン。「あいつらはあなたを厨房メイドに甘んじさせていたような人たちなのよ。わたしたちの計画の邪魔をしないようにあいつらを無事に閉じこめておけたのだから、喜んでもいいのに。あなたは計画についてまだ理解していないけれど——しかるべき時が来たら詳しく教えてあげましょう——わたしたちはあなたが想像もつかないような力を手に入れることになるの。あなたと、わたしと、マーガレットは——すばらしいと思わない？」

「はい、お母さん」アリスは答えた。マーガレットが鋭い目つきでこちらを見上げたので、笑みを浮かべようとした。母にもマーガレットにも裏切りに気づかれたくなかった。その晩、アリスはほとんど眠れなかった。どんなにこらえても、むせび泣くのを止められなかった。メアリとジュスティーヌとダイアナがここにいるということは、三人はヨーロッパでの任務から帰ってきて、自分とホームズ氏を救出にきてくれたということだ。三人が捕まったのだとしたら、それは自分の責任だ。

夜更けになると、アリスはこっそり石炭庫まで降りていった。きっと扉には鍵がかかっているだろうが、静かにノックして三人と接触できるのでは？　どうにかして三人が抜け出すのを手助けできるのでは？　ダイアナがいるのだ、ダイアナならどんな鍵でもこじ開けることができるのでは？

ダイアナ　そうさ、開けられるっての！

だが、裏階段を下まで降りると、石炭庫の扉の前でモラン大佐の手下の一人が見張りをしているのが見えた。あの少年が家を見張っているのは二人だけだと教えてくれて以来、アリスはこっそり彼らを観察して、脱出を試みるときに役立ちそうな弱点を見つけ出そうとしていた。メアリだったらそうしていたのではないだろうか？　観察し、学ぶこと……。扉の前にいるのは、ぼさぼさの黒髪の若いほうだった。年を取ったほうは禿げ頭で、潰れた鼻をしていた。そちらの男は家の外を見張っているに違いない。若いほうは扉の前に座って、ランタンの明かりを頼りにカードで一人遊びをしていた。彼の目をかいくぐることはできない。アリスは彼が食べ物を取りに厨房にいくか、用足しをしにいくかもしれないと思ってしばらく待ってみたが、彼はその場を動かなかった。とうとう、アリスは忍び足で暗い階段を上って二階に戻った。ホームズ氏が閉じこめられている部屋の前で立ち止まり、鍵穴に耳を当ててみたけれど、何も聞こえなかった。アリスが知るかぎり、誰もヘロインと塩をすり替えたことに気づいていないようだった。瓶の中身の半分も塩と入れ替えたのに。薬の量が減れば何か効果があるかもしれないと期待していた。アリスはベッドに戻り、無力感を胸に、一人泣きながら眠りに落ちた。

　今、アリスは窓越しにドクター・ワトスンとベイカー街の男の子たちの救出作戦を見ていた。

「手をよこしなさい」母がくりかえした。アリスはしぶしぶヘレンに手を取らせた。またしても催眠能力が自分の外に引き出されていく感じを覚えた。母は何をしようとしているのだろう？　アリスの力が何のために必要なのだろう？

　突然、家の前に男たちが立ちはだかった——拳銃を手にした男たちだ。どこからやってきたのだろう？　もちろん——彼らは幻影だ。でもあの男は——違う、あの男は幻影ではない。それは年を取った禿げ頭の見張り番だった。それと、例の若いぼさぼさ頭がいた。少年たちが通りを渡って家の正面に向かって駆けてくるのが見える。ベイカー街遊撃隊に違いない！　ナイフやパチンコや鉛管らしきものを手にしている。窓は閉まっていたが彼らの叫び声が聞こえてくる。鬨《とき》の声のようだ。あの少年たちはゲームか何かをしているつもりなのだろうか？　状況の深刻さに気づいていないのだろうか？　見張り番のうちの二人が銃を撃った——ううん、あれは幻影の見張り番で、銃弾も幻影だ。

少年たちはひるんだ。何人かは突進しつづけたが、何人かは引き返した。一人の少年が引き返していく者たちに向かって叫び、前に進むよう手を振った。彼らは銃弾がほんものではないことに気づいたのだろうか？　少年たちはふたたび突進してきて、そのなかにはドクター・ワトスンの姿もあった。拳銃を手に突撃の先頭に立っている。何かが窓にあたった——パチンコから放たれた石だろう。ガラスにひびが走った。もう一人の見張り番が銃を撃った——また幻影だろうか？　うん、禿げ頭の男だ。あの銃弾はほんものだ。ドクター・ワトスンが倒れた！　ベイカー街の男の子たちにはどの銃弾が幻影でどの銃弾がほんものなのか見分けがつかないのだ。

アリスは恐ろしくなって母の手をふりほどいた。

「どうしたの、リディア？」ヘレンがこちらを見下ろして言った。「あの少年たちが押し入ってきて、あなたに危害を加えるんじゃないかって心配なの？　そんなはずはないわ——わたしがあなたを守る。わたしは幼い頃から人生は格闘だと学んできたの。大事なのはその格闘のなかでどれだけ力を発揮できるかということ。力を発揮できればできるほどいいのよ。あなたとわたしは今この格闘で勝利を収めるのよ。そしてもう誰もわたしたちに危害を加えられないほどの力を得るでしょう。さあ、これを片付けさせてちょうだい。これが済んだら——朝食をとる？　朝食はまだ食べていないの？　もう済んだの？」

家の外ではベイカー街の男の子たちが撤退しはじめているようだった。ドクター・ワトスンはどこだろう？　アリスには彼の姿が見えなかった。幻影の見張り番たちはほんものの見張り番たちと一緒にまだそこにいたが、姿が薄れかけ、透明になりかけていて、もう銃を撃とうとしなかった。ヘレンがあまり集中していないに違いない。

「わたしはマーガレットと一緒に早い時間にコーヒー

とトーストを食べたの。マーガレットはもう儀式の準備のために大英博物館に出かけたわ。夜になって博物館が閉館したら彼女とそこで落ち合うのよ。博物館は明日も閉館している――毎週日曜日が閉館日なの――だから邪魔されずに儀式をやりとげる時間がたっぷりある。幸い、館長が閉館後に展示の準備を終えられるようにと、マーガレットに鍵の一式を預けてくれたのよ。つまりわたしたちは好きなときに出入りできるというわけ。さてと、外の状況はうまく解決できたようね。あとは何かあってもホスキンズさんとアイザックが騒ぎを片付けてくれるでしょう。オムレツを作らせるわ、それと――ほかには？　ジャガイモとソーセージ？　果物のシロップ煮？　あなたは痩せすぎよ。力をつける必要があるわ――忙しい一日になるんだから」

胸を痛め、愛する人びとのことを心から心配しながら、アリスは母のあとについて部屋を出た。どうすればいいのだろう。どうにかして友人たちを救い出さなければ。でもどうやって？

キャサリン　その鍵の一式がどうなったか知ってる？　好きなときに大英博物館に出入りできるようになりたいものだわ。

メアリ　知らないわよ。あのときはそんなことにかまっている場合じゃなかったもの！

キャサリン　錬金術師協会の本拠地のどこかにあるのかな？　それともマーガレット・トレローニーが持っていったのかしら？

メアリ　そんなばかげた質問であなたの語りを中断させるわけ？

ベアトリーチェ　ごめんなさい、メアリ、でもばかげた質問ではないわ。そんな鍵の一式を持っていたら、世界でも有数の芸術品や遺物のコレクションに触れることができるのよ。誰にも邪魔されずにエルギン・マーブルを見てまわることができるって想像してみてよ！
アリス　それかミイラを研究するとか。あたしはエジプト人について学ぼうとしてるんです。古代の歴史は大きな意味を持つようになるんです、自分の身にふりかかってくると……
キャサリン　いいわ、まずは錬金術師協会から探してみましょう。それがだめだったら、コーンウォール、それにキリオン・キープまで遠出するのはどう？
メアリ　あなたたちみんな、正気とは思えないわ。
ダイアナ　イカれてるんだよ、みんなそろって。

　メアリは意識が朦朧《もうろう》としたまま起き上がった。ミセス・プールが朝食の用意ができたと伝えにきただろうか？　ひどくお腹が空いている！　しばらくして、メアリは自分がまだ石炭庫にいることに気がついた。ランタンの灯が小さくなっていて視界が薄暗いが、ありがたいことにダイアナはまだ眠っていた。うめき声が聞こえる。誰だろう？　もちろん――ジュスティーヌだ。大丈夫だろうか？　メアリは苦労してもういちど起き上がった。今は何時だろう？　自然に手首に目をやったが、腕時計まであいつらに取り上げられていた。

　ジュスティーヌがもう一度うめき声をもらした。

「ここはどこ？《ウ・スイ・ジュ》」ジュスティーヌが訊ねた。「メアリ――わたしたちはどこにいるの？　わたし、とても――ふらふら《エトゥルディ》する。頭の具合がよくないの」

「捕まったのよ、覚えてる？」とメアリ。ジュスティーヌは大丈夫だろうか？　薄暗い明かりのなかで、いつもよりも蒼ざめてみえる――ちょっと緑がかってさえいる。メアリもきっとそんな顔色をしているのだろう。

「シュタイアーマルクで？」ジュスティーヌは両手を頭まであげると、手首が縛られているのを見て驚いた様子だった。縛られた両手首と、足首に嵌められた足枷を不思議そうに見た。

「いいえ、それは——そう、ずっと昔のことよ。わたしたちはロンドンにいるの。ミセス・レイモンドに捕まったのよ。それとモリアーティ教授に。もっとも、彼の姿はまだ見ていないけれど。あなたはクロロフォルムを嗅がされたの。わたしたちがどれくらいここにいるのかわからないけれど——眠っていたから。大丈夫？」

「だめ。頭が——ふらふらするわ、水のなかにいるみたいに」

「少しずつ薄れていくんじゃないかしら。なんとか意識を取り戻してくれてよかった！」

ジュスティーヌは何も言わずに座り、両手で頭を抱えていた。数分が経った。メアリは心配そうに彼女を見た。ジュスティーヌは大丈夫だろうか？　とうとうジュスティーヌは頭をあげて手に目をやると、手首を引き離そうとした。メアリはロープがほつれはじめてちぎれるかと期待した——なんといってもジュスティーヌなのだから！　だが、そうはならなかった。

「まだ力が入らないわ」ジュスティーヌは申し訳なさそうに言った。「たぶん、もう少し回復したら……」

ダイアナが寝返りを打って目を開いた。「朝食はまだ？」よろよろと起き上がった。「くそっ。まだここにいるんだね？」ダイアナはあたりを見まわした。

「おしっこがしたい」

メアリ　わたしたちの本にそんな細部を書く必要がある？

キャサリン　あら、今度はわたしたちの本なんだ？

そのとき、扉が開いた——ゆっくりと、ためらいがちに。入ってきたのは黒いドレスにエプロンという家政婦の恰好をした年かさの女だった。片手に水差しを持っている。

「こんにちは」とメアリ。「わたしはメアリ・ジキルです」

女はただうなずくと、水差しを持ってメアリのほうに歩いてきた。「水《ヴァサー》」女はそう言うと、水差しをメアリのほうに差し出した。飲んだほうがいいのだろうか？　策略か何かかもしれない。水に毒が入っているとか、何かの薬が溶かしてあるとか？　メアリは水差しを疑わしげに見た。

「大丈夫《イスト・グート》」女は飲めといわんばかりに水差しを差し出した。

「ドイツ語を話すのね」とジュスティーヌ。「失礼で《フェアツァイ》すが《ウング》、あなたはドイツ語を話しますか《シュプレッヒェン・ズィー・ドイチュ》？　ドイツの方《ズィント・ズィー・ア》ですか《ウス・ドイチュラント》？」

「いいえ《ナイン》、いいえ《ナイン》」女は言った。「少しだけ《ビスヒェン》。美味し《グート・ヴァ》い水《サー》」もう一度メアリに飲むように勧めてきた。

ジュスティーヌがドイツ語らしき言葉を連ねて女に答えたが、女はほんとうに理解できないのだと示すように、首を横に振った。申し訳なさそうな顔をしている。

メアリはとても喉が渇いていた！　手首を縛られていたので水差しを持つことができなかったが、どうにか両手でしっかり固定すると、水を飲んだ。よく冷えていて美味しかった。とはいえあまり飲むわけにもいかない——ダイアナとジュスティーヌの分も残しておかなければ。メアリが飲み終わると女は水差しをダイアナ、つぎにジュスティーヌのところに運んだ。ジュスティーヌがほんの少ししか飲まなかったので、またダイアナにまわした。「あなたたち二人より少ない量で足りるから」ジュスティーヌが言った。

水差しが空になると、女はそれを扉のほうまで運んでいった。そのまま立ち去るかに見えたが、扉を開けると三人のほうを振り向いた。「助けが来る《ヒルフェ・コムト》」女は神妙な顔つきで言った。そして部屋の外に出ると扉を閉めた。
「助けが来るって」とジュスティーヌ。「どういう意味だと思う？」
「たぶん、誰かがあたしたちを助けにくるってことじゃないかな」とダイアナ。「あっち向いててよ——尿瓶を使うから」

メアリ　もうお願いだから！　身体の機能の何もかもを説明するつもりなの？

ジュスティーヌ　たしかに下品ではあるけれど、キャサリンのやろうとしていることは理解できるわ。アリスがよく読んでいるような三文小説のなかでは、囚われの身であることがあたかも冒険のように描かれているけれど、ほんとうのところは退屈だし苦痛に満ちたことですもの。何もすることがなくて何時間もただ座っているだけ。ロープのせいで手首が擦れてしまう。筋肉がずきずきする。お腹も空く——つまり、あなたとダイアナはお腹が空くってこと。わたしは長いあいだ食べ物がなくても大丈夫だから。それにもちろん生理的欲求だってあるし、そのくせプライバシーはないし。キャサリンはわたしたちの経験をほんものらしく正確に書こうとしているのよ。それは作家として褒められるべき目標だと思うわ。

キャサリン　ありがとう！　残念ながらほんものらしく正確なことは、栄えある英国紳士、リック・チェンバースが〈運命の大洞窟〉で巨大な蜘蛛の神に立ち向かうことにくらべて売れないのよ！　わたしは〈アスタルテ〉のシリーズを誇りに思っているけれど、あの本は人間の本質を描き出しているとは言えないわ。

メアリ　蜘蛛の神の本質を描き出しているんでしょうね。

キャサリン　それって冗談のつもりよね？　あんたの冗談がことごとくつまらないってのは、ある意味で注目に値するわね。

何時間にも思える時が過ぎたあと、ジュスティーヌが言った。「ようやく力を取り戻したような気がするわ」ジュスティーヌは両手を目の前にかかげた。そして手首を曲げたりひねったりすると、ロープがぴんと張り、やがて少しずつほつれはじめた。メアリはジュスティーヌの手首に血が滲んでいるのを見て、思わず無理をしないでもう少し休むようにと声をかけそうになった——けれどジュスティーヌの決意は固そうだし、自分が何をするかを決めるのは、ほかの誰でもなく自分ではないだろうか？　ジュスティーヌが手首を曲げたりひねったりしているあいだ、ロープはぴんと張りつめていた——やがてロープの一筋がちぎれ、もう一筋がちぎれた。と、ぶちぶちという音とともに最後の一筋がちぎれ、ジュスティーヌの両手が自由になった。あとは壁につながれている鎖さえ壊せれば、ジュスティーヌはメアリとダイアナのことも自由にできる。そして三人はこの地下牢から脱出できる……

ジュスティーヌは今度は壁につながれている鎖の足枷に近い部分を引っぱった。ジュスティーヌが力を取り戻しているのがメアリにもわかった。やがて鎖が鋭い音をたてて壊れた。ジュスティーヌが自由の身になった！　その瞬間、扉が開いた。戸口に立っているのはモラン大佐だった。数人の手下を連れている——今回は三人、メアリたちを捕らえたときの二人とはべつの男たちで、全員が武装していた。「それはどうかな、姐ちゃん」ジュスティーヌがやったことを見ると、モラン大佐が言った。「教授から逃げられるわけがないんだよ。しかしまあ、鍵を外す手間を省いてくれて助かった。ミスター・フレッチャー、このお嬢さんの手首をもういちど縛ってくれるか？　できればすぐに。

教授が上でおまえたちに会うと言っている、ただち《トートゥ・ス》に《ウイート》」

ジュスティーヌ　わたしは「姐ちゃん」なんかじゃないわ。わたしたちの誰も「姐ちゃん」なんかじゃない。それに「ただちに《トー・ドウ・スイット》」の発音が正しくないわ。

　三人で列をなして一階に向かいながら、メアリは絶望感を覚え、同時に自分たちがこんなふうに扱われていることに激しい怒りを覚えていた。怒りは役に立つ――絶望は役に立たない。今はそれを脇に押しのけて、箱か何かに入れて鍵をかけておくべきだろう。そうすれば、これから起こることに冷静沈着に毅然として対処できるはずだ。結局のところ、メアリはあの父親の娘なのだ――つまりジキルの――彼のもっとも理性的な自己から生み出された娘、とハイドはシュタイアーマルクでメアリにそう言った。今こそその自分であるべきだろう。

　三人はモラン大佐のあとについて歩き、そのうしろに三人に拳銃を向けている男たちが続き、一階に着くと大きな部屋に入った。談話室か何かのようで、ディオゲネス・クラブの部屋に似ていた――何脚かの肘掛け椅子と小さなテーブルがあちこちに置かれている。窓から差しこむ光から察するに、夕方近くなのだろう。三人はどれくらいあの石炭庫にいたのだろうか？

　部屋のなかに入ると正面に男が立っていた。ホームズ氏くらいの長身で、険しい顔つきをしている。モリアーティ教授に違いない。男の隣に立っているのは――ミセス・レイモンド？　顔つきはおなじだけれど、ずいぶん若く見える。黒髪を頭の上で束ね、洗練された灰色のウォーキング・スーツに身を包んでいる。ミセス・レイモンドと手をつないで彼女の横に立っているのはアリスだ。見違えるようなすてきなドレスを着ている。アリスが着たこともないようなドレス、アリスに選択肢があってもきっと着たがらないようなドレスだ。青い布地で、フリルやひだ飾りがふんだんにあしらわれている。見たところ――非実用的？　アリスは目を見開いて心配そうにメアリを見つめていた。

「これはこれは」とモリアーティ教授。「大事なお客様がいらっしゃった。ご機嫌よう、ミス・ジキル、ミス・フランケンシュタイン。きみの噂はいろいろと聞いているよ、ミス・ハイド――どれもいい噂ではないがね。ここでの滞在をお楽しみになられているといいのだが。ドクター・ワトスンも今朝訪ねてきてくれたのだが、あいにく滞在することはできなかった。脚に銃弾を受けたようだな。彼は熟練した兵士であのような傷には慣れているだろうから、不便がないといいのだがね。どうやら少年たちの一団と一緒だったようだ――ドクター・ワトスンが少年団のリーダーになったとは知らなかったな」

ああ、なんてもったいぶった男だろう！　メアリはモリアーティ教授に軽蔑を覚えた。そして心のどこかでがっかりした。すると夢のなかで聞いた銃声はほんものだったのだろうか？　ワトスンはベイカー街の男の子たちと救出作戦を実行しようとしたに違いない――あんなに釘を刺しておいたのに！　まったく彼の騎士道精神ときたら。でもアリスはいったいどうしたのだろう？　どうしてこんな恰好をして、ミセス・レイモンドのそばにいるのだろう？　囚われの身には見えないけれど……

「今夜はきみたちにとって長い夜になりそうだが、勉強になるだろう。われわれは大英博物館に赴くのだよ！」モリアーティは何かおもしろいことでも言ったように喉を鳴らして笑った。メアリはおもしろくもなんともなかった。

「ほんとうにこの人たちを連れていく必要があるのですか？」ミセス・レイモンドが眉をひそめながら訊い

た。これまで彼女の眉のひそめ方には凄みがあったが、今はただ不機嫌そうに見えるだけだった。「危険を冒すことに――」

「いやいや、ミス・ジキルとミス・フランケンシュタインが愚かな真似をするとは思えんな」とモリアーティ。「どうせ彼女たちはホームズを置いて立ち去ろうとはしないだろうし、奴はわれわれと一緒に来るのだから。そうだろう、大佐？」モリアーティは三人のうしろの扉のほうに目をやった。メアリは振り返り、はっと息を呑んだ。そこにはモラン大佐と、彼の二人の手下に両脇を抱えられたシャーロック・ホームズがいた。その二人はメアリたちを捕らえた男たちだ――つまり護衛はぜんぶで五人いることになり、全員が武装している。メアリはすかさずその数を頭のなかに記録した。ホームズは立ってはいたが、自分の足で立っているのではなかった――酔っ払っているように前のめりになり、膝は曲がっていて、両脇の男たちの腕にぶら下がっているようだった。いったい何があったのだろう？　彼らのうしろにまたべつの男が現れた。これといって特徴のない男だ――メアリはその男の存在に気づかなかった。メアリの注意は探偵に注がれていた。

衝動的に、メアリはホームズのほうに足を踏み出した。ホームズは顔をあげて言った。「メアリ……」ろれつがまわっていない。前に足を踏み出そうとしたがよろけてしまい、両脇の男たちがさらにきつく腕を抱えた。

「ホームズさんに何をしたんです？」ジュスティーヌが訊いた。

「この男がみずから手を染めていたこと以外は何もしていない」モリアーティが満足げに薄ら笑いを浮かべながら言った。「それとも、彼の見下げた行為について何も知らないのかね、ミス・ジキル？　いうなれば、この男の悪しき習慣について？」

「どういう意味ですか？」メアリは拳を握りしめた。

もっと近くにいたら殴ってやったのに。

モリアーティはわざとらしく驚いてみせた。「おやおや、ミス・ジキル、きみとホームズ氏は親しい間柄だからわかっていると思っていたが、どうやらきみは思ったほど彼のことを知らないようだな」

親しい間柄？　モリアーティはどういう意味で言っているのだろう？

「薬で眠っているあいだ、彼はきみの名前を呼んでいたよ。『メアリ、メアリ』と何度も。たしかにきみは彼の助手だと言われている、あるいはわたしの仲間たちはそうだと思っている。いいか、わたしはきみときみの友人たちを捕らえてからちょっとした調査をしたのだ。新しく興味深い言葉の遣い方だな。彼はきっと死ぬ前にきみの顔を見たいだろうし、それにきみは彼の最期の瞬間に立ち会いたいだろう」

まったく、この男は鼻持ちならない！　もしできることなら——何？　だめだ、何もできない。メアリはモリアーティの額の中央に手際よく正確に銃弾を撃ちこんでやるところを想像した。

モリアーティが笑った。「目つきで人を殺せるのならな、ミス・ジキル！　しかしそうはできないだろう？」

「ホームズ氏の様子がおかしいわ」とミセス・レイモンド。「ほんとうならもっと——わからないけれど。薬の分量のわりに意識がはっきりしているようだわ」

メアリには意識がはっきりしているようには見えなかった！　ホームズは一瞬、顔をあげてメアリを見つめたが、その目はどんよりと濁っていて、目の前にあるものを認識することができないようだった。アリスの伝言によれば、彼らはホームズをずっと薬漬けにしていたそうだ。麻薬の影響なのだろう。まあ、病気に罹《かか》ったり、あるいは怪我を負ったりしていないだけましだ！　けれど、メアリはそんな状態のホームズを見て胸を痛めた。

「このろくでなし！」とダイアナ。「おまえの言うとおり、こいつを――アリスのことも置き去りにしていくつもりはさらさらないね」ダイアナは両手を縛られているのに、モリアーティに襲いかかろうとするかのように前に飛び出した。ジュスティーヌもまた手首を縛られていたが、すんでのところでダイアナの上着の襟をつかんだ。まったく、愚かなダイアナ！　いったいどうしようというのだろう、殺されるかもしれないというのに？　ダイアナはじたばたした――だが突然、前のめりの動きを止めた。ジュスティーヌが上着の襟をつかみあげたのだ。母猫が子猫を持ち上げるように。

ダイアナは足を蹴り上げ、手を振りまわしながらジュスティーヌの手をふりほどこうとした。「おろせったら、このどでかい案山子！」ダイアナはまたしばらくじたばたしたが、やがて手足をだらりと垂らしてあきらめた。ジュスティーヌが警告するように襟元を少しゆすってから、ダイアナをおろした。

「ダイアナをよく監視しておいたほうがいいでしょうね」ミセス・レイモンドが冷たい声で言った。「モラン大佐は彼女を撃つのに躊躇なんてしないわよ。アリスについて言えば――わたしの娘のリディアのことをそう呼んでいるようだけれど――この子はあなたがたと一緒に戻る気はないわ。そうでしょう？　言ってやりなさい、リディア」

アリスはミセス・レイモンドを見上げ、それからちらっとメアリのほうを見た。なんと言えばいいか迷っているようだ。「はい、お母さん」とうとうそう言った。「わたしはお母さんとミス・トレローニーと一緒にとどまりたいです」偽りのない声に聞こえたが、目つきはどこかためらいがちで、自分の言うことを用心深く見張っているような感じだった。少なくとも、メアリにはそう見えた。アリスはほんとうにミセス・レイモンドへの忠誠をあきらかにしたのだろうか？　つまるところ、彼女はアリスの母親なのだから？　それとも、強制されているのだろうか？

「この恩知らずの裏切り者！」とダイアナ。「どの口でそんなこと言うんだよ？　あたしたちはあんたを救い出しにきたってのに！」

「静かにしなさい、ダイアナ」とジュスティーヌ。メアリはジュスティーヌがそんなにきつい口調で話すのを聞いたことがなかった。

突然、ダイアナが口をつぐんだ。ささやかな御配慮に感謝します、とメアリは思った。

「もういいだろう」とモリアーティ。「さあ、そろそろ出かける時間だ。マーガレットがすべての準備を終えるだろう。ほかの者たちは展示会場で落ち合うことになっている。ミスター・ハーカー、きみの顧客であるゴダルミング卿、それにドクター・セワードはすでにあちらでわれわれを待っている。傘を用意したほうがいいだろうな。今夜は一晩じゅうあそこにいることになるだろうし、明日の朝に戻ってくる頃には雨になっているだろう」


ミスター・ハーカーですって！　モリアーティはこれといった特徴のない男のことを言っているに違いない。その男はそわそわしながら帽子をかぶり、片手に傘をぶら下げている。つまり、これがミナの夫なの？　魅力的でなくはないが、くたびれた様子で意志の弱そうな引っこんだ顎をしているタイプの魅力。ドラキュラとは正反対だ。ミナは伯爵と一緒にいたほうがもっと幸せになれるのだろうか？　メアリにはわからなかった。だけど、少なくとも伯爵だったらこんなふうにモリアーティにおびえている様子など見せないだろう！　メアリはドラキュラ伯爵がモリアーティ教授の血を飲んでいるところを思い浮かべて悦に入った。

ルシンダ　伯爵は不快で吐き出すと思うわ。あの方は自分の栄養源にはこだわりを持っているから。

「ミス・ジキル、ミス・フランケンシュタイン、そしてミス・ハイド」モリアーティが続けた。「きみたちはわれわれ一行のなかほどに紛れて歩いてもらうのがよさそうだ。通りすがりのソーホーの住人たちにきみたちが囚われの身であることを気づかれないように。夕食の時間帯だから、ほとんど気づかれずに通りを行進していけると思うがね。もし逃げ出そうとすれば、ホスキンズがすぐさまホームズ氏を撃つ。しかし、大仕掛けの見ものが待ち受けているのだ、見逃す手はないだろう？　現代において最大の科学実験をその目で見ることができるのだ。いかなるワクチンよりも、蒸気機関よりも、電報よりも、われわれの住む世界を一変させるものだ。それはわれわれに無限の力の源を与え、われわれはその力をもって世界を変える！　今宵、われわれはパンの大神を召喚するのだよ」

「くだらない」とダイアナ。だが小声で言ったので、メアリと、それにたぶんジュスティーヌにしか聞こえていないだろう。それはまさにメアリ自身がモリアーティに言ってやりたい言葉だった。しかしメアリは何も言わずにモリアーティ教授とミセス・レイモンドのあとについて玄関を出た。一行は武装したパレードのごとく夕方のロンドンに足を踏み入れ、大英博物館へと向かって歩いた。そこでモリアーティは――何をするつもりだろう？　パンの大神を召喚するとはどういう意味だろう？　パンは自然界を司るギリシャ神話の神のはずでは？　実際に存在するわけはない。これもまた、錬金術師がみずからの実験を称するばかげたメタファーなのだろうか？

アリスはメアリの前を、ミセス・レイモンドと一緒に歩いていた。この子はほんとうに自分たちを裏切ったのだろうか？　たぶん違う。それでもメアリは確信できなかった。メアリはちらりとうしろを振り返って、モラン大佐の手下たちに両脇を抱えられ、なかば引きずられているホームズ氏の姿をたしかめた。昏睡しているあいだ、メアリの名前を呼んでいたなんて……ホームズ氏のことを助けられたらいいのに！　だが、モリアーティとミセス・レイモンドのあとに続いて歩くしかできることはなかった。屋根の上で太陽が沈みかけ、ソーホーの建物を赤と金色に染め上げていた。メアリの隣を歩いているジュスティーヌは、ダイアナが急に襲いかかったりしないように彼女の上着をしっかりとつかんでいた。いったい今夜は何が起こるのだろう。

10　大英博物館にて

何をすべきなのだろう？　アリスにはわからなかった。どうにかしてメアリを助けるべきだろうか？　それともホームズさんを？　でも今の今は彼らを助ける手立てはない。

メアリとダイアナとジュスティーヌは一緒に座り、モラン大佐に見張られている。少なくとも大佐の手下たちはその場にはいない——彼らは博物館を巡回して、これから始まる儀式に邪魔が入らないことをたしかめているのかもしれない——パンの大神、あるいは、ヘレンが大地のエネルギーと呼んでいたものを召喚する儀式だ。今のところ、儀式らしい様子はない。特別な長衣を着ている者もいないし、幽霊のような声で古代の連禱《れんとう》を詠唱する者もいない。アリスが寝る前によく蠟燭の明かりで読んでいた本にくらべたら、目の前に広がる光景にはさして印象的なところはない。

ミセス・プール　そんなことをしていたら目が潰れてしまいますよ。

そこは博物館のなかにある広い展示室の一つだった。会場にはエジプトの遺物と思われるものがあふれていて、そのなかにはたくさんの壺があり、多くはどこかが壊れていた。アリスはできるものなら接着剤で修理したいと思った。いくつかはヘレン・レイモンドが創り出したテラ女王の墓の幻影のなかで見たものだった。これらの品々の由来がわかるように、扉の脇に大きな看板があった。

トレローニー展

テラ女王の墓への招待
イギリス考古学協会およびエジプト探査協会協賛

その下にはプトレマイオス朝とフィラエのイシス神殿についての説明が書かれていた。アリスは展示室に入るときにそれをちらりと見ていた。じっくり読みたいけれど、今は時間がない。大英博物館にはこれまでに一度だけミセス・プールと一緒に来たことがあり、館内を歩きまわってすべての展示室を見られたらいいのにと思った――そのときに雄牛の頭をした翼のある男たちの大きな彫刻を見て興味を惹かれた。この状況を生きて抜け出せたら、きっとまたここに来よう。見て学ぶべきことがたくさんある！　無知な厨房メイドのままで一生を終えたくはなかった。これを生きて乗り越えられたらいいけど、とアリスはマーガレット・トレローニーを疑わしそうに見ながら思った。十三歳は死ぬにはひどく若すぎる。

「ようこそ、ようこそ」一行が展示室に入ると、マーガレットが言った。メアリとダイアナとジュスティーヌが加わっているのを見て驚いている様子だった。襟ぐりの開いた黒いドレスを着ていて、スカラベのネックレスが目を惹いた。マーガレットとヘレンは少しのあいだ小声で会話をしていた。やがてマーガレットがうなずき、展示室の中央にある木製の演壇に戻って忙しそうに動きまわった。演壇の上にはテラ女王のサルコファガスが設置されていた。こんなに大きな石の箱をはるばるエジプトからロンドンに運んでくるのはさぞかし大変だっただろう！　蓋は演壇の上に置かれていたので、彩色された彫刻が見えた。さらにサルコファガスのなかをのぞくと、棺のなかに横たわっているテラ女王のミイラを見ることができた。アリスはすばやく棺のなかをのぞきこんだ。そこにはたしかにテラ女王がいたが、母が創り出した幻影のなかで見た姿とは違っていた。それはほんもののミイラだった――全身を包帯で巻かれていて、その包帯は何世紀ものあいだに干からび、黒ずんでいた。だが幻影で見たときとおなじように、なぜだか左手だけは包帯を巻かれていなかった。左手はとうの昔に皺の寄った鉤爪のようになっていた。幻影とおなじように、金色のアンクを握りしめている。

演壇の四隅と三方のまんなかには、イシス神殿の睡蓮を頂いた柱を模して彫られた木の柱がぜんぶで七本立っていた。柱の上には奇妙な形のボウルが置かれている。マーガレットはそれらをランプと呼び、正しい位置に置く必要があるのか、何度もいじくりまわしていた。

紳士たちはあたりをうろついていた――ゴダルミング卿はセワード医師に話しかけていて、レイモンド博士はマーガレットがランプをどのように配置するのかを熱心に見ている。おそらくはマーガレットの動きを記憶して、みずからパンの大神を召喚するときに役立てようとしているのだろう。ジョナサン・ハーカーは博物館の監視員が座る椅子に腰かけて、少し途方に暮れている様子だ。モラン大佐は手首を縛られたまま床に座りこんでいるメアリとダイアナとジュスティーヌの隣に立っている。モラン大佐とモリス氏は銃を見せ合っていて、まるでその優劣をくらべているようだった。まったく、こんなときに銃のことしか頭にないなんてどうかしているのではないだろうか？　そしてモリアーティはそわそわと歩きまわりながら、五分ごとにマーガレットにもう時間かと訊ねていた。アリスは暴力的な人間ではないけれど、モリアーティを殴ってこんなことはやめろと言ってやりたかった。石造りの床の上を行きつ戻りつしているモリアーティのブーツの踵の音が耳障りだった。

アリスは苦しげにちらりとホームズ氏を見下ろした。ホームズ氏は演壇の上に横たわっている。モランの手下たちが彼をそこにおろしたのだ。意識はないようだ。

アリスが塩と薬をすり替えたことは、役に立たなかったのだろうか？　それとも塩に不純物が入っていたとか何かおかしなことがあって、意図せずホームズ氏に有害なものを与えてしまったのだろうか！　アリスは心配で気分が悪くなってきた。メアリと話すことができて、自分の知っていること、モリアーティがしようとしていることをすべて打ち明けられたらどんなにいいだろう！　そうすればメアリは忠告をしてくれるはずだ。メアリはいつだって有益で分別のある忠告をしてくれるから！　でも表立ってヘレンとマーガレットを裏切れば、アリスもメアリ、ダイアナ、ジュスティーヌと一緒に縛られてしまうだろう。そんなことになれば三人を助けるどころの話ではない。友人たちが自分のことをどう考えるかがわかっているだけに、みんなにミセス・レイモンドと結託していると思わせるのは恐ろしいことだった。ダイアナははっきりと自分の思いを口に出したではないか！

何をすべきなのだろう、何ができるのだろう？　今のところは何もできない。時間を稼ぐしかないのだ。

「そろそろ始めるわよ」ヘレンがとうとう言った。どれくらいそこにいたのだろう？　何時間も経ったような気がする。ヘレンはアリスの手を取った。「わたしとあなたでマーガレットがテラ女王のサルコファガスから大地のエネルギーを引き出すのを手伝うのよ。あなたは何もする必要はないわ——あなたの力を使ってわたしの力を増幅させるだけ。ベイカー街の悪ガキどもと闘ったときのように。わかった、リディア？」

「はい、お母さん」アリスはヘレンが何を言っているのかを理解できないままそう言った。墓のなかに大地のエネルギーが？　大地そのものからエネルギーを引き出しているのではなかったの？

「生贄《いけにえ》をサルコファガスの蓋の上に載せてください」マーガレットが言った。

ゴダルミング卿とセワード医師が進み出てホームズの手足を抱え、両手両足が蓋の四隅に配置されるように、サルコファガスの蓋の上に大の字に寝かせた。ホームズは目覚めなかった。

アリスは彼らが何をもくろんでいるのかもっとよく知りたかった。トレローニー教授の命が吸い取られたように、ホームズ氏の命を吸い取らせるつもりなのだろうか？　そうするにはいくらか時間がかかるのだろうか、それとも一瞬のことなのだろうか？　アリスが何か手を打つ時間はあるのだろうか？　アリスは無意識のうちにホームズのほうに近づいていったが、母の手はアリスの手を万力のようにしっかりと握りしめていた。

「位置についてください、みなさん」とマーガレット。「まもなく真夜中の零時です。テラ女王の墓の壁に刻まれていた儀式を執りおこないましょう。わたしたちは一瞬のうちに人間の想像のおよばない力を呼び起こすでしょう。準備はいいですか？」

「進めてくれたまえ、ミス・トレローニー」モリアーティがじれったそうに言った。ほかの男たちとおなじように、彼も七つの柱のうちの一つの横に立っている。「それでは」とマーガレット。猫のような笑みを浮かべているように見えた。アリスはテラの墓にあった猫のミイラに描かれていた表情を思い出した。マーガレットは演壇にあがるとサルコファガスの脇に立って言った。「ランプに灯をともしてください」

メアリ　あのランプはなんだったのかしら？　どうしてそんなに特別なものなの？

ベアトリーチェ　アッシャが言うにはあれはランプではなく、儀式に用いるただの道具なのだけれど、問題なのはあれに入っている油だそうよ。ある特定の物質がエネルギー波を増幅させる力を持っているんですって。水晶や、ある種の楽器もそう。イシス神殿の女祭司たちはその目的のために、シダー油とアロマオイルを組み合わせたものも使ったとか。

アリス　タラの肝油もそうです、まさかと思うでしょうけど。

彼らはホームズ氏をどうするつもりなのだろう？　メアリは身を乗り出して目を凝らした。もし立ち上がれば……モリアーティとモラン大佐はどちらも睡蓮の花の形をした奇妙な柱の脇にいる。柱はぜんぶで七本あり、てっぺんにはボウルのようなものが載っている。一つのボウルが燃え上がった——ああ、あれはランプなのだ！　男たちはそれぞれ柱のうしろに立っている——一つずつランプに灯をともしていき、不思議な白い炎が立ち昇った。メアリはモリアーティが男たちに指示を出しているときに彼らの名前を聞いていた。ゴダルミング卿、レイモンド博士、モリス氏、メアリたちと一緒に博物館に歩いてきたハーカー氏、それにもちろんセワード医師。メアリは自分がホームズ氏と一緒にパーフリート精神科病院を訪れたミス・ジェンクスだということに気づかれるのではないかと心配したが、セワードはほとんどこちらを見ようともしなかった。ということは、あれが悪名高いレイモンド博士だろうか？　彼もまたこのばかげた一件に関わっていることに、メアリは驚きはしなかった。最後のランプに灯がともされた。儀式が始まるのだろうか？

誰もメアリにもダイアナにもジュスティーヌにも注意を払っていなかった。三人はもう取るに足らない存在になったかのように、展示ケースの脇に座らされたままだった。よし、これなら安心だ！　メアリは立ち上がって彼らがホームズ氏に何をしようとしているのかたしかめようとした。

ホームズ氏は大きな石の箱の蓋の上に横たわっていた――たしかあの箱はサルコファガスと呼ばれていた。大の字に寝そべっているので、いつにもまして蜘蛛のように見える。でも死んだ蜘蛛ではない！　彼はまだ生きている――きっと生きているわよね？

サルコファガスの前には黒髪を結い上げた美しい女性が立っていて、手にした巻物を見下ろしながら、外国語のような言葉で何か言っている。声には抑揚がついていて、まるで詠唱しているようだ。女性は襟ぐりの開いた黒いドレスを着ていて、首のまわりにはルビーのペンダントがぶらさがった豪華な金のネックレスをしている。さっき初めて展示室に足を踏み入れ、モリアーティがこの女性を呼びつけていそいそと話し合いをしていたとき、メアリはペンダントがスカラベの形をしていることに気づいていた。モリアーティは彼女のことをマーガレットと呼んでいた――この女性がマーガレット・トレローニーで、これからおこなわれる奇妙な儀式を取り仕切るのだろう。サルコファガスの反対側にはミセス・レイモンドがアリスの手を握って立っている。

「あれは何語?」メアリはジュスティーヌに訊ねた。

誰も聞いてはいないだろう——参加者はずっと離れたところにいるし、何に使うのか知らないけれど、例の奇妙な形のランプに気を取られているから。

「聞いたことがない言葉よ」ジュスティーヌが答えた。

「誰もわたしたちのことを見ていないようね。ロープを引きちぎれるかもう一度やってみるわ」

「その必要はない」三人の背後から低い声が聞こえてきた。メアリははっとして振り返った。展示ケースの陰に、モラン大佐の手下の一人がしゃがみこんでいた。ドイツ語訛りとまではいかないけれど、それに近い訛りがあった。メアリは満足感を覚えた。ヨーロッパで冒険してからというもの、訛りを聞き分けられるようになっていたからだ。

「これを」男はナイフを差し出した。「自由の身になって、できるうちに逃げ出すんだ」

ダイアナは男の手からナイフをひったくると手首に巻かれたロープを切り、それからすばやくメアリとジュスティーヌの手首のロープも切った。

「あなたは誰なの?」メアリは男とおなじく声をひそめて訊ねた。部屋のまんなかでは、マーガレット・トレローニーがまだ巻物を読んでいる。ネックレスのスカラベが赤い光を放っている。

「おれの名前はアイザック・マンデルバウム」男が答えた。「おれのお袋に会っているはずだ。モリアーティのところの家政婦だよ。お袋にきみらを助けるように言われたんだ。きみらにここから抜け出せるようにしろって——なんと言ったらいいのか——交戦が始まる前に。戦闘だよ。もうすぐ、そう願いたいが、ロンドン警視庁が到着するはずだ。モリアーティと奴の手下たちは、この展示の遺物を盗む目的で大英博物館に侵入したかどで逮捕されるはずだ。いったん勾留されたあと、べつの罪で起訴されることになるだろう。奴は用心深い、とても用心深いが、おれたちはすでに奴の犯罪の証拠をつかんでいる――アヘン窟に娼館の経営、物資や人身の密輸」

「おれたちってどういうこと？」ダイアナが疑わしげに訊いた。「あんた、誰のために働いてるのさ？」

「それは言えない」男は言った。「だがおれはイギリス政府に忠誠を誓っているし、可能であればホームズ氏を救い出すようにと指示されている」男は背中から拳銃を取り出した――ベルトにしまってあったに違いない。ほんの数時間前にメアリたちに向けられていたのとおなじ拳銃だったが、男は今はどうやらこちらの味方らしい。メアリは彼を信じていいものかわからなかった。

「マイクロフト・ホームズがあなたを送りこんだの？」とメアリ。イギリス政府でモリアーティとその犯罪事業を把握している人間がほかにいるだろうか？ マイクロフトに違いない――ディオゲネス・クラブでは無関心そうに見えたけれど、やはり弟を救い出そうとしているのだ。だがアイザック・マンデルバウムは答えようとしなかった。物陰にしゃがみこんで拳銃を抜いて待っているだけだった。何を待っているのだろう？ 助けがやってくると言っていたけれど……

　すると、マーガレット・トレローニーの朗読が終わった。メアリは中央の演壇を見た。マーガレットはもう巻物を持っていない。直立したままミセス・レイモンドのほうを振り向いた。ミセス・レイモンドは両手をあげていた。アリスは前かがみになってミセス・レイモンドに握られていた手をこすり、ホームズ氏を見下ろしている。

　メアリがじっと観察していると、ミセス・レイモンドのまわりの空気がゆらめいた。色とりどりの波に囲まれているように見えた。あれがアッシャが言っていた大地のエネルギーだろうか？ 波はミセス・レイモンドを囲むように渦巻き、彼女の動きに合わせて上下に動いている。ミセス・レイモンドはオーケストラの前に立つ指揮者のように見えた。ただし、彼女のオーケストラは空気だ。メアリは冷たい風が吹き上がり、部屋じゅうに吹き荒れるのを感じた。

演壇のまわりには、七本の柱の脇に七人の男が立っている。風がモリス氏の長髪をかき乱した。

「生贄の時間だ！」モリアーティが勝ち誇ったような声で叫ぶ。「これでおまえも終わりだ、シャーロック・ホームズよ！　電池のように命を、エキスを吸い取られるのだ。今度はライヘンバッハの滝からよみがえったようにはいくまい！」

彼らはこの狂気じみた儀式でホームズ氏を生贄にしようとしていたのだ！　いったい何のために？　メアリにはわからなかったが、ホームズ氏を救い出さなければいけないことだけはわかっていた。

「力を貸して！」メアリはジュスティーヌに言った。

「シャーロックのところに行かなきゃ！」

「メアリ、何をするつもり？」ジュスティーヌが訊いた。風の音に負けないように声を張り上げなければいけなかった。

「わからないわ！」とメアリ。「何か考える！」計画はなかった――メアリにはいつも計画があったが、今は何をすればいいのかわからなかった。ただ、シャーロック・ホームズをあの演壇からおろさなければいけないということだけはわかっていた。

風が強まり、スカートがはためいた。ジュスティーヌがうなずき、メアリの隣に立った。二人で一緒にどうにかしてホームズ氏のところに行かなくては。間に合うようにたどり着けるだろうか？

「だめだ！」アイザック・マンデルバウムがメアリのほうに手を伸ばしながら叫んだ。「行っちゃだめだ。自分の身を危険にさらすだけだ」

突然、まぶしい光が射してメアリの視界を奪った。サルコファガスから放たれている光だ。メアリは目をしばたたかせながら石棺を見つめた。あの色とりどりの渦はエネルギー波なのだろうか、それとも閃光が虹彩に残した残像なのだろうか？　メアリは目をこすってそれを消そうとした。

何かがサルコファガスから立ち上がった。まぶしさのなかに影が浮き上がって見える。それはサルコファガスの外に出て、演壇の上に立った。いったい何が起きているのだろう？　メアリはもういちど目をこすった。光に照らされたせいで涙がにじみ、何か刺激のあるものが入ったみたいに目にしみた。メアリはまばたきをしてできるだけ目を凝らした。影は女の形になり、ミイラのように全身を布でくるまれている。まるでテラ女王が立ち上がって墓のなかから出てきたようだ。でもそんなことは不可能だ――これもまたミセス・レイモンドが創り上げた幻影に違いない。メアリは催眠術をかけられているのだ――だけど、どう見てもほんものらしい！　ミイラはサルコファガスの正面、マーガレット・トレローニーの隣に立った。マーガレットのネックレスはエネルギー波のうねりのなかからのぞく赤い眼のように真っ赤に輝いている。ミセス・レイモンドはまだ光のオーケストラを指揮している。彼女の手振りに合わせて波が高まるのが見える。

「ジュスティーヌ！」メアリはジュスティーヌの腕をつかんだ。「見えてる？――何が見えるか教えてちょうだい！」

「わからないわ」ジュスティーヌが声を張り上げ、メアリの耳のなかに叫ぶように言った。「あれは――」

「ミイラだ！」ダイアナがほとんど悲鳴のような声で言った。ということは、ダイアナにも見えているのだ！　幻影ではないのか、それともみんなが同時に惑わされているのか。

「何をしている？　何が起きているのだ？」モリアーティが叫んだ。「こんなことは――」

「イシス神殿の女祭司、エジプトの女王、わたしたちの生贄をお受け取りください」マーガレットが叫んだ。

ミイラは振り返り、左手を差し出した。どうやら左手は布に巻かれていないようだ。奇妙なことに、指が七本ある。その七本の指先から稲妻が放たれ、七つのランプのほうに伸びていく。

「ヘレン！　やめろ！」レイモンド博士と呼ばれていた男が言った。手にしているランプから炎が立ち昇り、柱とおなじ高さまで燃え上がった。ミイラが放った稲妻が炎をより激しく、巨大な蠟燭のように燃え上がらせた。炎はいまだ部屋じゅうに吹き荒れている風にたなびいた。向きを変え、曲がり、レイモンド博士の体を包んだ。レイモンド博士は頭をのけぞらせて悲鳴をあげた。

すべての炎が高く燃え上がり、揺れ動き、柱のうしろに立っている男たちの体を包んだ。いまや男たちは燃えていた！　モリアーティにモラン、ゴダルミングにセワード、モリスにハーカー――全員が叫びながら炎に包まれて身をよじっている。まるで人間の松明《たいまつ》だ。回転花火のようにちらちらと色とりどりの火花を散らしながら燃えさかる白い光に包まれている。メアリは悲鳴を聞いた――アリスだろうか？　アリスの声のような気がする。だが炎はありがたいことにアリスの近くには及んでいない。演壇のまわりで、七人の男たちが炎に焼かれている。

「なんてこった《ムイ・ボジェ》！」アイザック・マンデルバウムが叫んだ。「何が起こってる？」

風音が強くてメアリは彼の声をほとんど聞き取れなかった。「ジュスティーヌ！」メアリが叫んだ。「あの人たちを助けられないかしら？　どうやったら助けられる？」男たちはメアリの敵だったが、それでも苦しみながら死にかけているのだ。何かしなければ。

「わからないわ」ジュスティーヌが叫び返した。何ができるのだろう？　まわりに風が吹き荒れている。風が燃える男たちの煙を運んできた。色とりどりの閃光がきらめく、霧のように白い煙だ。まだ男たちの悲鳴が聞こえる。なんて恐ろしいことだろう！　メアリはこんなにも恐ろしいことを経験したことがなかった。アダム・フランケンシュタインが倉庫で炎に包まれたときよりも恐ろしい。あのときは彼が燃える姿を見ることができなかったから。だが今は目の前で男たちが死にかけている。煙ごしに、衣服が破れ、肉が焦げて溶けていくのが見える。その光景に気分が悪くなり、メアリは一瞬目をおおった。

けれど目を背けることはできない。あの男たちを救い出すことはできないかもしれないが、シャーロックとアリスが騒音と煙に囲まれてまだそこにいるのだ。友人たちを助けなければ。メアリは振り向いてアイザック・マンデルバウムの拳銃をつかんだ。彼は驚きのあまり抵抗することも忘れてメアリをじっと見つめた。

「だめよ」ジュスティーヌが叫んだ。「あなたがあそこに行くなんてだめ。危険すぎる。わたしがいくわ」

メアリが反論する間もなく、ジュスティーヌがいきおいよく立ち上がり、渦巻く霧のなかに駆けこんでいった。その霧は煙のようでもあり、炎のようでもあり、青と黄色と桃色の日の出のような色合いの光のようでもあった。霧はまだミイラの姿が見える演壇のまわりを上下している——だが、そのミイラもまたまぶしい白い光に包まれ、周囲には炎が踊っている。炎は熱を発しておらず、ただメアリが見たこともないようなまぶしさだけを放っている。メアリはまた痛みに目を覆った。指のあいだから目を凝らすと、ジュスティーヌが演壇のほうに駆けていくのが見えた。

すると突然、誰かがブンゼンバーナーの火を消したかのように炎が小さくなり、床の上を霧が波のように上下するだけになった。演壇の上にはマーガレット・トレローニーとミセス・レイモンドが立っている。二人のあいだにミイラがいる。しかしメアリがじっと見つめていると、ミイラを包んでいる布が剝がれ落ちて塵となり、風に吹かれていった。その風もやみ、光の波が現れてから初めて静けさが訪れた。

ミイラがいた場所に女が立っている。一糸纏《まと》わぬ姿だ。小さな炎をゆらめかせているだけになった七つのランプの明かりのなか、女の肌が光沢のある銅色に輝いている。全身に毛がなく、髪の毛すらない。メアリは女の姿を見て驚き、一瞬、自分がどこにいるのか、何をしているのかを忘れてしまった。ただじっとその姿を見つめていた――ミイラがどういうわけか命を吹き返したのだろうか？　きっと幻影に違いない。全員がおなじ幻影を見ているのだ。だけど、幻影が男たちを殺したのだろうか？

「テラ女王だ」メアリの隣でアイザックが言った。

「テラ女王をよみがえらせたんだ。モリアーティの計画とは違う」

アイザックの言葉でメアリはわれに返った。何が起こっているのだろう？　ジュスティーヌはもう少しで演壇にたどり着きそうだ。アリスはどこ？　ああ、あそこだ――ホームズ氏の横にしゃがみこんでいる！　ホームズ氏は身を起こして座り、アリスに話しかけている。よかった、少なくとも彼は意識を取り戻したようだ。ジュスティーヌが二人のもとにたどり着いてくれれば……

アイザックがテラ女王と呼んだ女が左手をあげた。そこからランプの光とおなじくらい白い光線が放たれ、ジュスティーヌの胸を打った。女巨人は床に崩れ落ちた。アリスが手で口元を覆い、悲鳴を押し殺すのが見えた。ホームズ氏はアリスをなだめるように、彼女のほうに弱々しく手を伸ばした。メアリも悲鳴をあげそうになった。ジュスティーヌに何が起こったのだろう？

何事もなかったように、テラ女王はマーガレット・トレローニーとヘレン・レイモンドのほうに向き直った。マーガレット・トレローニーはスカラベの首飾りを首から外し、テラ女王の前にひざまずくと、裸の女に首飾りを差し出した。「イシス神殿の女祭司、かつてのエジプトの女王、つぎなるイギリスの女王陛下。あなた様の忠臣がお迎えいたします」

テラ女王はスカラベの首飾りを受け取ると、みずからの首に巻きつけた。首飾りは一瞬だけ光を放ち、やがてくすんだ赤色になった。テラ女王はメアリには理解できない言葉で何か言った。マーガレットが読んだ巻物とおなじ言語だろうか？ テラ女王はミセス・レイモンドのほうを向いた。

「そなたもわたしの忠臣であるか、この新しき時代の子どもよ？」その声は錆びついた滑車のようにしわがれていた。二千年ぶりに声を発したかのようだ。言葉には強い訛りがある。でもどうして英語を話せるのだろう？ ほんとうにテラ女王なのだろうか？ それともペテン師のいかさまか何かだろうか？ あの男たち──彼らはほんとうに炎に焼かれてしまった。それに現にジュスティーヌも床に倒れている。メアリは立ち上がり、ジュスティーヌのもとに駆けつける準備をした。

アイザックがメアリの手首をつかんだ。「だめだ。きみも殺されてしまう。彼女にはモリアーティが夢見ていた以上の力があるとわからないのか？ きみまで死んでしまったら友達を助けることはできないんだぞ」

メアリは手首をねじってアイザックの手を振りほどき、もう一度しゃがみこんだ。彼の言うとおりだ。認めざるをえない。でもここで指をくわえてじっとしているわけにはいかない！ つかまれた手首が痛んだ。

「そのとおりです、わが女王様」ミセス・レイモンドがテラ女王に答えた。マーガレットのようにひざまずくかわりに、深々とお辞儀をした。「わたしは生涯をかけてあなたの使う力を目にする日を待っておりました。そして父に復讐する日を。父はわたしに多大な力を与え、それ以上のものは与えてくれませんでした」

「古代ローマ帝国の後継であるイギリス帝国の王座に就く日までは女王と呼ぶでない。テラと呼べ。そなたたちの言葉は舌に奇妙に障る――醜い言語だ。エジプト語やギリシャ語のような甘美な響きがない。ちょうどオクタウィアヌスの兵士たちがやってきたときに聞いたローマ語が耳に障ったように」

テラ女王は展示室を見渡した。「ここにとどまるのか、マーガレット？ 立て、そして世界の征服のために計画を立てようではないか」

「いいえ、テラ」マーガレットが立ち上がった。「海辺の家を用意してございますし、わたしたちには計画があります――ヘレンとわたしがすべてを把握しております。モリアーティがわたしたちの企てを知っていたら！ 彼がそれに気づいたときの顔を見てみたかったものですわ――まあ、最期の瞬間に気づいたかもしれませんが。わたしたちは彼の計画を軌道に乗せましたが、それはまったく異なる目的のためでした。イギリス男性のためのイギリスではなく、わたしたちのため、そしてわたしたちに加わる者のためのイギリスです――あなたの忠実な臣下です、われらが女王。一週間もすれば、あなたはバッキンガム宮殿の王座におさまっていることでしょう」

ミセス・レイモンドはふたたびアリスの手を握った。シャーロック・ホームズには注意を払っていなかった。ホームズは座ってはいたものの、まだふらついていて、盛られた麻薬の影響が抜けきっていないようだった。

「いらっしゃい、リディア。未来の女王陛下にご挨拶をなさい。陛下はこの国にかつてないほどの優れた統治をもたらし、かつてないほど強くするのよ。世界が見たこともないような強大な帝国になるの」

「して、その者たちは？」テラ女王がメアリとダイアナを見た。

「この者たちは関係ありません」とマーガレット。

「この者たちもあなたの炎で焼きつくして灰にして、

展示室の床に吹き散らしてしまうのがよいかと存じます。モリアーティと彼の仲間たちの灰とおなじように」

「だめ！」アリスが叫んだ。「そんなことしちゃだめ！　メアリにはだめ！」

　と、ホームズがいきおいよく立ち上がった。蜘蛛のような長い脚で立ち、もうそれほどふらついてはいなかった。今にもテラ女王に飛びつきそうに見える！　だめ、そんなことをしてはいけない――エジプトの女王はジュスティーヌとおなじように彼を打ち倒してしまうだろう。

　メアリはアイザック・マンデルバウムの拳銃をかまえ、演壇のほうに向けた。銃はメアリがいつも使っている小型だがとても効率のよい二十二口径ではなく、三十二口径だった。注意深く狙いを定めて、反動の強さも調整する必要がある。メアリはテラ女王を視界に入れた。アリスのこともシャーロック・ホームズのことも傷つけたくはない。慎重に、慎重に、引き金を引く。

　バン！　バン！　あの音は何？　メアリはまだ発砲していない。ううん、あれは展示室の扉の音だ。扉が突然開いて、脇の壁にいきおいよくぶつかった。戸口からなだれこんできたのはベイカー街の男の子たちだった。背が高くて乱れた髪をした少年が叫ぶ。「チャーリー！　デニス！　ホームズさんのところへ。何人かはダイアナのところへ急げ。彼女が何をすべきか教えてくれるだろう。残りの者はおれと一緒に来い！」

　通りの腕白小僧やいたずら小僧の一団の姿をした騎兵隊が救いにきてくれたのだ！　一瞬、メアリはロンドンの貧しく薄汚れた少年たちすべてを祝福する気持ちになった。つぎの瞬間、メアリは思った――テラ女王があの子たちを皆殺しにしてしまうわ。エジプトの女王を消さなければいけない。メアリはもういちど狙いを定めた――だが、途中にベイカー街の男の子たちがいる。もう障害物なしに撃てる状況ではない。

「ウィギンズだ！」とダイアナ。「ったく、遅いんだから。ウィギンズ、ホームズとアリスを連れてって、それにジュスティーヌのことも忘れないで！　床に倒れてる——彼女をここから連れ出して！　そしたらあの裸のミイラを八つ裂きにしよう」

演壇の上では、テラ女王が驚いた様子で展示室の床を埋めつくしていく薄汚れた少年たちを見ていた。ホームズがテラ女王に飛びかかろうとしたが、女王が彼のほうに手を振ると、彼は胸を波動で打たれたかのように飛びのいた。メアリはアリスがホームズの横にひざまずくのを見た。するとテラ女王が両手を上げた。波はまるで風に吹き上げられるように渦を巻いた。海の波のような轟音が鳴り響く。光の満ち潮が演壇のまわりでうねり、小さな爆竹が爆発するように、虹色の光の火花を散らし燃え上がった。

ベイカー街の男の子たちは驚いてあとずさった。たがいに顔を見合わせてから、ウィギンズのほうを見て、どうすべきか迷っている。テラは少年たちを殺してしまうつもりだろうか？

もし発砲できないのなら、メアリもあの雑踏に加わるべきだろう。もしメアリとアイザック・マンデルバウムが同時にテラ女王のほうに突進していけば、ミイラは一人を倒すことしかできず、残る一人はたどり着けるのでは？　しかしメアリは七本の指から同時に稲妻が放たれたことを思い出した……それでも、何かしなければいけない。

「行きましょう」メアリは言ったが、突然、アイザック・マンデルバウムがそこにいないことに気づいた。隣にいるのはダイアナだけだ。あの臆病者は逃げ出したのだ！　そもそも彼はマイクロフトのもとで働いていたわけではなかったのだろうか？　やっぱりモリアーティの手下の一人で、ほかの共犯者のために彼らを裏切って出ていったのかもしれない。

「一緒に行く！」ダイアナが言った。アイザックのナイフを手にしている。「あのエジプトのクソババアを捕まえに行こう！」

だが風が高く強くなってきて、メアリはまるで大きな竜巻のさなかにいるような気がした。立ち上がったものの、なぎ倒されてもう一度しゃがみこみそうになった。ダイアナと一緒に演壇に向かうのがいい考えだとしても、これでは難しい。

「くそったれ！」ダイアナが叫んだ。髪の毛が風に吹き上げられ、赤い後光のようになっている。

メアリはダイアナの手をつかんだ。「つかまって！」とメアリ。「わたしにつかまるのよ」

すると突然、波の音がやんだ。演壇を囲んでいた光の波が消えた。波はどんどん低くなり、ついには排水口に飲まれていく水のように床の上を渦巻き、とうとう消えてなくなった。展示室はメアリが最初に足を踏み入れたときとまったくおなじように見えた。ただし、ベイカー街の男の子たちがひしめきあい、不思議そうに部屋を見まわしていた。

ジュスティーヌはまだテラ女王のサルコファガスが載った演壇の前の床に倒れていた。ウィギンズが彼女の横に立っている。テラ女王、ミセス・レイモンド、マーガレット・トレローニー、ホームズ氏、そしてアリスは姿を消していた。

扉の外で物音がする。アイザック・マンデルバウムが飛びこんできて、ロンドン警視庁の青い制服を着た男たちの一団があとに続いた。「助けを連れてきたぞ！」アイザックが言った。彼は少年たちでいっぱいの部屋を見渡した。「ここで何があったんだ？」

「それはまさにわたしが疑問に思っていることだ」彼らのうしろを歩いてきた男が言った。真っ赤な髪で、眉間に寄った皺は永遠にそこに刻まれているかのようだ。「ここで何をしてるんだ、ウィギンズ？　それにホームズ氏はどこだ？」それから男はメアリとダイアナを見た。「おっと、またきみたちか。今朝ベッドを出たとき、今日は悪い日になることがわかっていたよ。今回はどんな悪さをしていたのか説明してくれるかね？」

それはメアリが何よりもしたくないことだった。メアリは疲れていたし、悲嘆に暮れていた。またしてもアリスとシャーロックを見失ってしまったのだ。それにジュスティーヌは――怪我をしているのだろうか？　死んでいる？　メアリはこれから始まるであろう尋問に備えて気を引き締め、口を開いた。「おはようございます、レストレード警部」

メアリ　あの人はわたしが嫌いなのよ。絶対にわたしのことが嫌いなの。

キャサリン　でもたぶんシャーロック・ホームズのことほどは嫌ってないわ。

メアリ　それが慰めになるとでも思ってるの？

キャサリン　いいえ、そういうわけでもないけど。

「その性悪娘に分別があるとは思っていないが」レストレード警部は露骨にダイアナを見た。「しかしあなたは違う、ミス・ジキル。どうしておとなしく家にいて、刺繍か何かレディが一日じゅうやるようなことをしていられないんです？　わたしの家内は針仕事は心がとても落ち着くと言ってましたよ。あなたとご友人たちが今度ホームズ氏に捜査を手伝うよう頼まれたら、もっと生産的な時間の使い方を見つけてほしいものですな。ベイカー街の小僧たちを巻きこむだけでもたちが悪いというのに、あなたがたのような若いレディをこんな危険な状況に陥れるなんて、あの男の考えていることは理解できない」

「ええ、警部」メアリは舌を嚙むようにして言いたいことをぐっとこらえた。若いレディにはこんなこともできるのだ、と警部に言ってやりたいことがたくさんあった。結局、この二日間はほとんど地下牢に閉じこめられて過ごしていた――どうやら今は日曜日の午後らしく、またしても教会に行く機会を逃してしまったようだ。メアリは疲れていて空腹で、そして汚れていた。だがレストレードはジュスティーヌをパーク・テラス十一番地に警察の馬車で運んでくれた。おかげでジュスティーヌは上階の自室のベッドに横になっていた。まだ意識は戻らない。メアリはどうしようもなくジュスティーヌのことが心配だった。レストレードが力を貸してくれたことには感謝していたので、メアリはただうなずいてみせただけだった。いかなる野心や知性を備えていようとも、若いレディにふさわしい時間の過ごし方は刺繍だとでもいうように。少なくとも、レストレードはこちらの話を信じてくれた。彼女たちはたんに古代の遺物を狙う窃盗団の捜査のためにホームズ氏を手伝っていただけだと！

彼らは応接間にいて、ジキル夫人の肖像画がかかっている炉棚のそばに立っていた。ミセス・プールはまだ火をおこす時間がなかったようだ。メアリがおこすべきだろうか？　レストレードはしばらくここにとどまるつもりなのだろうか？　メアリにはわからなかった。

ダイアナはソファに寝そべって眠りかけていた。どうりで静かなはずだ！　ところが警部の言葉を聞くなり、口を開きかけた――何か言うつもりだろうか？　きっと反抗的なことを言うに違いない。そんなことを言ったら余計にレストレードを怒らせるだけだ。

すると、願ってもないタイミングでミセス・プールがいそいそと部屋に入ってきた。ボトルと二つのグラスが載ったトレイを携えている。「ポートワインはいかがですか、警部？　ジキル博士の最良のボトルです。法の番人は勤務時間にお酒は飲まないと存じておりますが、今朝の出来事のあとですもの……あえて申しますなら、ほんのお薬ていど召し上がってはいかがでしょう？　お嬢様がたを無事に家に連れ戻してくださって、いくら感謝してもし足りませんわ。どんなに心配していたことか！　たしかにお嬢様がたのおこないは望ましいものとは言えませんが、みんな母親のいない可哀想な孤児で、教え諭してくれる者がいないのです――このわたししか。わたしは最善を尽くしておりますが、母親がわりとはいきませんからね」

「あなたはできるかぎりのことをやっておられる、ミセス・プール」レストレードは満足そうにミセス・プールを見ながら言った。どうやら、パーク・テラス十一番地の住人のなかでレストレードの言う適切な振舞いの基準を満たしているのは、家政婦だけのようだ。

「彼女たちが四六時中ロンドンを駆けまわっているのはあなたが悪いわけではない。それにこいつに関しては」――レストレードはダイアナを睨みつけた――「誰が、あるいは何がこいつを封じこめておけるのか見当もつきませんからな」

ダイアナはレストレードに向かって舌を突き出した。まったく、メアリはダイアナをひっぱたいてやりたかった！

「そうですわね、この子は育ちがよくないものですから」とミセス・プール。「この子はミセス・レイモンドの世話を受けていたんです――誰のことかおわかりでしょう、マグダレン協会の院長です。恐ろしい女性ですわ」

「あの人はポール街の殺人事件に関わったミセス・ハーバートかもしれないんです」とメアリ。「彼女について何かご存じですか？」

レストレードは不服そうにメアリを見た。「これ以上殺人事件に首を突っ込まないようにしたほうがいいですよ、ミス・ジキル。ミセス・レイモンドがミセス・ハーバートなのだとしたら、彼女は危険人物です。ポール街で死んだ男たち――われわれはあの殺人を彼女と結びつけることができなかった。これといった動機がなく、それに凶器もなかった。彼らは強い恐怖のために死んだのです。しかしわたしは当時、そして今も、彼女に責任があると信じている。哀れなチャールズ・ハーバートはすっかりあの女にほだされてしまったのです。彼女のために財産をロンドンの邸宅、高級な家具、豪華な馬車、見事な宝石につぎこんだのです――女性が欲しがるものすべてに。少なくともハーバートの殺人に関しては彼女を逮捕できると思っていたが――陪審員は夫を殺した女性を嫌いますからな。しかし証言台に立った彼女は、まるで虫も殺せないかのように、あまりに若く無垢だった。波打つ豊かな黒髪の美しい女性でした――わたしはメドゥーサの蛇を思い出しましたね！　彼女はすべての容疑で無罪となりましたが、どこまでも罪深い女だと自信をもって言えますよ」

「そして裁判のあと、姿を消したのですね？」とメアリ。

ミセス・プールがレストレードのためにポートワインを注ぎ、レストレードは断らなかった。つぎにメアリの分を注ぎ、メアリは少しだけ口をつけた。いつもはアルコールをたしなまないが、今日はその温かさがありがたかった。

「あたしの分は？」ダイアナがふてされたように言った。ソファの上で身を起こしている。まあ、少なくとも寝そべってソファを独り占めにはしていない！

「ローリー・ポーリー・プディングが厨房のテーブルにありますよ」とミセス・プール。

「よしきた」ダイアナはいきおいよく立ち上がり、あっというまに部屋を出ていった。メアリは心のなかであらためて神と天使にミセス・プールを遣わしてくれたことを感謝した。ミセス・プールがいなければ、いったいどうなってしまうのだろう？

ミセス・プール　お嬢様がたはうまくやれますよ。みなさん能力のある若い女性なのですから。

ベアトリーチェ　やれるかもしれないけれど、まったくおなじではないわ。あなたなしではやっていけないわ、ミセス・プール。

ジュスティーヌ　そうよ、やっていけない。まったくおなじなんてことはないわ。

キャサリン　口をそろえて言うのもなんだけど、あたしたちだけではしっちゃかめっちゃかになるでしょうね。何も言わなくていいわよ、ダイアナ。あんただってそうなるってよくわかってるでしょ。

ダイアナ　何も言ってないじゃん。どうしていつもあたしが意地悪なことを言うって決めつけるわけ？

メアリ　いつも言ってるから？

「さよう、ミセス・ハーバートは裁判のあと行方をくらましました」とレストレード。「数年後、上流社会で連続殺人が起こりました。わたしはアーゲンタイン卿が寝室で死体で見つかったときに呼ばれましてね。どの男も――貴族に法廷弁護士、外科医、オーケストラの指揮者もいた――自分の家で死んでいるのが発見されたのです。それらの殺人には一見なんのつながりもなさそうに思えたのですが、しかしどの男も強い恐怖の表情を浮かべて死んでいたので、わたしは疑いを抱いたのです。彼らが死んだ晩、いずれの男も文学や芸術のサロンを催していたミセス・ボーモントの家を訪れていたことがわかりました。わたしはメイフェアにあるミセス・ボーモントの家に赴きました。その家は――そう、彼女はどこかから資金を得ていたようで、まるで公爵夫人のような暮らしぶりでした。しかし家は空っぽでした――ミセス・ボーモントは姿を消したのです。きっとアーゲンタイン卿の死に関する捜査の手が及ぶのを恐れたに違いありません。彼女の家の応接間に入ると、マントルピースの上に肖像画がかかっていました。社交界の画家、ミスター・サージェントによるものです。いくらか年を取ってはいましたが、わたしはそれがミセス・ハーバートの肖像だとわかりました。それから彼女の話を聞いたことはありません――今の今まで」

「その情報はホームズさんのファイルにはありませんでしたわ」とメアリ。

「まあ、警察はときに邪魔くさい私立探偵が知らないようなことも知っているのですよ」レストレードは棘のある口調で言った。「世間はすべての未解決の殺人事件を警察のせいにして、解決できた数少ない事件で私立探偵を称賛するものですからな――まぐれ当たりだというのに！　しかしあなたはミセス・ハーバートがミセス・レイモンドでもあると言いましたね？」

「ええ」メアリはもうひと口ポートワインを飲んだ。ホームズ氏がいつもレストレードに力を貸しても自分の手柄にしないでいることは言わないでおこう！　ここはまだ舌を噛んでいるべきだ。この会話が終わる頃には比喩的な意味で舌が痛くなっていることだろう。

「ミセス・レイモンドはモリアーティ教授やモラン大佐と関係があります」

「モリアーティだと！」とレストレード。「前々からお縄にしたいと思っていた男ですよ。死んだものと思っていましたが、一カ月前にホームズ氏から奴が生還したことを聞いたのです。鳴りを潜めているようだが。ロンドンの犯罪の半数は奴が関わっているのです――下級社会にせよ上流社会にせよ。しかしわれわれはそれを証明することがどうしてもできない。奴は非常にずる賢く、実際に手を汚すのはモランなのです。今夜こそは博物館で奴を捕まえられると思っていたのだが――とある情報提供者から奴がエジプトの展示から遺物を盗み出そうとしているという話を聞いたのです。奴は成功したらしいですな、ミイラがなくなっているようですから。現場に駆けつけてみれば、あなたがたと小僧たちだけしかいなかったのでがっかりしましたよ！　無論、あなたがたが奴を驚かせて追い払ってしまい、われわれは獲物を取り逃がすことになったのでしょう。もし奴の居場所について何か情報を得たら、ミス・ジキル――」

メアリはなんと答えるべきだろう。モリアーティと彼の側近は大英博物館の床に積もっている白い灰になったと？　レストレードは信じないだろう。

「モリアーティ教授の消息について何か聞いたら、きっとお知らせしますわ」メアリはやましさを感じることなくそう答えることができた――もうモリアーティのことを耳にすることはないとよくわかっていたからだ。今度こそ、彼はほんとうに死んだのだ。

レストレードは満足げにうなずいた、「そうです、ミス・ジキル。スコットランド・ヤードこそがこの種の問題を扱う適切な機関です――邪魔くさい私立探偵ではなくて！」

メアリはふたたび比喩的に舌を噛んだ。だが、レストレードから引き出したい情報がもうひとつあった。

「警部、気になっている死亡事件があるのです。エジプト学者のトレローニー教授の死です。捜査した人がいるかご存じ――」

「わたしの管轄外です」とレストレード。「教授はコーンウォールの自宅で亡くなりました。蒐集品を保管していた家です。博物館に展示されていたのはその蒐集品でしょう――トレローニー展？　なくなったのはトレローニーのミイラに違いない。この件に関わるなと言ったでしょう、ミス・ジキル。いずれにしても、彼の死は事故によるものです。何かの電気器具を使っていたところそれが誤作動したのです。《タイムズ》ではそう報じられていました。死に関心を持つべきではないですよ、殺人であれ事故死であれ。それは病的なことです。若いレディが病的であってはいけません。

刺繡ですよ、さっきから言ってるでしょう！　さてと、そろそろ行かなくては」レストレードは最後のポートワインを飲み干した。「ありがとうございます、ミセス・プール。あなたのような親切で品行方正な女性がこの家の責任者であることをうれしく思います。きっとあなたならこの女の子たちに秩序を守らせることができるでしょう。おやっ、これはなんだ？」

それは従僕の制服を着たアーチボルドだった。制服はかつてメアリの下僕ジョゼフが着ていたものだ。ジョゼフはメイドのイーニッドと結婚し、二人はベイジングストークで宿屋を経営している。ミセス・プールはオランウータン男に合わせてその制服を短く切っていた。アーチボルドはレストレードの外套と帽子を運んでいた。

「街角から拾ってきたただの可哀想な少年ですわ。下僕にするための訓練をほどこしているのです」とミセス・プール。「教え甲斐がある子ですのよ、頭が冴えるとは言えませんし、ちょっと見た目が変わっている哀れな子ですけれど。またいらしてくださいな、警部さん。ロンドン警視庁のお方とお会いできてとてもうれしゅうございました。わたしたちはあなたやあなたの部下の方がたがロンドンの街を見張って法を遵守《じゅんしゅ》させていることをありがたく思うべきだと思います」

「われわれは奉仕するためにおりますから、奥様」レストレードはそう言うと外套を着て、アーチボルドを疑わしげに見た。「どうかこの女の子たちがもうこれ以上悪さをしないように見張っておいてください。毎度彼女たちを救いにいけるわけではないのですから。そもそもあなたがたを巻きこむなんてホームズは無責任だ。しかもどうやら姿を消したらしい——明日展示される予定だったミイラと一緒に。ミイラへの熱狂というものがわたしには理解できないのです——ただの干からびた死体なのに。しかし昨今、世間はエジプトにまつわるものならなんにでも熱狂するようだ！　わたしの家内ですら『ミイラの呪い』という本を読んでいましたよ。まったくもってナンセンスだと言ってやりましたがね。『ミイラが盗まれた！　ミイラが盗まれた！』と、明日の朝には新聞売りの少年たちが叫ぶことでしょうな。もちろんわれわれは何か手を打つことを期待されるでしょう。あなたがおっしゃったとおりホームズ氏が窃盗団を捜査しているのなら、彼の第一の義務は知り得た情報をすべてロンドン警視庁に知らせることです。ホームズ氏から連絡があったらそう伝えてください、ミス・ジキル」

「もちろんですわ、警部」メアリはできるだけ慎ましく従順な顔つきで言った。これ以上レストレードと敵対しても意味がない。彼はもう十分メアリたちに腹を立てているのだ。

ミセス・プールがレストレードを見送って、トレイを取りに応接間に戻ってくるとメアリは言った。「女の子ですって！　わたしは二十一歳よ。女の子なんかじゃないわ」

「おっしゃるとおりです、お嬢様」とミセス・プール。「でもときには殿方に言いたいように言わせておくのがいちばんなんですよ。もし食ってかかったりしていたら、ミセス・レイモンドについてあれほどの情報を与えてくれなかったでしょうからね。蜂蜜は酢より多くの蠅を捕らえられるって言いますでしょう」

メアリ　そのことわざを聞くと哀れなレンフィールドさんのことを思い出すわ。どうしてるのかしら？　誰か知ってる？

キャサリン　パーフリート精神科病院が新しい院長に代わってから元気にしているわ。病院側は元副院長のドクター・ヘネシーをアイルランドから呼び戻したの。ドクターは彼が言うところの精神病患者の扱い方についていろいろとアイデアを持っているようよ。レンフィールドには蠅を捕まえさせておいて、おかげで彼は幸せに暮らしている わ。ジョー・アバーナシーは日勤の看護人の主任に昇格したし。それにフローレンスはまた話せるようになったの――ジョーが言うにはウィーンで発明された新しい治療法が効果を発揮したとか。ドクター・ヘネシーはフロイト博士の考えを実行したんじゃないかしら。彼女は来月には退院するんですって。でもレディ・ホリングストンはあいかわらずネジがぶっ飛んでるわ！

ジュスティーヌはベッドに横たわっていて、頭がベッドの頭板につきそうになっていた。かつてここはジキル博士の部屋だった――ジュスティーヌの身長に合うのが博士のベッドだけだったのだ。メアリはジュスティーヌの傍らに腰かけて彼女の手を取っていた。冷たかったが、ジュスティーヌの手はいつもそうだった。まあ、少なくとも息はしている！ 眠っているように見えたが、深い眠りだった――これまで気つけ薬の炭酸アンモニウムを嗅がせたり、オーデコロンを顔に吹きかけたり、体をゆすったりしてみていたが、ジュスティーヌは目を覚まさなかった。

「何かお食べにならないといけませんよ、お嬢様」ミセス・プールがベッド脇のテーブルにトレイを置いた。「カツレツをお持ちしました。それにジャガイモとニンジンも――いつお戻りになるかわからなかったもので、残念ながらどれも冷えていますけれど。いったい金曜の午後からどこにいらしたんです？ どうしてレストレード警部はお嬢様たちが大英博物館の盗難事件を捜査していると考えたんです？ それに服のあちこちに煤がついているのはなぜです？」

メアリはニンジンをつつきながら、この二日間の出来事をできるだけわかりやすく簡潔に説明した。空っぽの胃袋が何か食べろと命じているのが感じられたが、具合が悪くてとても食べる気になれなかった。アリスとホームズ氏はどこに行ったのだろう？　こうなった以上、いったいどうやって二人を見つけ出せばいいのだろう？

「まあ、わたしはアリスがその女を手伝っているとは思いませんね」ソーホーで起こったことを聞いたミセス・プールが言った。「わたしはこの手でアリスを訓練しました――あの子はそんなことをするような子じゃありません」

「じゃあなんであいつはミセス・レイモンドの手を握ったり、あんなに着飾ったりしていたっていうのさ？」ダイアナが部屋に入ってきて、ベッドにどすんと腰かけた。「メアリ、カツレツを一切れくれる？」

「いいえ、だめです」とミセス・プール。「あなたの分はあなたの分で持ってきてあげますから。メアリお嬢様の食べ物を横取りするのはおやめなさい。それに顔を拭いたらどうです？　こっちに来てちょっとお立ちなさい――拭いてあげますから。ほっぺたがジャムだらけだわ。髪にもついてて、煤と混ざっているじゃありませんか」ミセス・プールはメアリのナプキンでダイアナの顔を拭った。

「これからいったいどうしたらいいのかしら？」メアリが言った。とても疲れていた！　ポートワインは効かなかったようだ。喉を通りすぎていく温かさが心地よかったのはたしかだが。「テラ女王があの男たちを灰にしてしまったなんて信じられない。アッシャでもあんなことはできないと思うわ。彼女をどうやって捜し出せばいいのか――あるいはアリスとホームズさんをどうやって救い出せばいいのかわからないわ！」

「どっかの家に行ったんじゃないの？」とダイアナ。「マーガレットが準備してるって言ってた家にさ。だからその家を探せばいいんだよ。ロンドンのどこにあろうと。ミセス・プール、メアリのカツレツを一切れもらったら、あとであたしの分を持ってきてくれたときに一切れ返すから」ダイアナはメアリの皿からカツレッを取り上げると、ミセス・プールにぴしゃりと叩かれる前にすばやく手を引っこめた。

「コーンウォールよ」とメアリ。「ミス・トレローニーは『海辺の家』の用意が整っていると言っていたわ」メアリは正確に覚えているといいのだがと思った。「トレローニー教授はコーンウォールに家を持っていて、そこで死んだ。きっと原因は電気器具の誤作動なんかじゃない。その家は今はミス・トレローニーのものになっているはずよ」メアリは疲れ果てていたが、すでに頭のなかで計画を組み立てていた。

もういちど旅支度をすることになるだろう。でも今度の行き先はヨーロッパではない。コーンウォールへ行ってアリスとホームズ氏を見つけ出し、テラ女王の手から救い出すのだ。どうやってか、それはわからなかった。

Ⅱ　ミイラ

11 トレローニー展

「メアリお嬢様、男性が訪ねておいでです。お嬢様とお知り合いだとおっしゃっています。これを渡すように言われました」

メアリは目を開け、すぐに閉じた。まぶしい――寝室のカーテンは開け放たれ、陽射し、白昼の陽射しが差しこんでいる。何時だろう？　メアリはおそるおそるまた目を開いた。少なくとも一昨夜に見た色とりどりの火花を散らす真っ白な光とは違う！　ミセス・プールがベッドの脇に腰かけ、メアリのウェストバッグを持っている。その形を見てすぐに、なかに拳銃が入っていることがわかった。

「アイザック・マンデルバウム？」メアリは身を起こして言った。拳銃はモリアーティ教授に取り上げられた。そのありかを知っていて取り戻してくれることができるのは、アイザックくらいしか思いつかない。

「お名前はおっしゃりませんでした」とミセス・プール。「ハンサムで豊かな黒髪の若い男性です。外国語訛りがありました」

うん、それはたしかにアイザックだ。メアリは目をこすった。「ジュスティーヌの様子はどう？　たしかめにいかなくては」

「残念ながら変わりありません。まだお目覚めになりません。アーチボルドがついていて、ジュスティーヌさんが少しでも頭を動かしたりしたらすぐに知らせるよう言いつけてあります。ダイアナはもちろんまだ眠っています。あの子ったら少なくとも二回は呼びにいかないと起きないんですから。でもまずはその男性にお会いになったほうがよろしいかと。あまり長居はできないとおっしゃっていましたから」

「そうね」メアリは起き上がった。「応接間で会うわ」

「厨房から先にあがろうとしないんですよ。配達人のように勝手口に訪ねてきたんです。かまわなければ下でお待ちになるとおっしゃっていました。かまいませんか？」

「そうね。肩掛けを羽織って会っても礼儀を欠かないかしら？」

ダイアナ　くそったれ、どうして肩掛けを羽織って会っちゃまずいのさ？　どうせ首まで隠れるじゃん。

メアリ　悪態をつくのはやめなさいって言っても無駄なの？

ジュスティーヌ　今回にかぎってはダイアナに賛成よ。慎み深さと礼儀正しさというものがあるわ。前者は自然な本能で、アダムとイヴが楽園を出て裸でいることに気づいたときに与えられたものよ。後者は社会的な概念にすぎないわ。人間である以上、仲間との付き合いを望むのは当然で、服装や振る舞いについては仲間の判断に委ねることになるけれど、礼儀作法が人生の重要な事柄を妨げるような場合には、慎み深さを傷つけない範囲でそれを破ってもかまわないのよ。

ダイアナ　本でも書きそうな調子だね！　慎み深さが傷ついたってどうってことないでしょ？　そもそもどうやって慎み深さを傷つけられるわけ？　ただの言葉なのに。メアリは情報を求めてるんだよ。したいと思ったら寝間着姿で男に会ってもいいんじゃないの？

メアリ　わたしはそんなことしません！　寝間着姿で男性に会うですって？　ミセス・プールがシ

ヨックを受けるわ。

ダイアナ　ルシンダが血を飲むのはどうなの？　ケイト・ブライト・アイズやドリスがお茶を飲みに立ち寄るのは？　それも礼儀に欠けるわけ？

ミセス・プール　ケイトとドリスはいい娘さんたちですよ、お忘れなく！　道を踏み外したのは彼女たちのせいじゃありません。それにルシンダさんは自分が口にするものに関してどうすることもできないんです。

ルシンダ　面倒をかけたくないわ、ミセス・プール。もしわたしの食餌が誰かを不快にさせるなら

――

ミセス・プール　面倒なんかじゃありませんよ、ベアトリーチェさんのお茶を作るのとたいして変わりません。いずれにしても、たいていはあなたがご自分で調達するじゃありませんか。それに夕食会や何かの場合には、バイルズさんのところに行けばいいだけの話です。若いレディの一人が貧血症だと言えば、新鮮な血を分けてくれますから。ですから思い悩むことはありませんよ――それにダイアナの言うことに耳を貸すこともありません！

アイザック・マンデルバウムは厨房のテーブルについていた。

「やあ、ミス・ジキル」メアリが厨房に入ると彼は立ち上がった。「あまり時間がないんだ――家族を街から連れ出さなければいけないから。ホスキンズさんが博物館からモリアーティと仲間の紳士たちが姿を消したことを怪しんでいてね。ブルームズベリー一帯を捜索しているんだが、そのうちまたソーホーの家に目を向けるはずだ。おれの親父とお袋、それに妹――彼らはとても勇敢だ。ポーランドで生き延びて、そこにとどまるのがあまりに危険になったとき、それまでの暮

らしを捨ててイギリスを目指して過酷な旅に出た。おれは家族がここで安全に暮らせるように祈ったよ。だがここにも危険はあった。祖国にいるときとほとんどおなじくらい大きな危険だ。おれは家族を田舎に連れていって、モリアーティの共犯者が一斉検挙されてふたたびロンドンに戻れるようになるまで、そこで暮らせるようにしたいと思っている」

「わからないわ」とメアリ。「そもそもあなたはどうしてモリアーティのもとで働いていたの？」

アイザックはメアリをじっと見つめた。メアリは彼の美しい瞳と長く濃い睫毛に気づかずにいられなかった。「きみは知らない――イギリス人は知らないんだ――おれの祖国で起こった大虐殺の歴史を。おれたちの多くは西ヨーロッパに逃れようとした。おれの家族のような立場の人間に力を貸してくれる男たちがいたが、善意の者もいれば、あこぎな者もいた――彼らは逃亡中の移動手段や食料や宿を提供してくれた。大金と引き換えにね。金のある者は支払った。おれの家族のように金のない者は借金を背負うことになった。モラン大佐はそういう男たちの一人だった。彼に借金を返すためにモリアーティのために働くことを勧められたんだ。おれたちは喜んでそうした――だがそれもモリアーティがどんな犯罪事業に手を染めているかを知るまでのことだった」

「待って」とメアリ。「モリアーティはイギリスへの亡命者の移送でもお金儲けをしていたの？」

「ほかにもある――賭博場、娼館、アヘン窟、どれも弱い者を食い物にして自分ばかりが儲かるようなことをしていたのさ。おれはあの男がいかに邪悪かを、あの男に人生を破壊された男たちや女たちをこの目で見てきた。おれの同胞の多くは、借金を返すために劣悪な環境の工場で働かなければいけなかった。あの男は何より愛国者で人種至上主義者だったから、自分が社会の害虫だとみなす人びとを使って金儲けをしていた。

奴の手中から家族を逃がすことができればうれしいよ」

「何か助けがいる?」メアリが訊ねた。「あまりお金はないけれど、もし必要なら――」

と、そのとき、やかんが笛のような音をたてた。アイザックはびくっとして振り向き、ただのやかんだとわかるとほっとした表情を浮かべた。「ありがとう。でも十分にあるし、必要だったらもっと手に入れることができる。おれの雇い主はとても気前がいいんだ」

「あなたの雇い主――あなたのほんとうの雇い主。それはマイクロフト・ホームズのこと?」

ミセス・プールがティーカップを二つ、そして砂糖入れと薄く切ったレモンを載せた小皿をテーブルの上に置いた。

アイザックはほほえんだ。優しげでいたずらっぽい、とても魅力的な笑顔だ。メアリは心のなかで自分を叱った――どうしてそんなことを考えられるの? ホームズさんがまた誘拐されて、どこかに閉じこめられているかもしれないというのに――いったいどこなのかわからない場所に。「ということは、きみもあの紳士のことを知ってるんだな。彼がおれを――たしか勧誘といったっけ――勧誘したとき、何をおいても秘密裏に働かなければいけないと言われたんだ。われわれはこの国を守らなければならないが、われわれの正体やわれわれのしていることを誰にも知られてはいけないと。どうやらおれはすでに多くを語りすぎてしまったようだ。危険を承知で――自分の身にふりかかる危険じゃない、それは気にかけていない。だが家族の身に及ぶ危険だ――おれは彼の力になろうと思った。両親にそうするべきかと訊ねた。おれの親父は学校の教師だったんだ、ミス・ジキル。生涯、不道徳なこととは無縁だった。その親父が言った、悪魔を見たらいつでも闘えと。お袋と妹も親父に賛成だった。だからおれはホームズさんに言った、あなたの情報網に加わりますと――スパイと言うべきかな？　あるいは、情報提供者と。おれは正体をさらすことも、巻きこまれることもなく、ただ観察して報告するのが役目だった。でもおとといの夜は何かしなければいけないと思った。だからスコットランド・ヤードに大英博物館で盗難事件が発生していて、モリアーティが嚙んでいると通報した。警察がいれば少なくともモリアーティを牽制して、奴の仲間たちが何を計画していたにしろそれを阻止できると思ったんだ。そしてあの男が逮捕されれば、われわれは何カ月もかけて集めた奴を有罪にする証拠をついにそろえることができるわけだ。実際に起こったのは――」

「何が起こったの？」メアリが訊ねた。「あの人たちは大地のエネルギーを召喚しようとしていた、けれどそのかわりに――テラ女王が死からよみがえった。どうやって？　どうして？」

ミセス・プールが二人のあいだにティーポットを置いた。「熱々で美味しいですよ」とミセス・プール。

「ミルクがご入り用の方は？」

「お願いします、ミセス・プール」とアイザック。

「あなたを見てるとほんとうにお袋を思い出します。きっと気が合うと思いますよ。とはいっても、お袋はほんの片言しか英語を話せないけど」

「それでもお母様の言っていることは、ここで生まれ育った半数の人が言っていることよりも理解できると思いますよ！」ミセス・プールが辛辣な口調で言った。「行商人や辻馬車の馭者はもごもごご話しますし、とんでもない早口なので、何を言ってるんだかさっぱりわからないことがままありますからね」

ミセス・プールはミルク入れをテーブルに置くと、ボウルに少し注いで扉の脇に置いた。しばらくすると、それぞれ灰色とオレンジ色の毛の二匹の猫がやってきてぴちゃぴちゃと音をたてながら満足げにミルクを舐《な》めた。

アイザックが笑った。「食欲旺盛だな」

「オレンジ色の子がアルファで、灰色の子がオメガよ」とメアリ。「そうなの、育ち盛りで。公園に捨てられているのを見つけたときは痩せ細った子猫だったのに。ところでテラ女王のことだけれど――」

「きみが知っている以上のことは知らないんだ」とアイザック。「モリアーティの計画についておれが盗み聞いたのは、女王陛下がコーンウォールを訪れているあいだに誘拐するというものだった。どうやってかはわからない。だが奴は海岸地のマラザイオンという町に滞在するつもりだった――モランにその土地の宿屋に予約の手紙を書くよう言いつけられたんだ」

「マラザイオンですって！」とミセス・プール。「女王陛下は木曜日にマラザイオンを訪れるはずですよ。セント・マイケルズ・マウントを見にいかれるご予定だそうです」

メアリは驚いてミセス・プールを見上げた。「どうして知っているの、ミセス・プール？」

「どうしてって、新聞に書いてありましたから。ええと、どこにやったかしら……火をおこすのに使おうと思ったんだったわ」ミセス・プールは腰をかがめて大きな鉄製のコンロの脇にある焚き付け入れの箱のなかを探った。「ああ、ありましたよ。でもすっかり汚れてしまっています。テーブルを拭いたばかりなのに！まあ、もういちど拭けばいいだけですわ」ミセス・プールはその朝の《デイリー・テレグラフ》をテーブルの上のティーポットの脇に広げた。「ここです、お見えになります？」第一面に〈女王陛下、コーンウォールをご訪問〉という見出しの記事が載っていた。その隣には、女性自動車操縦者のベルタ・ベンツが新型のベンツに乗ってブダペストからイギリスへ横断旅行をするという、華々しい試みの記事が載っている。

「記事によれば陛下は王室のヨットで沿岸部を旅するようね」とメアリ。「セント・アイヴス、ペンザンスに立ち寄ったあと、セント・マイケルズ・マウント、ファルマス、セント・オーステルを特別に巡られる……ミセス・プール、わたしはコーンウォールへ行ったことがないの。これらの場所がどこにあるかわからないわ。でもどうやら陛下が下船するのはセント・マイケルズ・マウントだけのようね。そのほかの地ではヨットにとどまって著名人の訪問者を迎えるようだわ。まあ、陛下ももうずいぶんなお年ですものね。ミセス・レイモンドとマーガレット・トレローニーは女王陛下を誘拐するというモリアーティの計画を、自分たちの目的のために遂行するつもりのようだわ。彼女たちが企てを実行するとしたら、きっとセント・マイケルズ・マウントの訪問中でしょうね」

「なんてことでしょう、異教徒の仕業ですよ!」とミセス・プール。「彼女たちを止めてくださるよう願っていますよ、お嬢様」

「もちろん止めるわ」とメアリ。「どうやってかは今のところわからないけれど、イギリス人ならこんな状況で指をくわえていられるわけがないわ。マンデルバウムさん、わたしたち、力を合わせるべきかしら?」

「それが可能だとは思えないな」アイザックは残念そうに首を横に振った。「そうしたいのはやまやまだが、ミス・ジキル、ホームズさんが許可するとは思えない。彼は秘密裏にしか動かないし、彼のもとで働いている以上、おれもそうせざるをえない。でもきみたちの計画を彼に知らせておくよ。何かのときに彼が力になってくれるかもしれないだろ? さてと、行かなくちゃ――家族を列車に乗せなきゃいけないんだ。会えてうれしかったよ」

「マンデルバウムさん、何かお持ちになりませんこと? ビスケットでも?」とミセス・プール。

「ありがとう、でもあなたがたの朝食をいただくわけには――」

しかしミセス・プールはすでに袋を彼のほうに差し

出していた。「ご家族が列車のなかで召し上がれるように。列車のなかで売っている食べ物に満足がいくことはめったにありませんから。品質も得体が知れませんし、暑さのなかでどれだけ時間が経っているかもわかりませんもの。それにこれは朝食ではないんですよ――ちゃんとした朝食が用意してありますから！」

「あなたはこの世に舞い降りた良き天使です、ミセス・プール」とアイザック。「それにミス・ジキル、そう遠くない将来、またお目にかかりたい」

メアリは握手をしようと手を差し出したが、アイザックは身をかがめて彼女の手の甲にキスをした。「また会いましょう《ド・ゾバチェニャ》、美しい人《ピエンクナ》」

そう、彼もやっぱりヨーロッパ人なのだ！　メアリはヨーロッパを旅して多少なりとも手へのキスの習慣には慣れていた。イギリスでされるとびっくりするけれど、彼は礼儀を守っているだけなのだ。「わたしもそう願います、マンデルバウムさん」

そしてアイザックは勝手口から去っていった。アルファが開いた扉から一緒に外に出ていった。

姉よりも内気なオメガは何か問いたげにメアリを見上げた。メアリはオメガを抱き上げ、顎の下を撫でた。オメガは喉をごろごろいわせ、メアリの肩に鼻をこすりつけた。

「ミセス・プール、できれば――」

「マラザイオン行きの列車を調べるのですね？　テーブルを拭いたらすぐやりますよ。この汚れを見てくださいな、それに小さな棘がたくさん！　すぐに掃除しなければアーチボルドの指に刺さってしまいますわ。彼はアリスほど注意深くありませんからね。三十分以内にお嬢様がたの朝食をお持ちしますよ」

「ありがとう。ジュスティーヌの様子を見てくるわ。それからベイカー街の男の子たちの本部に行かなくては、それがどこにあるにせよ。ドクター・ワトスンがどうなったかたしかめなくてはね。ソーホーの家を襲撃したときに怪我を負ったのだけれど、どれくらいの怪我かわからないのよ。どこかの病院に入院しているのかしら？　それにウィギンズに救出行動のお礼を言わなくては——そう、二回の救出行動のお礼をね。これまであの男の子たちに十分に感謝していなかったでしょう。向こう見ずではあるけれど、彼らはたしかに勇敢だわ。それから、もういちど大英博物館を訪れるべきだと思うの。テラ女王とマーガレット・トレローニーについてできるだけ多くの情報を仕入れる必要があるから。展示室を見てもっと情報を得られるといいのだけれど——そう、テラ女王とは何者か、いったいどうして彼女たちが女王をよみがえらせたのか。理解できないことばかりですもの！」

「わたしもですよ、お嬢様」とミセス・プール。「イギリス女王になりたがっている古代エジプトのミイラを生き返らせるですって？　わたしの理解を超えていますと」

「というより、世界の女帝よ。あの口ぶりからすると」とメアリ。

「いずれにしても、お嬢様がたにとってこれ以上奇妙な冒険はありませんわね。まったく理解できません」

「わたしもよ。それでも、何かしなければ——女王陛下に危険が迫っているんですもの。荷造りをして今夜じゅうにコーンウォールに向かったほうがいいかしら、それとも明日の朝一番で行くべき？　わたしたちの推測が正しければ、誘拐の企ては木曜日まで起こらないはずだけれど、なるべく早めにマラザイオンに着いたほうがいいと思うの。企てが実行に移される前にテラ女王を止めることができるかもしれない」

「キャサリンさんとベアトリーチェさんが今週中にお戻りになることをお忘れなく。キャサリンさんから電報が届いたんですよ——ええと、どこにしまったかしら？」ミセス・プールはカウンターの上にきちんと整理してある領収書らしきものの山を調べた。「ああ、これです。金曜日に受け取ったんです。お嬢様がたがソーホーで囚われの身になっているあいだに。あらやだ、まるで三文小説のように聞こえますね」ミセス・プールは電報をテーブルの上に置いた。メアリは身を乗り出して薄いクリーム色の紙に書いてある文章を読んだ。

オリエントキュウコウデ　シュッパツ　マモナクキタク　ワタシタチニボウケンヲ　ノコシテオイテ　キャット

「ご覧のとおり、いつ出発したのかもいつ到着する予定なのかも書いてないんですよ」ミセス・プールは首を横に振った。「あの方には時間の感覚ってものがないんですから……」

キャサリン　あたしはピューマなのよ？　ピューマは腕時計をしたり時刻表を調べたりしないものなの！

「二人が戻ってきてくれたらとても助かるわ」とメアリ。「さてと、着替えてくるわ。それからダイアナを起こしにいく。ダイアナはなるべく長く寝かせておけ、キャサリンがそう言ってたかしら？　でもいずれは起こさなくてはね。ほら、行きなさい」メアリはオメガを床におろした。「あなたはいい子よ、知ってる？」

「ふん」ミセス・プールが鼻を鳴らした。「信用できませんよ。すべての猫は小悪党ですから」

ところが、ミセス・プールが厨房を離れる前にこっそりオメガにハムをひとかけ与えるのをメアリは見た。

ミセス・プール　わたしはそんなことしていませんよ。あの猫たちはネズミを捕まえるためにここにいるんです。ハムなんて与えませんし、朝夕の挨拶をするほど気にかけてもいません。

キャサリン　ミセス・プール、いつもやってるわよ。あの子たちにハムをあげてるってこと。猫に朝夕の挨拶をして意味があるのかは知らないけど。

メアリ　朝夕の挨拶で昼寝の予定を立てるとか？　一日の半分は寝ているみたいだけれど。

「ドクター・ワトスンなら診療室にいるよ」ウィギンズが言った。「脚を撃たれたんだ。元気にしてる――命に別状はないさ、起き上がって家に帰ろうとせずにじっとしていさえすればね、脅かされているように！」

診療室？　この荒れ果てて薄汚れた古い家のどこに診療室があるというのだろう？　メアリは困惑してあたりを見渡した。たしかに、銃で撃たれたというならドクター・ワトスンは入院の必要がある。ウィギンズは軽く考えているようだが、メアリはそのような怪我を軽視することはできなかった。

「こっちだよ」とダイアナ。「あたしが案内する。あんたはついてこなくていいよ」ダイアナはウィギンズにぶっきらぼうに言った。「どこか知ってるから」

「きみがドクター・ワトスンを困らせたらいけないからついていく」とウィギンズ。「きみは誰もかれも困らせるからな！」

メアリは驚きと賞賛のまなざしをウィギンズに向けた。ロンドンにダイアナとおなじくらい無礼な人がいるとは思っていなかったが、ウィギンズはダイアナに引けを取らないくらい礼儀に欠けている！　メアリはウィギンズのことが好きになりそうだった。

メアリはウィギンズとダイアナのあとについて階段を上った。最上階にくるとウィギンズが扉の一つを開けて、細長く日当たりのいい部屋に入った。六つの鉄製の狭いベッドには白いシーツがかけられ、白い枕が置かれている。この家のほかの部屋と違って、塵ひとつなく清潔な部屋だ。三つのベッドが塞がっている。一つにはチャーリー、もう一つにはメアリの知らない男の子、そして一番遠いところにあるベッドにドクター・ワトスンが横たわっていて、首から聴診器をぶらさげている男性と話をしている。

「チャーリー！」とダイアナ。「何があったのさ？　それにバスターもいるみたいだけど、どうして動かないの？　あんた、いったいあいつらに何をされたの？」

「何も」チャーリーが吐き捨てるように言った。「おれたちが家に近づいたとき、拳銃を持った男たちの一団が現れたんだ――たぶん二十人はいたね！　おれたちは走り出したんだけど、誰かがあいつらは幻影でほんものじゃないって叫んだ。銃弾が体をすり抜けていくんだ。だから引き返してまた突進したんだけど、バスターが倒れた――先頭に近いところにいて、体格がいいから大きな標的になったのさ。それでおれたちはいくつかの銃弾はほんものだって気づいた。それでまた引き返そうとしたんだけど、おれは石につまずいて足首をひねって転んじまったのさ。ドクター・ラドコによれば捻挫《ねんざ》だってさ。ったくばかばかしいよな！」

「あなたはどうですの、ドクター・ワトスン？」とメアリ。「そのほんものの銃弾が当たったと聞きましたけど」

「かすり傷ですよ、ミス・ジキル。軽傷です」とワトスン。「ドクター・ラドコがすばらしい手当てをしてくれました。イギリスとルーマニアの薬の違いについて話していたところです。ドクター・ラドコはブカレストで医学の訓練を受けたのですが、今はロンドンで医師をしていて、聖バーソロミュー病院に勤めているのです」

「そしてときどきこの子たちの面倒を見ています」ドクター・ラドコがほほえみながら言った。小柄で額の禿げ上がった男で、後光のような黒髪と顎鬚を生やしている。「彼らはありとあらゆるトラブルに巻きこまれますな、そうだろう、ウィギンズくん？　わたしは傷の応急処置をしたりタラ肝油を摂らせようとしたりしているのです。この大都市は豊かだが、栄養不足が問題です――とくに新鮮な空気と日の光が不足している子どもたちのね。握手もせずに失礼します。ご存じのように、医師は細菌を移さないよう注意しなければいけないもので――ルイ・パスツールの教えです」

ドクター・ラドコはワトスンのベッドの脇に置いてある黒い鞄を取り上げた。「それでは、そろそろ失礼して聖バーソロミュー病院に戻らねば。バスターは眠っています――痛み止めにアヘンチンキを与えたのです。ウィギンズくん、つぎの投与時刻と分量を書いておいたよ。どんなにせがまれてもそれ以上は与えないようにしてくれたまえ。催眠剤の依存症患者にしたくないからな。チャーリー、きみは少なくとも一週間はベッドで過ごすように」

「なんてこった！」とチャーリー。「一週間だって？　退屈で死んじまうよ」

「ためになる文学を処方しよう」とドクター・ラドコ。「最近、きみが好きそうな本の宣伝を見かけたんだ――『アスタルテの謎』という本だよ。一冊手に入れられるか探してみるよ。それからドクター・ワトスン、あなたは軽傷だと言いましたが、銃弾は筋肉を貫通しています。感染症の危険を冒してはいけません。あなたも一週間は病室を出ないようにしてください。アヘンチンキの飲みすぎの心配はないですな――あなたの場合、必要な分量だけ飲まないことのほうが問題です。痛みに耐えられると思っているようですから。しかし今は英雄ぶっている場合ではないですよ。休息をとって傷を癒さねば」

「患者さんたちにです、先生の許可が得られれば――」メアリはミセス・プールに持たされた袋のなかをのぞきこんだ。「いろいろな種類のビスケット、スコーン、タルト――ほかに何があるかわからないわ。ぎゅうぎゅう詰めなんですもの」

「もちろん、摂取量に上限はないですよ！」ドクター・ラドコはほほえんだ。「さて、デニスが帽子と外套を持ってきてくれれば……」

ドクター・ラドコが帰ると、メアリはワトスンの傍らに腰かけて、前日の冒険について詳しく話して聞かせた。チャーリーのベッドから笑い声が聞こえてきたが、気にしないように努めた。ダイアナと二人で冗談か何かを言いあっているようだ――あれだけ盛り上がっているのだから、何かおもしろいことを言っているのだろう。メアリはといえば、今は冗談を言っている場合ではないと思っていた。

「わたしも一緒にコーンウォールへ行ければいいのですが」とワトスン。「しかし、ああ、この脚では――」

「そのようなことをお考えになってはいけませんわ」とメアリ。「ほら、ジャムタルトを見つけました。それともチーズビスケットのほうがいいかしら？」

ワトスンはほほえんだ。「子ども扱いされても気にしませんよ、ミス・ジキル、こんなチャーミングな看護婦さんになら。しかしですね――」

「ええ、ええ、わかっています。一緒にいらっしゃりたいんでしょう。でもいけませんわ、ドクター・ワトスン。さあ、最初にチーズ、それからジャムをどうぞ。ぴりっとしたあとに甘いものを」

「それにミス・フランケンシュタインについてですが、もし午後までに状態がよくならないようなら――」

「お医者さんを呼びます。ドクター・ラドコに連絡しようかしら！　あの方は理解があって思いやり深そうですもの。もちろん、ジュスティーヌの特殊な事情を説明しなければなりません――一世紀近く生きている女性の治療をすることになるんですから。さあ、そろそろ行かなくては。大英博物館に用があるんです」

「また何かあったら知らせてくれますね？」ワトスンは不安そうに訊いた。「みなさんのことが心配なのです」

「お約束します」メアリはハンドバッグをつかんだ。ビスケットの入った袋は、ワトスンとチャーリーで分けられるように置いていこう――それにバスターが目覚めたら彼の分も。「それに」――メアリはワトスンの手に触れ、安心させるようにぎゅっと握った――「ホームズさんも救い出します。約束します」

ダイアナ　どうしてあたしにビスケットをくれなかったの？

メアリ　あれはお見舞い用で、あなたのためじゃないもの！　自分より困っている人に同情する気持ちはないわけ？

ダイアナ　とくにない。そもそも、ミセス・プールがもっとたくさん作ればよかったのに。地球上で最後のビスケットってわけでもあるまいし。

トレローニー展は閉められていた。メアリは自分を蹴りつけてやりたくなった――閉められていて当然だ！　おとといの夜に目玉の展示品が盗まれたのだから。博物館の外で、新聞売りの少年たちが最新号の《ヘラルド》を売り歩いていた。「あっと驚くミイラ泥棒！　大英博物館からミイラが盗まれた！　詳しくは紙面を読んだ読んだ！」

メアリはもういちど展示室を見てみたいと思っていた。一昨夜と変わらない様子だろうか？　まだ七本の柱とランプの脇に小さな灰の山があるのだろうか？――モリアーティ、ゴダルミング、セワード、レイモンド、モリス、ハーカー、そしてモランの灰が？　それともあの奇妙なエネルギー波の風に吹き散らされてしまっただろうか？　しかし展示室の扉は閉ざされ、扉の前にはロープが張られて看板がぶらさがっていた。

別途通知があるまで閉鎖

「まあ、こういうことのようね」とメアリ。「展示室のなかでさらなる情報が得られるかと思ったのに。でも入ることができない」

「できないの、それともやらないの？」とダイアナ。「鍵なら開けられるよ、ちょろいもんさ。そうすればなかに忍びこめる」

「ばかなこと言わないで」とメアリ。「監視員が歩きまわっているじゃない――あっちに一人、あっちにもう一人。わたしたちが捕まったら囚われているアリスとホームズさんはどうなるわけ？」

「牢屋なんて抜け出せるもん、ちょろいもんさ」

メアリは黙って首を横に振った。

「あんたってぜったい楽しいことをしようとしないんだから」ダイアナが苛立たしそうに言った。「この地上でいちばん退屈な姉さんだよ。何もしないんなら何か食べようよ？　お腹空いちゃった」

「展示についての情報を得られる場所がほかにあるはずよ」とメアリ。「待って――図書室だわ！　そこに行けばきっと――わからないけれど小冊子か何かがあるはず。行きましょう！」

メアリはダイアナの手をつかんで博物館の大きな正面玄関を抜けて外に出ると、中庭をよこぎって中央にある図書室に向かった。円形の建物に着いたころには、ダイアナの不平に我慢ができなくなっていた。「ほら」メアリはダイアナに二シリングを手渡した。「これで何か買いなさい。一時間後にここに戻ってくるのよ。時計は持ってる？」

「ううん」とダイアナ。「あんがと、姉さん！」そう言うとスキップで中庭をよこぎっていった――どこに行くつもりなのか、メアリには見当もつかなかった。まあ、ロンドンで自分自身の面倒を見られるとしたら、ダイアナをおいてほかにはいないだろう！　あの子のことを心配するのはごめんだ。いずれにしても、ダイアナを連れていないほうが事を運びやすい。メアリは向きを変えて図書室に入った。

中央の円形の机に、鼻眼鏡をかけた若い男性の事務員がいた。「チケットはお持ちで？　チケットが必要ですよ、ご存じのとおり」人を見下したような態度で男が言った。薄くなりかけた金髪にマカッサル油をたっぷりつけてうしろに撫でつけている。

「ええ、ハンドバッグに」とメアリ。「すみません、用意しておくべきでしたわ」神様、これから嘘をつきますが、どうかお許しください、とメアリは心のなかで言った。誓って良い目的のためです。ハンドバッグのなかをまさぐってから、驚いたような顔で事務員を見た。「なんてことでしょう、どこにもない。ベイカー街221Bに置いてきてしまったんだわ。そう、わたしはシャーロック・ホームズさんのところで働いているんです。秘書みたいなもので――ホームズさんの捜査のファイルの整理やタイプ打ちをしています。彼にトレローニー展のことを調べてきてほしいと頼まれたんです、なんでも今日じゅうに情報がほしいとかで。きっとホームズさんは興味をお持ちなんです」――メアリは事務員に打ち明けばなしでもするように身を乗り出して声をひそめた。事務員はメアリが221Bと口にしたときから鼻眼鏡の奥の目を見開いていた――「トレローニー教授の謎めいた死について！　事前に予約の手紙を書いて、郵送でチケットを受け取っていました。でもマントルピースの上に置いてきてしまったに違いありません。ちょうどホームズさんが射撃の練習で壁に銃弾の穴をあけた真下に。ああ、どうしたらいいのかしら。ホームズさんはきっとひどくお怒りになるわ」メアリはハンドバッグからハンカチを取り出して目頭を押さえた。

「ほんとうにホームズさんのもとで働いているのですか？」事務員は興奮を隠さずに訊いた。人を見下したような態度はどこかへいってしまった。「あの方はどんな方なのです？　やっぱりドクター・ワトスンの事件簿に書いてあるように物事を推理するのですか？」

「ええ、そうです！」とメアリ。「まさにあのとおりです。鋭い灰色の目で相手を見つめるんです――魂まで見透かすような目で。誰もホームズさんをごまかすことなんてできません。ほんの一瞬会っただけで、あなたのことをすべて知ってしまいますわよ！」

「ほんとですか！」事務員は喜びをあらわにメアリを見つめた。まるでキャンディ・ショップにいる男の子のようだ。「ホームズさんのサインをもらえますかね？」

「もちろんですわ！」とメアリ。「つまり、くびにされなければですけれど。情報を手に入れられなかったら、そうなるかもしれませんが」

「お知りになりたいことを教えてください」と事務員。「わたしが探してきますよ」

十五分後、メアリは半円形のテーブルの一つに腰かけて、イギリス考古学協会が発行した『テラ女王の墓――トレローニーの展示と発掘の手引き』を読んでいた。三十分後には必要な情報を手に入れていた。事務員に小冊子を返しながら、メアリは言った。「ほんとうにありがとうございます。あなたのお名前とご住所を書いてくだされば、ホームズさんのサインをお送りしますわ」もちろん、ミセス・レイモンドとテラ女王のもとからホームズ氏を救い出すのが先だ！　どうかホームズ氏が灰にされてロンドンの通りにばらまかれているようなことがないようにと願った。

ダイアナが外でメアリを待っていた。棒に刺さったリンゴ飴を食べている。「ほらね？　時計なんて必要なかったでしょ。エアレイテッド・ブレッド・カンパニーでクリーム入りのお茶を飲んだんだ。二杯飲んだんだけど、あんたがさっきビスケットをくれなかったもんだからそれでもお腹が空いちゃって。それでこれを買ったんだ。ひと口食べる？」ダイアナはリンゴ飴を差し出した。

メアリは飴がドレスにつかないようにあとずさりした。「いらないわよ。そんなもの食べてよく具合が悪くならないでいられるわね！」

「じゃあぜんぶ一人で食べる！　何か見つかった？」ダイアナはリンゴをもうひと口食べた。口のまわりが飴だらけだ。

「トレローニー展で展示されるのはテラ女王の墓の遺物の三分の一にすぎないそうよ」

「だから？」ダイアナは足元に寄ってきた鳩を蹴散らした。鳩はもの欲しげにリンゴを見上げている。「おまえにあげるものなんてないよ。これはあたしの。あっちいけ！」

「残りの遺物はコーンウォールにあるトレローニー教授の家にあるってこと——その家はキリオン天守《キープ》と呼ばれているの。マラザイオンの近くにあって、崖から歩いてすぐのところに建っているんですって。マーガレット・トレローニーはテラ女王をそこに連れていったに違いないわ。わかったでしょう、これですべてがパズルのピースのようにぴったり嵌まったわ。彼女たちはキリオンに滞在して、そこで女王陛下の到着に備えているのよ。そして陛下がセント・マイケルズ・マウントを訪問しているあいだに計画を実行に移す気なの」

「どんな計画？」とダイアナ。また鳩を蹴散らした。「しっしっ！　あっちいけって言ってるだろ！　んもう、わかったよ。ちょっとだけだからね」ダイアナはリンゴ飴を少し齧ると鳩に向かって吐き出した。鳩は一瞬飛び上がったが、すぐにリンゴ飴の隣に着地して飴をつつきはじめた。

「正確なところはわからないわ。でも彼女たちが何をするつもりであろうと止めなくては。行きましょう、できることはぜんぶやったから。ジュスティーヌの様子を見なくては。まだ意識が戻っていないようなら、ドクター・ラドコを呼びにいかなきゃ」

だが二人がパーク・テラス十一番地に戻ると、医者を呼びにいく必要がないことがわかった。

「ジュスティーヌさんがお目覚めになりましたよ！」二人がアテナ・クラブに入るやいなや、ミセス・プールが言った。「それにどちら様が家にいるかご覧になってくださいな！」

キャサリンが応接間からひょっこり顔を突き出した。

「あたしたちよ、それがこちら様。そちら様だったかな、覚えられないわ。一時間前にチャリング・クロス駅に着いて辻馬車で帰ってきたの。どうやらお楽しみに間に合ったみたいね。それで、コーンウォールに行くって？　発つ前にアッシャに電報を打たなくちゃ」

「いったいどうして？」メアリが帽子を脱ぎながら言った。「おかえりなさい、また会えてうれしいわ！　ジュスティーヌの具合はどう？　大丈夫なの？」

「え？　おっと、礼儀作法ね。うん、またあんたたちやみんなに会えてうれしいわ。テラ女王はイシス神殿の高位女祭司だったの。アッシャはそこで大地のエネルギーの使い方の訓練を受けたのよ――テラ女王を倒す方法を知っている人がいるとすれば、アッシャのほかにいないでしょ。テラ女王を倒さなきゃいけないのよね？　ミセス・プールの説明はちょっとわかりづらかったけど、テラ女王がセワードと六人の男たちを白い粉にしちゃったってのはわかった。この目で見たかったものだわ！　上に来て――ジュスティーヌが起きてるわ。ベアトリーチェが彼女の胸を押して何かを飲ませたの――例のどろどろを。もうベアトリーチェをそのことでからかうのはやめなきゃ――そのおかげでジュスティーヌの意識が戻ったんだもの」

ベアトリーチェ　いつだってどろどろ、どろどろのことでわたしをからかうじゃない。

キャサリン　もうやめる。つまり、思い出したときにはね……

ジュスティーヌはベッドの上で身を起こし、緑色の調合薬らしきものを飲んでいた。ベアトリーチェがベッドの脇に座っている。「もう少し飲んで。きっとよくなるから」

全員がジュスティーヌの寝室に集まった。キャサリンとダイアナはベッドに腰かけ、メアリは机の椅子を引き出して座った。メアリはまたみんながパーク・テラス十一番地に集まったことがうれしかった。ふたたびアテナ・クラブが結集したのだ――ただし、もちろん新入りのメンバーをのぞいて。メアリはルシンダ・ヴァン・ヘルシングがシュタイアーマルクで体と心の健康を取り戻してくれるといいがと願った。この騒ぎに彼女が巻きこまれていないことはありがたい！

だが、この家のもう一人のメンバーが欠けている。ミセス・プールがサンドウィッチの載った皿を持ってやってきたとき――キュウリとクレソン、卵サラダ、瓶詰めのハム――メアリはいつもこうした役目を務めていたアリスのことを思った。

「アリスを連れ戻さなきゃ」キャサリンがメアリの考えを見透かしたかのように言った。「ビー、アッシャに電報を打つべきだと思うの。彼女がテラ女王の話をしていたのを覚えてるでしょ？」

「ええ、もちろんアッシャと連絡を取るべきだわ」とベアトリーチェ。「そのテラ女王というのはかなり強力そうね。わたしの毒やジュスティーヌの怪力、キャサリンの牙が、稲妻を武器にする女性に通用するかしら？　ジュスティーヌ、みんなに見せてもいい？」

ジュスティーヌはうなずき、シャツのボタンを外した――ミセス・プールは男性用の服から着替えさせようとはしなかったようだ。意識のない女巨人に寝間着を着せるのは大仕事だもの！　ベアトリーチェがボタンの穴のあるほうをはだけさせた。ジュスティーヌの胸に赤い傷痕があった。アッシャに殺された吸血鬼が負っていた傷と似ている。

「わかるでしょう?」とベアトリーチェ。「ジュスティーヌがふつうの女性だったら、こんな一撃を受けたとたん心臓が止まっていたはずよ。アッシャはこの手の力についてよく知っているわ。わたしたちがどうすればいいか教えてくれるはずよ。たぶん、テラ女王ができることを再現するような武器を作れるはず——あるいは少なくとも、盾か何か、防御の仕組みを。アッシャがテラ女王との闘い方について指示を与えてくれれば……」

「ミセス・プール、電報頼信紙はある?」キャサリンが訊ねた。「電報を送らなきゃ——ハンガリー科学アカデミー宛に? アッシャはどこに住んでるの? 彼女の住所を知ってる人は? ベアトリーチェ、あなたはどう?」

「残念ながら知らないわ」とベアトリーチェ。「でもほら、ジミー・バケットが一度アッシャに電報を打ったでしょう。彼ならアッシャとの連絡を取る方法を知ってるはずだわ」

「あの裏切り者が?」ダイアナがハムで口をいっぱいにさせながら言った。「あいつにまた会うことがあったら、思いっきり蹴飛ばしてやって——」

「だめよ」とメアリ。「ジミーの助けが必要なんだから。でもジミーはどこにいるのかしら? 覚えているでしょう、ジミーはベイカー街遊撃隊の軍法会議にかけられたのよ。帰ってきて以来、姿を見ていないわ」

「あの子の母親がカムデンタウンに住んでいますよ」とミセス・プール。「洗濯や繕い物を請け負っていて、わたしたちの分を頼むこともあるんですよ。たしかホーレー通りの地下のアパートに住んでいるはずです。二部屋に彼女と三人の子どもたちで暮らしています。そのうちの一人は肺病にかかっているとか。彼女がどうやってやりくりしているのか、ほんとうに見当もつきませんわ」

「あたしが行く」とダイアナ。「どこだか知ってるから」

「あたしも一緒に行くわ」とキャサリン。「どこに電報を出せばいいかを知っている唯一の人をあんたが蹴りつけたりしないように！　文面は『テラジョオウガイキカエッタ　ドウヤッタラタオセルカ　ジョゲンモトム』でいいわね。電報を打ったら――どうする？」

「まず第一に、電報の文面はわたしが考えるわ」とメアリ。「頼むからもっと意味のわかる内容にしてよ。それからミセス・プール、頼信紙は二枚ある？　発つ前にミナにハーカーさんに起こったことを知らせなくては。夫が死んだことを知る必要があるでしょう。第二に――そう、それからコーンウォールに向かいましょう。列車のことは調べてくれた、ミセス・プール？」

「マラザイオンへの直通列車がありますが、電報を打ったり荷造りをしなくてはいけないのなら今日は間に合いません」とミセス・プール。「明日の朝、パディントン駅から出発してください」

「それじゃあ荷造りを始めましょう」とメアリ。「マラザイオンに宿屋かホテルがあるでしょう。海辺の街ですもの。休日には海水浴にくる人たちがいるはずよ。もっとも、この時期ではないでしょうけど。それから、アイザック・マンデルバウムが何か言っていたわね……ミセス・プール、到着したらすぐに宿泊先の住所を知らせるわ。アッシャからどんな返事がきても、もし返事がきたらの話だけれど、それをそのままわたしたちに送ってちょうだい。錬金術師協会の会長様にアテナ・クラブを助けてくれる時間があるかどうかわからないけれど――最後に話したときはとくに力になってくれそうな感じではなかったもの。そのあいだに、わたしたちはアリスとホームズさんと女王陛下を救い出すために全力を尽くさなくては。キャサリン、あなたももちろん来るわよね、それにベアトリーチェも?」

「それにあたし」とダイアナ。「あたしを置いていくつもりじゃないでしょうね。どうせそんなのうまくいかないんだから」

「それにわたしも」とジュスティーヌ。メアリが寝室に入ってから初めて言葉を発した。疲れた様子だったが、きっぱりとした口調だった。「十分に回復していないとは言わないで。わたしもこの傷をつけたテラ女王と闘わなくてはいけないわ」ジュスティーヌは胸に手をあてた。「テラ女王の計画は、わたしの理解では、イギリスの女王になるだけでなく、この現代社会にローマ並みの帝国を復活させることのようだわ。そんなことを許すわけにはいかない。大英帝国よりもっとひどいことになる。ごめんなさいね、メアリ、でもわたしはスイス人だから――わたしは帝国というものを信じていないの。帝国というのは独裁者と被支配者の制度ですもの。テラは独裁政治を世界じゅうに広めようとしているのよ。彼女を止めなくては」

メアリは首を横に振ったが、何も答えなかった。大英帝国についてのジュスティーヌの意見には賛同しかねる。大英帝国のおかげで植民地に医薬品や教育、宗教の恩恵がもたらされたのではないだろうか? たしかに残虐行為や抑圧もあっただろうが、帝国は良いこともたらしたはずではないだろうか? けれど、ジュスティーヌの言うとおりだ――エジプトの女王を止めなければいけない。問題は――どうやって止めるかだ。

12　マラザイオンの朝

誰かがアリスの部屋の扉を引っ掻いている。ミセス・ポルガースではないだろう――家政婦というものは扉を引っ掻いたりしない。もっとも、ミセス・ポルガースは家政婦とはいえない。そもそも、ここは家とはいいがたい。二日前に到着したとき、アリスはこの場所を見て驚いた。

大英博物館に炎と怒りが渦巻いたあと、彼女たちは裏口から抜け出してソーホーの家に戻った。ホームズ氏がよろめきながら一行の先頭に立った。ヘレンはアリスの手をしっかりと握って言った。「いらっしゃい、リディア。ぼやぼやしないで。列車に乗らなくてはいけないのよ」マーガレットと並んで二人のあとを歩いているテラ女王は、マーガレットの外套を着ていた。生き返ったばかりのエジプトの女王に裸でブルームズベリーを歩かせるわけにはいかないのだ！　テラ女王は奇妙な言葉でマーガレットに話しかけていた。「あれはエジプト語？」アリスが訊いた。

ヘレンは答えた。「ギリシャ語よ。テラはアレクサンドリアの女王だったの、プトレマイオス朝のエジプトの首都よ。エジプト語のほかにギリシャ語も話すわ」

アリスはふと、ばかばかしい衝動に駆られてこう言《わ》いたくなった――なるほど、ギリシャ語に聞こえる《ちんぷんかんぷんだ》わ！　でも、もちろん冗談ではない。七人の男が死んだのだ――目をつぶると、まるで彼らを抱擁するようにまわりに渦巻いていた炎がまだありありと浮かんだ。驚き、苦しみ悶える彼らの表情、あるいは起こりえないはずの炎に焼かれる肉体の恐怖をアリスは忘れられなかった。そしてジュスティーヌが怪我を負った。どうにかしてジュスティーヌを助けられただろうか？　ホームズ氏のことを助けようとしたけれど無駄だった。ホームズ氏はまだ具合が悪くて他人はおろか、自分のことさえ助けられない状態だった。そしてアリスはまたしてもメアリを見失ってしまった。母に手を引かれて展示室を出るとき、アリスは振り返ってメアリとダイアナが無事かどうかたしかめようとしたが、展示室にはエネルギー波があふれていた。あんなエネルギー波は見たことがなかった。ちかちかと光りながら火花を散らしていたので、催眠術師であろうがなかろうが、誰の目にも見えた。つまりこれがテラの力なのだ！　恐れおののくべきなのはわかっていたが、アリスはただひどく疲れていた。一晩じゅう眠っていなかったから。

ひと気のない通りを歩いているうちに、ロンドンのフラットの並びの真上に夜明けの光が差しはじめた。ソーホーの家に着くと、マーガレットが言った。「リディア、荷造りをしてちょうだい。コーンウォールにあるわたしの家に向かうのよ。ギトラに手伝うよう頼もうと思ったのだけれど、マンデルバウム一家の姿がどこにも見えないの。猫がいないとネズミが遊ぶっていうけれど、まさにそのようね！　あの一家は頼もしい使用人だと思っていたけれど、わたしたちが留守にしたのをいいことに勝手に休みを取っているらしいわ。ともかく、温かい服装を用意してね。海辺の街だから、夜になると冷えこむかもしれないわ」アリスは衣装戸棚にあったドレスのうちなるべく質素な三着を選んだ――ばかげた飾りのついているドレスはもうごめんだ！――そして温かいショールも用意した。マーガレットはアリスがホームズ氏を助けようとしたことに気づいただろうか？　母はどうだろう？　アリスに対する二人の態度に変わりはなかった。まだ自分を信用してくれているようなので、アリスはほっとした。ホームズ氏を助けて女王陛下を救うためには、二人に自分たちの味方だと思わせておかなければいけない。

一時間半後、一行はパディントン駅に着き、ペンザンス行きの列車に乗りこんだ。一等車のコンパートメントに腰を落ち着けると、テラ女王がホームズ氏を見て言った。「そなたは探偵だな？」ますます顔色が悪くなったホームズ氏がうなずくと、テラ女王は続けた。「モリアーティを止めるようそなたたちの女王の政府から差し向けられたのだな。しかしそなたはわれわれを止めることはできない。もし逃亡を図れば、儀式のときのあやつとおなじように、わたしはそなたを感電死させる。わかったか？」ホームズ氏はただうなずいて、頭を座席にもたせかけた。今にも吐きそうな様子だった。アリスはどうにかしてホームズ氏を助けられたらいいのにと思った――せめて顔の汗を拭ってあげたかった。ホームズ氏の具合がよくないことはあきらかだった。

ペンザンスに降り立つと、一行は馬車を雇ってキリオン・キープへと向かった。馬車は何時間も曲がりくねった田舎道を走った――あまりに長い時間だったので、アリスは揺れ動く馬車に酔ってしまった。馬車はヘレンがマラザイオンと呼んでいた小さな町に続く急な斜面を駆け上がった。そして中世の要塞の遺跡の前で停まった。ところどころにある石壁と、要塞の中央に建つ四角い塔のほかには何も残っていなかった。塔は天守《キープ》で、ロンドンの家とおなじくらいの大きさだった。すべて石造りで、堅牢そうだった。周囲には濠《ほり》があり、底に少しだけ水が溜まっていて、雑草が絡みあうように生い茂っていた。アリスは茂みにうっかり触れてしまい、その大部分がトゲイラクサだと気づいた。

キープは内部もまた恐ろしげな雰囲気だった。現代社会の利便性というものに欠けていた――水道がないので厨房の脇にある小部屋で井戸から水を汲みあげなければいけなかったし、トイレはもっとも原始的なものだった。トレローニー教授が住んでいたいくつかの部屋は調度品が整っていた。とくに書斎はすばらしいもので、あらゆるところにエジプトの遺物が置いてあった。壺は無傷のものからぼろぼろに欠けているものまであり、そのほかに小さな彫像、あらゆる種類の武器、パピルスの巻物のコレクションがあった……すべてを見るには何時間もかかりそうだった。だが、そのほかの部屋は広くてがらんとしていて、陰気な雰囲気だった。

「父は一ペニーも残さずお金をすべてエジプトでの発掘に注ぎこんだの」到着した翌日の午後、マーガレットが説明した。淡々とした口調だったが、アリスはそのことにマーガレットが腹を立てているのだろうかと思った。そうした発掘には莫大な費用がかかったに違いない。マーガレットはむしろお金をべつのこと、ほかの部屋の調度品を整えたり、壁に絵画をかけたり、自分の衣装のために費やしたかったのではないだろうか？　今となってはもちろん、彼女はお金もキープも好きなようにできる。どうやらマーガレットは、テラ女王をよみがえらせ、イギリスから始めてゆくゆくは世界を征服するために費やすことを選んだようだ。

到着から二日後の朝、誰かが――あるいは何かが――アリスの部屋の扉を引っ掻いていた。「今行くわ、バスト」アリスは言った。バストに違いない。ほかに誰がこんなにしつこく、それも床に近いところを引っ掻くというのだろう？　アリスは扉を開けた。やっぱりそこにはテラ女王の猫がいて、扉の隙間から部屋に入るとアリスの足首に絡みついてきた。

キープに落ち着いてからテラ女王が最初にしたことは、トレローニー教授がエジプトから持ち帰った遺物を調べることだった。それらのなかにはテラの墓にあったものがいくつもあり、猫のミイラもあった。ヘレンが〈黄金の夜明け団〉の本部で朝食をとっているときに再現した幻影のなかで見た猫のミイラだ。〈黄金の夜明け団〉は指導者たちが灰の山となった今、もはや機能していないが。

「バスト！」テラ女王は猫のミイラを見つけると叫んだ。「わたしのバステト。できることなら……しかし、おそらくおまえの魂はおまえのまわりを漂っているのであろう。わたしの魂が長い眠りについているあいだ自分のまわりを漂っていたように。マーガレット。儀式に使ったオイルの残りはあるか？」

「少しでしたら」マーガレットはいぶかしげにテラ女王を見た。「ですが緊急時のために取っておいたほうがよろしいかと思いまして。そう簡単に作れるものではないとお聞きしましたから」

「さよう」テラ女王は猫のミイラを書斎の石の床のうえに横たえた。「七種類の植物の種から圧搾して作るのだが、そなたの国で育っているのはそのうちの一種類だけだ。いずれはもっと作ることになるだろうが、その瓶のなかに残っているものは今使うことにしよう。わたしはすべてを失った――エジプト、わたしの神殿、女祭司たち。しかしせめてわたしの猫だけでも取り戻すのだ！　バステトを生き返らせるためには生贄が必要だ。犠牲にしてもよいものはあるか？」

「何か見つけてきます」ヘレンが言い、部屋を出ていった。アリスはどこへ行くのだろうと思った。

テラ女王は牛の頭のような形をした陶器の壺から、マーガレットがガラス扉の戸棚のなかから取り出した真鍮のボウルに最後のオイルを注いだ。そしてボウルの脇にひざまずくと、エネルギー波を発した――エネルギー波は前日に大英博物館で見たものとおなじように火花と閃光を散らし、猫のミイラのまわりを取り囲んだ。

そのとき、ヘレンが子兎を持って戻ってきた。耳をつかまれた子兎は、あぜんとしたように力なくヘレンの手から垂れ下がっていた。ヘレンは子兎に催眠術をかけたのだろうか？　アリスは涙がこみあげてくるのを抑えきれなかった。もちろん、ミセス・プールを手伝ってシチューやパイに使うために野兎をさばいたこともある。でもその兎はまだほんの子どもで、とてもかよわそうだったのだ！

白く熱のないエネルギー波の炎がミイラの包み布を焼きつくした。炎のなかから美しい黒猫が歩いてきた――今、アリスが喉元を掻いてやっている猫だ。バステトは鳴き声をあげた――どうやら食べ物がほしいらしい。たとえ二千歳だとしても、猫は猫だ！　バストは千年以上の眠りを数に入れなくてもアルファやオメガより年を取っていた。けれど、アリスは彼女を見ているとアテナ・クラブの猫たちやミセス・プールの厨房を思い出した。

テラ女王はつぎに、ヘレンをしげしげと見つめた。

「力《パワー》を持っておるな――そなたと、そなたの娘は。眠りから覚めたときから感じていた。どれくらい使えるのだ？」

「ほんの少しです」ヘレンがこれまで見せたことのないような謙虚な態度で答えた。「多くは幻影です。そしてこれです」ヘレンは両方の手のひらを一インチの間隔をあけて合わせた。指のあいだから火花が散り、アリスを驚かせた。「ですがこれだけです。これさえも、習得するのに何年もかかりました」

テラは首を横に振った。「そなたに力の使い方を教えよう。そうすれば、そなたは真の大地のエネルギーを操れるようになろう。今のところそなたは自分の体内、自分の精神のなかにある力を使っているにすぎぬ。それゆえにわずかな力しか操れないのだ。大地そのものの偉大な身体、偉大な精神を利用することだ――われわれの足元に横たわる大地の神ゲブ、われわれの頭上に広がる天空の女神ヌトの身体と精神を。石や土、草や木、雲や星にさえも力は宿っている。ここでは絶え間ない波を抱いた海の力を引き出すこともできよう。わたしはこのような海を見るのは初めてだ――何への憧れかはわからぬが、胸がいっぱいになる。まず最初に、われわれはそなたたちのイギリスを征服する。それは難しくはなかろう。いずれはオクタウィアヌス以来、世界が経験したことがないような帝国を築き上げるのだ。マーガレット、そなたの父親はほかに何をわたしの墓から盗んだのだ？　残りの遺物も見せよ」

「どうしてあんなに上手に英語が話せるんですか？」アリスは小声で母に訊ねた。「エジプト語とギリシャ語を話せると言ってましたけど──でもあの方がミイラにされたときには、英語は存在すらしなかったはずですよね？」

「静かになさい、リディア」ヘレンが声をひそめて答えた。「テラに聞こえたら侮辱されたと思うわよ。ふつうは死後の意識は大海のような宇宙のエネルギーへと還《かえ》っていくものなの。でもテラの意識は還らなかった──どういうわけか、正直なところわたしも詳しいことは知らないのだけれど、彼女の意識は墓にとどまったのよ。イシス神殿の女祭司たち、少なくともテラの味方についた女祭司たちは、彼女がアウグストゥスとの戦いで死んだとしても、ローマの占領軍と戦うためにあとで生き返らせようと計画していた──だからテラの墓室には儀式に必要な道具と指示が残されていたの。でもそれは叶わなかった。テラはローマ軍がやってきたときに彼らと戦うことを拒んだ一人の女祭司に裏切られた。少なくともマーガレットからはそう聞いているわ。ローマ軍は完璧な勝利を収めた。神殿は兵舎とされ、神殿の組織は解体させられ、女祭司たちは世界の隅々に追いやられた。テラの意識は二千年のあいだ墓で待っていた。それはマーガレットが砂に埋もれた扉につまずく前に彼女の存在を感じとっていた。そして彼女を召喚した──マーガレットが言うには、キリオンの入り江の岩場で遊んでいるときに、子守役のメイドに家に戻るよう呼ばれたような感覚だったらしいわ。そしてマーガレットがスカラベの首飾りをつけたとき──そう、あれは導管のような役目を果たしていたの、電信線みたいにね。とはいってもエネルギー波の導管よ。テラは首飾りを通じてマーガレットに話しかけた。彼女にヒエログリフの正確な解読の仕方を教え、儀式の執りおこない方を教えた――そして彼女の父親が儀式を正しく執りおこなうのを阻止するために何を除外しておくべきかを教えた。導管は双方向で作用していた。テラはマーガレットの頭のなかに何カ月も宿っていた。きっと今頃マーガレットは、そのつながりがなくなって奇妙な思いをしているでしょうね」

「でもそれじゃあ……」アリスは黙っていられなかった。何が起こっているのか知りたかった。どのみち、テラは二人に注意を払っていなかった。自分の墓から持ち出された遺物を調べ、衣服や宝石、化粧品が入っているようなさまざまな種類の小さな瓶《かめ》や壺を探していた。「これはお母さんの計画どおりなのですか？　お母さんとミス・トレローニーの？」母はモリアーティに従っていたあいだずっと、彼がいずれ燃え死ぬように計画していたのだろうか？　それにマーガレット・トレローニーの父親と婚約者はどうなのだろうか？

「トレローニー教授が死んだとき――」

「マーガレットが父親がテラを生き返らせるのを許すと思うの？　そんなことは起こらなかったでしょうね。マーガレットは父親を通じてモリアーティを知っていた――一度か二度、モリアーティはトレローニー教授がエジプトから価値のある遺物を密輸するのを手伝ったことがあったから。モリアーティはトレローニー教授の葬儀に参列し、わたしも同伴した。そこでマーガレットと知り合ったのよ。彼女のなかにあるテラの意識がわたしの催眠術の能力を感じ取ったの。葬儀のあと、教会の食堂での堅苦しいお茶の席で、マーガレットはわたしのもとに来てささやいたわ。『世界を支配したいと思わない？』と。わたしたちが手を組むようになったのはそれからよ。モリアーティはすでに〈黄金の夜明け団〉を結成して、政府への潜入を試みはじめていた。そしてわたしの父と友人だったからすでに催眠能力のことも見知っていた。モリアーティに儀式をするよう考えつかせるのは簡単なことだったわ。あの男は道化役だった――しばらくのあいだは利用価値のある道化。わたしたちはあの男が必要ではなくなるまで彼と彼のばかげた一団を利用したの。それだけよ」

「それでもやっぱりヴィクトリア女王を誘拐するんですか？」アリスは怪訝そうに訊いた。

「もちろんよ。女王はとても高齢よ、女王の座に君臨するには年を取りすぎているし病弱だわ。わたしたちは強力で大英帝国をより強大にすることのできる存在を求めているの。テラはしばらくのあいだヴィクトリアとして支配することになるでしょうが、わたしたちが権力を強化したあと、ヴィクトリアは納得のいくあたりさわりのない方法で死ぬことになり、テラが女王、そして女帝として彼女のあとを引き継ぐの。どうやってかはそのときの具体的な状況によるでしょうね。皇太子を暗殺する必要があるのか、それとも彼はあっさり退位するのか？　それはまだ決まっていないわ。モリアーティが嗅ぎつけたとおり、エドワード王子にはほとんど政府の後ろ盾がない――首相や議員は強力な君主を歓迎するに違いないわ。モリアーティはすでに彼らを味方につけはじめていた。説得によって、賄賂によって、あるいは脅迫によって――あの男の努力がわたしたちに有利に働くでしょう。あの男が始めたことを、わたしたちは恐怖と催眠術を巧みに応用しながら続けていくの。テラが権力を握ったあかつきには、世界はかつてない支配者を目にすることになるでしょう。テラはモリアーティが理解できないような方法でわたしたちの帝国を復興させるのよ」

「それで、女王陛下はどうするんですか？」アリスが訊いた。答えを聞くのが怖かった。

「ここに監禁するわ、地下牢に」とヘレン。「少なくともしばらくのあいだ、彼女の存在が必要でなくなるまでは。もちろん、大切に扱う——絶対的に必要になるまでは、どんな危害も及ぼさないわ。いずれは人を納得させられる遺体が必要になるでしょう」

アリスは返す言葉が見つからなかった。この恐ろしい計画を冷徹に細部にわたって話すヘレンの態度に、ただおののくばかりだった。なんとか止めなければ——でもどうやって？

「そしてそなた、リディアよ」テラが振り向いてアリスを見た。アリスは恐怖で少し震えた。エジプトの女王は大柄でもなかったし威厳にみちてもいなかった。ソーホーでマーガレットのドレスを着たのだが、それは首から爪先まで隠れる黒いクレープのドレスだった。アリスにはテラが幽霊のようなものに思えてならなかった。スカラベの首飾りはまだ彼女の首に巻きついていた。目の下と額には皺が寄っているが、どう見ても二千歳には見えない。身動きは若い娘のように颯爽としている。それでも、アリスは彼女が指先と心の力でジュスティーヌを吹き飛ばしたことを忘れることはできなかった。

「美しい名だ、リディア。わたしはリディア王国が好きだった。彼らは古代の民で、慈悲深かった。美しい芸術をもち、芸術的な生き方をしていた。そなたのために、わたしはこの冷たい孤島にイシス神殿を再建しよう」——冷たい孤島とは、たぶんイングランドのことを言っているのだろう——「そして世界じゅうから若い娘を集め、われわれが知っている古代の科学を学ばせよう。そなたは最初の一人となるのだ。そなたには母親とおなじように強い力が宿っているのがわかる。満足か、ヘレンよ？　そなたとおなじく、娘にもそれを望むか？」

「はい、テラ」アリスの母は答えた。「生涯ずっと望んできました——力の影のようなものではなく、ほんものの力を経験することを。リディアにもそれを経験させたく思います」

　テラ女王はうなずいた。「よかろう。ではこの国を征服する計画を立てよう。この国をわたしの権力の支配下に置いたら、そう、かつてのエジプトとおなじように——あのときわたしは愚かにもその権力を夫に、そして娘に与えてしまい、娘が祖国を破壊することを許してしまったが——つぎは野蛮な国々、そなたらが呼ぶところのフランスとドイツを征服しよう。そのあと、われわれは古代の文明を地中海の国々にもたらし、アフリカを支配下に置くことにしよう。そして新大陸アメリカ、わたしはそれに興味をそそられる。いずれはその大陸もわれわれに屈服することになろう」

「その征服によって、たくさんの人びとが死ぬことになるのではないですか？」アリスは思いきって訊ねてみた。

「いつの世も戦争によって人びとは死んでいくのだ、子どもよ」テラ女王が答えた。「それが世界のあり方というもの。さあもう下がって、この新しい時代の子どもたちの娯楽がなんであれ、それに耽《ふけ》るがよい。われわれ三人は計画を練らねばならぬ」

　バストがしつこく鳴き、物思いに耽っていたアリスを現実に引き戻した。そうだ、この猫に食べ物をあげなければ。それに食べ物を必要としているのは猫だけではない。でもまずは、ミセス・ポルガースがどこにいるのか突き止めなければいけない——アリスはこれからすることをミセス・ポルガースに見られたくなかった。

　ミセス・ポルガースは家政婦《ハウスキーパー》でないとしたら何なのだろう？　キープの番人《キープキーパー》？　毎朝ペラナスヌーからミルクと卵をのせた荷馬車でやってきて掃除をし、一日が終わると歩いて町へ戻っていく。つまり家政婦というより通いの掃除婦のようなものだ——ミセス・プールのような威厳も権限もない。アリスたちがここにやってきてからというもの、ミセス・ポルガースは料理も任されるようになり、そのことについていつも不平を並べていた。アリスはほかにすることがなかったので、ミセス・ポルガースを手伝うようになった。

「あなたはとっても働き者ね」ミセス・ポルガースは言った。「一日じゅう書斎にこもっている上階の立派なご婦人がたと違って。ミス・トレローニーが連れてきたあのエジプトのレディ――彼女はとても小柄で十五歳の少女のようだわね、髪の毛が抜け落ちているから若いはずはないけれど。少なくとも五十歳にはなっているでしょうね。でもどういうわけか、彼女が怖いのよ。あの目のせいね！　とてつもなく昔から生きているみたいな目」

アリスが階段の踊り場に出ると、バストが足首に絡みついてきた。階下でミセス・ポルガースが何かを歌っているのが聞こえた――たぶん、コーンウォール地方のバラッドだろう――階段を掃きながら歌っている。

ベアトリーチェ　ギルバートとサリバンよ。ミセス・ポルガースは軽歌劇が大好きで定期的にトゥルーロに観劇に行っているの。

キャサリン　どうしてあんたはいつも他人のつまらない情報を知ってるわけ？

ベアトリーチェ　つまらないことじゃないし、相手に訊ねるから知っているの。

「いらっしゃい」アリスは黒猫に言った。「あたしがどこに行くか知ってるんでしょ？」アリスは朝にきちんと畳んで椅子の上に置いておいた毛布を取り上げた。その椅子とあまり寝心地のよくない鉄製のベッド、それに洗面台だけがこの部屋の調度品だった。

バストはもちろん知っていた。その証拠に、アリスの前を歩いて石の階段を一階まで降りていった。「おはよう」ミセス・ポルガースが声をかけてきた。「掃き掃除をして埃を払っていたところですよ。何か食べるものを探すのを手伝いましょうか、それとも一人でできますか？」歌うようなアクセントで、ロンドンのとげとげしい口調よりも耳に快く響く。でもアリスはときどき何を言っているのかうまく理解できなかった。

「大丈夫です、ありがとう、ミセス・ポルガース」とアリス。「どこに何があるかはわかってますから」家政婦がいないほうが事を運びやすい。

石造りの広い厨房には大きな暖炉と小さな鉄製のコンロがあり、アリスはそこでミルクの瓶とクリームの小さな壺を見つけた。ミセス・ポルガースがその朝に持ってきたものだ。アリスはバストのためにボウルに少しクリームを注いだ。それから手に入るものを集めにかかった——黒パンの端っこ、柔らかいチーズ、そしてリンゴ。パンの切れ端にチーズを塗っている途中で、ミセス・ポルガースが箒を手に厨房に入ってきた。アリスはびっくりして、思わずナイフを落としそうになった。

「一階の掃除はほとんど済みましたよ。二階もさして時間はかからないでしょう。問題は教授の書斎です。ミス・トレローニーとあなたのお母さんとあの外国のご婦人がずっとあそこにいるものだから、部屋を元のように掃除することができないんですよ。時間があるからちゃんとしたサンドウィッチを作ってあげましょうか、もしよければ。朝食が足りなかったかしら？明日はもっとたくさんお粥を作りましょうかね。それとももっとお腹にたまるもののほうがいいかしら？卵とイワシを焼いてもいいですし。あなたはとても痩せていますもの。どうぞ続けて、なんでも好きなものを持っていきなさい。少しは肉をつけなくちゃ！」

「一人でピクニックに行こうと思ってたんです」アリスはミセス・ポルガースが誤った結論に飛びついたのでほっと胸を撫で下ろした。「お母さんとミス・トレローニーは忙しくてあたしにかまっている暇がないんんんですけどね。ここは古臭くて陰気なところですものね？」

ミセス・ポルガースが上階で企まれている陰謀を知ったら、どんなにショックを受けるだろう！　ミセス・ポルガースに何かのかたちで力になってくれるよう頼むことはできないだろうか？　でもどうやって？　ミス・トレローニーと客人たちが女王陛下を誘拐してイギリスを征服しようとしているのだと打ち明けても、ミセス・ポルガースは信じないだろう。たとえ信じたとしても、ミセス・ポルガースに何ができるだろう？　アリスは地元の警察署に行って当直の警官に、古代エジプトの女王のミイラが生き返ってヴィクトリア女王を誘拐し、大英帝国を征服しようともくろんでいると話すところを想像してみた。そんなことうまくいくはずがない。そう、誰も頼れる人はいない。頼れるのは自分だけなのだ。

アリスは勝手口から外に出た。そこはかつては庭だったです。だからお城を探索しにいこうと思って。ほら、遺跡の部分に」

「それはいい考えですね――子どもは夕暮れ時まで外にいるべきだって、わたしのおばあちゃんはいつも言っていましたよ。でもパンとチーズだけじゃ育ち盛りの子に十分じゃないわね。さあ、このロールパンもお持ちなさいな――コーンウォール特有のパンですよ。サフランで黄色くして、干し葡萄を入れて焼くんです。大都市からやってきたから、こんなロールパンは見たことがないでしょう。あとでお茶の時間に出そうと思ってひと窯分焼いたんですよ――上階のご婦人がたはあまり召し上がりませんけどね。それにミス・テラ、あのエジプト人のご婦人はとりわけ少食ですから！　皿のものにほとんど手をつけないんです……バスケットか何かに入れてあげましょうか？　それか、わたしの買い物袋に入れておいきなさい。こっちのほうが運びやすいですからね。一緒に遊ぶ子どもがいればいいったのだろうが、今は雑草が生い茂っている。右にまわってキープの石壁に沿って歩いた。城の遺跡は先日見た濠に囲まれている。濠に沿って歩いていくと、底にある泥から雑草が生えているのがわかった――イラクサに紫色のアザミ、そして野生のニンジンの白い花。きれいだが厄介だ。少なくとも濠に水が溜まっていれば泳いで渡れるのに！　けれど、生い茂る雑草をかきわけて渡るしかない。底のほうに蛇が這っていたり、蛙が飛び跳ねていたりするかもしれないと想像した。アリスは城壁沿いを歩いて角で曲がった。そちら側にはサンザシやブラックベリーが遺跡を覆うように茂っていて、キープの間際まで迫っている。アリスは昨日、とりわけ棘の多い茂みの真下の地面に近いところに、鉄柵のある小さな窓を見つけていた。

アリスは引っ掻き傷を負わないように毛布を体に巻きつけた。昨日は茂みと壁のあいだをすり抜けようとしたときに、首と腕にひどい引っ掻き傷ができてしまったのだ。アリスは注意深くとげとげした低木をかきわけ、窓のそばにしゃがみこんだ。

「ホームズさん！」アリスは声をあげた。「ホームズさん、聞こえますか？」

それに応えるように、かすかなうめき声が聞こえた。

「ホームズさん、アリスです！　食べ物を持ってきました」

古い地下牢にはその小窓から差しこむ光しか照明がなかった。一行が到着した日、マーガレットはホームズ氏を暗い通路に連れ出し、テラ女王があとに続いた。アリスが母に二人はホームズ氏をどこに連れていくつもりなのかと訊ねると、ヘレンはそれはアリスには関係のないことだ、彼はどこか抜け出せない場所に閉じこめられるのだと答えた。もちろんアリスはそれが地下牢だと知っていた。アリスがよく読む小説では、古いお城で囚われの身となる者は、いつだって地下牢に閉じこめられていたからだ。それは――そう、いたって単純なことだった。石炭庫に頼らなければいけないのはロンドンだけの話だ。

母に狭い寝室に案内されたときはすでに暗くなっていて、キープを探索することはできなかった。だがつぎの朝、誰も自分を見張っておらず、どこに行くか訊ねられもしないとわかると、アリスは暗い通路を降りてみた。通路は厨房に通じていて、そこにはミセス・ポルガースがいた。ホームズ氏がここに閉じこめられているわけはない。ということは、どこかに隠し扉があるはずでは？　アリスは通路を引き返してみたが、何も見つけられなかった。ダイアナがここにいればいいのに、とアリスは思った。好きなだけあたしをいじめていいから、隠し扉を見つけてくれれば。ダイアナはそういうことが大の得意なんだもの。

ダイアナ　ほんとにそう思ったの？　ほんとにあたしがいればいいのにって？

アリス　ほんとです。あなたならあの地下牢に入れたでしょう――ちょろいもん、でしょ？

ダイアナ　もちろん入れたよ。もうあんたをいじめるのはやめる。しばらくはね。少なくとも今日一日は。

でも、地下牢だとしても窓のようなものはあるだろう。たぶん天井近くに、鉄柵がついた窓が？　小説ではそうだ。まるでどの地下牢も想像力の乏しいおなじ建築家が設計したかのように。石壁には水がしたたり、高いところにある窓から囚人は外の様子を垣間見ることができる。そしてネズミがうじゃうじゃいるのだ。

とにかく、室内にいても何もすることがないし、ミセス・ポルガース以外に話す相手もいない。マーガレットはその日の朝食の席でもほとんどアリスに話しかけず、かわりにテラ女王に必要なものがすべてそろっているかに集中していた――マーガレットはすでに、未来の世界の女帝の忠実なしもべだった。そしてヘレンは二人の話に注意深く耳を傾け、アリスには何か必要なものがあるかどうかを訊ねるほどにしか注意を払っていなかった――お粥がもっとほしい？　お茶のおかわりは？　テラ女王は英国式の朝食の席には不釣り合いだったが、自分の墓から見つけたに違いない亜麻布のローブを着ていた。かつては白かったのだろうが、今は古い羊皮紙の色をしている。スカラベの首飾りが首のまわりで輝いている。頭にかぶっている金色のビーズ製のネットからは小さな玉がいくつか垂れ下がり、先端に鈴がついている。テラが頭を動かすと、チリンチリンと音をたてた。手首と二の腕に金色のブレスレットをはめている。目のまわりはコールでくっきりと縁取られている。アリスは何度もテラを盗み見た。テラはいかにもエジプトの女王然としていて、魅力的でいて恐ろしかった。

朝食が済むと、アリスの存在はほとんど忘れられてしまった。あきらかにテラ女王とマーガレット、そして母は、アリスのことを必要としていなかった。それはもちろんいいことだったけれど、アリスは行き場を失って孤独な気持ちになった。友人たちが恋しい！　アリスは厨房メイドにすぎなかったが、いくらかは自分もアテナ・クラブの一員であるような気がしていた。倉庫での闘いのときもその場にいたし、キャサリンとソーホーで錬金術師協会のメンバーをスパイしたこともあるではないか。メアリたちは自分がみんなを裏切ったと思っているだろうか？　それとも、みんなを助けるために何もできなかったことをわかってくれて、仲間として受け入れてくれるだろうか――もしもみんながテラ女王をどうにか止められたなら？　アリスはみんなの無事を祈った。とくに、アリスが見たこともないような強力なエネルギー波に撃たれたジュスティーヌの無事を。アリスはジュスティーヌのことがとても心配だった。女巨人といえども、あんな一撃を受けて生き残れるのだろうか？

でも、心配している時間はない。今はホームズ氏を助ける方法を探り出さなければ。案の定、昨日の朝ゆっくりとキープのまわりを歩いていたとき、小窓を見つけたのだ。その地下牢のなかには狭いベッドのような石の棚があり、その上にこれまで見たこともないような悲惨な姿で探偵が横たわっていた。アリスは今日は彼が元気な姿になっているよう、そしてもちろん気分もよくなっていることを願った。

「アリス、きみなのか？」ホームズ氏が小窓から差す光のほうによろめきながらやってきた。昨日よりは具合がよさそうに見えるが、蒼白くやつれた様子で、顔に汗をかいているのがわかった。

「そうです、あたしです。さあ、食べ物の入った袋を降ろします」

アリスはドレスの腰から飾り帯をほどくと、片方の先端を買い物袋に結びつけ、それを小窓の鉄柵のあいだからねじこんだ。届くかぎり下に降ろした。飾り帯のついたドレスはリディア・レイモンドの好みであって、厨房メイドのアリスの好みではない。それでも、アリスはこの浮ついたドレスをありがたく思った。ときには虚飾も役に立つものだ。

下でホームズ氏が腕を伸ばしていた――ホームズ氏といえども、いくぶん背伸びをしなければいけなかった。ホームズ氏は袋の中身を取り出した。地下牢には家具の類がなかった――どうやら枕も毛布もないあの石の棚で眠っていたようだ。アリスは自分が閉じこめられていた石炭庫を思い出したが、少なくともあそこにはマットレスがあった。アリスはあのときどんな気分だったかを覚えていた。ホームズ氏もきっとおなじような絶望感を味わっているに違いない。生きてこの場を抜け出すことはできないのではないかという絶望感を。ううん、きっと抜け出せるようにしてみせる――

――どうにかして。

「残念ながら飲み物がないんですけど」ホームズ氏が床に袋を降ろしたのを見て、アリスは言った。ミセス・ポルガースはサンドウィッチに分厚く切ったハムを加えて、パラフィン紙に包んでくれていた。ホームズ氏はパラフィン紙を広げてサンドウィッチをその上に置くと、ひどく飢えているのになるべく行儀よく食べはじめた。

「水なら十分にあるよ、ありがとう」ホームズ氏は石の棚の上にある水差しに向かってうなずいてみせた。両手がサンドウィッチでふさがっていたのだ。「彼女たちが与えてくれた唯一のもののようだ。それにもしあの水が切れてしまっても、壁に水がしたたっている。きみが言っていた濠から滲み出しているのだろうね。きみはじつに――そう、じつによくやってくれたよ、アリス。これからは厨房メイドのアイデアをみくびらないことにしよう」

「あたしたちは物事の道理を心得てるんです」とアリス。「何かほかにご入り用のものはありますか？　まだ本調子じゃないようですね、こう言っては失礼かもしれませんけど」

「いや、ありがとう」とホームズ氏。「必要以上にきみを危険にさらしたくはないからね。それに症状は収まってくるだろう。モリアーティはわたしを薬漬けにしていたに違いない――二週間ほど？　日にちの感覚が狂ってしまった。賢いお手並みだったよ、アリス――塩とすり替えるとは。もしあれがなかったら、わたしはもっとひどい状態になっていただろう。大英博物館でモリアーティがわたしにどんな運命を用意していたにせよ、それと闘うことができればと期待していた。そしてテラ女王が墓から立ち上がったとき、わたしはまだ自分が薬の影響下にあるのだと思った。これは幻覚なのだと。しかしわたしが見ているものをきみたちも見ているとわかった。テラ女王はほんとうにあの男たちを殺したのかい、アリス？　あのエネルギー――

あれはほんものなのかい？　この目で見なければ、信じなかっただろう。しかし不可能を除外したとき、どんなにありえないことでも、残るのは真実だ」

「ええ、時と場合によります」とアリス。「あたしはベイカー街の応接間をあなたに見せることができます――」アリスは手を振った。もちろん、そんなことをする必要はない――実際に作用するのは心だけなのだから。でもマーヴェラス・マーティンに舞台映えする動作をつけるように教わっていたし、体を動かすと集中できることがわかっていた。アリスが手を振ると、本や科学機器があちこちにある居心地のいい、古びた応接間がホームズ氏のまわりに立ち現れ、地下牢の灰色の壁が消えた。ホームズ氏は驚いてあたりを見渡した。「でもこれは幻影にすぎません」アリスがもういちど手を振ると、すべてが溶けるように消えていった――整理されていない本が詰まった本棚、座り心地のいい肘掛け椅子、煙草やパイプの焼け跡があるテーブル。地下牢はもとの殺伐とした風景を取り戻した。

「あたしは誰のことも殺せません、現実には。それができるのはテラ女王だけです。あれは幻影ではありません、ホームズさん。あたしはあなたとおなじようにこの目で男たちが塵となるのを見ました」

ホームズ氏は首を横に振った。「恐ろしい力だ、アリス」

「そうです、自分でも怖いです。もう行かなくちゃ。うろつきまわるのを禁止されているわけじゃないんですけど、お母さんがたまに様子を見にくるんです。あたしがいないことを知られたくないし、どこに行っていたか訊ねられたくないんです。嘘をつけば一瞬で見破られますから。大丈夫ですか？」

「時間ときみが持ってきてくれた栄養が癒してくれるだろう。ヘロインは恐ろしい麻薬だよ、アリス。今まででこんなに恐ろしいとは気づかなかった。これからは避けて……その話はいいだろう。後遺症は放っておい

「きみの行動はきわめて正当なものだよ。ミセス・プール も同意するはずだ」

ミセス・プール　同意しますとも。あなたは終始賢く立ちまわりましたよ。

アリス　ありがとうございます、ミセス・プール。そう言ってもらえるとうれしいです。

ダイアナ　どうしてあたしがどれだけ賢いかは言ってくれないのさ？

「そうか、それでは明日脱出を試みることにしよう」とホームズ氏。「まだ計画は立てていないが、ほかに差し迫った問題があるわけではないから、全神経を使って計画を練ってみるよ」ホームズ氏はアリスにほほえみかけた。疲れた様子だったが、なんとなく魅力的な笑みだった。アリスはメアリがなぜ彼に対して優しい気持ちを抱くのかがわかった。以前はホームズ氏に

ってもまもなく消えていくはずだ。しかしそうしていられるだろうか？　どうしてテラが即座にわたしを始末しなかったのかわからないんだ。そのほうが簡単で効率的だっただろう。生き返ったエジプトの女王は実際的な女性のはずだがね。彼女にとってわたしはまだ利用価値があるからかもしれない、おそらくは人質として。あるいはわたしに催眠術をかけて何らかの行動を起こさせようとしているのだろうか？　まあ、不十分な情報をもとに推測をめぐらせても意味がない。少なくとも今のところは生きて推理することができる、行動は起こせなくてもね。誘拐の計画までどれくらいあるんだい？」

「今日は火曜日です。女王陛下はセント・マイケルズ・マウントを木曜日に訪れる予定です。少なくとも、扉の前で立ち聞きしたかぎりでは。立ち聞きなんていけないことだとわかっていますし、ミセス・プールがショックを受けるでしょうけど、この状況では……」

会うたび怖じ気づいたものだが、地下牢に閉じこめられている男が、食料と情報を頼っている相手を怖じ気づかせるというのは無理な話だろう！　「力を貸してくれるね、アリス？」

「もちろんです。メアリお嬢様ならそうしますし」

「ああ、彼女なら。メアリは……そう。わたしはミス・ジキルに深い尊敬の念を抱いている。とても深いね。休ませて計画を立てさせてくれ。そのあいだに何か新しい情報を得たら……」

「ご報告します。ベイカー街の男の子たちのような存在になりますね、コーンウォールに彼らはいませんから」

「きみはチャーリーやデニスとおなじくらい機転がきくと証明済みだよ！　しかしさらなる危険に身をさらさないようにしてくれたまえ。すでに十分テラ女王の怒りを買うようなことをしているし、あのレディの怒りは致命的な結果をもたらすからね」ホームズ氏はサンドウィッチとロールパンを平らげると、リンゴの最後のひと口を齧った。芯に近いところまで食べてある。パラフィン紙でリンゴの芯を包むと、それを買い物袋に入れ、手を上に伸ばして袋を飾り帯に結びつけた。

アリスはホームズ氏がやっとのことでそうしているのがわかった。明日地下牢を脱出するだけの力があるのだろうか？

「わかりました」アリスは答えた。もうすでに危険に身をさらしているし、これからさらなる危険を冒すことになるだろう。なぜならテラ女王の計画についてもっと探らなければいけないし、ホームズ氏を救い出す方法を見つけ出さなければいけないからだ。もういちど秘密の隠し扉を探してみなければ。メアリならきっとそうするだろう。アリスはメアリではない——メアリのように冷静でも決断力があるわけでもない。でも、最善を尽くさなくてはいけない。

メアリ　あなたはとても冷静で決断力があったと思うわ。それにありがとう、アリス。あの方の面倒を見てくれて。

アリス　お嬢様ならしただろうことをしたまでです。お嬢様はどんな状況でも勇敢ですから。

ダイアナ　褒めあいっこはまだ終わんないの？　だってすっごくむかむかするんだもん。

アテナ・クラブのメンバーがマラザイオンに着いたときにはすでに午後になっていた。七時間の列車の旅のあいだ、ダイアナは何度もいつ到着するのかと訊いてきた。メアリは宿泊先について心配していたが、町の中央にあるその名も単純に〈マラザイオン・イン〉という宿屋のおかみさんが、部屋を予約していた団体客──七人の紳士と二人の淑女──が現れないので、いくらでも部屋があると言ってくれた。メアリたちには二部屋しか必要なかった。出費を抑えるためにメンバー全員が女性の恰好で旅をしていた。そうすれば、列車も宿も同室できる。メアリがキャサリンとダイアナと一部屋に泊まり、ジュスティーヌとベアトリーチェがもう一部屋に泊まる。ジュスティーヌは具合がよくなかったが、それでもベアトリーチェの毒の影響を受けなかったし、〈毒をもつ娘〉はジュスティーヌの具合を見守りたがった。

荷ほどきが終わると、メアリとキャサリンとダイアナは一階に降りて宿屋の応接間に行った。そこにはすでにお茶が用意されていた。ベアトリーチェはジュスティーヌには休息が必要だし、それに自分はお腹が空いていないと言っていた──あとで冷えた砂糖なしのミントティーを持ってきてくれればそれで十分だと。

応接間から廊下を挟んで食堂があったが、その時間にはほとんど誰もいなかった──一組の老夫婦が隅っこのテーブルにティーカップを持っていって、静かな口調で会話をしていた。

「紳士がたのお客を逃して残念ですよ、正直に言いますと」おかみさんがクロテッドクリームとブラックベリーのジャムを添えたスコーンの皿を運んできたときに言った。「このへんは秋になると客足が鈍るんですけどね。わたしに言わせれば、一年でいちばんいい季節なんですけど――海水浴客や彼らの小屋に邪魔されずに海岸沿いを散策できますから！　木々が色づいたり、バラが実をつけるのを見るのが好きなんです。バラの実のジャムも作りますよ――このブラックベリーは裏手の路地で育てたものです。このへんは秋になると美しいですよ。でも、休暇に家族連れがこぞってやってくる夏ほど忙しくはないんです。ですから臨時収入はいつだって歓迎です。紳士の団体はたくさん召し上がりますからね――淑女がたはあまりお金をかけませんけど。それに紳士はチップの払いもいいんですよ。誤解なさらないでくださいよ、あなたがた若いお嬢さんたちをお迎えできて喜んでいるんです！　場が華やぎますし、いくらかでも損失の穴埋めになりますからね。わたしはミセス・デイヴィスといいます。何かご入り用のものがあれば呼んでくださいまし」

「ありがとうございます、ミセス・デイヴィス」とメアリ。「コーンウォールのことはいろいろ聞いているので、ぜひ観光してみたいと思っているんです。たとえばセント・マイケルズ・マウント、それに十五世紀のお城の一部だったキリオン・キープというおもしろい場所があると聞いています。数日しか滞在できませんが、なるべくいろいろなところを見られたらいいなと思って」

「ああ、セント・マイケルズ・マウントね。ボートをお借りにならないんだったら、土手道を歩いて渡るには干潮まで待たなくてはいけませんよ。今夜干潮になりますが、暗闇を歩いていくのはおすすめしません――足を踏み外して海に落っこちてしまうかもしれませんからね！　明日の朝、朝食のあとにお出かけになるのがいいでしょう。朝食は六時から八時のあいだにお出ししています。ロンドンからのお客さんにはちょっと早いかもしれませんが、田舎者は早起きなんですよ。キリオン・キープは一般には公開されていないんですが、あすこに住んでいる人たちは留守にすることが多いんです――トレローニー教授は半年前にお亡くなりになりましたし、教授のお嬢さんのミス・トレローニーはそれ以来ロンドンに行っておられます。ミセス・ポルガースは通いの掃除婦で、ミス・トレローニーが留守のあいだにあの家の面倒を見ています。彼女が案内してくれるかどうか訊ねてみるといいでしょう。マラザイオンに来たときはかならずこの宿屋に立ち寄るんですよ、お茶と噂ばなし目当てで――わたしと彼女はおなじ学校に通っていたんです。昔はナンシーとジュディだったなんて、今では想像もつきませんわね!

ああまったく、時の過ぎるのは早いこと……」

「キリオン・キープはどこにあるんです?」とキャサリン。「自分たちだけで歩いていって外から眺めることはできますか?」

「できますよ――町から東に一マイル半ほどの沿岸にあります。海岸沿いの道を進んでいけば見えてきますよ。でも今日はだめです」

「どうして今日はだめなんです?」キャサリンが訊いた。「日が沈むまであと二時間くらいあるのに」キャサリンはスコーンとジャムには目もくれず、クロテッドクリームをたっぷり皿によそってティースプーンで食べはじめた。ダイアナはスコーンを二つ取り、一つにジャムをたっぷり塗ってかぶりついた。メアリはため息をついた。アテナ・クラブの面々のさまざまな栄養摂取法の癖に対応するのはいつも骨が折れる。メアリはスコーンを一つ取り、ジャムを塗ってその上にクロテッドクリームを載せた。

「あらまあ、コーンウォール地方の天気に慣れてらっしゃらないのね!」ミセス・デイヴィスは首を横に振った。「霧が出はじめているんですよ。ほら、見えるでしょう……」そう言って窓のほうを指差した。窓はターンパイク・ロードと呼ばれる町の目抜き通りに面していた。たしかに、空気に灰色の靄《もや》がかかっているのが見えた。一行が鉄道の駅から宿屋に歩いてきたときには、まだ陽射しがふりそそいでいた。今、太陽は雲に隠れている。「あと一時間もすれば、陸地と海の区別がつかなくなりますよ。あなたがた若いお嬢さんたちにうっかり崖から落ちたりしてほしくないですからね！　明日まで待って霧が晴れるかどうかたしかめてからのほうがいいですよ。でも警告しておきますけど、嵐が近づいてきていますからね――この季節には嵐がつきものなんです。ゴム長靴《ウェリーズ》をお持ちだといいんですけど！」

メアリたちはウェリントン・ブーツを持ってきていなかった。メアリはふと気づいた。みんな田舎の雨に必要なものはほとんど持ってきていない。舗装路のある都会の雨とは大違いだというのに。一刻も早く出発しなければいけなかったので、ほとんど準備をする暇がなかったのだ。キャサリンとベアトリーチェとジュスティーヌが何を持ってきたのかさえわからなかった。ダイアナの荷造りはある程度まで監督した。でもダイアナのスーツケースに雨外套《マッキントッシュ》か傘が入っているかどうかまではたしかめなかった。

メアリとキャサリンがお茶を飲み終わる頃には、雨がしとしと降りはじめていた。ダイアナはジャムをたっぷり塗ったスコーンを二つ平らげると、トイレに行きたいと言って席を立ったきりどこかに行ってしまった。まったくあの子ったら！　いつだって誰にも行き先を言わないんだから。

「この天気にふさわしい服装を買いそろえなくてはいけないわね」とメアリ。「ミセス・デイヴィスがターンパイク・ロードに雑貨屋があると言っていたわ。コーンウォール地方の嵐に傘が役立つかどうかわからないけれど、雨外套に防水ブーツ、それに見つけられたら防水帽もそろえないと。このへんなら漁師用の防水帽を売ってるんじゃないかしら？」

「ほんとにこの天気のなかを外出しなきゃいけないの？」キャサリンが訊ねた。いかにも嫌そうな顔で窓の外を見ている。

「テラ女王を倒して世界を救いたいと思うならね」とメアリ。

キャサリンは顔をしかめた。「お天気のいいときに世界を救うことはできない？」

「冒険というものについてわたしが学んだことはね、それらは望んだときにやってくるものではないということよ」とメアリ。「くしゃみみたいにただ起こるの。ミセス・デイヴィスの言うとおりだわ――こんな霧では崖の上で迷子になってしまう。時間を無駄にしたくはないけれど、今日一日はマラザイオンにとどまって必要なものを調達したほうがよさそうね。誰一人としてゴム長靴を持ってきていないんですもの――ロンドンでは必要ないものだから――それにベアトリーチェとダイアナはたぶん雨外套が必要でしょう。ダイアナは持ってくるのを忘れているだろうし、ベアトリーチェはロンドンでもめったに外出しないからそもそも雨外套を持っていないもの。ジュスティーヌはどうかしら――彼女は一世紀近くコーンウォールに住んでいたんだもの。この地方の天気に備えてきているかもしれないわ」

「まあ、あたしは雨除けになるものは何も持ってきてないけど」とキャサリン。「何よ？　そんな目で見ないでよ。ピューマは雨外套なんて着ないの！　賢いから雨が降ったら雨宿りするまでよ」

「お金はあるけれど、そうたくさんはないのよ」とメアリ。「五人分の宿泊料だってばかにならないんだから、あなたがほかに必要なものをすべて持ってきていることを願うわ！　行きましょう、ベアトリーチェと

ジュスティーヌにこれからの予定を伝えて、それから
ダイアナを見つけなきゃ」

ベアトリーチェとジュスティーヌはメアリとキャサリンが防水ブーツと外套を買いにいくことに大いに賛成した。だがベアトリーチェは、自分には必要ないと言い張った。「なんてすてきな雨でしょう!」ベアトリーチェは窓の外を見ながら言った。「少し外に出て中庭に立ってみるわ。気持ちがすっきりしそうだし、長旅の疲れから回復しそうだわ」

「植物娘はどうかしちゃったみたいね」キャサリンが階段を引き返しながらメアリにささやいた。メアリは答えなかった――人の好みはさまざまだし、ベアトリーチェの個人的な癖を批判したくなかったから。そうはいっても、わざわざ雨のなかに立つなんて想像もできなかった。メアリにはそれで気持ちがすっきりするとは思えなかった!

宿屋を出ようとしたとき、メアリはダイアナが厩舎の前の庭にいるのを見つけた。大きな黒犬に向かってボールを投げ、おなじくらいの年頃の馬丁の男の子に話しかけている。

「ここにいたのね」メアリは妹に言った。いつものことだが、ダイアナにいらいらさせられていた。「今度はちゃんとどこに行くかをわたしに教えてくれる?」

「ネイトが天気がよくなったらポニーに乗せてくれるって」とダイアナ。「ほんもののダートムーア・ポニーだよ、野生の子馬のときに丘で捕まえたんだって」

ネイトというのは馬丁の男の子に違いない。彼はメアリたちのほうに向かって帽子を少し下げて挨拶した。

メアリは妹をしげしげと見つめた。「いったい何をしたっていうの? 泥だらけじゃないの」ダイアナが着ているのは上等な服で、ベイカー街の男の子たちになりすますときに着る服ではないのに! いったいどうやってきれいにできるのだろう?

「悪魔《サタン》と遊んでたんだよ」とダイアナ。「泥の何がい

誰が古臭いつまんない店なんかに行きたいもんか。もっとおもしろいところに行くときは教えて」

「じゃああとでね。行きましょう、キャット。買い物を済ませなきゃ。だめよ、ここにとどまるなんてだめ――ベッドにもぐりこみたいって思ってるのはわかってるんですからね。でも荷物を運ぶのを手伝ってくれる人が必要なの」

歩きながらキャサリンが小声で悪態をつくのが聞こえた。二人で庭を出て宿屋の隣にある〈キングズ・アームス〉というパブを通り過ぎ、ミセス・デイヴィスが言っていた雑貨店を探した。


メアリ　ブリタニカ大百科事典を調べたわ。ピューマは泳ぐのが好きだって書いてあったわよ。どうしてあなたはそんなに水を怖がるの？

キャサリン　ピューマは泳ぐのが好きなの。できれば熱帯のジャングルのなかにある、静かで透きけないっていうの？」

「冷たいし湿ってるし汚いじゃない」とキャサリン。

「あのびしゃびしゃによく我慢できるわね？　泥はイギリスの大きな問題点よ。まあ、それに冷たい雨も。それと雪。それから海に囲まれているってことも」

「犬のことを言ってるの？」メアリがダイアナに訊ねた。「そんなふうに犬のことを呼んではいけないわ。いくら見かけが――ひどいじゃない」

「だってそれがこの子の名前なんだもん」とダイアナ。「でしょ、ネイト？」

馬丁は口ごもってただうなずいた。どうやら女性たちを前にして照れているらしい。

「まったくもう」とメアリ。「これから店に行くけどあなたは置いていくわ。雨外套はロンドンに置いてきたんでしょう？」

「もちろん」ダイアナはそう言ってもう一度ボールを投げた。「拾っておいで！　ほら、持っておいで！

とおった冷たい水でね。肌寒くて永遠に降り止まないかのような雨のなかを歩くのが好きだなんてどこに書いてあるっていうの？　それにお気づきかもしれないけど、ピューマには毛皮があるでしょ——ふさふさした立派な毛皮が。モローはそれをあたしから奪ったのよ。空から落ちてくる水とか、難破する恐れのある水以外なら好きよ。

ミセス・プール　長風呂なのはそのせいに違いありませんわね。

メアリとキャサリンが帰ってきた頃には、もう日が暮れていた。必要な数だけのゴム長靴と雨外套を買いそろえ、メアリはサイズがだいたい合っていることを願った。雑貨店では防水帽が売り切れていた。八月に在庫がすべて売れてしまったのだ。玄関ホールを入るとき、メアリはダイアナが食堂の隅にさっきの馬丁の男の子と、彼の友達とおぼしき三人の男の子たちと一緒に座っているのを見かけた。そのうちの一人は宿屋の下働きの少年だった。ダイアナはカードを切って男の子たちに配っていた。また賭け事をしているに違いない。まったくもう！　あの子は若いレディとしての振る舞いを学べないのだろうか？

ダイアナ　なんでいつまでもそれを訊ねつづけるわけ？

メアリ　希望を捨てきれないから？

ダイアナ　そんじゃ、ばかを見るのはあんただね。

ダイアナを止めるべきだろうか？　たしかにそれが姉としての務めだけれど……

そのとき、ミセス・デイヴィスがやってきた。「ミス・マリガン、キリオン・キープをご覧になりたいんでしたよね？　通いの掃除婦のミセス・ポルガースが三十分ほど前に来たんですよ。食堂の窓辺の席でお茶を飲んでいます、もし彼女と話がしたいのなら」

メアリは振り返ってミセス・デイヴィスが指差した先を見た。窓辺に年配の女性が座っている。ふくよかでくつろいだ様子の女性で、編まれたショールに時代遅れの麦わらのボンネットをかぶっている。

「ご紹介しましょうか？　キープの内部を見せてくれるか訊ねられますよ」

「ええ、お願いします、ミセス・デイヴィス」通いの掃除婦から何を引き出せるのだろうか？　メアリはよくわからなかったが、何も情報がないよりはましだ。

メアリは一緒にくるようにキャサリンを引っぱって、目つきで伝えた――このミセス・ポルガースという人から何か得られるかたしかめてみましょう。キャサリンはそれに答えるような目つきでメアリを見た――寒いし濡れてるしこの荷物を持ってるのに疲れた。

メアリ　そんなこと、目つきで伝わるわけがある？

キャサリン　創作者の特権というやつよ。いずれにしてもあのときあたしはそのとおりのことを考えてたわ！

ミセス・デイヴィスは二人をコーンウォールの美しい名所を巡りたがっている観光客だと紹介した。「ミス・マリガンにミス・モンゴメリーです」とミセス・デイヴィス。「はるばるロンドンからお越しになったんです」ミセス・ポルガースはうなずいて言った。「ごきげんよう」とくに感銘を受けた様子もなかった。「蜂蜜は酢より多くの蠅を捕らえられる」不意にメアリはこのことわざを思い出した。ミセス・プールならどうするだろう。

「お会いできてうれしいですわ、ミセス・ポルガース！」とメアリ。「ほんとうにキリオン・キープにお住まいなんですか？　十五世紀にアラード・キリオン卿によって建設され、内戦時にクロムウェルの手で破壊されたキリオン城の唯一の残存部分に？　キリオン・キープについてはいろいろと読んでまいりましたの！　エリザベス女王が〈赤い寝室〉で眠り、打ち首になった自分の頭を持ったアラード卿の幽霊を見た話ですとか、レディ・エゼルダが海賊のブラック・ジャック・ラッカムと恋に落ちて海賊船で彼と駆け落ちした話ですとか。黒魔術の使い手であると噂されていたグリフィン・キリオンが育てていた毒草の庭は残っているのですか？」図書室の本にここまで詳しく書いてあったことに感謝だ。「友人たちとわたしはキープを訪れたいと思っていたのです——でも一般の観光客には開かれていないのですよね？」

「ええ、お嬢さん」ミセス・ポルガースが答えた。キープの輝かしくも血塗られた歴史をすらすらと暗誦されたことで、目に見えて打ち解けていた。「今は観光客には開かれていません。ミス・トレローニーが日曜の夕方に帰ってらしたんですよ。ロンドンのお友達と彼女の娘さん、それに珍しい外国のお客様を連れてね。エジプトのレディです。彼女はまだ喪に服しておられます——ミス・トレローニーのことです。彼女のお父上は有名なエジプト学者のトレローニー教授で、近ごろ新聞で騒がれているミイラを発掘したお方です。わたしの考えではあれは呪いだと思いますね——古い墓には呪いがかけられていて、それらを開けた者は破滅すると言われているんですよ。教授は半年前に火事で亡くなりました。助手とミス・トレローニーの婚約者とともに。助手のほうは品のない手合いでわたしは好きではなかったですけどね、婚約者はハンサムな若い弁護士で、ミス・トレローニーに惚れこんでいました。悲しいことですわ。事故だと言われていますけど、呪いっていうのはそういうものでしょう？　ですから、こういう繊細な時期にミス・トレローニーをわずらわせたくないんですよ」

「まあ、知りませんでしたわ」とメアリ。「なんて残念なことでしょう！　ミス・トレローニーはさぞかし悲しんでらっしゃるでしょうね――お父上と婚約者を同時に亡くされただなんて。小説のような話じゃありませんこと？」

「まさにそのとおりですよ！」ミセス・ポルガースはまるで自分もその手の小説を読んだことがあるような様子で力強くうなずいた――おそらくほんとうに読んだことがあるのだろう。「正直なところ、あなたのことを大衆紙の女性記者かと思ったんです。事故の直後はたくさんの記者が来ましたから。まあ、あなたはキープの歴史をよくご存じのようですから案内して差し上げられたらと思うんですけど、でもできないんです。ミス・トレローニーとお客様がたがいらっしゃるあいだは。でもあの家には若い女性がいたらいいんですけどね！　あの女の子は遊び相手がいないんですよ。キャンディを持っていってあげようと思ってるんです――レモンドロップと洋梨ドロップにペパーミント・スティック、アニスのはっか入りキャンディにそれから……」ミセス・ポルガースはテーブルの上のティーカップの脇に置いた小さな紙袋のなかを探った。「そう、リコリス。あの子は気に入りますかね？　子どもはキャンディが好きですから。うちのバートはそうでしたよ――今じゃ大人になって海軍に入隊してるんですけどね。最後に連絡がきたときはミノルカ島の近くにいるって言ってました」

「その子は何歳なんですか？」メアリが訊ねた。「わたしの妹に会わせられないのは残念ですわ。妹は十四歳なんです」

「あらま、それは残念！」とミセス・ポルガース。「あの子は十二か十三ですよ。小柄ですけどね。妹さんも一緒に旅をしてるんですか？」

「あの子なら二階で休んでます」とキャサリン。

メアリはほっとしたようにキャサリンを見た。ミセス・ポルガースに妹が食堂の反対側の片隅で馬丁たちと賭け事に興じていることを知られてはたまらない！

「ほんとうに、キープを訪れることができなくて残念ですわ」とメアリ。「でも、城跡の近くまで登ってグリフィン・キリオンの庭の痕跡を探すことはできますわよね？ ピクニックにはもってこいの場所のようですわ」

「もちろんですとも」とミセス・ポルガース。「遺跡の近くまで登れますよ。ミス・トレローニーはキープの所有者ですが、城跡と敷地は所有していませんから」

「地図で教えてくれません？」キャサリンが訊ねた。

「マウスホールからポースレーヴェンまで、ペンザンスとその周辺部の地図を買ったんです。便利かもしれないと思って」キャサリンは荷物のなかを探り、やっとのことで地図を引っぱり出した。

「もちろんです」ミセス・ポルガースは愛想よく答えた。キャサリンはテーブルの上に地図を置くと、木製の天板に肘をついて地図の上に身を乗り出した。

メアリが考えていたことをキャサリンも考えていたのだろうか？ ミセス・ポルガースの気をそらして！——まあ、考えていたかどうかはべつとして、キャサリンのやっていることは効果的だった。ミセス・ポルガースが地図をしげしげと見つめ、あちこちの名所を指差したり、「ここがキープです。ペラナスヌーまで行ったら行きすぎですよ」などと言ったりしているあいだ、メアリはキャンディの入った紙袋に手を伸ばした。ウィーンのアイリーン・ノートンのもとで働いているすりのハンナとグレータだったら、もっとたやすく優雅にやれていただろう！ けれどそれはほんの一瞬しかかからなかった——そう、あっというまに終わった。

十分後、二人がミセス・ポルガースに別れを告げ、彼女がお茶を飲み干して暗闇のなかを帰っていくと、キャサリンが言った。「それで、何をしたの？　何かメッセージを送ったの？」

「アテナ・クラブの印章《シール》を紙袋に入れたわ」とメアリ。「アリスにその意味が伝わるかどうか見当がつかないけれど——だってあの子はミナがわたしたちのためにシールを作ってくれたことを知らないでしょう。ベアトリーチェがラテン語を少し教えていたけれど、ギリシャ語までは教えていなかったと思うの。シールの文字とシンボルの意味がわかるかしら？　梟《フクロウ》とオリーヴの枝……どうかしら。でもメッセージを書く時間はなかったし、ほかに思いつかなかったのよ」

「よくやったわ、ミス・マリガン」とキャサリン。

「行きましょう、ダイアナが賭け事であたしたちのお金をすってしまわないうちにあの子を連れていかないと。ジュスティーヌの様子を見て、明日の予定を立てたいから」

「経験から言うと」とメアリ。「ダイアナはめったに負けないのよ。少なくとも負けがこむことはないの。ずるをしてるんじゃないかと思うこともあるわ」

ダイアナ　あたしは嘘もつくし盗みも働くけど、カードでずるをすることはないから！　そんなの名誉なことじゃないもん。そもそも、ずるをするのはばかだけだよ。

ベアトリーチェとジュスティーヌは元気だったが、ジュスティーヌは思ったよりも旅がこたえて体が弱っていることを認めた。二人はヨーロッパの政治について議論していたようだった。メアリは二人がどうしてそんな話題に興味が持てるのか想像がつかなかった！　キャサリンが二人と一緒にもう少し起きていると言ったので、メアリはあとはほかの仲間にまかせて寝る支度をした。明日は長い一日になりそうだ。

田舎の宿屋にしては寝心地のいいマットレスだった

が、メアリはなかなか寝つけずに何度も寝返りを打った。またしてもダイアナと一緒のベッドだった。ダイアナはカードゲームから帰ってくると、人の迷惑も考えずに部屋をうるさく動きまわって、やがてベッドに倒れこんだ。ダイアナの足の冷たいことといったら！　それにどうしてダイアナのいびきのことを忘れてしまっていたのだろう？　キャサリンはさらに遅くにベッドに入り、まだ夜行性の癖が残っているのか、夜中に何度も起きては部屋をうろついていた。

夜明け前、メアリは深い眠りについた。その眠りのなかで迷路のようなロンドンの通りを歩きながら、シャーロック・ホームズを捜し出そうとしていた。彼は不可解ながら説得力のある夢の論理によって、オランウータンに変身していた。メアリはソーホーの通りや路地を歩いて彼を探しまわった。ビッグ・ベンが時を告げる前にシャーロック・ホームズを見つけ出さなければいけないことだけは知っていた。それが何時なのかも、あとどれくらいで彼が見つかるのかもわからなかったが、メアリは果てしない迷路を歩きつづけながら何度も呼びかけ、その声が街燈のともった通りにさびしげに響いた。

13

海をよこぎる土手道

翌朝、メアリが目覚めると体がこわばって痛んでいた。ややあってから、ミセス・プールが朝食の時間を告げにくることも、食費の相談にくることもないと気づいた。今度はどこにいるのだろう？　ウィーンでもないしブダペストでもない――そうだ、コーンウォールにある村だ。ひどい頭痛がする。

キャサリンはすでに起きていて部屋にいなかった。ダイアナはまだ寝ていて、毛布を頭までかぶって足を突き出していた。少なくとも、いびきはかいていない。

メアリは起き上がってローブを羽織り、なるべく静かに部屋を出た――とはいっても実際には、どんな物音がしてもダイアナは目覚めなかった。メアリは廊下を挟んで向かいにある部屋の扉をノックした。

「入って」二人の声がした――キャサリンとベアトリーチェだわ、とメアリは思った。扉を開けるとキャサリンが言った。「ああよかった、起きてきた。あんた抜きで話し合いを進めたくなかったのよ」

「おはよう」とメアリ。「ビー、何か頭痛に効くものはない？　頭がずきずきするの」三人はすでに着替えを済ませていた。メアリらしくない――ふだんは早起き組なのに。

「柳の樹皮の粉があるわよ」とベアトリーチェ。「水と一緒に飲めば、三十分くらいで効いてくるわ。でもあなたに必要なのは朝食だと思う。わたしの薬よりも効果があるわよ。あなたは心配事があるから歯を食いしばっているの。それで頭痛になっているんだわ。トーストか何か食べて口を動かすことね」

「今日は何をすべきかって話していたの」とキャサリン。「女王陛下は明日、セント・マイケルズ・マウントを訪れる。あたしは全員でキリオン・キープに行って、テラたちが女王を誘拐するのを阻止したほうがいいと思うの。こっちは五人で向こうは三人でしょ――アリスがまだあたしたちの味方で、行動に関わらないとしたら」

「ジュスティーヌの話を聞いたかぎりでは」とベアトリーチェ。「テラ女王を倒すにはあたしたち五人の力では及ばないと思うわ。テラはアッシャとおなじくらい、あるいはそれ以上の力を持っている――アッシャがそんなに遠いところの相手にまで力を使うのも、七人の男を灰にするのも見たことがないもの。ただキープを襲撃すればいいというものじゃないわ。そんなのは愚かよ。ジュスティーヌもおなじ意見よ」

「ジュスティーヌ?」とメアリ。「そうなの?」メアリはジュスティーヌの意見を聞きたいだけでなく、彼女の今朝の調子もたしかめたかった。テラ女王の攻撃から回復しただろうか? 少なくとも今朝は調子がよさそうに見えたが、それでもかなり疲れているようだった。

「ええ」とジュスティーヌ。「わたしたちがテラ女王に抵抗することができないことはわかりきっているわ。それに、武力でキープを襲撃することもできない。わたしの理解が正しければ、天守《キープ》というのは――」

「城のいちばん頑丈な部分。もっとも要塞化されている建物」とキャサリン。「どうも、英語ならわかってるから。あたしが手こずるのはラテン語よ。いいわ、それじゃあ――あんたが計画を立てて、メアリ。何か計画してよ」

何か計画してよ、ですって! そう言うだけなら簡単よね、とメアリはこめかみを揉みながら思った。これほど頭痛がひどくなければいいのに。「少なくともキープのまわりを偵察しにいくべきでしょうね。どこかに弱点がないかしら? ジュスティーヌの言うとおり、ただのこのこ訪ねていってアリスとホームズさんを出せと言うわけにはいかないわ。キャット、あなたは大英博物館でのテラ女王を見ていないでしょう。彼女がランプを指差しただけで、炎が立ち昇って七人の男を飲みこんだのよ。しかもふつうの炎じゃなかった——蛇みたいに動いて、色とりどりの火花を散らしていた。そして彼らが——モリアーティと仲間たちが——紙切れみたいに燃えて灰になっていくのが見えたのよ……これまで見たこともないような恐ろしい光景だったわ。そしてテラはジュスティーヌを部屋の向こう側から打ちのめした。わたしたちにもおなじことをするかもしれないわ。たとえアリスとホームズさんを取り返せたとしても、女王陛下を誘拐するのをどうやって止められる？ わかっているのは、あるいは少なくとも可能性が高いのは、テラが明日、セント・マイケルズ・マウントで女王陛下を拐《かどわか》そうとしているということよ。そんなこと許すわけにはいかないわ」

ベアトリーチェはベッド脇のテーブルに置かれた袋のなかをまさぐって、パラフィン紙にくるまれた小さな包みと、角《つの》で作られたようなスプーンを取り出すと、粉末を量ってグラスに入れ、ベッド脇にあるおそろいの水差しから水を注いだ。そしてメアリにグラスを手渡した。「これを飲んで」とベアトリーチェ。「少し苦いけれど、頭痛に効くから」

少し苦いどころではなかったが、メアリはそれを飲み下してから話を続けた。「今夜じゅうにキープに乗りこんで相手が寝ているあいだに攻撃できないかしら？ 偵察にいけば侵入する方法があるかどうかわかるでしょう。だけどキープへの襲撃がうまくいくかどうかわからないから、セント・マイケルズ・マウントも見ておく必要があるわね。明日は何があっても女王陛下を守れるように準備しなくては。まだ早い時間だし——んもう、いまいましい、腕時計をしてくるのを忘れたわ」もちろん、いつもは着替えが済んでからしか腕時計をしないし、今はまだ寝間着姿だ。昨日の夢がかなりこたえたに違いない。ふだんならこの時間にはすでに身支度を終えている——それに「いまいましい」なんて言葉は使わない。

ダイアナ　もっとしょっちゅう言えば、こんなに退屈な人間じゃないのに。

「七時になるところよ」ベアトリーチェが下襟にピンで留めた時計を見て言った。病院の看護婦のように上下逆さまにつけてある。

「いいわ。今なら潮が引いているでしょう——十時にはまた満ちてくるでしょうから、それまでに土手道を引き返してこなくては。今日やるべきことは二つあるから、二手に分かれましょう——一方がキープに行って、もう一方がセント・マイケルズ・マウントに行くの」

「あたしはキープに行く」とキャサリン。「まだ今日じゅうに、あるいはどうしてもっていうなら夜中にでもキープを襲撃するのがいちばんいい考えだと思ってる。ダイアナを連れていくわ。彼女がいれば必要な錠を開けられるから。いいわね、ダイアナ？」

「あーあ、どうしてここにいるってわかった？」

メアリは驚いて振り返った。ダイアナが扉の横に立っている。

「すごく静かに忍びこんだんだよ！　みんなをびっくりさせられると思ったのに」

「わたしは驚いたわ」とベアトリーチェ。「あなたが入ってきたのに気づきもしなかった」

「わたしもよ」とジュスティーヌ。「すばしこいわね、ダイアナ」

メアリは自分も気づかなかったと認めたくなかった。でも、ダイアナにそう言って満足させるつもりはなかった。ジュスティーヌにすばしこいと言われてもう得意になっている！

「においまではごまかせないわよ」とキャサリン。

「昨日、お風呂に入らなかったでしょ。まだ犬のにおいがするもの。どっちみち、扉の外の足音が聞こえたの。あんたがドアノブをまわす前からね。あたしと一緒にくる？　あたしたちだけでキープを襲撃したり、焼き払ったり、そんなことをするつもりはないけど――だから、ウィーンの精神科病院でやったようなことをしようとは思わないでよね！」

「あたしが一人でルシンダを救ったみたいなこと？」とダイアナ。

「キャット、ばかな真似はしないって約束してちょうだい。ダイアナに偵察以外のことをさせないって約束してくれる？　あなたたち二人を行かせてテラ女王に感電死させられたりしたらいやだもの。だけど二手に分かれなくては。わたしはセント・マイケルズ・マウントに行ったほうがよさそうね」メアリは立ち上がった。頭痛が少し治りかけてきた。「女王陛下の旅行の計画がわかるかやってみるわ。それがわかればテラたちがいつどこで陛下を誘拐しようとしているかつかめるかもしれない――どこで陛下を守れるかも。ブダペストで直面した問題よりずっと難題ね！　ミナがここにいて力を貸してくれればいいのに」

「わたしもあなたと一緒にセント・マイケルズ・マウントに行くわ」とジュスティーヌ。

「それはだめよ、愛しい友《カラ・ミア》」とベアトリーチェ。「あなたはわたしの患者なのだから言わせてもらうけれど、そんなことをするべきではないわ。今日は心拍もしっかりしていて安定しているけれど、明日は闘いの日なのだから、あなたはできるだけ休息を取らないと。偵察のためにあなたの力を費やすことはできない。わたしがメアリと一緒に行くから、あなたは望みのものが届くのを待っていて――アッシャからの電報を。わたしはまだテラ女王を倒すために希望を託せるのはアッシャだと確信しているわ。彼女ならエネルギーの力を妨げたり対抗したりする方法を何か知っているはずよ」
「いいわ、それじゃあ着替えてくる」とメアリ。「下で手早く朝食を済ませたほうがいいわね。みんな何かお腹に入れなくちゃ――ベアトリーチェをのぞいて。それからどうやって女王陛下を救うか考えましょう!」

メアリ　皮肉だと思わない?　錬金術師協会の会長であり、わたしたちの敵であるアッシャに救いを求めるだなんてね。
ベアトリーチェ　アッシャが敵であったことなんてないわ。あなたが彼女のものの見方を理解してないだけよ。
キャサリン　人生は偶然と奇妙などんでん返しに満ちあふれているものよ。もしあたしがアスタルテの本を現実世界とおなじような複雑で不可解な物語に仕上げたら、非現実的だって批判されるでしょうね。だからあたしは蜘蛛の神々の話を書くの!
ベアトリーチェ　でも現実的な蜘蛛の神よね。つまり、あなたが蛛形《くもがた》類動物の解剖学と交尾について調査したことはあきらかだもの。
メアリ　それが本にとって何かの足しになるのかわからないわ。
キャサリン　それはあんたが作家じゃないからよ。

キャサリンに言わせれば、イギリスの秋は神の存在を証明するものであり、それは積極的な悪意を持った神であった。ほかに誰がこの雨を創り出すというのだろう?　もっとも、今日は雨が降っていないが。そのかわり水分が空気にたちこめ、灰色の霧のカーテンのように動き、目の前に広がる景色を見せたり見せなかったりする。閉ざされている――そう、それがぴったたりの言葉だ。もし自分の経験を本に書くことがあれば、その言葉を使うだろう。

　でも、どうしてそうしなければいけないのだろう？　誰もこれがほんとうの話だとは信じないだろう。どのみちキャサリンはメアリ・シェリーではなく、大衆向けの出版社のために物語を書くだけの作家だ。『アスタルテの謎』がもうすぐ出版される。世間はどう受け止めるだろう？　《ガーディアン》や《セント・ジェイムズ・ガゼット》に書評が掲載されるだろうか？　そうは思わない。主要な新聞社にとっては、ただの冒険小説にすぎないのだ。それでも、アリスのような読者には喜んでもらえるだろう。そもそもアリスが最初にこう言ったのだ。「アスタルテと蜘蛛の神のお話を書くべきですよ。あたしが読んでる本よりずっとましです――ね？　『忌まわしきワームの呪い』って本です。ペネロペー・タルキングホーン嬢という娘が出てくるんですけど、忌まわしきワームがすでに彼女を殺しちゃってるんです。物語は彼女の婚約者とその親友がワームの巣穴に潜入する話なんです。まだ三章しか読んでないんです！　残りの十章は彼らのワーム狩りか何かについての話なんだろうと思います。どうしていつも女の子は殺されちゃうんでしょうね？　その点、アスタルテはけっして殺されません――むしろ人びとを殺します。その話を書くべきですよ。そしたら読みます――一ペニー、二ペンスでもお金を出します！　かならずそうします」

　というわけでキャサリンはその話を書いた。《リッピンコット・マガジン》に連載され、もうすぐ本になって出版される。キャサリンはそう考えただけでぞくぞくした。自分自身が――メアリ、ダイアナ、ベアトリーチェ、ジュスティーヌが経験したことを書くなんてばかげた考えだ。誰がそんな話を読みたいだろう？　いずれにしても、ほかのみんなはキャサリンがそれを書くことを許してはくれないだろう。彼女たちは自分たちの生活や考えが世間にさらされることをいやがるに違いない。

メアリ　今でもそうよ。キャット、わたしたちが世間に知られたくないことがあると言ったときには、あなたはちゃんと耳を貸すべきだわ。結局のところ、これはわたしたちの人生なんだから。

キャサリン　そのわたしたちって誰？　反対しているのはあんただけよ。ダイアナは自分の災難をもっと書くように言ってるし、ベアトリーチェは社会問題を取り上げることを望んでるし、ジュスティーヌはどんなに個人的なことでもけっして反対しないもの。

ジュスティーヌ　ごめんなさい、メアリ、でも読者に真実を理解してもらうにはそれがいちばんだと思うの。たぶん、ある意味で読者はわたしたちとわたしたちの経験のなかに自分自身を見出すことになるでしょう。それが文学の役割というものじゃない？

メアリ　これを文学と呼べるならね！　キャサリンはたしかにいい作家だけど――あなたは優れた書き手よ、キャット、そうでないとは言ってないわ。でもシェイクスピアやジョージ・メレディスとは違うもの！

キャサリン　ジョージ・メレディスは退屈よ。いずれにしても、あんたはいつから文芸評論家になったわけ？　あたしがあんたの恥ずかしいことを書きつづけるから動揺してるだけなんでしょ。

メアリ　まあ、そうね。それもあるわ。

「村が見えるよ」ダイアナが言った。

「どこに？」キャサリンはダイアナが立っている石壁の踏み越し段に歩み寄った。たしかに、二人の左手に壁ごしには見えなかった村があった。石造りの家々があり、それらを取り囲む粗壁の外まで花が咲き乱れている。家々が面した通りは上り坂になっていて、いくつもの傾斜した屋根の向こうに見える教会の尖塔に続いている。マラザイオンよりも小さな、こぢんまりした村で、浜辺の店もティールームもない。キャサリンは昨日メアリと一緒に買い、ミセス・ポルガースがキリオン・キープの場所に×印をつけてくれた地図を見下ろした。「マラザイオンとキープのあいだに村はないはずだけど」

「見せて」ダイアナがキャサリンの手から地図をひったくろうとした。

「やめてよ！　破けちゃうじゃない。村に行ってあしたちがどこにいるのか訊いてみましょう。道に迷ったか、なぜかどこかで曲がっちゃったのかも？」

「どうやって？　ひたすらこの道を歩いてきたのに」ダイアナが二人のうしろにある崖沿いの道を指差した。その道を歩いているあいだほぼずっと、岩に砕かれる波を見下ろすことができた。「どっちにしても、あたしは迷子になったことはないよ」

その小さな村はペラナスヌーだとわかった。キャサリンが村のパブの亭主に地図を見せると、亭主は言った。「そうとも、キリオン・キープはここから西に一マイルほど行ったところ、マラザイオンとの中間にある。おたくらがどうして見失ったのか見当もつかないね。古い城跡に囲まれてるんだ――クロムウェルに焼き払われるまで、キリオン城と呼ばれてた。入り江もキリオンって名前だ。もっとも、近頃じゃ誰も行く者はいないがね。干潮時以外は岩が多いもんだから。キリオン一族はそこを船着場に使ってたんだ。だが今は一族の者は誰一人そこに住んじゃいないよ。今世紀の初めにブラノク・キリオン卿が海賊行為で有罪判決を受け、巡回裁判で絞首刑になって以来はな。トレローニー教授が買い取るまで、ずっと空き家だった。しかしキープは入り江の上に親指みたいに突き出てるんだ。

こんな天気とはいえ、あれを見失うとはどういうわけかね」

メアリ　いつだってパブで聞け。シャーロックが教えてくれたわ。パブはいつでも知っている。

キャサリン　それにいつだってパブがある。イギリスの村には何はなくともかならずパブがあるのね。まあ、教会をのぞいて。

二人はパブの亭主に礼を言うと、海沿いの道に戻って歩きはじめた。だがキープらしきものは見当たらなかった。左手には岩としぶきをあげる波が続いている。右手には森と野原が広がっている。野原の一つでダイアナが兎を追いかけはじめ、キャサリンはいらいらしながら待った。食べるつもりもない獲物を追いかけてなんになるっていうのだろう？　待ちながら歩きまわっていると、崖の下に続く木製の階段があるのに気づいた。その下、上からは見えない崖のひさしのなかに、石造りの船小屋があった。キャサリンはもっとよく調べるために狭い階段を降りてみた。だがそれはただの船小屋で、小さな帆船が納まっていた。まわりには入り組んだ岩が入り江をつくっていて、海風から船小屋を守っている。船体を傷つけずに船を水面に引き下ろせるように、たっぷり砂が敷かれている。いったい誰が所有しているのだろう――このあたりには船を出しそうな人はいそうもないのに。そのとき、キャサリンは今いる場所がどこだかわかった。地図によれば、マラザイオンとペラナスヌーのあいだには一つしか入り江がない。それがここに違いない。

「まだキープが見えないよ」キャサリンが階段を上って道に戻ると、待っていたダイアナが言った。

「見えるとは思えないわ」キャサリンは岩の上に腰かけた。この嫌な天気のなか、二マイルは行ったり来たりして歩いただろうか？　キャサリンはすっかり元気が失せてしまっていた。「ここがキリオンの入り江よ。つまりキープはこのへんのどこかにあるはず。ただ、あたしたちには見えないのよ。アリスは自分の姿を見えなくできるでしょ？　催眠能力を使って。そう、聞いたかぎりじゃミセス・レイモンドも催眠能力を持っているらしいし、それにテラ女王も――とりわけ強い能力をね。あの人たちにとって家を見えなくするのはそう難しいことじゃないのかも？」

「つまりここにはないってこと？」ダイアナが訊ねた。

「ううん、あるのよ。今いる場所のあたりに。催眠能力は実際に何かを消せるわけじゃない。ただ人の脳に働きかけて、自分が豚だとか首相だとか思わせることができるの。あの人たちはあたしたちの脳を混乱させてキープを見えなくしてる。つまり、たぶんあたしたちがここにいることを知っているのよ。マラザイオンに戻ってメアリに報告したほうがいいわ」

「このへんを歩いて何かにぶつかるかどうか試してみたら？」とダイアナ。「壁か何かにぶちあたって、感覚的に道がつかめるかもしれない、あたしたちの感覚まで混乱させることはできないんでしょ？」

「わからない。たぶんね。あの人たちはおそらくあたしたちになんでも信じこませることができるんだろうけど、あの人たちの力の限界はわからないわ。ともかく、これを見てよ――」キャサリンは両腕を広げ、崖のてっぺんと真下で波しぶきをあげている海を指し示した。「このへんを歩きまわって何かにぶちあたるかどうか試したいわけ？　あの人たちが力を使って、あたしたちに固い地面を歩いている錯覚をおぼえさせたらどうなる？　崖の上を歩いてしまったらどうする？　あの人たちが何を見せることができるのか、あるいは感じさせることができるのか、もっと詳しく知らなければ危険すぎるわ。引き返しましょう――せめてほかのみんなの力になれるから」

「わかったよ」ダイアナはキャサリンが座っている岩

を蹴りつけた。「最初っからメアリたちと一緒に行けばよかった」

「だけど、そしたらあたしと機知に富んだ会話ができなかったわよ」キャサリンは皮肉っぽく言うつもりはなかったのだが、本気で腹を立てていた。まったくの時間の無駄だったし、どうやら岩の上に水が溜まっていたらしい。スカートに水が染みてお尻が濡れてしまった！

突然、ダイアナが興味をそそられた様子で訊いた。「それってどういう意味？　きちにとんだって」ダイアナはその言葉を味わうかのように口にした。「くそったれ聖メアリ・マグダレン協会じゃ、学ばなきゃいけないことの半分も学べなかったんだ。もっとあたしの知らない言葉を教えてよ」

というわけで、二人で霧のなかを重い足取りでマラザイオンに引き返しながら、キャサリンは珍しくてふだんはあまり使わないような言葉を探した。ダイアナがその言葉を試しに使ってみているあいだは一人になれるからだ。「時宜《じぎ》を得ない」「多音節語」「色味」……ほかに何が思いつくだろう？　つねに楽しませておかなければいけない相手と一緒にいるのはほんとうに疲れるものだ。

ダイアナ　あんた、あたしに言葉を教えるのが好きじゃん。

キャサリン　そうよ、辞書を持っているときならね！　アリスとホームズとイギリスを救おうとしている真っ最中でなければ！

まさにベアトリーチェ好みの天気だった。空は灰色で雲に覆われている。空気中に細かい霧が漂っているーーその湿気が肌に感じられる。メアリのためと礼儀を守るためにばかげた外套を着ていたがーーどうしてみんな自分のまわりの大気を感じたくないのだろう？

たしかに、好みよりは若干肌寒かったが、それはイギリスに来たとき以来ずっとそうだった。

「滑りやすそうね」メアリがセント・マイケルズ・マウントと本土をつなぐ土手道を観察しながら言った。

潮は引いていたが、土手道の石はまだ湿っていて、鮮やかな緑色の藻におおわれていた。あちこち巻貝のぬるぬるした殻が見える。両脇は砂地で、一部は海草におおわれ、ところどころに風雨にさらされた岩がある。二人のうしろには、マラザイオンの町に続く崖がそそりたっている。

「手をつないだほうがよさそうね？」ベアトリーチェは手を差し出した。

メアリが驚いたようにこちらを見た。

「大丈夫よ」ベアトリーチェはメアリの表情に傷つきながら言った。「ほらね？　手袋をはめているのよ」

「まあ、もちろんそうでしょうけど。つまり、そうだろうと思っていたわ。訪問先があるんですもの。ただ、あなたは手袋をはめていようがいまいが、そうそう人とは手をつながないから」メアリはベアトリーチェの手を取った。「行きましょう」

ベアトリーチェはこの種の反応に慣れていた――あるいは少なくとも、慣れているはずだった。つまるところ、これが子どものときからの彼女の人生なのだ。実の父はベアトリーチェとの接触を避けていた。まだ幼くて自分の毒性を理解していなかったとき、庭に迷いこんできた子猫を見つけたことがあった。忘れもしない至福の一時間、ベアトリーチェは子猫と遊んだが、子猫はやがて庭の小径に横たわり、少しずつ硬く冷たくなっていった。彼女の肩にとまる蝶は、一分、あるいは二分もすれば動かなくなった。今もなお、彼女との接触を避けようとしない唯一の人がクラレンスだ。けれどそれはさらに難しいことだった。彼女はクラレンスが自分の手を握っているあいだに火傷を負わないように、彼との接触を避けなければいけなかったから。

クラレンスが恐れ知らずなので、ベアトリーチェが恐れなければいけなかった。愛されているという意識に包まれて生きるのは甘美なことだった――ブダペストの駅のプラットフォームで別れを告げたとき、クラレンスは彼女を愛していると言ったのだ。だが、それは人生をいっそう複雑なものにした。

「いったいどうしてあんなところにお城を建てようと思ったのかしらね？」メアリが言った。

ベアトリーチェははっとして現実に返った。冒険の最中にいるとほっとする。しばらくのあいだ、感情ではなく行動のことを考えていられるから。心の問題はあとまわしで済む。今は目の前の問題を優先しなくてはいけないのだ。

「お城にいる人が教えてくれるはずよ！　行きましょう」ベアトリーチェはもういちど手を差し出した。今度はすぐにメアリがその手を取り、ベアトリーチェはあらためてアテナ・クラブに加わる前の人生ではあまり感じたことのない喜びに包まれた――自分が必要とされ、信頼されているという喜びに。

二人は両側を海にはさまれた湿った土手道を用心深く歩き、島に向かった。潮は引いていたが、水面にはまだ小さな波が立ち、岩にぶつかっては白いしぶきをあげている。嵐が近づいている――ベアトリーチェはそれを感じ取った。

森に囲まれた丘から城に向かい、石段を上っていく道のりは勾配が急で、正面玄関に着いた頃には二人とも息が上がっていた。お城自体はベアトリーチェが旅先で見たフランスやドイツの城のように、おとぎばなしのなかから抜け出してきたような優雅なものではなかった。けれど、大西洋に浮かぶ島に建てられた城として、その城はあるべき姿をしていた――風雨から身を守るかのように灰色でずんぐりとしている。石壁の高いところにある枠板で小さく区切られたてっぺんのとがった窓、無数の煙突、そして広大な灰色の海を見張っているような、小塔を備えた中央の塔。ベアトリーチェはむしろその荒々しさ、ゴシック風の簡素さに好感を覚えた。『ヴェネツィアの石』を書いたラスキン氏ならきっとこの城を賞賛しただろう。

「見学ツアーにいらしたんですか？」戸口に立った女性が堂々とした口ぶりで二人に言った。白い襟と袖口のついた、菫色の波紋絹のドレスを着ている。腰には帯飾りの鎖を巻いている。城の女主人だろうか？　ミセス・デイヴィスの話では、城の所有者はセント・オービン一族ということだった。一族の長は女王陛下によってセント・レヴァン卿となったそうだ。

「ええ、そうです」とメアリ。「もうじき始まりますか？　お城を見てまわるのをとても楽しみにしているんです、ミセス――」メアリは一瞬待った。

「ラッセルです」女性は快く答えた。「三十分で始まりますわ。ご自分で庭園を見てまわりたいのでしたら、道順案内つきの地図をお渡ししますのでお申しつけください」

「ありがとうございます、ミセス・ラッセル」とメアリ。「ぜひいただければと思います」

正面玄関を離れ、海のほうに連なっているテラスへ向かう途中で、ベアトリーチェはメアリにささやいた。

「どうしてあの人が家政婦だってわかったの？　わたしは彼女がレディ・セント・レヴァンなのかと思ったわ」

「どうしてかしら、ただ家政婦っぽく見えたのよ」とメアリ。「レディ・セント・レヴァンならあんなドレスは着ないと思うから」

あんなドレス？　ベアトリーチェの目には完璧に常識的で、おしゃれにさえ見えたドレスが？　この種の英国式の区別を理解するのは、ときどきひどく難しかった。そもそも、それは必要なのだろうか？　重要なのはドレスの美しさと機能性であって、社会的地位を示すものではないのに。ドレスの下の人間は、みんな平等だ。

キャサリン　あんたってまるで社会主義者ね！　今にもフェビアン協会に入ったって言い出しそう。

ベアトリーチェ　すべての人に食事と家と医療を支援するという意味なら、そうかもしれないわね。それにフェビアン協会はイーストエンドでたくさんのいい仕事をしているわ。

ミセス・プール　罪深い過激派、それが彼らの正体ですよ。貧しい人たちに食事を配っていることは認めますけれど。「もっとも弱い者に捧げること」と聖書にもありますからね。それでも、彼らは実際には異教徒です！

家政婦は二人に庭園の地図を渡した。ベアトリーチェは三十分間歩きまわれるのがうれしかったが、地図はお粗末なものだとわかった。植物種のラテン語名すら書かれていないのだ！　その種の植物――いくつかは熱帯性のもの――がイギリスの庭園に生えているのを見るのは刺激的なことだった。堂々とした椰子の木、葉の液汁が火傷に効くアロエ、炎症の局所の治療に使える竜舌蘭《リュウゼツラン》、そしてこの気候で見られるとは思ってもいなかったいろいろな種類の草花があった。

ある場所にくると、ベアトリーチェははっとして立ち止まった。「エリスリナが育っているわ」

「だから？」とメアリ。

ベアトリーチェは驚いたようにメアリを見た。人はどうしてこんなにも植物のことを知らないのだろう？　草の上に立ち、トマトやピーマンや茄子を食べ、テーブルを飾る百合の花を買い、ブナやオークの木の下を歩く――それなのにこの壮大な地球を共有している植物のことを何も、ほんとうに何も知らないのだ！　クラレンスでさえかつて言ったことがあった。「愛しい人、ぼくは大根とバラの区別もつかないよ」それはもちろん誇張だ。
「一般的にはインドや中国で栽培されているの」ベアトリーチェは説明した。「強力な薬草で、種を摂取すると毒にもなる。取り扱いには注意が必要なのよ。でも庭師は自分が何をしているかわかっているのでしょうね。わたしの父は自分の庭でこれを使った実験をして――」
「ほんとに？　おもしろいわね」メアリが腕時計を見ながら言った。「そろそろ見学ツアーの時間だわ。行きましょう」
　メアリは人の話を聞いているのだろうか？　ときどきメアリは聞かないことがある。彼女はいい友人だし、今のところアテナ・クラブの誠実な会長でもある。けれど、ときどきまわりの人の感情に無頓着なことがある。忘れっぽいのか、おそらく鈍感なのか。ベアトリーチェは自分の意図することをどちらの言葉がより明確に表現しているのかわからなかった。もちろん、メアリに向かってそう言うつもりは毛頭ないけれど……

メアリ　あら、今言ったようなものじゃない。わたしってそんなに鈍感かしら？

ベアトリーチェ　メアリ、わたしはセント・マイケルズ・マウントの庭園を歩いているとき、そんなことはけっして考えていなかったわよ。

キャサリン　でも、先週あなたがメアリに牧師館の庭に生えている狐の手袋《キツネノテブクロ》のことを言ったのに聞いていなかったときにはそう思ったでしょ。そのせいで聖歌隊の男の子たちに毒を盛った犯人を突き止めるのに二日余計にかかったのよ。ホームズのようになろうとしているのはわかるけどね、メアリ、ほかの人を無視するところまでホームズの真似をする必要はないでしょう。

メアリ　シャーロックは人の言うことを聞くわよ！　まあ、ときどきは。

多くの蔵書がある図書室を抜けて大きな会食堂に入った。城がまだ聖ミカエルの修道士が住む男子修道院だった頃には食堂に使われていたのだろう。会食堂からテラスに出ると、真下にある船着場と、マラザイオンに続く土手道が見渡せた。

「南側のテラスにいらしていただければ」ミセス・ラッセルが先頭に立って城の石壁沿いに曲がった。「ここから礼拝堂がご覧になれます。先ほど申し上げましたとおり、ご自由に見てまわっていただけます。ですが、まずは青の客間をご案内いたします。一家が接待に使っていた部屋です」ミセス・ラッセルは玄関を抜けると、ウェッジウッドの花瓶とおなじ青色に塗られ、美しいゴシック風の家具をしつらえたきれいな部屋に入った。ウィリアム・モリス氏の意匠のように芸術的ではないが――アーチ状の蔓も中世風の調度品もない――ベアトリーチェはラスキン氏ならきっとこの部屋を気に入るだろうと思った。

ベアトリーチェは最後にもういちど周囲を見渡して熱帯性の茂みを堪能した。メアリはすでに城の正面玄関に向かって歩きはじめていた。数分後にベアトリーチェがメアリに合流すると、家政婦が言った。「今朝の参加者はお二人だけのようです。このお天気のせいであまり精力的でない訪問者の足が遠のいたのでしょうね！　お城のツアーは三十分ほどで終わります。そのあとにご自由に礼拝堂を見ていただく時間がありますので、土手道を渡って余裕を持って帰っていただくことができます。それではこちらに……」

ミセス・ラッセルは二人よりも大勢の見学客に話しかけるようなはきはきした声で話しながら――どうやら見学ツアーを先導するのに慣れているようだ――石の壁に数々の武器と、炉棚の上にセント・オービンの紋章が飾られた玄関ホールを進んでいった。メアリとベアトリーチェは彼女のあとについて急な階段を上り、

「すてきな部屋ですね」メアリは壁にかかった絵画を見まわした。

「それはトマス・ゲインズボロが描いたものです」とミセス・ラッセル。「そしてこちらはジョシュア・レノルズ卿の手になるもので、セント・レヴァン卿がまだジョン・セント・オービン卿だった頃のお姿が描かれています。気持ちのいい部屋ではありませんこと？　ホレス・ウォルポールの〈ストロベリー・ヒル・ハウス〉風の様式なのだそうです。そしてこの青い布張りのチッペンデール風のソファがとりわけ重要なものなのです。明日、非常に特別なお客様がここに座られ、十一時のお茶を召し上がるのです！」

「女王陛下のことですか？」メアリが両手を組み合わせて訊いた。「この部屋のここに？　陛下のご訪問については《デイリー・テレグラフ》で読みましたわ」

「まさにこの部屋です」ミセス・ラッセルは満足げな声で言った。「種々さまざまなサンドウィッチをお出しするのですよ――キュウリとクレソン、海老のサラダ、コック特製のカレー風味の卵サラダ――それにシャルロット・リュス（女性の帽子に見立てたケーキ）。それから陛下がお好きなお茶、ラプサン・スーチョンも」

「なんてすてきなんでしょう！」とメアリ。「セント・レヴァン卿ご夫妻はさぞかしお喜びになることでしょうね。女王陛下がここにいらっしゃるあいだ、ほかの人がこの島に入ることは許されるのですか？　マラザイオンをご訪問なさらないのは残念ですわ。もう一度お目にかかりたいものです。子どもの頃、母に連れられて行ったことがあるんです」

「残念ですが許されておりません」とミセス・ラッセル。「一家はフランスに滞在中ですし、陛下は今回とくに私的なご訪問を望まれているのです。一八四六年にアルバート公とご一緒に訪れた記念にここにいらっしゃるのです。そのとき両陛下はコーンウォールのご旅行の途中に予告なしに訪れたのです。アルバート公が礼拝堂のオルガンをお弾きになり、女王陛下はわたしの前任者で当時ここの家政婦をしていたミセス・トマシーナ・シムズとお茶を召し上がられたそうです。ミセス・シムズはわたしの母の友人で、わたしは子どもの頃に彼女本人からその話を聞きました。今回のご訪問で女王陛下は、下の村に住む使用人たちに挨拶をされ、青の客間で軽食を取られ、それから礼拝堂で一人祈りを捧げる時間を過ごされるそうです。ずっとお若かった頃に訪れた場所を巡っていらっしゃるそうです。それはある種の――まあ、口に出したくはありませんが」

「わかりますわ」とメアリ。「最後にそういった場所をご覧になっているんでしょうね？」

「ええ、陛下はかなりお年を召されましたから」ミセス・ラッセルは認めたくないかのように気の毒そうな口調で言った。「お若い頃はご自分の足でこの丘を登ってこられました。今回は陛下がお座りになった椅子を見習いの庭師たちが運べるよう手配しました。もちろん、陛下がここにおられるあいだ島は閉鎖されます。船着場に入ることを許されるのは王室ヨットから陛下をここにお送りするはしけだけです」

「そういうことなら今日ここを見学できてよかったですわ！」とメアリ。「塔はどうなんですか？　まだ何かに使われているんですか？」

「あれは礼拝堂の鐘楼です」とミセス・ラッセル。「ですが、かつては水路標識《ビーコン》としても使われていました。十八世紀には崖の頂上にビーコンを設置するという正規の制度があったのです。危険が迫ったときには――たとえばブラック・ジャック・ラッカムが沿岸に現れたとか――すべてのビーコンに灯がともされ、ボートに本土に戻るよう合図を送ったのです。セント・マイケルズ・マウントからは、海岸沿いの灯のともったビーコンが蛍の光のように見えたそうです。今では鐘を掃除するとき以外は塔に上りませんが――塔のてっぺんに続く狭い階段があるのです。ですが、てっぺんにはビーコンの灯をともすための鋼鉄製の大釜のようなものがあります。今頃は鳥の巣になっているかもしれませんね！　地図の間と武器庫をご案内しましょう――そのあとは礼拝堂に入っていただけますし、潮が満ちてくる前に土手道を引き返していただけます」

一時間後、ベアトリーチェとメアリはふたたび庭園のなかにいた。メアリはベアトリーチェのほうを向いて言った。「ビー、わたしとおなじことを考えてる？」

ベアトリーチェはまったく自信がなかった――メアリとおなじように、あるいはほかのメンバーとおなじように考えることはめったになかったからだ。でも、見当をつけたほうがよさそうだ。「ミセス・ラッセルに警告したほうがいいってこと？　あの方はとても親切で、お城をすべて案内してくれたわ。女王陛下が危険にさらされていると知らせるべきだったかもしれないわね」

「そうじゃないわ、わたしは女王陛下に危険を知らせる方法を思いついたの。あるいは少なくとも、陛下がはしけに乗りこむ前に、陛下の船に知らせる方法を。船長か、船の責任者のような人が塔に灯がともしてあるのを見られるように。わたしたちでビーコンに灯をともして陛下にここに来てはいけないと警告すべきだと思うの」

うまくいくだろうか？　ベアトリーチェにはわからなかった。「でもメアリ、船長がそれを警告だと理解できると思う？　もう十八世紀ではないのよ。それにお天気のことも考えなくては――たしかに嵐が近づいているわ。感じるの。強風と大雨で灯が消されてしまうわ」

「まあ、今のところそれしか思いつかないんだけれど」メアリは気分を害したようにそっけなく言った。

「ビーコンは人びとに警告するために使われていたの

よ――誰かがそれが警告だって気づいてくれるんじゃないかしら？　問題は何らかの燃料を塔の上に運ぶことよ。なんだったらかき消されないような激しい炎を起こすことができるかしら？　化学と燃焼について詳しそうなのはあなたでしょ。ブダペストで吸血鬼に使った唐辛子スプレーを作ったのもあなただったし。何か役立つことを提案してくれると思ったんだけど」

ベアトリーチェは一瞬考えた。「もちろん灯油があるわ。でも嵐のなかでよく燃えるとは思えない。テレビン油は？　布切れに浸すことができる。たしか町の雑貨店は品揃えがいいって言ってたわよね。テレビン油なら熱く明るい炎がおこせるでしょう」

「ジュスティーヌが絵筆を洗うのに使っているものよね？　マラザイオンの雑貨店にテレビン油なんて置いてるかしら？」メアリは疑わしそうに訊いた。

「もちろんよ。テレビン油は主婦が床を掃除するのにも使われるし、船乗りがシラミを駆除するのにも使われるのよ」どうしてメアリはこんなごくふつうの化学薬品について知らないのだろう？　そうは言っても、パーク・テラス十一番地で買い出しをしたり掃除をしたりしているのはメアリではない。だからといって彼女を責めることはできない――ある者は掃除をし、ある者は命令を下すと決定づけている社会の諸制度がそうさせているのだ。けれど、そのせいで命令を下す者たちは人生の現実についてひどく無知なままなのだ。

ベアトリーチェはそういうことを口に出しはしなかったが、口調に表れていたに違いない。メアリがぷいとうしろを向いて言った。「そういうことを知らないのはわたしのせいじゃないわ。そういうふうに育っていないんですもの」

「あなたはほかのことを知っているわ」ベアトリーチェが慰めるように言った。結局のところ、秘書の能力を使ってもっとも安定した収入をもたらしているのはメアリだ。会計を担当し、一切合切を取り仕切っているのもメアリだ。それにはたしかに価値がある！

「ともかく、テラのような力を持った相手とどう闘えばいいかわからないわ！」とメアリ。「女王陛下にどうにか警告できたとしても、テラとミセス・レイモンドに立ち向かわなくてはいけない。ジュスティーヌがアッシャからの指示の電報を受け取っているかもしれないわね。行きましょう、急がなきゃ。潮が満ちてきているわ。この島に閉じこめられたくないから」

ベアトリーチェはふたたびメアリの手を取り、二人は急いで土手道を引き返して本土に向かった。嵐がくる――ベアトリーチェは感じた。今夜だわ、と彼女は思った。嵐は今夜くる。女王陛下を救う妨げにならないといいけれど。

ベアトリーチェ　どうしてもっと多くの人が植物に注意を払わないのか、ほんとうにわからないわ。いったん知ると、植物は魅力的よ。よくよく観察すると、植物たちがわたしたちとおなじように考えたり感じたりしていることがわかるの。おたがいに意思疎通を図っているのよ。昆虫類から身を守るために協力さえしているの。

キャサリン　たぶん、植物が退屈だからじゃない？　じっとしてるだけなんだもん。

ベアトリーチェ　でもそうじゃないのよ、キャサリン、今説明したとおり！　植物はわたしたちとそう変わらないわ。一時間でも森のなかに座っていれば、きっと想像もしなかったような不思議な光景を目にするわよ。葉が落ち、巻かれたようなワラビが開き、鳥たちが枝に舞い降りて歌い出す。

キャサリン　余計なお世話よ、植物娘。それにあたしは美味しくてジューシーな肉が現れるんじゃなきゃ森のなかになんて座らないもん。

ベアトリーチェ　わたしを動揺させるためにそんなこと言ってるんでしょう。

キャサリン　成功したんなら、あたしを一人にしてこの章を仕上げさせてくれない？

ということは、これがアテナ・クラブなのだ！　ルシンダはパーク・テラス十一番地を見上げた。煉瓦造りの三階建ての建物で、呼び鈴の上の真鍮の飾り板をのぞいては、両隣の邸宅とおなじような外観だ。呼び鈴はまだ家のなかで鳴り響いている。

「大丈夫？」ローラが訊いた。「顔色が悪いわ――あなたはいつも蒼白いけれど、いつにもまして蒼ざめているし、具合がよくなさそう。吸血鬼の場合はわかりにくいのだけれど、わたくしはカーミラが体調の悪いときはなぜかわかりますの」

「あまり具合がよくないわ」ルシンダは認めた。「この旅は――長かったから」長いし、あまり快適な旅ではなかった。もっとも、そのうち自動車の振動にも慣れてきたけれど。でも騒音はするし、つねにベルタ・ベンツが使う燃料のにおいがしていた。道中、何度も停車しては新しい缶を買っていた――どうやら薬局で買えるらしかった。自動車はたしかに馬より速いし、馬と違って疲れることもないけれど、ルシンダはもっとゆっくりした移動手段のほうが好みだった。自動車はいずれ世間に普及するのだろうか？　ミセス・ベンツはそうなると確信しているが、ルシンダは疑っていた。

「長旅でしたものね、わたくしたち二人にとって」ローラは同情するように言った。「ロンドンをパレードしたことも役に立ちませんでしたわね？　ベルタは宣伝効果に感激しているようでしたけれど。でもここできっと休めますわ。友人たちのもとに来たんですもの」

と、呼び鈴が止んで扉が少し開き、赤毛で骨ばった手首の少年が顔をのぞかせた。「何か御用で？」少年は奇妙なしわがれ声でローラに訊いた。下僕だろうか？　たぶんそうだ——下僕の制服を着ているから。だが上着の袖とズボンの裾がまくりあげられている。

「ローラ・ジェニングスといいます。こちらはルシンダ・ヴァン・ヘルシング」ローラは驚いたような顔で少年を見ながら言った。どうやらローラにとってもこの少年は予想外だったようだ。「ミス・ジキルはご在宅ですか？　あるいはミス・フランケンシュタインは？　それともミス・ハイドは？　わたくしたちは彼女たちの友人で、オーストリアからやってきましたの。さきほどロンドンに着いたんです」

「こちらにどうぞ」少年は玄関ホールのなかにあとずさり、二人を招き入れた。「ミセス・プールに知らせてきます」

　少年は奇妙なにおいがした。犬とか小動物のにおいで、人間のものではない。でも、見かけは人間のようだけれど？　ルシンダは長旅のせいで感覚がおかしくなっているのだろうかと思った。結局、シュタイアーマルクを出てからずっと自動車の排気ガスのにおいを嗅いでいたのだ。鼻が回復するには時間がかかるのかもしれない。

　下僕であれなんであれ、とにかくその少年は二人を待たせたまま急ぎ足で——ほんとうにちょこちょこ走っているように見えた——廊下を奥に戻っていった。ルシンダは興味深くあたりを見渡した。玄関ホールは上品だった。暗い羽目板が張られ、壁に金縁の鏡がかけられ、その下のサイドテーブルの上にはカードを入れるトレイが置かれていた。ルシンダにとって、これまでアテナ・クラブは現実のものとは思えなかった。それがついに、クラブの本部に来たのだ。ルシンダは自分もメンバーであることを思い出した——でも、実感が湧かなかった。

「あらまあ」家政婦の黒いドレスを着た女性が廊下の奥の扉から出てきて言った。奇妙な下僕は彼女の背後の戸口から顔を突き出している。「ミス・ジェニングス、お目にかかれてうれしゅうございますわ。それにミス・ヴァン・ヘルシングも――ミス・ジキルからお二方のお話はうかがっております。わたしはミセス・プールと申します。残念ながらお嬢様がたは全員留守にしているんですよ。コーンウォールにお出かけで、ミセス・レイモンドと、彼女が生き返らせたエジプトのミイラが女王陛下を誘拐するのを阻止しようとしているんです。お入りくださったほうがよろしいかと。会っていただきたい方がいらっしゃるんです」

「ねえ、予想もしませんでしたわね!」ローラはミセス・プールのあとに続きながらルシンダにささやいた。

ミセス・プールは二人を応接間に案内した。そこは広々として家具類が少ないものの魅力的な部屋だった。黄色い壁で、天井近くに花模様の帯状の装飾がある。

「イギリスにくれば静かで心地よい休日を過ごせると思いましたのに、これじゃブダペストにいるときとおなじね。いつだって何かが起こっている……アッシャ!」

一瞬、ルシンダはローラがくしゃみをしたのかと思った。つぎの瞬間、応接間のソファに座っている錬金術師協会の会長の姿が目に入った。ルシンダは驚いて周囲を見まわしながら目を疑った。イギリスにいるはずよね? たしかに、部屋はドラキュラ伯爵邸ともハンガリー科学アカデミーのオフィスとも違う。

「ミス・ジェニングス」アッシャが言った。驚いた様子もなかったが、そもそもアッシャは驚いたことなどなかった。

「わたくしのことを覚えておいでなのですか?」ローラはアッシャが覚えているとは思わなかったらしい。「二度しかお会いしていませんのに。一度はあの闘いのあと、もう一度は――」

「さよう、よく覚えている」アッシャがそっけなく言った。「そなたもテラ女王との闘いに加わりにきたのか？ アテナ・クラブがそなたを呼び出したとは知らなかった」

「誰にも呼び出されていませんわ」ローラはちょっと気を悪くした様子だった。「それにその闘いとはなんのことか、テラ女王とは何者かも存じませんわ。ルシンダとわたしは休暇を取りに――取るつもりでここに来たのです。メアリたちがコーンウォールに出かけて誰かと闘おうとしているなんて知りませんでしたわ。ところで、今度は誰と闘うんですの？ またイカれた錬金術師ですか？」

「お座りくださいな」とミセス・プール。「外套をお預かりしましょうか？ アーチボルド、あなたがお預かりして。わたしはもう一つお茶のポットを用意してまいります。お客様がたはいろいろとお話し合いにならなければいけないようですから」

「よろしい。しかし戻ってきて同席してほしい、ミセス・プール」とアッシャ。「大英博物館での出来事をもう一度なるべく詳しく聞かせてほしいのだ。そなたが覚えていることはすべて重要なことかもしれぬ」

「まあ、わたしはその場にいたわけではありませんが」ミセス・プールは心もとなさそうに言った。「メアリお嬢様が聞かせてくださったことをお話しすることしかできません」

「ならば、せめてその話を聞かせてもらおう」アッシャはそう言うとお茶をすすった。パーク・テラス十一番地ですっかりくつろいでいるようだ――もっとも、アッシャはどこにいても場違いでありながら、完璧にくつろいでいるように見えるのだ。

ローラは外套を脱いだ。昨日の晩、カレーのホテルのメイドが二人の外套にしっかりブラシをかけてくれたのだが、まだ埃っぽかった。ローラはそれを例の犬のような少年に手渡した――ルシンダには彼のにおいが猿のにおいのようにも思えた。かつて博覧会で見たことのある、子どもの耳から硬貨を取り出してみせた猿のようなにおい？　どうなのだろう。ルシンダの外套も、道路の埃で汚れているに違いない。

「それでは」ローラが肘掛け椅子の一つに腰をおろした。彼女にならってルシンダも外套を下僕に手渡し、べつの肘掛け椅子に座った。「さらなる闘いと騒動の渦中にいるようですわね、あるいはカーミラに言わせるなら冒険の渦中に。話を聞かせてください」

ミセス・プールが二つめのお茶のポットを運んできたころには、アッシャが語りはじめていて、それがあまりに荒唐無稽でありえないような話だったので、ルシンダはアッシャが作りばなしをしているのではないかとさえ思った。左手に七本の指のある古代エジプトの高位女祭司？　七人の男を炎に包み、彼らの皮膚が縮んで骨から剝がれ落ち、灰になってしまうような儀式？　ほんとうにそんなことが起こりうるのだろうか？　けれどローラはそうしたことを明かされても、とくに驚いていないようだった。

「わかりました」ローラはアッシャの話が終わり、ミセス・プールが彼女のカップにお茶を注ぐと言った。「コーンウォールにはいつ発ちますの？」

ミセス・プールがルシンダのためにもう一つのカップにお茶を注いだ。「マラザイオン行きの列車に乗るには遅すぎます。ペンザンス行きの夜行列車がありますけれど」とミセス・プール。「その列車でしたらまだ間に合います。ですが、マダム・アッシャは大英博物館へ行きたいとおっしゃっています」

ルシンダは身を乗り出した。とても動揺していた――なんて無礼なことだろう！　でも、そうしないわけにはいかない。「ミセス・プール」ルシンダは小声で言った。「申し訳ありませんが……ご親切なおもてなしには心から感謝していますが、わたしはお茶が飲めないんです。わたしが唯一飲めるのは――」

「そうでしたわ！」ミセス・プールは驚いたような表情を浮かべ、声をひそめて言った。「申し訳ありませんでした、メアリお嬢様からあなたのことは伺っております。もう少ししたらちょっと出かけて――」

「トレローニーの展示を見たいのだ」アッシャは二人の小声の会話を無視して言った。空になったカップをおろすと、すぐにミセス・プールがおかわりを注ごうとした。「いや、結構だ、ミセス・プール。わたしはもう十分だ。博物館が閉まる前に訪れたいのだ。この状況について、いくつかわからないことがある。なぜ儀式に使うすべての道具が墓のなかにあったのか？あきらかにテラは生き返ることを期待していたからであろう、それも死から二千年後にではなく。女祭司たちのなかにはテラの取り巻きがいた――多くは上級女祭司で、個人的にテラに忠誠を誓っていた。彼女らはテラが殺された場合に彼女を生き返らせる計画を立てていたのであろう。クレオパトラがローマ軍に勝利し、手下を差し向けてテラを殺した場合、あるいはアウグストゥスの軍によって殺された場合に。しかし、何らかの理由でその計画は頓挫《とんざ》したのだ。上級女祭司の多くは神殿が襲撃されたときに殺され、命拾いした者たちも逃げ出さざるをえなかった。ヘドゥアナがローマ軍の兵士たちに対してエネルギーの力を使わぬようわたしたちに命じたのだ――まあ、彼女が正しかったのかどうかはわからぬ。わたしたちが闘えば、少なくとももしばらくのあいだは神殿を守れたであろう――しかしもっと多くの者たちが命を落とすことになったであろう。いずれにしても、儀式は意図された時期には執りおこなわれず、テラは二千年のあいだ待つことになった。わたしは墓の遺物に書かれたものを読んでもっと多くのことを知りたいのだ。ミセス・プール、そなたの親切な申し出を受けてここに泊まらせてもらおう。あの〈サヴォイ〉よりも快適であることは間違いない。食事の時間までには戻ってくる」

「承知いたしました、マダム」とミセス・プール。

「〈ヘサヴォイ〉よりも快適だという点については、そうですね、なんとも言えませんけれど！」

「一緒に行きますわ」ローラがそそくさとお茶を飲んで言った。熱いものを飲み干すにしてはいくらか急ぎすぎているようだった。「わたくしも遺物を見てみたいですし、ベルタに頼んで荷物をここに届けてもらうこともできますし。まだベルタの自動車のトランクに入っているんです——《タイムズ》が独占取材の見返りに、ベルタを〈クラリッジズ〉に泊めているんです。ヒエログリフは読めませんが、わたくしもこの状況についてもっと詳しく知りたいですもの。でも、ルシンダには休息が必要ですわ。そうではなくて、ルシンダ？」

ルシンダはうなずいた。頭がくらくらしていたし体に力が入らない。どこかに横になって長い眠りをむさぼりたかった。

「ではそうなさってくださいまし」とミセス・プール。「マダム・アッシャにはジュスティーヌさんのお部屋をご用意します。あの部屋のベッドは丈がありますから。ミス・ジェニングスにはメアリお嬢様のお部屋を。ルシンダさんにはキャサリンさんのお部屋がちょうどよいかと思います。キャサリンさんが出かけたときはちょっと散らかっていましたけれど。ふだんから若いお嬢さんにはご自分の部屋をきれいにしておいてほしいものです。ジキルの奥様がまだ生きてらした頃には何人かの使用人がいましたが、今はわたしとアリスだけなのですから。でも、今朝わたしが片付けておきました。きっとおくつろぎになれますよ。それに肉屋のバイルズさんにあなたの夕食にふさわしいものがあるか相談してみますよ。今夜キャサリンさんのお部屋で眠ることを気になさらないでくださるといいんですが——アテナ・クラブのメンバーである以上、もちろんご自分の部屋をお持ちになるべきです。アダムズ看護婦がしばらく使っていた昔の家庭教師用の部屋が空いています。キャサリンさんのタイプライターだけが置いてありますが。でもあなたがここに越してくるとお決めになったら、それをジキルの旦那様の書斎に移すとおっしゃっていました。コーンウォールからお戻りになるまでに、お部屋を用意しておきます。みなさんご無事だといいんですけれど……お嬢様がたが活躍してらっしゃるときには、とても心配になるんですよ！」

ルシンダはとても疲れていたので、ただうなずいた。だがかつてジキル夫人が使っていたキャサリンの部屋のベッドに横になると、ルシンダは思った――これがアテナ・クラブで、わたしはそのメンバー。望めばここに住める。この世界にわたしの居場所があるんだわ。

ダイアナ　違うよ。ルシンダはオランダ語で思ったの。彼女に訊いたんだから。

キャサリン　オランダ語で書けっていうんなら、あんたが自分で翻訳しなきゃいけないのよ。

ダイアナ　なんでルシンダに頼まないのさ？

キャサリン　狩りに出かけてるから。正直、彼女と一緒に行きたかったわ！　少なくともあんたがしょっちゅうやってきて邪魔をすることはないでしょうから。これが問題なのよ、書斎にいると――図書室って今は呼んでいるけど。まるでピカデリーサーカスで原稿を書くようなものだわ！

ダイアナ　でも退屈なんだもん。ゲームがしたい。

キャサリン　じゃあベアトリーチェの温室に行ってどれくらい長く気を失わないでいられるか挑戦してみたら？　きっと五分ともたないわよ。

ダイアナ　そんなことないさ！　見てな……

キャサリン　待ちなさい！　ダイ！　本気で言ったんじゃないのよ。ただの冗談よ。戻ってきなさい、この悪ガキ！

母の死後、ルシンダはもう世界に自分の居場所はないと思っていた。しかしここイギリスにも、そしてシュタイアーマルクにも居場所がある。シュタイアーマルクに戻ることになるだろう――吸血鬼としてカーミラやマグダから学ばなければいけないことがまだたくさんあるから。でもいずれはロンドンにやってきて、メアリやほかのメンバーたちと一緒に暮らすのだ。ルシンダはすでにこの家が自分を歓迎してくれているように感じた。まるで彼女がここの一員だと知っているように。眠りに落ちながら、ルシンダは思った――オランダ語でね、ダイアナ――アテナ・クラブのメンバーになれてよかった。

14　ヘレンの物語

「リディア、これは何？」マーガレット・トレローニーが訊いた。片手にキャンディの入った袋を、もう片方の手にペンダントのようなものを持っている。

「わかりません」アリスは声が震えないよう懸命にこらえた。ここは落ち着いて冷静でいなければ。「一度も見たことがありません。ほんとうに」

「どうしてこの子にわかるんです、お嬢様？」ミセス・ポルガースが言った。一同はトレローニー教授の書斎に立っていた。マーガレットがみんなを集めたのだ――アリスは母の隣に立ち、テラは教授の机の脇に無表情で立っている。「わたしはこのキャンディをマラザイオンのミセス・ターンブルの店で買ったんです。

誰かが――それがなんであれ――間違って袋のなかに落としたに違いないですよ。高価なもののようですが――鎖かブレスレットから外れて袋に入ってしまったんじゃないですかね？　それにレモンドロップと洋梨ドロップも、はっか入りキャンディもリコリスも――これはミス・リディアのためのものであって、エジプトのレディのためじゃありませんよ、そう呼ばせていただいてよければ。このお方がイギリスのキャンディを食べたことがないのはわかりますが、自分のためのものではない袋を開けるのは失礼なことですし、ここイギリスでは、立派なレディは食べ物をあさりに厨房に行ったりすることはないんですよ。ベルを鳴らして給仕してもらうのを待つものです。エジプトじゃどうか知りませんが、イギリスの家ではそういうものなんです」

「リディア」マーガレットがミセス・ポルガースを無視して言った。「ほんとうに見たことがないの？　このペンダントを見て――印章として使えるように刻印がされているわ。梟にオリーヴの枝、そしてΑΘΕという文字。これはあなたにとってどんな意味があるの？　あなたが悪さをしていると責めているわけではないのよ……今のところは。でも正直になってもらわないと」

「この子はなんなのかわからないと言ってるじゃないの」とヘレン。「どうしてこれがリディアのものだと思うの？　このキャンディの袋がこの子のためだと誰が知ることができたっていうの？」

「昨日ミセス・ポルガースと話した人は全員知っているんじゃないかしら」とマーガレット。「ミセス・ポルガース、昨日このキャンディを買ったあとに誰と会ったのかしら？　これをリディアに持っていくのだと知っているのは誰？」

「そうですね、具体的なことは誰にも話していませんけど」とミセス・ポルガース。「キープにいる女の子のためだと言っただけです。ミセス・ターンブル、道ですれちがったトレメイン未亡人、それからたぶん、そうそう毛糸店のレティシア・ファークアーと、お嬢様の注文を伝えにいった食料品店のミスター・グリーンゲージ。それからパブのミセス・デイヴィスと、宿屋に宿泊している感じのいい若いレディたち。でもあの方たちは観光客で、マラザイオンに知り合いはいませんよ」

「その若いレディたちはどんな容貌だったの?」マーガレットが訊いた。

「そうですね、ごくふつうのレディですよ」とミセス・ポルガース。「一人は薄茶色の髪で、もう一人は濃い茶色の髪に褐色の肌をしていました。最初のレディは色白でちょっと血色が悪かったです。二人とも感じがよくて、害を及ぼすような方々ではないですよ。じつを言うと、あの方たちはキープを訪れたがっていたんですが、わたしが観光客の立ち入りは許されていないと言ったんです。お嬢様がいらっしゃるからと」

マーガレットはヘレンのほうを向いた。「あなたが捕らえた娘たちのようだわね? メアリ・ジキルと――ほかは誰だったかしら?」

「ダイアナ・ハイドとジュスティーヌ・フランケンシュタインよ。どうということもないわ。ミセス・ポルガース、二人のうち一人はとても背が高かった? たいていの男よりも? それとも、背が低くて赤毛で、船乗りのように口が悪かった?」

「いいえ。二人ともいたってふつうの、お上品な話し方のレディでした。その小さなアクセサリーがキャンディにまぎれこんだのは、何かの事故に違いありませんよ」

マーガレットは眉をひそめた。「事故だなんて信じないわ。ミセス・ポルガース、今日は早めに帰ってちょうだい。明日も来なくて結構よ。もちろん、ふだんどおりに支払います。一日じゅう家を空けることになるでしょうから、食事の支度はいらないわ。金曜日にまた会いましょう」

「わかりました、お嬢様」ミセス・ポルガースはこの状況に納得がいかないのか、怪訝そうに言った。そしてお辞儀をすると部屋をあとにした。

マーガレットはアリスに向き直った。「リディア、もういちど訊くけれど、あなたはこの模様が何を意味するのか知らないの？」

「はい」とアリス。「一度も見たことがありません」

「この娘は嘘をついている」テラ女王が前に進み出た。「この娘のエネルギーの領域を見ればわかる。今朝、二人の娘が小径で何かを探していた。娘らはいったん小径を通り過ぎたかと思うと、やがてすぐに戻ってきた。その娘らの存在を感じ取ったので、わたしは家のまわりのエネルギーの領域を変化させ、彼女らの知覚から家を隠したのだ。彼女らがふたたび通りかかったとき、わたしはマーガレットにそのことを伝え、マーガレットが父親の部屋の窓から彼女らを観察した。おそらく彼女らはこの娘を探していたのだろう」

「どうして教えてくれなかったのです？」ヘレンが鋭い口調で訊いた。「わたしにも伝えてくださるべきでした。どんな娘らだったのです？」

「いたってふつうの娘たちよ」とマーガレット。「そのときはなんとも思わなかったけれど、父の双眼鏡を見つけてもっとじっくり観察すべきだったかもしれないわ。テラの疑いすぎだと思ったの。今となっては自信がないわ。片方は赤毛だった気もする。あなたがソーホーで捕らえたでしゃばり娘たちだったかもしれない。リディア、その娘たちが誰だか心当たりはある？誰かがあなたに接触しようとしているの？」

アリスは首を横に振った。何を言えばテラに嘘をついていると責められないで済むのだろう？ そのペンダントが何なのか、アリスはほんとうに知らなかった。ただ、ベアトリーチェから習ったわずかなギリシャ語を思い出してみると……

テラがアリスのほうに歩いてきた。部屋をよこぎると、ビーズ製のネットについた鈴が鳴った。「わたしたちにはこのようなつまらぬことよりも大事なことがあるのだ。すでにこの些事に時間を費やしすぎている」テラが小さくて骨ばった七本指の左手でアリスの顎をつかんで引き上げると、アリスはテラの目を正面からのぞきこむことになった。テラの目は暗い色で、ほとんど黒に近かった。「そなたは知っている……何かを。話すのだ。さもなくばエネルギーの稲妻を走らせてそなたの心臓を止めてやる」

「やめて！」とヘレン。「わたしの娘にそんなことはさせないわ」

テラは落ち着いた様子でヘレンを見た。「この娘が知っていることを話さぬかぎり、わたしはそのようにできるし、するつもりだ」テラはアリスのほうに向き直った。「どうなのだ、リディア？」

テラの手はとても冷たくて硬い！その手に顎をしっかりつかまれていたので、アリスは顔をそむけることができず、テラの暗い瞳を見つめるしかなかった。「その文字はアルファ、シータ、エプシロンです」アリスは震える声で言った。なんとか震えを抑えようとした。「ギリシャ神話の知恵の女神、アテナの最初の三文字です。そして梟はアテナのシンボルです」ベアトリーチェからギリシャ語のアルファベットを習ったとき、そう教わった。まだギリシャ語は習いはじめたばかりだったが、その三文字は知っていた。きっと合図に違いない——アテナ・クラブのメンバーがマラザイオンにいるのだ！ミセス・ポルガースが言っていた若いレディたち、この家のそばを通りかかった娘たち——アテナ・クラブはアリスのことを捜しているのだろうか？何があろうと、彼女たちを裏切るわけにはいかない。「そのほかは何も知りません」テラはアリスの顎を放した——よかった、顎が痛みはじめてきたところだった――テラはマーガレットからペンダントを受け取ると、じっくり調べはじめた。

「このシンボルはアテナイのドラクマ硬貨に刻まれているものだ」とテラ。「二千年ぶりに見た。何者かがリディアに合図を送ろうとしているのなら、この娘を信用することはできない。今すぐにこの娘を始末したほうが安全だ」

「そんなことはさせません！」とヘレン。

テラは眉をつりあげてヘレンを見た。まるで珍しい新種のカブトムシでも見るような目つきだ。「わたしがやることにいちいち指図される筋合いはない」テラはそう言うと、片手をあげて人差し指をヘレンに向けた。ちょうどジュスティーヌを倒そうとしたときのように。

アリスはあとのことも考えずにとっさに二人のあいだに割って入った。「お母さんに手を出さないで！」

自分がヘレンのことをどう思っているのかはまったくわからなかったが、生き返ったエジプトのミイラに母親の命を奪われたくないと思ったのはたしかだった。

「お願いです、こんなことをしている場合ではないはずです」とマーガレット。「テラ、あの娘たちが今朝このへんを嗅ぎまわっていたのだとしたら、きっとここに戻ってくるはずです。わたしたちは明日の朝よりも今夜のうちにセント・マイケルズ・マウントに船で渡ったほうがいいと思います。セント・マイケルズ・マウントの船着場で一夜を過ごして、女王のヨットが到着する前に計画を実行に移すことができます。船が一隻増えていても気づかれないと思いますが、それは賭けに出るしかありません。明日は忙しい一日になるでしょう。わたしたちの計画が実行に移されれば――女王をここに監禁し、テラが女王に成りかわれば――この件の真相を解明できるでしょう。それまでのあいだ、リディアをホームズ氏と一緒に地下牢に入れておくことを提案しますわ。ヘレン、これは一時的なもので、リディアがほんとうにわたしたちの味方かどうかを確認できるまでのことよ。ちゃんとした寝具と食事を用意するわ」
「わたしの提案はもっと簡単で安全だ」とテラ。「わたしも大昔はそなたのように慈悲深かった。そのせいで実の娘にエジプトを奪われたのだ。わたしはこの娘を信じてはおらぬ。今すぐ殺すべきだ」
「だめ！」とヘレン。「いいわ、わたしがこの子を地下牢に連れていって、寝る場所の面倒も見るわ。リディア、あなたの部屋に寝具を取りにいきましょう。温かい毛布も見つけてあげる——今夜は地下牢は冷えるでしょうから。厨房に寄って食べ物も用意しましょう。ばかげているけれど、一晩かぎりのことだから。明日にはすべてが終わるし、そうすれば元どおりに戻るから」

メアリ　母親が実の娘を地下牢に閉じこめるなんて信じられない！

アリス　いい母親ではないですけど、あたしにとって母親はあの人だけなんです。

メアリ　それでも、地下牢だなんて！　実の娘を実験台にしたラパチーニやヴァン・ヘルシングと変わらないじゃない。

アリス　あの人自身も実験が生み出したものだということを思い出してください。事情が違っていたら、あの人もアテナ・クラブのメンバーになっていたかもしれません。

ルシンダ　それに、あの人は最後にはあなたのために最善を尽くしたわ。結局は、それが重要なのよ。

厨房に入ると、ヘレンはあたりを見まわした。「どこかに食べ物があるはず——ミセス・ポルガースはどこにしまっているのかしら？」

「食料貯蔵庫です」とアリス。

「あの人はいつも帰る前にサイドボードに夕食を置いていくから」ヘレンは申し訳なさそうに言った。「ここに降りてきたことがないのよ」

「あたしはあります」とアリス。「自分で何か詰めます」

「そうね、それがいいわ」ヘレンは椅子に腰かけるとアリスを見た。「テラがわたしを殺そうと脅したとき、わたしたちのあいだに割って入ったわね。どうして?」

「わかりません」どうしてあんなことをしたのだろう? たぶん、いろいろあってもこの人が母親だからだろう。「どうしてモリアーティを殺したんですか? どうしてテラ女王の手助けをしてるんですか? あたしにはわかりません……」アリスにはわからないことだらけだ。

ヘレンは考えに耽るように一瞬テーブルに目を落とし、それから顔をあげてアリスのほうを見た。「わたしの父——レイモンド博士のことよ。彼がわたしの母にしたことで、母は正気を失ってしまった。でもわたしにエネルギー波を感じて操る能力が備わっているとわかると、父は実験が成功したとみなしたの。わたしは父の家で使用人たちに面倒を見てもらって育ったわ。母に会うのは子守役のメイドに連れられてパーフリート精神科病院を訪れるときだけだった。母は三階の病室に閉じこめられていた。父は当時の病院の三人の理事のうちの一人だった。ゴダルミング卿——アーサー・ホルムウッドではなく彼の父親のほう——とモリアーティ教授が残りの二人よ。わたしが訪れるたび、母はベッドに座っていた。収監者が——あるいは患者が着せられる青い服を着て。でも、子ども心に精神科病院は監獄のようなものだと思ったわ、窓に鉄柵が嵌めこまれているから。母は目の前の壁か床をじっと見つめていた——わたしには目もくれずに。どうしてわたしを見てくれないのか、話しかけてくれないのかわからなかった。わたしは母に話しかけ、お母さんと呼びかけ、あなたの娘だと言い、あなたが恋しいと言った。何年もそうしているうち、たった一度だけ母が反応してくれたことがあった。たしかわたしが八歳のときよ。『お母さん、白くて狭いベッドの母の隣に座って訊ねたの。そんなふうにじっと見つめているとき、何を見ているの？』『波よ』と母は答えた。何年も声を出してないせいでしわがれた声だったわ。『わたしは波を見ているの』母はわたしのほうを見て言った。『娘よ、あなたは溺れかけているわ』すると母は叫び出した。腕を自分の体に巻きつけて悲鳴をあげ、頭を左右に揺らして。興奮しているうちに床に倒れこんで、おそらくはてんかんの発作を起こした――くちびるに泡がついていたわ。子守役のメイドがあわててわたしを部屋の外に連れ出した――わたしたちと入れ違いで、看護人たちが拘束衣を持って母の部屋に駆けこんでいった。翌日、子守役のメイドに母が死んだことを知らされたわ。夜中に一人で亡くなったのだと。母が死んだあと、父はわたしをウェールズで農場を経営しているある一家のもとに送りこんだ。ヘレン・ヴォーンという名前でね。母の旧姓だった――父はわたしと関わりたくなかったのよ、何か醜聞が流れた場合のことを考えてね。その当時のわたしはまだ自分の能力を制御することができなかった。二人の子どもがわたしの創り上げた幻影のせいで死んだわ。一人は友達のレイチェル、裕福な農家の娘だった。最初のうち、レイチェルはわたしが見せるものに夢中になっていて、毎日、おとぎばなしの本に出てくる場面を呼び出してくれとせがまれたわ。けれど幻影の雲行きが怪しくなると、レイチェルはわたしの能力を悪魔の所業だと思いこむようになった。信心深い子で、わたしをけしかけたことで自分も魔術に加担してしまったと思ったの。そして父親の納屋で首を吊ったわ。もう一人は幼い男の子で、わたしが森のなかをサテュロス――上半身が人間で下半身が山羊の半人半獣――と一緒に歩いているのを見たと言ったの。恐怖から正気を失って、ある晩、沼地に駆け出ていき泥にはまって溺れ死んだ。それ以来、村人はわたしを恐れて避けるようになったので、父はわたしをロンドンの学校に入れた。学校ではほかの女の子たちはわたしに話しかけようとしなかった――わたしが悪魔の目をしていると言ってね。わたしは自分の人生にどう対処すべきかわからなかった。だから多くの若い女性が自由を手に入れようとしてすることをした――結婚よ。チャールズ・ハーバートは悪い人ではなかったけれど、いい人でもなかった。博打好きで最初は少しずつ、そしてあれよあれよというまに相続した資産を失った。わたしの能力に気づくと、それを使って男たちを恐れさせ、金を出させるように仕向けた。でも、あなたもいずれわかるでしょうけれど、わたしたちは自分の創り上げた幻影を見た人びとがそれにどう反応するかを制御できないの。何人かの男が死に、警察が〈ポール街連続殺人事件〉として捜査しはじめた。わたしはハーバートにもう二度とあなたのために金を引き出すことはしない、あなたのもとを離れると告げた。彼はわたしをぶったわ――結婚して初めて身体的な力を使ったのよ。説得したり、見捨ててやると脅したりするかわりにね。愚かなことだったわ。わたしは能力をたびたび使うようになっていたおかげで、その仕組みを理解しはじめていた。エネルギー波を制御できるようになっていたの。わたしは彼よりも強くなっていた。ハーバートは体を這い上がる蜘蛛、いくつもの眼で見つめる蜘蛛、毛の生えた脚で自分の体の上を動きまわる蜘蛛から逃れようとして死んだ。彼は生来、蛛形類が大の苦手だったのよ。

ハーバートが死んでまもなく、わたしは子どもを身ごもっていることに気づいた――それがあなたよ、リディア。その頃にはわたしはハーバート殺しの嫌疑をかけられていた。けれど陪審員にはわたしを有罪にするための直接的な証拠がなかった。わたしは彼に指一本触れていなかったんですもの。無罪放免になると、わたしは慈善病院に行った。無一文だったから——ハーバートはわたしが彼のために手に入れた金を使い果たしていたの。あなたが生まれたとき、わたしはどうすればいいのかわからず途方に暮れたわ。母親になりたかったわけではないし、乳飲み子を世話する手段もなかった。あなたが乳離れするまでの三カ月間、病院にいることを許された。それからシスターたちに頼んで、あなたを病院と提携している孤児院に連れていってもらうことにした。あなたの名前はリディア・レイモンドだと告げて——ハーバートの名前にはまだ悪評がつきまとっていたから使いたくなかったの。その後——しばらくわたしは自分の道を切り開くようにして生きたわ、ロンドンという大きくて無慈悲な迷宮のなかで。そしてある晩、モリアーティがわたしの住む狭い下宿を訪ねてきた。裁判以来、モリアーティはずっとわたしを探していた。彼は錬金術師協会の活動に詳しかった。わたしの父もゴダルミング卿も会員だったから。でも彼自身が会員になることはなかった——あの男は自分が先導できる組織のほうが好きなのよ。たいそうな学識があったけれど、彼は科学者ではなかった。それでも、わたしの父の実験にはずっと関心を持っていて、自分の事業のためにわたしの能力を活用できると言った。それでわたしは彼のために働きはじめたの。しばらくのあいだ、わたしはミセス・ボーモントとして裕福な紳士たちに接触し、政治的な秘密事項を打ち明けさせたり、モリアーティに有利に働くように法案に影響を与えたりしていた。ミセス・ボーモントとして警察との厄介ごとに巻きこまれると、モリアーティはわたしを聖メアリ・マグダレン協会の院長にする手配をした。わたしはそこで何年も過ごして、モリアーティのために働いていることを世間体よく見せかけて隠していたわ。ある日、ハイドが現れて一連の実験に使うのに適した若い女性を都合してほしいと頼むまでは！　ハイドはもちろんわたしの正体も、わたしが誰のために働いているかも知っていた。ハイドとわたしの父は友人であり、仕事仲間であり、共同研究者だった。数年前、彼はジキル博士として顧問弁護士のアタースンに指示を出し、彼の娘のダイアナを協会に連れてきたの。あの子もまた実験がもたらした成果物だった！　あの子もまたソシエテ・デザルキミストのメンバーの娘だったのよ。あの子を見るたびにあなたのことを思い出したわ――わたしの子ども、わたしが見捨てた子どものことを。でももちろんあの子はあなたではない。どんなにあの小さなモンスターが憎かったか」

ダイアナ　あいつがあたしのことを毛嫌いするのにはわけがあるってずっと思ってたんだ。あたしを鞭で打つように命令は出すけど、絶対に自分では手を下さないんだから。

アリス　数年前に母があなたにした仕打ちを許す気になりましたか？

ダイアナ　もちろんそんな気はないね。少しは理解できるかもしれないけど、あの女はやっぱりクソババアだよ！

アリス　でも、ルシンダが言ったとおり最後には――

キャサリン　まだ最後までいってないわよ。

ヘレンはしばらく口をつぐんだ。アリスは彼女を見た――この人が、そうなることを選びはしなかったにせよ、自分の母親なのだ。ヘレン・レイモンド、あるいはヴォーン、あるいはハーバート、あるいはボーモントであれなんであれ、彼女について、自分はどう感じたのだろうか？　いくつもの顔を持ち、その催眠能力のせいで多くの死を招いた女性のことを？　アリスにはわからなかった。

「こうしてあなたを見ていると、リディア、わたしがあなたをずっと手元に置いていたらどうなっていたのだろうと思うわ。あなたは違っていたかしら？　わたしは？　知る由《よし》もないわ。マーガレットがわたしにテラを生き返らせる計画を持ちかけてきて、七人の生贄が必要だと言ったとき、わたしはそれを誰にするのか考えた――モリアーティ、助けてはくれたけれど、自分の目的のためにわたしを利用した男。そして父、わたしを見捨てた男。そのほかは誰になろうとどうでもよかった――だからモリアーティが〈黄金の夜明け団〉のメンバーを集めるのを許しておいた。でも、ゴダルミングとセワードが含まれていることがうれしかった。彼らにはわたしの母の死に責任はないけれど――それぞれパーフリート精神科病院の理事と院長になったのは、母が入院していた時期のあとだから。それでも、あの場所に関係のある二人の男の破滅をこの目で見られたのは胸がすくようだったわ」

「それじゃ、最初からそのつもりだったんですか？」とアリス。「でもどうして？」

「復讐のためよ」ヘレンは満足げに言った。「マーガレットもおなじ理由で父親に不完全な儀式の方法を教えて、父親と婚約者が死ぬように仕向けたの。マーガレットが望んだように学び勉強することを許さず、自分たちに付き従うよう言った男たちには当然の報いではなかったのかしら？　そしてもちろん力のためでもある。見て」ヘレンは両手をあげ、手のひらを一フィートの間隔をあけて合わせた。しばらく眉間に皺を寄せて、集中するように手のひらをじっと見つめた。と、手のひらのあいだに稲妻が走った。「見た？　テラがちゃんとしたやり方を教えてくれているの。これまでは表面的な火傷しか創り出せなかった。ジキル邸であなたを救出したときに止めに入った毛むくじゃらの下僕に負わせたようなね。エネルギー波を——そう、増強させて方向づければいいだけなの。拳を握りしめるようなものよ。まもなくわたしはテラのようにほんものの大地のエネルギーを使えるようになるわ。それは……何ものにも代えがたいことよ。リディア、心から申し訳ないと思っているわ——あなたがあのペンダントと関係ないことはわかってる。監禁は一晩かぎりのことだと約束する。そのあとはまた一緒に過ごして、テラが教えてくれたようにあなたにも教えてあげる。あなたもこの力を使えるようになるわ。さあ、食べ物をまとめて持っていきなさい。あなたができるかぎり快適に過ごせるようにする。これが終わったら、どこかに行きましょう——湖水地方にでも？——そしておたがいのことをきちんと理解しあいましょう。どう思う？」

　アリスはなんと答えていいかわからなかった。アリスを救出した？母はほんとうにアテナ・クラブからアリスを救い出したと思っているのだろうか？あれは乱暴な誘拐だった——だがヘレンはそのことを忘れてしまっているのか、あるいはあえてあの状況をべつなふうに記憶しているようだ。アリスは黒パンの残りと硬いチーズの塊とリンゴを二つ取り上げ、ミセス・ポルガースの買い物袋に入れた。家政婦は急に帰っていいと言われてそれを忘れていったようだ。食料貯蔵庫を開けると、サフランのロールパンがあったのでそれを加え、さらにオレンジマーマレードの瓶も入れた。少なくとも、この食料をホームズ氏と分けあうことができる！キャンディも持っていきたかったが、それはテラが持っていた。どうやら二千歳のエジプトの女王は甘いもの好きらしい！

　アリスはヘレンのあとについて廊下を引き返し、このあいだは見つけられなかった壁の秘密の羽目板のところに行った。廊下をなかほどまで行ったところでへレンが羽目板を脇にスライドさせると、鍵穴が現れた。脇に打たれた釘に、昔風の鍵がぶらさがっていた。ヘレンはその鍵を取って鍵穴に入れてまわし、羽目板を押した。すると羽目板が開き、暗く曲がりくねった階段が現れた。「下に降りなさい」ヘレンはアリスに言った。「明日の午後には迎えにくるわ。女王を誘拐してテラが彼女に成りかわったら」

アリスは寝具と食べ物の袋を持って曲がりくねった階段を降りた。下までくると、通路が地下室に続いていた。サンザシの下で見つけた、鉄柵が嵌められた小さな窓のある部屋だ。

そこにはシャーロック・ホームズがいて、石の寝台に腰かけていた。「ああ、アリス」ホームズ氏が言った。「すると奴らはきみのこともここに閉じこめたわけかい？ 話してくれたまえ。上で何が起こっているのか。この地下牢の壁の外の世界では？ きみがここに放りこまれたのは残念だね。もっとも、一緒にいられるのは大歓迎だが。おたがいに踏んだり蹴ったりだな、まったく。しかし少なくとも一緒にいられる」

アリスは石の寝台のほうに歩いていくと、運んできたものを載せた。ホームズ氏の隣に座ると、しばらく何を見るでもなく虚空を見つめた。やがてアリスは顔を両手で覆って泣きはじめた。しゃくりあげるように泣き、声が地下牢に響き渡った。

シャーロック・ホームズが両腕をアリスの体にまわした。「よしよし。この状況から抜け出し、ふたたび友人たちに会えると約束するよ。どうやってかはわからないが、どうにかして」

アリス なぜあんなことをしたのかわからないんです。ほんとうに。

ジュスティーヌ それはあなたが母親を得たと同時に失ったからよ。彼女はあなたの母親だけれど、たぶんあなたが望んでいたような母親ではなかった。それがどんな気持ちかわかるわ——わたしの母は年端もいかないわたしをフランケンシュタイン家に奉公するために追い出した。休みの日に会いにいっても、もう昔のようには接してくれなかった——もっと幼いきょうだいたちが母の関心と時間を独占していたから。一緒にいるときでも母が恋しかったわ。そしてもちろん母を永遠に失うことになった。わたしが死んで、フランケンシュタインに改造されたときにね。母親を失うのはいつだってつらいことだわ。それはルシンダもわかってる。

ルシンダ　ええ——母の死を思うとかならず涙がこみあげてくるわ。母もまた、わたしのために命を捧げてくれたのよ。

アリス　おたがい、もっとべつの結果になっていたらよかったのにと思います。

ミセス・プール　わたしたちみんながそう思っていますよ。

「キリオン・キープはあそこになかった」キャサリンが言った。「見つけられたのは水辺の船小屋だけ。崖を降りていって窓からなかをのぞきこんだわ。船小屋にあるようなもの以外は何もなかった。そしてキープは見当たらなかった」

メアリは怪訝そうにキャサリンを見た。一同は宿屋の食堂に座り、早めの夕食の魚のシチューを食べているところだった。キャサリンは魚だけを食べ、シチューのなかからフォークで魚の切り身をつまんでいた。ジュスティーヌは魚をよけてシチューを食べ、ベアトリーチェはシチューをまったく食べなかった。そのかわり、ミセス・デイヴィスのニワトコの実のシロップ煮を食べていた。メアリはベアトリーチェがスプーンを使って何かを食べているのを初めて見た。

「ペラナスヌーまで歩いていったのにキープを見つけ

られなかったの？　そんなことってありえる？」メアリは振り返り、扉の近くに立っている宿屋の女主人に声をかけた。「ミセス・デイヴィス、ちょっと来てくださらない？」

「はい、なんでしょう？」とミセス・デイヴィス。

「ウェンナに言ってシチューのおかわりを持ってこさせましょうか？　本格的なコーンウォール地方のシチューですよ。わたしの母のレシピです。魚はマラザイオンの漁師が今朝捕ったものです」

「いいえ、結構です。ダイアナはもう二杯も食べましたし。でも、キリオン・キープのことでお訊きしたいことがあるんです。キャサリンが言うには、ダイアナと二人でペラナスヌーまで歩いていったけれど、船小屋しか見つけられなかったそうなんです」

「そんなことありえませんよ」とミセス・デイヴィス。「つまり、失礼ですがミス・モンゴメリー、でもキープはそこにあるはずです。船小屋の崖の上に突き出している、大きくて頑丈な建物です。船小屋はキープの一部なんです――ミス・トレローニーが所有している小さな帆船がしまってあります。とても立派な帆船で、ミス・トレローニーは腕のいい船乗りなんです。お若かった頃は、入り江に船を走らせて下の砂浜に引き上げていました。といっても、ミス・トレローニーがご自分で引き上げていたわけじゃありません――いつでも彼女の手助けをしたがっている若い男たちがいましたからね。ミス・トレローニーは村では人気者で、ダンスのときも引く手あまたでしたよ。相手が何人いたことか！　漁師のうちの一人と結婚してしまうんじゃないかって心配していたんです。ミス・トレローニーのご身分にそぐわない相手とね。やんちゃなお嬢さんでしたけど、とても可愛らしくてね、あの長い黒髪で！　ロンドンから来た弁護士と婚約したときは胸を撫でおろしましたよ。とてもハンサムな青年でした。もっとも、見た目より心だとうちの母はいつも言ってましたけどね。ですがお二人でここに来られると、その青年はいつでも礼儀正しく品のいい話し方をしていましたね。それがあんなことになるなんて、悲劇ですわ——ミス・トレローニーが事故のあとロンドンにお移りになったのも無理はありません。彼女にとってこのあたりは恐ろしく悲しい思い出の場所なんでしょうね。さてと、シチューのおかわりがいらなければ、プディングはいかがです？　夕食の最後に美味しいマルメロのフール（ピューレ状の果物をカスタードクリームに混ぜたデザート）を用意してあります」

「うん、お願い」とダイアナ。「ベアトリーチェの分ももらう。彼女はどろどろしか食べないから」

「わかりました、それでは」ミセス・デイヴィスがうなずいた。「すぐにお出ししますよ」

ミセス・デイヴィスが行ってしまうと、キャサリンが言った。「アリスは自分の姿を見えなくできるでしょ」キャサリンはシチューの残りをジュスティーヌの前に置いた。「ほら、魚はぜんぶ取ったから。残りを食べていいわよ」キャサリンはジュスティーヌが魚を選り分けていた小皿を取り上げると、それを食べはじめた。「ミセス・レイモンドはアリスよりも強い力を持っているし、テラはさらに強力よ。三人のうちの誰かがキープを見えなくしていたとは考えられない？　つまり、あたしたちに見えないように。ほら、あたしたちの感覚を操って。ダイアナとあたしはあの道を二度通ったんだから。何も見えなかったのよ」

「ほんとだよ」とダイアナ。「ペラなんとかまで歩いていって、引き返してきたんだ。誰かほかにフールがいらない人はいない？　あたし腹ぺこなんだ」

「ミセス・レイモンドができるとは思えないわ」とメアリ。「彼女の力で建物をすっかり見えなくできてしまうのなら、テラ女王を召喚する必要はなかったはずよ。でもテラは？　彼女に何ができるのかは誰にもわからないわね。ほらね、そもそもキープで彼女たちに対峙《たいじ》すること自体が問題だったのよ。あっちは石壁の向こうにいて、物理的な防御がある。こっちの動きを予測して、備えることができる。それにわたしたちが来るのが見える――キープには窓があるのよ、忘れたの？　だからその案はだめだって言ったじゃない。わたしたちはどうにかしてむこうの不意を衝かなければいけないのよ。ベアトリーチェとわたしが島で考えついた案でいくべきだと思うわ」

「いいわよ、じゃあ。あんたは天才的な計画者なんでしょうから」とキャサリン。「あんたの計画を教えて」

メアリはスープ皿をテーブルのまんなかに置いた。

「これが島だと想像して。そしてこのスプーンが土手道よ。バターナイフが――ジュスティーヌ、あなたのも貸して。この二本のバターナイフが船着場。浅瀬だから、女王陛下を島に送るのにヨットからはしけを出すことになっているの。わたしたちの第一の防御線はビーコンよ――ビーコンの印になるものがないから、想像してもらうしかないわ。ちょっと待って、このパンのかけらを魚の骨の上に置いてみるわね。よし、これが塔よ。もっと高いほうがいいけれどね――列車の発着所から上がってきたとき、海の向こうに見えたでしょう。セント・マイケルズ・マウントの塔のてっぺんにはビーコンがあって、昔は入り江に海賊船がやってきたときにマラザイオンの住人たちに警告するために使われていたの。ビーコンに灯をともして女王陛下のヨットに島から離れるように警告するのよ」

「どうやって城に潜入するの？」キャサリンが訊いた。

「あたしが錠を開ける」とダイアナ。「当たり前じゃん。メアリの口から言うまでもないよ」

「そうよ」メアリはダイアナにうんざりしながら言った。まあダイアナの言うとおりではあったが。「三つの扉があるわ。お城、礼拝堂、そして塔。どの扉の錠前もまるで中世から使われてきたようなものだったわ」

「ちょろいもんだね」とダイアナ。

「塔の上まで上るのよ」とベアトリーチェ。「家政婦のミセス・ラッセルがてっぺんまで狭い階段があると言っていたわ。そこでテレビン油に浸した布切れに火をつけるの。誰か雑貨店に一緒に来てくれるかしら？　買わなければいけないものを運ぶのを手伝ってほしいから。テレビン油が一ガロンはいるでしょうね――今夜やってくる嵐のなかで灯を絶やさずにいるのはたやすいことではないから」

「もう一つ厄介な問題があるのよ」とメアリ。「明日は誰も土手道を渡ることを許されないの。だからわたしたちはつぎに潮が引いたときに渡らなければいけない。それが今夜の八時よ」

「メアリ、それは危険だって言ったじゃない」とベアトリーチェ。「暗いなかどうやって土手道を渡るの？　足場を見失って海に流されかねないわ！」

「手提げランプを持っていく必要があるわね」とキャサリン。

「ランプはだめよ」とメアリ。「誰かに見られるかもしれないから。でも今夜は満月よ――道が見えるはず。少なくとも、そう願うわ。いずれにしても選択肢は少ないのよ。船を持っていないでしょう？　借りることもできるけど、誰も船の走らせ方を知らないじゃない。それに、日が沈んだあとに五人の女性をセント・マイケルズ・マウントに連れていってくれるような地元の漁師はいないと思うし！　ともかく、計画の第二部を実行するために、明日の朝の干潮の前に島に入る必要があるわ。第二の防御線はこのスプーン――つまり土手道よ。テラ女王と誰であれ彼女の付き添いは――おそらくマーガレット・トレローニーとミセス・レイモンドでしょう。アリスも連れてくるかもしれないけれど――午前八時半に始まる干潮のときにこの土手道を渡るはずよ。たぶん、土手道を渡るところを目撃されるないように自分たちの姿を見えなくするはず。島には村と城の領地を隔てる石壁があるの。キャット、あなたのバターナイフを貸して。これがその石壁よ。もっとカーブしているけれどね。城に入るためにはこの壁を通り抜けなければいけないの。土手道が陸地につく場所、このスプーンがスープ皿に触れているところの石壁にアーチ型の門扉があって、丘の中腹に向かって道が続いている。もっとパンを使うわね。このアーチをくぐらないとしたら、村の反対側に出ることになって、そこにはもう一つ入口がある――でもそれは森のなかを通り抜けることになる。彼女たちはきっと楽なほうを選ぶでしょう。彼女たちが島に渡る前に、門扉に鈴をつけた釣り糸を張っておくの。釣り糸の張ってあるところを歩いたら、鈴が鳴るでしょう。わたしたちは壁のうしろに身を隠しておけば、彼女たちの姿は見えなくともそこにいることに気づけるわ。そうしたら、飛び出していってベアトリーチェの胡椒スプレーを釣り糸の真上に吹きかけるの。唐辛子はないけれど、ベアトリーチェが言うにはふつうの胡椒でも効果はあるそうよ、それほど強力ではないけれど。うまくいけば、それで彼女たちの集中力が乱れて幻影が消え、彼女たちの姿が見えるようになるわ。姿が見えれば、テラが稲妻を放つ前にどうにかして彼女に痛手を負わせることができる。少なくともチャンスはある。催眠波を乱す方法があればいいのだけれど、まだアッシャから連絡はないわ。今日はもう電報が届かないし――ミセス・ディヴィスに頼んで電報局に確認してもらったんだけど。何も来ていなかったわ」

「すごく複雑そう」とキャサリン。「これってたんなる計画じゃなくて、いい計画なわけ？　理論的にはうまくいきそうだけど、実際にはありえないような込み入った計画に聞こえるけど」

「キャサリン」ベアトリーチェがだしぬけに言った。「船小屋にはそこにあるようなもの以外は何もなかったって言ってたわよね――それは船のこと？　船小屋に船があったの？」

「もちろん船があったわよ」とキャサリン。「それ以外に何があるっていうの？」

「ちゃんと修理されていた？　航海に耐えられそうだった？　ミセス・デイヴィスはミス・トレローニーがしばらく使っていないと言っていたけれど」

「そんなのどうやってわかるわけ？」とキャサリン。「なかには入らなかったもの。窓ごしにのぞいただけよ。そもそも、あたしは船のことなんて何も知らないし。航海に耐えられそうかどうかなんてわからないわ」

「あたしを見ないでよ」とダイアナ。「あたしだって船のことなんて知らないよ。フールが来た！」

給仕係のウェンナが空いた皿を下げにきた。年配で恰幅のいいもう一人の給仕係がみんなの前に一つずつフールの入ったカップを置いた。ダイアナはすぐさまベアトリーチェの分を横取りした。

メアリが二人の給仕係に礼を言い、ベアトリーチェがお茶のおかわりを頼むと、メアリが言った。「ベアトリーチェが言おうとしていることはわかるわ。もし彼女たちが船を持っているのだとしたら、土手道を渡る必要はないということでしょう。いつでも望むときに船で島に行ける。それじゃあ、土手道で彼女たちを止めるのはあきらめましょう！　第三の防御線の礼拝堂に移るしかないわね」

「礼拝堂って？」キャサリンが訊いた。フールからマルメロを取りのぞいてダイアナのカップに入れ、カスタードだけを食べはじめた。

「お城に礼拝堂が付属しているの」とベアトリーチェ。「瞑想と祈りのための場所よ。女王陛下は家政婦のミセス・ラッセルと軽食をとることになっているわ。そのあと、礼拝堂に下がって祈りを捧げるのよ。今回の訪問で唯一、陛下が一人きりになる時間よ。彼女たちはそこで陛下を待ち受けているに違いないわ」

「論理的に考えれば誘拐するにはもってこいの場所よ」とメアリ。「でも、彼女たちが城や陛下に近づく前に闘える方法があればいいんだけれど！　そんなに長くは待てないもの」

「ミス・トレローニーの船を壊したらどう？」ジュスティーヌが訊いた。「日が暮れるまであと一時間あるわ。わたしが船小屋に入って素手で船をばらばらにすることもできる。もし彼女たちが船で島に向かうつもりなら、明日、船小屋に行って船がばらばらになっているのを発見することになるわ」

「まあ」とメアリ。「すばらしいアイデアだわ」どうして自分で思いつかなかったのだろう？　思いつくべきだった。だって計画者でしょう？　「そうね、キャサリンが船小屋の場所を教えてくれるわ。でもすぐに始めたほうがいいわ。暗がりのなか、崖の上で迷子にならないようにね。彼女たちが船を使えないとしたら土手道を渡るしかなくなるから、わたしたちは待ちぶせすることになるわね。キャット、いい計画じゃなくて申し訳ないけど、それしか思いつかないのよ。ほら、もう六時よ。あなたはジュスティーヌと一緒に船小屋に行って、わたしたちは必要なものを買いそろえに行ったほうがよさそう」

「待ってよ」とキャサリン。「第三の防御線って何？　第三の案があるって言ったわよね。礼拝堂で何をすればいいの？」

「ええと、正直に言って、まだはっきりとはわからないのよ」とメアリ。「何人かで礼拝堂のなかに身を潜めることになるわ、もちろん。それから――どうにかして女王陛下を守る？　あなたとわたしは拳銃を持っているし、ダイアナにはナイフがある。もちろんベアトリーチェとジュスティーヌはそれぞれ防御法があるでしょう。でも陛下がそこにいるのだとしたら、礼拝堂のなかで闘ったりすれば、陛下の身を危険にさらすことになるから」

「いい考えがあるわ」とベアトリーチェ。「ペルセウスの神話のことを考えていたの。彼がメドゥーサと闘ったとき、女神アテナは彼にある武器を与えた……このアイデアが功を奏するかどうかわからないけれど、試してみる価値はあるかもしれない」

「どんなアイデア?」ダイアナが訊いた。マルメロのフールで口をいっぱいにしている。どうして食べ物を噛んでいるときに口を閉じていられないのだろう?

「説明する前にもう少し考えさせて」とベアトリーチェ。「もしかしたらばかげたアイデアかもしれないから」

「ばかげていようがいまいが、今の状況ではなんでもやってみる価値があるわ」とメアリ。「いいわ、じゃあまた集まりましょう、そうね、一時間後? キャット、ジュスティーヌ、あなたたちは船を壊しにいって。ベアトリーチェとダイアナとわたしは機材や物資を買い出しにいくわ。七時にベアトリーチェとジュスティーヌの部屋で落ち合いましょう。あそこならあちこちにダイアナの服が散らばっていないから。それから土手道に向かうまで一時間あるわ」

ダイアナ　キャサリンの服だってあちこちに散らばってるよ。あたしとおなじくらい散らかし屋なのに、どうしていつもあたしにばっかり文句を言うのかわかんない。
キャサリン　ピューマは服を畳んだりしないの。
ダイアナ　ピューマはああだ、ピューマはこうだって! ピューマだってことを、みんなが仕方なく従ってるルールを避けるための言い訳に使ってるんだ。どうせピューマの話は半分くらいでっちあげなんでしょ。
キャサリン　あんたにピューマの何がわかるの、猿娘《モンキー・ガール》?

ジュスティーヌ　キャサリン、こう言ってはなんだけど、ダイアナの言うことも一理あるわ。あなたは何かの義務や責任から逃れたいときにピューマであることを口にするんですもの。
キャサリン　あのね、ピューマにとってはあんたたちはただの肉なんだからね？

「船がなかったってどういうこと？」一時間後、メアリが言った。一同はジュスティーヌとベアトリーチェの部屋に座っていた。

「船小屋に見当たらなかったの」とキャサリン。「むこうはあたしたちが今日キープを探しにいったことを知ってたのよ。あたしたちが戻ってきてどうにかして彼女たちを阻止しようとするだろうって予測したに違いないわ。そういえば、キープはあったの——大きくて四角い塔よ。今朝テラ女王があたしたちの頭を混乱させたりしなければ、ダイアナとあたしはどうやったって見逃すことはなかったでしょうね。ジュスティーヌがキープの玄関の鍵を壊したのよ——どうせむこうはあたしたちのことを知っているんだから、そうしたほうがいいと思って。なかに入ってみたけど、何も見つけられなかった。アリスとホームズさんを探してみたけど、誰もいなかったわ。鳴き声みたいなものが聞こえたような気がしたんだけど、ただの大きな黒猫だった。不気味なところだったわ、エジプトの遺物がたくさんあって！」

「わたしたちが阻止しようとしていることに気づいているなら、論理的に考えて彼女たちがしそうなことは今夜じゅうに島に船で行って、夜明けまでどこかに身を潜めていることよね」とメアリ。「とすると、第二の防御線以外でいくことになるわね！　土手道を守る理由はないでしょう。ビーコンと礼拝堂に集中すべきだわ。ベアトリーチェが必要なものをすべて見つけてくれたの」

「布切れに」ベアトリーチェが大きな包みを持ち上げた。「カンフィンが一ガロン。テレビン油より熱く明るく燃えるでしょう。胡椒にアルコール。噴霧器が二つ。ブダペストで使ったものとおなじよ。それから……」ベアトリーチェは銀の把手のついた鏡を持ち上げた。「ターンパイク・ロードにある古家具や古道具を置いている店で買ったの。骨董品だからメアリに高いお金を払ってもらわなければいけなかったけれど。効果があるかどうか保証はできないけれど、テラの武器は光でしょう――だからそれを屈折させるか、彼女に向かって反射させるかやってみようと思って。ペルセウスが盾でやったようにね。それから少年たちがハイキングやキャンプで使うようなリュックサックを五つ買ったわ。荷物をぜんぶ運べるように」

キャサリンが床に積まれた道具の類を疑わしそうに見た。「テラ女王とミセス・レイモンド相手に使うには強力な武器だとは思えないけど。拳銃でさえも装備が十分だとは言えないし」

「そうだけど、これがわたしたちの手に入るものなのよ」メアリは苛立たしげに言った。キャサリンの言うとおりだと思ったが、そうは言いたくなかった。文句を言ったり批評したりしてもなんの足しにもならない。「できるかぎりのことをするしかないわ。女王陛下を助けたくないの？」

キャサリンはその答えを聞いてもたいして満足していないようだった。「もちろんよ、でもそのあいだに二千歳のミイラに感電死させられるのはごめんだわ！　いいわ、どうやってこれをぜんぶ運ぶわけ？　リュックサックに入るの？　それに、べつな服が必要よ。あんたはどうか知らないけど、あたしはアフタヌーン・ドレスでテラと闘えないもの」

三十分後、一同はダイアナの友達の馬丁たちから借りた服に身を包み、リュックサックを背負って、マラザイオンの町の下にある沿岸の岩場に立っていた。幸運にも、少年たちの何人かはいくぶん体格がよかった。もっとも、ジュスティーヌの足首はズボンの裾からのぞいていたが。メアリは土手道を見つめた。満月の月明かりのもとで、土手道は黒い水をよこぎる銀色のリボンのように輝いていた。「行くわよ」とメアリは言った。「やるべきことをやりましょう」

月明かりに照らされた湿った岩に足を踏み出しながら、メアリはささやかな祈りを捧げた――神様、今夜は溺れ死にさせないでください。もし死ななければならないのなら、明日、乾いた土地で死なせてください。アーメン。

15　セント・マイケルズ・マウントでの誘拐

空が白みはじめた頃には、メアリは体がこわばって冷えきり、ひどく気分が苛立っていた。一同は夜のうちに無事に土手道を渡りきったが、ジュスティーヌが村から丘の上に続く小径を登っているときに足首をくじいてしまった。そこまできても道は危険に満ちていて、いたるところに石があって、つまずいたり転んだりしかねなかった。メアリはあらためて、椅子ごと運ばれるとはいえ、女王陛下はどうやってこの道を城まで登っていくのだろうと思った。まあ、願わくば陛下がセント・マイケルズ・マウントに足を踏み入れずに済むといいのだけれど！

ジュスティーヌは大丈夫だと言い張り、ベアトリーチェが暗闇のなかで彼女の足首を触って骨折はしていないことをたしかめた。一同が夜明けを待つには、小径のふもとにある石造りの牛舎が理にかなっていた。幸運にも、牛たちは丘に放たれていた――朝の乳搾りの時間までは戻ってこないだろう。五人が新鮮な干し草の上で眠るのに十分な場所があったが、今のところ牛舎には四人しかいなかった。ダイアナはジュスティーヌにもたれかかって眠っている。キャサリンは片隅でまさしく猫のように丸まっている。ベアトリーチェだけがその場にいない。庭に出てどこか植物のあいだに座っているのだ。牛舎のなかの空気を有毒にしたくないということだった。

メアリはとぎれとぎれにしか眠れなかった。もたれかかっているリュックサックのなかには、拳銃、胡椒スプレー、銀製の手鏡、布切れの束が入っている。メアリはもう寝ていられなくなった。体が冷えきっていたし、それに認めてしまうと、今日一日がどんな日になるのか心配でたまらなかったのだ。女王陛下を救うことができるのだろうか？　無事に今日という日を生き延びられるのだろうか、それとも白い灰の山になってしまうのだろうか？　その可能性については考えたくない。ここにとどまって何もしないでただ暗闇を見つめているだけなのもごめんだ！　みんなを起こさないようにそっと立ち上がると、牛舎を出て冷たい朝の空気のなかに出た。もうじき太陽が昇るのだろう。雲がたちこめていたが、空はいくぶん薄い灰色だったので夜明け前だとわかった。バラ色の指をした夜明けとはよく言ったものだ！　今日の夜明けは灰色の手袋をはめている。かろうじて薄明かりが差していたので、メアリは何にもつまずかずに道を歩くことができた。ジュスティーヌのように足首をくじきたくはなかった。

メアリはベアトリーチェが石だらけの崖の真下にある花壇に座っているのを見つけた。城の南側のテラスから直接見下ろさないかぎり、人目につかない場所だ。

メアリに気づくと、〈毒をもつ娘〉はほほえんだ。ひさしぶりに満ち足りたような表情をしている。

「おはよう《グッド・モーニング》」メアリが近づいていくとベアトリーチェは言った。

「ほんとうに？」とメアリ。「つまり、そうだろうとは思うけれど。すべての朝はある意味でよい《グッド》ものよね。世界がまた目を覚まして、何が起こっていようとも、鳥たちがさえずり木々が育ち……このお城は何百年もここにあるし、この島は何千年もここにある。それとも、何十万年かしら？　いずれにしても、その長い歴史のなかで、わたしたちの行動はほとんど意味をなさないのかもしれない」

「今朝はずいぶん哲学的なのね」とベアトリーチェ。「そんな気分なのは何が原因？」

「わからないわ」とメアリ。「たぶん、今日死ぬことになるかもしれないから？　これまではいつだって助けがあった――ホームズさんにドクター・ワトスンの助け、アイリーン・ノートン、ミナ・マリー、ドラキュラ伯爵の助け。わたしたち五人だけで事にあたったことはなかった。それにテラ女王ほどの強力な敵に立ち向かうのもこれが初めてよ」

「そのとおりね」とベアトリーチェ。「死んだらわたしたちの魂は天国に行くと思う？」

「わたしはよきカトリック教徒だけれど」とベアトリーチェ。「でもなぜか、わたしの魂は地上に戻ってきて植物に――花や木になるんじゃないかとずっと思ってきたの。たぶん、わたしにはみんなのような魂がないのかもしれない。暗い土のなかに沈んで、春が来るたびに顔を出す。それだけでわたしには天国のようなものだわ」

メアリは疑わしそうにベアトリーチェを見た。「そうかもしれないわね。わたしとしては、死にたくはないわ、少なくとも今はまだ。でも死ななければいけないのだとしたら、大事な人たちの姿が見られる場所に行きたい」

「ホームズさんのことを言っているの？」ベアトリーチェが訊いた。

「え？　違うわよ——その、わからないわ。わたしが言ってるのはあなたやキャットやジュスティーヌ、それにそう、ダイアナのことよ。もちろんミセス・プールも。アリスにミナ、アイリーン……たくさんの人たちのこと。もちろんホームズさんとドクター・ワトスンもね」

「メアリ、他人に嘘をつくのは許されることもあるけれど、自分に嘘をつくのはけっして賢明ではないわ」ベアトリーチェは何かの葉っぱを引っぱってそれを噛みはじめた。たぶん朝食のつもりなのだろう！

「どういう意味？　わたしは自分に嘘なんてついてないわ！　どっちにしても、あなたとクラレンスはどうなのよ？」

ベアトリーチェは驚いたようにメアリを見上げた。

「でも、わたしは自分が有毒だという事実について嘘はついていないわ。クラレンスに愛情を感じているか？　ええ、それは否定できない。たぶん、それほど彼を愛していなければ、わたしは彼の求めるものを与えようとするでしょうね——わたしと一緒にいることを。いわゆるお付き合いをね。そして彼はわたしのように有毒になるでしょう。わたしが生涯背負ってきた重荷を彼にも背負わせたいのか？　愛している男性にそんなことができるのか？　それに想像してみて、メアリ、もしもわたしたちが子どもをもうけたら。きっとその子たちも有毒な体になるわ。わたしのような生き物をこれ以上生み出すことはできない。わたしは父ではない——怪物《モンスター》の子孫を作り出したくないのよ」

「ほんとうに考え抜いているのね」メアリの胸に痛みが走った——ベアトリーチェと自分自身に対する憐れみだ。毒をもつ娘はとても悲しそうだ！　メアリはベアトリーチェの体に腕をまわして慰めてやりたかった。

でもそれがすべての問題なのでは？　ふつうの人間はそんなふうにベアトリーチェを慰めることができない。ジュスティーヌは彼女の毒を吸っても平気だし、ドラキュラ伯爵は彼女が負わせた火傷から回復することができる……でもベアトリーチェが愛する男性は彼女に近づくことができないのだ。メアリもおなじ状況にあるのだろうか？　もちろん、ホームズ氏に抱いている感情は違っている――彼の知性への尊敬と、彼が成し遂げた仕事への畏敬……違う。ベアトリーチェの言うとおり、自分に嘘をつくのをやめなければいけない。尊敬と畏敬はまったく間違った言葉だ。

「考え抜いたわよ、クラレンスが考えないんですもの。彼はいつかわたしたちが一緒になれると信じていて、そうはならないと説得することができないの。ときどき、説得する気にすらなれないこともある。見て、ハアザミの葉の露よ」ベアトリーチェは両手に露をこすりつけると、その手で顔を撫でつけた。「肌艶がよくなるのよ」

「わたしはコールドクリームとペアーズの石鹸でいいわ、どうもありがとう」とメアリ。「みんなのところに戻ったほうがよさそうね」

　ベアトリーチェは立ち上がって手袋をはめ、メアリに片手を差し出した。メアリはその手を取って自分も立ち上がった。ズボンのお尻が濡れてしまっていた。

「許してね、メアリ、あなたの問題に口を挟むつもりはないのだけれど、ホームズさんにあなたがどう感じているか話したほうがいいと思うわ――あなたが彼のことを好きだってことを」

「自分が彼のことをどう思っているのかわからないとしたら？」

「あなたはわかっているわ――自分で認めたくないだけよ。聞いて！　空から雲雀《ヒバリ》の鳴き声が聞こえる。美しい歌じゃないこと？　ここで何をしているのかしら。ふつうは内陸にとどまって、海を渡ることはないのに」

「そうね、美しいわ」とメアリ。雲雀は鳥の一種よね？　誰かが雲雀についての詩を書いていたはず――なんとかかんとか陽気な妖精、きみはけっして鳥ではない、とか。でもメアリが覚えているかぎりでは、雲雀はやっぱり鳥だけれど。メアリには鳩や雀《スズメ》のほうがなじみがあった。顔に雨粒がぽつりぽつりとあたった。雲雀は雲雀の歌をうたいつづけている。二人が牛舎にたどり着くと、キャサリンとジュスティーヌが目覚めていた。ダイアナはメアリのリュックサックを枕にしてまだ眠っている。

「寝た子《ダイアナ》を起こすな！」メアリとキャサリンが同時に言った。メアリはほほえんだ。まあ、今日死ぬのだとしても、少なくとも友人たちに囲まれて死ねる。

一同は雑貨店で買ったフェアリングと呼ばれる硬いジンジャービスケットを朝食に食べた。メアリはビスケットを飲み下すのにお茶かミルクを少し飲みたかったが。今朝のところは我慢するしかなかった。

「計画をおさらいしましょうよ」とキャサリン。「礼拝堂に着いたらベアトリーチェとダイアナは塔に上る。残ったあたしたちは家族用の信徒席に身を隠す。そして待つ。ベアトリーチェが女王のヨットが船着場に近づいてはしけが出るのを見たら、すぐにビーコンに灯をともす。ヨットに乗っている誰かがそれが警告だと理解して、引き返してくれればいいんだけど。もしそれがだめで女王がはしけに移ったら、ダイアナが降りてきてあたしたちに報告する。その時点で、ミス・トレローニーとミセス・レイモンド、そしてテラ女王が礼拝堂に入ってきたらすぐ、三人が女王に近づく前に捕らえることがあたしたちの仕事になる」キャサリンはメアリのほうを向いた。「どうしてまわりくどいことをせずに今すぐ三人を捕らえちゃいけないの？　あたしは彼女たちの船がどんなものか知っているわ。船着場で見つけられるはずよ」

「まず第一に、それが疑わしいから」とメアリ。「わたしが訊ねたとき、あなたはあやふやにしか答えられなかったでしょう。第二に、彼女たちはもう船にはいないでしょうね。村の家か城に隠れているはずよ。覚えてるでしょ、彼女たちは自分たちの姿を見えなくすることができるの——もっと快適な宿泊先を見つけられるのに、この天気のなか一晩じゅう野外にいるはずがないわ。きっと牛小屋よりも居心地のいい場所にいるはずよ！　この島にいるけれど、どこにいるかは突き止められない。絶好の機会は礼拝堂にいるときよ。女王陛下を誘拐するためには彼女たちは礼拝堂に行かなければいけないでしょうから、三人の姿を見たらすぐに全力を尽くして彼女たちを捕らえるのよ！　そして女王陛下を守りきったら三人にアリスとホームズさんの居場所を白状させる。キープにはいなかったのだから、どこにいるのかしら？」

「まだ生きているといいけど！」とキャサリン。「それにアリスがまだあたしたちの味方だといいけど。三人に力を貸すことだってありうるでしょ」

「もちろん生きているわよ！」ジュスティーヌがいつになく鋭い口調で言った。「それにわたしは一瞬たりともアリスがわたしたちを裏切るなんて考えたことはないわ」

メアリもおなじ口調でおなじことを言おうとしていた。どうしてキャサリンは今そんなことを持ち出す必要があるのだろう？　悲観的になっているときではないのに。もちろんアリスとホームズ氏は生きている。生きていなければならない。それにメアリは心の底から——まあ、ほとんど心の底から——アリスを信じている。

アリス　ほとんど？

メアリ　いろいろ言っても彼女はあなたの母親ですもの。

牛舎の窓ごしに、雨が強くなってきているのが見えた。メアリは腕時計に目を落とした。「七時半よ――もうじき日が昇るわ。そろそろ行かなくては――牛が乳搾りのために戻ってくるでしょうし、城のみんなが目覚める頃には礼拝堂に隠れておきたいわ。厨房の使用人たちはもう起きているでしょうけれど、下僕たちや、最悪の場合でもミセス・ラッセルと鉢合わせしたくないから。お願い、ダイアナを揺り起こすのを手伝って！　寝た子を起こすなとは言っても、この子を起こすのは毎朝ひと苦労なんだから」

ダイアナ　あんたたち、寝た子がどうこうってほんとに言ってたんだ――しかもほんとにそうすることもあったんだ！　冗談かと思ってたよ。あたしを爪弾《つまはじ》きにするためでしょ？　あたしが寝てたら、いつでも好きなときにあたしを置き去りにしていけるもんね。あんたたちに都合がいいわけだ！　あたしを仲間に入れたくないんなら、どうして手元に置いとくのさ？　これからは自分たちの力で鍵を開けたり、レンガの壁をよじ登ったり、ルシンダを助けたりすればいいよ！

キャサリン　まあ、一種の冗談よ。ダイアナ――ダイ、戻ってきて。あの子ったら本気で傷ついたみたいだわ。ダイ、ごめんね。お願いよ、あんたの気持ちを傷つけるつもりはなかったのよ……

城のなかに入るのは難しくなかった。ダイアナは黒っぽい木が鉄で堅く合わさった陰気な正面玄関の扉の鍵を難なく開けた。銃眼のある石壁に囲まれたテラスに続く二番目の扉も「ちょろい」ものだった。そこからベアトリーチェは本土を見ることができた。空が明るくなりはじめている――マラザイオンの小さな白い家々が見え、昨日の夜に土手道を渡ってきた海には白波が立っているのが見える。今、土手道は海のなかだ。

「行きましょう」とメアリ。「礼拝堂はあっちよ。誰かに見られる前に隠れなくては」

ベアトリーチェにわかるかぎりでは、誰にも姿を見られていなかった。一度キャサリンがみんなに小径の脇の木々のうしろに隠れるように言った。つぎの瞬間、二人の男が城から運び出した大きな椅子を抱えて小径を通っていった。あの椅子で女王は城に運ばれるのだろうか？　だがキャサリンは扉を開ける前に耳を澄ませ、近くに誰もいないことをたしかめた。今のところ《ソー・ファー・ソー》は大丈夫《・グッド》、とベアトリーチェは思った。メアリが教えてくれた便利な英語の言いまわしだ。

一同が礼拝堂に入ると、ダイアナが鐘楼に続く小さな扉の鍵を開けた。ベアトリーチェは身をかがめてその扉をくぐらなければいけなかった。どうやらこれを設計した修道士は彼女より背が低かったようだ。ベアトリーチェは振り向いてメアリに言った。「幸運を祈るわ。それに、わたしたちの任務が成功したと報告できることを祈っているわ」塔のなかの階段は狭くて天井が低かったので、ベアトリーチェはずっと身をかがめていなければいけなかった。カンフィンの入った金属製の容器と、布切れが詰まった二つのリュックサックを塔のてっぺんまで運ぶのは、予想していたよりも骨が折れた。ベアトリーチェはたびたび立ち止まって休憩しなければいけなかった。

「どうしてまたこんなことしなくちゃいけないの？」ダイアナが訊いた。

「ビーコンに灯をともすためよ」とベアトリーチェ。「あなたは火の扱いがとてもうまいでしょう。あなた一人の力でルシンダを病院《クランケンハウス》から救い出したことを覚えている？」

「もちろんだよ」ダイアナは一瞬、まるで卵を産んだ鶏のように、じつに誇らしげな表情を浮かべた。「いいよ、この金属の容器をしばらく運んであげる。それにしても、どうして金属なんかで作らなきゃいけなかったんだろ?」

「カンフィンはとても燃えやすいからよ」とベアトリーチェ。「明るくて強烈な炎を立てるの」少なくともそう願いたい。塔の石壁に囲まれていても、風が強くなってきているのが聞こえる。雨はどれくらい強く降るのだろうか。

二人は木製の足場と礼拝堂の鐘を通りすぎた。二人が塔にいるあいだに誰もこの鐘を鳴らさないといいのだけれど——きっと耳をつんざくような音が響くだろう。ああ、跳ね上げ戸があった。あそこから塔の頂上にいけるに違いない。やっと着いた! ベアトリーチェは跳ね上げ戸を持ち上げてあたりを見まわした。

やっぱり風が強くなっている。濃い灰色の雲が東から流れてきている。雨は断続的に降っている。ベアトリーチェは跳ね上げ戸を閉めた。

「鐘の脇の足場で待っているべきね」とベアトリーチェ。「外はひどく濡れているわ——布切れを湿らせたくないもの。灯をともすまでなるべく乾いたままにしておかなくては」ベアトリーチェは下襟の時計に目をやった。女王のヨットが船着場に着くまであと数時間ある。少なくとも、鐘の音を逃がすために空けられた隙間が十分な空気を取り入れてくれる。ベアトリーチェの毒が充満する危険はなさそうだ。

「待つのは大嫌い」とダイアナ。

「でもメアリが言うにはあなたはすごくおもしろいゲームを発明したそうじゃない。わたしはあるものを思い浮かべている。あなたはわたしが考えていることを当てられないと思うわよ」ベアトリーチェは足場に腰をおろした——足場は古いが、彼女の体重を支えるには十分頑丈そうだ。

ダイアナは階段に腰かけ、目を細めてベアトリーチェを見た。まるで表情をうかがうだけで彼女の考えているることを当てようとするみたいに。「それは象より大きい？」

キャサリン　ダイアナ、そのゲームを一緒にやりましょう、あたしが考えてることをあなたが当てるゲーム。好きなだけ付き合ってあげる。本気で口をきかないつもり？

ダイアナ　地獄に落ちろ。あんたたちみんなだよ。

石造りの古い礼拝堂に何時間か身を潜めて、イギリスの女王を救う必要があるかどうかを見極めるまで待たなければいけないとしたら、ジュスティーヌ・フランケンシュタインとキャサリン・モローほど一緒に待つのに適した仲間はいなかった。少なくとも、メアリは扉からいちばん離れた信徒席にしゃがみこんでいるあいだにそう思っていた。誰かが礼拝堂に入ってきても、三人がすっかり身を隠していられるくらい信徒席は高さがあった。ジュスティーヌは誰かがクッションの上に置き忘れていった聖書を見つけ、礼拝に用いられる箇所を静かに読んでいた。身を隠した矢先、キャサリンは紐を一本取り出して両端を結びあわせた。それからメアリにとりわけ複雑なあやとりを教えた。

「待ってるあいだ何かすることがあったほうがいいと思って」とキャサリン。「これは〈ジェリコのねじれた双子〉のドリスとイーディスから教わったの。子どもの頃に発明したんだって。少なくとも二時間は待たなきゃいけないでしょ。新しいあやとりの取り方ができるかやってみましょうよ」

ときおり、ジュスティーヌが礼拝堂に響き渡らないような静かな声で、聖書からの引用を二人に読み聞かせた。

「『何事にも時があり』」ジュスティーヌが朗読した。「『天の下の出来事にはすべて定められた時がある。生まれる時、死ぬ時。植える時、植えたものを抜く時。殺す時、癒す時。破壊する時、建てる時。泣く時、笑う時。嘆く時、踊る時。石を放つ時、石を集める時（日本聖書協会『新共同訳旧約聖書』コヘレトの言葉3章より）』……これは〈コヘレトの言葉〉のなかでいちばん美しい詩句だと思うわ」

「それから、悪魔のようなエジプトの女王と闘うとき」とメアリ。「もうそろそろそのときが来そうよ」

――メアリは腕時計を見た――「あと一時間くらいで」

そのとき、メアリは何かが軋《きし》むような音を聞いた。礼拝堂の扉が開いたのだ――三人が通ってきた大きな扉ではなく、祭壇に近いところにある小さな扉だ。ヴィクトリア女王のヨットはあと一時間しないと到着しないはずだ。予定より早く着いたのだろうか？　女王陛下はすでにこの島にいるのだろうか？　そんなはずはない。メアリの知るかぎり、女王の一行は既定の予定に従って行動するはずだ。『王室行事日報』に掲載され、《デイリー・テレグラフ》やほかの一般紙に再掲載される予定表に従って。城の使用人が祈りを捧げるために礼拝堂にやってきたに違いない。それがいちばん可能性の高い説明だ。三人はちゃんと身を隠しているし、城の使用人は誰も家族用の信徒席なんて使わないだろう。静かにしているかぎり、見つかることはないはずだ。

だが、物音の主は一人ではなかった。複数の足音が聞こえる。メアリはキャサリンとジュスティーヌを見た――二人ともおなじ物音を聞いているようだ。ジュスティーヌは警戒するような表情を浮かべ、キャサリンは決然とした様子だ。

全員がよく知っているダンスのステップを踏むように、ジュスティーヌは聖書を置き、キャサリンはあやとりの紐を下ろし、三人は信徒席により深くしゃがみこんだ。キャサリンはベンチに置いてあるリュックサックのなかから拳銃を取り出した。それを合図に、メアリも拳銃を抜き出した。

足音が会衆席のほうまでやってきた。何かを石の床に引きずるような、またべつの物音もする。

キャサリンが指を三本立てた。足音の主が誰であれ、ぜんぶで三人いるようだ。メアリは手にした拳銃の重みに安心感を覚えた。この銃で獣人や吸血鬼を撃ってきたのだ。今日も役に立ってくれるといいのだが。ジュスティーヌが警戒しながらも冷静な様子で二人を見た。キャサリンとジュスティーヌがいてくれてよかった！　これ以上の仲間は望めなかっただろう。

メアリ　今でも望めないわ。

足音は会衆席を通りすぎ、礼拝堂の後方に向かっていく。何か得体の知れない音がしたかと思うと、扉が開いた。メアリは話し声のようなものを聞いたが、くぐもっているうえに離れていたので、ひと言も聞き取れなかった。

キャサリンが「待て」というように片手をあげた。

何が起こっているにせよ、まだ終わっていないようだ。扉が閉まった。足音は会衆席を引き返していって、謎の人物たちが礼拝堂に入るのに使った扉のほうに向かっていった。やがてその扉がガチャッと閉まった。

三人は顔を見合わせた。「行きましょう」メアリが言った。「何が起こったのかたしかめに」

メアリは拳銃を手にしたまま最初に信徒席から這い出た。何かを引きずるような音が通路を過ぎて礼拝堂のうしろのほうに向かっていたようだ。メアリの知るかぎり、そこにあるのはオルガンだけだ。装飾のほどこされた木製の壁がオルガンと礼拝堂を隔てている。壁には扉があるが、ミセス・ラッセルはその扉を使うのはオルガン奏者が楽器のところに行くときだけだと言っていたし、オルガンを弾くだけの空間しかない。いったいどうして何かをオルガンのほうに引きずっていこうとしていたのだろうか？　「キャサリン」とメアリ。「何が聞こえた？　あなたはわたしより耳がいいから」

キャサリンは木製の壁の反対側の端のところに立っていた。「この扉が開いて閉じる音が聞こえたわ」とキャサリン。ああ、装飾に隠れてべつの扉があった！ミセス・ラッセルは見学ツアーのときにその扉については何も言っていなかった。キャサリンは右手に拳銃を持ち、左手でその扉をそっと開けた。扉の向こうにあるものを確認すると、さらに扉を開いてメアリとジュスティーヌにも見えるようにした。そこには長く狭い廊下があった。どうやら城の使用人区域に通じる廊下らしい。扉のそばの床に、三人の女性が横たわっている。二人はメイドの制服を着て、残る一人は白い襟と袖のついた黒いドレス、家政婦のもっとも正式な服装に身を包んでいる。

「ミセス・ラッセル！」とメアリ。「昨日ベアトリーチェとわたしが会った家政婦よ。女王陛下と十一時のお茶をご一緒することになっている。ほかの二人は応接間付きのメイドに違いないわ。彼女たち……」

ジュスティーヌがひざまずいて二人の女性の喉元に手を当てた。「息をしているわ、浅くだけれど。催眠術のようなものにかかっているんだと思うわ。やってみたほうがいいかしら――」

「ええ」とメアリ。「彼女たちを起こしてみるべきね」

だが、いくらメイドと家政婦を揺さぶってみても、彼女たちは目を覚まさなかった。メアリはミセス・ラッセルの頬を叩きさえした。ミセス・ラッセル、もしこれを読んでいたら、メアリがそんな勝手な真似をして申し訳なかったと言っています。しかし無駄だった。三人の女性は意識を失ったままだった。

「まあ、少なくともテラ女王とあとの二人をどうやって見分ければいいかがわかったわ」とメアリ。「テラたちは家政婦とメイドに成りすますために彼女たちをここに連れてきたんだと思うわ。つまり、テラたちは女王陛下を礼拝堂ではなく青の客間で誘拐しようとしているのよ。ミセス・ラッセルが陛下にお茶を出すことになっていた部屋よ」

「それじゃあそこで彼女たちに立ち向かわないと」とジュスティーヌ。「メアリ、案内してちょうだい。キャサリンとわたしはその部屋がどこにあるのか知らないから。ベアトリーチェに何が起こったか、わたしたちがどこに向かうか報告すべきかしら？　でも彼女は塔のてっぺんにいるのよね。下から呼びかけてもわたしたちの声が届くとは思えないわ」

「塔のてっぺんまで上っている時間はないわ」とメアリ。「それにベアトリーチェとダイアナがしなければいけないことに変わりはない――いずれにしても、ベアトリーチェたちは女王陛下のヨットに警告を送らなければいけない。わたしたちはテラ女王と彼女の――なんて言うのかしら、女子分たち？――に立ち向かわなくては。なんと呼ぶにしても、彼女たちを探して立ち向かう必要があるわ、今すぐに」

「この制服に着替えたほうがいいんじゃないかな」とキャサリン。「この服装じゃ城のなかですぐに目立ってしまうわ。でもメイドの恰好をしていれば、少なくとも誰も顔まで見ないかもしれない。メイドに注意を払う人なんていないもの。城のなかに行くなら、その一員のふりをしなきゃ」

三人はできるだけ急いで二人のメイドの制服を脱がし、彼女たちを肌着姿にした。それから、メアリは心の底から罪悪感を覚えながら――誰かがミセス・プールにおなじことをすると想像してみたら！――ミセス・ラッセルの黒いドレスを脱がした。メアリとキャサリンはメイドの制服を着こみ、ジュスティーヌがいちばん丈の長い家政婦のドレスを着た。ドレスはジュスティーヌには幅が広すぎたし丈が短すぎた。あらためてミセス・ラッセル、それにフィリスとノラ、この辱《はずかし》めを償う方法があれば、わたしたちは努めてそうします。

ミセス・プール　そう願いますよ！　いくら致し方ない状況だったとはいえ、ミセス・ラッセルのようなご婦人をそんなふうに扱うなんて許すことはできません。

「そうね」メアリがジュスティーヌに言った。「誰もあなたの足首に注意を払わないことを願うわ！」

テラ女王と闘うために買った銀製の手鏡を見ながら、メアリとキャサリンはメイドの帽子をかぶり、髪を結い上げた。幸運なことに、エプロンにはただのお飾りではない実用的なポケットがついていた。メアリは片方のポケットに二十二口径の拳銃を入れ、もう片方に銀製の手鏡を入れたが、柄《え》が突き出してしまった。キャサリンもポケットに三十二口径の拳銃を入れたようだ。

　ジュスティーヌは胴衣を引っぱり下ろした。胴衣もドレスとおなじように、幅が広すぎたし丈が短すぎた。腕をあげると胴衣とスカートのあいだに隙間ができた。

「胡椒スプレーを持っていくわ」とジュスティーヌ。「ミセス・ラッセルのドレスは裏地に隠しポケットがついているの。なんて実用的なのかしら」ジュスティーヌは両方のポケットに胡椒スプレーの瓶を入れた。

　メアリは三人の姿をしげしげと眺めた。「いいと思うわ。ジュスティーヌ、襟が突き出ているわよ。ほら、直してあげる。これでちゃんとして見える。髪が短いのをのぞけばね。でもそれはどうしようもないから」

「どうしてメイドの制服ってこんなにばかげたものでなくちゃいけないのかしら？」とキャサリン。「この糊のきいたフリルを見てよ。どうしてメイドは好きな服を着ちゃいけないの？」

「ベアトリーチェみたいなこと言うのね」メアリはそう言って腕時計に目をやった。「メイドの制服にどんな意見を持っているにせよ、今日は社会秩序を覆《くつがえ》しているいる暇はないのよ。女王陛下のヨットが船着場に到着するまであと十五分。もちろん、嵐が来れば多少の時間の誤差はあるでしょうけれど。ベアトリーチェは今頃ビーコンに灯をともしているでしょう。行きましょう！　青の客間に行かなければ」

メアリは先頭に立って礼拝堂を出た。ミス・トレローニー、ミセス・レイモンド、そしてテラ女王が使った扉を抜けて。テラスを挟んで右側には、青の客間へと続く玄関ホールへの入口があった。三人が使用人の服装に身を包んでいるのは幸いだった。テラスにはすでに使用人たちが集まりはじめていたのだ。女王陛下は今朝メアリたちがやってきた道を運ばれてくるのだろう。城の正面玄関を抜けて北側のテラスに直行し、青の客間に入るのだろう――セント・マイケルズ・マウントの使用人たちは陛下ができるだけ楽に過ごせるように配慮するはずだ。それは好都合だった――こうなるとテラ女王が女王陛下を誘拐する場所は青の客間にかぎられるからだ。まあ、そんなことが起こらないようにしなければいけないけれど！

執事とおぼしき男がテラスをせわしなく行き来して、下僕の一団に指示を出している。だがキャサリンが予測したとおり、三人が通りかかっても誰も気にも留めなかった。制服の便利なところは、それを着ていれば中身の女には誰も気づかないことだ。

玄関ホールをよこぎりながら、メアリはエプロンのポケットから拳銃を引き抜いた。キャサリンもおなじことをしていた。ありがたいことに、すべての使用人たちは外のテラスに集まっていた！　拳銃を持ったメイドが二人いたら、きっと誰かに見咎められたに違いない。

メアリはアーチ型の戸口を抜けて青の客間に足を踏み入れた。拳銃を抜き、何が起きても――たとえ稲妻であろうとも――いいように身構えた。客間は空っぽだった。まあ、空っぽというわけでもない——女王陛下が座るはずのチッペンデール風のソファがあり、そのほかの調度品、絵画に装飾品の類があった。だがそこには誰もいなかった。

テラ女王、ミセス・レイモンド、ミス・トレローニーはどこにいるのだろう？ 姿を見えなくしているのだろうか？ でもどうして？ 彼女たちのもくろみは家政婦と二人のメイドに成りすまして城の住人を——そして女王陛下を騙すことのはずだ。

「ほかの部屋はどう？」キャサリンが小声で訊き、暖炉の右側にある扉を指差した。

その扉の向こうにはもう一つ小部屋があるが、ミセス・ラッセルはそこは大勢の来客がある場合に備えて予備の椅子をしまってある倉庫だと言っていた。メアリはできるだけ静かに青の客間をよこぎり、キャサリンとジュスティーヌについてくるように手を振った。

倉庫の扉は閉まっている。メアリは注意深く把手をまわして扉を開け、拳銃を先に突き出して倉庫に入った。そこにも誰もおらず、ただ椅子と小さなテーブルがしまってあるだけだった。客間とおなじく、倉庫のなかも繊細なウェッジウッドの青色に塗られている。

「わからないわ」メアリはキャサリンとジュスティーヌに言った。「テラたちはここにいると思ったのに。じゃなかったらどうして家政婦とメイドにあんなことをしたの？ わたしは彼女たちの計画を誤解していたのかしら？」シャーロックがここにいたら！ 彼ならほかにもいろいろなことを解明してきたようにこの謎を解き明かせるだろう。でも彼はいないのだから、メアリは自力で謎を解かなければいけない。一連の推理のどこかで間違いを犯したに違いない……

キャサリンがメアリの腕に触れた。メアリははっとしてピューマ女を見た。キャサリンはめったに人に触れることがないのだ。キャサリンが指をくちびるにあてている。静かに、と言っているようだ。それから指を耳にあて、鼻にあてた。最後に青の客間のほうを指差した。ジュスティーヌは耳をそばだてている。何かメアリに聞こえないものを聞いているのだろうか？　ううん、メアリにも聞こえる――誰かが青の客間にいる。

キャサリンはそっと青の客間の戸口に戻り、そこで耳を澄ませた。メアリはしばらく待ってみたが、聞こえるのは足音だけだった。テラ女王が客間にいるのだとすれば、行動を起こしたいし、迅速にやりたい。メアリはキャサリンを通り越し、戸口に立って拳銃を体の前に構えて指を引き金にかけた。

青の客間のまんなかにミセス・ラッセルが立ち、二人のメイドの監督をしている。メアリたちが倉庫にいるあいだに入ってきたに違いない。メイドの一人は炉棚の上の飾り物の埃を払っていたが、有能なメイドならしないようなやり方で、飾り物を持ち上げずに羽根ぼうきを動かしている。その瞬間、メアリは大理石の胸像が床に落ちて割れるだろうと確信した。もう一人のメイドは青いソファのクッションをふくらましていたが、それはおもに馬の毛が詰め物に使われた、ふくらませる必要のないタイプのクッションだった。二人は演劇のなかでメイドの役を演じている女優のようだった。だがそれはもちろんミセス・ラッセルではない。彼女は廊下で意識を失っているのだ。二人のメイドもそうだ。どれがテラ女王だろう？　どれがミセス・レイモンドで、どれがマーガレット・トレローニーだろう？　それに誰がこの幻影を創り出しているのだろう？　メアリにはわからなかった。誰を撃てばいいのか？　一人を選ぶ必要があったが、メアリはためらった。と、ミセス・ラッセルが戸口に立っているメアリに気づいた。うなるような声をあげて左手を掲げた。手には七本の指がある。メアリは引き金をひいて家政婦の肩を撃った。

静かな青の客間に響き渡った銃声は、耳をつんざくようなものだった。ミセス・ラッセルが悲鳴をあげて崩れ落ちた。だが、床に倒れこんだのはミセス・ラッセルではなかった――それは小柄な体つきのテラ女王で、家政婦の黒いドレスではなく白い亜麻布のドレスに身を包んでいる。そのドレスにみるみる赤い染みが広がっていった。喉元のルビーのスカラベとおなじ色だ。二人のメイドももはやメイドではなく、ミセス・レイモンドとマーガレット・トレローニーになっていた。ミセス・レイモンドは驚き、うろたえたようにメアリを見た。ミス・トレローニーは叫び声をあげて倒れたテラの傍らにひざまずき、エジプトの女王の肩に両手をあてて血を止めようとした。

「いい一撃だったわ」キャサリンが言った。キャサリンとジュスティーヌは戸口からやってきて、それぞれメアリの背後の左右に立っていた。「あとの二人も仕留めましょう」

床にひざまずいているミス・トレローニーが片手をあげてメアリを指差し、ミセス・レイモンドに言った。「あの女を殺すのよ」

キャサリン　あれはすばらしい一撃だったわ、メアリ。

メアリ　まぐれ当たりよ。もしもかわりにマーガレット・トレローニーを撃っていたら、テラ女王がたちまちわたしたちを感電死させて、アテナ・クラブが終わりになっていたでしょうね。あるいは少なくとも三人のメンバーの終わりに！

ベアトリーチェは下襟の時計をたしかめた。時間だ。「行くわよ」ベアトリーチェはダイアナに言った。「ビーコンに灯をともさなくては」

「あんたが考えてるのはビッグ・ベン？」ダイアナが訊いた。

「当たりよ」ベアトリーチェは言った。ほんとうはメアリの腕時計だったのだが、もうダイアナのゲームに付き合っている暇はない。

「じゃあどうして象より小さいって言ったのさ？」とダイアナ。

「ビッグ・ベンは象より大きかった？　わたしは時計の文字盤だけのことを言ったのよ。この布切れを運んでちょうだい、わたしはカンフィンの容器を運ぶから。来て《ヴィエニ》、いとしい友《カラ・ミア》」ベアトリーチェは跳ね上げ戸を開けた。風が強くなっているし、雨がしとしとと降っている。灯をともすことができるだろうか？　塔のてっぺんからは三方に水平線が見える。残りの一方には海岸があり、灰色の丘を背景にマラザイオンの白い家々が見える。海は灰色で、岸辺に押し寄せて砕ける波の頂には白い泡が立っている。そしてあそこに見えるのが──女王陛下のヨットだ。灰色の水に浮かぶ白い船体がセント・マイケルズ・マウントのほうに近づいてくる。だが、ベアトリーチェが予想していたよりも遠くにいる。天候のせいで予定が遅れているに違いない。ビーコンに灯をともすまで少し待つべきだろう。十分ほど待てばいいはずだ。ベアトリーチェはメアリが着ていけと言い張ったばかげた雨外套を脱ぎ、それを布切れが詰まったリュックサックの上にかけた。少なくとも布切れが濡れないようにしなくてはいけない。それから手袋を脱いでズボンのポケットに入れた。これからやることは素手でやらなくてはいけないのだ。

「この雨のなかで突っ立ってるわけ？」ダイアナが訊いた。

「そうよ」ベアトリーチェは雨外套──英語ではマッキントッシュと呼ぶが、彼女には発音が難しかった──のポケットにマッチ箱が入っているかどうかをたしかめた。

「そうなんだ。わかった。見て、キープだ。ここからでも見える。それに宿屋も。ミセス・デイヴィスは今夜の夕飯に何を出すのかな？　ビーフ・ウェリントン

（牛肉をパテなどで覆ってパイ生地で包んで焼いた料理）が好きだって言ったら、あたしのために作ってみてくれるって言ってたんだ」

ヨットが少しずつ近づいてくる……

ベアトリーチェはもういちど時計を見た。文字盤に何滴か雨粒がついている。時間が来た。

「それかソーセージ。八月に殺した豚からソーセージを作ったんだって。ペラナスヌーの近くの農場の豚から」

ベアトリーチェはダイアナに口を閉ざして布切れを取り出すようにと言いかけた。ところが、ダイアナは嘘みたいだけれど「豚のプリン《ホッグズ・プディング》」と呼ばれるコーンウォール地方のソーセージの話をしながらも、まさに布切れを取り出しているところだった。どうやらダイアナの夕食のメニューへのこだわりは、物事を成し遂げる邪魔にはならないようだ。

そのとき、風と雨の音とダイアナのおしゃべりにまじって、何かが軋むような音が聞こえた。跳ね上げ戸が開きかけている。一インチ、二インチと戸が開いていく。

誰かがあとをつけてきたのだ――おそらくは、女王に信号を送るのを阻止しようとしている誰かが。ベアトリーチェはメアリとキャサリンのように拳銃を持っていない。あるのは毒だけだ。急いで跳ね上げ戸のほうに行くと、両手を伸ばして指を曲げ、跳ね上げ戸から入ってくる相手に火傷を負わせる準備をした。

「ナイフで喉をかっ切ってやる」ダイアナがベアトリーチェの横に立ち、ナイフを構えて備えた。この子にはうんざりさせられることもあるけれど、ピンチのときはいつでも頼りになる。

跳ね上げ戸が少しずつ開き、男の頭が見えた。黒い瞳に二日分ほど伸びた無精髭、くしゃくしゃの黒髪に格子柄の帽子をかぶっている。

「なんだ、あんたか」ダイアナがナイフをおろした。

「アイザック・マンデルバウムだよ」ダイアナはベア

トリーチェに言った。どうやら誰かをナイフで突き刺すことができなくて残念がっているようだ。「モリアーティのもとで働いているふりをしてるんだけど、ほんとはあたしたちの味方なんだ」

ベアトリーチェはあとずさって手をおろした。「メアリが言うには、あなたはマイクロフト・ホームズのために働いているそうですね」

まだ二人が襲いかかってくるのではないかと心配しているように、アイザックはそろそろと階段を上りきって跳ね上げ戸を閉めた。革製の鞄を肩に下げている。鋼鉄製の大釜に布切れが入っているのを見ると、アイザックはにやっと笑った。「なるほど、多かれ少なかれ、おれたちはおなじことを考えていたようだな。おれも女王に警告するためにここに来たんだ。会えてうれしいよ、ミス――」

「ラパチーニです」とベアトリーチェ。「ビーコンに灯をともそうとしていたんです。あなたの計画は？」

「手旗信号だよ」アイザックはそう言うと、肩かけ鞄から布が巻かれた二本の棒を取り出した。「だがこの雨じゃ船長には見えないかもしれない。船着場に同胞が二人いて、女王が上陸したら警告する用意をしているんだ。もっと直接的な方法で女王に警告しようとしたんだが、女王のまわりの権力者のなかにはまだモリアーティの共謀者がいるのさ。奴らはモリアーティが死んだことをまだ知らないから、あの男の計画を遂行しようとしているんだ。奴らのことも止めなきゃいけないが、まずは女王がセント・マイケルズ・マウントに足を踏み入れないようにしなくては。おれたち協力しあえるかな？　こんなチャーミングな協力者と一緒に仕事ができたらうれしいが」

「あんた、ベアトリーチェを口説こうとしてんの、それとも灯をともそうとしてんの？」ダイアナが訊ねた。腕組みをして二人を睨みつけている。

「やあ、ミス・ハイド」アイザックはにっこり笑いながら言った。「また会えてうれしいよ。いつも前途多難な状況でばかり会うけどな」

「あんたをぜんとたなんしてやる!」とダイアナ。「誰に送りこまれてきたわけ? 自分で誰かを助けるかわりにご立派なクラブに入り浸ってる、でっかい怠け者? 少なくともあいつの弟は外に出て何かをしてるよ!」

「わかりました、マンデルバウムさん」とベアトリーチェ。まったく《ベル・カリタ》もう! 目の前の仕事に集中させてもらえないのだろうか? 「この容器を運んで布切れをなかの液体に浸してください。気をつけて——中身はカンフィンで、とても燃えやすいから。一滴もご自分にかからないように。炎に包まれたくはないでしょう」

　アイザックはうなずき、容器を持ち上げると蓋をまわした。慎重に、だがしっかりと中身を布切れの上から注いだ。ベアトリーチェは両手で鼻を覆った——カンフィンは嫌なにおいがするのだ。布切れは湿っていた——びしょびしょというほどではないが、たしかに乾いてはいない。火がつくだろうか? ベアトリーチェは長く待ちすぎただろうかと心配になった。

　アイザックはうしろに下がり、石の上に容器をおろした。

「あなたもよ、ダイアナ」とベアトリーチェ。「うしろに下がって、わたしのマッキン——」ベアトリーチェはうまく発音できなかった。「雨外套を取ってちょうだい。乱暴に投げ捨てたりしないで、きちんと畳んでおけばよかったのに」

　ダイアナは下品なしぐさをしてみせたが、ベアトリーチェにマッキントッシュを手渡した。ベアトリーチェはポケットのなかからマッチ箱を取り出すとマッチを擦り、それをカンフィンに浸った布切れに投げ入れた。心配することはなかった。布切れは盛大に燃え上がった——白くて熱い炎が高く高く立ち昇った。ベアトリーチェは急いでうしろに下がり、城壁のほうまであとずさった。

塔の反対側では、アイザックが旗を広げていた。ベアトリーチェは彼が火に近づいていって、旗を炎にかざすのをみてびっくりした。一瞬のうちに、旗の布に火がついた！　アイザックは振り向いて塔の端まで歩いていくと、海岸のほうを――そして女王陛下のヨットのほうを向いた。二本の旗を掲げるとそれらを動かしてメッセージを送った。「危険」？　「退避せよ」？　ベアトリーチェはアイザックがどんな信号を送っているのかわからなかった。

真下のヨットからはどんな光景に見えるだろう？　空はさらに暗くなっている。その空を背景に、ビーコンは激しく炎をあげ、その傍らで炎に包まれた旗が踊り、ここに危険があることを伝えている。**退避せよ、退避せよ、退避せよ、**と言っているようだ。

アイザックは何度かおなじ動きをくりかえしたあと、振り向いて旗を火のなかに投げ入れた――棒のほうまで燃えていく。五分もすると棒すら完全に燃えつきてしまった。

アイザックはベアトリーチェを見た。ちらちらと炎の光が映る顔は、この雨にもかかわらず、旗の熱のせいで汗に覆われていた。「できるだけのことはした」

アイザックはもう笑っていなかった。黒い瞳は真剣な様子で、顎は引き締まっている。ベアトリーチェは海岸に面した城壁のほうに歩いていって彼の横に立った。背中に炎の熱が感じられる。

うまくやれただろうか？　二人は塔のてっぺんに立ち、ヨットを見下ろした。船着場のほうにゆっくりと進んでいる。ダイアナは塔の片隅で行ったり来たりしている。「うまくいかなかったね」

歯がゆい一分が過ぎ、二分が過ぎた。何も起こらない。と、ヨットが方向を変えはじめた。ゆっくりと船着場への入口から離れ、セント・マイケルズ・マウントから離れ、危険から離れていった――そして安全な灰色の海原へと向かっていった。

「神様《グラッツィエ》、感謝します《ア・ディオ》」ベアトリーチェが言った。

「メアリたちに知らせてくる」とダイアナ。「少なくとも礼拝堂でテラ女王と闘わなくて済むから！」ダイアナは跳ね上げ戸を開けると下に降りていった。ダイアナの騒々しい足音が階段を降りていくのが聞こえた。

「わたしたち、やりましたね、マンデルバウムさん」

「もちろんやりましたとも、ミス・ラパチーニ」アイザックは笑顔を見せながら湿ったハンカチで額の汗を拭った。「ミス・ジキルは下におられるようですね。彼女を手伝いにいきましょうか？」

ベアトリーチェはうなずいた。まだ今日という日は終わっていないけれど、少なくとも一つの目的はしっかりと果たした――女王陛下を救ったのだ。

キャサリン　塔でのあんたは勇敢だったわね、ダイアナ。ヴィクトリア女王を救ったのは、あんたとベアトリーチェよ。ねえ、お願いよ、ごめんって言ってるじゃない……

ミセス・レイモンドが指を一本突き出してメアリに向けた。指先からパチパチと稲妻が走ったが、二人のあいだの距離の半分ほどにしか届かず、途中で消えてしまった。ミセス・レイモンドはもういちど指を突き出したが、キャサリンがピューマのすばやさでメアリの左のポケットから銀製の手鏡を取り出して前に躍り出ると、ミセス・レイモンドの正面にかざした。今度はもっと強力だった。稲妻が手鏡の中央に真正面からあたった。手鏡は砕けたが、稲妻は跳ね返って大理石のサイドテーブルの上にある、精巧な金メッキがほどこされた十八世紀の時計にあたった。メアリが悲鳴をあげた。手に血がついている――手鏡の破片があたったのだ。

「あなたの銃を使うのよ、ヘレン！」マーガレット・トレローニーが叫んだ。「わたしは銃に手が届かないから」マーガレットはまだテラの傍らにひざまずいて、エジプトの女王の傷ついた肩に両手を当てている。テラは意識を失っているようだ。

ジュスティーヌが胡椒スプレーの瓶をポケットから取り出した。自分の正面にかざすとミセス・レイモンドのほうに向けた。キャサリンが拳銃を抜いた。ミセス・レイモンドを撃てばこの闘いは予想よりもずっと簡単に終わる。メアリと違って肩を狙う必要はない。仮にミセス・レイモンドを殺してしまっても、それならそれでいい。

一瞬、ミセス・レイモンドはただ三人を眺めていた――キャサリンが片手に手鏡を、もう一方の手に拳銃を持って前に進み、ジュスティーヌは胡椒スプレーの瓶を持っている。やがてミセス・レイモンドは両腕を上げた。と、灰色の霧が床から立ち昇ってきた。霧は脚に絡みつき、やがて腰のあたりまで、そしてキャサリンの胸のあたりまで昇ってきた。一瞬のうちに、キャサリンは何も見えなくなった。

「ジュスティーヌ！」キャサリンは声をあげた。「どこにいるの？」

「ここよ」ジュスティーヌの声がする。キャサリンは彼女のにおいを嗅ぎつけることができた――ラベンダーの香り、たぶんミセス・ラッセルのドレスのにおいだ。キャサリンは手を伸ばした――細く長い腕を探り当てた。うん、ジュスティーヌの腕だ。でも霧のせいでほとんど顔が見えない。

「メアリはどこ？」キャサリンが訊いた。

「わからないわ」ジュスティーヌは必死にあたりを見まわしたが、何も見えない――見えるのは霧だけだ。

灰色の霧がたちこめている。キャサリンが何か近くにあるものを感じ取れるかどうか、ためしに足を踏み出してみると、青い布が張られたチッペンデール風の椅子につまずいた。少なくともまだ青の客間にいるようだ！

「どうしよう？」キャサリンはジュスティーヌに訊いた。

「消えかかっているようよ」いくらか視界がきく女巨人が言った。たしかに、キャサリンの頭上の霧が薄くなってきているようだが、まだ体は霧に紛れている。

だがしばらくすると体のまわりの霧も消えかけてきて、やがて部屋は元どおりになった。霧が消えたと同時に、テラ女王、マーガレット・トレローニー、ミセス・レイモンド、そしてメアリ・ジキルの姿も消えた。

ダイアナ　あたしの姉さんを連れ去らせるなんて信じらんない。

キャサリン　でも、そんなつもりはなかったのよ！　ただそうなっちゃっただけ。

ダイアナ　あたしはジュスティーヌに話してるの、あんたじゃなくて。あんたとはもう二度と口をきかない。

アリスは鍵穴に向けて指を突き出した。できるだけ一生けんめい集中した。指先からかすかな稲妻が放たれ、鍵にあたった。アリスは扉を引いてみた。まだ開かない。

「わたしはまだ十分強くないんだわ」とアリス。

「だが少しずつ強くなってきている」シャーロック・ホームズが言った。アリスのすぐ下の階段に腰かけている。「昨日の晩からずいぶんと前進したじゃないか。どうやら、この電気的刺激はきみの脳が操っている物理的現象のようだ。もっと練習すれば、もっとたやすくできるようになる。十分な時間をかけて練習を積めば、テラにできてきみにできないはずはない」

「でも時間はありません」アリスは意気消沈してホームズの隣に腰を下ろした。「彼女たちは今日女王陛下を誘拐するつもりなんです。なのにあたしたちは閉じこめられたまま。ここから外に出ることも友達にまた会うことも二度とできないんだわ」

「かならずできるさ」とホームズ。「わたしを信用してくれないか、アリス？」

アリスはホームズ氏を疑わしそうに見た。「そうですね、あなたはシャーロック・ホームズさんですもの」

ホームズは頭をのけぞらせて笑った。今日はいくぶん気分がいいのだろう——ソーホーの家で薬漬けにされているのを発見して以来、こんなに力強く見えたのは初めてだ。「そう、そのとおり。そうだろう？　ミスター・シャーロック・ホームズ、ドクター・ワトスンが一部一シリングの《ストランド》で不朽の名声を与えた偉大な探偵は、ここから抜け出せると約束している。そしてこのわたしも約束するよ。さあ、何か食べて少し休憩しよう。きみは力を蓄えなくては。わたしはきみのことを信じているし、きみかわたし、あるいは二人ともがこの地下牢から抜け出す方法を見つけられると思っている」

アリスはうなずいてホームズ氏の手を握りしめた。初めてホームズ氏に会ったときは彼のことが怖いと思ったものだ。だが今となってはどうしてそんなふうに思ったのかわからない。いちど知ってしまえば、彼はそれほど怖い人ではなかった。

アリス　まあ、今でもちょっと怖いですけど。
ダイアナ　ばかばかしい。

キャサリン、ベアトリーチェ、ジュスティーヌ、そしてダイアナがアイザック・マンデルバウムの操縦する小さな漁船から降りたときには、すでにあたりはほとんど暗くなっていた。船にはアイザックの二人の同胞も乗っていたが、名前は教えてくれなかった。どちらも銀行員だと言ってもおかしくないような、ありふれた外見の若者だった。だがキャサリンは、〈スレッドニードル街の老婦人〉よりももっと秘密めいた組織に属しているのではないかと疑った。イングランド銀行はその謎めいたホールで働く人たちからそう呼ばれているのは知っている。

「メアリを置いて島を離れるべきじゃないよ」ダイアナがそう言ってキャサリンの腕をパンチしたが、しょげかえった様子だったのでほとんど痛くなかった。「ダイアナ、メアリは島にはいないわ」とジュスティーヌ。「隅から隅まで探したもの」

メアリがいなくなっていることに気づくと、キャサリンとジュスティーヌは誰にも気づかれないようにしながら、できるだけ急いで青の客間を出た。幸運にも、テラスは早足のメイドや下僕であふれかえり、執事が指示を飛ばしていた。誰もが塔を見上げ、てっぺんで躍っている炎を眺めていた。すると、ベアトリーチェはビーコンに灯をともしたのだ！　効果はあったのだろうか？　王室のヨットを安全にセント・マイケルズ・マウントから退避させたのだろうか？

ふたたび礼拝堂に入ると、ダイアナが待ち受けていた。「どこ行ってたの？　あたしたちは女王を救ったんだよ。あんたたちはいったい何してたのさ、それにメアリはどこ？」すぐにベアトリーチェとアイザック・マンデルバウムが現れて、状況を説明した。キャサリンはほっと安堵のため息をついた。まだトラブルに、大きなトラブルに巻きこまれている最中だが、でも少なくとも一つのことは正しくやり遂げた――女王陛下を救ったのだ。

オルガンがある木の壁のうしろにある廊下で、キャサリンとジュスティーヌはふたたび馬丁の服装に着替え、ミセス・ラッセルのドレスとキャサリンが着ていたメイドの制服を丁寧に畳み、眠っている使用人たちの横に置いた。二人のメイドは目覚めかけていた。もうじき目を覚まして、ミセス・ラッセルのことを起こしてくれるだろう。ミセス・ラッセルはかすかにいびきをかいていた――キャサリンはそれはいい兆候だと思った。

それからキャサリンたちは島をくまなく探しまわった。メアリはどこにもいなかった。ミス・トレローニーもミセス・レイモンドもテラ女王もいなかった。

「メアリが島にいないってどうやってわかるのさ？」ダイアナが訊いた。アイザック・マンデルバウムの船はみんなを乗せてどんどん岸に近づいていった。「あいつらがメアリを見えなくしてるのかもしれない。全員の姿を見えなくして、しばらく隠れてるのかもしれないよ」

「その可能性は低いわ」とベアトリーチェ。「キャサリンの話を聞くかぎり、テラ女王はひどい怪我を負っているようね。彼女を休ませて回復させられる場所に連れていこうとするでしょうね。彼女たちはそこにメアリのことも連れていくんじゃないかしら」

「いちばん可能性の高い場所はキープね」とジュスティーヌ。「あそこなら彼女たちは最大限の力をふるえるし、どこよりも安全ですもの。もしわたしが防御の計画を立てるとしたら、あそこを選ぶわ」

「じゃあ、キープを攻撃しましょう」とキャサリン。「あたしたち四人で、侵入者を寄せつけないように設計された要塞にいるマーガレット・トレローニー、ミセス・レイモンド、そして負傷したテラ女王を相手にするの。ちょろいもんよ、ダイアナがいつも言ってるように」

「皮肉を言っているの？」ジュスティーヌが訊いた。

「もちろん皮肉よ。今日は彼女たちに不意打ちを食らわせた。明日は不意打ちというわけにはいかないわ。ミセス・レイモンドは稲妻を放つ練習をしていたようよ。テラ女王の力には到底及ばないけれどね。どうやって彼女たちと闘う？　あたしには思いつかないわ」

キャサリンは腹を立てているようだった。腹を立ててみたところでどうしようもない、それはわかっていた。だがキャサリンはとても心配していた。もしミセス・レイモンドとマーガレット・トレローニーがメアリを傷つけたら、あいつらを八つ裂きにしてやる。

満潮のときにマラザイオンの付近に出現する小さな天然の船着場で船を降りると、キャサリンたちはアイザックと握手をした。ダイアナだけは握手もせず、すでに崖を削ってできた階段をなかほどまで上っていた。アイザックは身をかがめてベアトリーチェの手袋をはめた手にキスをした。キャサリンはクラレンスがどう思うだろうかと想像した。

「これ以上力になれなくてほんとうにすまない」とアイザック。「しかしおれたちに出された指令はとても明確なんだ——女王を救え、救い次第すぐにロンドンに戻ってこい。まだあっちでやることがたくさんあるんだ——モリアーティの一味がいまだに権力の座に居座りつづけている。政府を転覆させる脅威がなくなるまで、奴らへの対処が最優先なのさ。だけどホームズさんにこの状況とテラ女王が依然として脅威をもたらしていることを知らせておくよ。テラ女王は今日のところは成功しなかったが、きっとまた試みるだろうから」

「いいわ」とキャサリン。「あたしたちでメアリとアリス、それにシャーロック・ホームズを助け出してみせる。どうにかして」とは言ったものの、キャサリンは自分でも自信があるようには聞こえなかった。

三人はダイアナのあとについて階段を上り、崖のてっぺんまでくると、ターンパイク・ロードに降り立ち、宿屋に向かった。キャサリンが宿屋の戸口に足を踏み入れ、食堂に用意されている夕食のにおいを追いかけていくと、ダイアナが一つのテーブルのそばに立っていた。満面の笑みを浮かべている。

「誰がいるか見てよ」ダイアナが言った。

テーブルに座っているのは、アッシャ、ローラ・ジェニングス、そしてルシンダ・ヴァン・ヘルシングだった。

16　キリオン・キープの闘い

メアリは目を開け、またすぐに閉じた。頭がずきずきする。

「メアリ。ミス・ジキル」

メアリは反射的に声のするほうを向いた――この世でいちばん聞きたい声だ。ということは、現実ではありえない。幻聴を聞いているに違いない。

「メアリ、わたしを見てくれ。脳震盪《しんとう》を起こしているのかどうかたしかめる必要があるんだ」

メアリは目を開けた。真上にシャーロック・ホームズの、厳粛で心配そうな、そして認めなくてはいけないならば、愛すべき顔があった。

「メアリお嬢様」アリスの声だ。心配そうにメアリの視界の周縁をうろついている。ああよかった！　メアリはアリスのほうに片手を伸ばし、アリスは両手でその手を取った。

「アリス！」とメアリ。「あなた——その、今わたしと話せるの？　自由に話してもかまわないの？」

「はい、お嬢様」アリスはメアリを気遣うように見下ろした。「ホームズさんを助けるために、ヘレンの——母の味方のふりをしているだけだとわかってらっしゃいますよね？　あたしはけっしてお嬢様のこともアテナ・クラブのことも裏切ってはいません」

「もちろんよ」とメアリ。「でも今はそんなことはどうでもいいわ。わたしたちどこにいるの？　頭がボウリングのボールになって、誰かにピンを倒すのに使われたみたいだわ」

メアリは身を起こそうとしたが、部屋がぐるぐるとまわったので、またすぐに横になった。

「起き上がろうとしてはいけない、今はまだ」シャーロック・ホームズが言った。「わたしは何本指を立てている？」ホームズは片手の指を三本立ててみせた。

「八本。タコみたいに」とメアリ。

ホームズはほほえんだ。「大丈夫なようだな。水を持ってこよう。もうしばらくすれば、何か食べられるまでに回復するだろう」

「わたしはどこにいるの？」メアリが訊いた。こんなふうに床に倒れたまま彼と話すのは気まずかったが、どうしようもなかった。

「キリオン・キープの地下牢です」とアリス。「母とマーガレットが昨日の夜、お嬢様を連れてきたんです。何があったのか知りませんが、マーガレットはとても怒っていました。あの人たちはヴィクトリア女王を誘拐したんですか？」

「していないと思うわ」とメアリ。昨日起こったことを思い出そうとした。テラ女王の肩を撃ったのだ——それははっきりと覚えている。それから灰色の霧が部屋にたちこめて、テラとほかのみんなの姿が見えなくなってしまった。つぎに覚えているのは体を縛られて船の底に横たわっているときのことだ。海の上だったに違いない。波が打ち寄せる音が聞こえたし、船の揺れで気分が悪くなったから。

「この娘を殺せと言ったのに」マーガレット・トレローニーが言っていた。

「もちろんそのつもりよ」ミセス・レイモンドが答えた。「この娘が誰のために動いていて、わたしたちが誰を相手にしているのかわかり次第ね。最初はこの娘と仲間たちはただのでしゃばりな一団で、わたしの娘をまた召使にするために取り戻そうとしているだけかと思っていた。でもどうやらそれ以上の存在らしいわ。誰がビーコンに灯をともす手筈を整えたの？　あれはあきらかに女王を島から退避させるための警告としてともされたのよ。モリアーティの一味がわたしたちのしたことに気づいたのかしら？　彼らなりの理由でわたしたちを阻止しようとしているのかしら？　それとも政府の誰かがわたしたちの計画を嗅ぎつけた？　わたしたちが考えている以上のことが起こっているのよ。わたしたちには敵がいる、わたしはそれが誰なのかを突き止めたいの。この娘が口を割ったら、喜んでこの手で彼女を殺すわ」

ということは、計画はうまくいったのだ！　メアリが横になっている船底からは頭上の灰色の雲しか見えなかったので、片方の肘を支えにして身を起こした。たしかに、セント・マイケルズ・マウントの塔のてっぺんにビーコンの灯が見え、まだ暗い空のなかでちらちら光を放っている。

「そうはいかないわよ、お嬢ちゃん」ミセス・レイモンドがひどく意地の悪い声で言った。「時間ができたらあなたのお相手をするわ。それまでは眠っていてほしいの。いい子だから目をつむんなさい」メアリが最後に覚えているのは、体が倒れて木の船底にぶつかる衝撃だった。

「わたしたちは女王陛下を救ったと思うわ」メアリはアリスに言った。「少なくともそれはやり遂げた。そしてテラ女王は傷を負ったのだけれど、それがどれだけ続くかはわからない。彼女には自分を癒す力があると思うから」

「彼女たちが女王陛下の誘拐に成功していたら」とホームズ。「すでにロンドンに発っているはずだ。しかしまだここにいる。今朝は扉ごしに動きまわっているのが聞こえた。彼女たちがこれから何をするのか、あるいは、なぜわれわれをここに閉じこめておくのかもわからない。しかしわれわれはもういちど脱出を試みるべきだと思う」

「どうやってです？」メアリが訊ねた。「地下牢にいるんですよね。ダイアナがいればなんとかできるかもしれないけれど。でもわたしにはあの子のように鍵を破ることができませんわ」

「もしかして、ヘアピンか何か、尖ったものを持っていやしないかい？」ホームズが訊ねた。「わたしは以前、ロンドンでもっとも悪名高い錠前破りの一人と一緒に研究をしたことがあるんだ。もしちょうどいい道具さえあれば……さあ、これを飲んで」ホームズは水の入ったブリキのコップをメアリに手渡した。

持っているだろうか？　昨夜、メアリは編んだ髪を上にまとめてピンで留めていた。今日は――メアリはこみあげてくる吐き気をこらえながら身を起こし、水を少しすすり、やがてコップの中身を飲み干した。こんなに喉が渇いていたなんて気づかなかった！　編んだ髪が背中に垂れ下がった――ヘアピンはない。まだメイドの制服を着ていたが、帽子とエプロンはなくなっている。もちろん、拳銃もない。誰か、おそらくミセス・レイモンドが、脱出の試みに使えそうなものはすべて取り上げたのだろう。手と手首に引っ掻き傷がある。メアリは思い出した――手鏡が割れたとき、飛び散る破片をよけようとして手をあげたのだった。
「水を使ってきみの手を洗ったんだ」とホームズ。「石鹸がなくて残念だったが、どの傷もそう深くはない。少し力を取り戻したら、何が起こったか話してくれるかい？　わたしは非常に多くのことから取り残されているようだ」
「ええ、もちろんです」メアリはうなずいた。「もう少しお水をいただけます？　それから何か食べるものも」食べれば胃も落ち着くはずだ。
「みんなで朝食にしようか？」とホームズ。「そのあとでこの石壁の向こうの世界で何が起こっているのか話してくれ。それからまた鍵を開けられるかどうか試してみよう」
鍵を開けるって、どうやって？　開錠に使えそうな道具は取り上げられて、何もないのでは？　だがメアリはとても疲れていて詳しいことを質問する気にはなれなかった。ただうなずいて、アリスが手渡してくれたものを受け取った。メアリはそれを何も考えずに食べはじめた。黒パンの切れ端にオレンジマーマレードを塗ったものだ。パンは干からびていてとくに食欲をそそりもしなかったが、メアリはむさぼるように食べた。

メアリ　キャット、わたしとシャーロックの場面は省いてくれるとうれしいんだけど。それは――そう、個人的なことだから。

キャサリン　でもあたしたちの読者が何より知りたいのはそこなのよ――メアリとシャーロック・ホームズがどうなったか。とくにアメリカの読者たちからは二人のことを訊ねる手紙が届いているんだからね。読者は興味津々なのよ。

メアリ　まあ、そんな無礼なこと！

「昨日の傷でテラ女王がひどく衰えるとは思わぬほう

がよい」アッシャが言った。「イシス神殿の女祭司は何をおいてもまずは治療者なのだ。テラ女王が自分を一夜ですっかり癒すことはできないだろう、モリアーティとほかの者たちを殺すのに使ったオイルをまだ持っているのでなければ——しかしいい厄介払いになったものだ、とくにレイモンドとセワードは！　あのオイルはわれらがとくに秘密にしている調合で作られたもので、大地のエネルギーを集中させる力があるのだ。その場合は、テラの力を計り知ることはできない。しかし完全に癒えてはいなくても、彼女はそなたたちが予想する以上の力を持っているであろう」

一同はふたたび宿屋の食堂に集まっていたが、今朝は窓から燦々《さんさん》と陽射しが差しこんでいた。それぞれの食餌の特異性に従った朝食を終えたばかりだった——アテナ・クラブの要求に応えてくれたミセス・デイヴィスに感謝を！　キャサリンは錬金術師協会の会長をおもしろそうに見た。〈マラザイオン・イン〉にこれほど物珍しい客がいたことはないだろう。年齢を感じさせない美しさ、何百本もの三つ編みにされた長い黒髪、コールで縁取られた目。座っていても、たいていの男よりも背が高いのがわかる。

「テラ女王は何をするつもりなのでしょう？」ジュスティーヌが訊ねた。なぜだか、キャサリンはアッシャが少なくともジュスティーヌほどの長身ではないことがうれしかった。それがどう関係するのかはわからなかったが。

アッシャは眉をひそめた。「テラはマーガレット・トレローニーとヘレン・レイモンドを使って、かつてイシス神殿で手にしていたものを再現しようとしているに違いない——つまり、絶対的に忠実な女祭司たちの取り巻きを。われらの誓いを破ってオクタウィアヌスの兵士たちと闘ったのは彼女たちだった。テラの体を埋葬し復活をもくろんだのも彼女たちだった。彼女たちの第一の計画は失敗したが、テラはローマに匹敵する帝国を築き上げようとすることをあきらめはしないだろう」

「でも、なぜですか？」とジュスティーヌ。「どうしてテラはこの現代世界に帝国を築き上げようとしているんですか？　今ある帝国、残酷で腐敗した帝国では足らないというのでしょうか？」

「テラは二千歳だ」とアッシャ。「しかし二千年を生きてきたわけではない。偉大な帝国の世界しか覚えておらぬのだ。テラはかつてエジプトの女王であった。かような権力を切望しているに違いない。テラとの闘いに臨む前に、彼女を説得してみよう。この計画の愚かさを彼女に説いてみよう。しかし聞く耳を持たぬかもしれぬ。その場合は、テラ、そしてマーガレット、ヘレンと闘う準備をしなくてはならない。あの二人はテラのかわりに持てる武器をすべて使って闘うであろう。フィラエの女祭司たちがそうしたように」

「あたしたちは彼女たちが何を持っていようと闘うことができるわ、催眠能力をのぞいては」とキャサリン。「どうやってテラとミセス・レイモンドの幻影と闘えばいいんですか？」

「それはわたしが引き受けよう」とアッシャ。「そなたたちはマーガレット・トレローニーとヘレン・レイモンドに集中してほしい。そしてメアリとリディア・レイモンド、シャーロック・ホームズを探すことに。キャサリン、ジュスティーヌ、ベアトリーチェ、そしてルシンダよ、そなたたちはあの二人を探して闘うのだ。そなたたちにはそれぞれ彼女らを倒すのに役立つ能力が備わっている。ローラとダイアナよ、そなたたちにはキープを上から下まで捜索してほしい。メアリ、リディア、ホームズを見つけ出して、できるかぎりすばやく彼らを脱出させるのだ」

「どうしてあたしは闘えないのさ？」ダイアナが訊いた。「あたしだって能力を持ってるのに！」

「そなたの能力は見つけ出すことと開けることだ」と

アッシャ。「なんでも見つけ出すことができる、そなたはいつもそう言っているであろう？　そしてどんな扉も開けることができる。あるいは、そう言い張っている。ローラは拳銃を持っているから、そなたを守ることができる」

「ああ。じゃあわかった」ダイアナは自分が大切な役割を担っていることを意識したようだった。

「どうにかして身を隠したほうがいいのでしょうか？」ジュスティーヌが訊いた。「キープの裏手にまわって後方から近づくとか？」

アッシャは首を横に振った。「身を隠しても無意味であろう。向こうはわれらが来ることを知っている。テラはわれらの存在を感じとることができる──とくにわたしの存在を」

「行きましょう」とキャサリン。「太陽が昇ってる。雨とか霧とか、この土地の天候がもたらしそうなことは起こっていないから……ぐずぐずしてないでさっさとやりましょうよ」

アッシャはほほえんだ。「よろしい、では。テラ女王を倒しにいこう──あるいは、できれば降伏するよう説得しに。わたしはこれが平和裡に決着し、闘う必要がなくなることを願っている。しかし闘いへの備えはせねばならぬ」

メアリ　どうしてアッシャはわたしたちを助けたんだと思う？　つまり、彼女はとくにわたしたちに好意を持ってもいないのに。ベアトリーチェをのぞいては。

ベアトリーチェ　そんなことないわよ！　アッシャは何度かアテナ・クラブとそのメンバーに敬意を払っていると言っていたわ。

メアリ　敬意は好意とは違うわ──それはわたしたちに会っても木っ端みじんにしないって意味でしかない。でも、彼女はテラ女王との闘いに力を貸すためにわざわざ来なくてもよかったのに。

キャサリン　アッシャはあたしたちのために来たんじゃないのよ。テラのために来たの。世界を破壊しようとしているかつての高位女祭司に会いにね。アッシャがあたしたちの味方だと言うつもりはないけど、彼女はあっちの味方でもないわ。あたしたちの敵ってわけじゃないのよ。

メアリ　たぶんね。わたしはそのことについてはまだ決めかねてるの。証拠は決定的ではないと思ってる。

一時間後、キャサリンたちは空にそびえるキリオン・キープの正面に立っていた。嵐は去った。空はもう一面が灰色ではなくなっている。全体に白い雲がたなびき、ときおり陽射しがキープの石壁にふりそそいでいる。朝の空気は冷たかった。夏の盛り以外はつねにイギリスに肌寒さを覚えるキャサリンは身震いした。

キャサリンはアッシャを見た。三日月型に並んだ一同の中央に立っている。キャサリンとジュスティーヌがアッシャの片脇に並び、ベアトリーチェとルシンダが反対側に並んでいる。キャサリンだけが拳銃を持っていたが、必要とあらば歯と鉤爪を使って闘うつもりだった。

ダイアナ　鉤爪なんてもうないくせに。モローは抜かりなかったね。

メアリ　今のはとても失礼よ。キャサリンに腹を立てているのかもしれないけど、だからってひどいことを言っていいわけじゃないわ。

ダイアナ　ふん、じゃあこれでおあいこだね。

ダイアナとローラはキープの反対側のどこかにいた。「いくら要塞とは言っても、出入口が一つだけということはないはず」ローラは言った。「裏手を探してみましょう。よく観察すれば見つかるはずですわ」

アッシャは堂々たる姿を見せていた。今日は長い黒の外套を着て、下には黒いブルマーのようなものを穿いている。服にはいくつか金色の星がついている。キャサリンはしばらくしてからそれが星座を表していることに気づいた。何本もの黒い編みこみ髪が背中に垂れ下がり、腰の下まで伸びている。

一同はしばらくその場に立っていた。そのあいだ、アッシャは何も言わず、何もしなかった。ただそこに立ちつくしていた。いったい何を待っているのだろう？

キープの正面玄関の真上にある窓に人影が現れた。テラ女王だ。昨日着ていたような白いローブに身を包んでいる。肩には血痕がなく、傷を負った様子も弱っている様子もなかった。

テラ女王は一同を見下ろし、キャサリンには理解できない言葉で何かを言った。

「はい、高位女祭司様」アッシャが言った。「わたしもこの新しい時代まで生き延びておりました。この国の言葉で話しましょう、ほかの者たちにも理解できるように」

「醜い言葉だ」テラが言った。声はしわがれていて、キャサリンの耳には奇妙な訛りがあるように聞こえた。

「しかしそなたに会えてうれしいぞ、イシス神殿におけるわたしの娘よ。メンフィスもアレクサンドリアもローマも見たことがない幼子に囲まれて、わたしはさびしかった。こやつらは自分たちの帝国が偉大なものだと思いこんでいる——一夜作りの殿堂、ひと時だけ羽ばたく蛾のような帝国を。ほんの百年前に作られたにすぎぬのに、すでに崩れ落ちかけている。そなたもわたしと一緒に世界を作り変えてはみぬか？　そなたをわたしに次ぐ第二の指揮官にしてやってもよい、わたしを裏切る前のヘドゥアナがそうだったように。しかしそなたはわたしを裏切りはしまい、メロエの王女よ？　そう、そなたのことはよく覚えている、アッシャよ。これらの壁の外にそなたの存在を感じ取ったとき、わたしは喜んだ。そしてその者たちは、この新しい世界でのそなたの召使なのであろう。どうやってかように長く生きたのだ？　そなたはイシス神殿の女祭司たちでさえ知らない秘密を発見したに違いない。その秘密をわたしに明かしてくれれば、この世界の一部をそなたの支配に任せよう。アレクサンドロスがプトレマイオスにエジプトを与えたように。この貧弱な島国イングランドがよいか？　それとももっといい気候の土地のほうがよいか？」

「イシス神殿における母上様、お許しください」アッシャが言った。「ですがわたしはあなたが帝国を征服するのを助けにきたのではありません。帝国はもうこりごりです。長い人生のあいだ、わたしは帝国がもたらす不幸を目の当たりにしてきました。あなたの死後、ローマがエジプトを破壊したように、このイギリス帝国はザンベジ川のほとりにあるわたしの第二の故郷を破壊しました。あなたがおっしゃったとおり、この世界の帝国はすでに崩壊しかけています。わたしは科学の新しい時代がくるのを心待ちにしています。人間が恐怖と武力ではなく、合理性によって支配される日を。あなたも一緒にそのような世界を目指しませんか？　あなたは女王として、一世代にわたりエジプトを見事に統治しました。高位女祭司として、わたしたちに癒すことと大地のエネルギーを操ることを教えてくれました。新しい世界で、あなたは教師に、科学者に、理性と秩序の代弁者になれることでしょう。どうして今さら帝国を築き上げたいのですか？」

テラは一同を見下ろした。スカラベの形をしたルビーが朝日を受けて輝いた。「娘よ、二千年のあいだ、わたしは葬られていた。そのあいだずっと夢を見ていた。わたしが夢見ていたのは、いつの日か偉大な帝国を築き上げることだった。オクタウィアヌスの帝国よりも偉大で、望むものすべてを成就することができる帝国――わたしの支配のもとで。その帝国では、すべての人間は武器を捨てるよう強制される。たがいに搾取しあうのではなく、生産的な仕事に就き、よりよい自分になることを強制される。戦争、貧困、飢餓は終わりを告げる。すべての人間が平等になり――偏見も根絶される。他者を抑圧したり暴力をふるったりする者は、イシスの力によって打ち倒される。イシスの女祭司たちによって支配される、完璧で平和な世界――冷静で合理的で、最大多数のためにもっとも大きな利益をもたらす帝国だ」

「あなたに従いたくない者はどうなるのですか？」アッシャが訊ねた。

「催眠能力を使って説得されるのだ」テラは当然のように言った。「その効果がなかった場合には、もちろん排除される。平和や繁栄、合理的な支配に反抗する者たちが無秩序を創り出すことを、なぜ許さねばならぬのだ？　わたしはすべての人間が満足して生産的であるような、秩序のある世界を築き上げるのだ」

「それでは彼らは自由とは言えません」とアッシャ。

「自由には不服従も含まれます」

「自由とはなんぞや？　その言葉を発したときに漏れる吐息。その音節を発すれば、それだけで消えてしまう。平和と繁栄は自由に勝る。わたしが世界にもたらしたいのはそれなのだ」

「そのようなことを許すわけにはいきません」とアッシャ。「わたしはそうした平和と繁栄をアフリカで目にしてきました。インドやアジアでもおなじようなことがあったと耳にしました。それは平和でも繁栄でもありません。人類は何世紀にもわたる部族主義、愛国主義すらも捨て、理性的になるように教えこまれなければいけないのです。わたしはそのようなことが可能だと考えています、教育と時間があれば――」

「用心するのだ、娘よ。この世界はすでに戦争への道を歩みはじめている。そなたの選択は死と破壊に続くであろう。マーガレットの心を通して、わたしはゲルマン諸部族のあいだに、そしてガリアの土地に、いずれ大火災となるであろう火種があるのを見てきた。わたしはそなたたちが経験したことのない絶望からこの世界を救いたいのだ」

一瞬、アッシャはためらった。心を決めかねているようだ。

キャサリンはアッシャの腕をつかんだ。そして力をこめてささやいた。「モローもおなじようなことを言っていたわ——秩序、人間性、文明。それらはすべて人類の利益となるはずのものだと。でも彼は結局モンスターを造ることになった」

アッシャはキャサリンを見てうなずくと、エジプトの女王のほうに向き直った。

「いかなる帝国も公正に支配することはできません」

アッシャはテラに言った。頭をのけぞらせ、真上の窓辺に立っている小柄な女性の姿を見上げながら。「イギリス軍がコールにやってきたとき、わたしはそう学びました。あなたの意志が善きものだとしても、あなたもまた暴君として世界を支配することになるのです」

「さようか、娘よ」テラはそう言うと両手を上げた。風が巻き起こり、一同のまわりで轟々と音を立てた。オパールのような光を発する白い煙が立ち昇った。煙でキープが見えなくなる前に、キャサリンは玄関が開き、ミセス・レイモンドとマーガレット・トレローニーが出てくるのを見た。ミセス・レイモンドはまるで魔女が呪文をかけるように、両手を上げている。マーガレットは片手に拳銃を持って、もう一方の手で銃床を支えている。銃口はまっすぐこちらに向けられている。

ジュスティーヌ　ときどきテラ女王は正しかった

のではないかと思うことがあるわ。アイリーン・ノートンはこのままの事態が続けば、一世代のうちにヨーロッパで見たこともないような戦争が起こるだろうと言っていたわ。
メアリ　それなら、なんとか阻止しなければね。アテナ・クラブがそれを止めなくては。戦争は避けられないものではないわ。
キャサリン　あなたたち霊長類の行動様式？　それについてはよくわからないわね。

「あなたならできるわ、アリス」メアリが言った。

「わたしはあなたを信じてる」

「わたしもだよ」シャーロック・ホームズは二人の背後にある階段の下の段に立っていた。

アリスはもういちど錠に指を突き出した。だが、指先から放たれる火花は昨日よりも弱かった。

「できません」アリスは首を横に振った。目の縁が涙で熱くなってきた。もどかしくて泣き出してしまいそうだ。

すると、扉の向こうからミャーオという鳴き声が聞こえてきた。

「猫のようね」とメアリ。

「バストだわ！　可哀想なバスト。今日はミセス・ポルガースが来ないのに、あの人たちは彼女に餌をやるのを忘れているんだわ。ちゃんと面倒を見られないくせに、どうして猫のミイラをよみがえらせたりしたのかしら？」

朝食からあぶれた可哀想なバストのことを考えると、アリスは腹が立った。アリスは扉に向けて指を突き出した。強力な稲妻が指から放たれる。すると、錠が砕けて扉がいきおいよく開いた。これで自由の身だ！

「さあ」アリスは言った。「あたしはバストに餌をやります。それからテラ女王と闘いに行きましょう、どうにかして」

メアリ　わたしたちのためには鍵が開けられなかったのに、猫のためには開けられたの？

アリス　可哀想なバスト。ここではアルファとオメガをあんなふうに扱ったりしません。いくらミセス・プールがあの二匹は自力でネズミを捕って餌にすればいいと言い張っても。

ダイアナ　ミセス・プールはあの子たちに毎日食べ物を与えてるよ！　ちゃんと見てるもん。

アリス　いずれにしても、アッシャがバストを手元に置いていいと言ってくれてうれしかったです。あの子はとてもいい猫です。そうでしょ？　いらっしゃい、バステト。あなたはとってもいい子ちゃんよ、わかってる？

ミセス・プール　それにぴんぴんしていますよ、二千歳にしては！　あの二匹の小悪党を合わせたよりも多くのネズミを捕まえていると思います。

朝食のレバーが少し余っていますよ。動物は人間の食べ物を口にするべきではないですから食べていいとは言いませんが、厨房のカウンターに置いてあります。

世界が白い煙に包まれた。ベアトリーチェは困惑してあたりをぐるぐる見まわした。どこにいるのだろう？　あちこちに何かの形が見える。一瞬、ベアトリーチェはミセス・レイモンドの姿を見た――でも違う、あれは父、ラパチーニ博士だ！　悲しげな目つきでこちらを見ている。そして父の傍らにいるのは恋人のジョヴァンニ、ベアトリーチェの毒の解毒剤を飲んで死んだ人だ。ジョヴァンニもこちらを見ている――悲しむような、責めるような目つきで。どうしてこんなことが起こりうるのだろう？　ベアトリーチェは心の理性的な部分で考えた――エネルギー波は記憶も創り出すことができるのね。これはミセス・レイモンドが見せているものなんだわ。だがどういうわけか、ベアトリーチェは彼らを現実のものとして見ることをやめられなかった。

　ジュスティーヌは自分自身の姿、ジュスティーヌ・モーリッツの姿を見ていた。フランケンシュタイン家のメイドが、渦巻く白煙のなかできらきらした光に囲まれている。ジュスティーヌはなんて美しいのだろう！　青い瞳に金色の髪、楽しそうな笑顔。それに引き換え自分は――自分は何者なのだろう？　死体？　影？　ジュスティーヌは膝をつき、自分の成れの果てを恥じて泣いた。この複製された生――終わりにしたほうがいいのだろうか？　フランケンシュタインが入れてくれなかった墓へと向かったほうがいいのだろうか？

　キャサリンは獣人たちに囲まれていた。彼らは低いうなり声をあげながら、キャサリンの体を撫でまわしている。自分は彼らとは違う！　絶対に違う！　「掟を復唱せよ」ハイエナ豚が言った。「われわれは人間ではないのか？」

「よつんばいで歩かないこと」熊男が言った。

「飲み物をすすり飲まないこと」猪男が言った。

「樹皮で爪を研がないこと」豹男が言った。「主は苦痛の館。主は深海の塩。主は空の星々」

　そしてモローがいた。渦巻く白煙のなかをこちらに歩いてくる。「おまえはわたしの最高傑作だ」モローは言った。だが彼の額には山羊の角が生えている。どうしてこれまで彼もまた獣人であることに気づかなかったのだろう？

　ルシンダは兎のにおいを嗅いでいた。こんなに甘く美味しそうな兎のにおいは嗅いだことがない。ルシンダは何をおいてもその兎の血を飲みたくなった。もっとよくにおいが嗅げるようにしゃがみこんだ。「どこにいるの、兎ちゃん？」ルシンダは言った。「いらっしゃい、あなたの喉に嚙みついて、あなたの温かく甘い命を吸い上げてあげる。わたしのところにいらっしゃい、兎ちゃん！」あそこだ——まわりの白煙のように白い兎が、ルシンダを嘲笑うようにぴょんぴょんと軽快に跳ねていく。ルシンダは急ぐあまり、ほとんど地面を這いつくばるようにして兎のあとを追った。どういうわけか、カーミラの狼犬のようによつんばいになったほうがすばやく動けるようだ。ルシンダは頭をのけぞらせて吠えた。

アリスは厨房の扉を開けた。「どうなってるの？」いたるところに白い煙のようなものがたちこめていて、キープを包みこんでいる。玄関に近いところがいちばん濃いが、煙は建物全体に急速に広がっていく。アリスは渦巻く煙のちょうど端のところに立っていた。幾千もの光がきらめいているようで、そのなかで何かの影がちらちらと動いているのが見えた。ちょうど二階の窓の高さのところに黒い影が浮かんでいて、カラスのように羽をはばたいている。違う、黒い外套を着た女の姿だ。黒髪が蛇のように女の頭のまわりに広がっている。キープの正面玄関の真上の窓辺には、テラが立っている。広げられた両手から、電気がほとばしっている。

「キャサリンの姿が見えたわ」とメアリ。「行きましょう！キャサリンを助けなくては！」メアリは白い煙のほうに走っていった。

「だめだ、メアリ——彼女たちのように何も見えなくなってしまう！」ホームズが叫んだ。

だが、煙はキープ全体に広がってきていたので、そのなかに飛びこもうが飛びこむまいがおなじことだった。アリスは煙が足首に絡みついているのを見た。これは大地のエネルギー、テラの力だ。アリスの母一人の力はこんなに強力ではない。だが、母もまたどこか煙のなかにいて、テラの力を増強させているのかもしれない。アリスはかすかに母のエネルギー波の特徴を感じ取っていた。

メアリは白いうねりのなかに飛びこみ、周囲を見渡した。あそこにキャサリンがいる。でも地面を這って何をしているのだろう？　それにほかのみんなはどこに？　みんなもこの白い煙のなかに紛れているに違いない。「ジュスティーヌ！」メアリは叫んだ。「ベアトリーチェ！　ダイアナ！　どこにいるの？」

アリスはホームズ氏のほうを見た。「どうすればいいかわかりません！」苦痛の叫びをあげた。

「わたしはメアリを連れ戻しにいく」ホームズは今まで見せたことのないような固い決意の表情を浮かべて言った。

「だめです！」アリスは言ったが、ホームズは駆け出して白煙のなかに飛びこんでいった。メアリのように見失ってしまうかもしれない。彼のあとを追わなければ。何もかも自分のせいだ。もし自分がリディア・レイモンドでなければ、自分が誘拐されなければ、アテナ・クラブはこんなに危険な冒険に巻きこまれることはなかった。どうにかしてみんなを救い出さなければ。

キャサリンは低く身をかがめて牙を剝き出すと、獣人たちのほうを向いた。あそこにメアリがいる。煙のなかをこちらに駆けてくる。「メアリ、助けて！」キャサリンは叫んだ。「こいつらがあたしを食いちぎろうとしてるの！」

たしかに、メアリは獣人たちの姿を見ることができた――歯を剝き出しにしてよだれを垂らしている獣人たち！　拳銃はどこだろう？　パーク・テラス十一番地の家に置いてきたに違いない。だがメアリはキャサリンの三十二口径の銃が地面に落ちているのを見つけた。メアリはそれを拾い上げた。

「メアリ、やめろ！」

誰が言ったのだろう？　男の声だ。でも、どの男？　モロー？　ハイド？　ヴァン・ヘルシング？　メアリは声がしたほうを振り向いた。アダム・フランケンシュタインだ！　死からよみがえったのだろうか？　永遠に死んで、二度と生き返らないようにしたはずなのに。メアリはキャサリンの拳銃をアダムに向け、引き金をひいた。銃弾は命中し、怪物の心臓を撃ち抜いた。

アリスはきらきらした煙のなかに足を踏み入れた、ひとりぼっちで。永遠にひとりぼっちなのだ。誰も自分のことを愛してはくれないし、気にかけてもくれない。なぜなら自分には愛される資格がないから。母にさえ見捨てられたではないか？　実の母にさえ——まさにその母がいる。アリスが見たこともないような若い姿で、長い黒髪は豊かなカールとなって背中に流れ落ちている。「わたしのリディア」母は両腕を伸ばした。「もう二度と離れないわ」

アリスはその腕のなかに歩いていった。これまでされたことのないような抱擁。これまでされたことのないようないたわり。それがすべてだった。

「わたしの愛しい娘」若く美しく優しいヘレンが言った。アリスの両頬にくちづけをした。「これからはずっと一緒よ」

「裏切り者！」マーガレット・トレローニーだ。渦巻く煙のなかに立ち、怒りに燃えた目つきでアリスを見ている。「すべておまえのせいよ。どうやってわたしたちを裏切ったの？　どうやって敵にわたしたちの計画をばらしたの？　何をしたのか知らないけれど、おまえはそうしたのよ」マーガレットは銃口をアリスに向けた。

「だめ！」ヘレン・レイモンドが叫んだ。アリスの体に両腕をまわし、アリスと銃のあいだに立つように向きを変えた。

銃声が響いた。ヘレンの体がアリスの腕のなかで崩れ落ちた。アリスは驚いて母を見下ろした。腕のなかにいるのはもはや若く美しいヘレンではなかった。聖メアリ・マグダレン協会で出会った、無慈悲なミセス・レイモンドでもなかった。そこにいるのはまだ美しさの残る中年の女で、その顔には苦難と悲しみの痕が刻まれ、長い黒髪には白いものがまじっていた。「リディア」ヘレンは穏やかな声で言い、手を伸ばしてアリスの頬に触れた――やがてその手をおろし、目をつぶり、ヘレン・レイモンドはアリスの腕のなかで息を引き取った。

キープの二階では、ダイアナがローラのあとについて長い廊下を歩いていた。メアリはどこにいるのだろう？　部屋をひとつひとつ見てまわったが、メアリはどこにもいなかった。一階は奇妙な煙で満たされているようだ。二階にいても、煙は床に沿ってもくもくと動いている。ローラは拳銃を手にしている。ダイアナはナイフを持っている。それを使うのが楽しみだ。誰にもあたしの姉さんを奪わせたりはしない！　メアリはわずらわしい。メアリは退屈だ。でもメアリはあたしのわずらわしくて退屈な姉さんなのだ。一階には見当たらなかったのだから、二階のどこかにいるはずだ。

ローラが廊下に並んだ扉の最後の一つをいきおいよく開けた。そこは広々とした部屋で、エジプトの遺物が収められた棚がいくつも並んでいた。飾り壺や彫像や壊れた品々があり、それらはいかにもエジプトのものらしかった。少なくとも、古くて異国風のものだ。ダイアナの頭のなかではおなじことだった。ここはトレローニー教授の書斎に違いない。

部屋の奥のほう、大きな窓のそばにテラ女王が立っていた。二人に背を向けている。窓の外の空に稲光が走っているのが見える。空中に浮かんでいるのは――アッシャのようだが、そんなことがありうるだろうか？　テラ女王が片手を上げると、稲妻が錬金術師協会の会長のほうに走っていき、編まれた黒髪が逆立った。アッシャの体がうしろにそり返り、苦痛の声が響いた。

ダイアナはローラの腕をつかんだ。「テラ女王が優勢みたい」

ローラはダイアナのほうを向き、腹を決めたような笑みを浮かべてみせた。「ダイアナ、シュタイアーマルクではどんなふうに吸血鬼狩りをするかご覧になりたくなくて？　わたくしがテラを撃ちますわ。でも彼女を驚かせていくらか動きを緩めさせることにしかならないでしょう。だからあなたが彼女の首を斬り落とすのです。完全に頭部を切り離すのですよ。二度と生き返ることのないように。いいですね？」

ダイアナはうなずいた。ダイアナ・ハイド、吸血鬼ハンターだ！　ルシンダ・ヴァン・ヘルシングの救出よりもおもしろい。

ローラは拳銃で狙いを定め、引き金をひいて六発すべてをテラの背中に撃ちこんだ。エジプトの女王の体は銃弾を受けるたびにびくっと跳ね上がった。やがてテラは床に倒れこんだ。

「急いで、ナイフを！」とローラ。

ダイアナはナイフを見た。よく研がれているが、トレローニー教授の書斎の壁にはもっと切れ味のよさそうな短剣が飾ってある。長さが二倍あり、カーブした刃には文字らしきものが彫られている。ダイアナは柄をつかむと壁から短剣を取り外した。それから倒れた女王のほうに走っていった。

テラは天井を見上げている。傷を負って血を流し、床に血をまき散らしながら、くちびるを引き結び、動物のようなうなり声を漏らしている。ダイアナは一瞬ひるんだ。たしかよ、ダイアナ、否定しないで。あの状況じゃ誰だってひるむわ。ダイアナといえども、エジプトの女王の顔に浮かんだ当惑と怒りが入りまじった表情を見て平気ではいられなかった。ダイアナはすばやくテラの脇に膝をつくと、彼女のほっそりした首を短剣で切りつけた。短剣はするりと切れこみ、骨に当たった。おぞましかった。とんでもなくおぞましかった。首から床一面に血がしたたり、腱がちぎれ、骨が折れ、そしてテラは恐ろしいうなり声をあげながら頭を前後にくねらせた。ダイアナにとってさえ、あまりにおぞましい光景だった。最後にはローラがひざまずいてダイアナの手助けをしなければいけなかった。やっとのことでテラの頭部が完全に斬り落とされ、書斎の床に落ちた。そのとき初めて、テラの目の光が消えた。テラは天井を見上げていた。まだ目が開いていたが、何も見てはいなかった。

ダイアナは息を切らしてローラを見た。二人とも血まみれだ――ダイアナのズボンとローラのスカートは血で濡れ、二人のシャツと手にも血が飛び散っている。「こんな感じ？」とダイアナ。「あたし、うまくやれた？」

ローラはうなずいた。「とてもうまくやりましたわ。わたくしならこんなに首尾よくできなかったでしょうね」

キープの下では、煙が消えかけていた。ベアトリーチェはかつて城の一部だった石壁に座り、ハンカチで顔を覆って大泣きしていた。ベアトリーチェは驚いて顔を上げた。どこにいるのだろう、どうして胸が潰れそうなほど泣いていたのだろう？　ジュスティーヌは自分の両手を見た。爪から血がにじんでいて、両腕が引っ掻き傷だらけだ。本気で自分をばらばらにしようとしていたのだろうか？　意味がわからない。でも、ほんの一瞬前までは論理的な考えのように思えていたのだ。キャサリンはうなりながら地面を這っていた。やがてキャサリンはお尻をついて座った。いったい自分は何をしていたのだろう？　獣人たちはいない、今はもう。モローの創造物はすべて破壊された――キャサリンがその種族のたった一人の生き残りなのだ。そう考えると、キャサリンはふとさびしくなった。ルシンダはべつの石壁のそばの草むらに座って、草のようなものを噛んでいた。ルシンダはそれを吐き出した。なんて汚らわしい！　口をゆすがなくては、水で。望ましくは血で。メアリは倒れているシャーロック・ホームズの傍らに立っていた。ホームズはうめきながら肩を押さえている。メアリの手からキャサリンの拳銃が落ちた。「なんてことなの」メアリは言った。「シャーロックを撃ってしまったのかしら」アリスはヘレン・レイモンドの体を抱いて座りこんでいた。その体はもう二度と起き上がらなかった。アリスは身をかがめて母の額にくちづけをした。ソーホーの家から着てきたドレスが血に濡れていった。母が選んでくれたドレスだ。アッシャは地面に膝をつき、痛みに頭を両手で覆っていた。体のまわりには、感電したように、まだ稲妻の名残りがぱちぱちと走っていた。マーガレット・トレローニーは一同の中央に立ち、向きを変えながら拳銃をふりかざした。「誰ひとり逃げられないわよ、誰ひとり！」マーガレットは大声で言った。「テラが女王になったら、彼女はおまえたちを一人残らず殺すのよ！」

　突然、何かがマーガレットのほうに突進していった。ルシンダだ——なんてすばやい動きなんだろう！一瞬のうちにマーガレットは地面に倒れこみ、手から叩き落とされた拳銃が草むらのなかに落ちた。ルシンダはマーガレットの上にしゃがみこむと、うなり声をあげた。やがて、自分が何者で何をしているかに気づくと、恥ずかしそうにあたりを見まわした。「ごめんなさい」とルシンダ。「どうしてこんなことをしたのかわからないわ」

キャサリン　ほらね、吸血鬼でいることが役に立つこともあるのよ。あなたの本能と反射神経は、あたしにひけを取らないわ。

ダイアナ　じゃあなんであんたはマーガレット・トレローニーの拳銃を取り上げなかったの？　教えてよ。でもだめだね、やってのけたのはルシンダだよ。絶対に。

　アッシャはいくらかぐらついてはいたものの立ち上

がり、地面に倒れたマーガレットを見た。「もうそなたの出る幕はない」アッシャは言った。「ありがとう、ルシンダ。おそらく」——アッシャは一同を見まわしながら状況を見極めた——「ここでわたしたちがすべきことは成し遂げたようだ」

アリス ときどき公式の場だけでも、リディアの名前で通したいと思ってるんです。もちろん、アリスと呼んでもらってかまいません。でもあたしはリディア・レイモンドとして生まれたので、ときどきその名前を使いたいんです。法的な書類やなんかでは。もしみなさんがよければですけど。

メアリ もちろんかまわないわよ。

17 サザークでの救出

「テムズ川の南側に来たのは初めてです」アリスが言った。「正直言って、ソーホーとあまり変わらないですね」

「でも、あなたは最近あちこち初めての場所に行ったじゃない」とベアトリーチェ。「たとえばコーンウォール。あそこはロンドンとはまったく違うでしょう、テムズ川の南にしろ北にしろ」

「はい」アリスは一瞬口を閉ざしてから言った。「この冒険は——ほんとうにまだ続くんですね？」

「ええ、続くわ」ベアトリーチェは何か考えこむようにアリスを見ながら言った。「終わってほしい？　一緒に来なくてもいいのよ。マーティンとほかの催眠術師を救い出すためには、べつの作戦も計画できたはずよ」

「いいえ」とアリス。「あたしはここにいるべきです。少なくとも、いるべきだと思います。でもこれが終わったら、しばらくは厨房メイドに戻りたいです」

二人は通りを挟んで安アパートの向かいに立っていた。イーストエンドにある安アパートとそっくりで、リンカーンズ・イン・フィールズのそばにある上品な家とはまるで違っていた。ベアトリーチェが最後にペトロニウス教授と会った家だ。あのとき彼は王立外科医学院でベアトリーチェを〈毒をもつ娘〉として見せ物にしていた。

「ベイカー街の男の子たちの言ったとおり、あのアパートだといいんだけれど」ベアトリーチェはその建物をしげしげと眺めた。「ほんとうにいいの、アリス？ウィギンズさんと彼の隊員たちに駆けつけてもらって、救出行動を起こしてもらうこともできるのよ、大英博物館でやったように」

「あれはまったく役に立ちませんでした！」とアリス。「もしベイカー街の男の子たちが行動を起こせば、誰かが傷つくことになります。あたしは誰にも傷ついてほしくないんです、とくにマーティンには——彼はとても心根の優しい人なんです。大丈夫です、準備はできました」

だが、ベアトリーチェの準備は整ったのだろうか？できることなら二度とペトロニウス教授には会いたくなかった。むしろ、自分の人生のなかでもとくに、あのエピソードは忘れてしまいたいものだった。こんなところにいるよりも、有毒な植物が生い茂る温室に戻って、静かな同席者たちに囲まれて過ごしたかった。ベアトリーチェが最近もっとも幸せでいられる場所だ——もちろんクラレンスといても幸せは感じる。でも植物は単純な喜びを与えてくれる。一方、クラレンスといて感じる幸せは複雑なものだった。彼を傷つけないように注意しなければいけないからだ。ベアトリーチェは心のなかでため息をついた。状況が違っていたらいいのに！　でも状況は変わらないし、願っても叶うことはないだろう。クラレンスを愛しているのかもしれないが、自分は科学者だ。ベアトリーチェは人生には変えようのない現実があると信じていて、自分が有毒であることもその一つだった。

ここでもまた、状況が変わることを願うのは無駄なことだった。やらなければいけないことは、今やってしまったほうがいい。「いいわ」ベアトリーチェはアリスに言った。「建物に火をつけて」

アリスは両手を振った。と、アパートの上階の窓に炎が見えた。鼻につんとくる黒煙が窓に流れこんでいく。まるで本物のようだ！　燃え上がる炎、黒い煙――ベアトリーチェは熱まで感じた。やがて、悲鳴が聞こえてきた。

建物の扉が大きな音を立てて開いた。最初に出てきたのは年配の女だった。ああ、ペトロニウス教授の家政婦だ――ベアトリーチェの記憶が正しければ、たしかミセス・ソープと言った。彼女はベアトリーチェにそれなりに親切にしてくれたが、つねにペトロニウスのことを崇めるように「教授」と呼び、完全にあの男の支配下にあった。彼女のあとに続いて、長身の男が出てきた。黒いフロックコートを着て、片手にシルクハット、もう一方の手に拳銃を持っている。玄関を出るや、すかさずシルクハットをかぶった。まだベアトリーチェが覚えているように黒く濃い口髭をたくわえている――いくぶん不自然なほど黒い。きっと毛染めを使っているのだろう。

「こっちだ、こっちだ」男は叫んだ。「早く外に出ろ！」彼のあとについて三人の男と二人の女が列をなして出てきた。男たちはシャツ姿だ。そのうちの一人は背が高く痩せていて、長い黒髪だ。マーティンに違いない――キャサリンが形容していた姿にぴったり当てはまる。

「こっちへ来い、逃げ出すなよ」ペトロニウス教授は彼らに向かって銃を振りまわしてみせた。「わたしから逃げ出そうとしたら、ミセス・レイモンドが追いつめて捕まえにいくからな！　またあの人の逆鱗に触れたくはないだろう？　だから良い子が学校で朗読をするときのように一列に並んでここに立ってろ、消防隊が来て火を消すまで」

「そのときには燃えつきてしまってますよ」ミセス・ソープが言った。「いったいどこから火が出たんでしょう。コンロにはしっかり灰をかぶせましたし、二階には火がおこりそうなものなんてないのに」

「つまりおまえたちの誰かがわざと火をつけたんだな！」ペトロニウス教授は銃を振りまわした。メアリが見たらまったく無責任だと思うだろう。「誰がやった？　ミセス・レイモンドが知ったら——」

ベアトリーチェが心配していた場面だ。アリスにできるだろうか？

「ペトロニウス！」ミセス・レイモンドの声だ。ベアトリーチェの横にミセス・レイモンドの姿があり、そこから聞こえてくる。アリスはよくやった！　どこからどう見ても本物だ。

ペトロニウス教授はそのとき初めて二人に気づき、驚いてあとずさった。ミセス・レイモンドは彼のほうに歩いていった。「おまえの責任よ。わたしはこの催眠術師たちを見張っているように言ったはず。それがどういうこと？」ミセス・レイモンドは燃える建物を指差し、冷たいまなざしで彼を見た。「でも、もう彼らは必要ないわ。だから解放しなさい。その拳銃をすぐに下ろしなさい。さもないと毒蛇に変身させるわよ」

ペトロニウス教授は信じられないというような顔つきで拳銃を下ろした。「しかしあなたはわたしに彼らが逃げ出さないように見張っていろと言ったじゃありませんか。まだ彼らを利用するかもしれないからと」

彼はまるで虐《しいた》げられたように動揺していた。

「状況が変わったのよ」ミセス・レイモンドは横柄に言った。「もう彼らは用無しなの」ミセス・レイモンドは催眠術師の一団のほうを向いた。彼らは身を寄せ合い、恐怖にみちた目つきでミセス・レイモンドを見つめている――どうやらミセス・レイモンドは彼らに相当な衝撃を与えていたようだ。「さあ行きなさい！もうおまえたちは必要ないのよ。あなただけは残りなさい、驚異《マーヴェラス》のマーティン。そして教授、あなたはロンドンから出ていって、二度と戻ってこないでほしいわね。戻ってきたらわたしの怒りを買うことを覚悟なさい、あなたが言ったように」

「しかし支払いがまだです！」ペトロニウスは抗議した。「この役目を果たしたら二十ポンド払うと約束したはずです！」

「わたしがかわりに支払うのではだめかしら？」ベアトリーチェが優しい声で言った。「覚えていますか、教授？わたしは今、ミセス・レイモンドのもとで働いているんです。あなたのようにわたしを助けてくれた方に、わたしがどんなふうに恩返しをするか、見せてあげましょう」

ペトロニウス教授は驚きのあまりあんぐりと口を開けたまま突っ立っていた。ベアトリーチェはペトロニウス教授に近づいていくと、爪先立ちになって彼の頬にキスをした。クラレンスにしたどんなキスよりも長いキスだった。

「何をしやがる！」ペトロニウス教授は叫び、うしろに飛びのいて頬を押さえた。「この女《あま》！」

「わたしが初めてイングランドに来たときにお世話になったお礼よ」ベアトリーチェはいつもの優しい口調で言った。ペトロニウス教授が手をおろすと、頬には彼女のくちびるの形をした火傷が見えた。この傷痕は、彼が生きているあいだは消えることはないだろう。

「行きなさい、教授――とはいっても、ほんとうのところあなたは教授ではなくペテン師だけれど。ミセス・レイモンドの命令どおりロンドンを去りなさい。さもないとあなたを見つけ出してもう片方の頰にもおなじ火傷を負わせてやるから！」

ペトロニウス教授はベアトリーチェを睨みつけ、やがて向きを変えて何も言わずにテムズ川に向かって通りを駆け出した。ミセス・ソープが彼のあとを追った。

「教授！　教授、置いていかないでください！」

ベアトリーチェはミセス・レイモンドのほうに向き直った。「あの男はやっぱり臆病者ね」ベアトリーチェは満足そうに言った。

「でもわたしは違います」マーティンが悲しげな低い声で言った。ほかの催眠術師たちもまだ彼のうしろにいて、身を寄せ合っている。どうやら恐怖をこらえているようだ。

でも、友人を取り残してはいきたくないようだ。「もうアリスのことは話しません。話したことを後悔していますし、あなたがあの子を見つけ出さなければいいと思っています」

「マーティンを置いていくつもりはありません」マーティンのうしろにいる女性が言った。「あたしたちはサーカスの人間で、団結しています。マーティンのことを解放しないつもりなら、あたしたちのこともそうしてください」

ベアトリーチェはミセス・レイモンドのほうを見て、彼女がどんな返答をするか見守った。マグダレン協会の院長は片手を振った。建物の火が弱まり、やがて何事もなかったように消えた。そしてベアトリーチェの傍らには、ふたたびアリスが立っていた。

「きみだったのか」マーティンはびっくりした様子で言った。「いったいこれは――」

「ちょっと新しいトリックを身につけたの」アリスはほほえみながら言った。そして両手を広げてマーティンを抱きしめた。ベアトリーチェはそんなふうにできるのを羨《うらや》まずにはいられなかった。「無事でよかったわ——みんな無事で」アリスはほかの催眠術師たちを見た。彼らもアリスを見つめていた——多くの者は尊敬のまなざしで、一部の者はまたいつ彼女がミセス・レイモンドに戻るかわからないというように、いくぶん疑わしそうな目つきで。

「すばらしい実演でした」さっきマーティンのために立ち上がった女性が言った。「ペトロニウス教授を追い払ってくれてありがとうございます、ミス——」

「ミスなんて呼ばれるような身分じゃないです。わたしはただのアリスです」アリスは元の彼女に戻り、いつものように恥ずかしそうに言った。

「あなたはただのなどという存在じゃないわよ」とベアトリーチェ。「さあ、パーク・テラスに戻りましょう。ミセス・プールが昼食を用意して待っているわ。みなさんもご一緒にどうぞ」

ミセス・プール　そう、催眠術師の一団を昼食にお呼びするなら事前に言ってほしかったものです！　食事を五人分余計に用意するのは笑い事ではないんですからね！

ベアトリーチェ　ほんとうにごめんなさい、ミセス・プール。ちょうどあの日はメアリ、ダイアナ、キャサリン、ジュスティーヌが出かけていたからよかったわ。でもルシンダはずっと催眠術師のみんなに何かを出してみせてとか消してみせてとか頼んでいたわよね。

アリス　あれがきっかけでマーティンはあたしたちのショウを思いついたんです。催眠術師が集まってショウをするなんてそれまでなかったんです——いつも一人で実演をしてみせるだけで。ロンドンでも有数の催眠術師が集まって——まあ、マートン・ザ・マグニフィセントは昼食に来ないで家に帰ってしまいましたけど。でも仕方ないんです。マートンの奥さんは赤ちゃんを産んだばかりだったんですから。あたしたち五人が一緒になっておこなうショウは大成功です。
ベアトリーチェ　とくにあなたよ、アリス。あなたは目玉の演目になりつつあるわ。
アリス　まあ、それはどうでしょう！　観客に語りかけるのはマーティンのほうがずっと上手ですから。あたしは催眠波を操るのは得意ですけど、彼のように口上を述べることはできません。
ルシンダ　きっかけになったのならよかったわ！　すばらしいショウよね、とくにミイラの墓でサルコファガスが持ち上がってミイラが現れる場面——何度見ても悲鳴をあげてしまうの。

キャサリンはベイカー街遊撃隊の本部を見まわした。とくになんの感銘も受けなかった。

「あんたも一緒に来るよね」ダイアナはその日の朝に言った。「そもそもジミーが軍法会議にかけられたのはあんたのせいだし、ベイカー街の連中があたしたちの提案を受け入れないって決めたら、あの子のことを守ってほしいから。あたしが小さなナイフであの子を守れないって意味じゃないけど、あんたには歯があるでしょ。ときどきあたしにも鋭い歯があればなって思うよ。いつでも口のなかに武器をしまって持ち歩けるなんて便利だよね」

ジミー・バケットはおびえたように二人を見た。小柄な男の子で、爪切りばさみで切られたような茶色の髪をしていた。あちこちに髪が伸びている。「また本部に行ったほうがいいのかわかんないよ」ジミーは言った。「ウィギンズはおいらにえらく腹を立ててたから。また軍法会議にかけられるかもしれない」

「まず、ウィギンズにそんなことはできないわ——軍法会議に二度かけることはできないのよ。それから、あたしたちがそんなことを許さない」とキャサリン。

「ベイカー街遊撃隊に復帰したくないの？」

「う、ううん」ジミーは答えたが、まったく確信がもてていない様子だった。

だが今、ジミーはしっかりとキャサリンの横に立っている。

「どうしておれたちがこいつを復帰させなきゃいけないんだ？」ウィギンズが訊いた。腕組みをして机のうしろの椅子にふんぞりかえっている。口元は頑固そうに引き結ばれている。うしろにはバスターとデニスが控えている。バスターは元の役目に復帰できるくらい回復したようだが、立ち上がることなく椅子に座っていた。ボタンが外れた襟ぐりからガーゼの包帯がのぞいている。バスターはじっと床を見つめていた。

「あたしが頼んでるから」とダイアナ。

「アテナ・クラブが頼んでいるから」とキャサリン。これはダイアナだけの問題ではない！　なんでもかんでもダイアナの問題なわけじゃないのだ。

「どうしておれがアテナ・クラブの頼みを聞かなきゃいけないんだ？」ウィギンズは怪訝そうに二人を見た。

「なぜならあたしたちはホームズさんを救い出したから」とキャサリン。「あなたたちが及ばなかったところにあたしたちがいた。この先もおなじことがあるでしょうね。逆に、あたしたちが及ばないところにあなたたちがいることもあるでしょう。あたしたちと闘いたい、それともあたしたちの支援を受けたい？　あたしたちの友人でいたい、それとも敵にまわしたい？」

「そもそもどうしてそんなにジミー・バケットのことを気にかけるんだ？」ウィギンズが訊いた。

「あたしは気にかけてない」ダイアナがばかにするように言った。「もしあたしが決める立場だったら、ジミーは軍法会議にかけられたままでいいと思う」

「気にかけてるのはベアトリーチェとジュスティーヌよ」とキャサリン。「ベアトリーチェはジミーがまだ年端もいかない子で物事の良し悪しがわかってないんだって言ってる。ジュスティーヌは飢えた家族のいる人間がパンを盗んだとしても責められないって言ってる」

「だからなんだっていうのさ!」とダイアナ。「ときどきアテナ・クラブのみんなは頭がどうかしてるんじゃないかと思うね」

デニスがぐるっと目をまわした。どうやらダイアナとおなじ意見らしい。

ウィギンズは目の前に立っている痩せた男の子をもういちど見た。後悔しているのか恥じているのか、おそらくはその両方なのだろう、ジミーはうつむいている。「さて? ジミー、おまえの言い分はどうなんだ?」

ジミーは潤んだ青い目でウィギンズを見上げた。

「すみません、ウィギンズさん。悪気はなかったんです。レディ・クロウが妹の治療に力を貸してくれるって言ったんです。ある淑女たち――ミス・モローと仲間たちが何をしてるか、どこに出かけるか、そんなことについて報告するかわりに。ミス・クロウはほんとに力を貸してくれました――ジェニーはずいぶんよくなったんです。ほかの理由じゃこんなことはしません。ジェニーはおいらのたった一人の妹で、あいつがいなくなったら母ちゃんはどうなるかわからないんです。弟には何もできませんし――まだたったの四歳ですから。父ちゃんが死んでから、おいらがあの家の唯一の男手なんです。だから何か手を打たなきゃって」

「だからっておれとベイカー街遊撃隊への誓いを破ってもいいことにはならないぞ」ウィギンズがぶっきらぼうに言った。「もし復帰させたら、隊員でいるかぎりは二度とこんなことはしないと約束できるか? おまえは保護観察処分ということになるだろう。二度目の復帰の道はないからな」

「はい」ジミーは洟をすすり、袖で拭った。「でもほかの隊員たちはおいらを受け入れてくれるんでしょうか？　おいらが二階に上がってくるとき、こっちを見ようともしませんでした。バスターは今ですらおいらのことを見ませんし」

　バスターは顔を上げ、目を細めてジミーをじっと見た。ジミーはその目つきを見てかすかに身震いした。

「あいつらは考え直したほうがいいね。さもないとあたしの小さなナイフの刃を感じることになるよ」ダイアナがそう言ってどこからともなくナイフを取り出した――ウェストバンドに鞘のようなものを仕込んでいるに違いない。ダイアナはバスターを睨み返した。

「それにキャサリンの歯に嚙みつかれるから！」

　とんでもない！　キャサリンはベイカー街の男の子に嚙みつくつもりなどなかった。第一、彼らがどれくらいの頻度で体を洗っているかわかったものじゃない。デニスは清潔そうに見えるが、バスターは襟首が汚れている。

「さあ、バスター、デニス？」ウィギンズが言った。「ミスター・バケットにもう一度チャンスをやるべきかね？」

「いいえ」バスターが低い声できっぱりと言った。

「からかってるんですか？」とデニス。「裏切り者を置いときたくはないです」

「おお、ということはおまえたち二人は反対なんだな？」ウィギンズは二人のほうを見るように首をかしげたが、その角度からはバスターしか見えなかった。「おれはジミーを復帰させるほうに傾いている。つまり二対一だ。ほかに誰の票が重要になるかね？」

「あなたですよ、ビル」デニスがすかさず言った。「あなたがこいつを復帰させるというならそうするしかないですし、ほかの連中は反対しません。喜びはしませんが、あなたがそう言うなら受け入れるでしょう」

　ウィギンズはうなずいた。「うむ、おれはそう言っている。バスター、ジミーはおれの個人的な保護下にあると隊員全員に知らせてくれ。それにダイアナのな、もちろん」ダイアナはもう少しで抗議するところだったのよね？　キャサリンはダイアナが悦に入った様子でウィギンズを見ているのに気づいた。「いいだろう、ジミー」ウィギンズは続けた。「おまえにもう一度チャンスをやる。おまえの年と家庭の事情を鑑《かんが》みてな。だがこれが最後のチャンスだからな！」

「ありがとうございます」ジミーはそう言ってまたうつむき、足をもぞもぞさせた。キャサリンはその朝に彼女たちがしてあげたことを、ジミーがちゃんと感謝してくれるといいがと思った。ベイカー街遊撃隊の前でジミーの一件について弁護するよりも、したいことがほかにもっとたくさんあったのだ。でも、少なくともベアトリーチェとジュスティーヌは喜ぶはずだ。

ウィギンズがこちらを向いてこう言ったのでキャサリンは驚いた。「ミス・モロー、あなたはほんとうにピューマなんですか？　チャーリーが歯を見せてもらったと言っていたが」

メアリの口癖だけれど、まったくもう！　「そうよ、あたしはピューマなの」キャサリンはいらいらしたように言った。どうせウィギンズは歯を見せてくれと言うのだろう。そしてキャサリンはサーカスにいたときとおなじようにピューマ女となるのだ、ベイカー街遊撃隊を観客にして！　ああでも、ホームズ氏の手下の少年たちにアテナ・クラブの能力を見せつけておくのはいいことかもしれない。いずれまた一緒に働くことになるだろうから。

メアリ　あの子たちはとても役立ったわよね、プロズロウ大佐がバルコニーで一服しているあいだ、書斎のテーブルに置きっぱなしにしてしまった海軍条約書を取り戻さなければいけなかったときには。でもウィギンズとチャーリーはどちらがダイアナの崇拝者なのかはっきりさせる必要があると思うわ。どちらがダイアナをロシア大使館から救い出しにいくかを決めるとき、殴り合いになりそうになったんですもの。

ダイアナ　あたしを救い出す必要があるみたいな言い方して！　それにあいつらがそんなばかな真似をするんなら、どっちとも関わりたくないね。崇拝者なんていらないもん、おあいにくさま。

ルシンダ　わたしはあなたを崇拝しているわよ、ダイアナ、あなたの勇敢さと賢さを。あなたがいなかったら、わたしはウィーンの精神科病院で死んでいたはずですもの。

ダイアナ　まあ、それはまたべつの話だね。ばかな真似なしで崇拝すればいいんだよ。

メアリはシャーロック・ホームズの顔を見下ろした。眠っているときの顔は、目覚めているときよりも穏やかだ。彼の特徴である、警戒し詮索するような表情は消えている。それでも引き締まって角ばった顔は、そもそも骨格からして優雅さをたたえている。だが、気がかりなことで皺が寄っていないその顔は、ふだんよりも若く見える。メアリは毛布を引き上げて彼の裸の肩を覆った。肩から脇腹にかけて、白いリネンの包帯が巻かれている。ホームズは寝返りを打った。一瞬、メアリは彼が目覚めるのではないかと思ったが、彼は目を開けなかった。

「どんな様子です？　ホームズさんの様子を見て、目覚めたらすぐに知らせるようにとドクター・ワトスンに頼まれているんです」ビル・ウィギンズが診療室の戸口に立っていた。うしろにキャサリンとダイアナもいる。

二人に会えたのはうれしいけれど、その朝メアリは診療室にほかに誰もいなかったことをありがたく思っていた。バスターはもう歩くことができたし、チャーリーは医師の言いつけを聞かず片足で飛び跳ねていた。

ドクター・ワトスンはまだ回復途中だが、ミセス・ハドスンの看護を受けるためにベイカー街221Bに移っていた。ワトスンはホームズのそばを離れたがらなかったが、ドクター・ラドコは頑として言った。「彼の傷はあなたよりも深刻なんです。絶対安静が必要です。あなたのほうはそろそろ仲間や娯楽を求めてもいいですが。あなたがここにいないほうが彼は早く回復するでしょう。しかし、元気になったらすぐにでも訪ねてきて結構」

そのあいだ、メアリはずっとホームズのそばに付き添っていた。ここ数日、ほとんど片時もそばを離れなかった。「よく眠っていますわ」とメアリ。「熱はありません。でもまだ目を覚ましません」

「そうですか、では」とウィギンズ。「またあとで様子を見にきます。ドクター・ラドコは午後に来ることになっています。ドクターによればホームズさんが一命を取り留めたのは奇跡だそうです」

「メアリ、あんたもそろそろ行くべきよ」とキャサリン。「もう三日もここにいるのよ。少しは眠ったの？　あんたまで体を壊したらいけないわ。あんたが家に帰ってお風呂に入って着替えをしないっていうなら連れ戻しにいくつもりだって、ミセス・プールが言ってるわよ」

「空いているベッドでしばらく横になったわ」とメアリ。「デニスが洗面所に案内してくれたし、今朝アリスが新しい肌着を届けてくれたの。わたしは大丈夫よ、キャット。彼が目覚めるときにここにいたいの。彼を撃ったのはこのわたしなんですもの」

「事故だったんだ」とウィギンズ。「自分を責めちゃいけませんよ、ミス・ジキル。ホームズさんを撃つつもりじゃなかったんだから」

「ありがとう。そうしてみるわ」でもメアリは自分を責めていた。これは完全に自分の責任なのだ。シャーロックを狙うつもりではなかったとしても、引き金をひいて彼の肩に銃弾を撃ちこんだのはこの自分だ。自分のせいで彼は出血多量で死にかけたのだ。

「午後にアッシャとの会合があるのよ」とキャサリン。「来るわよね？　アッシャがブダペストに帰る前にアテナ・クラブのことを話し合わなくては」

「ええ、行くわ」メアリはそう言ったが、ほとんど聞いていなかった。シャーロックが目覚めてくれさえすれば！　肩に何かが触れたので、メアリは顔を上げた。ダイアナが抱きついてきたなんてほんとうだろうか？

「家で待ってるから、姉さん」とダイアナ。「覚えといて、この人が死んでも、あんたにはあたしたちがいるって！」

「死んだりしないわよ！」とキャサリン。「ドクター・ラドコはそう言ってたし、アッシャもそう言った。メアリ、ホームズさんは死んだりしないから。ウィギンズさん、あたしたちを見送ってくれる？　ダイアナがまた余計なことを言う前にこの子を家に連れて帰ったほうがよさそう」

「何よ？」とダイアナ。「あたしが何を言ったっていうのさ？」

みんなが去ってしまうと、メアリはシャーロック・ホームズの寝顔を見下ろした。キープの真下の野原で彼の横にひざまずいたときのことを思い出した。血が噴き出て真っ赤に染まっているところを両手で押さえていた。アッシャがそばにやってきて言った。「どくのだ、メアリ」それからメアリは立ったまま見守った。錬金術師協会の会長が傷口に両手を当てた。そこからまぶしい光が広がり、オパールのようにきらきらと輝いた。アッシャがそうして五分が経ち、十分、十五分が経った。ほかのメンバーは忙しくしていた――マーガレット・トレローニーに撃たれてほとんど即死したミセス・レイモンドの遺体をキープのなかに運び入れ、そのマーガレットを地下牢に閉じこめた。メアリはそういったことをあとから聞いて知った。そのときは、シャーロック・ホームズの蒼ざめた顔と、彼の命を救おうとしているアッシャのことしか目に入らなかった。

ついに、アッシャが立ち上がった。「彼は生き延びるであろう」とアッシャ。「できるだけのことはした。あとは時間が癒すだろう。長く病床に臥せることになるだろうが、死ぬことはない」

メアリは彼の傍らにひざまずき、泣いた。これまでの人生で泣いたことはなかった。なぜならわれらがメアリは泣くことを知らないから――だがその日、メアリは人目もはばからず大泣きした。涙がマラザイオンの雨のように流れ落ちた。

「メアリ」聞き覚えのある声だ。でもとても疲れたような声！

メアリははっとして顔を上げた。シャーロック・ホームズが目覚めた！　優しげな灰色の目でこちらを見ている。

「わたし、あなたを撃ったんです。もう少しであなたを殺すところだったんです」メアリはホームズに知っておいてほしかった――自分の責任を。

「わかっている。覚えているさ」

「許してもらおうとは思っていません。死んでいてもおかしくなかったんですもの」

ホームズは手を伸ばしてメアリの頬に触れた。「メアリ」

「もし辞職願を書けというなら、もちろんそうします。この先、わたしと一緒に働く気になるとはとても思えませんもの――」

「メアリ、こっちにきてくれ」ホームズがメアリを引き寄せ、そして突然、とても自然に、とても当たり前のように、メアリは身をかがめ、この数日、この数カ月、ずっと抱いていた思いを込めて彼にキスをした。

彼のくちびるは柔らかくしっかりとしていて、頬に触れる手は力強く優しかった。それは完璧で強烈に感じられる一瞬、メアリが自分自身それを望んでいるとはほとんど気づかなかったことだった。

「メアリ」メアリが彼を傷つけるのではないかと心配しながら身を引き離すと、ホームズが言った。「きみの目に涙が浮かんでいるのを初めて見たよ」ホームズは一本の指で涙を拭った。

メアリはホームズの手を握った。「感謝の涙です、たぶん。でもあなたは今は眠るべきですわ」

「わかったよ、看護婦さん」ホームズはほほえんだが、すでに目が半分閉じかけていた。メアリはホームズの手を取ったままそばに座り、彼が深い癒しの眠りに落ちていくのを見守った。

メアリ　キャット、どうしてもこの場面を書かなきゃいけない？

キャサリン　ええ。

ジュスティーヌはためらっていた。ここにいていいのだろうか？　グローブナー・スクエアにあるドリアン・グレイの上品な邸宅の前に？　ジュスティーヌはグレイ氏のことをどう考えればいいのかいまだにわからなかった。それなのに、なぜだか彼にもういちど会うべきだという気がしていた。彼について心を決めるためだけに。

答えが出ないまま、ジュスティーヌは呼び鈴を鳴らした。鳴り終わる前に扉が開いた。驚いたことに、グレイ氏本人が出てきて扉を押さえた。

「ちょうど今、使用人不足でね、ミスター・フランク」グレイ氏が言った。「イングランド人の使用人は辞めてしまったし、フランス人の使用人は先にアンティーブの家に行かせてあるんだ。そこで冬を過ごすつもりでね。なかに入るかい？　大歓迎だが、きみはロンドンでもっとも恥ずべき噂をまきちらしている男の家に入ろうとしているってことをわかっておくべきだよ。おばのアガサがぼくのことをそう呼んでいるんだ」

　劇作家のワイルド氏を巻きこんだ醜聞についてはベアトリーチェから聞いていた。だがジュスティーヌはそんな噂ばなしは気にもかけなかった。

「ミスター・グレイ」とジュスティーヌ。「わたしは誤解を正しにきたんです。メアリと一緒にホームズさんを探しにアヘン窟に行ったとき、わたしは変装していました。今もちょっとした変装をしていますけれど」ジュスティーヌは自分が着ている男物の服に目を落とした。「わたしはジャスティン・フランクではなく、ジュスティーヌ・フランケンシュタインです。この身長なので、男装してロンドンの街を歩くほうが何かと楽なんです。騙してごめんなさい。あなたを騙したまま知り合いでいたくなかったんです」

「でも、知り合いでいたいんだね？」グレイ氏はほほえみながら言った。聖歌隊の少年のような、あどけなくて天使のような笑みだった。「さあ、どうぞ入って――つまり、きみが望むなら」

　ジュスティーヌは敷居をまたぎ、ドリアン・グレイのあとについて廊下を進むと応接間に入り、その光景に驚いて息をのんだ。ベアトリーチェが見たらどう思うだろう？　壁にかけられた美術品、調度品や骨董品を見て、ジュスティーヌはアイリーン・ノートンのウィーンの応接間を思い出した。

「気に入ったかい？」グレイ氏が訊いた。「ぼくは蒐集家のようなものでね」新しいおもちゃを褒められた子どものようにうれしそうな顔をしている。

ベアトリーチェ　あれから彼の応接間を見たわ。みごとなものだと思うけれど、もうちょっと芸術品《オブジェ・ダート》の数が少ないほうがより上品に見えるんじゃないかしら。どうやら彼は欲しいと思う本能を抑えられないようね。

キャサリン　それにあの人は小間物を蒐集するよ

うに人のことも蒐集するのよね。ジュスティーヌのことも好奇心から蒐集したようなものよ。

ジュスティーヌ　そんなことはないわ。あなたたちが彼のことを好きではないのはわかっているけれど、グレイさんはわたしの友人よ。

ベアトリーチェ　あなたのお友達を批判するつもりはないのよ、ジュスティーヌ。

ダイアナ　してるじゃん。

ジュスティーヌは多くの女性と違って身体的な美しさに影響されることは少ない。夕日や花の美しさを感じることはあるけれど、人を見るときは知性や誠実さ、内面的な価値を重視する。けれどドリアン・グレイには何かがあった——陶製の小さな像や楽器を思わせる繊細な何かが。男性にしては背が低く、ジュスティーヌのほうが頭半分ほど背が高い——アトラスやアダム・フランケンシュタインとは大違いだ！　金色の髪は昼前の陽射しを受けて輝き、後光のように頭のまわりを囲んでいる。もし彼の絵を描くとしたら、ぜひそんな機会があればとジュスティーヌは思いついたのだが、肩から翼を生やした天使のような絵になるだろう。とは言っても、グレイ氏は金遣いが荒い放蕩者で不道徳な人だとベアトリーチェに警告されていた。「不道徳だという誹《そし》りはナンセンスよ」ベアトリーチェは言っていた。「それはとりすました社会が、その厳格さに従って生きることを選択しなかった人に対して向けるものですもの。それでも彼は善人ではないわ。彼がワイルド氏を捨てたばかりに、ワイルド氏は監獄で惨めな思いをすることになったのよ。それに噂では、若い男女がグレイ氏の美的な生活様式《ライフスタイル》を真似しようとして身を持ち崩しているそうよ」ジュスティーヌはこうしたことをどう考えたらいいのかわからなかった。

「こっちへ」グレイ氏が言った。「タナグラ人形を見せよう——それとも、きみは芸術に興味があるということだから、この絵を見てくれ。これはホイッスラー氏の手になるものだ。まったく新しいスタイルで描かれている」

ジュスティーヌはその絵のほうに行った。たしかに新しい——黄昏《たそがれ》時のテムズ川を表現した夜景画だった。「わたしも絵描きだけれど」とジュスティーヌ。「こんな手法を試したことはないわ。たぶんやってみるべきね。だって新しい時代ですもの、キャサリンがいつも指摘しているように。わたしももっと現代的になるよう試してみるべきなんだわ」

「ミスター・フランク——ミス・フランケンシュタイン」とグレイ氏。「きみがどう名乗ろうと、何を着ようと、ぼくには違いがないとわかってくれ。きみがジャスティンだろうがジュスティーヌだろうが、きみはきみ、ぼくが知りたいのはきみ自身だ。もっとも、フランケンシュタインという名前は——聞いたことがある」

「ええ」ジュスティーヌはグレイ氏がその名前を知っていることに驚いた。だが彼は読書家に違いない。「シェリー夫人の本に出てくる——」

「ヴィクター・フランケンシュタインについての本だね。うん、それは読んだ。多くの人はあれが架空の物語だと思っているが、悲しいかな、あれは事実だということをぼくは知っている！」

ジュスティーヌは驚いて彼を見た。「どうして悲しいんです、グレイさん？」

「なぜなら若い頃に起こった不運を通じてそのことを知ったからさ——それからこの人生の道筋が決まってしまった。ヘンリー・ウォットン卿という年配の紳士と関係しているんだ。彼はソシエテ・デザルキミストのメンバーでね。聞いたことがないかもしれないが——科学、とくに生物学に興味のある人たちのための非常に限定された協会なんだ。ヘンリー卿の話ではヴィクター・フランケンシュタインは一世紀前にその協会のメンバーで、シェリー夫人の物語は大筋において事実だということだった。それじゃあ、きみはフランケンシュタイン一族と関わりがあるのかい？　たしかスイス人だと言っていたけれど。

「ある意味では」ジュスティーヌはおそるおそる言った。とすると、グレイ氏はソシエテ・デザルキミストのことを知っているのだ！　ヘンリー・ウォットン卿とはどんな知り合いだったのだろう？　謎めかした言い方をしたけれど、それがどんなふうに今の彼の人生を左右したのだろう？　ジュスティーヌはもっと彼の話を聞きたかった。だが今朝は時間がない。パーク・テラス十一番地に戻らなければいけない。

「昼食までとどまってくれるなら――舌《タン》肉の冷製とキャビア、それにシャンパンがあるんだ」とグレイ氏。

ジュスティーヌはできることならとどまりたかった。もっとも、肉は食べないのだと彼に説明しなければいけないだろうが。だがアッシャとの会合に遅れたくはなかった。

「ありがとうございます、グレイさん」とジュスティーヌ。「でも友人たちが待っていますから」

「そうだろうとも」とグレイ氏。「羨ましいよ――友情は唯一お金では買えない贅沢品だ。さようなら、マドモワゼル・フランケンシュタイン」

ジュスティーヌが片手を差し出すと、グレイ氏はその手を裏返し、手のひらにくちづけをした。メイフェアからメリルボーンへの道を歩いて帰りながら、ジュスティーヌは手袋のなかにそのキスの名残りを強く感じていた。

ベアトリーチェ　グレイさんと一緒に二週間アンティーブに行くって本気なの？　わたしとキャサリンとパリにとどまっているのではなく？　パリには美術館もレストランもあるし、ルーヴル美術館の絵を盗んだ犯人から取り戻す絵のこともあるし……

ジュスティーヌ　ええ、本気よ。南フランスで絵を描くつもり。彼にははっきりと招待されたから。

ベアトリーチェ　間違いなんじゃないかしら……

キャサリン　でもあたしたちはみんなそれぞれ間違いを犯すものよ。そもそも、ビー、あんたもあたしも数えきれないほど犯してきたじゃない。

ベアトリーチェ　ああもう。

ルシンダは応接間の窓下のベンチに腰かけていた。みんながそれぞれの用事で出かけているあいだ、たった一人で静かな朝を過ごすのはすてきなことだった。初めてミセス・プールに話しかけることができた。ミセス・プールはヴァン・ヘルシング家の家政婦だったフラウ・ミュラーを思い出させた。ルシンダが子どもの頃、フラウ・ミュラーはずっとそばにいて、膝小僧に絆創膏を貼ってくれたり、ジンジャービスケットをくれたりした。フラウ・ミュラーのような女性がいなかったら、この世界はどうなっていることだろう？
昼食の直前に、アリスとベアトリーチェが催眠術師の一団を連れて戻ってきた。一同は大きなマホガニー製のテーブルのある食堂で昼食をとった。なんて楽しい食事だったことだろう！　彼らは水の入ったコップやナプキンを消してみせたり、リンゴを金色のボールに変えたり、トーストを蝶々に変えて飛び立たせてみせたりした。ミートパイからはカササギが飛び出した。もちろん幻影だということはわかっていた。彼らが手つきやおしゃべりで現実の認識を操作しているにすぎないということは百も承知だった。だが、こんなに笑ったのは何年か前に母に連れられて品評会に行ったとき以来だった。あのときは鋭い剣をお手玉のようにつぎつぎと宙に放り投げる曲芸師を見たり、首のまわりにひだ襟を巻いた子犬が輪っかをくぐり抜けるのを見たり、コンメディア・デッラルテ（仮面を使用する即興喜劇）のハーレクインとコロンバインを見たりしたものだ。

それに誰もルシンダの昼食がボウルに入った血だということについて何も言わなかった。厳密に言うと羊の血で、ルシンダはあまり好きではなかったが、ミセス・プールが彼女のために肉屋のバイルズさんから手に入れてくれたものだった。もちろん、ベアトリーチェは緑色のどろどろを飲んでいた。ルシンダの繊細な鼻はそのきついにおいを嗅ぎつけた。ともかく、独特の食事をとっているのはルシンダ一人ではなかった。この家はなんて居心地がいいのだろう。誰にわずらわされることもなく、ルシンダがありのままの自分でいることを受け入れてくれるなんて！　アテナ・クラブのメンバーになることを決めたとき、ルシンダは自分が何に同意したのかわかっていなかった。でも今はわかる。自分をいつでも歓迎してくれる、新しい家族の一員になることに同意したのだ。

「ルシンダ！」ルシンダは考えに耽りながら見るともなく見ていた通りから目をそらし、扉のほうを見た。そこにはウォーキング・スーツ姿のローラがいた。

「ああ、あなたも一緒に来たらよかったのに」ローラは言った。すでに帽子と手袋を脱ぎ、左手に手紙を持っている。「ピカデリー・サーカスにハロッズ百貨店でのランチ、それにハイド・パークの散策……何もかも完璧にイ、ギ、リ、ス風ですもの、予想をはるかに超えてね。まるで天国ですわ！　もちろんシュタイアーマルクも、それにカーミラもマグダも家のみんなのことも、あの古風で麗しいシュロスのことも恋しいですけれどね。シュタイアーマルクにいたときは自分はとてもイギリス風なんだと思っていましたけれど、今は思い出してみても、自分がいかにシュタイアーマルク風だったかに気づきましたわ。それでも、父が懐かしそうに話していた数々の場所を訪ね歩けたのはすばらしいことでした。今、父が一緒だったらどんなにいいでしょう！　とは言っても、ケーキはオーストリアのほうが美味しいけれど。でもわたくしがそう言ってたってミセス・プールに教えてはだめよ」

「ミス・ジェニングス」突然、うしろの戸口にミセス・プールが現れて言った。ケーキのことを聞かれていただろうか、とルシンダは思った。「今日あなたに届いた手紙を見つけられたようですね。電報もきていますよ。ふつうの手紙と一緒に玄関のテーブルに置いておきたくなかったんです、個人的な内容だったらいけませんから」

「ありがとう、ミセス・プール」ローラが言い、電報に目を走らせた。ジキル家の家政婦はすでに廊下の奥に消えていた。「いかにもカーミラらしいですわ！『キュウケツキノソウクツハハカイシタ　イギリスニムカウ　コスイチホウヲイッショニマワロウ　アイヲコメテ　C』ですって。わたくしたちを置き去りにしたことにいくらか罪悪感を覚えているのね。どう思います、ルシンダ？　一緒に湖水地方をまわりたくはなくて？」

ルシンダは首を横に振った。今、ルシンダが心からしたいことはただ一つ、ここに座ってこの家の息吹を感じ、友人たちに囲まれているという感覚を嚙みしめることだった。

「それと、この手紙はわたくしの従兄のジェニングス牧師からよ。到着後すぐに彼に手紙を送りましたの。彼はイギリスに残っている最後の親戚なのです」ローラは丁寧に手紙を開封すると目を落として読みはじめた。「残念ながら彼は病気で、医者にかかっているんですって。精神病専門医の――読めないわ、彼の字ったらとても読みにくいんですもの。ドクター・ヘッセリウス、かしら。だからロンドンには来られないけれど、ウォーリックシャーにある彼の家に喜んでお迎えしますって。どこにあるのかよく知りませんけれど。彼が言うにはロンドンから日帰り列車が出ているそうですわ。カーミラが着く前に会いにいく時間がありそうね。まったく、蓋を開けてみたらずいぶんと忙しい滞在でしたわね！　女王陛下を救って、ハロッズでランチをとって、これからワーズワースが『ティンターン修道院』とあの水仙の詩を書いた場所を見にいくというのだから」

「そろそろ会合の時間じゃないかしら？」ベアトリーチェがお茶の入ったマグカップを手に部屋に入ってきた。どうしてベアトリーチェはいつも嫌なにおいのする飲み物を飲んでいなくてはならないのだろう？　でも、彼女にとっては嫌なにおいではないのかもしれない。ルシンダは自分の吸血鬼としての感覚を、世の人びとすべてが共有しているわけではないことを思い出した。「ルシンダ、もしかまわなければ、わたしも一緒にこのベンチに座ってもいいかしら」ベアトリーチェはいつものように優雅に窓下のベンチに腰をおろした。まあ、ルシンダがある種のにおいに耐えることを学べばいいだけのことなのだ。かつて母が言っていた。レディは嫌悪を感じても、けっしてそれを表に出してはいけないと。

「もちろん。どうぞ」ルシンダは体をずらして場所を空けた。

「アッシャを招いてのアテナ・クラブの会合？　それじゃあ、わたくしは席を外しますわね」とローラ。

「あなたも大いに歓迎するわよ」とベアトリーチェ。

「メアリは気にしないと思うわ」

「ドラキュラ伯爵が呼んでいらっしゃるように、メロエの王女、コールの女王、錬金術師協会の会長殿との会合に参加するのは、あまり楽しそうじゃありませんもの」とローラ。「ショッピングのほうが楽しいですわ。着替えをほとんど持ってきていませんの。湖水地方をまわるならもっと服が必要になりますわ！　それでは、ありがとう」

「待ってよ！」ローラが立ち去ろうとしたとき、ダイアナが部屋に飛びこんできた。「あたし抜きで始めないで！　あれ、まだ誰もいないんだ」

「どうやらわたしたちは誰かに入っていないようね」

ベアトリーチェはほほえみながらルシンダに言った。

「そういう意味じゃないってわかってるでしょ」ダイアナはベアトリーチェを睨みつけた。「ほかのみんなは？　キャサリンがすぐうしろにいたと思ったんだけど」

「何が郵送されてきたか見て！」キャサリンがまるで獲物を捕らえ、その血まみれの死体を森の地面に引きずってくるピューマのように、部屋のなかに大股で入ってきた。一冊の本を手にしている。

「それって、あれ？」ベアトリーチェが立ち上がって見にいった。「出たの？　それって――」

「そうよ」キャサリンが勝ち誇ったように言った。

「『アスタルテの謎』、ミス・キャサリン・モロー著。今日、イギリス全土で発売になるの。みんな買ってくれるといいな！」

「きっとそうなるわ」ジュスティーヌが戸口に立っていた。どうやら帰ってきたばかりのようで、まだ帽子も手袋も脱いでいなかった。「すばらしい本ですもの、キャサリン。おめでとう」

「あら、ご存じのとおり、まだ最初の一冊めよ」作家はわざと謙遜するように言った。「二冊めはもっといい本になるわ。それに、一冊めを仕上げてコツをつかんだからもっと簡単にね！」

キャサリン　不思議に思っている読者もいるでしょうから言っておくと、物事はそうは運ばないの。どんな本もそれぞれ苦労するわ。けっして簡単ではないのよ。
メアリ　でも、時間を経るごとに執筆の過程は容易になっていくんじゃないの？
キャサリン　そう思うでしょう。でも違う、そんなことはないのよ。この本も一冊めとおなじくらい苦労して書いたわ。その一冊めはただいま絶賛発売中で——

メアリ　お願いだから。やめてちょうだい。

「アッシャをまじえて会合を開くのよね？」キャサリンが部屋を見まわした。「みんなそろったわね——そう、メアリをのぞいて。彼女が間に合うかどうかわからないわ。まだホームズが目覚めるのを待ってるのよ」

「可哀想なメアリお嬢様」ミセス・プールがふたたび姿を現した。今度はお茶のトレイを持っている。「サンドウィッチをお届けしなければいけませんね。ベイカー街の少年たちがどんな食べ物を出しているかわかりませんもの」

「そういえば、昼ごはんを食べてなかったな」とダイアナ。「あたしの分のサンドウィッチは？　それにジャムポケット・クッキーも。厨房で見かけたよ」

「我慢なさい、やんちゃ娘」とミセス・プール。「マダム・アッシャにきちんとしたお茶をお持ちしたんですよ。ブダペストにお帰りになる前の最後のお食事ですから、最良のイングランドの伝統をしっかりとご覧いただこうと思って」

「運ぶのを手伝いますわ」とローラ。「いいんですの、手伝わせてくださいな、ミセス・プール。あなたにはやることがありすぎますもの。ここはシュタイアーマルク風に考えて」

ルシンダはこうしたやりとりをほほえましく眺めていた。みんなの口調には愛情がこもっていた。たとえ裏腹な言葉を口にするときでさえ。これが家族というものなのだろう——意見が一致しないこともあるが、それでもおたがいに愛し合っている。ああ、自分の家族もこんなふうだったらよかったのに！　子ども時代を通して、父は冷たく威圧的な存在だった。ルシンダと母はどちらも父におびえ、おたがいの存在に慰めを見出していた。母は……ルシンダは母と過ごした楽しい日々を思い出した。ミセス・レイモンドのように地面に倒れて死んでいる母を思い出すよりも。まだアリスに自分の母の死のことを話していなかった。たぶん、話すべきなのだろうか？

玄関の呼び鈴が鳴った。

「誰が行く？」ダイアナが訊ねた。だがキャサリンはまだベアトリーチェに本を見せていて、誰が訪ねてきたのかなんて些細なことには注意を払っていない。

「わたしでよければ――」ルシンダがベンチから腰を浮かして言った。

「いいよ、あたしが行く」ダイアナは自分が玄関に出迎えに行かなくてはいけない世界を忌まわしく思っているような口調で言った。「何もかもあたしがやらなきゃいけないわけ？」

だが、誰かが先を越していたようだ。まもなくアリスが部屋に入ってきて、続いてアッシャが姿を現したのだ。「外套をお預かりいたします」アリスが言った。もはやマーガレット・トレローニーと闘ったアリスでもなければ、死にゆく母を腕に抱いたアリスでもなかった。ふたたび完全なメイドに戻っている。

アッシャは驚いたようにアリスを見てから、派手な黒い外套を手渡した。今日の錬金術師協会の会長の装いは、袖と裾に黒い刺繍のある唐辛子色のドレスだ。編みこまれた髪は、ねじって高い位置に丸めてある。

「ごきげんよう、ベアトリーチェ」アッシャは言った。「ごきげんよう、アテナ・クラブの皆の者。会長はどこに？ 皆と一緒におらぬのか？」

「メアリはまだホームズさんに付き添っています」とベアトリーチェ。「会合に間に合うかどうかわかりません」

「さようか、それでは彼女抜きで進めよう」アッシャは暖炉のそばにある肘掛け椅子に腰をおろした。命令に従うかのように、みんながそれぞれの位置についた

――キャサリンとダイアナはソファに座り、ベアトリーチェは窓下のベンチのルシンダの隣に戻った。アリスはここにとどまるか厨房に戻るか決めかねているようだったが、ちょうどそのときミセス・プールがサンドウィッチを載せたトレイを運んできた。そのあとにローラとアーチボルドがそれぞれトレイを携えて続いた。

「マダム・アッシャ」とミセス・プール。「軽食はいかがですか？　サンドウィッチにヴィクトリア・スポンジケーキ、タルトはリンゴとレモンの二種類ございます。それからドイツ風のチョコレートケーキ、少なくともミセス・ビートンの本ではそう呼ばれていたものもございます、大陸風のものがお好みの方のために。このようなケーキを焼くのは初めてなもので、ちゃんとした味がするといいんですけれど！」

最後にバストが黒い影のように部屋に入ってきた。バストはアッシャのスカートに体をこすりつけ、やがて女性会長《マダム・プレジデント》に抱き上げられた。そしてアッシャの膝の上で丸くなった。

「皆の者、腰をおろしてくれ」とアッシャ。「そう、皆だ、ミセス・プール、そなたも。そなたがアテナ・クラブに不可欠な存在であることはわかっている。そなた抜きで物事を進めるつもりはない。それにアーチボルドもだ」

「それにわたしもですか？」戸口から声がした。メアリだ。帽子は取っているが、まだ手袋を脱いでいる途中だ。「わたし抜きで始めるところだったんですね。いいえ、何も問題ありません――時間に遅れたのはわたしですもの。でもうれしいことに、ホームズさんが目を覚ましたんです。ジミーに頼んでドクター・ワトスンに知らせにいってもらいました。ドクター・ワトスンったらドクター・ラドコにベッドで休養しているように言われているのに、辻馬車で駆けつけると言ってきかなかったんです。ですから今はホームズさんと一緒にいます。会合が終わったらわたしも戻りますわ。お気遣いなく、自分でお茶を注ぎます。最後に眠ったのはいつだったか忘れてしまったわ。マダム・プレジデント、続けていただけますか？」メアリは手袋を脱ぐとお茶を入れ、肘掛け椅子に腰をおろした。

「会合へようこそ、マダム・プレジデント」アッシャがほほえんだ。歓迎するつもりの笑みだろうが、それで威厳は少しも損なわれなかった。「さっそく本題に入ろう。昨日、わたしはソシエテ・デザルキミストのイングランド支部を訪れた。あの建物は一度ならず不適切な用途に使われた——セワードがヴァン・ヘルシングとの会合をおこない、モリアーティは〈黄金の夜明け団〉のためにあの建物を利用した。そして想像するに、テラもまたあの建物をロンドンの本部にしようとしていたのであろう。誰もいない部屋を見てまわりながら、わたしは決断を迫られた。あの建物を売りに出すこともできる。その場合はほかの用途に使われることになるだろう——あるいは、イングランド支部を復活させることもできる」

「復活ですって！」メアリが身を乗り出して言った。ひどく驚いているようだ。「それは恐ろしい考えですわ、あれだけ大変なことの原因になったというのに」

「最後まで話させてほしい」アッシャがやんわりと言った。「ベアトリーチェを支部長としてイングランド支部を復活させるのだ」

「あら。まあ、そういうことなら話はべつです」メアリは体をうしろに戻した。「ベアトリーチェが責任者なら——それでもわからないわ。ロンドンに錬金術師が必要なのでしょうか？」

「ロンドンにはすでに錬金術師がいるわ。あるいは、少なくともイングランドには」とベアトリーチェ。「この方法を取れば、彼らが何者かを知ることができる。彼らを監視して規制することができるかもしれない。彼らが倫理的な基準を守っているかどうか確認することもできる。でもマダム・プレジデント、前もってわたしに相談してくださってもよかったのではないでしょうか」ベアトリーチェは冷静な口調で言ったが、ルシンダには彼女が事前の相談がなかったことに動揺しているのがわかった。

アッシャはベアトリーチェの発言はどうでもいいというように手を振った。「いずれにしてもそなたはこの責任を引き受けたはずだ。時間がなかったし、アテナ・クラブのメンバーと一緒のときに話すほうが効率的だと思ったのだ。今朝、わたしはジェニー・バケットがスイスのサナトリウムで治療を受けられるよう資金を手配してきた。レディ・クロウは精一杯あの子の力になってきたが、このわたしでも結核を治すことはできない。あの子はそこで最良の治療を受けることになるだろう。その後、スコットランド・ヤードに立ち寄って、そなたたちの友人のレストレード警部とマーガレット・トレローニーの件について話し合ってきた」

「あいつはあたしの友達なんかじゃない」ダイアナがつぶやいたが、小声だったのでおそらくはルシンダにしか聞こえなかった。

「マーガレット・トレローニーはまだペンザンスの監獄にいる。そなたたちの証言と発砲の証拠にもとづいて、彼女はヘレン・レイモンド殺害の罪で起訴されるであろう。そなたたちの何人かも法廷で証言を求められるかもしれない。彼女が有罪となるかはわからない──レストレードによれば、通行人があの日の朝はキープが霧に包まれていたのを目撃しているし、マーガレット・トレローニーは霧のなかに見えた人影を友人のヘレンではなく侵入者だと思って撃ったと主張しているそうだ。彼女はあのあたりでは立派な女性として知られているし、陪審員も彼女の味方につく可能性がある。わたしたちは彼女の終わりを見届けたわけではないのかもしれない」

「それに彼女が世界征服をもくろむのをやめるとは思えません」とメアリ。「監禁されているあいだに見聞きしたことから察するに、マーガレット・トレローニーは無情で野心的な女性だという印象を受けました」

「それはかならずしも悪い性質とは言えないわよ」とキャサリン。

アリスは首を横に振った。「あの人を知らないからそう言えるんです。あの人は悪い輩です、ミセス・プールの言葉を借りるなら。あたしのお母さんを殺害した罪で絞首刑にならなかったとしても、塀のなかにいてくれることを願います」

「リディア」アッシャが続けた。「ペラナスヌーの教会墓地にあるそなたの母の墓のために注文した墓石は、今週中に届くことになっている」

「ありがとうございます」とアリス。

「最後の議題はアーチボルドのことだ」オランウータン男がアッシャのほうを見た。「彼をロンドンにとどめておくことはできない」

「でも彼はここに住んでいるんです」とキャサリン。「あたしたちから彼を取り上げるなんてことさせないわ」

「それでも、彼をとどめておくことはできないのだ――そなたたちもわかっているはずだ。すでにレストレードに彼を会わせたそうだな。レストレードはそなたたちが下僕にしている『奇妙ないきもの』について意味深なことを言っていた。万が一、レストレードがアーチボルドとは何者か、どこから来たのかについて尋問を始めれば、ソシエテ・デザルキミストの存在がふたたび露呈することになる」

「それがあなたの何よりの関心事なのですか？」ベアトリーチェが訊いた。「ソシエテ・デザルキミストの安泰が？」

「アーチボルドはどうなの？　彼は何を望んでいるの？」キャサリンが興奮ぎみに訊いた。「彼はもう獣じゃないんです。そう簡単にどこかに追いやったり、檻のなかに閉じこめたりするわけにはいかないわ」

「それでは本人に訊いてみよう」とアッシャ。「アーチボルド、そなたはわたしと一緒に来たいか？　わたしはそなたをボルネオ島に帰すつもりだ。そこでそなたを受け入れてくれる部族を探そう。そなたが捕らえられた森ではないかもしれないが、その近くだ。それともここにとどまりたいか？」

アーチボルドは大きな黒い目でアッシャを見つめた。

「おれ、ふるさとに帰りたい」アーチボルドは言った。ルシンダはその声に痛切なあこがれを聞き取った。

「そういうことならば」とアッシャ。「この件はこれで落着だろう。誰か彼の荷物をまとめてくれるか？」

「あたしがやります」とアリス。「荷物はほとんどありません。アーチボルドがずっとここにいてくれたらと思いますけど――でも、彼が帰りたいというなら帰るべきなんでしょう。さみしくなるわ、アーチボルド」アリスは彼の手を撫でてから立ち上がった。

「感謝する、リディア。ところで、そなたは大地のエネルギーの使い方の十分な訓練をここで受けられると思うか？」

「はい」とアリス。「マーティンが教えてくれています。彼はとてもいい教師です。それにあたしは稲妻を放ったりしたくありません。テラ女王のようにはなりたくないんです」

「あるいはわたしのように？」アッシャがまた冷ややかなほほえみを浮かべて言った。「そなたはすぐにたんなる催眠術師を超えることができるであろう。彼が教える以上のことを学ぶ準備ができたら――そのうちそうなるであろうが――わたしのところへ来るがよい。わたしがそなたの教育を引き受けよう」

「はい、わかりました」アリスはそう言ったが、その声はありありと、そんなことはけっして起こらないわと伝えていた。「それでは下がってもいいですか？」

と、そのとき玄関の呼び鈴が鳴った。「きっとヴィンシィさんですわ」とミセス・プール。「あの方がお見えになるとおっしゃっていましたよね、マダム。アリス、アーチボルドの荷造りをお願い。玄関にはわたしが行きます」

アッシャは立ち上がり、両腕で黒猫を持ち上げた。

「バストについては――」

「そんな、だめです！」とキャサリン。「アーチボルドを連れていくことはできます、彼の意志があるから。でもバストまで取り上げないでください！」

アッシャは愉快そうにピューマ女を見た。「そなたたちはミイラからよみがえった二千歳の猫をアテナ・クラブにとどめておきたいというのか？」

「彼女は猫だよ」とダイアナ。「ほかの猫と変わりない。今朝キャサリンがあげたハムを半切れ食べたし、オメガの分のハムも盗もうとしたんだから！」

「ハムですって！」ミセス・プールが戸口から言った。背後にレオ・ヴィンシィが立っている。あいかわらずハンサムで、つまらなそうな顔をしている。ルシンダが負わせた頬の傷痕はほとんど消えかかっている。ルシンダはいまだにそんな傷を負わせたことを恥じていた。

「あの小悪党どもがいつハムを食べたんです？誰が与えたんです？どうりで捕まえたネズミを食べようとしないわけですよ。そこらへんに放っておくものだから、踏んづけてしまうんです！」ミセス・プールはずかずかと部屋のなかに入ってきた。誰か――この怒りに責任のある誰かを叱ろうとするみたいに。

「まあ、正直なところ、あたしたちのほとんどがやってるのよ」とキャサリン。「朝食の席でね。あたしがちょっと分けて、ダイアナもちょっと分けて、それからジュスティーヌでさえ――そうよ、ちゃんと見てたんだからね」ジュスティーヌは首を振っていたが、キャサリンは言った。「ルシンダとベアトリーチェはおとなしく気持ち悪い液体を飲んでるだけだけど、でもあたしたちを止めようとはしないわ。責任がないのはメアリだけね」

「それにあたしもハムを持ってきました」とアリス。「朝食の分だったんですけど、猫たちが欲しがるかもしれないと思って、いつもよりちょっと多めに持ってきたんです」アリスはそう言うと戸口からそそくさと出ていった。アーチボルドがアテナ・クラブに滞在しているあいだに手に入れたわずかな持ち物をまとめるためだろう。

ミセス・プールは首を横に振った。「あなたがたみんな、ほんとうに手に負えませんわ」

「用意はいいかい?」レオがミセス・プールのうしろから歩み出て言った。「ドーバーへの列車は一時間後に出る」

アッシャはアテナ・クラブの面々を見まわした。

「用意はできた。皆の者、できることならしばらくは悪さから身を遠ざけておくように心がけてくれ。わたしに用があるのなら――まあ、そのようなことがないようにしてくれ。わたしは科学学会を運営しなければいけないのだ。ソシエテ・デザルキミストは放っておいても運営されるものではないのだから。とくに、機関誌の次号を刊行しなければいけないのだ!」

「わたしたちは悪さなんてしませんわ」メアリが憤然としながら言った。「それはわたしたちに降りかかるんです。あるいはわたしたちを取り囲むんです。それは身のまわりにあるんです」

アッシャは愉快そうな表情でメアリを見てから、向きを変えて部屋を出た。アッシャはレオ・ヴィンシィに腰に腕をまわされ、アーチボルドの手を取って、アリスが彼の手荷物を持ってくるのを廊下で待っていた。それから三人は辻馬車に乗りこみ、去っていった。ルシンダは彼らを乗せた辻馬車がパーク・テラスからメリルボーン通りへと駆けていくのを見た。

アリスがふたたび暖炉のそばの絨毯の上に腰をおろしてお茶を飲んでいると、メアリが言った。「さてと。いつだってアッシャがそばにいると冒険しているような気分になるわよね」

誰も答えなかったが、キャサリンがぐるっと目をまわした。

「わたしも話し合いたい議題があるの」とメアリ。「ミセス・プール、座ってちょうだい。アッシャの椅子からバストをどかせて――もちろん彼女の椅子ってわけじゃないけれど。バストを膝に載せたくはないでしょう？」

「とんでもない」ミセス・プールはバストを追い払うと、錬金術師協会の会長が座っていた椅子に腰をおろした。バストは大きな鳴き声をあげて抗議し、やがてソファのキャサリンとダイアナのあいだに飛び乗った。

「昨日の晩、みんなで話し合ったの――つまり、アテナ・クラブのメンバーみんなで。アリス、わたしたちはあなたをメンバーとして迎え入れたいと思っているの」

アリスはちょうど飲みかけていたお茶を噴き出した。大半はカップに入ったが、絨毯の上にもこぼれてしまった。「ああ、どうしよう！」アリスは叫び、お茶の滴が絨毯に染みこんでいくのを見て、必死でナプキンで拭き取ろうとした。「きれいにしますから、ミセス・プール。約束します」

「気にしなくていいですよ」家政婦は言った。「あとでわたしがやります。それよりメアリお嬢様の質問にお答えなさい。この子にとってこんなに光栄なことはないですよ、お嬢様」ミセス・プールがメアリに言った。

「それを判断するのはアリスだと思うわ」ジュスティーヌが言った。しばらく話していなかったので――女巨人は長いあいだ黙りこくっていることが多い――ルシンダはジュスティーヌの声を聞いて驚いた。「アリスはそれを光栄なことだと考えないかもしれない。結局のところ、わたしたちがメンバーなのは、キャサリンが言うように、わたしたちが怪物《モンスター》だからなんですもの」

アリスは立ち上がった。「そんなことはありません。ただ――あたしは冒険があまり得意じゃないんです。メアリお嬢様はとても賢くて、キャサリンさんはとても勇敢で、ジュスティーヌさんはとてもお強いです。あたしはそのどれにも当てはまらないと思います。誘拐されたり地下牢に閉じこめられたりするのは二度とごめんですし、友人たちが危険にさらされているのを見たくもありません。ベアトリーチェさんがマーティンと催眠術師たちを解放するのを手伝えたのはうれしかったですが、あたしはただの厨房メイドでいたいんです。今のところは」

「今のところは」とメアリ。「つまりいつかは――」

「ばか言わないでよ」とダイアナ。「あんたはあたしたちみんなとおなじくらい賢いじゃん！　それに稲妻で錠を壊すこともできる。あたしもそんなことができたらな。まあ、あたしの方法のほうが手っ取り早いし確実だけど」

「それにあなたは勇敢よ」とキャサリン。「逃げ出そうと思えばできたのに、ホームズを助けるためにとどまったんですもの」

「それにあなたはわたしたちの一員よ」とベアトリーチェ。「直接的に実験台になったわけではないけれど、あなたの力はレイモンド博士による生物的変成突然変異の実験の結果ですもの、あなたのお祖母様とお母様から受け継いだ。キャサリンがその言葉を使いたがるなら、あなたもれっきとしたモンスターだわ、わたしたちとおなじくらい」

「失礼させてください」アリスは言った。目に涙があふれている。アリスはお茶で汚れたナプキンを置くと、部屋を飛び出した。

「あらまあ」とメアリ。「わたしたち、何か悪いこと言ったかしら？」

ルシンダが窓下のベンチから立ち上がった。「お母さんを亡くしてまだ一週間も経っていないのよ。わたしの母が亡くなったときは――」ルシンダはアテナ・クラブのメンバーにどう説明したらいいのかわからなかった。結局のところ、みんなは自分とアリスのような経験をしていないのだ――自分の腕のなかで母親が息を引き取るような経験は。一瞬、ルシンダの脳裏に記憶がよみがえった。母が最期の瞬間に愛情と優しさをこめてルシンダの頬に触れ、そして母の目から光が消えたときの記憶が。「わたしがアリスのところに行くわ。いずれ彼女はわたしたちの一員になると決めると思うの。わたしがアテナ・クラブに加わると決めたように。でも彼女に時間をあげなくては」

ルシンダはアリスが厨房のテーブルに座り、両手で顔を覆って泣いているのを見つけた。厨房メイドの隣に座ると、片腕を彼女の体にまわした。

「準備ができていないだけなんです」アリスは泣きながら言った。両手で口を覆っているので声がくぐもっている。「いつか準備ができるのかもわかりません」

「きっとできるわ」とルシンダ。「自分を変えるのって難しいものよね？　何よりも難しいものだと思うわ。あなたは賢くて勇敢で強かったけれど、今はしばらく休まなくては。人は逆境のなかで成長して、あるべき自分になるものよ――でも平穏で幸福な時期も必要なの。植物には太陽も嵐も必要なように」

アリスはルシンダの肩に頭をもたせかけた。「吸血鬼って哲学者のようなものなんですか？」

ルシンダは笑った。「アリス、わたしたちはいい友達になれると思うわ。さあ、涙を拭いて。わたしはケーキを食べられないけれど、あなたは食べられる。それにあなたにはガトー・ショコラが必要よ。上に行って友人たちのなかに戻りましょう。みんなわたしたちのことを心配してくれているわ。友情とチョコレート・ケーキ――すべての病気を癒すわけではないけれど、きっと効き目があるわ」

メアリ　アリス、あなたがわたしたちに加わると決めてくれてうれしいわ。

アリス　ちょっと時間がかかってしまいました、お嬢様。その、メアリ。時間が必要だったんです、あたしはもうただの厨房メイドじゃないってことに気づくのに――あたしは変わって成長したんだってことに。

ジュスティーヌ　厨房メイドであることはそう悪いことではないわ。わたしはジュスティーヌ・モーリッツとしてフランケンシュタイン家の厨房で働いていたとき、いろいろと価値のあることを学んだわ。

アリス　もちろん、感謝しています。アダムズ看護婦、つまりフラウ・ゴットリープが孤児院からあたしをこの家に連れてくる手筈を整えてくれなかったら、そしてミセス・プールがあたしを雇ってくれなかったら、今頃あたしはどこで何をしているかわかりませんもの。たぶん、まだ孤児院にいたかもしれません。あるいはケイトやドリスのように、通りに出ていたかもしれません。

メアリ　でも、そうはならずにあなたは自分の居場所にいる――家に。

18　アテナ・クラブの会合

アテナ・クラブは会合を開いていた。メンバー全員が出席している。

メアリは母の肖像画の下にある肘掛け椅子に座っていた。アーネスティン・ジキルの矢車草の青色の目は、この季節にふさわしかった。暖かい春だ！　リージェンツ・パークではすでにバラが咲きはじめている。ロンドンには珍しく、雨も降っていない。

キャサリンはソファに座っていた。アリスとダイアナもおなじソファに座り、二人ともあぐらをかいて膝の上に猫をのせていた。ダイアナの膝にはアルファ、アリスの膝にはオメガがいる。バストはキャサリンを自分専用の人間だと決めたようで、彼女の横に丸くなっている。ピューマ女の隣にいる、小さなピューマのようだ。ベアトリーチェとルシンダは窓下のベンチに並んで腰かけていた。ベアトリーチェは緑色のどろどろを飲んでいる。ルシンダは何か赤いものを飲んでいる。ほかのみんなはモンスターではないごくふつうの女性のように、お茶を飲んでいる。それでもやっぱり、わたしたちはそれぞれのあり方で怪物的だった。ジュスティーヌは膝をそろえて床に座り、長く細い手でマグカップを包んでいた。

テラ女王とマーガレット・トレローニー、そしてミセス・レイモンドを倒してから六カ月が経っていた。いろいろ考えあわせてみると、比較的静かな六カ月間だった。ルパート王子とオルデンブルクの宝石の事件があり、シュレースヴィヒ＝ホルシュタインへ短い旅行をしなければいけなかった。オレンスカ伯爵夫人の取り憑かれた城の事件もあった（何かに取り憑かれていたわけではなく、オーストラリアの流刑地から逃げてきた酔っぱらいの兄のしわざだった）。プロズロウ大佐の書斎から海軍条約書が盗まれた事件では、ロシア大使館に売られる前になんとか取り戻すことができた。ミス・レティ・プルイットのもとから失踪したキング・チャールズ・スパニエルのアイヴァンホーは、ベスナル・グリーンにある最低の巣窟で、きわめていかがわしい種類の雌犬と一緒にいた。だが、パーク・テラス十一番地の生活は穏やかで、それはわたしたちにとって救いであり、ダイアナにとっては拷問だった。ダイアナは「すごく退屈」だと不平を言っていた。けれど、そうした冒険はお金にはならなかった。とくに、例の王子が謝礼にくれたダイヤモンドが模造品だとわかったときには。

「今週の会計は」とメアリ。「ホームズさんのところの仕事で五ポンド。わたしは今、パートナーのようなものになったから。それから〈ペントンヴィルの吸血鬼事件〉を解決したから一ポンドのボーナスも出たわ。

もちろんそれは吸血鬼でもなんでもなかったんだけど。ドクター・ワトスンはこの事件について《ストランド》に書くときはわたしのことも含めると言っているの」

「ゼロ」とダイアナ。「どうして神々の杯を持つヘーベーの役をやらせてくれないのさ？　立派な劇なんだよ――ギリシャ神話をもとにした」

「だって、衣装を見たらほとんど服を着ていないんですもの。そもそも劇場で働くのを許してもらっていることに感謝なさい！」メアリは〝話はこれで終わり〟というような口調で言った。

「驚異《マーヴェラス》のマーティンのショウの手伝いで一ポンド」とアリス。「彼はティボリで新しいショウを始めて、あたしを専任の助手にしたがってるんです！」

「今週は何もないわ」とジュスティーヌ。「でも〈マッターホルンの夕暮れ〉と〈スイスの野草畑〉がグローヴナーに展示されているから、どちらかに買い手がついてくれれば……」

つくことを願っているわ。グレイさんには大陸の芸術パトロンを紹介してもらって、とてもお世話になったの」

「八ポンド十シリング」とベアトリーチェ。「聖バーソロミュー病院が常連客になったのだけれど、慈善病院に売る薬は値引きすることにしたの。この言葉で合ってるかしら——値引きで？」

「ピアノのレッスンの最初の一週間で一ポンド二シリング」とルシンダ。「ピアノを買ってくれてみんなに感謝するわ」そのピアノは応接間の隅の壁際に置かれていた。「かなりの出費だったでしょう」

キャサリンは黙ってにんまりしていた。

「どうなの？」とメアリ。「はっきり言いなさいよ。何か言いたいことがあるんでしょう」

「六十ポンド！」キャサリンは自分でも信じられないというように言った。「新しい本三冊の契約で。『リック・チェンバースとアスタルテ』『金星のなんとかかんとか』（まだこの本については迷ってるの）『猫女たちの侵略』って題名にするつもりよ。それからロングマン・グリーン社によれば最初の二冊の長篇の売れ行きもよくて、アメリカ版を出すと言ってるんだけど、あっちでは恐ろしいほど海賊版が出まわっているのよ」

「六十ポンド！」とメアリ。「まあ、それはお祝いをしなくちゃね」

「お酒には早すぎる時間帯ですよ」ミセス・プールが戸口から言った。トレイを携えている。「トリークル・タルト（糖蜜を使った甘い焼き菓子）はいかがです？　キャサリンさんから午後の早い時間に前もっていいニュースを聞いていたんです。アリス、ダイアナ、そのどら猫たちをおろしてテーブルを動かしてくれたら……」トレイにはそのタルトと小さな皿とデザートフォークが載っている。

「あなたも座って、ミセス・プール」とメアリ。「みんなで一緒にお祝いしましょう」

と、そのとき、静かな土曜日の昼下がりには誰も予想していなかった音が聞こえた――玄関の呼び鈴だ。

「ホームズさんとドクター・ワトスンが来たんじゃないかしら」とジュスティーヌ。

「それよりも廃品業者の可能性が高いですよ」とミセス・プール。「わたしが行って追い返してきます」

ミセス・プールが玄関に行くと、ベアトリーチェが言った。「メアリ、外の通りに馬車が停まっているわ。駆者と二人の下僕がいる、四頭立ての馬車よ。いったい誰がロンドンのこのあたりであんな立派な馬車に乗っているのかしら?」

「どこかの公爵夫人があたしたちを雇いにきたのかも、行方知れずの相続人かペキニーズを探し出してくれって」とキャサリン。「馬車に紋章がある?」

ベアトリーチェはもういちど窓の外を見た。「ないわ――ただの黒塗りよ」

「メアリお嬢様」ミセス・プールが戸口から言った。「みなさんも。どうか起立してください」

ミセス・プールの声は鋭く、有無を言わせない雰囲気だったので、みんなは学校の生徒のようにすぐに立ち上がった。

ミセス・プールは部屋に入ってくると、脇にどけた。「ご高名なお客様がお見えになっておりますが、その方はお忍びでいらっしゃることを望まれています」

ミセス・プールのあとに続いて入ってきた女性は、小柄でふくよかな、いたってふつうの見た目だった。黒いクレープのドレスに身を包み、頭には黒いボンネットをかぶっている。黒いヴェールをその上に折り返している。ロンドンの街に馬車を駆り、トッテナム・コート街でショッピングをしたりハイド・パークを散策したりする未亡人と言ってもおかしくなかったが、ただし横顔はソブリン金貨に刻まれている肖像に瓜二つだった。

「おったま――」ダイアナが言ったが、幸いにも最後まで言い終えることはなかった。

メアリはすぐに膝を曲げてお辞儀をし、アテナ・クラブのほかのメンバーたちも彼女にならっているのを見て安心した。

「ミス・メアリ・ジキル」その女性が言った。「長い歳月が経っているにもかかわらず、かすかにドイツ語訛りがあった。「あなたとあるクラブの仲間たちが昨秋、わたくしたちに危険を知らせるための一助となってくれたことを知りました。もっと早くに知っていれば、より早い時期にあなたたちを訪ねたのですが。しかしながらわたくしたちは今、あなたたちに直接会って礼を言いたいのです。わたくしたちとこの国に奉仕してくれた礼を。そのために、わたくしたちはあなたたちにこれを授けます――ロチェスター?」

茶色と緑の格子柄のアフタヌーン・ドレスを着た気難しそうな女性が部屋に入ってきた――女官か何かだろうか？ その女性は大きな木製の箱を運んできた。蓋を開けると箱を傾け、箱のなかで黒いヴェルヴェットの上に置かれているものをみんなに見せた。七つの真紅のリボンがついた、七つの金色のメダルだ。

「聖ヒルダ勲章は君主への個人的で内密な奉仕に対して授けられるものです。こちらへ、一人ずつ」

言うまでもなくダイアナが先頭を切った。それから一人ずつ前に進み出ると、黒衣の女性が箱から取り出したメダルを受け取った。メアリが最後だった。

「ありがとうございます、陛下」メアリはもういちど膝を曲げてお辞儀をした。

「あなたたちの勇気と忠誠心にみちた奉仕に感謝します」その女性は言った。「ところで、ミセス・プール、トリークル・タルトを見かけましたが。一切れ頂戴できますか、それからロチェスターにも？ 年を取ってすっかり甘いもの好きになったのです」

玄関が閉まる音がして、馭者の「急げ！」という掛け声が聞こえ、パーク・テラスの車道に馬車の車輪の音が響くと、メアリが言った。「そうね、今のは——」だが、メアリは最後まで言わなかった。

「トリークル・タルトの最後の一切れが欲しい人は？」ダイアナが訊いた。「あたしが欲しいからさ」

「ダイアナが最後の一切れを食べちゃう前に誰か欲しい人がいないか訊くなんて」とキャサリン。「たしかに奇跡の一日だわ」

一瞬、沈黙が流れ、やがてジュスティーヌが笑い出した。みんな驚いた——ジュスティーヌはめったに笑わないのに！　メアリも笑い出し、ほかのみんなも続いた。やがてミセス・プールがお茶のおかわりが入ったポットを持って戻ってきた。「お嬢さんがた、いったいどうしたというんです？」それを聞いて一同はまた新たに笑い声をあげた。

何も、とメアリは思い、部屋を見まわした。何もどうもしてない。モンスター娘たちが一緒に過ごすありふれた夕べにすぎないわ。

もしもあなたがベスナル・グリーンでもブラジルでもアビシニアでも、どこからでもパーク・テラス十一番地を訪ねてきて、〈アテナ・クラブ〉と刻まれた真鍮板の下の呼び鈴を鳴らせば、革表紙のクラブの記録帳を見せてもらうことができる。その記録帳は、かつてジキル博士の書斎だった部屋、今は図書室兼キャサリンの執筆場所になっている部屋に保管されている。ミセス・プールがあなたを招き入れて最初のページを見せてくれたなら、そこにはつぎのような署名が、読みやすさもまちまちな筆跡で書かれている。ダイアナの署名のそばにはインクが飛び散っている。

メンバー

ミス・メアリ・ジキル

ミス・ダイアナ・ハイド

ミス・ベアトリーチェ・ラパチーニ

ミス・キャサリン・モロー
ミス・ジュスティーヌ・フランケンシュタイン
ミス・ルシンダ・ヴァン・ヘルシング
ミス・リディア・レイモンド

後援者

ミセス・アイリーン・ノートン
ミス・ローラ・ジェニングス
カルンスタイン女伯爵、カーミラ
ドラキュラ伯爵夫人、ウィルヘルミナ
ヴィクトリア女王

親愛なる読者のみなさま

わたしたちモンスターがどうやって集まったのか、その経緯をお楽しみいただけたのなら幸いです。もしこの本から読みはじめたのなら、〈アテナ・クラブの驚くべき冒険〉シリーズの第一巻と第二巻もお買い求めになることをおすすめします――メアリ、ダイアナ、ベアトリーチェ、キャサリン、ジュスティーヌ、ルシンダ、そしてアリスがどのようにして一緒に暮らすようになり、家族のようなものになったのかを知ることができるからです。そしてすべての巻をお読みになったのなら、ロングマン・グリーン社から出版されたわたしのほかの本も購入したいと思うかもしれません。それぞれたったの二シリングで、評判のいい書店やイギリス全土の鉄道駅などでお買い求めいただけます。

『アスタルテの謎』
『リック・チェンバースの冒険』
『リック・チェンバースとアスタルテ』
『金星のリック・チェンバース』
『猫女たちの侵略』
『アスタルテの死』
『アスタルテの復活』
『リック・チェンバース・ジュニアと運命の大洞窟』

わたしの最新作、『アスタルテと黄金の偶像』はこの春、おなじお手頃な値段で発売される予定です。アメリカの読者には、スクリブナーズ・サンズ社から刊行される正規版を購入することをおすすめします。

敬意を込めて
キャサリン・モロー

謝辞

アテナ・クラブのメンバーの冒険を追いかける大きな楽しみの一つは、コーンウォール沖合にあるセント・マイケルズ・マウントのような、さまざまな魔法めいた場所を訪れることでした。三回連続でツアーに参加し、戦闘シーンのプロットを練りながら優雅な部屋の数々をさまよい歩いていたわたしの質問に辛抱強く答えてくれた、島や城で働くガイドのみなさんに感謝を捧げたいと思います。ロンドン、コーンウォール、ブダペストで、知ってか知らずかわたしの力となってくれたすべての人びとに感謝します。そして、それぞれドイツ語とポーランド語の翻訳を手伝ってくれたベルンハルト・シュテーバーとアレクサンドラ・カシュタルスカにとりわけ感謝します。翻訳や歴史的なディテールに誤りがあった場合は、もちろんわたし自身の責任です。バリー・ゴールドブラッド・リテラリーのみなさん、とくに、最初にこのシリーズを書くように勧めてくれたエージェントのバリー・ゴールドブラッド、そしていつもわたしのパニック気味の質問にユーモアと忍耐をもって答えてくれるパトリシア・レディにあらためてお礼を申し上げます。編集者のナヴァ・ウルフに大きな感謝を捧げます。

彼女はこの一風変わった若い女性たちを信じ、わたしが全力を尽くして彼女たちの物語を書こうとしているあいだ、限りない忍耐と洞察力で導いてくれました。サーガ・プレスのスタッフたち、ブリジット・マドスン、クリスタ・ヴォッセン、エリザベス・ブレイク゠リン、アリーシャ・ブロック、キャロライン・パロッタ、マイク・クァン、マディソン・ペニコに感謝します。彼らの存在がなければ、この本はこのようなかたちになっていなかったでしょう。LJジャクスンは広報を担当し、この本をみなさんのような読者に知ってもらうことに尽力してくれました。アーティストのリサ・ペリンは、アテナ・クラブの精神を完璧に表現した表紙を描いてくれました。いつものように最大の感謝は、この本の最初の読者である娘のオフィーリアに捧げます。彼女の笑いと関心は、わたしが受け取ることのできる最大の褒め言葉でした。そして最後に、あなたに、そう、ここまで読んでくれたあなたに感謝します。あなたがメアリ、ダイアナ、ベアトリーチェ、キャサリン、ジュスティーヌ、ルシンダ、そして厨房メイドでもヒロインになれることを学んだ小さなアリスとともに過ごす時間を楽しんでくれたのなら幸いです。彼女たちもみんなあなたとの時間を楽しんでいましたし、今度、あなたが近くに立ち寄ったときは、ぜひパーク・テラス十一番地でお茶をご一緒したいと願っています。ミセス・プールはすでにトリークル・タルトを焼いていることでしょう……

解説

ファンタジイ研究家
中野善夫

メアリ・ジキルと〈アテナ・クラブ〉の面々の冒険もいよいよ完結篇となった。この本を手に取る日を今日か明日かと待っていた読者の方々も少なくないだろう。前巻の最後で厨房メイドのアリスが攫われたという連絡が入り、急遽ロンドンへ帰るメアリたちだったが、この巻ではアリスを連れ去った者どもと対決しその邪悪な企みを阻止してアリスを、そして前巻から行方不明になっていたシャーロック・ホームズを救出しなければならないのだ。メアリたちも冒険に慣れてきたのか、これまでよりさらに大胆に、さらに華々しく活躍する。

この〈アテナ・クラブの驚くべき冒険〉では、主にヴィクトリア朝期に発表されたさまざまな作品の登場人物たちが姿を現し活躍するわけだが、本書でももちろん「こんなところにあの人が!」という楽しみに溢れている。そんな登場人物について紹介しておこう。本稿は解説なのだから、それが責務というものではないか。

まず、前巻から引き続きの登場で、この巻では決定的な勝負にかかわるのがアッシャである。アッシャはH・R・ハガード（一八五六－一九二五）の『洞窟の女王』に登場する、二千年ものあいだ愛する男を待っていた古代アフリカの女王である。この作品は原題を *She* といい、一八八七年に出版された。アフリカの奥地に二千年も生きている白人の美しい女王がいるという噂の真相を確認するために探検に向かうのは、紀元前四世紀のギリシア人カリクラテスの生まれ変わりであるレオ・ヴィンシィである。二千年ぶりの再会のあと、幸せに暮らすという結末ではなく悲劇的な場面で終わっているのだが、一八年後に刊行される『女王の復活』では、アッシャはチベットで復活する。

もう一人本書に登場するアフリカ出身の女王はテラである。テラはブラム・ストーカーの『七つ星の宝石』からやって来た。そう、『吸血鬼ドラキュラ』を書いたブラム・ストーカーの作品である。この *The Jewel of Seven Stars* は一九〇三年に刊行された。トレローニー父娘もこの作品の登場人物である。エジプト学者のトレローニーが何者かに襲われて昏睡状態になる。トレローニーがエジプトで発見した七本指のテラ女王のミイラと北斗七星が彫られた宝石が運び込まれていた館で。そのテラ女王が復活するときが近づいていた……という話。あと、エメラルドのスカラベが登場する。本書ではルビーだが。

本書で重要な役割を演じる登場人物を送り込んでいるもう一つの作品は、アーサー・マッケンの「パンの大神」（一八九四）である。これは長篇小説ではなく、邦訳が文庫本で八〇ページほどにしかならない作品だが、それでも読後には長篇にも決して劣らない強烈な印象を残すのは間違いないだろう。私たちが見ている現実とは異なる、古代の神や精神の力の及ぶ世界を見ることができるようになる脳手術を、レイモンド博士がある少女に施すと、少女はおそらくその世界を垣間見た衝撃で正気を失なってしまう。その後しばらくして死んでしまうが、死ぬ前に女児を産み落とす。その娘ヘレン・ヴォーンは、美しく育つが周囲に恐ろしい事件を引き起こしていくことになる。発表当時は、穢らわしい、不道徳だといった厳しい批判にさらされたという。

ドリアン・グレイとヘンリー・ウォットン卿は、オスカー・ワイルドの『ドリアン・グレイの肖像』（一八九一）の登場人物である。ジュスティーヌがグレイと一緒に二週間アンティーブに行くと言っているのが心配でならない。ジュスティーヌはグレイの本性を知らないのだ。その本人の容姿に惑わされてはならない。肖像画を見て人間性を判断しなくてはならないと警告したくなってしまう。

珍しく実在した人物が登場しているのはベルタ・ベンツ（一八四九－一九四四）である。カール・ベンツの妻で、実際に開発したばかりの自動車に乗って長距離旅行をしたという。さっぱり売れなかったベンツの自動車の宣伝のために夫に内緒で自動車旅行をして、それを記念したベルタ・ベンツ・メモリアルルートが、二〇〇八年にドイツ観光街道として選定された。残念ながらロンドンはコースに入っていない。

ながながと登場人物たちがどこからやって来たのかという話を続けてきたが、これらの元になる話を読んでいないと本書を楽しめないというわけではない。この解説を読んで得られる程度の知識でも十分ではないだろうか。もちろん、知っていれば楽しいだろうし、これをきっかけに一八八〇－九〇年代の作品群に親しんでもいいだろう。

それにしてもシオドラ・ゴスという人はヴィクトリア朝小説に詳しいねと思うかもしれない。それもそのはず、ゴスはボストン大学で英文学の博士号を取得しており、学位論文のタイトルは *The monster in the mirror: late Victorian Gothic and anthropology*（鏡の中のモンスター——ヴィクトリア朝のゴシック小説と人類学）(2012) なのだ。そしてこの学位論文を誰でもボストン大学のサイトからダウンロードして読むことができる。何と便利というか恐ろしい時代になったのだろう（私の学位論文もオンラインで読めるのだが絶対に検索しないように。ちなみにボストン大学ではない）。この論文でゴスは、十九世紀末にゴシック小説のリヴァイヴァルがあったこと（J・シェリダン・レ・ファニュ『吸血鬼カーミラ』〔一八七二〕、ロバート・ルイス・スティーヴンソン『ジキル博士とハイド氏』〔一八八六〕、オスカー・ワイルド『ドリアン・グレイの肖像』〔一八九一〕、H・G・ウェルズ『モロー博士の島』〔一八九六〕、ブラム・ストーカー『吸血鬼ドラキュラ』〔一八九七〕）に注目し、二十五年間にこれだけの作品が発表された背景には、先史時代の遺跡ウィンドミル・ヒルの発見（一八五八）やチャールズ・ダーウィンの『種の起源』の発表（一八五九）などによって、聖書に基づいた人類史理解から科学的な知識と理論に基づいた人類学が人々の意識を変えたことがあると指摘している。

二〇一八年のインタビュー（*Locus*, June 2018）でゴスは、この〈アテナ・クラブの驚くべき冒険〉は、ヴィクトリア朝当時の科学を描いていると述べている。今の知識で私たちはその多くが間違っていると知っているけれども、当時の人々にとっての真実に基づいたヴィクトリア朝サイエンス・フィクションのようなものを書いたのだと。歴史SFであり、サイエンティフィック・ロマンスである。魔法ではない。科学に基づいた論理的な説明なのだという。

そして、ゴスはそこに登場するさまざまな女性怪物たちに興味を抱き、彼女たちが沈黙していることに気がついたのだという。彼女たちは自分の物語を語る機会がなかった。フランケンシュタインは怪物女を作ろうとするが気が変わって解体して捨ててしまう。女は存在することも許されない。モローー博士はピューーマから女を作り、女は自由を獲得して博士を殺してから自殺してしまう。決して自ら語ることなく。ラパチーーニは娘に対して強くしてやったんだと力説するが、そのせいで誰とも人間関係を築けなくなってしまうようなことを本人の同意なしに施しているのが問題だと指摘する。それは前巻のジュスティーーヌの「わたしたちは選んでいません。知識を与えられることも同意を求められることもなく造られたんです」という言葉に繋がることになる。

本シリーズの楽しさは、この独特の語り口にもあるだろう。登場人物の一人であるキャサリンが書いていることになっているが、〈アテナ・クラブ〉の誰もが途中で口を突っ込んでくる。この文体についてゴスは「この女性たちに話をしてほしかった。彼女たち自身の物語を語ってほしかった。それがこの本がこんなふうに書かれている理由の一つ。この本は女たちの声に関するものだから。女性にはたくさんの声があるから、彼女たちが全員で語る必要がある」と語り、さらに「私は手に負えないような女性たちが大好き。元になった短篇は対話がたくさんあって、しかもメタフィクショナルでもあったから、これをどうやって長篇にしたらいいのかと考えた。長篇小説の書き方がわからなかったから。今でもわかっていない。でも、この小説の書き方はわかった」と言っている。「この本を読んでいるときっと五人の女性と一緒に同じ家に住んでいるような気分に少しはなるはず」とも。最初はごく普通の三人称の叙述にしたらまったくうまくいかなかったらしい。

どうも話が長くなってしまったようだ。もっとシオドラ・ゴスのインタビューを読みたければ、オンラインで無料で抜粋版が公開されているので読んでみると楽しめるだろう（https://locusmag.com/2018/06/96362/）。そんなわけで、これから本書を読もうという方はそろそろ最初のページを開いて、モンスター娘たちの声に耳を傾けよう。ページを捲っているうちに、〈アテナ・クラブ〉の彼女たちと一緒に同じ家に住んでいるような気分に浸れるだろう。すでに一度読んでいる読者の方は、もう一度。

A HAYAKAWA SCIENCE FICTION SERIES No. 5063

鈴《すず》 木《き》 潤《じゅん》
神戸市外国語大学英米学科卒
英米文学翻訳家
訳書
『メアリ・ジキルとマッド・サイエンティストの娘たち』(共訳)
シオドラ・ゴス(早川書房刊)
『不滅の子どもたち』クロエ・ベンジャミン
『ヴィネガー・ガール』アン・タイラー
他多数

この本の型は、縦18.4センチ、横10.6センチのポケット・ブック判です。

〔メアリ・ジキルと
囚《とら》われのシャーロック・ホームズ〕

2023年12月20日印刷　2023年12月25日発行

著者	シオドラ・ゴス
訳者	鈴木潤
発行者	早川浩
印刷所	三松堂株式会社
表紙印刷	株式会社文化カラー印刷
製本所	株式会社明光社

発行所　株式会社　早川書房
東京都千代田区神田多町2－2
電話 03-3252-3111
振替 00160-3-47799
https://www.hayakawa-online.co.jp

(乱丁・落丁本は小社制作部宛お送り下さい
送料小社負担にてお取りかえいたします)

ISBN978-4-15-335063-2 C0297
Printed and bound in Japan